MISTYFIKACJA BOURNE'A

Tego autora

RĘKOPIS CHANCELLORA
PROTOKÓŁ SIGMY
KLĄTWA PROMETEUSZA
PIEKŁO ARKTYKI
CZWARTA RZESZA
TESTAMENT MATARESE'A

Jason Bourne

SANKCJA BOURNE'A
MISTYFIKACJA BOURNE'A

Wkrótce

KRYPTONIM IKAR
MOZAIKA PARSIFALA
STRAŻNICY APOKALIPSY
SPADKOBIERCY MATARESE'A
SPISEK AKWITANII
KARTOTEKA CHANCELLORA
DYREKTYWA JANSONA
ODYSEJA JANSONA

Jason Bourne

TOŻSAMOŚĆ BOURNE'A
KRUCJATA BOURNE'A
ULTIMATUM BOURNE'A
CEL BOURNE'A
ŚWIAT BOURNE'A

ROBERT LUDLUM
ERIC VAN LUSTBADER

MISTYFIKACJA BOURNE'A

Z angielskiego przełożył
KRZYSZTOF SOKOŁOWSKI

ALBATROS
Wydawnictwo
A. Kuryłowicz

Bielodzi A.

Tytuł oryginału:
THE BOURNE DECEPTION

Polish edition copyright © Wydawnictwo Albatros A. Kuryłowicz 2010

Polish translation copyright © Krzysztof Sokołowski 2010

Redakcja: Jacek Ring

Ilustracja na okładce: Jacek Kopalski

Projekt graficzny okładki i serii: Andrzej Kuryłowicz

Skład: Laguna

ISBN 978-83-7659-219-0

Dystrybucja
Firma Księgarska Jacek Olesiejuk
Poznańska 91, 05-850 Ożarów Maz.
t./f. 022-535-0557, 022-721-3011/7007/7009
www.olesiejuk.pl

Sprzedaż wysyłkowa – księgarnie internetowe
www.empik.com
www.merlin.pl
www.ksiazki.wp.pl
www.amazonka.pl

WYDAWNICTWO ALBATROS
ANDRZEJ KURYŁOWICZ
Wiktorii Wiedeńskiej 7/24, 02-954 Warszawa

2010. Wydanie I
Druk: B.M. Abedik S.A., Poznań

Jeffowi,
który dał temu początek jednym
prostym pytaniem

Prolog

Prolog

Monachium, Niemcy/Bali, Indonezja

— Potrafię porozumieć się po rosyjsku — powiedział sekretarz obrony Bud Halliday — wolałbym jednak prowadzić rozmowę w moim języku.

— To mi odpowiada — zgodził się rosyjski pułkownik. Mówił po angielsku z bardzo wyraźnym akcentem. — Każda możliwość rozmowy w obcym języku cieszy.

Halliday skwitował jego kpinę cierpkim uśmiechem. Święta racja, Amerykanie za granicą nie chcą używać języka innego niż angielski.

— Doskonale, załatwimy to szybko i bez problemu.

Ale nie przechodził do rzeczy, tylko w milczeniu patrzył na ścianę obwieszoną bardzo złymi portretami wielkich jazzu, takich jak Miles Davis i John Coltrane, skopiowanymi, bez wątpienia, z fotografii prasowych. Teraz, kiedy wreszcie zobaczył pułkownika na własne oczy, zaczął powątpiewać w sensowność tego spotkania. Po pierwsze, był on znacznie młodszy, niż Halliday oczekiwał. Miał jasne, gęste włosy, idealnie proste i przystrzyżone krótko, w stylu typowym dla rosyjskiej armii. Po drugie, sprawiał nieodparte wrażenie człowieka czynu; pod tanim materiałem, z którego uszyty był jego garnitur, od czasu do czasu uwidaczniały się napięte potężne mięśnie. Potrafił zachować wyprowadzający z równowagi spokój, pozostawać

9

idealnie nieruchomy. Ale tak naprawdę sekretarza niepokoiły jego oczy, blade, głęboko osadzone, niemrugające. Miał wrażenie, że patrzy na fotografię oczu. Bulwiasty, pocięty żyłkami nos tylko podkreślał ten ich osobliwy wygląd, a także uzmysławiał obserwatorowi, że nie mogą być wrotami duszy, bo ten człowiek jej nie ma, istnieje tylko potężna, nieprzebłagana wola, zupełnie jak u któregoś z tych przerażająco starych, złowrogich stworów, o których Halliday, jako nastolatek, czytał w opowiadaniach H.P. Lovecrafta.

Zwalczył pokusę, by wstać i wyjść, nie oglądając się za siebie, ale musiał pamiętać, że ma tu coś do załatwienia.

Duszący Monachium smog, dokładnie tego samego brudnoszarego koloru co oczy Karpowa, doskonale odpowiadał nastrojowi sekretarza. Gdyby ktoś mu powiedział, że już nigdy nie zobaczy tej żałosnej namiastki miasta, toby go chyba ucałował. Niestety, w tej właśnie chwili siedział tu, w piwnicy, w jakimś cholernym zadymionym, nic nieznaczącym klubie jazzowym przy przepełnionej kłębiącym się tłumem turystów Rumfordstrasse, do którego dowiózł go opancerzony lincoln. Co tak niezwykłego było w tym Rosjaninie, że amerykański sekretarz obrony pokonał prawie siedem tysięcy kilometrów, by spotkać się z nim w mieście, którego nienawidził?

Boris Karpow był pułkownikiem FSB-2, oficjalnie nowej rosyjskiej policji antynarkotykowej. Miarą władzy, do jakiej ta formacja doszła w stosunkowo krótkim czasie, był fakt, że oto jeden z jej oficerów potrafił nie tylko dotrzeć do Hallidaya, lecz nawet wyciągnąć go z Waszyngtonu.

No, ale Rosjanin dał do zrozumienia, że może dostarczyć coś, na czym zależy rozmówcy. Sekretarz mógł się zastanawiać, co to takiego, jednak akurat w tej chwili bardziej go interesowało, co będzie musiał dać w zamian. Aż za dobrze wiedział, że w tych sprawach zawsze jest coś za coś, w końcu był weteranem politycznych wojenek, prowadzonych nieustannie w otoczeniu prezydenta, tak z nim związanych, jak tornada związane są z Kansas. I aż za dobrze wiedział, że *quid pro quo* trudno czasami zaakceptować, lecz kompromis to inna nazwa politycznej gry, czy to wewnętrznej, czy międzynarodowej.

Mimo wszystko Halliday mógłby nie przyjąć propozycji Karpowa, gdyby nie to, że jego pozycja na prezydenckim dworze osłabła nagle i dramatycznie. Szokujący upadek LaValle'a, osobiście przez niego wybranego cara imperium wywiadu, wstrząsnął fundamentami jego potęgi. Zarówno przyjaciele, jak i wrogowie krytykowali go za plecami i spekulowali, kiedy przyjdzie mu odejść; po prostu nie mógł nie zastanawiać się, który z nich pierwszy zada mu cios w plecy. Lecz jednocześnie grał w tę grę wystarczająco długo, by wiedzieć, że czasami pomoc zjawia się znikąd i ma bardzo nieprzyjemną formę łoża nabitego gwoździami. Liczył na to, że zaproponowany przez Karpowa układ pomoże mu odzyskać zarówno prestiż w oczach prezydenta, jak i podstawę władzy, którą zawsze gwarantował wielonarodowy kompleks militarno-przemysłowy.

Trio na scenie zaczęło hałasować wniebogłosy, a Halliday przejrzał w pamięci akta Borisa Karpowa, jakby tym razem miał znaleźć w nich jakieś dodatkowe informacje, cokolwiek, choćby fotografię pułkownika, zrobioną podczas inwigilacji, obojętnie jak ziarnistą i nieostrą. Takiego zdjęcia oczywiście nie było, informacje o Karpowie zajmowały cztery suche akapity napisane na części kartki papieru opatrzonej znakiem wodnym „Ściśle Tajne". Ponieważ administracja traktowała Rosję lekceważąco, NSA niewiele wiedziała o funkcjonowaniu rosyjskiego systemu politycznego, by już nie wspomnieć o funkcjonowaniu FSB-2, którego prawdziwa misja skrywała się jeszcze głębiej niż samego FSB, politycznego dziedzica tego, co było kiedyś KGB.

— Panie Smith, sprawia pan wrażenie roztargnionego. — Na potrzeby tej rozmowy Rosjanin i Amerykanin zgodzili się używać pseudonimów: pan Jones i pan Smith.

Sekretarz odwrócił wzrok od fotografii jazzmanów. Wyjątkowo niepewnie czuł się pod ziemią, w odróżnieniu od Karpowa, który w jego oczach coraz bardziej sprawiał wrażenie

11

istoty z mroku. Podniósł głos, próbując przekrzyczeć dobiegający ze sceny rytmiczny brzęk.

— Nic nie może być dalsze od prawdy, panie Jones. Ja tylko z rozkoszą turysty chłonę atrakcje, które uznał pan za stosowne mi zapewnić.

Pułkownik roześmiał się niskim, gardłowym śmiechem.

— Ma pan doprawdy pocieszne poczucie humoru.

— Przejrzał mnie pan na wylot.

Tym razem Rosjanin roześmiał się na całe gardło.

— Jeszcze się o tym przekonamy, panie Smith. Nie znamy nawet naszych żon, trudno więc uznać, że każdy z nas zna swego... odpowiednika.

Odrobina wahania w głosie Karpowa kazała Hallidayowi zastanowić się przelotnie nad tym, czy nie zamierzał on powiedzieć „przeciwnika" i w ostatniej chwili zdecydował się na bardziej neutralne określenie. Nie zastanawiał się natomiast nad tym, czy wie on coś o jego pozycji politycznej, ponieważ nie miało to najmniejszego znaczenia. Obchodziło go tylko, czy układ, którego istotę miał poznać, pomoże mu czy nie.

Trio zmieniło tempo; tylko to uświadomiło sekretarzowi, że zaczęło kolejny utwór. Pochylił się nad szklanką zbyt gorzkiego piwa, którego wypił zaledwie jeden bardzo mały łyk. Coorsa tu nie podawali.

— Przejdźmy do sedna, dobrze? — zaproponował.

— Ależ bez zwłoki. — Karpow zaplótł ręce na piersiach, położył dłonie na opalonych przedramionach. Kostki palców miał pokryte bliznami i żółtymi odciskami. Wyglądały jak miniatura Gór Skalistych. — Wiem, panie Smith, że nie muszę panu tłumaczyć, kim jest Jason Bourne, prawda?

Twarz Hallidaya znieruchomiała. Czuł się tak, jakby Rosjanin oblał go freonem.

— O co panu chodzi? — spytał bezbarwnym tonem.

— O to, panie Smith, że go dla pana zabiję.

Sekretarz nie marnował czasu na zadawanie pytań, choćby o to, skąd Karpow wie, że chętnie widziałby Bourne'a martwego. W ciągu ostatniego miesiąca NSA była zbyt aktywna w Moskwie; nawet ślepy, głuchy i głupi musiał zrozumieć, że ten człowiek został przeznaczony do likwidacji.

— Bardzo to z pańskiej strony wielkoduszne, panie Jones.

— Nie. To nie kwestia wielkoduszności. Mam własne powody, dla których chętnie widziałbym go martwego.

Sekretarz wyraźnie odprężył się na te słowa.

— W porządku, powiedzmy, że zabije pan tego człowieka. Czego chce pan w zamian?

W oczach pułkownika błysnęło coś, co u każdego innego człowieka można by nazwać iskierką ironii, ale Halliday, nadal usiłujący ocenić rozmówcę, nie mógł się oprzeć wrażeniu, że Karpow przyprawiłby Bourne'a o dreszcz. Tak zapewne błyszczały oczy śmierci.

— Znam tę reakcję, panie Smith. Nie musi mi pan mówić, że spodziewa się najgorszego: żądania wysokiej zapłaty. Ja jednak, w zamian za licencję na zdjęcie Bourne'a wraz ze zwolnieniem z odpowiedzialności za nieszczęśliwe wypadki, do których może dojść, wymagam wzajemności: wyjęcia ciernia, który tkwi mi w boku.

— I którego nie może pan wyjąć samodzielnie?

Karpow poważnie skinął głową.

— Przejrzał mnie pan, panie Smith.

Obaj mężczyźni roześmiali się, ale śmiech każdego z nich brzmiał inaczej.

— A więc... — Halliday złożył dłonie jak do modlitwy — ...kto ma być celem?

— Abdullah Churi.

Sekretarz poczuł na sercu wielki ciężar.

— Głowa Braterstwa Wschodu? Chryste Przenajświętszy, równie dobrze mógłby pan zażądać, żebyśmy zlikwidowali papieża!

— Zlikwidowanie papieża nie przysłużyłoby się żadnemu z nas. Abdullah Churi... cóż, to zupełnie inna sprawa, nie uważa pan?

— Uważam, oczywiście. Ten człowiek to radykalny muzułmański szaleniec, przez co jest jeszcze groźniejszy. W tej chwili chodzi pod rękę z prezydentem Iranu. Ale... Braterstwo Wschodu jest organizacją międzynarodową. Churi ma wielu bardzo wysoko postawionych przyjaciół. — Halliday gwałtownie potrząsnął głową. — Próba wyeliminowania go byłaby politycznym samobójstwem.

Karpow znów przytaknął mu skinieniem.

— Jest to, oczywiście, niewątpliwie prawda. A co można powiedzieć o terrorystycznej aktywności Bractwa?

Halliday tylko prychnął lekceważąco.

— Mrzonki, w najlepszym razie plotki. Żadna z naszych licznych organizacji wywiadowczych nie znalazła nigdy choćby strzępka wiarygodnej informacji o jego powiązaniach z jakąś organizacją terrorystyczną. A szukaliśmy długo. Proszę mi wierzyć.

— Och, nie mam najmniejszych wątpliwości, co tylko oznacza, że w domu profesora Spectera nie znaleźliście żadnych dowodów działalności terrorystycznej.

— Nie ma wątpliwości, że nasz pan profesor polował na terrorystów. Co do zarzutów, że robił nie tylko to... — Halliday wzruszył ramionami.

Nagły uśmiech ożywił twarz Rosjanina. Nagle, jakby znikąd, na stoliku, przy którym siedzieli naprzeciw siebie, zmaterializowała się gładka szara koperta. Przesunął ją w stronę Hallidaya, jakby ustawiał królową na polu: szach, mat. Sekretarz rozerwał ją i gdy oglądał zawartość, Rosjanin mówił dalej:

— Jak pan wie, FSB-dwa zajmuje się przede wszystkim międzynarodowym handlem narkotykami.

— Owszem, słyszałem — przytaknął Amerykanin sucho, mając całkowitą cholerną pewność, że zakres kompetencji tej instytucji jest znacznie, ale to znacznie szerszy.

— Dziesięć dni temu rozpoczęliśmy ostatnią fazę zakrojonej na szeroką skalę akcji antynarkotykowej w Meksyku, którą przygotowywaliśmy przeszło dwa lata. Bezpośrednim powodem jej przeprowadzenia było to, że jedna z naszych moskiewskich *gruppierowek*, Kazachowie, włączyła się w narkotykowy biznes. Szukała bezpiecznego źródła i towaru transportu. Halliday skinął głową. Wiedział to i owo o Kazachach, jednej z najlepiej znanych moskiewskich rodzin przestępczych i jej głowie, Dimitriju Masłowie.

— Przy okazji z przyjemnością informuję pana, że operacja zakończyła się powodzeniem — kontynuował Karpow. — Podczas przeszukania domu martwego już wówczas króla narkotykowego Gustava Morena skonfiskowaliśmy jego komputer, notebook, nim został zniszczony. Informacja, z którą zapoznaje się pan w tej chwili, to wydruk części zasobów zapisanych na twardym dysku tego komputera.

Halliday poczuł, jak marzną mu czubki palców. Wydruk był aż gęsty od liczb, notatek, odnośników.

— Mamy tu dokładny opis obiegu pieniądza. Meksykański kartel narkotykowy finansowany był właśnie przez Braterstwo Wschodu. Pięćdziesiąt procent dochodów szło na zakup broni transportowanej do portów na Środkowym Wschodzie przez linie lotnicze Air Afrika. Będące w całości własnością Nikołaja Jewsena, największego światowego handlarza bronią — uzupełnił pułkownik i odchrząknął. — Widzi pan, panie Smith, w moim rządzie istnieją potężne grupy związane z Iranem. My chcemy ich ropy, oni chcą naszego uranu. W dzisiejszych czasach energia to atut. Bije wszystko, prawda? No i tak... siedząc przy zielonym stoliku naprzeciw pana Abdullaha Churiego, znalazłem się w niezręcznej sytuacji. Dysponuję dowodami jego aktywności terrorystycznej, a jednak nie mogę działać na ich podstawie. — Przekrzywił głowę. — Być może pan mógłby mi pomóc?

Halliday uspokoił łomoczące w piersi serce.

— Dlaczego chce pan wyeliminować Churiego?

— Mógłbym to panu powiedzieć, oczywiście... — Karpow westchnął ciężko — ...ale wówczas musiałbym pana zabić.

Był to dowcip stary i mocno zwietrzały, ale w bladych, nieprzeniknionych oczach Rosjanina znów pojawił się znany

15

już Hallidayowi błysk i sekretarz poczuł chłód na nieprawdopodobną myśl, że być może to wcale nie jest żart? Tego problemu wolałby nie rozwiązywać, więc podjął szybką decyzję.

— Proszę unieszkodliwić Bourne'a, a użyję całej potęgi amerykańskiego rządu, by Abdullah Churi dostał to, na co zasługuje.

Nie skończył, a pułkownik już potrząsał głową.

— To mi nie wystarczy, panie Smith. Oko za oko, bo takie jest właściwe znaczenie *quid pro quo*, prawda?

— My nie zabijamy ludzi, pułkowniku Karpow — powiedział Halliday sztywno.

Rosjanin roześmiał się krótko, nieprzyjaźnie.

— Oczywiście — przytaknął sucho. — Zresztą to bez znaczenia. Ja nie mam takich skrupułów, panie sekretarzu.

Amerykanin wahał się bardzo krótko.

— Tak, w gorączce chwili zapomniałem o poczynionych przez nas ustaleniach, panie Jones. Proszę przysłać mi zawartość twardego dysku i sprawę może pan uznać za załatwioną. — Zebrał się w sobie i spojrzał w blade oczy. — Zgoda?

Boris Karpow skinął głową szybko, po wojskowemu.

— Zgoda — przytaknął.

• • •

Rosjanin wyszedł z klubu. Zlokalizował lincolna Hallidaya i agentów Secret Service stojących rzędem wzdłuż Rumfordstrasse jak ołowiane żołnierzyki, po czym ruszył w przeciwnym kierunku. Skręcił za róg, wsadził palec w usta i wyjął z nich plastikowe protezy, zmieniające kształt policzków. Złapał się za pożyłkowany bulwiasty gumowy nos, przyklejony do twarzy klejem charakteryzatorskim, oderwał go bez problemu. Znów był sobą. Roześmiał się głośno. W FSB-2 rzeczywiście służył pułkownik Karpow, co więcej, on i Bourne byli przyjaciółmi i to właśnie sprawiło, że Leonid Daniłowicz Arkadin postanowił wcielić się właśnie w niego. Spodobała mu się ta ironia: przyjaciel Bourne'a prosi o wyeliminowanie Bourne'a. A w dodatku Karpow był nicią sieci, którą tkał cierpliwie. Amerykański polityk nie stanowił żadnego niebezpieczeństwa. Arkadin wiedział z całą pewnością, że jego ludzie nie mają pojęcia o tym, jak wygląda Karpow. Mimo to, nawet jeśli odebrany w Treadstone trening nauczył go nigdy nie zostawiać niczego przypadkowi, miał doskonały powód, by upodobnić się do Karpowa.

Anonimowy w tłumie pasażerów, wsiadł do U-bahnu na Marienplatz. Trzy przystanki i cztery przecznice dalej znalazł czekający na niego w wyznaczonym miejscu, nierzucający się w oczy samochód. Wsiadł i natychmiast odjechał w stronę międzynarodowego lotniska Franza Josefa Straussa. Miał rezerwację na lot Lufthansy do Stambułu o pierwszej dwadzieścia w nocy. W Stambule złapie samolot do Denpasar na Bali, startujący o dziewiątej trzydzieści pięć rano. Znacznie łatwiej przyszło mu śledzić poczynania Bourne'a — ludzie z NextGen Energy Solutions, gdzie pracowała Moira Trevor, zawsze wiedzieli, gdzie podziewa się tych dwoje — niż skraść laptopa Gustava Morena, ale miał swoich ludzi nawet u Kazachów. Jednemu szczęście dopisało do tego stopnia, że był w domu Morena godzinę przed atakiem sił FSB-2. Zwiał z obciążającymi dowodami, które posłużą teraz do złożenia Abdullaha Churiego dwa metry pod ziemią. Gdy tylko Arkadin zastrzeli Bourne'a.

• • •

Jason Bourne zyskał spokój. Długa żałoba po Marie skończyła się wreszcie, poczucie winy już mu nie ciążyło. W tej chwili leżał obok Moiry na *bale*, wielkiej balijskiej leżance, osłoniętej strzechą opartą na czterech drewnianych słupkach i wpuszczonej w ściankę basenu z jednej strony otwierającego się na cieśninę Lombok, której wody oblewają południowo-wschodni brzeg Bali. Ponieważ Balijczycy widzą wszystko i nie zapominają niczego, już po pierwszym dniu pobytu ustawiano im *bale* co rano, kiedy pływali przed śniadaniem, a kelnerka bez pytania przynosiła drinka, którego Moira lubiła najbardziej, bali sunrise: schłodzona cytryna, mango i sok z marakui.

— Nie ma tu czasu, jest tylko czas — powiedziała rozmarzona Moira.

— To znaczy? — Bourne poruszył się przy jej boku.

— Wiesz, która godzina?

— Nie i nic mnie to nie obchodzi.

— No właśnie. Jesteśmy tu dziesięć dni, a mnie się wydaje, że dziesięć miesięcy. — Moira się roześmiała. — Co należy rozumieć w najlepszym możliwym sensie.

Jerzyki niczym nietoperze polatywały od drzewa do drzewa, a czasami niemal muskały skrzydłami lustro wody najwyższego z basenów. Ledwie słyszalny szmer spadającej z niewielkiej wysokości wody kołysał do snu. Zaledwie chwilę temu dwie miejscowe małe dziewczynki obdarowały ich świeżymi kwiatami w misie z palmowych liści własnoręcznie przez nich zszytych i powietrze przesycał egzotyczny zapach plumerii i tuberozy.

Moira obróciła się i popatrzyła na niego.

— Jest właśnie tak, jak mówią: na Bali czas stoi w miejscu i ten bezruch obejmuje wiele długości ludzkiego życia.

Bourne, przymknąwszy oczy, myślał o innym życiu, swoim życiu, ale przywoływane z pamięci obrazy były niewyraźne, mroczne, jak film rzucany na ekran przez projektor z wadliwą lampą. Wiedział, że kiedyś już tu był. Powiew wiatru, kojący szum morza, uśmiech ludzi, sama wyspa budziła echa w jego sercu. Było to déjà vu, owszem, ale także coś więcej. Coś go tu przywołało, coś przyciągnęło go tak, jak magnetyczna północ przyciąga igłę kompasu, a teraz, gdy był już na miejscu, odczuwał owo coś tak, jakby było na wyciągnięcie ręki. A jednak nie dawało się dotknąć.

Co tu się stało? Coś ważnego, coś, o czym powinien pamiętać. Zapadł głębiej w sen o życiu takim, jakie prowadził. W tym śnie włóczył się po Bali, aż trafił nad brzeg Oceanu Indyjskiego i zobaczył wznoszący się z kremowej fali przypływu słup ognia, sięgający czystego, błękitnego nieba, przebijający je, sięgający słońca swym wierzchołkiem. A on niczym cień szedł po piasku miękkim jak talk. Szedł wprost w ogień.

• • •

Kiedy tego wieczoru schodzili zboczem klifu, na którego szczycie przysiadł hotel, do klubu plażowego, Moira zatrzymała się przy jednej z kapliczek, których wiele było w okolicy. Kapliczką tą był głaz przykryty płótnem w czarno-białą kratę. Mała żółta parasolka ocieniała złożone na nim dary: jaskrawe, kolorowe kwiaty w koszyczkach uplecionych z liści palmowych. Płótno i parasolka oznaczały, że duchy znajdują się gdzieś w pobliżu. Wzór płótna też miał swe znaczenie, czerń i biel symbolizowała typowy dla bali dualizm bogów i demonów, dobra i zła.

Moira zrzuciła sandały, weszła na prostokątny kamień przed świątynką, złożyła dłonie tak, że stykały się palcami na wysokości czoła i pochyliła głowę.

— Nie wiedziałem — powiedział Bourne, gdy skończyła modły — że praktykujesz hinduizm.

Moira podniosła sandały. Trzymała je w ręce opuszczonej swobodnie wzdłuż ciała.

— Dziękowałam duchowi za czas, który tu spędziliśmy, i za wszystkie dary, które oferowała nam Bali. — Uśmiechnęła się kpiąco. — Podziękowałam też duchowi prosiaczka, którego jedliśmy wczoraj, za to, że się dla nas poświęcił.

Zarezerwowali cały wieczór w klubie plażowym tylko dla siebie. Na miejscu czekały już na nich ręczniki, a także zmrożone szklanki *lassi* z mango, dzbany soków, owoców tropikalnych i wody. Obsługa wycofała się dyskretnie do pozbawionej okien pomocniczej kuchni.

Spędzili godzinę w oceanie, pływając tuż za linią fal. Ciepła woda otulała ich skórę miękko jak aksamit. Po ciemnej plaży biegały kraby pustelniki, jak zwykle mające swe niecierpiące zwłoki interesy, a tu i tam można było nawet zobaczyć nieto-

19

perze, to wlatujące do jaskini znajdującej się po drugiej stronie plaży, tuż za skalną kolumną wieńczącą zachodni kraniec jej półksiężyca, to znów z niej wylatujące.

Po kąpieli popijali *lassi* w basenie, strzeżeni przez wielką drewnianą, uśmiechniętą świnię z obrożą z kółek na szyi i koronie na łbie, nad uszami.

— Ona się uśmiecha — powiedziała Moira. — Uśmiecha się, bo złożyłam hołd prosiaczkowi.

Potem zrobili kilka kółek w basenie. Spotkali się pod rozpostartymi nad wodą gałęziami wspaniałej plumerii, pokrytymi żółtobiałymi i żółtymi kwiatami. Ukryci pod nimi, mocno do siebie przytuleni, obserwowali księżyc, to pojawiający się, to znikający za chmurami. Porywy wiatru szarpały liśćmi dziesięciometrowych palm rosnących rzędem przy brzegu basenu od strony plaży; ich pnie z bladych stawały się coraz ciemniejsze.

— To już prawie koniec, Jasonie.

— Koniec czego?

— Tego. — Moira poruszyła dłonią, która pod wodą wyglądała jak chyża rybka. — Tego wszystkiego. Zostało nam tylko kilka dni.

Bourne przyglądał się księżycowi gasnącemu za zasłoną chmur. Chwilę potem poczuł, że na twarz padają mu krople, i zobaczył, jak woda w basenie pokrywa się gęsią skórką deszczu.

Moira położyła mu głowę na ramieniu. Schroniła się głębiej w cieniu plumerii.

— Co będzie z nami? — spytała.

Wiedział, że nie oczekuje odpowiedzi, sprawdza tylko smak tych słów na wargach. Czuł bliskość jej ciała i źródło ciepła w wodzie, tuż przy sercu. To była dobra bliskość, dobre ciepło. Uspokajało. Nagle poczuł się senny.

— Jasonie, co będziesz robił, kiedy wrócimy?

— Nie wiem — odpowiedział zgodnie z prawdą. — Jeszcze o tym nie myślałem.

Zastanowił się w tym momencie, czy nie powinien wyjechać wraz z nią. Lecz jak mógłby wyjechać, skoro czeka tu na niego coś z jego przeszłości, tak bliskie, że czuje jego oddech na karku? Nie wspomniał jednak o tym ani słowem, ponieważ gdyby wspomniał, musiałby wdać się w wyjaśnienia, a przecież nie potrafi niczego wyjaśnić. Dysponuje wyłącznie przeczuciami. Ileż to razy życie ocaliły mu wyłącznie przeczucia?

— Nie wracam do NextGenu.

Te słowa przyciągnęły jego uwagę.

— Kiedy podjęłaś decyzję? — spytał.

— Podczas naszego pobytu. — Uśmiechnęła się. — Atmosfera Bali najwyraźniej sprzyja ryzykownym decyzjom. Przyleciałam tu tuż przed podjęciem pracy w Black River. Najwyraźniej jest to wyspa przemian, przynajmniej dla mnie.

— Co chcesz robić?

— Założyć własną firmę kontroli ryzyka.

— Miłe. — Bourne uśmiechnął się lekko. — Bezpośrednią konkurentkę Black River.

— Jeśli spojrzeć na to z tej strony...

— Ludzie tak będą patrzyli.

Padało coraz mocniej, liście palm kołysały się i zderzały ze sobą, nie sposób było dostrzec nieba.

— To może być niebezpieczne — dodał Bourne.

— Życie jest niebezpieczne, Jasonie. Jak wszystko, czym rządzi chaos.

— Nie sposób się z tym nie zgodzić. No, ale jest jeszcze twój były szef, Noah Petersen.

— To jego operacyjne nazwisko. Naprawdę nazywa się Perlis.

Bourne podniósł głowę. Obserwował białe kwiaty opadające wokół nich niczym płatki śniegu. Słodka woń plumerii mieszała się ze świeżym zapachem deszczu.

— Perlis nie sprawiał wrażenia zachwyconego, kiedy dwa tygodnie temu wpadłaś na niego w Monachium.

— Noah nie bywa zachwycony. — Moira mocniej przytuliła się do Jasona. — Dałam spokój próbom zadowolenia go pół roku przed odejściem z Black River. Robota głupiego.

— Pozostaje faktem, że mieliśmy rację w sprawie ataku terrorystycznego na gazowiec, a on się mylił, i założę się, o ile

21

chcesz, że o tym nie zapomniał. Jeśli teraz wtargniesz na jego terytorium, zrobisz sobie z niego śmiertelnego wroga.

Roześmiała się cicho.

— I kto to mówi!

— Arkadin nie żyje — oświadczył rzeczowo Bourne. — Skoczył z pokładu gazowca do oceanu przy Palm Beach. Nie przeżył. Nikt nie zdołałby przeżyć czegoś takiego.

— Był wytworem Treadstone, prawda? Czy nie o tym powiedział ci Willard?

— Zdaniem Willarda, który był przy tym obecny, Arkadin był pierwszym sukcesem Aleksa Conklina... i zarazem jego pierwszą klęską. Przysłał go do Conklina Siemion Ikupow, współdowodzący Czarnym Legionem i Braterstwem Wschodu, póki Arkadin nie zabił go z zemsty za to, że zastrzelił jego dziewczynę.

— A jego tajny partner, Asher Sever, twój niegdysiejszy mentor, leży w śpiączce, z której nigdy się nie obudzi.

— W końcu wszyscy dostajemy to, na co zasłużyliśmy — powiedział Bourne z goryczą.

Moira wróciła do tematu Treadstone.

— Według tego, co mówił Willard, celem Conklina było wyprodukowanie niezwyciężonego wojownika, prawdziwej maszyny bojowej.

— Stworzył Arkadina, ale Arkadin uciekł z programu, wrócił do Rosji i narobił strasznego zamieszania, wynajmując się głowom różnych moskiewskich *gruppierowek*.

— A ty zostałeś jego następcą... i dowodem jego triumfu.

— Nie w oczach dyrektorów wydziałów Centrali Wywiadu — zauważył Bourne. — Woleliby już nigdy mnie nie zobaczyć. Zastrzelić i mieć spokój.

— Co im nie przeszkadzało zmuszać cię do współpracy, jeśli akurat uznawali to za przydatne.

— Z tym na szczęście koniec.

Moira postanowiła znów zmienić temat... i w tym momencie wyłączono elektryczność. Oświetlenie basenu oraz należącej do klubu plaży zgasło, niesiony wiatrem deszcz chłostał ich w całkowitej ciemności. Bourne wytężył wszystkie zmysły, Moira czuła, że próbuje ją odepchnąć, wstać, poprzez mrok odkryć źródło awarii.

— Jasonie — szepnęła. — Wszystko w porządku. Tu jesteśmy bezpieczni.

Wspólnie, nadal przytuleni, przesunęli się w wodzie z miejsca, gdzie siedzieli, pod przeciwległą ścianę. Moira czuła przyspieszone bicie jego serca, podwyższoną aktywność zmysłów, oczekiwanie na coś strasznego, co może zdarzyć się w każdej chwili. W tym momencie mogła wreszcie wejrzeć w jego życie tak głęboko, jak nigdy dotąd.

Pragnęła powtórzyć raz jeszcze, że nie ma się czego bać, że na Bali przerwy w dostawie elektryczności to norma, ale wiedziała, że w ten sposób niczego nie osiągnie. Jason był zaprogramowany na takie zachowania, nie zmieni tego nic, co ona powie lub zrobi.

Wsłuchiwała się w deszcz i wiatr, zadając sobie pytanie, czy usłyszał coś, czego nie słyszała ona. Poczuła chwilowe ukłucie niepokoju... a jeśli nie był to zwykły brak prądu? Jeśli tropią ich wrogowie Jasona?

Światła rozbłysły nagle, skłaniając ją do śmiechu. Okazała się taka głupia!

— Mówiłam ci — powiedziała, wskazując uśmiechniętego ducha świni — że jesteśmy pod jego opieką.

Bourne zanurzył się w wodzie.

— Nie ma ucieczki — westchnął. — Nawet tu.

— Nie wierzysz w duchy, dobre czy złe, prawda, Jasonie?

— Nie mogę sobie na to pozwolić. Widziałem zbyt wiele rzeczywistego zła.

Sposób, w jaki to powiedział, skierował uwagę Moiry na temat w tej chwili najbliższy jej sercu.

— Muszę znaleźć i zatrudnić ludzi. Natychmiast. Z pewnością będziemy się teraz rzadziej widywali, przynajmniej dopóki nie uruchomię sklepiku.

— Czy to ostrzeżenie, czy obietnica?

Nie uszło jego uwagi, że w jej śmiechu pobrzmiewała niepewność.

— No tak... denerwowałam się, a tę sprawę trzeba było przecież poruszyć, prędzej czy później.

— Dlaczego?

— Wiesz, jak to jest...

— Nie wiem. Ty mi powiedz.

Odwróciła się w jego ramionach, objęła go nogami. Słyszeli tylko szum deszczu uderzającego w liście palm i marszczącego wodę w basenie.

— Jasonie, nie jesteśmy tego rodzaju ludźmi... to znaczy prowadzimy życie, w którym trudno jest o coś stałego, zwłaszcza stały związek...

Bourne uciął tę przemowę pocałunkiem, a kiedy go przerwali, żeby zaczerpnąć oddechu, wyszeptał jej do ucha:

— Wszystko będzie dobrze. Jesteśmy razem, a kiedy będziemy chcieli znowu być razem, po prostu tu wrócimy.

Moira poczuła, jak jej serce wypełnia radość. Przytuliła się do niego. Mocno.

— Jesteśmy umówieni — odpowiedziała szeptem. — O tak, jesteśmy umówieni.

• • •

Samolot z Singapuru wylądował o czasie. Na stanowisku odprawy Arkadin zapłacił za wizę wjazdową, po czym przeszedł szybko przez terminal do męskiej toalety. Wszedł do kabiny, sprawdził, czy drzwi są dokładnie zamknięte. Z przewieszonej przez ramię torby wyjął bulwiasty lateksowy nos, trzy słoiki scenicznego makijażu, miękkie plastikowe wkładki pod policzki i szare szkła kontaktowe, których użył już raz, w Monachium. Co najwyżej po ośmiu minutach wyszedł z kabiny i stanął przed jednym z luster umieszczonych nad rzędem umywalek. Znów wyglądał dokładnie tak, jak przyjaciel Bourne'a, pułkownik FSB-2 Boris Karpow.

Spakował torbę i wyszedł z lotniskowego terminalu w upał

i tłum kłębiących się wokół niego ludzi. Klimatyzacja taksówki wydała mu się błogosławieństwem. Kiedy wyjeżdżali z lotniska Ngurah Rai International, pochylił się i powiedział do kierowcy: „Bazar Badung". Chłopak skinął głową, uśmiechnął się i wraz z armadą dzieciaków na skuterach natychmiast utknął za ogromną ciężarówką wlokącą się w stronę promu na Lombok.

Po koszmarnych dwudziestu minutach, podczas których zdołali wyprzedzić ciężarówkę, rozpędzając ruch na przeciwnym pasie, zabawili się w „kto pierwszy ustąpi" z parą nastolatków na motorach i omal nie przejechali jednego z tysięcy żyjących na wyspie zdziczałych psów, dotarli wreszcie na Jl. Gajah Mada, znajdujące się po przeciwnej stronie rzeki Badung. Taksówka zwolniła, wlokła się w ślimaczym tempie, aż wreszcie tłumy zatrzymały ją na dobre. Arkadin zapłacił kierowcy dodatkowo za to, by kręcił się po okolicy, póki on nie wróci, po czym wszedł na kryty bazar.

I natychmiast pogrążył się w chmurze ostrych zapachów — pasty z czarnych krewetek, różnych rodzajów chili, czosnku, *karupuk*, cynamonu, palczatki cytrynowej, liści pandanu, alpinii, kentioru i liści laurowych — i krzykliwych głosów sprzedawców, oferujących dosłownie wszystko, od bojowych kogutów o piórach pomalowanych na różowo i pomarańczowo począwszy, na żywych prosiakach, skrępowanych i przywiązanych do bambusowych drągów w celu ułatwienia ich transportu skończywszy.

Mijał stragan wypełniony szerokimi koszami przypraw. Sprzedawczyni, stara kobieta pozbawiona górnej wargi, zanurzyła szponiastą dłoń w kadzi wypełnionej korzeniami, a potem wyciągnęła ją w jego stronę.

— Kentior — powiedziała. — On dobry dziś.

Arkadin przyjrzał się kłączu: przypominało imbir, tylko było mniejsze. Czując obrzydzenie na widok zarówno rośliny, jak i ohydnej handlarki, odsunął kłącze kentioru i poszedł dalej.

Kierował się do jednego ze straganów, gdzie sprzedawano prosiaki. Ktoś postukał go w ramię, szybko, lecz lekko, jakby drapała go kurza łapa. Odwrócił się błyskawicznie i zobaczył

25

kobietę trzymającą w ramionach dziecko, wpatrującą się w niego błagalnym wzrokiem. Nie przestawała stukać go brązowymi palcami, jakby tylko do tego się nadawały. Zignorował ją i dalej przepychał się przez tłum. Wiedział, że gdyby dał jej cokolwiek, natychmiast obległby go tłum żebraków.

Handlarzem ze środkowego straganu był przysadzisty, przypominający żabę mężczyzna o okrągłej twarzy, błyszczących czarnych oczach, wyraźnie kulejący. Po tym, jak Arkadin przedstawił mu się pełnym zdaniem wypowiedzianym po indonezyjsku, poprowadził go w głąb namiotu wśród rzędu skrępowanych, drżących z przerażenia, tępo patrzących przed siebie prosiąt. W najdalszym, ciemnym kącie leżały świńskie tusze, wypatroszone, oczekujące rożna. Z wnętrza jednej z nich wyciągnął remingtona 700P, jego zdaniem idealnego dla tego właśnie klienta. Arkadin odmawiał konsekwentnie, aż w końcu handlarz zdecydował się przejść do planu B, który okazał się więcej niż satysfakcjonujący: parker hale M85, precyzyjny, samopowtarzalny karabin wyborowy o ciężkiej lufie. Gwarantował celny strzał z odległości do siedemdziesięciu metrów. Handlarz dorzucił do niego także celownik Schmidt & Bender Police Marksman II 4-16x50. Cena za te dobra okazała się nieco wygórowana nawet po dłuższej chwili bardzo gwałtownych targów, które znacznie ją obniżyły, ale tak blisko ofiary myśliwy nie miał szczególnej ochoty na szukanie dziury w całym. No i, tak czy inaczej, dostawał to co najlepsze. Namówił świniarza do dorzucenia pudełka pocisków pełnopłaszczowych M118 kalibru .30 i uznał transakcję za stuprocentowy sukces. Zapłacił, a sprzedawca sprawnie rozłożył karabin i wraz z celownikiem umieścił go w sztywnej walizce.

Idąc do wyjścia Arkadin kupił sobie kiść bananów. Siedząc w taksówce opuszczającej Denpasar, jadł je metodycznie, jednego po drugim. Na szosie szybkość drastycznie wzrosła. Ruch przerzedził się, co ułatwiło wyprzedzanie długich rzędów wielkich, powolnych ciężarówek.

W Gianyarze zobaczył po lewej stronie bazar pod gołym niebem. Kazał kierowcy zatrzymać samochód. Choć zjadł banany, a może właśnie dlatego, w żołądku mu burczało; potrzebował prawdziwego posiłku. Na bazarze zamówił miskę *babi guling*, pieczonego prosiaka, oraz podawany na szerokich, jaskrawozielonych liściach bananowca *lawar* — orzech kokosowy z paskami przyprawionego żółwiego mięsa. Szczególnie odpowiadał mu sos z surowej krwi. Rwał zębami soczystą wieprzowinę, łykał szybko i natychmiast brał drugi kęs.

Ze względu na wszechwładnie panujący na bazarze przeraźliwy hałas często sprawdzał telefon komórkowy. Im dłużej czekał, tym bardziej wzrastało napięcie, musiał jednak zdobyć się na cierpliwość, bo jego człowiek potrzebował kilku dni na zorientowanie się, co porabia Bourne i jaki jest rozkład jego dnia. Mimo to denerwował się w sposób bardzo dla siebie nietypowy. Złożył to na karb bliskości Bourne'a. Było w tym człowieku coś, co spowodowało, że zalazł mu za skórę, stał się czymś w rodzaju swędzącej wysypki w miejscu, w które nie sposób się podrapać.

Arkadin spróbował się opanować i zamiast rozmyślać o teraźniejszości, wrócił pamięcią do zdarzeń, które go tu przywiodły. Zaledwie dwa tygodnie temu Bourne wyrzucił go za burtę gazowca. Lot ku powierzchni Pacyfiku trwał długo, więc miał czas przygotować się do lądowania, czyniąc z ciała włócznię, spadającą idealnie pionowo, dzięki czemu uderzenie o powierzchnię wody nie złamało mu kręgosłupa ani nie skręciło karku. Z wielką szybkością uderzył w taflę wody nogami, a następnie zanurzył się w świat mroku i chłodu tak strasznego, że aż poczuł go w kościach. Później zaczął wypływać.

Gdy pojawił się na powierzchni, gazowiec był już małą kropką na horyzoncie, zmierzającą raźno ku nabrzeżom Long Beach. Arkadin poruszył rękami i obrócił się dookoła w sposób, w jaki kapitan okrętu podwodnego mógłby obrócić peryskopem, by zorientować się w położeniu lądu, jeśli w polu widzenia w ogóle znajdował się jakiś ląd. Najbliżej niego przepływał w tej chwili trawler. Nie chciał mieć z nim nic wspólnego, chyba że sytuacja zrobiłaby się rozpaczliwa. Kapitan czułby się zmuszony poinformować amerykańską Straż Przybrzeżną, a tego Arkadin pragnął uniknąć za wszelką cenę, bo Bourne z pewnością sprawdzi zapisy straży.

Nie wpadł w panikę, prawdę mówiąc, nie czuł nawet niepokoju. Wiedział, że nie utonie. Był doskonałym pływakiem o wielkiej sile i wytrzymałości, na którą nie wpłynęła znacząco nawet wyczerpująca walka wręcz z Bourne'em. Niebo było czyste, tylko nad stałym lądem rozciągała się chmura sięgająca aż po Los Angeles. Fale to unosiły go, to ciskały nim w rozdzielające je głębokie doliny. Arkadin poruszał nogami, utrzymując w wodzie pionową pozycję. Od czasu do czasu nad jego głową skrzeczała jakaś ciekawska mewa.

Po dwudziestu minutach cierpliwość została nagrodzona. Na horyzoncie pojawił się osiemnastometrowy prywatny jacht, płynący mniej więcej czterokrotnie szybciej niż trawler. Wkrótce znalazł się wystarczająco blisko, by opłaciło mu się zacząć machać. Jacht zmienił kurs niemal natychmiast.

Kwadrans później Arkadin siedział już na pokładzie, otulony dwoma ręcznikami i kocem, ponieważ miał poważnie wychłodzony organizm. Wargi miał sine. Drżał. Właściciel łodzi, facet o imieniu Manny, dał mu brandy i kawałek włoskiego chleba z serem.

— Proszę mi wybaczyć — powiedział. — Za sekundkę wracam. Muszę zameldować Straży Przybrzeżnej o wyłowieniu rozbitka. Jak się nazywasz?

— Willy — skłamał Arkadin. — Ale wolałbym, żebyś o mnie nie meldował.

Manny wzruszył potężnymi ramionami; w tym geście były też przeprosiny. Był średniego wzrostu, czerwony na twarzy, łysiejący. Ubranie, chociaż niedbałe, świadczyło o zamożności właściciela.

— Przykro mi człowieku. Takie są zasady.

— Poczekaj sekundkę, proszę. No więc tak to wygląda... — Arkadin mówił po angielsku z nosowym, brzękliwym akcentem Środkowego Zachodu. Lata spędzone w Ameryce przydawały mu się w różnych sytuacjach. — Jesteś żonaty?

— Rozwiedziony. Dwukrotnie.

28

— Więc widzisz. Wiedziałem, że zrozumiesz. Wynająłem łódź, żeby miło spędzić dzień z żoną, może popłynąć do Cataliny na drinka albo coś. No i skąd miałem wiedzieć, że moja dziewczyna się na niej schowa? Powiedziałem jej, że płynę z kumplami na ryby, no i pomyślała sobie, że sprawi mi niespodziankę.

— Rzeczywiście, sprawiła ci niespodziankę.

— Całkiem sporą, niech ją cholera. — Arkadin dopił brandy. Potrząsnął głową. — Tak czy inaczej można powiedzieć, że dopiero zaczęło się dziać... no wiesz, rozpętało się piekło. Nie znasz mojej żony. Jeśli chce, cholerna z niej suka.

— Mam wrażenie, że chyba kiedyś się z nią ożeniłem. — Manny usiadł. — A ty co? — spytał.

Arkadin wzruszył ramionami.

— A co ja mogłem zrobić? Wyskoczyłem za burtę.

Manny odchylił głowę do tyłu i roześmiał się głośno. Klepnął dłonią w udo.

— No, niech mnie diabli! Willy, ty sukinsynu!

— Teraz już wiesz, dlaczego o wiele lepiej będzie, jeśli nikt się nie dowie, że mnie wyłowiłeś.

— Jasne, rozumiem. Mimo to...

— Manny, czym się zajmujesz, jeśli wolno spytać?

— Mam firmę, która sprowadza i sprzedaje wysokiej jakości mikroprocesory.

— No, no. Duża sprawa. Wygląda na to, że mogę mieć dla ciebie propozycję, która nam obu przyniesie kupę pieniędzy.

Arkadin dojadał *lawar* na bazarze na Gianyarze. Roześmiał się do siebie. Manny dostał dwieście tysięcy dolarów i w jednej z normalnych dostaw dla jego firmy przyszedł przeznaczony dla Arkadina laptop narkotykowego króla Gustava Morena. FSB-2 i Kazachowie o niczym się nie dowiedzieli.

Znalazł sobie pensjonat ze śniadaniem, czyli coś, co Balijczycy nazywali „warunkami domowymi", na granicy centrum Gianyaru. Nim położył się do łóżka, wyjął karabin, złożył go, naładował, rozładował, rozłożył... i tak dokładnie dwanaście razy. Potem zasunął moskitierę, położył się na łóżku i gapił w sufit, nawet nie mrugając.

Zobaczył Dewrę, ducha Dewry, bladą, taką, jaką znalazł w mieszkaniu artysty w Monachium, zastrzeloną przez Siemiona Ikupowa, kiedy jej uwagę odwrócił wchodzący do pokoju Bourne. Ich spojrzenia się skrzyżowały. Szukała czegoś, gdyby tylko wiedział czego.

Nawet człowiek tak zły ma swoje słabości. Od śmierci Dewry Arkadin przekonywał sam siebie — i w końcu zdołał przekonać — że była jedyną kobietą, którą kochał lub mógł pokochać. W rzeczywistości pragnął tylko jednego: zemsty. Zabił Ikupowa, ale Bourne żył. I winien był nie tylko współuczestnictwa w zabójstwie Dewry, własnoręcznie zabił także Miszę, najlepszego przyjaciela Arkadina.

Dzięki niemu Arkadin miał po co żyć. Plan podporządkowania sobie Czarnego Legionu po to, by dokończyć zemstę na Ikupowie i Severze, nie wydawał się wystarczający, choć niewątpliwie był potężny i dalekosiężny, znacznie potężniejszy i sięgający dalej, niż ci dwaj mogli sobie wyobrazić. On jednak pragnął czegoś więcej: konkretnego celu, na którym mógłby wyładować swą wściekłość.

Leżał pod moskitierą, oblewając się zimnym potem. Momentami jego umysł płonął, ale było i tak, że myślał powoli, jakby mózg wmarzł mu w taflę lodu. Sen, i tak rzadko będący jego towarzyszem, tym razem wydawał się nieosiągalny. A jednak w pewnym momencie musiał zasnąć, ponieważ nawiedził go sen, w którym Dewra wyciągała ku niemu smukłe białe ramiona. Objął ją, przytulił, a ona otworzyła usta, oblewając go czarną wydzieliną. Była martwa, on jednak nie potrafił zapomnieć i jej, i tego, co mu oferowała: najlżejszej rysy na granitowym bloku jego duszy, rysy, przez którą przedzierał się tajemniczy blask, słaby i nieokreślony niczym pierwszy ślad odwilży wiosną.

• • •

Moira obudziła się, nie czując obok siebie Bourne'a. Na pół śpiąca wstała, depcząc płatki kwiatów rozrzucone po podłodze wieczorem, gdy oni bawili się w klubie plażowym. Zrobiła kilka kroków po chłodnych płytkach podłogi, przesunęła przeszklone drzwi. Bourne siedział na tarasie, z którego rozciągał się widok na cieśninę Lombok. Pasma łososiowej barwy chmur unosiły się na wschodzie, tuż nad horyzontem. Choć słońce jeszcze nie wzeszło, jego promienie już biły z nieba z siłą zdolną rozproszyć ostatnie wspomnienia nocy.

Podeszła do niego. W powietrzu unosił się oszałamiający zapach tuberoz rosnących w donicy stojącej na rattanowym stole. Bourne zdał sobie sprawę z jej obecności, gdy tylko zamknęły się drzwi, obrócił się tak, że siedział nie plecami do niej, lecz bokiem.

Moira położyła mu dłonie na ramionach.

— Co robisz? — spytała.

— Myślę.

Pochyliła się, dotknęła ustami jego ucha.

— O czym?

— O tym, jaką jestem niewiadomą. Bo jestem niewiadomą nawet dla siebie.

W jakże charakterystyczny dla Bourne'a sposób w jego głosie nie było śladu użalania się nad sobą. Brzmiała w nim wyłącznie frustracja.

Moira zastanawiała się przez chwilę.

— Przecież wiesz, kiedy się urodziłeś.

— Oczywiście. To początek, a zarazem koniec.

Stanęła naprzeciwko niego.

— Może udałoby się nam coś na to poradzić — powiedziała.

— Co masz na myśli?

— Pół godziny drogi stąd mieszka pewien mężczyzna. Dużo słyszałam o jego niezwykłych zdolnościach.

— Żartujesz, prawda?

Moira wzruszyła ramionami.

— A co masz do stracenia?

• • •

Rozmowa odbyła się wreszcie i Arkadin wskoczył na zamówiony dzień wcześniej motocykl z ochotą, której nie czuł od dnia śmierci Dewry. Zerknął na lokalną mapę i ruszył. Minął kompleks świątynny w Klungkungu, skręcił w prawo w Goa Lawah; czteropasmowa droga szybkiego ruchu zaczęła zbliżać się do oceanu. Nagle znikła; wjechał na zwykłą asfaltową dwupasmówkę. Gdy tylko znalazł się na wschód od Goa Lawah, skręcił na północ, w wąską dróżkę prowadzącą w góry.

· · ·

— Najpierw — powiedział Suparwita — podaj mi dzień i miesiąc urodzenia.

— Piętnasty stycznia.

Mężczyzna przyglądał mu się przez bardzo długą chwilę. Siedział nieruchomo na klepisku swej chaty. Poruszały się tylko jego oczy, bardzo nieznacznie, ale i bardzo szybko, jakby dokonywały skomplikowanych obliczeń matematycznych. W końcu potrząsnął głową.

— Mężczyzna, którego widzę przed sobą, nie istnieje...

— Co masz na myśli? — spytał ostro Bourne.

— ...a więc nie urodziłeś się piętnastego stycznia.

— Tak mówi moje świadectwo urodzenia. — Moira osobiście je odszukała.

— Mówisz mi o świadectwie urodzenia — Suparwita wypowiadał słowa powoli, ostrożnie, jakby każde z nich było wyjątkowo cenne — a przecież to tylko kawałek papieru. — Uśmiechnął się; piękne białe zęby jakby rozświetlały ciemność. — Ja wiem to, co wiem.

Jak na Balijczyka był potężny. Skórę miał ciemną, wręcz doskonale gładką, bez śladu przebarwienia czy choćby jednej zmarszczki, wskutek czego nie sposób było określić jego wieku, a włosy gęste, czarne, naturalnie falujące, sczesane z czoła. Ujmowała je opaska, przypominająca Bourne'owi koronę, w jaką przybrany był duch świni. Szerokie bary i potężne ramiona nie zdradzały śladu zachodnioeuropejskiej, przesadnej muskulatury. Bezwłose ciało wydawało się gładkie jak szkło. Do pasa nagi, poniżej pasa nosił tradycyjny balijski sarong, biało--brązowo-czarny. Jego brązowe stopy również były nagie.

Po śniadaniu Moira i Bourne pojechali wypożyczonym motocyklem w krainę bujnej zieleni. Tam, przy końcu wąskiej, wydeptanej ścieżki, w krytej strzechą chacie mieszkał balijski świątobliwy mąż Suparwita, który, jak twierdziła Moira, mógł wiedzieć coś o tajemniczej przeszłości Bourne'a.

Powitał ich przyjaźnie. Nie wydawał się zaskoczony, zupełnie jakby oczekiwał gości. Gestem zaprosił ich do chaty, gdzie czekał już na nich poczęstunek: balijska kawa i banany w cieście, jedno i drugie słodzone syropem palmowym.

— Jeśli w świadectwie urodzenia jest błąd — powiedział Bourne — czy potrafisz powiedzieć mi, kiedy się urodziłem?

Wymowne brązowe oczy ani na chwilę nie zaprzestały swego tajemniczego tańca.

— Trzydziestego pierwszego grudnia — powiedział bez wahania szaman. — Wiesz, że naszym wszechświatem rządzą trzej bogowie: Brahma, stworzyciel, Wiszu, opiekun, i Sziwa, niszczyciel. — Imię ostatniego z bogów wymówił w charakterystyczny dla mieszkańców sposób, jakby brzmiało ono „Siwa". Wahał się przez chwilę jakby niepewny, co jeszcze powinien dodać. — Kiedy stąd odjedziesz, znajdziesz się w Tenganaie.

— Tenganaie? — powtórzyła Moira. — Dlaczego mielibyśmy pojechać akurat tam?

Suparwita uśmiechnął się pobłażliwie.

— Wioska słynie z tkania dwustronnych *ikat*. Dwustronne *ikaty* są święte, chronią przed demonami wszechświata. Tka się je wyłącznie w trzech kolorach, barwach naszych bogów: niebieskim Brahmy, czerwonym Wiszu, żółtym Sziwy. — Wręczył Moirze wizytówkę. — Kupicie tam dwustronny *ikat*, u najlepszego tkacza. — Spojrzał na nią twardo. — Proszę nie zapomnieć.

— Dlaczego miałabym zapomnieć? — spytała Moira.

Suparwita znów skupił całą uwagę na Bournie, jakby to pytanie nie zasługiwało na odpowiedź.

— Musisz więc zrozumieć dokładnie, że grudzień, w którym się narodziłeś, podlega władzy Sziwy, boga zniszczenia. — Przerwał na chwilę, jakby zabrakło mu oddechu. — Ale proszę, byś pamiętał także, że Sziwa jest bogiem przemiany.

Z tymi słowy świątobliwy mąż odwrócił się w stronę drewnianego stołu, na którym stały również drewniane miski, niektóre wypełnione różnymi proszkami, inne czymś wyglądającym jak orzechy, a może wyschnięte strąki? Wybrał jeden z nich, utarł go w pustej misce tłuczkiem. Dodał odrobinę żółtego proszku, po czym wsypał tę mieszankę do niewielkiego metalowego czajniczka, który postawił na małym ogniu. Wnętrze chaty wypełniła aromatyczna para.

Po siedmiu minutach Suparwita zdjął czajnik z ognia. Wlał płyn do filiżanki ze skorupy kokosa wyłożonej macicą perłową. Bez słowa wręczył ją Bourne'owi, a kiedy ten się zawahał, powiedział: „Wypij, proszę" i jego uśmiech znów rozświetlił chatę.

— To eliksir z zielonego mleka kokosowego, kardamonu i kenkuru. Głównie kenkuru. Wiesz, co to takiego? Mówi się na niego „lilia zmartwychwstania". — Swoje słowa zobrazował ruchem ręki.

Bourne wypił miksturę. Smakowała kamforą.

— Co możesz mi powiedzieć o życiu, którego nie pamiętam? — spytał.

— Wszystko — powiedział Suparwita. — I nic.

Jason zmarszczył brwi.

— Co to ma znaczyć?

— W tej chwili nie mogę powiedzieć ci nic więcej.

— Oprócz prawdziwej daty urodzenia nie dowiedziałem się od ciebie niczego.

— Powiedziałem ci wszystko, co powinieneś wiedzieć. — Suparwita przechylił głowę. — Nie jesteś gotów na więcej.

Z sekundy na sekundę Bourne niecierpliwił się coraz bardziej.

— Dlaczego tak mówisz?

Świątobliwy mąż spojrzał mu w oczy.

— Ponieważ mnie nie pamiętasz.

— Spotkaliśmy się już?

— Czy się spotkaliśmy?

Odpowiedź pytaniem na pytanie sprawiła, że Bourne zerwał się na równe nogi, dając ujście hamowanemu dotąd gniewowi.

— Przyprowadzono mnie tu, bym usłyszał odpowiedzi!

Suparwita przyglądał mu się beznamiętnie.

— Przyszedłeś tutaj, żeby ci powiedziano to, co musisz odkryć sam.

Bourne podał rękę Moirze i pociągnął ją w górę.

— Chodź — powiedział. — Idziemy.

Wychodzili z chaty, kiedy Suparwita nieoczekiwanie pożegnał ich słowami:

— Wiecie, to wszystko już się zdarzyło. I będzie się jeszcze zdarzać.

• • •

— Czysta strata czasu — powiedział Bourne, biorąc od Moiry kluczyki.

Moira usiadła za nim na motocyklu. Milczała.

Jechali tą samą leśną drogą co poprzednio. W pewnej chwili z dżungli wypadł na ścieżkę Indonezyjczyk o pomarszczonej twarzy koloru starego mahoniu, jadący podrasowanym motorem. Ruszył w ich kierunku i wyjął broń. Bourne zawrócił w miejscu i popędził w góry.

Nie było to doskonałe miejsce na zasadzkę. Wcześniej obejrzał mapę, wiedział, że lada chwila wyjadą spomiędzy drzew na poletka ryżowe, otaczające wioskę Tenganan.

— Kanały nawadniające biegną nad poletkami — powiedziała mu Moira do ucha.

Skinął głową. W tej samej chwili otoczyła ich żywa zieleń tarasowych pól błyszczących w jaskrawym słońcu. Słońce paliło pracujących na nich mężczyzn i kobiety w słomianych kapeluszach, z nożami w rękach, pochylonych nad rosnącymi na polu roślinami. Inni prowadzili zaprzęgi wlokących się powoli wołów, orzących te poletka, gdzie ryż został już zebrany, a resztki roślin spalone. Ustępowały miejsca innym roślinom — ziemniakom, ostrej papryce i długiej fasoli — dzięki czemu żyzna, wulkaniczna ziemia nie pozostawała wyjałowiona. Tu i ówdzie widać było sztywno wyprostowane kobiety, niosące wielkie worki na głowach. Po rozgraniczających poletka skrawkach ziemi poruszały się niczym chodzący po linie akrobaci, ostrożnie stawiając stopy w jednej linii.

Ostry trzask sprawił, że Bourne i Moira pochylili głowy, natomiast wieśniacy podnieśli je i zaczęli rozglądać się dookoła. Gdy tylko ich motocykl wyłonił się zza zasłony drzew, Indonezyjczyk otworzył do nich ogień.

Bourne skręcił. Jechali wąską, zdradliwą dróżką pomiędzy poletkami.

— Co ty wyprawiasz! — zaprotestowała Moira. — Na otwartej przestrzeni będzie do nas strzelał jak do kaczek.

Zbliżali się do jednego z pól, przy którym płonęły wyschłe łodygi; w niebo wznosił się gęsty dym o charakterystycznym ostrym zapachu.

— Kiedy będziemy obok, chwyć kilka! — krzyknął Bourne do Moiry.

Natychmiast zrozumiała, o co mu chodzi. Prawą ręką mocno chwyciła go w pasie, odchyliła się, lewą złapała garść płonących łodyg ryżu i cisnęła je za siebie.

Indonezyjczyk na moment stracił zdolność widzenia. Bourne wykorzystał to, skręcił ostro w prawo i pomknęli krętą dróżką wśród labiryntu poletek. Wiedział, że musi być niezwykle ostrożny. Najmniejszy błąd i wylądują w błotnistej wodzie, wśród gęsto rosnącego ryżu. Dopiero wówczas można byłoby naprawdę strzelać do nich jak do kaczek.

Indonezyjczyk wycelował po raz kolejny, ale na jego drodze pojawiła się kobieta, a potem zaprzęg wołów. Wreszcie musiał schować broń; potrzebował obu rąk, by kierować motorem na trudniejszej trasie, którą wybrał Bourne.

A ten tymczasem skręcił jeszcze raz, w ścieżkę prowadzącą na granicę poletek. Jechali w górę, mijając je jedno po drugim,

niektóre nadal zarośnięte zielonymi roślinami, niektóre brunatne od popiołów. Wiatr niósł wzdłuż zbocza aromatyczny dym.
— Tam! — krzyknęła zaniepokojona Moira. — Tam!
Bourne dostrzegł granicę systemu irygacyjnego, trzydziesto-centymetrową wstęgę betonu, po której musiał poprowadzić motocykl. Czekał do ostatniej chwili, po czym gwałtownie skręcił w lewo. Jechał teraz równolegle do najwyższego rzędu tarasowych poletek, rozciągających się poniżej i tworzących oszałamiający wzór, przypominający hieroglify, wielkie i tajemnicze, wyrzeźbione w zboczu góry.
Indonezyjczyk powoli zmniejszał dzielącą ich odległość, bo był drobny, a miał mocną maszynę. Dzieliła ich odległość tak niewielka, że mogliby podać sobie wyciągnięte ręce, kiedy Bourne zobaczył wieśniaka, starego mężczyznę o krzywych nogach i oczach jak rodzynki. W jednym ręku wieśniak trzymał nóż o szerokim ostrzu, w drugim garść świeżo ściętego ryżu. Na widok dwóch zbliżających się szybko motocykli zamarł ze zdumienia. Mijając go, Bourne wyrwał mu nóż z ręki. A chwilę później dostrzegł po prawej stronie deskę przerzuconą przez wąski rów melioracyjny, za którym rozpoczynała się dżungla. Wjechał na nią, lecz drewno okazało się spróchniałe; deska zatrzeszczała i pękła w chwili, gdy przednie koło motocykla znalazło się na ziemi. Maszyna wpadła w niebezpieczny poślizg, i oboje mało nie spadli. Ich prześladowca dodał gazu i zręcznie przeskoczył przez kanał. Pojechał za Bourne'em i Moirą stromo opadającą ścieżką, usianą kamieniami, nierówną od na pół zagłębionych w ziemi korzeni.
Po chwili ścieżka zrobiła się jeszcze bardziej stroma. Moira mocniej objęła Jasona. Czuł gwałtowne bicie jej serca i gorący oddech na policzku. Drzewa przemykały obok nich przerażająco blisko. Motocykl podskakiwał na kamieniach jak narowisty koń; Bourne musiał walczyć, by utrzymać nad nim kontrolę. Jeden drobny błąd i polecą w dół, wprost na stare drzewa o grubych, twardych pniach. Wydawało się, że droga nie może być już bardziej stroma, gdy nagle zmieniła się w rząd kamiennych schodków, po których zjechali z łomotem i trzaskiem tak

szybko, że pęd aż zapierał dech w piersiach. Moira zaryzykowała, obejrzała się przez ramię. Indonezyjczyk zamierzał ich właśnie wyprzedzić.

Naturalne stopnie skończyły się nagle, a ścieżka stała się nieco bardziej przejezdna. Ścigający ich mężczyzna próbował wycelować, ale Bourne ciął wyrwanym staremu wieśniakowi nożem kępę bambusa. Łodygi upadły w poprzek ścieżki, Indonezyjczyk chwycił broń w zęby; tylko wyjątkowa zręczność sprawiła, że nie wywrócił się i nie rozbił o pień któregoś z drzew. Ścieżka wyrównała się nieco, nie była już tak stroma. Mijali małe chatki, mężczyzn, niektórych z siekierami w dłoniach, innych mieszających dymiące jedzenie w garnkach, kobiety z dziećmi na rękach i oczywiście wszechobecne zdziczałe psy, chude, przestraszone, uciekające spod kół pędzących motocykli. A więc znaleźli się na granicy jakiejś wioski. Czyżby Tenganan? — zadał sobie pytanie Bourne. Czy Suparwita przewidział ten szaleńczy pościg?

Po chwili przejechali przez kamienny łuk. Byli we właściwej wiosce. Dzieci, grające w badmintona na podwórku miejscowej szkoły, odwracały się i szeroko otwartymi oczami śledziły przemykające błyskawicznie motocykle. Kury rozbiegły się, gdacząc głośno, a wielkie, ufarbowane na różowo, pomarańczowo i niebiesko bojowe koguty podniecily się do tego stopnia, że poprzewracały plecione kosze, denerwując krowy i cielęta, do tej pory leżące spokojnie w centrum wioski. Jej mieszkańcy opuścili bezpieczne domy i rzucili się, by łapać bezcenne koguty.

Jak wszystkie wioski w górach, ta też miała układ tarasowy, w gruncie rzeczy niczym nieróżniący się od układu poletek ryżowych, i składała się z płaskich połaci udeptanej ziemi, porośniętej nędzną trawą, oraz kamiennych ramp prowadzących z poziomu na poziom. Pośrodku znajdował się pozbawiony jakiejkolwiek zabudowy plac, na którym odbywały się zwoływane przez starszych zebrania mieszkańców. Po jego obu stronach stały sklepy będące częścią mieszkań, sprzedające jednostronne oraz dwustronne *ikaty*. Mimo chaosu Bourne dostrzegł szyld jednego ze sklepów i poczuł, jak wzdłuż kręgosłupa spływa mu strużka zimnego potu. Rzeczywiście, trafili do Tengananu. Zgodnie z przepowiednią Suparwity.

Chaos, który sami wywołali, spowodował, że Bourne przejechał przez sznur z rozwieszonym na nim praniem, który najpierw wzniósł się w górę niczym kolorowy wąż, a potem zatrzepotał na wzburzonym ich przejazdem powietrzu. Jason zręcznie przyhamował w wąskiej alejce i wykonał obrót o sto osiemdziesiąt stopni. Zaryzykował spojrzenie przez ramię. Indonezyjczyk nie dał się zgubić. Pędził za nimi, fruwające pranie nie zrobiło na nim najmniejszego wrażenia. Bourne przyspieszył gwałtownie, odskoczył od niego na tyle, by zawrócić w miejscu i ruszyć wprost na niego. Zamierzał uciec drogą, którą tu przyjechali. I znowu nie udało mu się zaskoczyć Indonezyjczyka, wręcz przeciwnie, wydawało się, że przewidział tę taktykę. Zahamował gwałtownie, chwycił broń i strzelił, zmuszając Bourne'a do zawrócenia i kontynuowania ucieczki w poprzednim kierunku. Padł kolejny strzał, kula niemal musnęła lewe ramię Jasona.

Pędzili jedyną dostępną im drogą, po nierównej ścieżce i kamiennych rampach. Pościg trwał.

• • •

Leonid Arkadin, doskonale ukryty wśród plamistych cieni dżungli, usłyszał ryk silników, zagłuszający rytmiczny śpiew dobiegający z wnętrza świątyni, nad którą zajmował pozycję, skąd miał doskonały widok. Podniósł parkera hale M85, przycisnął kolbę do ramienia. Pasowała doskonale. Spojrzał przez celownik Schmidt & Bender.

Był idealnie spokojny, płonął w nim ten dziwny, lecz jakże przydatny ogień, który oczyścił jego umysł, tak że przypominał niebo nad głowami. Arkadin był niczym żmija na drzewie cierpliwie czekająca na ofiarę. Planował bezbłędnie; miejscowy Indonezyjczyk zapędzał zwierzynę coraz bliżej stanowiska myśliwego.

Motocykle pojawiły się na polance przed świątynią nagle, jakby znikąd. Arkadin odetchnął głęboko. Przez celownik doskonale widział Bourne'a, zarys jego ciała wyostrzył się niczym kondensująca się para.

• • •

Bourne i Moira wyjechali z dżungli na cichą, niezwykle spokojną polanę, na której stały trzy świątynie — największa w środku, dwie mniejsze po bokach. Słychać było jedynie rytmiczny warkot silnika. Po chwili Bourne usłyszał także śpiew dobiegający ze środkowej świątyni i zatrzymał się.

W tym momencie Arkadin, który ulokował się na niemal idealnie poziomej gałęzi drzewa, pociągnął za spust. Bourne spadł z siodełka, a Moira krzyknęła przeraźliwie.

Arkadin odrzucił karabin i błyskawicznie wyciągnął nóż o zębatym ostrzu. Zeskoczył z gałęzi i ruszył w stronę swej ofiary, by poderżnąć jej gardło, ale drogę zagrodziło mu stado krów. Za krowami szły kobiety niosące na głowach ofiarę: owoce i kwiaty, za kobietami zaś dzieci w ceremonialnej procesji zmierzającej do świątyni. Arkadin próbował obiec stado owiec, lecz jedna z krów, zaniepokojona gwałtownymi ruchami, obróciła się w jego kierunku. Potrząsnęła łbem zwieńczonym długimi, ostrymi rogami. Procesja nagle się zatrzymała w pół kroku, oczy uczestników spoczęły na Arkadinie. Po raz ostatni spojrzał na zakrwawione ciało Bourne'a i znikł w dżungli.

Zmierzający do świątyni ludzie podbiegli do leżącego na wznak mężczyzny, rzucając dary na trawę polany. Bourne próbował podnieść się, lecz nie zdołał. Moira przyklękła; pociągnął ją do siebie, tak że jej ucho znalazło się tuż przy jego ustach. Krew przemoczyła przód jego koszuli, ciemnym strumykiem spływała na ziemię, w którą wsiąkała.

Księga pierwsza

Rozdział 1

Trzy miesiące później

Dwaj młodzi ochroniarze, uzbrojeni w dziewięciomilimetrowe glocki tkwiące w kaburach podramiennych, zlustrowali okolicę i wyprowadzili z domu na zamożnym przedmieściu Monachium szczupłego, nerwowego mężczyznę. Z kryjówki w cieniu wyłonił się starszy mężczyzna o ciemnej skórze i biegnących od kącików ust w dół liniach przypominających wąsiki. Podszedł do niego i uścisnął mu dłoń. Następnie wszyscy trzej zeszli ze schodów i wsiedli do czekającego na nich samochodu; jeden z ochroniarzy zajął miejsce obok kierowcy, drugi usiadł z tyłu wraz ze swym nerwowym podopiecznym. Spotkanie, choć pełne napięcia, było krótkie, a silnik mruczał cicho jak najedzony kot. Mężczyzna już rozmyślał nad tym, jak zrelacjonuje gwałtowne zmiany sytuacji w Turcji, z którymi właśnie go zapoznawano, swojemu szefowi — Abdullahowi Churiemu.

Poranek był spokojny i cichy. Poprzycinane drzewa, gęsto pokryte liśćmi, rzucały na chodnik plamy cienia. Powietrze było łagodne i chłodne, ale już za kilka godzin słońce rozpali niebo. Tę poranną godzinę wybrano specjalnie. Zgodnie z przewidywaniami uliczka była praktycznie pusta, tylko przy jej przeciwległym krańcu jakiś chłopak ćwiczył jazdę na rowerze. Z drugiej strony wyjechała ciężarówka Zakładu Oczyszczania

Miasta. Potężne szczotki obracały się szybko, wciągając do środka najmniejszy nawet śmieć, który przypadkiem zawieruszył się na nieskazitelnej ulicy. Ten widok nie budził niczyjego niepokoju; mieszkający w tej dzielnicy ludzie mieli swoje układy z radą miasta i byli dumni z faktu, że ich uliczka zawsze jest pierwsza sprzątana.

Samochód ruszył spod domu, nabierając prędkości. Jednocześnie ciężarówka obróciła się i stanęła w poprzek ulicy, tamując ruch. Kierowca zareagował instynktownie, bez wahania: wrzucił wsteczny bieg i nacisnął gaz. Zapiszczały opony i samochód zaczął szybko oddalać się od ciężarówki.

Hałas zainteresował chłopca, który podniósł głowę; stał z rowerem między nogami i wydawało się, że odpoczywa. Ale w ostatniej chwili, gdy cofający się samochód był już bardzo blisko, z drucianego koszyka wyjął dziwnie wyglądającą broń z nienaturalnie długą lufą. Wystrzelony granat o napędzie rakietowym strzaskał tylną szybę i samochód eksplodował w kuli pomarańczowego ognia, w powietrze wzbił się tłusty czarny dym.

Chłopiec pochylił się nisko nad kierownicą roweru. Jechał szybko i pewnie, uśmiechając się z nieukrywaną satysfakcją.

• • •

Tego samego dnia, wkrótce po południu, Leonid Arkadin siedział w monachijskiej piwiarni, słuchając mimowolnie hałaśliwej muzyki i pijanych Niemców. Zadzwonił jego telefon komórkowy. Rozpoznał wyświetlony numer i wyszedł na ulicę, gdzie było trochę spokojniej. Chrząknął tylko, nie przedstawiając się.

— Znowu nie powiodła się twoja próba zniszczenia Braterstwa Wschodu. — Nieprzyjemny głos Abdullaha Churiego zabrzęczał w jego uchu jak natrętna pszczoła. — Dziś rano zabiłeś tylko mojego ministra finansów. Już mianowałem następnego.

— Nic nie rozumiesz. Nie mam zamiaru zniszczyć Braterstwa — powiedział spokojnie Arkadin — tylko je przejąć.

W odpowiedzi usłyszał ochrypły śmiech pozbawiony nie tylko humoru, lecz także śladu ludzkich uczyć.

— Niezależnie od tego, ilu moich ludzi zabijesz, jednego możesz być pewien: przetrwam wszystko.

* * *

Moira Trevor siedziała za błyszczącym chromem i szkłem biurkiem w lśniącym czystością nowym biurze Heartland Risk Management, LLC, jej nowej firmy, zajmującej dwa piętra postmodernistycznego budynku stojącego w centrum południowo-zachodniego Waszyngtonu. Rozmawiała przez telefon ze Steve'em Stevensonem, jednym z jej kontaktów w Departamencie Obrony. Poznawała szczegóły najnowszego, lukratywnego kontraktu — w ciągu ostatnich pięciu tygodni otrzymała ich sześć — a jednocześnie przeglądała codzienne dane wywiadu na monitorze komputera. Za monitorem stało zdjęcie jej i Jasona Bourne'a. Na ich twarze padało jasne słońce Bali, a za plecami wznosiła się w niebo góra Agung, święty wulkan wyspy. Wspięli się na jej szczyt pewnego ranka, zanim wzeszło słońce. Ona miała twarz pogodną, bez śladu napięcia, wyglądała dziesięć lat młodziej niż zazwyczaj, a Bourne uśmiechał się tajemniczo. Gdy tak się uśmiechał, przesuwała palcem po jego wargach, jakby była niewidoma i odczytywała w ten sposób ukryte w tym uśmiechu znaczenia.

Brzęczenie interkomu przerwało jej rozmyślania. Drgnęła, z zaskoczeniem uświadamiając sobie, że ciągle patrzy na zdjęcie i błądzi myślami, jak to się często ostatnio zdarzało, wracając do wspaniałych dni na Bali, nim postrzelony Jason padł na ziemię w Tengananie. Spojrzała na stojący na biurku elektroniczny zegarek, skupiła się, zakończyła rozmowę, po czym powiedziała do interkomu „niech wejdzie".

Chwilę później w drzwiach pojawił się Noah Perlis, jej dawny przełożony z Black River, prywatnej armii najemników, używanej przez Stany Zjednoczone w zapalnych punktach Bliskiego Wschodu. Firma Moiry była teraz jej bezpośrednim konkurentem. Chuda twarz Perlisa wydawała się bardziej ziemista niż zwykle, a włosy bardziej siwe. Miał długi nos i usta, które zapomniały już, co to śmiech lub choćby uśmiech. Był dumny ze swego talentu do natychmiastowej oceny ludzi, co wydawało się szczególnie ironiczne, jako że szczelna ochrona izolowała go nawet od niego samego.

Moira wskazała jedno ze stojących po drugiej stronie biurka nowoczesnych, srebrno-czarnych krzeseł.

— Usiądź — powiedziała.

Nie usiadł. Stał, jakby jedną nogą już był za drzwiami.

— Przyszedłem powiedzieć, żebyś dała spokój naszemu personelowi.

— Twierdzisz, że przysłali cię jako zwykłego posłańca? — Moira uśmiechnęła się ciepło, choć ciepły uśmiech zupełnie nie pasował do jej nastroju. Szeroko rozstawione, lekko skośne piwne oczy, wpatrzone w rozmówcę z wyrazem szczerego zainteresowania, nie zdradzały żadnych uczuć. Tę twarz niektórzy uznawali za niezwykle silną, inni za niezwykle onieśmielającą, to zależało od punktu widzenia, niemniej była w niej jednak słodycz, dobrze służąca Moirze w stresujących sytuacjach. Takich jak ta.

Niemal trzy miesiące temu, kiedy zaczęła organizować Heartland, Bourne ostrzegał ją, że taka sytuacja musi się prędzej czy później zdarzyć. W pewien sposób była więc na to przygotowana. Dla niej Noah stał się uosobieniem Black River, zdecydowanie za długo mu podlegała.

Tymczasem Perlis zrobił kilka kroków w stronę biurka. Zdjął z blatu oprawioną fotografię, odwrócił i przyjrzał się jej dokładnie.

— Szkoda twojego przyjaciela — powiedział. — Rozwalili go w jakiejś śmierdzącej wiosce gdzieś na końcu świata. Pewnie złamało ci to serce.

Moira nie zamierzała pozwolić, by wyprowadził ją z równowagi.

— Miło cię widzieć.

Noah odstawił fotografię. Uśmiechnął się sardonicznie.

— Ludzie używają słowa „miło", kiedy chcą grzecznie skłamać.

Moira zachowywała obojętny wyraz twarzy, schowała się za nim jak za tarczą.

— Dlaczego mielibyśmy być dla siebie grzeczni?

Stał nieruchomo, zaciskając pięści tak mocno, że aż pobielały mu palce. Zapewne żałował w tej chwili, że nie zaciska dłoni na jej szyi.

— Jestem cholernie poważny, Moiro — powiedział, patrząc jej w oczy. Był człowiekiem, który potrafi przerażać, jeśli się postara. — Dla ciebie nie ma drogi odwrotu, ale jeśli chcesz iść przed siebie jak dotąd... — Potrząsnął głową ostrzegawczo.

Moira wzruszyła ramionami.

— Nie widzę problemu. Prawdę mówiąc, nie został ci nikt, kto spełniałby moje wymagania etyczne.

Z jakiegoś powodu odprężył się po tych słowach i już innym tonem zapytał:

— Dlaczego to robisz?

— A dlaczego zadajesz mi pytania, na które z góry znasz odpowiedź?

Patrzył na nią w milczeniu, czekając, co jeszcze ma do powiedzenia.

— Musi istnieć legalna alternatywa dla Black River, żeby pracownicy nie balansowali na krawędzi prawa... i z niej nie spadali.

— To brudna robota. Kto jak kto, ale ty powinnaś o tym wiedzieć.

— Oczywiście, że wiem. I dlatego stworzyłam moją firmę. — Moira wstała, oparła się o biurko. — W tej chwili wszyscy mają na radarze Iran. Nie mam zamiaru siedzieć bezczynnie. Czekać, aż zdarzy się tam to samo co w Afganistanie i Iraku.

Noah obrócił się na pięcie. Podszedł do drzwi, położył dłoń na klamce i spojrzał przez ramię. To była jego stara sztuczka.

— Wiesz, że nie powstrzymasz fali brudnej wody. Nie bądź hipokrytką. Będziesz brodziła w błocie jak my wszyscy. Dla pieniędzy. — Jego oczy błyszczały groźnie. — Dla miliardów dolarów, które można zarobić na nowej wojnie, nowym teatrze działań.

Rozdział 2

Leżący bezwładnie na ziemi w Tenanganie Bourne szepcze jej do ucha:

— Powiedz im...

Moira klęczy, skulona, w chmurze kurzu, w kałuży krwi. Słucha go jednym uchem, do drugiego przyciska telefon komórkowy.

— Leż spokojnie, Jasonie. Wzywam pomoc.

— Powiedz im, że nie żyję — mówi i traci przytomność.

• • •

Jason Bourne znów miał ten sen i obudził się spocony jak mysz, w przesiąkniętej potem pościeli. Od upalnej tropikalnej nocy dzieliła go rozwieszona nad łóżkiem moskitiera. Gdzieś wysoko w górach padał deszcz. Słyszał odległy huk grzmotów przypominający tętent koni, czuł słaby, wilgotny wiatr na piersi, nagiej w miejscu, w którym rana już się prawie zagoiła.

Minęły trzy miesiące od czasu, gdy został postrzelony, od chwili gdy Moira spełniła jego polecenia co do joty. I teraz praktycznie wszyscy, którzy go znali, wierzyli, że nie żyje. Poza nim prawdę znały tylko trzy osoby: Moira, Benjamin Firth, australijski chirurg, którego ściągnęła do wioski Manggis, i Frederick Willard, ostatni członek Treadstone, człowiek, od którego dowiedział się, że Leonid Arkadin przeszedł tam szkolenie. To właśnie Willard, z którym Moira skontaktowała się na prośbę Bourne'a, zajął się treningami pacjenta, gdy tylko doktor Firth mu na to pozwolił.

— Masz cholerne szczęście, człowieku — powiedział lekarz, kiedy Jason odzyskał przytomność po pierwszej z dwóch operacji. Przy rozmowie była Moira, która dosłownie przed chwilą, w sposób możliwie jak najbardziej ostentacyjny, zakończyła formalności związane z transportem „ciała" Bourne'a do Stanów. — Prawdę mówiąc, gdyby kształt twojego serca był prawidłowy, zginąłbyś niemal natychmiast. Ktokolwiek do ciebie strzelał, wiedział, co robi. — Złapał Bourne'a za ramię i uśmiechnął się sucho. — Ale nie musisz się martwić, doprowadzimy cię do porządku. W miesiąc, może dwa.

Miesiąc, może dwa. Bourne, wsłuchany w zbliżającą się apokaliptyczną ulewę, wyciągnął rękę, dotknął wiszącego przy łóżku dwustronnego *ikatu*, odzyskał odrobinę spokoju. Pamiętał długie tygodnie spędzone w klinice dobrego doktora na Bali, tygodnie spędzone w ukryciu z powodów zarówno zdrowotnych, jak i bezpieczeństwa. Przez kilka tygodni po drugiej operacji mógł tylko siadać, nic więcej. Podczas tych ciągnących się dni poznał głęboko skrywany sekret Firtha: był on niepoprawnym alkoholikiem. Trzeźwego jak niemowlę widywano go wyłącznie wtedy, kiedy miał pacjenta na stole operacyjnym. Okazał się genialnym chirurgiem, ale kiedy nie operował, śmierdział arakiem, sfermentowanym balijskim napojem alkoholowym tak mocnym, że kiedy czasem zapomniał o zamówieniu czystego alkoholu, używał go do sterylizacji stołu operacyjnego i narzędzi chirurgicznych. Dzięki temu Bourne'owi udało się także wyjaśnić kolejną tajemnicę: co robi on w zapadłej dziurze, tak dalekiej od cywilizacji — wyrzucano go po kolei z każdego szpitala w Australii Zachodniej.

Łańcuch wspomnień przerwało nagle wejście doktora, odwiedzającego pokój znajdujący się po przeciwnej stronie kliniki niż sala operacyjna.

— Firth, co porabiasz o tej nocnej godzinie?

Doktor usiadł ciężko na stojącym przy ścianie wyplatanym krześle. Wyraźnie kulał, bo miał krótszą jedną nogę.

— Nie lubię błyskawic i grzmotów — wyznał.

— Jesteś jak dziecko.

Firth skinął głową.

— Pod wieloma względami tak — przyznał — tylko w od-różnieniu od mnóstwa durni, których miałem wątpliwą przyjem-ność spotkać w dawnych złych czasach, potrafię się do tego przyznać.

Bourne włączył nocną lampkę. Stożek światła ogarnął łóżko i fragment podłogi. Zagrzmiało bliżej niż jeszcze przed chwilą. Firth pochylił się w stronę światła, jakby szukał w nim schro-nienia. W ręku ściskał za szyjkę butelkę araku.

— Twój wierny towarzysz — zauważył Jason.

Doktor tylko się skrzywił.

— Dziś nie pomoże mi żadna ilość alkoholu.

Jego pacjent wyciągnął rękę i dostał butelkę. Wypił łyk, oddał ją właścicielowi. Chociaż lekarz siedział na krześle, nie sprawiał wrażenia rozluźnionego. Huknął kolejny grzmot, a w następnej chwili ulewa uderzyła w słomiany dach chaty z hukiem karabinowego wystrzału. Firth znów się skrzywił, ale nie tknął araku. Wyglądało na to, że nawet on zna granice.

— Mam nadzieję, że zdołam cię przekonać, byś odpuścił sobie trochę z ćwiczeniami fizycznymi — powiedział.

— A to dlaczego?

— Bo Willard zbytnio cię eksploatuje.

— Taką ma pracę.

Firth oblizał wargi, organizm domagał się alkoholu.

— Może i racja, ale nie jest twoim lekarzem. Nie rozebrał cię na kawałki, nie pozszywał z powrotem. — Spojrzał na butelkę, postawił ją na ziemi, między stopami. — A poza tym przeraża mnie.

— Wszystko cię przeraża — zauważył Bourne. To twier-dzenie zabrzmiało dziwnie łagodnie.

— Nie, nie wszystko. — Firth przeczekał huczący im nad głową grom. — Na przykład nie przerażają mnie poszarpane ciała.

— Poszarpane ciało nie może ci się odgryźć — zauważył Bourne.

Lekarz uśmiechnął się smutno.

— Nie masz moich koszmarów.

— I dobrze. — Oczami wyobraźni Bourne znów oglądał samego siebie, leżącego na zakrwawionej ziemi w wiosce Tenganan. — Mam swoje.

Przez długą chwilę obaj milczeli. Bourne zadał w końcu jakieś pytanie, ale w odpowiedzi usłyszał tylko krótkie chrapnięcie, więc położył się, przymknął oczy i zasnął, jak sobie tego życzył. Nim obudził się rano, znów odwiedził Tenganan — choć tego nie chciał, znów poczuł bijący od rozgrzanego ciała Moiry silny zapach cynamonu zmieszany z odorem krwi.

• • •

— Podoba ci się?

Moira trzymała w dłoni tkaninę w kolorach bogów: Brahmy, Wisznu i Sziwy — błękitnym, czerwonym i żółtym. Zdobił ją skomplikowany wzór splecionych kwiatów, być może plumerii. Ponieważ używano tylko farb naturalnych, niektórych na bazie wody, innych na bazie oleju, przygotowanie tkaniny zajmowało od osiemnastu miesięcy do dwóch lat. Barwa żółta, personifikacja Sziwy niszczyciela, przez kolejne pięć lat utleniała się powoli, ujawniając w końcu swój właściwy odcień. W dwustronnych *ikatach* wzór wpisany był zarówno w wątek, jak i osnowę, tak że utkana prezentowała czyste kolory w odróżnieniu od bardziej znanych, jednostronnych, w których wzór znajdował się tylko po jednej stronie, druga zaś pełniła funkcję neutralnego tła, na przykład czarnego. Otoczone szacunkiem, wręcz czczone, wisiały na honorowym miejscu w każdym domu na Bali.

— Tak, bardzo mi się podoba.

Za chwilę Bourne miał mieć pierwszą z dwóch operacji.
— Suparwita powiedział, że to ważne. Mam dla ciebie dwustronny *ikat*. — Moira pochyliła się bardziej. — Jest święty, pamiętaj. Brahma, Wiszinu i Sziwa będą cie bronić od złego. Od choroby. Dopilnuję, żeby zawsze był blisko ciebie.

A tuż przedtem, nim doktor Firth zawiózł go na wózku do sali operacyjnej, dodała jeszcze:
— Wszystko będzie dobrze, Jasonie. Wypiłeś herbatę z kenkuru.

Kenkur — pomyślał Bourne w momencie, gdy lekarz dawał mu narkozę. Lilia zmartwychwstania.

• • •

Kiedy Benjamin Firth ciął go, kiedy szanse na to, że przeżyje, były jeszcze niewielkie, Jason Bourne śnił o świątyni położonej wysoko w górach Bali. Przez jej czerwone, rzeźbione wrota widać było zamglony kształt piramidy, górę Agung, błękitną i majestatyczną na tle żółtego nieba. Patrzył na wrota z wielkiej wysokości. Rozejrzał się i stwierdził, że stoi na najwyższym stopniu stromych potrójnych schodów, strzeżonych przez sześć okrutnych kamiennych smoków, których wyszczerzone zębiska miały ze dwadzieścia centymetrów długości. Ciała smoków wyginały się w górę, tworząc balustradę dla trzech biegów schodów; balustradę, która sprawiała wrażenie tak niezwykle solidnej, jakby niosła schody w górę, aż do placu przed właściwą świątynią.

Wzrok Bourne'a znów przyciągnęła brama i góra Agung. Tym razem dostrzegł sylwetkę na tle świętego wulkanu i serce mocniej zabiło mu w piersi. Promienie zachodzącego słońca padały na jego twarz; osłonił dłonią oczy i wytężył wzrok, próbując rozpoznać tę postać, która tymczasem obróciła się w jego kierunku. Czuł jednocześnie przeszywający ból... i przyjemność.

W tej samej chwili doktor Firth stwierdził nieprawidłowość w budowie jego serca. Pracował teraz ze świadomością, że ma szansę uratować pacjenta.

Niewiele ponad cztery godziny później zmęczony, lecz odrobinę triumfujący, przeniósł pacjenta do sali pooperacyjnej, która miała stać się jego domem na następne sześć tygodni. Moira już na nich czekała. Twarz miała bladą, nie malowały się na niej żadne uczucia, chociaż przez nie czuła ściskanie w dołku.

— Nie umrze? — spytała, niemal dławiąc się tymi słowami. — Proszę mi powiedzieć, że nie umrze.

Firth opadł ciężko na składane krzesło. Powoli zdjął zakrwawione rękawiczki.

— Kula przeszła na wylot. To dobrze, nie musiałem jej wyciągać. Pani Trevor, pozwolę sobie wyrazić starannie przemyślaną opinię: będzie żył. Z jednym zastrzeżeniem: nic na tym świecie nie jest pewne. A zwłaszcza w medycynie.

Wypił pierwszy tego dnia łyk araku, a Moira podeszła do Bourne'a, czując zarazem radość i obawę. Była tak przerażona, że przez ostatnie cztery i pół godziny serce bolało ją prawdopodobnie równie mocno jak jego. Spojrzała na bladą, lecz spokojną twarz Jasona, ujęła go za dłoń i ścisnęła mocno, ponownie nawiązując z nim kontakt fizyczny.

— Jasonie — powiedziała.

— Nadal jest nieprzytomny — powiedział Firth. Jego głos jakby dobiegał z bardzo daleka. — Nie słyszy pani.

Moira zignorowała go. Próbowała wyobrazić sobie dziurę w obandażowanej piersi, ale okazało się to ponad jej siły. Płakała; łzy lały się równie obficie jak kilka razy wcześniej, podczas operacji, ale otchłań rozpaczy, w którą wpatrywała się tak długo, zaczęła powoli znikać. Nadal jednak ciężko oddychała, przerywanie, nadal nie do końca czuła twardy grunt pod stopami; rozpacz nie chciała ustąpić od razu.

— Jasonie, posłuchaj mnie. Suparwita wiedział, co się zdarzy, i przygotował cię na to najlepiej, jak mógł. Podał ci alpinię, skłonił mnie, żebym kupiła dla ciebie dwustronny *ikat*. Chroniły cię, wiem, nawet jeśli ty w to nigdy nie uwierzysz.

• • •

54

Nadszedł ranek, barwiąc bladobłękitne niebo na różowo i żółto. Gdy Jason Bourne otworzył oczy, dostrzegł kolory Brahmy, Wisznu i Sziwy. Nocna burza oczyściła powietrze z dymu wznoszącego się nad ryżowymi polami, na których palono resztki zebranych roślin.

Bourne usiadł. Pierwsze, co ujrzał, to kupiony w Tengananie dwustronny *ikat*, dar od Moiry. Ujął w dłonie szorstkie płótno i niczym w nagłym blasku błyskawicy dostrzegł sylwetkę stojącą we wrotach świątyni, między nim a górą Agung. Znów zastanowił się, któż mógł to być.

Rozdział 3

W kabinie amerykańskiego samolotu pasażerskiego, lot 891 z Kairu, słychać było cichy szum pracujących silników. Dwaj piloci, starzy przyjaciele, żartowali sobie na temat stewardesy, z którą obaj chętnie poszliby do łóżka. Kończyli właśnie omawiać warunki nader dorosłego zakładu, w którym nagroda miała oczywiście przypaść zwycięzcy, kiedy na radarze pojawił się ślad obiektu zbliżającego się w błyskawicznym tempie do ich samolotu. Pierwszy pilot zareagował zgodnie z procedurą. Polecił pasażerom zapiąć pasy, a następnie sprowadził maszynę z dotychczasowego kursu, stosując klasyczny unik. Boeing 767 jest jednak duży i niezbyt zwrotny, nie do uników go stworzono. Drugi pilot wypatrywał obiektu, a jednocześnie wywołał przez radio ośrodek kontroli lotów w Kairze.

— Osiem-dziewięć-jeden, tak blisko ciebie nie ma żadnych planowych lotów — usłyszał spokojny głos kontrolera. — Czy potwierdzasz kontakt wzrokowy?

— Nie potwierdzam. Obiekt jest zbyt mały, by mógł być innym samolotem rejsowym — powiedział drugi pilot. — Może to mała maszyna pasażerska?

— Nie zarejestrowano takiego lotu. Powtarzam: nie zarejestrowano takiego lotu.

— Potwierdzam, ale obiekt nadal się zbliża.

— Osiem-dziewięć-jeden, wznieś się na pułap czternastu tysięcy metrów.

— Potwierdzam. — Pilot przeprowadził zmianę. — Wysokość czternaście...

— Mam! — krzyknął drugi pilot. — Leci za szybko na prywatny odrzutowiec!

— Co się dzieje? — W głosie egipskiego kontrolera zabrzmiał niepokój. — Czy coś się stało? Osiem-dziewięć-jeden, melduj...

— Jest tuż! — krzyknął drugi pilot.

Nieszczęście zdarzyło się chwilę później. Potężna metalowa pięść uderzyła w pasażerski samolot, czemu towarzyszył oślepiający błysk. Eksplozja rozdarła kadłub jak dzikie zwierzę rozdziera ofiarę, fragment po fragmencie; poczerniałe, bezkształtne kawałki maszyny spadły do morza w oszałamiającym tempie.

• • •

Głęboko pod zachodnim skrzydłem Białego Domu, w obszernej sali o ścianach ze zbrojonego betonu grubych na dwa i pół metra, prezydent Stanów Zjednoczonych uczestniczył w spotkaniu z sekretarzem obrony Hallidayem, Veronicą Hart z Centrali Wywiadu, Jonem Muellerem, szefem Departamentu Bezpieczeństwa Krajowego, i Jaimiem Hernandezem, który przejął Agencję Bezpieczeństwa Narodowego po skandalu ze stosowaniem przytapiania więźniów podczas przesłuchań, co spowodowało upadek jego poprzednika.

Wydawało się, że Halliday, rumiany, z zaczesanymi do tyłu ciemnoblond włosami, chytrymi oczami polityka i olśniewającym uśmiechem wprost z reklamy pasty do zębów, czyta mowę napisaną na obrady jakiejś senackiej komisji.

— Po długich miesiącach ciężkiej pracy, rozsądnie skalkulowanych łapówkach i dyskretnym sondowaniu środowiska Black River zdołała nawiązać kontakt z grupą dysydentów, prozachodnich Irańczyków. — Showman jak zawsze, przerwał w tym momencie i spojrzał w po kolei oczy wszystkim obecnym siedzącym przy wypolerowanym stole. — To nowina wagi wręcz nieocenionej — dodał niepotrzebnie. Skinął głową w stronę prezydenta. — Administracja czekała na to przez lata. Znane nam do tej pory irańskie ugrupowania dysydenckie były bezsilne.

Halliday był dziś niezwykle elokwentny; Hart pomyślała, że wie dlaczego. Chociaż jego akcje poszły w górę po śmierci Jasona Bourne'a, do której usilnie dążył i za którą przyjął wyrazy uznania, bardzo potrzebował kolejnego zwycięstwa, takiego o szerszym zakresie, pożytecznego dla prezydenta, pozwalającego mu zbić kapitał polityczny.

— Mamy wreszcie ludzi, z którymi możemy pracować — ciągnął, nie kryjąc entuzjazmu, nawet nie starając się nad nim zapanować. Rozdawał przygotowany przez Black River raport podający daty i miejsca spotkań, a także zawierający transkrypcje potajemnie nagranych rozmów między agentami firmy a przywódcami grupy dysydentów, których dane zamazano ze względów bezpieczeństwa. Hart natychmiast zauważyła, że we wszystkich tych rozmowach szczególny akcent położono na ich wojowniczość oraz gotowość przyjęcia pomocy z Zachodu.

— Są bez wątpienia prozachodni — entuzjazmował się nadal Halliday, jakby jego słuchacze potrzebowali wskazówek, jak przebrnąć przez gęsto zadrukowane kartki. — Co więcej, są także przygotowani do rozpoczęcia zbrojnej rewolucji i chętni do przyjęcia każdej pomocy z naszej strony.

— Jakie są ich rzeczywiste możliwości? — spytał Jon Mueller. Zachował wygląd i styl bycia typowego żołnierza, wzrok utkwił w jakimś oddalonym punkcie. Wyglądał na kogoś zdolnego przełamać na pół człowieka tak łatwo, jak łamie się wykałaczkę.

— Doskonałe pytanie, Jon — ucieszył się sekretarz obrony. — Jeśli zechcesz spojrzeć na stronę trzydziestą ósmą, zobaczysz przygotowaną przez Black River szczegółową ocenę ich wyszkolenia i umiejętności bojowych. Ta grupa według skali własnej Black River w obu dziedzinach otrzymała ocenę osiem na dziesięć.

— Mam wrażenie, że pokłada pan wielką ufność w ocenach tej firmy, panie sekretarzu — powiedziała Hart sucho.

Halliday nawet na nią nie spojrzał. To jej ludzie, Soraya Moore i Tyrone Elkins, spowodowali upadek jego człowieka, Luthera LaValle'a. Nienawidził ich do szpiku kości, ale Hart nie miała wątpliwości, że jest zbyt dobrym politykiem, by dać wyraz swej niechęci w obecności prezydenta, który darzył ją wielkim szacunkiem.

Teraz tylko mądrze pokiwał głową. Głos utrzymywał ostrożnie neutralny.

— Wolałbym, żeby było inaczej, pani dyrektor. Nie jest jednak żadną tajemnicą, że zaczyna nam po prostu brakować środków, a to z powodu konfliktów w Afganistanie i Iraku. Teraz, kiedy mamy na radarze także Iran, stanowiący oczywiste i bezpośrednie zagrożenie, jesteśmy zmuszeni sięgać coraz głębiej do źródeł zewnętrznych, zabezpieczających nasze rozległe zainteresowania wywiadowcze.

— Jak rozumiem, mówi pan o NSA. W zeszłym roku Centrala Wywiadu stworzyła Typhona, przeznaczonego specjalnie do zbierania i wykorzystywania rosnącej liczby danych napływających z Bliskiego Wschodu — zauważyła Hart. — Wszyscy agenci terenowi Typhona mówią płynnie wieloma arabskimi narzeczami i farsi. Proszę mi powiedzieć, panie sekretarzu, ilu agentów NSA ma podobne kwalifikacje?

Pochyliła się. Widziała, jak Hallidayowi czerwienieje szyja, a potem policzki. Miała zamiar jeszcze bardziej go podrażnić, ale niestety zadzwonił niebieski telefon, stojący przy prawym łokciu prezydenta. W pokoju zapadła nagle pełna napięcia cisza, tak doskonała, że ten cichy dźwięk zabrzmiał niczym warkot wiertarki udarowej. Wszyscy zgromadzeni tu wiedzieli, że niebieski telefon oznacza złe wieści.

Ponury prezydent przycisnął słuchawkę do ucha. Słuchał generała Lelanda, który przekazywał mu wiadomości z Pentagonu i informował, że dokładny raport kurier dostarczy do Białego Domu w ciągu godziny.

Prezydent przyjął informacje z charakterystycznym dla siebie opanowaniem. Nie należał do ludzi wpadających w panikę i skłonnych do podejmowania nieprzemyślanych decyzji. Odkładając słuchawkę, powiedział:

— Mamy do czynienia z katastrofą lotniczą. Amerykański samolot pasażerski, lot osiem-dziewięć-jeden z Kairu, eksplodował.

— Bomba? — spytał Jaime Hernandez, szczupły, przystojny mężczyzna o chłodnych oczach bez wyrazu, tak czarnych jak jego włosy. Sprawiał wrażenie człowieka, który liczy pierożki w chińskiej zupie, by sprawdzić, czy rachunek w restauracji nie będzie przypadkiem zawyżony.

— Ktoś ocalał? — zainteresowała się Hart.

— Nie znamy odpowiedzi na żadne z tych pytań — westchnął prezydent. — W tej chwili możemy tylko powiedzieć, że na pokładzie znajdowało się sto osiemdziesiąt jeden osób.

Hart potrząsnęła głową.

— Dobry Boże — westchnęła.

W pełnej zdumienia ciszy obecni starali się pojąć zarówno ogrom tego nieszczęścia, jak i jego ewentualne straszne następstwa. Niezależnie od możliwych przyczyn jedna rzecz pozostawała niezmienna: wielu amerykańskich cywilów straciło życie, a jeśli sprawdzi się najgorszy z możliwych scenariuszy i ci Amerykanie okażą się ofiarami ataku terrorystycznego...

— Panie prezydencie, sądzę, że powinniśmy posłać na miejsce wypadku międzywydziałowy zespół kryminalistyczny z Agencji Bezpieczeństwa Narodowego i Departamentu Bezpieczeństwa Krajowego... — Halliday spróbował przejąć inicjatywę...

— Nie powinniśmy postępować pochopnie — zaprotestowała Hart. Słowa sekretarza przynajmniej wyrwały obecnych w pokoju z osłupienia. — Nie mamy do czynienia z Irakiem. Jeśli zechcemy wysłać naszych ludzi do Egiptu, będziemy musieli wystąpić o zgodę rządu.

— Zginęli obywatele naszego kraju! — uniósł się Halliday. — Pieprzyć Egipcjan. Co ostatnio dla nas zrobili? Prezydent podniósł rękę, zapobiegając gwałtownej kłótni. — Zachowajmy jakiś porządek. Veronica ma rację. — Wstał. — Spotkamy się ponownie za godzinę, kiedy porozmawiam z prezydentem Egiptu.

• • •

Prezydent pojawił się w pokoju dokładnie po sześćdziesięciu minutach. Skinął głową czekającym na niego niecierpliwie podwładnym, zajął miejsce i powiedział:

— W porządku, wszystko zostało już załatwione. Hernandez, Mueller, stwórzcie grupę specjalną ze swych najlepszych ludzi i wyślijcie ich samolotem do Egiptu jak najszybciej. Po pierwsze, mają sprawdzić, czy ktoś ocalał. Cel numer dwa: identyfikacja ofiar. Cel numer trzy: na litość boską, ustalcie jak najszybciej przyczynę tej katastrofy!

— Jeśli można, panie prezydencie — wtrąciła Veronica Hart — pozwolę sobie zaproponować, by do zespołu weszła Soraya Moore, dyrektorka Typhona. Jest półkrwi Egipcjanką. Jej doskonała znajomość arabskiego oraz miejscowych zwyczajów może okazać się nieoceniona, zwłaszcza w kontaktach z lokalnymi urzędnikami.

Halliday potrząsnął głową.

— Ta sprawa jest wystarczająco skomplikowana bez włączania w nią trzeciej agencji — powiedział z wielkim naciskiem. — NSA i DHS dysponują odpowiednimi środkami.

— Ośmielam się wątpić...

Halliday przerwał jej bezceremonialnie.

— Nie muszę chyba przypominać pani, dyrektor Hart, że prasa rzuci się na ten wypadek jak muchy na gówno. Musimy zebrać ludzi, przetransportować ich na miejsce, odkryć, co jest do odkrycia, i przedsięwziąć odpowiednie kroki tak szybko, jak to tylko możliwe, albo rzucą się na nas media z całego świata. — Spojrzał na prezydenta. — A administracja nie tego akurat potrzebuje. Ostatnią rzeczą, jakiej bez wątpienia pan pragnie, panie prezydencie, to wyjść na człowieka słabego i nieskutecznego.

Prezydent potrząsnął głową.

— Prawdziwym problemem jest to, że egipska państwowa tajna policja... jak oni się nazywają?

— Al-Muchabarat — powiedziała Hart, czując się jak uczestniczka teleturnieju.

— Ach tak, oczywiście. Dziękuję ci, Veronico. — Zapisał coś szybko w bloczku leżącym przed nim. Nie było wątpliwości, że tej nazwy już nie zapomni. — Tak więc prawdziwym problemem jest to, że oddział funkcjonariuszy Muchabaratu będzie towarzyszył naszej ekipie.

Sekretarz Halliday głośno jęknął.

— Panie prezydencie, jeśli wolno mi to powiedzieć, egipska tajna policja jest skorumpowana, bezwzględna, a także słynie z sadyzmu i ciągłego łamania praw człowieka. Proponuję, żebyśmy całkowicie zrezygnowali z jej angażowania.

— Proszę mi wierzyć, że w tej chwili nic by mnie bardziej nie uszczęśliwiło. — Prezydent nie krył niesmaku. — Obawiam się jednak, że to jest *quid pro quo*, na które prezydent Egiptu nalegał w zamian za ofertę naszej pomocy w przeprowadzeniu śledztwa.

— Ofertę pomocy? Naszej pomocy? — Halliday roześmiał się, lecz w jego śmiechu nie było wesołości. — Ci cholerni Egipcjanie nie znaleźliby mumii w grobowcu.

— Bardzo możliwe, ale to jednak nasi sojusznicy — prezydent stanowczo uciął dyskusję. — Spodziewam się, że nie zapomnicie o tym w ciągu czekających nas długich dni i tygodni.

Rozejrzał się po pokoju. Dyrektorka Centrali Wywiadu wykorzystała daną jej szansę.

— Panie prezydencie, pozwolę sobie przypomnieć, że egipski jest ojczystym językiem dyrektor Moore.

Halliday zareagował błyskawicznie.

— I właśnie dlatego należy ją skreślić z listy. Na Boga, przecież jest muzułmanką!

— Panie sekretarzu, jeśli w tej chwili czegoś nie potrzebujemy, to właśnie takich uwag świadczących o głębokiej ignorancji. Poza tym, ilu ludzi z waszego zespołu włada płynnie egipskim arabskim?

Tego było już dla sekretarza za wiele.

— Egipcjanie całkiem dobrze mówią po angielsku, szanowna pani!

— Nie między sobą. — Jak Halliday poprzednio, tak teraz Hart zwróciła się bezpośrednio do prezydenta. — Panie prezydencie, to sprawa wyjątkowej... nie, najwyższej wagi. W tej krytycznej sytuacji zespół musi mieć jak najwięcej informacji o Egipcjanach, a zwłaszcza ich tajnej policji, którą sekretarz Halliday opisał tak trafnie. Ta wiedza może okazać się decydująca.

Prezydent zastanawiał się zaledwie przez chwilę. Skinął głową.

— Pani dyrektor, ta propozycja ma sens. Przyjmuję ją. Proszę pogonić dyrektor Moore, czas nagli.

Hart się uśmiechnęła. Postanowiła wykorzystać okazję do maksimum.

— Być może zechce dobrać sobie parę osób...

Prezydent znów przytaknął jej skinieniem.

— Czegokolwiek sobie zażyczy. To nie jest odpowiednia chwila na półśrodki.

Veronica spojrzała na Hallidaya, który przeszywał ją wzrokiem. Obdarzyła go olśniewającym uśmiechem.

Na tym skończyło się spotkanie. Opuściła Zachodnie Skrzydło jak najszybciej, pragnąc uniknąć kolejnej ostrej konfrontacji z sekretarzem obrony. Szybko pokonała niewielki dystans dzielący ją od Centrali Wywiadu i natychmiast wezwała do siebie Sorayę Moore.

• • •

Abdullah Churi jechał znad jeziora Starnberger do odległej o niespełna piętnaście kilometrów siedziby Braterstwa Wschodu. Za plecami zostawiał okryte śniegiem szczyty Alp i błyszczące w jaskrawych promieniach słońca lodowato błękitne wody jeziora, czwartego co do wielkości w Niemczech. Smukłe kadłuby jachtów cięły wodę, popychane wiatrem wydymającym kolorowe żagle. Ale w życiu Churiego nie było miejsca na tak frywolną rozrywkę jak żeglarstwo, nawet wówczas, gdy nie był jeszcze głową Braterstwa. Sens życia odkrył w wieku lat siedmiu, kiedy uznał, że jego powołaniem jest bycie ziemskim posłańcem Allaha. Ukrywał to powołanie przez dłuższy czas, domyślając się, że nikt mu nie uwierzy, a już z pewnością nie uwierzy w nie ojciec, traktujący dzieci jeszcze gorzej niż żonę.

Churi urodził się, dysponując cierpliwością żółwia. Nawet jako dziecko potrafił czekać na właściwą chwilę... a następnie ją wykorzystać. Nic dziwnego, że ten jego nadprzyrodzony spokój jako formę umysłowego kalectwa zinterpretował nie tylko ojciec, lecz także nauczyciele. Wszyscy z wyjątkiem jednego; ten natychmiast rozpoznał iskrę bożą, którą Allah obdarzył to dziecko w chwili narodzin. Od tej chwili życie Abdullaha zmieniło się całkowicie. Po szkole chodził do domu nauczyciela, na dodatkowe lekcje. Ten samotny człowiek uczynił z niego swego akolitę i protegowanego.

Jako dorosły, młody mężczyzna Churi wstąpił do Braterstwa Wschodu. Powoli, wytrwale, awansował w hierarchii, na swój jakże charakterystyczny sposób oddzielając ziarno od plew. „Ziarnem" byli ci członkowie organizacji, którzy dzielili jego bardzo surową ocenę islamu. To on zaszczepił im ideę walki o zmianę od wewnątrz, doskonale odpowiadającą jego naturze urodzonego wywrotowca, z prawdziwym talentem podminowującego zastany porządek rzeczy, by uczynić miejsce dla swojego. Osiągał to, co pragnął, bardzo ostrożnie, bez pośpiechu, latając wystarczająco nisko, by nie namierzyły go bliźniacze reflektory Siemiona Ikupowa i Ashera Severa, ponieważ ludzi tych nie należało lekceważyć, nie należało także robić sobie z nich wrogów, jeśli nie dysponowało się przewagą na wszystkich możliwych frontach. Nadal gromadził niezbędny, jego zdaniem arsenał, choć ci dwaj zginęli, pozostawiając po sobie wielką i przerażającą próżnię, którą należało wypełnić. Abdullah Churi jednak się nie przeraził. Wykorzystując fakt, że Braterstwo Wschodu doznało szoku, przejął kontrolę nad organizacją. Bez wahania skorzystał z biblioteki strategicznej wiedzy Ikupowa i natychmiast obsadził swymi ludźmi wszystkie kluczowe pozycje wewnątrz organizacji, zapewniając sobie w ten sposób zwycięstwo, i to nie chwilowe.

Kawalkada samochodów zatrzymała się na pierwszym z trzech przystanków po drodze do siedziby Braterstwa. Poruczników, odpowiedzialnych za dwa regiony, na które podzielono Bliski Wschód, oraz tego, który odpowiadał za Afrykę, należało poinformować o tym, co dzieje się wewnątrz Iranu.

Jadąc w konwoju od spotkania do spotkania, Churi nie przestawał się zastanawiać nad sensem zakłóceń, jakie w organizacji wprowadzał Leonid Arkadin. Miał już do czynienia z ludźmi takimi jak on, ludźmi wierzącymi, że strzały z broni palnej załatwią każdą sprawę. Uzbrajali oni pozbawionych wiary, która by ich prowadziła, a jaki sens ma broń, jeśli nie zaprzęga się jej do służby Allahowi i islamowi? Wiedział to i owo o życiu Leonida Daniłowicza, zabójcy zabójców, wynajmującego się różnym moskiewskim *gruppierowkom*. Mówiło się o jego przyjaźni z Dimitrijem Masłowem, głową Kazachów, nie tak jednak silnej, jak przyjaźń łącząca go z jego mentorem, Siemionem Ikupowem, od którego odwrócił się jednak i którego potem zabił. Zapewne nie było to szczególnie zaskakujące, nie w przypadku człowieka urodzonego i wychowanego w Niżnym Tagile, piekle na ziemi takim, jakie mogło istnieć wyłącznie w Rosji, przemysłowym śmietnisku fabryki czołgów, otoczonym więzieniami o zaostrzonym rygorze. Więźniowie, którzy nie mieli dokąd się udać po skończeniu odsiadki, zostawali w mieście i pasożytowali na jego mieszkańcach. Pomniejszym cudem wydawało się to, że Arkadinowi udało się wydostać z tej dziury.

Tak brutalne, tak krwawe wychowanie przekonywało Churiego aż do głębi serca, że Leonid jest tylko mężczyzną, który stracił ducha, skazanym na życie wśród ludzi, choć to, co w nim wartościowe, umarło już i dawno zostało pogrzebane. I właśnie z tego powodu należało, jego zdaniem, przedsięwziąć szczególne środki ostrożności. Wprawdzie miał dwóch ochroniarzy w samochodzie uginającym się pod ciężarem pancernej karoserii i kuloodpornych szyb, a także strzelców wyborowych, uzbrojonych w karabiny, towarzyszących mu w samochodach, i szczerze wątpił, by ktokolwiek był wystarczająco głupi, by się na niego zasadzić, to jednak wychodził z założenia, że skoro nie można odczytać myśli wroga, roztropnie jest postępować tak, jakby to on stanowił cel, a nie Braterstwo Wschodu jako instytucja.

Piętnaście minut później karawana wjechała na prywatny parking Braterstwa. Ochroniarze z pierwszego i trzeciego samochodu wyskoczyli i dokładnie przeszukali teren. Kiedy skończyli, przekazali drogą radiową jego osobistej ochronie informację, że wszystko w porządku i szef może spokojnie wysiąść.

Winda zawiozła Churiego wraz z czterema ochroniarzami bezpośrednio na czwarte piętro budynku, należącego w całości do Braterstwa. Najpierw wysiedli dwaj z nich, zabezpieczyli piętro, obejrzeli pracowników szefa, upewniając się, że nie ma wśród nich nikogo nieznanego. Potem rozsunęli się na boki. Churi przeszedł szybko przez salę recepcyjną. Wszedł do gabinetu. Dopiero na widok sekretarza, wyraźnie spiętego i bladego jak śmierć, zorientował się, że coś jest nie tak.

— Bardzo mi przykro, proszę pana — powiedział sekretarz. — Nic nie mogliśmy zrobić.

Churi spojrzał ponad jego ramieniem na trzech obcych mężczyzn i prymitywna, znająca tylko alternatywę „uciekaj lub walcz", część jego umysłu zrozumiała. Druga, cywilizowana część zareagowała szokiem, przykuwając go do miejsca, w którym stał.

— Co... co się dzieje?

Niczym lunatyk wolnym krokiem podszedł do biurka, stąpając po wspaniałym dywanie, prezencie od prezydenta Iranu.

Nieprzytomnym wzrokiem wpatrywał się w stojących w swobodnych pozach za jego biurkiem trzech gości, ubranych w nienagannie skrojone garnitury. Dwaj z nich okazali mu laminowane legitymacje. Trzeci, zajmujący miejsce pomiędzy nimi, miał włosy koloru stali i twardą, kanciastą twarz.

— Dobry wieczór, panie Churi — powiedział. — Nazywam się Reiniger. — Legitymacja Bundespolitzei, wisząca na szyi na czarnym sznurku, identyfikowała go jako wysokiego rangą funkcjonariusza GSG 9, elitarnej jednostki antyterrorystycznej. — Zostałem upoważniony do zatrzymania pana.

— Zatrzymania? — Churi był zdumiony. — Nie rozumiem. Jak można...

Spojrzał na akta, które trzymał w ręku policjant, i głos odmówił mu posłuszeństwa. Przerażony przyglądał się wykładanym jedna po drugiej fotografiom, zielonkawym, zrobionym w podczerwieni. Przedstawiały go w towarzystwie szesnastoletniego chłopca, pomocnika kelnera z See Café, z którym spotykał się trzy razy w tygodniu, kiedy to jeździł nad jezioro Starnberger, oficjalnie na lunch.

Abdullah Churi opanował się wielkim wysiłkiem woli. Odepchnął od siebie leżące na biurku zdjęcia.

— Mam wielu wrogów dysponujących potężnymi środkami — oznajmił uroczyście. — Ta ohyda została specjalnie spreparowana. Każdy łatwo się zorientuje, że to nie ja biorę udział w tych gorszących... obrzydliwych... aktach. Jak śmiecie oskarżać mnie...

Podniósł wzrok. Reiniger przyglądał mu się z fałszywym współczuciem. Miał żółte zęby. Krótko, niedbale machnął ręką. Stojący po jego prawej ręce policjant wykonał krok w lewo, ujawniając obecność szesnastolatka, który do tej pory ukrywał się za jego plecami. Chłopak nie ośmielił się spojrzeć w płonące gniewem oczy kochanka, nie odrywał wzroku od czubków swych adidasów. W przegrzanym pokoju, przy potężnych, szerokich w ramionach Amerykanach nie wyglądał na swój wiek, wydawał się delikatny i kruchy jak figurka z porcelany.

— Może powinienem was sobie przedstawić — powiedział jeden z amerykańskich agentów, nie kryjąc kpiny — lecz jakoś nie wydaje mi się to konieczne.

Churi miał wrażenie, że jego umysł płonie. Jak coś takiego mogło się w ogóle zdarzyć? Jeśli jest wybrańcem Allaha, dlaczego Bóg dopuścił, by świat poznał jego mroczny sekret, objawiony mu przez nauczyciela z dzieciństwa? Nie myślał o tym, kto go zdradził, lecz tylko o tym, że nie przeżyje tego wstydu, utraty potęgi i szacunku, na które pracował długie lata.

— Jesteś skończony — powiedział drugi Amerykanin.

Który powiedział co? Obojętne. W jego oczach niczym się nie różnili. Byli złośliwymi, złymi niewiernymi. Chciał zabić ich obu.

— Jesteś skończony jako osoba publiczna — mówił dalej Amerykanin głosem cyborga. — Ale znacznie ważniejsze jest to, że nie masz już żadnych wpływów. Twój ekstremizm okazał się blagą, kiepskim dowcipem, szczytem hipokryzji...

Z głębi gardła Churiego dobył się zwierzęcy warkot. Rzucił się na chłopca. Kątem oka dostrzegł, jak stojący najbliżej niego Amerykanin wyciąga paralizator, lecz nie zdołał już powstrzymać skoku. Jeden najeżony zadziorami hak wbił się w jego tors, drugi w udo. Próbował cofnąć się, uciec przed bólem, ale kolana się pod nim ugięły. Upadł. Rzucał się, wyginał, lecz działo się to poza nim, otaczała go wyłącznie dzwoniąca echem cisza, jakby już przeszedł w inny wymiar. Nawet kiedy w jego gabinecie wszczął się gorączkowy ruch, nawet kiedy kilka minut później położono go na noszach, zwieziono windą i jak najszybciej przetransportowano przez hol wejściowy budynku, wypełniony nieruchomymi plamami, które były niegdyś ludzkimi twarzami, a na których teraz malował się wyłącznie szok, ciągle panowała absolutna cisza. Absolutna cisza panowała na ulicy, mimo sporego ruchu, mimo iż ratownicy medyczni i Amerykanie w garniturach, biegnąc, otwierali i zamykali usta, prawdopodobnie krzycząc, by gapie cofnęli się, rozstąpili, dali im drogę. Cisza. Otaczała go wyłącznie cisza.

Nagle jego ciało uniosło się niczym na dłoni Allaha. Był w karetce, wraz z dwoma ratownikami i jeszcze jakimś mężczyzną. Karetka ruszyła, nim zamknęły się jej tylne drzwiczki. Z pewnością wyła syrena, ale Churi jej nie słyszał. Nie czuł też swojego ciała, najprawdopodobniej przykuwającego go do noszy, ciężkiego jak bryła ołowiu, a tylko płomień w piersi, ogromny wysiłek serca i nieregularnie pompowaną krew.

Miał nadzieję, że mężczyzną, który wskoczył do karetki wraz z ratownikami, nie jest jeden z Amerykanów. Ich się bał. Z Niemcami sobie poradzi, wystarczy, że odzyska głos, miał w Bundespolitzei wielu dobrych przyjaciół. Gdyby tylko udało się odizolować tych Amerykanów, wszystko pewnie wróciłoby do normy.

Rozpoznał jednak mężczyznę i poczuł nagłą, ogromną ulgę, ponieważ był to Reiniger. Poczuł mrowienie w palcach stóp i dłoni, okazało się, że nawet może nimi poruszać. Miał właśnie zamiar coś powiedzieć, kiedy Reiniger pochylił się nad nim i zamaszystym gestem, niczym cyrkowy magik, usunął nos i policzki z plastycznego sylikonu, a wraz z nimi także sztuczne pożółkłe zęby, nałożone na prawdziwe.

Churiego ogarnęło ponure przeczucie, poczuł muśnięcie skrzydeł śmierci.

— Cześć, Abdullahu — powiedział Reiniger cicho, spokojnie.

Próbował odpowiedzieć, ale tylko przygryzł sobie język.

Niemiecki policjant pochylił się, poklepał bezwładne ciało po ramieniu.

— Jak się masz? Och, przepraszam, przecież widzę, że nie najlepiej. — Wzruszył ramionami i uśmiechnął się szeroko. — Nie martw się, nie ma to najmniejszego znaczenia, bo dzisiaj jest dobry dzień, by umrzeć. — Przyłożył kciuk do grdyki ofiary i przycisnął. Rozległ się cichy trzask. — W każdym razie dobry dla ciebie.

Rozdział 4

Kiedy Soraya Moore weszła do gabinetu, dyrektorka Centrali Wywiadu wstała na jej powitanie i gestem zaproponowała, by usiadły na stojącej przy ścianie sofie. W ciągu poprzedniego roku rządów Hart ich udana współpraca przerodziła się w przyjaźń. Okoliczności wymusiły na nich wzajemne zaufanie od samego początku, czyli objęcia przez Veronicę funkcji dyrektora po przedwczesnej śmierci Starego. Zjednoczyły siły przeciw sekretarzowi obrony Hallidayowi, którego agresywnego psa, Luthera LaValle'a, zneutralizował Willard, fundując mu wyjątkowo upokarzającą porażkę. Prosty fakt, że w ten sposób stworzyły sobie śmiertelnego wroga, często pojawiał się w ich myślach i rozmowach. Podobnie jak Jason Bourne, z którym Soraya współpracowała dwukrotnie, a którego Veronica rozumiała lepiej niż ktokolwiek w Centrali Wywiadu, oprócz przyjaciółki.

— Co u ciebie słychać? — spytała, gdy tylko zajęły miejsca.

— Minęły trzy miesiące, a ja nadal nie potrafię uwierzyć w śmierć Jasona — wyznała Soraya, kobieta równie silna jak piękna. Jej błękitne oczy uderzająco kontrastowały ze skórą koloru cynamonu i długimi czarnymi włosami. Niegdyś szefowa oddziału terenowego agencji, w zeszłym roku, nieoczekiwanie, niemal z dnia nadzień, po śmierci swego mentora Martina

Lindrosa, została dyrektorką Typhona, organizacji, którą pomagała stworzyć. Od tamtej chwili nieustannie uczyła się sprawnego manewrowania w politycznym labiryncie, umiejętności, którą musi opanować każdy prominentny członek społeczności wywiadu, a lekcją poglądową stało się starcie z Lutherem LaValle'em. — Szczerze przyznaję się do wrażenia, że ciągle jest przy mnie, że widzę go kątem oka. Ale kiedy spoglądam w tamtą stronę, w końcu zawsze okazuje się, że to ktoś inny.

— Oczywiście, że ktoś inny — przytaknęła Veronica, nie starając się ukryć sympatii.

— Nie znałaś go tak jak ja — powiedziała Soraya ze smutkiem. — Ten człowiek potrafił oszukiwać śmierć tak doskonale, że wydaje się wręcz niemożliwe, by to się mu nie udało ten jeden, ostatni raz.

Opuściła głowę. Przyjaciółka przelotnie uścisnęła jej dłoń.

Wieczorem tego dnia, kiedy dotarła do nich wieść o śmierci Jasona, Hart zaprosiła Sorayę na kolację, a potem uparła się, że odprowadzi ją do domu, ignorując gwałtowne protesty. Dla nich obu były to trudne chwile, tym trudniejsze, że jedna z nich wyznawała islam i nie piła alkoholu. Przeżywanie na trzeźwo żalu po śmierci osoby bliskiej nie należy do przyjemności, Hart niemal błagała przyjaciółkę, by strzeliła sobie kielicha, ale Soraya stanowczo odmówiła. Tak narodziła się między nimi więź.

A teraz podniosła głowę, uśmiechnęła się lekko i powiedziała:

— Ale... nie zostałam przecież wezwana, byś znowu mogła trzymać mnie za rękę, prawda?

— Oczywiście. — Veronica zrelacjonowała krótko tragedię lecącego z Egiptu samolotu. — Jaimie Hernandez i Jon Mueller formują połączony zespół Departamentu Bezpieczeństwa Krajowego i Agencji Bezpieczeństwa Narodowego, mający przeprowadzić dochodzenie bezpośrednio w Kairze.

— No to życzę szczęścia. A kto z tego zespołu ma się kontaktować z Egipcjanami, rozmawiać z nimi w ich języku, tłumaczyć, co myślą, po sposobie, w jaki odpowiadają na pytania?

— Wyszło na to, że ty. — Soraya obrzuciła przyjaciółkę zdumionym spojrzeniem. — Kiedy dowiedziałam się o tym zespole, pomyślałam dokładnie to, co ty właśnie powiedziałaś.

— Halliday sprzeciwił się bardzo gwałtownie?

— Przedstawił swoje normalne zastrzeżenia, uciekł się nawet do oczerniania twego dziedzictwa kulturowego.

— Jakże on nas wszystkich nienawidzi. A nie potrafi nawet odróżnić Araba od muzułmanina, by już nie wspomnieć o sunnitach i szyitach.

Veronica machnęła ręką.

— Mniejsza z tym. Przedstawiłam mój pomysł prezydentowi i on się ze mną zgodził.

Wyjęła kopię raportu wywiadu, który czytali, gdy przyszła wiadomość o katastrofie. Soraya przejrzała go szybko.

— Informacje pochodzą z Black River, prawda? — spytała.

— Pracowałam u nich i mnie też to niepokoi. Biorąc pod uwagę, jakich metod używają do zbierania danych, powiedziałabym, że Halliday naciska ich trochę za mocno. — Wskazała raport ruchem głowy. — A ty co sądzisz o tej prozachodniej grupie irańskich dysydentów?

Soraya zmarszczyła brwi.

— Plotki o jej istnieniu krążą oczywiście od lat, ale mogę ci od razu powiedzieć, że nikt z zachodniego wywiadu nigdy nie spotkał się z jej członkiem ani nawet nie nawiązał kontaktu z grupą. Jeśli mam być szczera, wygląda to trochę na marzenie prawicowego neokonserwatysty o demokratycznym Bliskim Wschodzie.

Wróciła do lektury.

— A jednak są tam prawdziwi dysydenci, wzywający do przeprowadzenia demokratycznych wyborów.

— Tylko wcale nie ma jasności co do tego, czy ich przywódca, Akbar Gandżi, jest akurat taki prozachodni. Raczej w to wątpię. Po pierwsze, okazał się wystarczająco sprytny, by odrzucać przedstawiane mu przez administrację oferty: pomoc finansowa w zamian za zbrojne powstanie. Po drugie, w odróżnieniu od naszych ludzi doskonale zdaje sobie sprawę z tego, że wyrzucanie amerykańskich dolarów na to, co eufemistycznie nazywamy „miejscowymi siłami liberalnymi” wewnątrz Iranu, doprowadzi do nieszczęścia. Nie tylko zagraża i tak kruchemu ruchowi i jego dążeniom do przeprowadzenia „aksamitnej rewolucji”, lecz także wpycha jego przywódców w uzależnienie od amerykańskiej pomocy. Alienuje też potencjalnych wyborców, jak to pokazały przykłady Afganistanu, Iraku i innych bliskowschodnich krajów. Tak zwani bojownicy o wolność stają się naszymi zatwardziałymi wrogami. Do tej pory połączenie nieznajomości kultury, religii i prawdziwych celów nieuchronnie prowadziło nas do klęski.

— I z tego właśnie powodu wchodzisz w skład zespołu — powiedziała Hart z naciskiem. — Z pewnością zauważyłaś, że Black River ani słowem nie wspomina o Gandżim lub jego ludziach. Nie mówimy o „aksamitnej rewolucji”, lecz o rewolucji skąpanej we krwi.

— Gandżi bardzo wyraźnie oświadczył, że nie chce wojny, ale od jakiegoś czasu ta jego polityka kuleje. Wiesz równie dobrze jak ja, że gdyby dysponował jakąś znaczącą siłą, reżim nie pozwoliłby mu przeżyć, nie wspominając już o głoszeniu poglądów. Dla Hallidaya jest bezużyteczny, za to cele tej nowej grupy są idealnie zbieżne z celami Typhona.

Veronica skinęła głową.

— Myślimy o tym samym — przytaknęła. — Wykorzystaj więc pobyt w Egipcie i rozejrzyj się trochę. Użyj egipskich kontaktów Typhona, mogą być pomocne przy sprawdzaniu autentyczności tej grupy.

— To nie będzie takie łatwe — zauważyła Soraya. — Jedno mogę ci zagwarantować: ich narodowa tajna policja od razu się nami zainteresuje. Przede wszystkim mną.

— Dlaczego przede wszystkim tobą?

— Ponieważ szefem Muchabaratu jest Amun Chaltum. Kiedyś doszło między nami do poważnego starcia.

— Jak poważnego?

Pamięć natychmiast podsunęła Sorai odpowiednie słowa.

— Chaltum to skomplikowany człowiek, trudno go zrozumieć. Całe jego życie kręci się wyłącznie wokół Muchabaratu, organizacji zbirów i morderców, którą dostał jak wyrok dożywocia.

— Cudownie. — Głos Hart wręcz ociekał sarkazmem.

— Jednak byłoby naiwnością uwierzyć, że jest tylko taki i nie ma w nim nic więcej.

— Sądzisz, że dasz sobie z nim radę?

— Dlaczego nie? Mam wrażenie, że bardzo się mną interesuje — odparła Soraya, dziwiąc się, dlaczego nie mówi Veronice całej prawdy.

• • •

Osiem lat temu, gdy wykonywała zadanie kurierskie, została zatrzymana przez agentów Muchabaratu, którzy, o czym nie wiedziała, zinfiltrowali miejscową sieć Centrali Wywiadu. Miała jej dostarczyć mikrofotografię wielkości główki szpilki, z nowymi rozkazami. Nie znała ich treści i wcale nie chciała znać. Została wtrącona do celi w piwnicy głównej siedziby tajnej policji, mieszczącej się w centrum Kairu. Trzy dni później, pozbawioną snu, karmioną raz dziennie okruchami spleśniałego chleba i wodą, zabrano na górę, do gabinetu Amuna Chaltuma, który tylko na nią zerknął i natychmiast rozkazał jej się umyć.

Pod prysznicem dokładnie wyszorowała każdy kawałek ciała ścierką namoczoną w mydle. Kiedy skończyła, czekało na nią nowe ubranie. Założyła, że stare bada zespół Muchabaratu, szukając danych, które miała przy sobie.

Ubranie pasowało doskonale. Ku swemu zdumieniu została wyprowadzona przed budynek. Zapadła noc. Soraya uświadomiła sobie, że straciła poczucie czasu. Na ruchliwej ulicy, przy krawężniku, stał samochód z włączonymi światłami, w których blasku widać było strażników po cywilnemu przyglądających się jej z wystudiowaną uwagą. Wsiadła i doznała kolejnego wstrząsu: za kierownicą siedział Amun Chaltum. Byli sami. Prowadził szybko, pewnie. Jechali przez miasto na zachód, w kierunku pustyni. Chaltum milczał, lecz od czasu do czasu, gdy pozwalał na to ruch samochodowy, spoglądał na nią pożądliwie swoimi oczami jastrzębia. Soraya była przede wszystkim głodna, ale nie zamierzała się z tym zdradzać.

Zabrał ją do Wadi ar-Rajan. Zatrzymał samochód i kazał jej wysiąść. Stali naprzeciw siebie w błękitnawym blasku księżyca. Było to miejsce tak surowe, nieludzkie, że równie dobrze mogli być ostatnimi mieszkańcami naszej planety.

— Czegokolwiek szukasz — powiedziała Soraya — ja tego nie mam.

— Owszem, masz.

— Przesyłka została dostarczona.

— Moje źródła twierdzą inaczej.

— Za mało płacisz tym swoim źródłom. Poza tym zdążyłeś już sprawdzić ubranie... i wszystko inne.

Nie roześmiał się. Nie śmiał się nigdy, przynajmniej w jej obecności.

— Masz. W głowie. Oddaj. — Nie odpowiedziała, więc dodał: — Zostaniemy tu, póki nie przekażesz mi wiadomości.

Zrozumiała tę groźbę, zrozumiała też, że Chaltum nie rzuca słów na wiatr. W jego oczach była Egipcjanką, kobietą, a kobiety wychowywano tak, by bez wahania i bez zadawania pytań poddawały się woli mężczyzn. Dlaczego ona miałaby różnić się pod tym względem od wszystkich znanych mu Egipcjanek? Dlatego, że była półkrwi Amerykanką? Ten człowiek pluł na Amerykanów. Natychmiast rozpoznała przewagę, jaką dawała jej jego pozycja. Sprzeciwiła mu się, trzymała się swej historyjki, nie ustępowała ani na krok, a co najważniejsze, udowodniła mu, że nie sposób jej zastraszyć.

I w końcu to Chaltum musiał się wycofać. Odwiózł ją do miasta, wprost na lotnisko. Zanim weszła na pokład samolotu, oddał jej paszport. Zachował się jak dżentelmen; gest formalny, ale w jakiś sposób poruszający. Odwróciła się i odeszła przekonana, że nigdy go już nie zobaczy.

• • •

Veronica Hart skinęła głową.

— Jeśli możesz w jakiś sposób wykorzystać to, że się tobą interesuje, zrób to. Odnoszę niepokojące wrażenie, że Halliday zaproponuje wkrótce nową operację wojskową opartą na założeniu, że w Iranie rozpocznie się zbrojna rewolucja.

• • •

Leonid Arkadin siedział w kawiarni w Campione d'Italia, malowniczym włoskim raju podatkowym, ukrytym wśród szwajcarskich Alp. Maleńkie miasteczko zbudowano na stromym brzegu czystego górskiego jeziora o błękitnym, wpadającym w ultramarynę lustrze wody. Poruszały się po nim wszelkie wyobrażalne jednostki, od łódek wiosłowych po jachty multimilionerów, z lądowiskami dla helikopterów, a na największych z tych jednostek nie brakowało damskiego towarzystwa. Z obojętnym, rozbawionym spojrzeniem obserwował dwie długonogie modelki o ciałach tak brązowych, jak to się zdarza wyłącznie bogatym i uprzywilejowanym. Pił espresso z małej filiżanki, ginącej w jego wielkiej kanciastej dłoni. Modelki usiadły na nieprawdopodobnie włochatym łysym mężczyźnie, który leżał na niebieskich poduszkach na tylnym pokładzie jachtu.

Arkadin natychmiast stracił zainteresowanie sceną; dla niego pojęcie przyjemności było tak efemeryczne, że brakowało mu i formy, i funkcjonalności. Jego umysł i ciało nadal przywiązane były do żelaznego, ognistego koła Niżnego Tagiłu; kolejne potwierdzenie starego powiedzenia, że można wyrwać człowieka z piekła, ale nie można wyrwać piekła z człowieka.

W ustach wciąż miał gryzący smak trującego powietrza w Niżnym Tagile, gdy chwilę później zbliżył się do niego mężczyzna o skórze barwy espresso. Niemal obojętnie przyglądał się, jak siada przy stoliku, naprzeciw niego.

— Nazywam się Ismail — powiedział mężczyzna o skórze barwy kawy. — Ismail Bej.

— Prawa ręka Churiego. — Arkadin dopił kawę. Odstawił filiżankę na mały, okrągły blat. — Słyszałem o tobie.

Bej był dość młody, chudy i kościsty jak głodny pies. Wyglądał na człowieka straszliwie udręczonego.

— Już po wszystkim, Arkadin — oznajmił. — Wygrałeś. Po śmierci Abdullaha Churiego to ja zostałem głową Braterstwa Wschodu, tylko że cenię sobie życie bardziej niż mój poprzednik. Czego chcesz?

Arkadin przestawił filiżankę dokładnie na środek spodeczka, ani przez chwilę nie spuszczając wzroku z gościa. Kiedy uznał, że stoi prawidłowo, powiedział:

— Nie chcę twojej pozycji, ale odbieram ci władzę. — Skrzywił wargi w niemal niewidocznym uśmiechu, a mężczyzna zadrżał ze strachu przed własnymi przeczuciami. — Dla wszystkich będzie tak, jakbyś przejął funkcje zmarłego przywódcy. Jednakże wszystko: każda decyzja, każde działanie, które podejmiesz od tej chwili, pochodzić będą ode mnie. Każdy dolar zarobiony przez Braterstwo przejdzie przez moje ręce. Tak wygląda nowy porządek.

Bez wyraźnej zmiany uśmiech Arkadina stał się wilczym grymasem. Twarz Beja poszarzała, zalśniła od potu.

— A oto pierwszy rozkaz: wybierzesz stu ludzi z Czarnego Legionu. W ciągu tygodnia chcę ich mieć w obozie, który zorganizowałem na Uralu.

Zdziwiony Bej przechylił głowę.

— Obozie?

— Będą ćwiczyć pod moim nadzorem.

— Ćwiczyć co?

— Zabijanie.

— Kogo mają zabijać?

Arkadin przesunął spodek i filiżankę, ustawiając je dokładnie naprzeciw Ismaila Beja. Znaczenie tego gestu było całkowicie jasne, przynajmniej dla niego. Nie ma nic i nic nie będzie miał, dopóki starannie nie wykona rozkazów.

Rosjanin wstał i odszedł bez słowa, pozostawiając młodego, chudego mężczyznę, żeby mógł pomyśleć o czekającej go ponurej przyszłości.

• • •

— Obudziłem się dziś rano, myśląc o Sorai Moore — powiedział Willard. — Myślałem o tym, że musi nadal opłakiwać twoją śmierć.

Słońce zaledwie wzeszło. Jak codziennie o tej porze, Bourne poddawał się dokładnym, wyczerpującym badaniom doktora Firtha. Przez ostatnie spędzone razem trzy miesiące dokładnie poznał człowieka, z którym rozmawiał, więc powiedział:

— Nie próbowałem się z nią skontaktować.

— To bardzo dobrze. — Willard skinął głową z aprobatą. Był niski, zawsze elegancki, miał szare oczy i potrafił przybrać dowolny wyraz twarzy bez najmniejszego wysiłku.

— Postanowiłem, że póki nie znajdę człowieka, który trzy miesiące temu próbował mnie zabić, póki się z nim nie rozprawię, będę trzymał Sorayę z dala od sprawy.

Nie chodziło o to, by Bourne jej nie ufał, wręcz przeciwnie, lecz raczej o jej związki z Centralą Wywiadu i ludźmi, z którymi współpracowała. Od razu zdecydował, że nie powinien obarczać jej takim ciężarem.

— Wróciłem do Tengananu — powiedział Willard — ale nie znalazłem najmniejszego nawet śladu pocisków. Próbowałem wszystkiego, co tylko przyszło mi do głowy, by odkryć tożsamość człowieka, który cię postrzelił. Szczęście mi nie sprzyjało. Kimkolwiek był ten ktoś, zaciera za sobą ślady z talentem godnym podziwu.

Frederick Willard był człowiekiem, który nosił maskę tak długo, aż stała się jego drugą twarzą. Bourne poprosił Moirę, by się z nim skontaktowała, ponieważ tajemnica była dla tego człowieka rzeczą świętą. Potrafił dotrzymać jej w sprawie Aleksa Conklina i Treadstone. Fakt, że Bourne przeżył zamach, będzie chroniony równie dobrze, przynajmniej tak podpowiadał Jasonowi instynkt rannego zwierzęcia.

W chwili śmierci Conklina Willard był już głęboko zakonspirowany jako szef sali klubowej bezpiecznego domu NSA, leżącego głęboko w wiejskiej części Wirginii. To on przeszmuglował cyfrowe fotografie cel, gdzie prowadzono przesłuchania i przytapiano więźniów, co doprowadziło do upadku Luthera LaValle'a, a obóz sekretarza obrony Hallidaya zmusiło do poważnego przegrupowania sił celem uniknięcia dalszych strat.

— Skończyłem — oznajmił doktor Firth, wstając ze stołka. — Wszystko jest w porządku. Zaryzykowałbym nawet twierdzenie, że lepiej niż w porządku. Rany wlotowa i wylotowa goją się z niezwykłą szybkością.

— To dzięki jego treningowi — orzekł pewnie Willard.

Prywatnie Bourne zastanawiał się jednak czasami, czy wyleczenia nie przyspieszyła alpinia, lilia zmartwychwstania, z której napar Suparwita kazał mu wypić tuż przed zamachem. Wiedział, że będzie musiał znów porozmawiać z uzdrowicielem, że bez jego pomocy nie dojdzie, co się właściwie zdarzyło.

— Idę się przejść — oznajmił, wstając.

— Sprzeciwiam się temu, jak zwykle — zaprotestował Willard. — Gdy opuszczasz teren kliniki, za każdym razem narażasz się na niebezpieczeństwo zdemaskowania.

Bourne zarzucił na ramiona lekki plecak z dwiema butelkami wody.

— Muszę ćwiczyć — wyjaśnił.

— Możesz ćwiczyć tu — upierał się Willard.

— Wyprawy w tutejsze góry do jedyny sposób na zachowanie kondycji.

Tego rodzaju rozmowy prowadzili codziennie od chwili, gdy Bourne poczuł się wystarczająco silny, by ruszyć na dalsze wycieczki. I tę radę swojego opiekuna zawsze ignorował.

Teraz też wyszedł z terenu kliniki i ruszył szybkim krokiem

zboczem wzgórza i przez tarasowato ułożone poletka ryżowe wschodniego Bali. Nie chodziło tylko o to, że czuł się uwięziony w czterech stiukowych ścianach posiadłości lekarza, ale musiał także zwiększać dawkę wysiłku fizycznego, aż poczuje wyczerpanie, jedno i drugie uzasadniało codzienne wędrówki. Bourne odczuwał nieodparte pragnienie, by wracać na łono natury i do miejsc budzących w nim stałe, nigdy nieznikające wrażenie, że oto stało się tu coś ważnego, coś, co koniecznie powinien pamiętać. Schodził głębokimi, stromymi jarami do koryt bystrych rzek, mijał animistyczne świątynie poświęcone duchom smoka i tygrysa, przechodził przez chwiejne bambusowe mostki, przemierzał wielkie ryżowe pola i plantacje orzechów kokosowych, cały czas próbując nadać twarz obracającej się ku niemu postaci, którą zapamiętał ze snów. Jak na razie mu się to nie udawało.

Nabrał już sił na tyle, by rozpocząć poszukiwania Suparwity, nie potrafił go jednak odnaleźć. W domu uzdrowiciela mieszkała kobieta wydająca się tak stara, jak otaczające ten dom drzewa. Miała szeroką twarz i płaski nos, ale ani jednego zęba. Zapewne była także głucha, w każdym razie przyglądała się obojętnie mężczyźnie, który pytał o Suparwitę i po balijsku, i po indonezyjsku.

Pewnego upalnego, wilgotnego ranka dotarł na najwyższe z pól ryżowych, przekroczył kanał irygacyjny, wszedł do *warung*, małej rodzinnej restauracyjki, serwującej przekąski i napoje. Popijał przez słomkę zielone, rozcieńczone mleko kokosowe, bawiąc się z najmłodszym dzieckiem gospodarzy, podczas gdy najstarsze, dziewczynka nie więcej niż dwunastoletnia, przyglądało mu się uważnie ciemnymi oczami, splatając w skomplikowany wzór pocięte na cienkie paski liście palmowe, mające w przyszłości zmienić się w koszyk. Najmłodszy chłopiec miał nie więcej niż dwa miesiące. Gulgotał radośnie, próbując chwycić palce Bourne'a w drobne brązowe piąstki. Po chwili matka wzięła go do karmienia. Na Bali dzieciom do trzeciego miesiąca nie wolno dotknąć ziemi, co oznacza, że niemal bez przerwy nosi się je na rękach. Pomyślał, że pewnie dlatego są takie szczęśliwe.

Kobieta przyniosła mu talerz kleistego ryżu owiniętego w liść bananowca. Jadł i rozmawiał z jej mężem, drobnym, chudym, muskularnym mężczyzną, odsłaniającym wielkie zęby w ujmującym uśmiechu.

— Bapak, przechodzisz tędy co rano — powiedział Balijczyk. Bapak oznacza ojca. Jest to zwrot bezpośredni, lecz jednocześnie formalny, kolejny dowód dwoistości życia. — Obserwujemy cię, kiedy się wspinasz. Czasami zatrzymujesz się, żeby złapać oddech. Raz moja córka widziała, jak pochylasz się i wymiotujesz. Jeśli jesteś chory, pomożemy ci.

Bourne się uśmiechnął.

— Dziękuję, ale nie jestem chory. Po prostu brak mi kondycji.

Jeśli nawet mężczyzna mu nie uwierzył, to nie dał tego po sobie poznać. Żylaste dłonie o zgrubiałych kostkach położył na stole, wyglądały jak bryły granitu. Jego córka skończyła wyplatać koszyk. Wpatrywała się w gościa nieruchomym spojrzeniem, podczas gdy jej zręczne palce, na pozór bez świadomego udziału woli, zaczęły pracę nad następnym. Pojawiła się matka dzieci, posadziła synka na kolanach Bourne'a; poczuł jego ciężar, bicie serca na swojej piersi i przypomniało mu to Moirę, z którą specjalnie nie utrzymywał kontaktu, od kiedy opuściła wyspę.

— Bapak, w jaki sposób możemy pomóc ci odzyskać formę? — cicho spytał mężczyzna.

Czy podejrzewał coś, czy też tylko pragnął pomóc? — zadał sobie pytanie Bourne. Czy miało to jakiekolwiek znaczenie? Jako Balijczyk ten człowiek był szczery, a przecież w gruncie rzeczy tylko to się liczy. Nauczyły go tego kontakty z mieszkańcami wyspy. Byli całkowitym przeciwieństwem zdradliwych mężczyzn i kobiet zaludniających jego świat cieni. Dla nich cieniami były wyłącznie demony, a w dodatku istniały przecież metody, żeby się przed nimi zabezpieczyć. W tym momencie

Bourne wspomniał dwustronny *ikat*, które Suparwita kazał Moirze kupić dla niego.

— Jest pewien sposób — powiedział. — Możecie pomóc mi znaleźć Suparwitę.

— Ach tak, uzdrowiciela, oczywiście. — Balijczyk zamilkł, jakby wsłuchiwał się w głos przemawiający wyłącznie do niego. — Nie ma go w domu.

— Wiem. Byłem tam. Widziałem starą kobietę. Bez zębów.

Balijczyk uśmiechnął się, ukazując własne, śnieżnobiałe.

— Jego matka, tak. Bardzo stara kobieta. Głucha jak kokos. I niema.

— Nie pomogła mi.

Mężczyzna skinął głową.

— Co się dzieje w jej głowie, wie tylko Suparwita.

— Czy wiecie, gdzie go znajdę? Dla mnie to bardzo ważne.

— Suparwita to uzdrowiciel, tak. — Mężczyzna przyglądał mu się łagodnie. — Pojechał do Goa Lowah.

— A więc ja także tam pojadę.

— *Bapak*, jazda za nim nie byłaby mądra.

— Szczerze mówiąc — Bourne uśmiechnął się — nie zawsze postępuję mądrze.

Balijczyk się roześmiał.

— *Bapak*, a jednak jesteś człowiekiem. — Znów błysnęły bardzo białe zęby. — Nie obawiaj się. Suparwita wybacza głupcom, tak jak wybacza mędrcom.

• • •

Nietoperz, jeden z dziesiątków przylepionych do wilgotnych ścian, otworzył oczy, spojrzał na Bourne'a, a potem mrugnął, jakby nie mógł uwierzyć w to, co widzi, i spokojnie powrócił do swojego dziennego snu. Bourne, od pasa w dół owinięty sarongiem, stał w bijącym sercu kompleksu świątynnego Goa Lowah, wśród tłumu rozmodlonych Balijczyków i japońskich turystów odpoczywających w tej chwili po gorączce zakupów.

Goa Lowah, leżąca blisko miasta Klungkung w południowo-
-wschodnim zakątku Bali, znana była także pod nazwą Jaskini
Nietoperzy. Wiele dużych świątyń wybudowano wokół źródeł,
ponieważ ich woda, tryskająca w centrum wyspy, uważana
była za świętą, zdolną oczyścić dusze modlących się tu, którzy
pili ją i spryskiwali sobie nią głowy.

Święta woda Goa Lowah wypływała przy tylnej ścianie
jaskini. Zamieszkiwały ją setki nietoperzy, za dnia wiszących
przy kalcytowych ścianach, śpiących i śniących swe sny, nocą
wylatujących w poszukiwaniu ulubionych owadów. Chociaż
Balijczycy jadali nietoperze i nie widzieli w tym nic dziwnego,
te nie dzieliły losu swych pobratymców, gdyż wierzono, że
wszystko, co żyje w świętym miejscu, samo staje się święte.

Bourne nie znalazł tu Suparwity. Zamiast niego spotkał
małego, zasuszonego mnicha z płaskostopiem i zębami królika,
prowadzącego ceremonię oczyszczenia przed małą kamienną
świątynką, w której złożono wiele ofiar z kwiatów. Kilkunastu
Balijczyków siedziało w półkolu. Na oczach milczącego Bourne'a mnich wziął plecioną misę wypełnioną świętą wodą,
zanurzył w niej miotełkę z palmowych liści i pokropił nią
głowy obecnych. Nikt nie spojrzał na niego, w żaden sposób
nie okazał, że jest świadom obecności gościa. Dla nich był on
częścią innego wszechświata. Charakterystyczna dla Balijczyków zdolność kategoryzowania, szufladkowania życia w pewny,
obejmujący wszystkie jego aspekty sposób powodowała, że ich
forma hinduizmu i cała kultura pozostały nienaruszone mimo
dziesięcioleci najazdu turystów i nacisku muzułmanów, którzy
rządzili wszystkimi wyspami Archipelagu Malajskiego poza tą
jedną.

Było w tym coś dla niego, doskonale o tym wiedział, coś
będącego drugą naturą Balijczyków, coś, co mogło mu pomóc
poznać, kim rzeczywiście jest. Zarówno David Webb, jak i Jason
Bourne pozostawali niekompletni. Webb nie istniał, zmieniony
w nicość przez amnezję, Bourne'a stworzył program Thread-
stone Aleksa Conklina.

Czy Bourne był nadal zbitką badań Conklina, treningu i teorii psychologicznych, przechodzącą najważniejszy, ostateczny test? Czy rozpoczął życie jako ktoś, kto w jego trakcie przeszedł przemianę? Te i podobne pytania sięgały głęboko, aż do serca Bourne'a. Jego przyszłość oraz wpływ, jaki wywierał na bliskich mu ludzi, być może nawet kochanych, zależał od odpowiedzi na nie.

Kapłan zakończył obrządek i odkładał już misę do niszy w ścianie świątyni, gdy Bourne poczuł nagłą potrzebę rytualnego oczyszczenia. Ukląkł za plecami Balijczyków. Zamknął oczy, pozwolił słowom kapłana przepływać nad nim, aż stracił poczucie czasu. Jeszcze nigdy nie czuł się wolny zarówno od tożsamości Bourne'a, jak i niekompletnej osobowości Davida Webba. Bo kim on właściwie był? Fakt pozostawał faktem — nie wiedział czy też — ściśle mówiąc — nie pamiętał. Oczywiście istniał w kawałkach, pozszywanych razem przez psychologów i samego Bourne'a, od czasu do czasu inne jego fragmenty, uwolnione przez ten czy inny bodziec, wynurzały się na powierzchnię świadomości z siłą wybuchającej torpedy, ale w żaden, ale to żaden sposób nie zbliżało go to do poznania samego siebie. Ironia, a nawet tragizm objawiały się w tym, że wielokrotnie zdarzało mu się rozumieć Bourne'a znacznie lepiej niż Webba. Przynajmniej wiedział, co kieruje tym pierwszym, podczas gdy motywy drugiego pozostawały dla niego całkowicie niezrozumiałe. Próbował go wskrzesić, wracając do akademickiego życia... i poniósł klęskę. Postanowił więc całkowicie się od niego oderwać. Wstrząsnęło nim, gdy uświadomił sobie, że tu, na Bali, zaczął się odrywać także od tożsamości Bourne'a, z którą czuł się tak blisko związany. Pomyślał o mieszkańcach wyspy, których miał okazję spotkać: Suparwicie, rodzinie prowadzącej położoną w górach *warung*, a także o tym kapłanie, zupełnie mu nieznanym, którego słowa jakby spowijały go płaszczem jasnego białego światła. Zestawił ich w myśli z ludźmi Zachodu — Firthem i Willardem. Balijczycy pozostawali w kontakcie z duchami swej ziemi, rozróżniali dobro i zło, postępowali w zgodzie z tym rozróżnieniem. Nie było rozdziału między nimi a naturą. Firth i Willard z kolei należeli do cywilizacji, co oznaczało pokłady chciwości, fałszu, zazdrości. Ta podstawowa przecież dychotomia otworzyła mu umysł jak nigdy wcześniej. Czy chce być Willardem tego świata, czy jego Suprawitą? Czy to przypadek, że Balijczycy nie pozwalają dziecinnym stopom dotknąć ziemi przez trzy pierwsze miesiące życia, a on przebywa na wyspie właśnie trzy miesiące?

Teraz, po raz pierwszy od czasu, gdy zawiodła go pamięć, oddalony od wszystkich i wszystkiego, co znał, Bourne zyskał zdolność spojrzenia w głąb siebie. Zobaczył kogoś, kogo nie potrafił rozpoznać: nie Webba i nie Bourne'a. Było zupełnie tak, jakby Webb był snem czy też kolejną przydzieloną mu tożsamością, podobnie jak wcześniej zdarzyło się to z Bourne'em.

Klęcząc przed Jaskinią Nietoperzy, z jej tysiącami śpiących płytko, niespokojnie mieszkańców, i słuchając zaklęć kapłana, przekształcających gorące promienie słońca południowej półkuli w modlitwę, Bourne kontemplował urojony krajobraz swej duszy, miejsce tonące w niesamowitej poświacie, jak miasto na pustyni godzinę przed świtem lub bezludny brzeg morski godzinę po zmierzchu, miejsce przesypujące mu się między palcami niczym ściskany w garści piasek. W podróży przez ten nieznany kraj towarzyszyło mu jedno pytanie:

Kim jestem?

Rozdział 5

Połączony zespół NSA-DHS przybył do Kairu, gdzie, ku zdumieniu wszystkich z wyjątkiem Sorai, został powitany na lotnisku przez doborowy oddział tajnej policji — Muchabaratu. Członków zespołu oraz ich bagaże umieszczono w pojazdach wojskowych i w przeraźliwym upale kawalkada włączyła się w gęsty i chaotyczny ruch kołowy Kairu. Kierowali się na południowy wschód, przed nimi rozciągała się pustynia, na którą wjeżdżali gęsiego w milczeniu i ponurym nastroju.

— Zatrzymamy się niedaleko Wadi ar-Rajan — powiedział do Sorai Amun Chaltum, szef Muchabaratu. Zauważył ją natychmiast, wyłuskał z grupy i posadził obok siebie w samochodzie, który jechał drugi w kolumnie za opancerzonym pojazdem półgąsienicowym, wziętym zapewne po to, by zrobić wrażenie na Amerykanach.

Mogło się wydawać, że dla Chaltuma czas się zatrzymał. Włosy miał ciągle czarne, gęste, na szerokim czole koloru miedzi nadal nie widać było ani jednej zmarszczki. Czarne oczy kruka, głęboko osadzone po obu stronach jastrzębiego nosa, nadal płonęły od z trudem skrywanych emocji. Był wysoki, muskularny, z wąskimi biodrami pływaka lub wspinacza, z którymi kontrastowały długie, wypielęgnowane palce pianisty albo chirurga. A jednak musiało się zdarzyć coś ważnego, ponieważ wyczuwało się w nim z trudem kontrolowany płomień. Im bardziej się do niego zbliżała, tym silniejsze było wrażenie z trudem powstrzymywanej furii. Dopiero teraz, gdy siedziała obok niego i czuła tak dobrze znane, budzące się odruchy, Soraya uświadomiła sobie, dlaczego nie powiedziała Veronice Hart całej prawdy: wcale nie była pewna, że potrafi kontrolować Amuna.

— Jesteś taka milcząca. Nie cieszy cię powrót do domu?

— Myślę o tym dniu, kiedy pierwszy raz zabrałeś mnie do Wadi ar-Rajan.

— To było osiem lat temu. Po prostu starałem się wydobyć z ciebie prawdę. — Chaltum potrząsnął głową. — Przyznaj, że w moim kraju przekazywałaś sekrety...

— Do niczego się nie przyznaję.

— ...z prawa należące do państwa. — Poklepał się po piersi. — A państwo to ja.

— Le Roi le Veut — szepnęła Soraya.

— Taka jest wola króla. — Chaltum skinął głową. — Właśnie. — Na chwilę puścił kierownicę, rozłożył szeroko ramiona, jakby chciał objąć nimi pustynię, na którą właśnie wjeżdżali. — To kraj absolutyzmu, Umm ad-Dunja, Matka Wszechświata, ale w zasadzie nie mówię ci nic, czego byś wcześniej nie wiedziała. Przecież jesteś Egipcjanką, jak ja — Egipcjaninem.

— Półkrwi Egipcjanką. — Soraya wzruszyła ramionami. — Poza tym nie ma to najmniejszego znaczenia. Przyjechałam pomóc moim ludziom odkryć, co się właściwie stało z tym samolotem.

— Twoim ludziom! — Chaltum wypluł te słowa, jakby sama konieczność ich wypowiedzenia wypełniła mu usta goryczą. — Pomyślałaś o ojcu? O jego ludziach? Czyżby Ameryka do tego stopnia zniszczyła w tobie dziką Arabkę?

Soraya oparła głowę na zagłówku. Przymknęła oczy. Doskonale zdawała sobie sprawę z tego, że jeśli nie opanuje rozszalałych uczuć, i to szybko, misja wymknie się jej spod kontroli. Ramię Amuna otarło się o jej ramię; poczuła, jak jeżą się jej włoski na karku. Dobry Boże — pomyślała — nie wolno mi czuć czegoś takiego. Oblała się zimnym potem. Czy właśnie dlatego nie powiedziałam Veronice całej prawdy? Bo wiedziałam, że jeśli powiem jej wszystko, nigdy, przenigdy nie pozwoli mi tu wrócić? Nagle poczuła się zagrożona. Nie, nie przez tego człowieka, lecz przez samą siebie, własne nieopanowane uczucia.

Spróbowała jakoś opanować emocje, odzyskać równowagę.

— Ojciec nigdy nie zapomniał, że jest Egipcjaninem.

— Nie zapomniał o tym do tego stopnia, że zmienił nazwisko z Muhammad na Moore. — W głosie Chaltuma zabrzmiała gorycz.

— Zakochał się w Ameryce w chwili, kiedy zakochał się w mojej matce. Dzięki niemu doceniam wszystkie jej zalety.

Egipcjanin potrząsnął głową.

— Po co się oszukiwać? Wiadomo, że to wszystko przez matkę.

— Jak każdy Amerykanin, moja matka traktowała wszystko, co jej kraj miał do zaoferowania, jako rzecz najzupełniej oczywistą. Czwarty Lipca nie obchodził jej nawet w najmniejszym stopniu, to ojciec zabrał mnie do waszyngtońskiego Mall na pokaz fajerwerków. Wytłumaczył mi, co to znaczy wolność i niezawisłość.

Chaltum wyszczerzył zęby w parodii uśmiechu.

— Jego naiwność może tylko śmieszyć. Twoja zresztą też. Szczerze mówiąc, zakładałem, że masz bardziej... jeśli można tak to określić... pragmatyczne spojrzenie na Amerykę. Kraj, który równie hojnie eksportuje Myszkę Miki, jak wojnę i siły okupacyjne.

— Jakże wygodnie zapominasz, Amunie, że jest to także kraj, który broni was przed ekstremistami.

Nie zdążył wysyczeć odpowiedzi przez zaciśnięte zęby, ponieważ w tej właśnie chwili kołyszący się na wybojach samochód przejechał przez kordon jego ludzi, którzy uzbrojeni w broń maszynową trzymali na bezpieczny dystans hałaśliwy tłum przedstawicieli międzynarodowych mediów, tłoczących się wokół miejsca katastrofy. Zatrzymał się; Soraya wysiadła pierwsza, mocniej wciskając na nos przeciwsłoneczne okulary, a na głowę lekki kapelusz. Szef egipskiej tajnej policji przynajmniej w jednym się nie mylił: amerykański odrzutowiec spadł niespełna sześćset metrów od południowo-wschodniego krańca wadi, czyli źródła wody. Były tu nawet wodospady, wyglądające niesamowicie na tej jałowej pustyni.

— Dobry Boże — szepnęła Soraya, obchodząc powoli miejsce katastrofy, otoczone kordonem ludzi Amuna. Kadłub rozpadł się na dwie części, które wystawały z piasku i kamieni niczym groteskowe monumenty poświęcone nieznanemu bogu, a pozostałe, oderwane od niego szczątki, leżały w rozszerzających się kręgach. Było wśród nich skrzydło, zgięte wpół jak świeżo ułamana gałązka.

— Zwróć uwagę, na ile części rozpadł się kadłub — powiedział Chaltum, obserwując wychodzących z samolotu Amerykanów. Wyciągnął palec, jakby wskazywał właśnie ich, gdy gromadzili się na granicy strefy zniszczenia. — Popatrz tam... i tam. Jest oczywiste, że samolot rozpadł się w powietrzu, nie przy uderzeniu w ziemię. Biorąc pod uwagę skład ziemi w tym miejscu, dalsze zniszczenia były minimalne.

— Więc wygląda teraz mniej więcej tak, jak zaraz po eksplozji?

Egipcjanin skinął głową.

— To chyba oczywiste.

Różnie można było mówić o tym człowieku, ale jeśli chodzi o targowanie się, był praktykiem pierwszej klasy. Problem polegał na tym, że jego metoda targów zbyt często opierała się na przesłuchaniach i torturach, o których sama wzmianka doprowadziłaby do mdłości szefów Abu Ghraib.

— Ale to straszne zniszczenia — dodał jeszcze.

Nie przesadzał. Soraya obserwowała członków zespołu wkładających plastikowe kombinezony i ochraniacze na buty. Pierwszy wszedł na badany teren Kylie, złoty labrador wyszkolony do wykrywania materiałów wybuchowych, wraz ze swym opiekunem, po nim zaś inni, podzieleni na dwie grupy. Zadaniem pierwszej było zbadanie wypalonego wnętrza kadłuba, drugiej — jego części zewnętrznej, przede wszystkim krawędzi oderwanych fragmentów, w celu ustalenia, czy do wybuchu doszło wewnątrz czy na zewnątrz. W skład drugiej grupy wchodziła Delia Trane, przyjaciółka Sorai, ekspert od materiałów wybuchowych z ATF — Biura do spraw Alkoholu, Tytoniu, Broni Palnej i Materiałów Wybuchowych. Zaledwie trzydziestoczteroletnia, dysponowała takimi umiejętnościami, że rządowe agencje policyjne często ją wypożyczały w sytuacjach, gdy jej wiedza była im rozpaczliwie potrzebna.

Podrażniona przez Chaltuma Soraya także wkroczyła w krąg śmierci. Szła ostrożnie, by nie nadepnąć na kawałki metalu, czarne i poskręcane, zniekształcone do tego stopnia, że nie sposób było powiedzieć, czego część stanowiły niegdyś. Kule wielkości pięści, które na pierwszy rzut oka przypominały grad, okazały się plastikowymi częściami stopionymi w płomieniach. Trafiła na ludzką głowę, zatrzymała się, przykucnęła. Niemal wszystkie włosy i większość ciała spłonęły na popiół, pokrywający częściowo obnażoną czaszkę jak gęsia skóra. Tuż za nią dostrzegła ramię, wystające pod kątem z piasku jak flaga sygnałowa oznaczająca skrawek ziemi, na którym śmierć panowała niepodzielnie. Soraya pociła się, i to nie tylko z powodu upału. Wypiła łyk wody z plastikowej butelki, którą dał jej Chaltum, i ruszyła przed siebie. Amerykanin stojący tuż przed wielką dziurą, w miejscu, gdzie rozleciał się kadłub, dał jej i Egipcjaninowi plastikowe kombinezony. Włożyli je mimo upału.

Weszli do środka. Gdy tylko oczy Sorai przywykły do mroku, zdjęła okulary. Rozejrzała się. Rzędy siedzeń wystawały pod kątem dziewięćdziesięciu stopni z podłogi, która zajmowała w tej chwili miejsce lewej ściany; a przynajmniej była to lewa ściana, gdy samolot normalnie leciał, a wszyscy jego pasażerowie i cała załoga żyli, rozmawiali, śmiali się, trzymali za ręce albo bezmyślnie kłócili do ostatniej chwili, po której była już tylko pustka. Ciała były dosłownie wszędzie, niektóre pozostały w siedzeniach, inne wyrzuciła z nich siła wybuchu. Druga część samolotu rozpadła się po eksplozji, po niej i po pasażerach nie pozostało nic.

Soraya niemal od razu zauważyła, że jeśli któryś z członków amerykańskiego zespołu dokądś szedł, zawsze towarzyszył mu w pewnej odległości jeden z ludzi Amuna. Byłoby to nawet komiczne, gdyby nie było tak groźne. Jej przyjaciel najwyraźniej postanowił, że nikt z członków zespołu bez jego wiedzy nie uczyni kroku, nawet do porażającej panującym w środku upałem i smrodem przenośnej toalety.

— Suche powietrze działa oczywiście na waszą korzyść — odezwał się Chaltum. — Spowalnia rozkład tych ciał, które nie spłonęły.

— To prawdziwe błogosławieństwo dla ich rodzin.

— Oczywiście. Ale bardzo proszę, nie bawmy się w słowne gierki. Nie przyjechałaś tu ani dla tych nieszczęśników, ani dla ich rodzin. Masz za zadanie odkryć, co się stało z samolotem; czy katastrofa została spowodowana przyczynami mechanicznymi, czy też był to terrorystyczny atak ekstremistów.

A więc nadal cechował go bardzo nieegipski zwyczaj przechodzenia od razu do sedna sprawy. Ten kraj był przecież biurokratycznym koszmarem: nie robiono niczego i nie udzielano najprostszej odpowiedzi, dopóki co najmniej piętnaście osób nie skonsultowało się w sprawie i nie wypracowało wspólnego stanowiska.

Komentarz do tego ostatniego stwierdzenia nasuwał się sam.

— Głupotą byłoby poczynić inne założenie.

Chaltum skinął głową.

— Oczywiście. Świat chce wiedzieć. Świat musi wiedzieć. Ja mam jednak do ciebie inne pytanie: co dalej?

Typowe dla niego, wnikliwe pytanie — pomyślała Soraya i powiedziała:

— Nie wiem. „Co dalej" nie zależy ode mnie.

Zauważyła Delię, pomachała jej. Przyjaciółka skinęła głową, przeszła zygzakiem między szczątkami i pochylonymi nad nimi ludźmi, mającymi na kaskach lampki, i podeszła do nich, stojących na samej granicy sfery mroku i parzącego wręcz gorąca.

— Znalazłaś coś?

— Dopiero rozpoczynamy wstępne stadium badań. — Spojrzenie bladych oczu Delii błyskawicznie powędrowało w stronę Egipcjanina, ale natychmiast skupiło się na przyjaciółce.

— Wszystko w porządku — upewniła ją Soraya. — Jeśli będziesz coś miała, choćby to były tylko domysły, chcę wiedzieć.

— Jasne.

Matka Delii była arystokratyczną Kolumbijką z Bogoty. Córka odziedziczyła po niej temperament i gorącą krew. Jej skóra była równie ciemna jak skóra Sorai, ale na tym kończyło się podobieństwo. Nie była ładna, miała chłopięcą figurę, krótko przycięte włosy i rzeczowy sposób podchodzenia do spraw, który łatwo było pomylić z umyślną nieuprzejmością. Ale Soraya uważała, że to odświeżające, z tą dziewczyną doskonale się rozumiała.

— Prywatnie uważam, że to nie była bomba. Wszystko wskazuje na to, że do wybuchu nie doszło w przedziale bagażowym.

— To co, usterka mechaniczna?

— Kylie sądzi, że tak.

Chodziło jej oczywiście o psa. Zawahała się, co zaniepokoiło Sorayę. Zamierzała przycisnąć przyjaciółkę, ale natychmiast z tego zrezygnowała. Musi znaleźć jakiś sposób porozumiewania się z nią bez obecności czyhającego na każde słowo Amuna. Skinęła głową i Delia wróciła do pracy.

— Wie więcej, niż mówi — powiedział Chaltum. — Chcę wiedzieć, co się dzieje. — Soraya milczała. — No idź, porozmawiaj z nią. Sama.

— A potem? — spytała, patrząc mu w oczy.

— To chyba oczywiste. Powiesz mi, o czym rozmawiałyście.

• • •

Moira pracowała do późna. Zmęczoną ręką ujęła pilota i wyłączyła CNN, oglądała wiadomości z wyciszonym dźwiękiem od chwili, gdy pojawił się temat katastrofy lotniczej w Egipcie. Ta sprawa wyprowadziła ją z równowagi, podobnie jak wielu ludzi zajmujących się problemami bezpieczeństwa. Nie miała pojęcia, co zdarzyło się naprawdę, nie dowiedziała się niczego nawet z nieoficjalnych źródeł, takich, na jakie nie wolno się powoływać.

A tymczasem prasa miała swój typowy i jakże wspaniały dzień. W telewizji wciąż spekulowano na temat przeróżnych scenariuszy ataku terrorystycznego. Był to jednak drobiazg w porównaniu z szalonymi wymysłami typu „oto prawda, której nie chcę ci ujawnić", umieszczonymi na setkach witryn internetowych, wraz ze starą śpiewką rozprzestrzeniającą się niczym trucizna od jedenastego września: to rząd amerykański sprowokował incydent, by wykorzystać *casus belli*, powód do rozpoczęcia wojny.

Zjeżdżała windą do garażu, myśląc o dwóch sprawach naraz. Jej umysł był jakby podzielony, jedna część zajmowała się firmą, którą Moira właśnie tworzyła, druga przebywała na Bali, przy boku Bourne'a. To, że został poważnie ranny, dodatkowo utrudniało jej nabranie dystansu. Czym innym było dyskutowanie o jej przyszłości w basenie ośrodka wypoczynkowego, czym innym sama przyszłość, niejasna i w jakiś sposób niepokojąca. Nie chodziło o to, że czuła się w obowiązku dbać teraz o Jasona, Bóg świadkiem, że kiepska z niej pielęgniarka, lecz przez wieczność, kiedy to jego życie wisiało na włosku, po prostu musiała przeanalizować swe uczucia. Mogła go stracić; sama myśl o tym napawała ją przerażeniem. A przynajmniej przypuszczała, że to przerażenie, ponieważ nigdy jeszcze nie doświadczyła czegoś takiego, podobnego do dusznej ciemności, ogarniającej słońce w południe i gwiazdy o północy.

Sama siebie pytała: Czy to miłość? Czy to miłość stwarza owo szaleństwo przekraczające granice czasu i przestrzeni, powodujące, że jej serce rozrasta się poza określone dla niego granice, a kości miękną jak galareta? Ileż to razy budziła się nocą z płytkiego, niespokojnego snu i szła do łazienki, by tam, w lustrze, obserwować twarz, której nie rozpoznawała? Było zupełnie tak, jakby wrzucono ją w cudze życie, życie, którego ani nie chciała, ani nie rozumiała.

— Kim jesteś? — pytała odbicia za każdym razem, kiedy się jej ukazywało. — Jak się tu dostałaś? Czego chcesz?

Nie znało odpowiedzi i ona też jej nie znała. W przejmującej ciszy nocy Moira płakała z żalu za osobą, którą była, i z rozpaczy wywołanej nową, niezrozumiałą przyszłością, w którą tak gwałtownie została wrzucona.

Rankiem była jednak znów sobą, praktyczną, skupioną, bezlitosną zarówno podczas rekrutacji, jak i potem, narzucającą agentom najsurowsze reguły postępowania. Każdego z nich zmuszała do złożenia przysięgi na wierność Heartland, jakby firma była suwerennym państwem, którym pod wieloma względami był jej główny rywal, Black River.

Po czym nadchodził zmierzch, a gdy tylko słońce znikało za horyzontem, ogarniał ją mrok i zwątpienie, a w myślach pojawiał się Bourne, z którym nie miała kontaktu od czasu, gdy opuściła Bali z ciałem martwego australijskiego włóczęgi oraz kompletem dokumentów identyfikujących je jako zwłoki Bourne'a. Na wyspie złapała pewną chorobę; myśl o bliskiej śmierci Bourne'a kazała jej biec, biec jak najszybciej, tylko że dokądkolwiek biegła, jej ucieczka kończyła się w tym przerażającym miejscu, w którym się zaczęła, w chwili gdy Jason padał na ziemię, a jej serce przestawało bić.

Drzwi windy otworzyły się na ogromne, mroczne betonowe wnętrze podziemnego garażu. Wysiadła, trzymając w ręku kluczyki do samochodu. Nienawidziła tego nocnego spaceru przez niemal całkowicie opuszczone podziemie. Plamy oleju i benzyny, smród spalin, echo kroków odbijające się od ścian podkreślały uczucie smutku i bolesnej pustki, jakby na świecie nie było miejsca, które mogłaby nazwać swoim.

Stało tu bardzo niewiele samochodów. Równoległe białe linie, namalowane na surowym betonie, biegły daleko i kończyły się przy stanowisku, na którym zaparkowała swój. Wsłuchana w rytm własnych kroków kątem oka wychwyciła ruch: to jej zniekształcony cień przeskakiwał z jednej ciężkiej, czworobocznej podpory na kolejną.

Silnik samochodowy zakrztusił się i zaczął równo pracować. Przystanęła, nasłuchiwała, starała się rozpoznać kierunek, z którego dobiegał ją ten dźwięk. Zza podpory wyjechało jasnoszare audi. Kierowca włączył światła i samochód ruszył w jej kierunku, nabierając szybkości.

Moira wyciągnęła broń z kabury na udzie — specjalnie przystosowany dziewięciomilimetrowy lady hawk, przyjęła pozycję strzelecką, kciukiem przesunęła bezpiecznik. Już miała ściągnąć spust, kiedy okno od strony pasażera otworzyło się i audi stanęło z piskiem opon, kołysząc się na amortyzatorach.

— Moiro...!

Ugięła nogi w kolanach, teraz lepiej widziała.

— ...to ja, Jay!

Rzeczywiście, za kierownicą siedział Jay Weston, agent zwerbowany przez nią osobiście z Hobart, największej amerykańskiej prywatnej firmy współpracującej z Departamentem Obrony za granicą. Natychmiast opuściła broń i schowała ją do kabury.

— Jezus Maria, Jay, omal nie popełniłeś samobójstwa!

— Musimy pogadać.

— Do cholery, przecież mogłeś zadzwonić — powiedziała, mrużąc oczy.

Jay potrząsnął głową. Twarz miał ściągniętą z napięcia, co nie było dla niego typowe.

— Komórki nie są wystarczająco bezpieczne. Nie mogłem ryzykować, nie w tej sprawie.

Moira zajrzała do środka przed otwarte okno.

— No, co masz takiego ważnego? — popędziła współpracownika.

Rozejrzał się dookoła nieznacznie.

— Nie tu. Nigdzie tam, gdzie mogliby nas podsłuchać.

— Nie wydaje ci się, że zaczynasz zdradzać objawy paranoi? — spytała, marszcząc brwi.

— Paranoję mam wpisaną w zakres obowiązków, prawda? Moira skinęła głową. Było w tym coś z prawdy.

— W porządku, więc jak...

— Muszę ci coś pokazać — przerwał jej i poklepał kieszeń najwyraźniej drogiej, szafirowej zamszowej marynarki, przerzuconej przez oparcie siedzenia pasażera, po czym ruszył rampą, nie dając jej czasu na wskoczenie do jego samochodu czy choćby powiedzenie słowa.

Pobiegła do swojego wozu, w biegu włączając silnik pilotem. Otworzyła drzwiczki, wślizgnęła się za kierownicę, zatrzasnęła je z rozmachem, wrzuciła bieg. Audi czekało przy wyjeździe z parkingu. Gdy tylko Jay dostrzegł ją w lusterku wstecznym, dodał gazu i jednocześnie skręcił w prawo. Oczywiście pojechała za nim.

Wieczorny ruch nie był duży, co najwyżej ludzie wracali z kina lub teatru. Jay nie miał powodu przeskakiwać przecznic w momencie zmiany świateł, a jednak robił to raz za razem. Dodała gazu, trzymała się tuż za nim, choć więcej niż raz omal nie spowodowała wypadku. Słyszeli za sobą pisk opon i gniewne wycie klaksonów.

Trzy przecznice od jej domu ruszył za nimi gliniarz na motocyklu. Zasygnalizowała niebezpieczeństwo, mrugając światłami, ale Jay albo nie patrzył, albo zignorował jej sygnały, bo nadal nie zatrzymywał się na czerwonym świetle. „Cholera" — mruknęła pod nosem i dodała gazu.

Zastanawiała się właśnie, jak wyjaśni gliniarzowi zachowanie podwładnego, który systematycznie naruszał przepisy drogowe, kiedy gliniarz zrównał się z audi i niemal w tej samej chwili wyjął służbowy rewolwer. Wymierzył w okno od strony kierowcy i strzelił dwa razy. Samochodem Jaya szarpnęło. Zarzucił gwałtownie; Moira miała zaledwie kilka sekund na uniknięcie zderzenia, a przecież także prowadziła z nadmierną szybkością. Kątem oka zdążyła jeszcze zauważyć, że policjant skręca w przecznicę, kierując się na północ. Audi, wykonujące serię nieregularnych skrętów, miotające się na boki jak wahadło, walnęło w jej wóz, który się obrócił.

Na skutek siły uderzenia audi przewróciło się na dach jak żuk na grzbiet. Niczym popychane monstrualnie wielkim palcem zaczęło koziołkować, ale Moira już tego nie widziała, bo trafiła w latarnię. Obróciło ją, rąbnęła w zaparkowany przy krawężniku samochód, wgniatając mu przedni błotnik. Drobne odłamki szkła posypały się na nią jak niesiony wiatrem śnieg. Jej ciało szarpnęło się do przodu, uderzyło w nadymającą się poduszkę powietrzną i bezwładnie opadło na oparcie siedzenia. A potem była już tylko ciemność.

• • •

Wspinaczka po rzędach oparć przypominała brodzenie po morzu wypełnionym ciałami ludzi roztrzaskanych o rafy. Najgorzej się czuła, gdy mijała zniekształcone, zmiażdżone zwłoki dzieci. Dosłownie łamały jej serce; Soraya odmawiała modlitwę za każdą duszę, tak okrutnie pozbawioną szansy na dalsze, szczęśliwe życie.

Kiedy wreszcie zatrzymała się obok Delii, uświadomiła sobie, że wstrzymuje oddech. Wypuściła powietrze z płuc z cichym sykiem i poczuła gryzącą woń przepalonych przewodów, stopionych syntetycznych materiałów i plastiku. Dotknęła ramienia przyjaciółki.

— Chodźmy się przejść — powiedziała cicho, pamiętając o wszechobecnych egipskich obserwatorach.

Jeden z nich ruszył za nimi, ale zatrzymał go niemal niewidoczny gest Chaltuma. Na zewnątrz słońce pustyni oślepiało, chociaż nosiły okulary przeciwsłoneczne, ale upał pustyni był przynajmniej czysty, a jej suchy zapach i mordercze słońce pozwalały na błogosławiony odpoczynek od tego ciasnego królestwa śmierci, które właśnie opuściły. Wrócić do domu, na pustynię to jak wpaść w ramiona wytęsknionego kochanka — pomyślała Soraya. Wiatr pieści skórę delikatnymi dotknięciami piasku. Na pustyni widzisz, co się do ciebie zbliża. I dlatego ludzie tacy jak Amun kłamią, ponieważ pustynia zawsze mówi prawdę o historii, którą zakrywa i odkrywa, o nagich kościach cywilizacji, z których wieczny piasek odarł wszystkie kłamstwa. Ludzie tacy jak Amun wierzą, że zbyt wiele prawdy to rzecz straszna, ponieważ nie zostawia nic, w co można by wierzyć, nic, dla czego warto by żyć. Wiedziała, że rozumie go znacznie lepiej niż on ją. On oczywiście sądził, że jest odwrotnie, ale było to wygodne złudzenie i lepiej, żeby wciąż je żywił.

— Delia, co się właściwie dzieje? — spytała Soraya, kiedy znalazły się wreszcie w zadowalającej odległości od wszechobecnych strażników z Muchabaratu.

— Nic, co w tej chwili mogłabym sprecyzować. — Jej przyjaciółka rozejrzała się, sprawdzając, czy rzeczywiście są same. Dostrzegła, że Chaltum je obserwuje. — Ten facet mnie przeraża — przyznała.

Odeszły nieco dalej.

— Nie martw się, nie usłyszy nas z tej odległości. Więc... o co chodzi?

— Pieprzone słońce. — Delia zmrużyła ukryte za okularami przeciwsłonecznymi oczy, osłoniła twarz dłońmi. — Nim ta noc się skończy, zupełnie popękają mi usta.

Soraya czekała w prażącym słońcu.

— Chrzanić to — powiedziała w końcu Delia. — Pięć do dwóch, że katastrofa nie została spowodowana przez nic z wnętrza samolotu. — Była niepoprawną pokerzystką, każdą sytuację oceniała w kategoriach szansy. Często też zmieniała rzeczowniki na czasowniki. — Instynktuję szczególny materiał wybuchowy.

— A więc to nie był wypadek. — Sorai nagle zrobiło się zimno. — Wykluczyłaś bombę, więc co? Rakieta powietrze—powietrze?

Delia wzruszyła ramionami.

— Możliwe, ale czytałaś przecież transkrypcję ostatniej rozmowy pilotów z wieżą lotniska w Kairze. Nie meldowali o zbliżającym się odrzutowcu.

— Nadlatywał od dołu lub z tyłu...

— Jasne, ale wówczas wyłapałby go radar. Poza tym drugi pilot wspomniał o zbliżaniu się czegoś mniejszego od prywatnego odrzutowca.

— W ostatniej chwili przed wypadkiem! Wybuch nie pozwolił tak naprawdę opisać, co widzi.

— Jeśli masz rację, prowadzi nas to do prostego wniosku: trafiła ich rakieta ziemia—powietrze.

Delia skinęła głową.

— Jeśli będziemy mieli szczęście i czarna skrzynka okaże się nietknięta, może więcej dowiemy się z nagrań.

— Kiedy?

— Sama widziałaś, co się dzieje tam, w środku. Sporo czasu zabierze nam sprawdzenie, czy w ogóle uda się nam ją odzyskać.

— Rakieta ziemia—powietrze wprowadziłaby w nasz świat całe spektrum bardzo nieprzyjemnych możliwości — szepnęła Soraya, a jej głos przypominał szum wiatru przesuwającego wydmy.

— Wiem — przytaknęła Delia. — Chociażby powiązania rządu egipskiego z tą sprawą, czy to jawne, czy ukryte.

Soraya nie zdołała się powstrzymać.

— Rządu lub Al-Muchabaratu.

Rozdział 6

Moirę przebudziło bicie serca jej matki, głośne niczym tykanie wielkiego stojącego zegara i przerażające. Przez chwilę leżała w nieprzeniknionej ciemności, jeszcze raz przeżywając tę chwilę; pojawili się ratownicy, zabierali matkę do szpitala, patrzyła na to przez zasłonę łez. Wówczas po raz ostatni widziała ją żywą. Straciła szansę, żeby się z nią pożegnać, a ostatnie słowa, które wypowiedziała do matki, brzmiały: „Nienawidzę cię do szpiku kości. Wynieś się wreszcie z mojego życia!".

I nagle okazało się, że matka nie żyje. Moira miała wówczas siedemnaście lat.

Poczuła ból. Zaczęła krzyczeć.

Tykanie okazało się jak najbardziej rzeczywiste: taki dźwięk wydawał stygnący przegrzany silnik. Jakieś dłonie ją ciągnęły, przecinano pasy bezpieczeństwa, napierała na nią miękka brzuchata poduszka powietrzna. Czuła, że jej ciało porusza się jak we śnie, jak grawitacja obdarza ciężarem jej ramiona i żołądek. Miała wrażenie, że jej głowa rozpadła się na połowy, ból był tak wielki, że wywoływał mdłości. Nagle, z trzaskiem odbijającym się echem w jej jakby zatkanych watą uszach, wyzwoliła się ze stalowej klatki. Na policzku poczuła chłodną pieszczotę nocnego powietrza, wokół rozlegały się ludzkie głosy, natrętne jak bzyczenie rozgniewanych owadów.

Matka... szpitalna poczekalnia, cuchnąca środkami dezynfekcyjnymi i rozpaczą... woskowa lalka w trumnie, przerażająca w nieludzkiej nieruchomej obojętności... cmentarz, żółte niebo o zapachu gazu węglowego i smutku... pochłaniająca trumnę ziemia jak bestia zamykająca monstrualną paszczę... bryły świeżo rozkopanej ziemi wilgotne od deszczu, od łez...

Świadomość powracała do niej powoli, niczym mgła wypełzająca na wrzosowisko, a potem, nagle, rozbłysła jak włączony reflektor punktowy. Moira obudziła się ze snu, wiedziała, gdzie jest i co się stało. Czuła bliską obecność śmierci, wiedziała, że otarła się o nią. Każdy oddech parzył ją płomieniem, chłodził lodem, lecz jednak żyła. Poruszyła palcami rąk i nóg. Czuła je, to już dobrze.

— Jay — powiedziała do pochylonego nad nią ratownika. — Jay... czy nic mu się nie stało?

— Kto to jest Jay? — spytał głos. Właściciel tego głosu pozostawał poza jej polem widzenia.

— W samochodzie nie było nikogo innego — dorzucił pochylony nad nią chłopak o łagodnej twarzy. Sprawiał wrażenie zbyt młodego na tego rodzaju pracę.

— Nie w moim samochodzie — zdołała wykrztusić Moira. — W tym drugim.

— O Jezu... — jęknął ten niewidoczny.

Łagodna twarz nad nią rozpłynęła się w smutku.

— Pani przyjaciel Jay... nie przeżył.

Z kącików oczu Moiry popłynęły łzy.

— O cholera... — szepnęła. — Do diabła.

Ratownicy znów coś przy niej robili.

— Chcę usiąść — powiedziała.

— To nie najlepszy pomysł — powiedział ten o łagodnej twarzy. — Jest pani w szoku i...

— Siadam — przerwała mu — z waszą pomocą lub bez niej.

Dłonie ujęły ją pod ramiona, pomogły. Znajdowała się na ulicy, obok swojego samochodu. Spróbowała rozejrzeć się dookoła, skrzywiła się, jej obolały mózg eksplodował z bólu.

— Postawcie mnie — powiedziała przez zaciśnięte zęby. — Muszę go zobaczyć.

— Proszę pani...

— Coś sobie złamałam?

— Nie, proszę pani, ale...

— Więc postawcie mnie na tych cholernych nogach!

W jej polu widzenia pojawił się już drugi ratownik. Nieprawdopodobne, ale wyglądał na młodszego od kolegi!

— Czy wy się już golicie? — spytała, kiedy ją delikatnie podnosili. Kolana się pod nią ugięły, zalała ją fala ciemności, musiała się na nich oprzeć.

— Proszę pani, pani jest blada jak prześcieradło — powiedział ten o łagodnej twarzy. — Naprawdę nie sądzę...

— Nie mów do mnie „pani". Mam na imię Moira.

— Zaraz przyjadą gliny — burknął pod nosem ten drugi. Moira poczuła ucisk w żołądku.

— Moiro, ja mam na imię Dave, a mój parter Earl — rzekł ratownik o łagodnej twarzy. — Policjanci zechcą cię wypytać, co zaszło.

— To policjant spowodował wypadek.

— Co? — zdziwił się Dave. — Co powiedziałaś?

— Chcę zobaczyć Jaya.

— Uwierz mi — odparł Earl. — Nie chcesz.

Moira opuściła rękę, poklepała swojego lady hawka.

— Skończcie z tym pieprzeniem, chłopcy.

Ratownicy zrezygnowali. Bez słowa poprowadzili ją ulicą zaśmieconą resztkami jakichś metalowych części oraz szkłem potłuczonych lamp i okien. Przy potwornie zgniecionym wraku audi stała karetka i wóz straż pożarnej. Od razu było widać, że kierowca tego samochodu nie mógł ujść z życiem. Moira z każdym krokiem nabierała sił i pewności siebie. Była poobijana i posiniaczona, chłopcy zapewne mieli rację, twierdząc, że doznała szoku, ale poza tym wyszła z wypadku bez szwanku, co zakrawało wręcz na cud. Pomyślała o duchu świni z Bali, zapewne nadal się nią opiekował.

— Warm Jets na horyzoncie — powiedział Earl.

— Ma na myśli gliniarzy — przetłumaczył Dave.

— Chłopaki — powiedziała Moira — potrzebuję paru chwil sam na sam z przyjacielem, a oni do tego nie dopuszczą.

— My też nie powinniśmy — zauważył Dave.

— Gliniarzy biorę na siebie. — Earl odwrócił się i poszedł zagadać policjantów.

— Spokojnie! — Dave mocniej chwycił ją za ramię, ponieważ Moira, pozbawiona wsparcia z drugiej strony, zatoczyła się lekko. Odetchnęła głęboko kilka razy, żeby oczyścić umysł i wzmocnić ciało. Wiedziała, że ma bardzo niewiele czasu, bo gliniarze szybko przedrą się przez postawioną przez Earla zasłonę dymną, choćby nie wiadomo jak się starał.

Przeszli obok poskręcanego i zmiażdżonego wraku, w niczym już nieprzypominającego audi. Moira wzięła głęboki wdech, wyprostowała się, przystanęła przy tym, co pozostało z Jaya Westona. Bardziej przypomniał kawał surowego mięsa niż coś, co jeszcze przed chwilą było człowiekiem.

— Jakim cudem go wyciągnęliście?

— Szczęki życia. W tym wypadku nie pomogły. — Dave przytrzymał Moirę kucającą przy zwłokach, bo znowu zakręciło się jej w głowie. — Mogę stracić robotę.

— Spokojnie. Moi przyjaciele zaopiekują się tobą. — Moira zbadała wzrokiem każdy centymetr tego, co pozostało z Jaya Westona. — Jezu, po czymś takim nic nie mogło ocaleć.

— Czego szukasz?

— Sama chciałabym wiedzieć. Jego marynarka...

Dave pochylił się, wyciągnął coś spod wraku.

— O tym mówisz?

Serce zabiło jej szybciej. Rzeczywiście, była to szafirowa zamszowa marynarka Jaya, jakimś cudem nienaruszona, jeśli nie liczyć kilku dziur wypalonych w rękawach. Śmierdziała dymem i przypaloną wodą kolońską.

— Możesz mi wierzyć lub nie, ale takie rzeczy ciągle się zdarzają — powiedział Dave. Specjalnie ustawił się między

Moirą a policjantami, którzy już odepchnęli na bok jego partnera. Najwyraźniej mieli dość pseudomedycznego bełkotu. — Znajdujemy różne rzeczy: portfele, klucze, czapki baseballowe, kondomy, nie uwierzyłabyś co jeszcze, a wszystko nowiutkie, wyrzucone z pojazdów, z których dosłownie nic nie zostało. Moira słuchała go nieuważnie. Jej zręczne palce przeszukiwały kieszenie. W żadnej z nich nie było portfela, to należało do standardowej procedury operacyjnej; gdyby agent wpadł w kłopoty lub z innego powodu musiał się wylegitymować, dzwonił. Pieniądze, które mógł mieć przy sobie, zapewne się spaliły. A jeśli chodzi o komórkę... wzięła ją i ukryła zręcznie.

Dave wstał na powitanie gliniarzy. Już miała zrezygnować, gdy jej uwagę zwróciła wisząca luźno nitka jednego z wewnętrznych szwów. Pociągnęła za nią. Szew puścił, a z małej dziurki wyciągnęła thumb drive o pojemności dwóch gigabajtów. Usłyszała zbliżające się ciężkie kroki. Pochyliła się nad zwłokami, uczyniła znak krzyża i wstała, korzystając z pomocy Dave'a trzymającego ją mocno pod rękę. Czekała ją męcząca przeprawa z gliniarzami.

Przeprawa ta okazała się dokładnie tak bezmyślna i ogłupiająco nonsensowna, jak przypuszczała, ale przynajmniej to ona śmiała się ostatnia, bo kiedy zaczęli zadawać swój zestaw pytań po raz trzeci, błysnęła im legitymacją Federal Securities Act, co skutecznie zamknęło im gęby. Dave i Earl robili wszystko, by nie parsknąć śmiechem wprost w czerwone twarze gliniarzy.

— A jeśli chodzi o policjanta z drogówki — powiedziała rozkazującym tonem — muszę wiedzieć, kim był. Powtórzyłam wam dwukrotnie i nic mnie nie obchodzi, że nie uwierzyliście: wystrzelił dwukrotnie w boczne okno audi pana Westona.

— I twierdzi pani, że pan Weston dla pani pracował? — spytał wyższy z dwóch policjantów, Severin.

Przytaknęła. Severin skinął na partnera, który odszedł kilka kroków, wyciągając z kieszeni telefon komórkowy.

— Co pani robiła przy ciele?

Być może Severin tylko grał na zwłokę, bo przecież widział, co robiła, a poza tym pytał ją o to już dwukrotnie.

— Modliłam się za duszę przyjaciela.

Zmarszczył brwi, ale skinął głową, prawdopodobnie z sympatią. W następnej chwili lekceważącym gestem wskazał na Dave'a i Earla.

— Ci gówniarze nie powinni pod żadnym pozorem pozwolić pani zbliżyć się do ciała. W końcu jesteśmy na miejscu przestępstwa.

— Rozumiem.

Zmarszczka na czole Severina pogłębiła się, ale o czym myślał, pozostało tajemnicą, bo jego partner właśnie zakończył rozmowę.

— Dostaliśmy kopa w jaja — rzucił drugi gliniarz. — W raportach nie odnotowano obecności gliniarza na motorze z drogówki w tym sektorze i czasie, który ustaliliśmy, ani też, gdyby to kogoś interesowało, z żadnego innego wydziału.

— Niech to wszyscy diabli!

Moira otworzyła komórkę, lecz nim miała szansę wybrać numer, pojawili się dwaj mężczyźni w identycznych czarnych garniturach, w identyczny sposób przygarbieni, niewątpliwie eksżołnierze, agenci NSA. Wiedziała, że wpadła w kłopoty, nim obaj pokazali legitymacje gliniarzom.

— Przejmujemy sprawę, chłopcy — powiedział pierwszy agent. Drugi patrzył daleko przed siebie, dla niego policjanci nie istnieli, a kiedy cofnęli się posłusznie, pierwszy wsadził Moirze rękę do kieszeni z wprawą zawodowego kieszonkowca.

— Zabieramy to, pani Trevor — oznajmił. W grubych paluchach trzymał komórkę Jaya. Moira próbowała ją odzyskać, ale podniósł rękę nad głowę i już telefon znalazł się poza jej zasięgiem.

— Hej, to własność mojej firmy!

— Bardzo mi przykro. Rekwirujemy go w interesie bezpieczeństwa narodowego. — Nim Moira zdążyła powiedzieć choć jedno słowo, pierwszy agent mocno chwycił ją za ramię. — A teraz... zechce pani pójść z nami?

— Co? Nie macie prawa...

— Obawiam się, że jednak mamy. — Stanęli po jej obu stronach. Pierwszy agent pokazał jej komórkę. — Dopuściła się pani ingerencji na miejscu przestępstwa.

Dave próbował wystąpić w jej obronie, ale drugi agent warknął „Z drogi!" tak ostro, że młody ratownik cofnął się przestraszony i wybełkotał przeprosiny.

Zrobili kilka kroków, zmieniło się pole widzenia i Moira dostrzegła mężczyznę stojącego do tej pory za plecami agentów. Noah przyglądał się jej ze złowrogim uśmiechem. Schował telefon Jaya do wewnętrznej kieszeni marynarki.

— Przynajmniej nie możesz się skarżyć, że nie zostałaś ostrzeżona — rzucił za nią, gdy odchodziła z jego ludźmi.

• • •

Motocyklem, który wypożyczył doktor Firth, Bourne wjechał w góry wschodniego Bali i po zboczach, które miejscami wydawały się niemal pionowe, dojechał do stóp Pura Lempuyang, kompleksu Świątyni Smoka. Zostawił motor pod czujnym okiem drobniutkiego strażnika siedzącego na płóciennym krześle pod rzucającym cętkowany cień drzewem, kupił butelkę wody na jednym z ciągnących się długim rzędem stoisk obsługujących zarówno pielgrzymów, jak i ciekawskich turystów, po czym ruszył przed siebie, ostro pod górę. Ubrany był w sarong przepasany szarfą.

Kapłan z Jaskini Nietoperzy nie widział Suparwity, choć go oczywiście znał, ale po tym, jak Bourne opowiedział mu swój powtarzający się sen, natychmiast zidentyfikował smocze schody jako należące do Pura Lempuyang. Opisał też dokładnie drogę prowadzącą do kompleksu świątynnego, zbudowanego wysoko na górze Lempuyang.

W krótkim czasie Jason doszedł do pierwszej świątyni, prostej konstrukcji, będącej tylko rodzajem przedsionka przed stromym ciągiem schodów prowadzących do następnej. Kiedy dotarł do pięknie rzeźbionych wrót, tępy ból w piersi stał się tak dokuczliwy, że zmusił go do odpoczynku. Przez sklepioną łukiem bramę dostrzegł trzy ciągi schodów jeszcze bardziej stromych od tych, które pokonał do tej pory. Strzegło ich sześć kamiennych smoków, których giętkie, pokryte łuską ciała tworzyły poręcze.

A więc kapłan wskazał mu właściwą drogę. To rzeczywiście było miejsce z jego snów. Tutaj stał, obserwując postać obracającą się w jego kierunku. Odwrócił się, spojrzał poprzez łuk na zapierający dech w piersiach widok świętej góry Agung, błękitnej i zamglonej, w tej chwili otoczonej wieńcem chmur i niemal sięgającej nieba. Jej stożkowaty kształt urzekał swym ogromem i potęgą.

Bourne rozpoczął wspinaczkę smoczymi schodami. W połowie drogi zatrzymał się, odwrócił, spojrzał w kierunku bramy. Pomiędzy ościeżnicami w kształcie ogromnych zębów widać było wulkan, a na jego tle zobaczył ludzką sylwetkę. Na chwilę serce przestało mu bić. Nie myśląc o tym, co robi, zaczął schodzić, lecz po chwili się zatrzymał, bo była to tylko mała dziewczynka w czerwono-żółtym sarongu. Odwróciła się szybkim, płynnym ruchem tak charakterystycznym dla balijskich dzieci i znikła, pozostawiając po sobie tylko promienie słońca rozproszone w unoszącym się w powietrzu kurzu.

Bourne wspinał się dalej i wkrótce dotarł na plac górnej świątyni. Kilku ludzi stało tu i tam. Jakiś mężczyzna klęczał, pogrążony w modlitwie. Jason chodził bez celu pomiędzy rzeźbionymi konstrukcjami, mając wrażenie, że unosi się w powietrzu, jakby powrócił do swego snu, swej przeszłości, ale jako obcy, powracający do miejsca znanego, lecz zapomnianego.

Miał nadzieję, że miejsce to obudzi w nim jakieś wspomnienia, odezwie się echem, lecz tak się nie stało i to go niepokoiło. Doświadczenie z amnezją, przynajmniej tą, której doświadczył, uczyło, że imię, widok czy zapach często budziły wspomnienia zdarzeń związanych z osobą lub miejscem. Co robił na Bali? Wizyta w miejscu, o którym śnił miesiącami, powinna uwolnić wspomnienia ze studni pamięci, lecz te były jak flądra leżąca na piaszczystym dnie morza, dziwne stworzenie, mające dwoje oczu po jednej stronie ciała, a żadnego po drugiej: albo pojawiały się wszystkie, albo żadne.

Mężczyzna skończył się modlić, wstał i kiedy się obrócił, Bourne rozpoznał w nim Suparwitę. Podszedł do niego, czując, jak szybko bije mu serce. Balijczyk przyglądał mu się spokojnie.

— Dobrze wyglądasz — powiedział na powitanie.

— Przeżyłem. Moira jest przekonana, że dzięki tobie.

Uzdrowiciel się uśmiechnął. Przez chwilę przyglądał się świątyni.

— Widzę, że znalazłeś część swojej przeszłości?

Bourne też zapatrzył się na świątynię.

— Jeśli nawet, to nie wiem, czym jest.

— A jednak przyszedłeś.

— Śniłem o tym miejscu od czasu, gdy się tu znalazłem.

— Czekałem na ciebie, a potężna istota, która cię chroni i prowadzi, wreszcie cię do mnie przywiodła.

Bourne odwrócił się, spojrzał na niego.

— Sziwa? Sziwa jest bogiem zniszczenia.

— I przemiany. — Suparwita gestem dał mu do zrozumienia, że powinni się przejść. — Opowiedz mi o swoim śnie.

Bourne rozejrzał się dookoła.

— Jestem tu. Przez bramę widzę górę Agung. Na jej tle pojawia się postać. I odwraca, żeby na mniej spojrzeć.

— A potem?

— Potem się budzę.

Uzdrowiciel powoli skinął głową, jakby spodziewał się tej odpowiedzi. Okrążyli plac, przystanęli tuż przy wejściu. Światło padało pod takim kątem jak w jego śnie i Bourne zadrżał.

— Widzisz osobę, z którą tu byłeś — rzekł Suparwita. — Kobietę. Holly Marie Moreau.

Nazwisko wydało mu się znajome, ale Bourne nie potrafił go z niczym skojarzyć.

— Gdzie jest teraz? — spytał.

— Obawiam się, że nie żyje. — Balijczyk wskazał pustą przestrzeń między dwoma wielkimi, pokrytymi rzeźbą zębami. — Była tu, dokładnie taka, jaką pamiętasz, a po chwili już jej nie było.

— Nie było?

— Spadła... — Suparwita spojrzał mu w oczy — ...może została popchnięta?

Rozdział 7

— Święty Boże, tu jest goręcej niż w piekle, nawet bez tych kombinezonów. — Delia otarła pot z twarzy. — Mam dobrą wiadomość: wydobyliśmy czarną skrzynkę.

Soraya, która wraz z Amunem Chaltumem stała właśnie w jednym z namiotów rozstawionych przez jego ludzi w sąsiedztwie miejsca katastrofy, była jej wdzięczna za to, że tak bezceremonialnie wtargnęła do środka. Bliskość Chaltuma działała jej na nerwy. Tyle ich łączyło: osobiście, zawodowo i etnicznie, ale to najwyraźniej nie wystarczyło, musieli być jeszcze wrogami. Choć pozornie znajdowali się po tej samej stronie, w rzeczywistości walczyli na śmierć i życie o informacje, powiązani z rządami, które miały przeciwstawne cele. Figury ich wspólnego tańca były tak skomplikowane, że mogło się zakręcić w głowie.

— Czego się dowiedziałaś? — spytał Chaltum.

Delia obdarzyła go swoim specjalnym spojrzeniem sfinksa.

— Zaledwie zaczęliśmy analizować dane z ostatnich sekund lotu. Rozmowy pilotów nie pozostawiają jednak wątpliwości, że załoga nie widziała innego samolotu. Drugi pilot dostrzegł jednak w ostatniej chwili coś, co opisał jako małe i zbliżające się z wielką prędkością.

— Rakieta — stwierdziła Soraya, patrząc w oczy Amuna.

Czy on wiedział to wcześniej? — zastanawiała się. Wiedział, jeśli Muchabarat był zamieszany w zamach, lecz ciemna twarz Amuna pozostała nieruchoma.

Delia skinęła głową.

— W tym wypadku użycie rakiety ziemia—powietrze wydaje się najbardziej prawdopodobne.

— A więc... — powiedział Egipcjanin w swym ojczystym języku, nim Delia zdążyła wyjść z namiotu — ...wydaje się, że Stany Zjednoczone nie bronią nas jednak przed ekstremistami.

— Najlepiej będzie, jak poszukamy sprawców zamachu — odparła Soraya.

Chaltum przyglądał się jej uważnie przez długą chwilę, a potem skinął głową. Rozeszli się i ustawili każde w swoim rogu namiotu, by przekazać przełożonym najnowsze informacje. Soraya zabrała ze sobą telefon satelitarny Typhona. Połączyła się z Veronicą Hart.

— To zła wiadomość — orzekła Veronica poprzez dzielące je pół świata. — Najgorsza z możliwych.

— Wyobrażam sobie, jak to wykorzysta Halliday. — Mówiąc te słowa, Soraya zakładała, że w tej samej chwili Chaltum przekazuje informacje prezydentowi Egiptu. — Dlaczego tacy źli ludzie dostają od losu takie wspaniałe prezenty?

— Ponieważ życie jest chaotyczne, a chaos nie rozróżnia między dobrem a złem. — Hart umilkła na chwilę, a potem spytała: — Jakieś informacje o RGZ? — Miała na myśli rdzenną grupę zbrojną.

— Na razie nie. I tak mamy pełne ręce roboty. Miejsce katastrofy jest straszne, tak jak i warunki pracy. Poza tym nie miałam jeszcze trzech minut dla siebie.

— Ta sprawa nie może czekać — oświadczył Hart stanowczo. — Zebranie informacji o Irańczykach jest od tej chwili twoim priorytetem.

•   •   •

— Przyszliście do mnie, razem — powiedział Suparwita. — Holly była bardzo poruszona, ale nie chciała ci powiedzieć dlaczego.

Bourne wpatrywał się w miejsce, gdzie musiało spaść ciało, miejsce, w którym roztrzaskał się jego nowy początek. Dlaczego tak głupio zakładał, że jego przeszłość zmarła i została pogrzebana, gdy tymczasem tu, z dala od świata, czekała na niego w formie jaja, z którego coś miało się wykluć lada chwila. Kolejny fragment przeszłości i kolejna śmierć. Skąd w jego życiu tyle śmierci?

Nadal patrzył w dół, na trzy strome biegi schodów, na faliste smocze balustrady. Próbował przypomnieć sobie ten dzień. Czy pobiegł na miejsce? Czy zbiegał po schodach, gdy zakrwawione ciało kobiety już leżało na dole? Walczył o to, by przywołać jakiś szczegół wypadku, ale jego umysł otulała szara mgła, tak nieprzenikliwa jak kamienne ciała smoków, okrutnych, nieprzejednanych strażników świątyni. Czy mgła ta chroniła go przed strasznym zdarzeniem, do którego tu doszło?

Ból w piersi, stały towarzysz od dnia, gdy został postrzelony, nasilił się, obejmując całe ciało. Jason musiał wyraźnie zblednąć, bo Suparwita powiedział:

— Tędy.

Cofnęli się od progu, krawędzi otchłani przeszłości. Wrócili na plac świątynny. Skryli się w chłodnym cieniu wysokiej ściany, na której wyrzeźbiono walkę demonów z duchami miejscowych smoków.

Bourne usiadł. Pił wodę. Uzdrowiciel stał z założonymi rękami, czekając cierpliwie. To przypomniało Jasonowi, co tak bardzo podobało mu się w Moirze: nie rozczulała się nad nim, nie chuchała na niego i nie dmuchała, tylko po prostu udzielała odpowiedzi.

Suparwita odezwał się po długiej chwili:

— Przyszedłeś z powodu Holly. Mam wrażenie, że to ona o mnie słyszała.

Bourne koił ból, oddychając głęboko i równo.

— Powiedz mi, co się stało — zażądał.

— Okrywał ją cień, jakby przyniosła ze sobą coś strasznego. — Spojrzenie przejrzystych oczu Suparwity spoczęło na twarzy Bourne'a. — Powiedziała, że zawsze była spokojna... nie, to złe słowo... że nie uzewnętrznia uczuć, tak jest o wiele lepiej. Ale wtedy była przerażona. Nie spała nocą, drżała przy głośniejszym dźwięku, obgryzała paznokcie do żywego ciała. Powiedziała mi, że nigdy nie siada przy oknie. Kiedy chodziliście do restauracji, nalegała, byście zajęli stolik w głębi, tak by widać było całą salę. Potem ty powiedziałeś, że nawet w mroku dostrzegasz, jak trzęsą się jej ręce. Próbowała to ukryć, ściskając szklankę z całej siły, ale zdradzała się, kiedy trzymała widelec lub odsuwała od siebie talerz.

Cichy warkot silnika samolotu przebił się przez śpiew ptaków, po czym umilkł i zapadła cisza. Ze zbocza sąsiedniej góry wzbijały się w niebo cienkie strużki dymu, na krańcach poletek ryżowych ciągle palono ogniska.

Bourne pozbierał się jakoś i zadał kolejne pytanie:

— Czy z jakiegoś powodu była niezrównoważona?

Suparwita skinął głową, ale w tym jego geście brakowało pewności.

— Możliwe — przyznał. — Ale mogę ci powiedzieć jedno: jej strach miał realne podstawy. Sądzę, że ty też byłeś o tym przekonany, ponieważ nie uspokajałeś jej banałami, lecz robiłeś wszystko, żeby w jakiś sposób jej pomóc.

— A więc, być może, uciekała przed kimś lub przed czymś. Co było potem?

— Oczyściłem ją — powiedział Suparwita. — Wpadła w sieć demonów.

— A jednak zginęła.

— Jak ty... prawie.

Bourne przypomniał sobie, jak bardzo Moira nalegała na spotkanie ze świątobliwym mężem. Pomyślał o słowach Suparwity: „Wszystko już się zdarzyło i będzie się zdarzać w przyszłości". Śmierć idzie po śladach życia.

— Twierdzisz, że te dwa zdarzenia są jakoś powiązane?

— Byłoby to mało wiarygodne. — Suparwita usiadł obok Bourne'a. — Ale Sziwa był tam wówczas i jest tu teraz. Takie znaki ignorujemy na własną odpowiedzialność.

• • •

Był ostatnim tego dnia pacjentem doktora Benjamina Firtha: wysoki, przeraźliwie chudy Nowozelandczyk o żółtej skórze i płonących gorączką oczach. Nie mieszkał w Manggis ani w żadnej z sąsiednich wiosek, ten teren był wystarczająco mały, by doktor znał wszystkich mieszkańców. A jednak wydał mu się znajomy i kiedy przedstawił się jako Ian Bowles, rozpoznał w nim pacjenta, który odwiedzał go kilkakrotnie w ciągu paru ostatnich miesięcy z powodu bardzo dokuczliwych migren. Tym razem jednak skarżył się na problemy żołądkowo-jelitowe.

Firth kazał mu się położyć i rozpoczął badanie.

— Jak pańskie migreny? — spytał uprzejmie.

— W porządku — odparł Bowles z roztargnieniem, po czym dodał: — Lepiej.

Lekarz obmacał uważnie brzuch i podbrzusze pacjenta.

— Nie widzę nic złego — powiedział. — Pobiorę krew i za kilka dni...

— Potrzebuję informacji — powiedział cicho pacjent.

Firth zamarł.

— Pan wybaczy...

Nowozelandczyk leżał na wznak, wpatrując się w sufit, jakby próbował rozszyfrować zmienny wzór światła i cieni.

— Nie musisz bawić się w wampira, doktorku. Jestem zdrów jak ryba.

Firth bezradnie potrząsnął głową.

— Nic nie rozumiem.

Bowles westchnął i usiadł nagle, tak gwałtownie, że przestraszył doktora. Chwycił jego nadgarstek i ścisnął z przerażającą siłą.

— Kim jest pacjent, którego trzymasz u siebie przez ostatnie trzy miesiące?

— Jaki pacjent?

Nowozelandczyk cmoknął z niesmakiem.

— Hej, doktorku, przecież nie przyszedłem tu z troski o zdrowie. — Wyszczerzył zęby w uśmiechu. — Przechowujesz u siebie pacjenta, a ja chcę wiedzieć, kto to taki.

— Dlaczego? Co cię to obchodzi?

Facet wzmocnił uścisk i przyciągnął lekarza do siebie.

— Doktorku, nikt ci nie przeszkadzał prowadzić tu praktyki, ale wszystko, co dobre, kiedyś się kończy. — Zniżył głos, przez co jego słowa wydały się jeszcze groźniejsze. — Posłuchaj mnie, durniu. Policja w Perth poszukuje cię za zabójstwo z powodu niedopełnienia obowiązków.

— Byłem pijany — szepnął Firth. — Nie wiedziałem, co robię.

— Operowałeś pacjenta, chociaż byłeś na bani, doktorku. I pacjent ci wykorkował. Tak można to określić najprościej. — Potrząsnął lekarzem. — Zgadza się?

Firth zamknął oczy i wyszeptał:

— Tak.

— No i...?

— Nie mam ci nic do powiedzenia.

Bowles ześlizgnął się ze stołu.

— No, to idę na policję. Przypieką cię na grzankę.

— Ja nic nie wiem! — zaprotestował Firth, próbując uwolnić się z jego uścisku.

— Nie podał nazwiska, co?

— Adam... Adam Stone.

— Tak powiedział? Adam Stone?

Lekarz skinął głową.

— To się zgadzało. Zajrzałem do jego paszportu.

Bowles wyjął z kieszeni telefon komórkowy.

— Doktorku, oto jak niewiele musisz zrobić, żeby nie trafić za kratki do końca życia. Bierz tę komórkę i zrób zdjęcie panu Adamowi Stone'owi. Dobre, wyraźne zdjęcie twarzy.

Firth próbował oblizać wargi. Usta miał tak suche, że mówił z największym wysiłkiem.

— A kiedy to zrobię, zostawisz mnie w spokoju?

Nowozelandczyk mrugnął do niego wesoło.

— Masz to jak w banku.

Firth schował telefon. Był przygnębiony. Tłumaczył sobie, że nie ma wyjścia, przecież nie wie, jak postępować z tego rodzaju ludźmi. Próbował się pocieszyć tym, że w końcu zachował dla siebie prawdziwe nazwisko Jasona Bourne'a, ale nawet ten drobny gest straci przecież jakiekolwiek znaczenie, kiedy dostarczy zdjęcie.

Bowles zeskoczył ze stołu, ale nie zamierzał puścić ręki lekarza.

— Tylko bez głupich dowcipów. Powiesz komuś o naszej umowie i daję słowo, że ktoś kiedyś wpakuje ci kulę w łeb.

Firth mechanicznie kiwał głową. Przestał już czuć cokolwiek, stał jak wrośnięty w ziemię. Ale Bowles wreszcie go puścił.

— Dziękuję, że znalazł pan dla mnie czas, doktorze — powiedział głośno na wypadek, gdyby w pobliżu znajdował się ktoś niepowołany. — A więc jutro o tej samej porze. Rozumiem, że będą już wyniki badań, prawda?

Rozdział 8

Górski Karabach to nazwa zachodnich terenów Azerbejdżanu, do którego wielu rości sobie prawo od czasu, gdy Józef Stalin uciekł się do czystek etnicznych, starając się wyprzeć Ormian z tej części Związku Radzieckiego. Dla Arkadina rozlokowanie tu grupy uderzeniowej miało tę zaletę, że Górski Karabach graniczył z północno-zachodnią częścią Iranu. Był to teren trudny, identyczny z irańskim, rzadko zaludniony, a mieszkający tu ludzie dobrze go znali. Odwiedzał prowincję kilkanaście razy, najpierw z polecenia Dimitrija Masłowa, potem Siemiona Ikupowa, sprzedając broń półautomatyczną, granaty, wyrzutnie rakiet i inny sprzęt ormiańskim przywódcom plemiennym, prowadzącym nieprzerwaną partyzancką wojnę z reżimem azerbejdżańskim, podobną do tej, którą toczyli z Rosjanami do upadku Związku Radzieckiego. W zamian dostawał brązowawe cegiełki morfiny niezwykle dobrej jakości, które transportował lądem do portowego miasta Baku, gdzie ładowano je na statek handlowy, ten z kolei płynął prostym, północnym kursem przez Morze Kaspijskie i dobijał do brzegu Rosji.

Biorąc to wszystko pod uwagę, Górski Karabach był dla Arkadina najbezpieczniejszym miejscem na świecie. Wraz ze swoimi ludźmi będzie miał święty spokój, a członkowie miejscowych plemion chętnie oddadzą życie w jego obronie. Bez

117

broni, dostarczanej im przez niego, i ludzi, dla których pracował, wdeptano by ich bezlitośnie w rdzawoczerwoną ziemię ojczystą, eksterminowano niczym szczury.

Ormianie osiedlili się pomiędzy rzekami Kura i Araks w czasach rzymskich i pozostali tu do dziś. Arkadin doskonale rozumiał, dlaczego są tak dumni ze swej ojczyzny i z tego też powodu zdecydował, że warto nawiązać stosunki handlowe z mieszkańcami Górskiego Karabachu. Był to też ruch świadczący o jego dobrym zmyśle politycznym. Broń sprzedawana ormiańskim plemionom destabilizowała sytuację w Azerbejdżanie, przez co wpychała go w ramiona Moskwy, Kreml więc radośnie udawał, że nic się nie dzieje.

Teraz miała ćwiczyć tu grupa uderzeniowa. Nic dziwnego, że przywódcy powitali go jak zwycięskiego bohatera.

Ale ten swego rodzaju powrót do domu nie był zwykłą przyjemnością, w życiu Arkadina nic nie było zwykłe. Być może pamięć zniekształciła obraz tego kraju, a może on sam zmienił się w głębi serca, w każdym razie gdy tylko znalazł się w Górskim Karabachu, natychmiast pojawiło się wrażenie, że oto los rzucił go z powrotem do Niżnego Tagiłu.

Obóz wzniesiono dokładnie według jego wskazówek: dziesięć namiotów z tkaniny maskującej otaczało duży, owalny plac musztry. Po wschodniej stronie znajdował się pas, na którym przed chwilą wylądował jego samolot. Po stronie zachodniej, na wyrównanym kawałku ziemi mającym kształt litery „L" przycupnął samolot transportowy Air Afrika Transport. Namioty przypomniały mu coś, czego przypominać nie powinny: łańcuch więzień o zaostrzonym rygorze, opasujących Niżny Tagił, miasto, gdzie się urodził i wychował, jeśli wychowaniem można nazwać życie z szalonymi, okrutnymi rodzicami.

Lecz znów, pamięć to coś niezwykłego. Dwadzieścia minut po przybyciu tu, po wejściu do namiotu przeznaczonego na jego stanowisko dowódcze, Arkadin dokonywał przeglądu imponującego arsenału, który udało mu się zgromadzić: AK-47 Lancastery, AR15 Bushmastery, karabiny LWRC SRT kalibru

6,8 milimetra, miotacze ognia amerykańskiej piechoty morskiej z czasów drugiej wojny światowej M2A1-7, granaty przeciwpancerne, ręczne wyrzutnie rakiet Stinger FIM-92, przenośne haubice oraz, kluczowe dla jego misji, trzy helikoptery Apache AH-64, uzbrojone w rakiety AGM-114 Hellfire ze specjalnie przygotowanymi głowicami o ładunku ze zubożonego uranu, gwarantującymi przebicie nawet najwytrzymalszego, najgrubszego pancerza każdego pojazdu mechanicznego.

Ubrany w spodnie od munduru polowego z kamuflażem, uzbrojony w metalową pałkę i amerykańskiego colta .45 Arkadin wyszedł z największego namiotu i od razu wpadł na Dimitrija Masłowa, głowę Kazachów, najpotężniejszej z rodzin moskiewskiej mafii. Masłow wyglądał jak uliczny wojownik kalkulujący, jak pokonać cię najszybciej i w sposób możliwie najbardziej bolesny. Bary miał szerokie, ramiona potężne i grube, bez wątpienia potrafiłby skręcić kark każdemu. Równie potężne nogi przechodziły w zdumiewająco drobne stopy, które wyglądały tak, jakby mu je przeszczepiono od zupełnie do niego niepasującego dawcy. Od chwili ich ostatniego spotkania zapuścił włosy i miał nadzieję, że w lekkim mundurze polowym wygląda jak Che Guevara.

— Leonid Daniłowicz — powitał Arkadina z fałszywą serdecznością. — Widzę, że nie traciłeś czasu i nasz sprzęt wojskowy jest gotów do użycia. I bardzo dobrze. Kosztował pieprzoną fortunę.

Masłowowi towarzyszyło dwóch pozbawionych szyi ochroniarzy, na których mundurach już pojawiły się wielkie plamy potu. Najwyraźniej czuli się nieco nieswojo w tym upalnym klimacie.

Arkadin nie raczył obdarzyć spojrzeniem tej ludzkiej broni, tylko wpatrywał się w szefa *gruppierowki* z bezosobową nieufnością. Od czasu, gdy porzucił Kazachów, u których był głównym zabójcą, by pracować wyłącznie dla Siemiona Ikupowa, nie wiedział, jak właściwie układają się jego stosunki z tym człowiekiem. To, że w tej chwili wspólnie załatwiali interesy, nie miało najmniejszego znaczenia, ot, zbieg okoliczności i potężny partner; tylko to ich łączyło. Arkadin miał nawet wrażenie, że są jak dwa pitbulle, każdy czekający okazji, by skoczyć drugiemu do gardła. Najlepszym tego potwierdzeniem były kolejne słowa Masłowa.

— Nadal nie mogę się pogodzić z utratą meksykańskiego kanału przerzutowego. Nie mogę uchronić się przed wrażeniem, że gdybyś był pod ręką, nic takiego by się nie stało.

— Sądzę, że sporo przesadzacie, Dimitriju Iljanowiczu.

— Ale ty znikłeś i nie sposób cię było znaleźć. — Masłow umyślnie zignorował słowa rozmówcy.

Arkadin uznał, że teraz powinien zachować ostrożność. Czy Masłow wiedział, że udało mu się zdobyć laptopa Gustava Morena? Bez wątpienia byłby zdania, że należy się jemu.

Najlepiej zrobi, zmieniając temat.

— Co ty tu właściwie robisz? — spytał.

— Lubię osobiście sprawdzać swoje inwestycje. Poza tym Tryton, koordynator całości operacji, żądał przygotowanego na miejscu raportu o twoich postępach.

— Wystarczyło do mnie zadzwonić — prychnął Arkadin.

— Nasz Tryton to człowiek ostrożny, przynajmniej tak słyszałem. Nigdy się z nim nie spotkałem i szczerze mówiąc, nie wiem, kim jest, ale dysponuje odpowiednimi środkami na przygotowanie tak ambitnego projektu i nie waha się hojnie ich używać. Nie zapomnij, Arkadinie, że to ja mu cię poleciłem. „Nikt nie przygotuje tych ludzi lepiej od niego" — tak mu powiedziałem.

Arkadin podziękował Masłowowi, choć przyszło mu to z trudem. Ale z drugiej strony cieszyło go, że Masłow nie ma pojęcia, kim jest Tryton ani dla kogo pracuje, on sam zaś wie wszystko. Wielki gangster zdobył miliony, uwierzył we własną potęgę, a jednocześnie stał się niedbały, co zdaniem Leonida czyniło go kandydatem do rzeźni. Wszystko w swoim czasie — napomniał sam siebie.

Kiedy Masłow po raz pierwszy zadzwonił do niego z propozycją Trytona, odrzucił ją bez wahania. Jako niekoronowany wprawdzie, lecz za to prawdziwy władca Braterstwa Wschodu, ani nie musiał, ani nie chciał wynajmować się do zadań specjalnych na zasadzie wolnego strzelca. Komplementy pod adresem jego samego oraz Braterstwa, a także podkreślanie ich znaczenia dla powodzenia planu nie zmieniło jego nastawienia. Wówczas padła suma: dwadzieścia milionów dolarów. Mimo to wahał się do chwili, gdy powiedziano mu, że celem ma być Iran, a zadaniem obalenie obecnego reżimu. Przed oczami zatańczyła mu cudowna wizja irańskiej ropy: niezliczone miliardy, niezwyciężona potęga. Nagroda za zwycięstwo dosłownie zaparła mu dech w piersiach. Był wystarczająco sprytny, by — choć Masłow przezornie o tym nie wspominał — domyślić się, że Trytonowi też musiało zależeć na ropie. Zamierzał w ostatniej chwili pokrzyżować mu plany, zdobyć ropę dla siebie, lecz by tego dokonać, musiał przede wszystkim prawidłowo ocenić możliwości przeciwnika. Musiał więc wiedzieć, kim jest Tryton.

Dostrzegł mężczyznę wysiadającego z jeepa, którym, o czym ostrzegli go miejscowi pełniący służbę wartowniczą, przyjechał Masłow i jego obstawa. Drgające od upału powietrze nad asfaltem uniemożliwiało rozpoznanie twarzy, ale to akurat nie miało większego znaczenia. Arkadin rozpoznał długi, swobodny krok, świadomie zapożyczony od Clinta Eastwooda, wprost z filmu *Za garść dolarów*.

— Co on tu robi? — spytał, bardzo się starając, by jego głos brzmiał ostro, władczo.

— Kto? Osierow? — Masłow był w tej chwili ucieleśnieniem niewinności. — Wiaczesław Germanowicz jest moim zastępcą. — Potrząsnął głową z udaną prostodusznością. — Czyżbym zapomniał ci o tym powiedzieć? Z pewnością pamiętałbym, gdybyś był w pobliżu i chronił moje meksykańskie interesy. Ale tak... — Wzruszył ramionami.

Osierow uśmiechał się w ten swój charakterystyczny na pół ironiczny, na pół protekcjonalny sposób, który Arkadin zapamiętał jeszcze z czasów Niżnego Tagiłu. Czy ukończenie Oksfordu daje prawo do patrzenia z góry na każdego innego członka *gruppierowki* w Rosji? Arkadin był przeciwnego zdania.

— To ty? Naprawdę ty? — spytał Osierow najlepszą brytyjską angielszczyzną. — Żyjesz? Zdumiewające, doprawdy.

W tym momencie dostał potężny cios w podbródek. Nadal złośliwie uśmiechnięty, padł na kolana, ukazując białka oczu. Ochroniarze zareagowali z opóźnieniem. Powstrzymał ich władczy gest Masłowa. Na jego przekrwionej twarzy malował się gniew.

— Nie powinieneś go uderzyć, Leonidzie Daniłowiczu.

Arkadin ukląkł obok Osierowa, całkowicie lekceważąc wymierzoną w niego broń.

— A więc jesteś tu, pod płonącym azerskim słońcem, daleko od domu — powiedział. — I co, podoba, ci się okolica?

Osierow spojrzał na niego przekrwionymi oczami. Z kącika ust sączyło mu się na brodę różowe pasemko śliny, jak nić pająka splatającego sieć... ale ani na chwilę nie przestał się uśmiechać. Nagle błyskawicznie wyciągnął rękę, złapał Arkadina za koszulę na piersi i przyciągnął go do siebie.

— Przyjdzie czas, że pożałujesz tego, co zrobiłeś i jak nas obraziłeś. Misza nie żyje, nie może cię chronić.

Arkadin odskoczył od Osierowa, zerwał się na równe nogi.

— Ostrzegałem, co będzie, jeśli znowu go zobaczę.

Masłow zmrużył oczy, twarz nadal miał przekrwioną.

— To było dawno temu.

— Nie dla mnie.

W ten sposób Arkadin określił zajmowaną przed siebie pozycję, złożył jednoznaczną deklarację, taką, której Masłow nie mógł zignorować. Nic już nigdy nie miało być między nimi takie samo, co Arkadinowi sprawiło wielką ulgę, ponieważ odczuwał charakterystyczny dla więźniów strach przed bezczynnością. Dla niego zmiana była synonimem życia. Dimitrij Masłow miał go zawsze za szeregowego pracownika do wynajęcia: facet wykonuje swą robotę, płacisz mu, a potem o nim zapominasz. To właśnie wymagało zmiany w pierwszej kolejności. Musiał zrozumieć, że stali się sobie równi. A Arkadinowi brakowało tego luksusu, jakim jest czas. Musiał przedstawiać się w nowej roli bez należytej finezji.

Osierow pozbierał się jakoś i wstał, a Masłow nagle odrzucił głowę i się roześmiał. Nie śmiał się jednak długo.

— Wracajcie do samochodu, Wiaczesławie Germanowiczu — polecił cicho zastępcy. Osierow zamierzał chyba zaprotestować, ale natychmiast zmienił zdanie. Rzucił Arkadinowi mordercze spojrzenie, odwrócił się i odszedł.

— Więc teraz jesteś wielkim człowiekiem, co? — W tym wypowiedzianym z pozoru spokojnie pytaniu brzmiała jednak nuta groźby. Arkadin bez problemu odczytał jego właściwe znaczenie: „Znałem cię, kiedy byłeś nikim, obdartym, nędznym uciekinierem z Niżnego Tagiłu, więc jeśli zamierzasz wziąć się teraz do mnie, nie próbuj".

— Nie ma wielkich ludzi — powiedział spokojnie. — Są tylko wielkie idee.

Patrzyli sobie w oczy w całkowitej ciszy i nagle, w jednej chwili, wybuchnęli śmiechem. Śmiali się tak głośno, tak serdecznie, że ochroniarze Masłowa wymienili zdziwione spojrzenia i schowali broń. A oni najpierw poklepali się przyjacielsko po ramieniu, a potem padli sobie w objęcia jak bracia. Ale Arkadin wiedział, że teraz bardziej niż kiedykolwiek przedtem musi strzec się ciosu nożem w żebra lub cyjanku w paście do zębów.

• • •

Bourne zszedł stromym zboczem wzgórza, na którego szczycie, ponad najwyższymi z ryżowych poletek, stała *warung*. Poniżej widział dwójkę dzieciaków wychodzącą z rodzinnej zagrody do szkoły w wiosce Tenganan. Szedł stromą, kamienistą ścieżką z zapierającą dech w piersiach szybkością. Wkrótce minął zagrodę, którą obserwował z góry. Dorosły mężczyzna, niewątpliwie ojciec tej dwójki, rąbał drzewo, kobieta mieszała jedzenie w naczyniu przypominającym wok, stojącym na otwartym ogniu. Dwa chude psy obserwowały Jasona, kiedy przechodził obok, ale dorośli w ogóle nie zwrócili na niego uwagi.

Ścieżka się wyrównała, Bourne nie szedł już po skałach, lecz po udeptanej ziemi, omijając kamienie i sterty krowiego nawozu. Musieli wybrać tę właśnie drogę; „naganiacz", który tak sprytnie zapędził ich po lufę myśliwego w Tenanganie, nie pozostawił im wówczas wyboru.

Minął bramę, a potem szkołę i pusty kort do badmintona. Nagle, bez uprzedzenia, znalazł się na świętej polanie, na której wznosiły się trzy świątynie. Tym razem nie było w nich nikogo. Fantastycznie splątane kłębiaste chmury płynęły po ciemnoniebieskim niebie, słaby wiatr kołysał wierzchołkami drzew. Kroki Bourne'a, lekkie, doskonale ciche, nie zainteresowały stada krów i cieląt, odpoczywającego przy dalszej, pogrążonej w cieniu ścianie. Oprócz niego i zwierząt na polanie nie było nikogo.

Przechodząc między świątyniami, centralną i tą po prawej stronie, Bourne doznał dziwnego uczucia przemieszczenia. Minął plamę nagiej ziemi, na której leżał w kałuży własnej krwi, a Moira klęczała przy nim z twarzą ściągniętą przerażeniem. Czas wydawał się rozciągać w nieskończoność, a potem, z następnym krokiem, wrócił do swego normalnego biegu tak gwałtownie, jak kurczy się rozciągnięta gumka.

Pozostawił świątynie za plecami i wkrótce znów zaczął się wspinać. Wokół niego rosła zielona ściana lasu, tworząca sklepienie nad jego głową. Był jak kompleks świątynny wielu pagód, sięgających wprost do nieba. To tu ukryty myśliwy czekał, aż ofiara wyjdzie mu na strzał.

W poszyciu gęstego lasu kryła się maleńka kamienna świątynka o krawędziach owiniętych tradycyjną tkaniną w czarno-białą kratę, dla ochrony przykryta żółtą parasolką. Przebywał tu miejscowy duch... i ktoś jeszcze. Kątem oka Bourne dostrzegł ledwie widoczny ruch, skoczył jak tygrys, zacisnął twarde palce na chudym ramieniu i wyciągnął z cienia najstarszą córkę rodziny, która prowadziła *warung*.

Przez długą chwilę stali naprzeciw siebie, przyglądając się

sobie w milczeniu. Bourne poruszył się pierwszy. Ukląkł i jego oczy znalazły się na wysokości jej oczu.

— Jak ci na imię? — spytał.

— Kasih — odpowiedziała dziewczynka śmiało, bez wahania.

Jason się uśmiechnął.

— Co tu robisz, Kasih?

Miała oczy głębokie jak górskie jeziora i czarne jak obsydian. Długie włosy opadały na wąskie ramiona i spływały niżej, na plecy. Ubrana była w sarong koloru kawy, ozdobiony wzorem pączków plumerii, takim jak jego dwustronny *ikat*. Skórę miała jedwabistą, nieskalaną.

— Kasih...

— Zraniono cię. Minęły trzy pełne księżyce. W Tenganane.

Bourne ciągle się uśmiechał, tyle że teraz nieco sztucznie.

— Mylisz się, dziecko. Ten człowiek umarł. Byłem na jego pogrzebie, w Manggis. Po ceremonii ciało wysłano samolotem do Stanów.

Zewnętrzne kąciki oczu dziewczynki lekko się uniosły. Uśmiechnęła się niemal niedostrzegalnie; wyglądała tajemniczo jak Mona Lisa. Wyciągnęła rękę, odchyliła przepoconą koszulę, pod którą widać było kawałek bandaża.

— Postrzelili cię, *Bapak* — powiedziała poważnie, jak dorosły. — Nie umarłeś, ale trudno ci się wspinać po naszych stromych wzgórzach. — Przechyliła głowę. — Dlaczego to robisz?

— Żeby pewnego dnia nie było mi tak trudno. — Bourne zapiął koszulę. — To będzie nasz sekret, dobrze, Kasih? Jeśli ktoś się dowie...

— Człowiek, który do ciebie strzelał, powróci.

Bourne aż się zachwiał. Serce przyspieszyło mu biegu.

— Skąd o tym wiesz?

— Demony zawsze powracają.

— Co masz na myśli?

Dziewczynka podeszła do świątyni, okazując jej wielki szacunek. W małym wgłębieniu złożyła ofiarę: garść czerwonych i fioletowych kwiatów, złożyła dłonie, aż zetknęły się palcami na wysokości czoła i pochyliła głowę w krótkiej modlitwie, prośbie o ochronę przed demonami kryjącymi się w zmiennych, niebezpiecznych, zielonych cieniach lasu. A kiedy skończyła, uklękła i zaczęła kopać w tylnym rogu kapliczki. Chwilę później z czarnej wulkanicznej ziemi wydobyła małą paczuszkę owiniętą liśćmi bananowca. Odwróciła się i podała ją Bourne'owi. Patrzyła na niego z obawą. Bourne otrzepał liście z ziemi przylegającej do nich cienką warstwą, po czym odwiązał liście, jeden po drugim. Okazało się, że kryją imitację ludzkiego oka, zrobioną ze szkła lub plastiku.

— To oko demona — powiedziała. — Demona, który do ciebie strzelał.

— Gdzie je znalazłaś? — spytał, uważnie ją obserwując.

— Tam. — Ręką wskazała pień ogromnego mleczodrzewa *pule*, stojącego niespełna sto metrów dalej.

— Pokaż mi — polecił i poszedł za nią, rozgarniając wielkie, wachlarzowate liście paproci.

Dziewczynka nie chciała podejść do drzewa bliżej niż na trzy kroki, ale Bourne bez wahania zbliżył się do niego i przykucnął obok miejsca, które wskazała, wśród pogniecionych paproci. Ktoś musiał je opuszczać w wielkim pośpiechu. Zadarł głowę, przyjrzał się układowi gałęzi. Już miał zacząć się wspinać, kiedy dziewczynka krzyknęła rozpaczliwie:

— Och, nie! Proszę! W *pule* mieszka duch Durgi, bogini śmierci.

Bourne pewnie stanął na najniższej gałęzi. Uśmiechem dodał jej odwagi.

— Nie martw się, Kasih. Mnie broni Sziwa, mój bóg śmierci.

Poruszając się pewnie i zręcznie, szybko dotarł do grubej, niemal poziomej gałęzi, którą wypatrzył z ziemi. Położył się na niej na brzuchu; wówczas okazało się, że przez szczelinę wśród plątaniny liści i gałęzi patrzy dokładnie na miejsce, gdzie został postrzelony. Podniósł się na łokciu, rozejrzał dookoła. Niemal od razu dostrzegł niewielkie wgłębienie w najgrubszym miejscu, tam gdzie gałąź łączyła się z pniem, a w środku coś błyszczącego. Była to łuska. Schował ją do kieszeni, ześlizgnął się na ziemię i uśmiechnął do wyraźnie zaniepokojonej dziewczynki.

— No i widzisz, nic mi się nie stało. Sądzę, że duch Durgi przebywa dziś w innym *pule*, po drugiej stronie Bali.

— Nie wiedziałam, że Durga może przenosić się z miejsca na miejsce.

— Oczywiście, że może. To nie jedyne *pule* na wyspie, prawda?

Kasih potrząsnęła głową.

— Widzisz, mam rację. Tu jej dziś nie ma. Jesteśmy bezpieczni.

Ale dziewczynka wydawała się zaniepokojona.

— Teraz — powiedziała — kiedy masz już oko demona, potrafisz go znaleźć i nie dopuścić, żeby wrócił. Potrafisz, prawda?

Bourne ukląkł przy niej.

— Demon nie wróci, Kasih. To ci mogę obiecać. — Obrócił w palcach sztuczne oko. — I tak, teraz mogę mieć nadzieję, że odnajdę demona, który mnie postrzelił.

• • •

Dwaj agenci NSA zawieźli Moirę do Szpitala Marynarki Wojennej w Bethesda. Przeszła tam badania wręcz przerażająco dokładne, a jednocześnie ogłupiająco monotonne. Tak upłynęła jej ta ciągnąca się w nieskończoność noc. Kiedy rano następnego dnia, około dziesiątej, uznano, że nie doznała poważniejszych fizycznych obrażeń w wypadku samochodowym, agenci oznajmili, że jest wolna i może robić, co jej się podoba.

— Zaraz, chwileczkę — zdziwiła się. — Nie powiedzieliście przypadkiem, że zatrzymujecie mnie za ingerencję na miejscu przestępstwa?

— Nie zatrzymaliśmy pani — odparł jeden z agentów z urywanym akcentem ze Środkowego Zachodu, po czym odwrócił się i wyszedł wraz z kolegą.

Naprawdę zaczęła się niepokoić dopiero wtedy, kiedy zadzwoniła do czterech różnych osób z Departamentu Obrony i Departamentu Stanu. Albo uczestniczyły „w zebraniu", albo „wyszły z budynku", albo, co brzmiało najgorzej, były po prostu „niedostępne".

Właśnie kończyła się malować, kiedy odezwała się jej komórka. Autorem SMS-a był Steve Stevenson, podsekretarz Departamentu Obrony odpowiedzialny za zaopatrzenie, technikę i logistykę. To on niedawno ją zatrudnił.

„PERRY 1G" — odczytała wiadomość. Skasowała ją, użyła szminki, chwyciła torebkę i wypisała się ze szpitala.

• • •

Szpital Marynarki Wojennej Bethesda i Bibliotekę Kongresu dzieli trzydzieści siedem kilometrów. Mapy Google podają czas przejazdu trzydzieści sześć minut, ale coś takiego możliwe jest chyba tylko o drugiej nad ranem. O jedenastej rano Moira przejechała tę trasę taksówką w czasie o dwadzieścia minut dłuższym, co oznaczało, że na miejsce dotarła dosłownie w ostatniej chwili. Po drodze zadzwoniła do biura i zażądała podstawienia samochodu trzy przecznice dalej.

— Będę potrzebowała laptopa i palnik — powiedziała jeszcze i przerwała połączenie.

Wysiadła z taksówki i dopiero wówczas poczuła, że boli ją całe ciało, a w dodatku zbliżał się nieuchronny posttraumatyczny, nieznośny ból głowy. Wyjęła z torebki trzy ibuprofeny i połknęła je. Pogoda była znośna, lecz ponura, chmury zasłaniały całe niebo, a powietrzem nie poruszał nawet najlżejszy wietrzyk. Przechodnie deptali bladopomarańczowe kwiaty czereśni, kwitły tulipany, wokół czuło się zapach nadchodzącej wiosny.

Przysłana przez Stevensona wiadomość „PERRY" odnosiła się do Rolanda Hintona Perry'ego, który w wieku dwudziestu siedmiu lat stworzył Fontannę Dworu Neptuna, stojącą po zachodniej stronie wejścia do biblioteki. Fontanna usytuowana jest na poziomie chodnika, a nie wyniesionego portyku głównego wejścia. Umieszczone w trzech niszach kamiennej ściany, flankowane przez dwa biegi schodów wejściowych dzieło, którego centrum stanowi przerażająca trzymetrowa, brązowa statua przedstawiająca rzymskiego boga mórz, promieniuje surową, niespokojną energią, dramatycznie kontrastującą ze spokojną, wręcz dostojną bryłą gmachu. Większość gości biblioteki nie ma pojęcia o jej istnieniu, ale Moira i Stevenson mieli. Było to jedno z kilku rozrzuconych po dzielnicy, a wcześniej przez nich uzgodnionych miejsc spotkań.

Dojrzała go od razu. Ubrany był w granatową bluzę i szare, lekkie wełniane spodnie. Odwrócony tyłem do niej przyglądał się Neptunowi, a że musiał przy tym unieść głowę, wyraźnie widać było łysinę na jej czubku.

Nie poruszył się, kiedy do niego podeszła i stanęła obok. Mogliby być dwójką nieznających się turystów, tym bardziej że Stevenson zaopatrzył się w przewodnik po Waszyngtonie Fodora, który demonstrował tak, jak bażant demonstruje swą obecność, rozkładając ogon.

— Niezbyt przyjemny miałaś dzień — powiedział, nie odwracając się, niemal nie poruszając wargami.

— Co się dzieje, do cholery? Nikt z Departamentu Obrony nie chce ze mną rozmawiać. Wliczając w to ciebie.

— Najwyraźniej, moja droga, wdepnęłaś w wielką górę świeżego, jeszcze parującego gówna. — Stevenson przewrócił stronę przewodnika. Był typowym przedstawicielem starego pokolenia urzędników rządowych, codziennie golił się u fryzjera, raz w tygodniu robił sobie manikiur, należał do wszystkich właściwych klubów i odzywał się dopiero wtedy, kiedy miał absolutną pewność, że jego opinia jest opinią większości. — Nikt nie lubi śmierdzieć.

— Ja? Przecież nic nie zrobiłam! — zaprotestowała Moira, dodając w myślach: Oprócz wkurzenia byłych szefów.

Pomyślała o kłopotach, z jakimi musiał poradzić sobie Noah, by zabrać jej telefon Jaya i zatrzymać na noc. Tę zagadkę rozwiązała w taksówce. Powód, dla którego agenci NSA najpierw oznajmili, że zatrzymują ją za ingerencję na miejscu przestępstwa, a potem zwolnili, nie przedstawiając zarzutów, mógł być tylko jeden: trzeba było koniecznie usunąć ją z drogi, przynajmniej na jeden wieczór. Dlaczego? Może dowie się tego z thumb drive'u, który znalazła w podszewce marynarki Jaya. Na razie najlepszą strategią dla niej było udawanie, że zupełnie nic nie wie.

— Nie. — Stevenson potrząsnął głową. — Mamy tu coś znacznie większego. Zdaje się, że ktoś z twojej firmy uderzył w czułą strunę. Może nieodżałowanej pamięci pan Weston?

— Wiesz, co znalazł?

— Gdybym wiedział — rzekł powoli Stevenson — to ja byłbym padliną na szosie.

— Takie to wielkie?

Potarł idealnie ogolony czerwony policzek.

— Większe.

— Co się do diabła dzieje na linii NSA—Black River?

— Pracowałaś w Black River, więc ty mi powiedz. — Zacisnął wargi. — Z drugiej strony, po chwili zastanowienia, proszę nie. Nie chcę nic wiedzieć, nie chcę słuchać nawet przypuszczeń. Od kiedy wiadomość o katastrofie tego samolotu poszła w świat, Departament Obrony i Pentagon spowiła toksyczna mgła.

— Co to znaczy?

— Nikt nic nie mówi.

— Tam u góry nikt nigdy nic nie powiedział.

Stevenson skinął głową.

— Co prawda, to prawda, ale teraz jest jednak inaczej. Wszyscy stąpają jak po pokruszonym szkle, nawet sekretarki wyglądają na przerażone. Pracuję w administracji rządowej dwadzieścia lat, a tylko raz widziałem coś podobnego.

Moira poczuła ucisk w żołądku.

— Kiedy?

— Przed inwazją na Irak.

Rozdział 9

Willard obserwował Iana Bowlesa wychodzącego z kliniki Firtha. Bowles wzbudził jego zainteresowanie, gdy pojawił się w klinice po raz drugi, więc zasięgnął o nim informacji, jak o wszystkich pacjentach doktora. Okazało się, że lokalni mieszkańcy ni o nim nie wiedzą. A Willard przez ostatnie trzy miesiące nie tylko ćwiczył Bourne'a, lecz — jak wszyscy dobrzy agenci — natychmiast zaczął się zaznajamiać z otoczeniem. Zaprzyjaźnił się ze wszystkimi ważnymi ludźmi, którzy de facto stali się jego oczami i uszami. Do zalet Manggis zaliczało się i to, że ani wioska, ani otaczające ją tereny nie były gęsto zaludnione. W odróżnieniu od Kuty czy Ubud pojawiali się tu tylko nieliczni turyści, identyfikacja ludzi trafiających do Firtha była więc na ogół stosunkowo łatwa. Dzięki tej prostej, domowej metodzie wyłuskanie Bowlesa nie nastręczało żadnych problemów. Willard nie miał jednak zamiaru działać, póki Nowozelandczyk się nie zdradzi, w taki czy inny sposób.

Od chwili gdy Willard został zwolniony z obowiązków w bezpiecznym domu NSA, mieszczącym się w wiejskiej części Wirginii, będących przykrywką dla jego prawdziwej działalności, bardzo poważnie się zastanawiał, jak najlepiej może się przysłużyć w tajnej działalności, będącej dla niego całym życiem. Treadstone stanowiło marzenie Alexandra Conklina. Tylko oni dwaj wiedzieli, jakiemu ostatecznemu celowi służy. Pracował z maksymalną ostrożnością, zwłaszcza że musiał dostosować się do okoliczności, do których nie musiał dostosowywać się Conklin. Za czasów Aleksa Stary chronił Treadstone, trzeba było jedynie latać poniżej poziomu radaru Centrali Wywiadu i osiągać stawiane cele, a na boku można było w miarę bezpiecznie zajmować się własną działalnością. Willard nie mógł korzystać z tego rodzaju pomocy; jeśli chodzi o Veronicę Hart i CI, dla nich Treadstone było już martwe i pogrzebane, podobnie jak sam Conklin. Był człowiekiem o wiele za sprytnym, by choć na chwilę uwierzyć, że Hart pozwoli mu wrócić do projektu, a to oznaczało tajną robotę w łonie jednej z największych na świecie tajnych organizacji. Potrafił docenić ironię tego faktu.

Szedł za Bowlesem pustą uliczką, myśląc o tym, jakim szczęśliwym trafem był telefon od Moiry Trevor. Egzotyczna, odległa od cywilizowanego świata, nieinteresująca Centrali Wywiadu wyspa była wręcz idealnym miejscem na wskrzeszenie Treadstone.

Przed nim, w górze uliczki, Bowles przystanął przy stojącym w cieniu dużej plumerii skuterze. Wyjął z kieszeni telefon komórkowy. W momencie gdy przyciskał klawisz szybkiego wybierania, Willard rozwinął cienki drut, zakończony drewnianymi rączkami. Błyskawicznie znalazł się za plecami ofiary, owinął jej drut wokół szyi i zacisnął mocno, tak mocno, że wygięty w tył Bowles wspiął się na palce.

Nowozelandczyk upuścił komórkę i sięgnął za siebie, próbując uchwycić niewidzialnego napastnika, który zręcznie usunął się poza jego zasięg, nadal z całej siły zaciskając garotę. Ruchy Bowlesa stawały się coraz bardziej nieskoordynowane. Walczył o oddech, paznokciami rozdzierał ciało na szyi, oczy wyszły mu z orbit, białka zalała krew z pękniętych żyłek. Nagle w powietrzu rozniósł się smród, a ciało Bowlesa osunęło się bezwładnie.

Willard zdjął mu z gardła garotę, podniósł komórkę i odszedł szybkim krokiem. Sprawdził, pod jaki numer próbowała się dodzwonić ofiara. Rozmowa nie doszła do skutku. Znalazł w Manggis miejsce, gdzie był zasięg, i wcisnął przycisk powtórnego wybierania. Chwilę później usłyszał w słuchawce męski głos, który na moment wytrącił go z równowagi.

— Twój człowiek, Bowles, nie żyje — oznajmił. — Nie przysyłaj drugiego.

Przerwał połączenie, nim Leonid Daniłowicz Arkadin zdążył mu odpowiedzieć.

* * *

Po rozstaniu ze Stevensonem Moira poszła w kierunku przeciwnym do tego, który zamierzała obrać. Przez dwadzieścia minut spacerowała bez celu, skręcając często i niespodziewanie, patrząc w witryny sklepowe i szyby samochodów, sprawdzając, czy nikt jej nie śledzi, a kiedy już upewniła się, że nie ciągnie za sobą ogona, ruszyła w kierunku czekającego na nią auta, zaparkowanego trzy przecznice na zachód od Fontanny Dworu Neptuna.

Kierowca zauważył Moirę, wysiadł i ruszył w jej kierunku, niczym nie zdradzając, że ją zna czy rozpoznaje. Minęli się, nie zwracając na siebie uwagi, ale w tym momencie kluczyki przeszły z rąk do rąk.

Moira minęła czekający na nią samochód, przeszła przez ulicę, zatrzymała się i rozejrzała dookoła jakby niepewna, dokąd powinna pójść. W rzeczywistości badała otoczenie, redukowała je do wektorów, wypatrywała czegokolwiek, co można by z jakiegoś powodu uznać za podejrzane. Chłopiec i dziewczynka, zapewne rodzeństwo, bawią się z labradorem pod czujnym okiem ojca. Matka pcha przed sobą wózek. Dwaj spoceni joggerzy to pojawiają się, to znikają, w uszach mają słuchawki iPodów, przyczepionych do opasek na ramionach. Wszystko wydawało się najzupełniej w porządku i to właśnie ją niepokoiło. Z agentami NSA na ulicy, lub nawet w przejeżdżających samochodach, potrafiłaby sobie poradzić, martwili ją ci ukryci w oknach sąsiednich budynków lub na ich dachach. No cóż, pomyślała, nic na to nie poradzę. Zrobiła wszystko, co mogła, teraz musi tylko iść dalej i mieć nadzieję, że jednak uniknęła obserwatorów, których być może przydzielono do niej po tym, jak dwaj agenci NSA zostawili ją w spokoju w Bethesda.

Zastosowała dodatkowe zabezpieczenie: wyjęła kartę SIM z telefonu, zgniotła ją pod podeszwą i kopnęła do kanału ściekowego. Następnie wrzuciła do niego telefon. Przeszła przez ulicę. Podeszła do samochodu, trzymając w dłoni kluczyki. Przed maską upuściła torebkę. Przyklękła, wyjęła puderniczkę i wykorzystała lusterko do obejrzenia podwozia. Powtórzyła to samo od strony bagażnika. Co spodziewała się znaleźć? Miała nadzieję, że nic tam nie będzie, ale zawsze istniało niebezpieczeństwo, że przechodzący obok agent NSA podłożył pluskwę.

Rzeczywiście, nie zauważyła nic podejrzanego, więc otworzyła drzwi i usiadła za kierownicą. Podstawiono jej srebrnego chryslera, nowy model, który mechanicy wyposażyli w potężny silnik z turbodoładowaniem. Pod siedzeniem znalazła laptopa i palnik, z którego zdjęła nienaruszone plastikowe opakowanie. Palnikami nazywano „jednorazowe" telefony komórkowe na kartę. Jeśli nie prowadziło się rozmowy zbyt długo, były bezpieczne, no i nikt nie mógł użyć karty SIM do namierzenia pozycji dzwoniącego przez triangulację, jak to się robi w przypadku telefonów abonamentowych.

Walcząc z chęcią włączenia laptopa teraz, zaraz, przekręciła kluczyk w stacyjce, wrzuciła bieg i włączyła się do ruchu. Nie czuła się dobrze, jeśli pozostawała dłużej w jednym miejscu, nie uważała też za bezpieczne pojawienia się w pracy, a nawet powrotu do domu.

Niemal godzinę jechała bezmyślnie z powrotem, w kierunku Wirginii, ale nie umiała już dłużej powstrzymać ciekawości. Po prostu musiała się dowiedzieć, co takiego znajduje się na thumb drivie, który znalazła przy ciele Jaya. Czy tam znajdował się klucz do dziwnych posunięć na linii Black River—NSA, posunięć, które szachowały Departament Obrony? Czy właśnie dlatego Noah i NSA rozpoczęli polowanie na Jaya, a teraz i na nią? Musiała założyć, że glina na motocyklu nie był gliną, lecz agentem — NSA lub Black River. Stevenson był wyraźnie przerażony.

Zmroziło ją to do szpiku kości.

Przejeżdżając przez Rosslyn, uświadomiła sobie, że umiera z głodu. Nie pamiętała, kiedy ostatni raz coś jadła, jeśli nie liczyć tego czegoś, co rano dali jej w szpitalu; kto zdołałby przełknąć coś takiego? Skąd wzięli kucharza, które umie przygotować taką przegotowaną, całkowicie pozbawioną smaku papkę?

Skręciła w Wilson Boulevard, minęła Hyatta i zatrzymała się na parkingu, kilkanaście miejsc od wejścia do Shade Grown Café, którą znała od podszewki i w której czuła się bezpiecznie. Wysiadła, zabierając ze sobą palnik i laptopa. Weszła do środka, wprost w orgię zapachów; woń smażonego boczku i tostów sprawiła, że ślinka napłynęła jej do ust. Wślizgnęła się za stół z wytartego, niegdyś wiśniowego winylu, dla formy zerknęła na zabezpieczone przezroczystym plastikiem menu i zamówiła trzy jajka sadzone z podwójnym bekonem i grzankę z jasnego chleba. Na pytanie o kawę odparła: „Tak, proszę. Ze śmietanką".

Została przy stoliku sama. Otworzyła laptopa, włączyła go i czekając, aż się załaduje, pochyliła się i wyciągnęła thumb drive'a zza biustonosza; mały prostokąt był ciepły i wydawał się pulsować niczym drugie serce.

Zalogowała się przez odczyt linii papilarnych kciuka. Udzieliła wymaganych przez program zabezpieczający odpowiedzi na trzy kolejne pytania i wreszcie włożyła kartę w gniazdo USB po lewej stronie komputera. Przeszła na „Mój komputer", znalazła literę przenośnego napędu, która się tam pojawiła, i kliknęła ją dwukrotnie.

Ekran pociemniał; przez moment myślała nawet, że zawiesił się system, ale po chwili zaczęły przemykać na nim linie czegoś, co wyglądało na komputerowy bełkot. Nie widziała plików, nie widziała folderów, tylko przesuwające się z góry na dół litery, cyfry i symbole. Informacja została zakodowana. Jakie to podobne do ostrożnego Jaya! Wcisnęła „Escape", wróciła do „Mojego komputera". Przeszła na dysk „C", uruchomiła kreator połączeń bezprzewodowych. Albo sama kawiarnia prowadziła hot-spot, albo był on gdzieś niedaleko, ponieważ kreator wykrył połączenie. Była to wiadomość zarówno dobra, jak i zła. Mogła korzystać z sieci, ale połączenie nie było w żaden sposób zabezpieczone. Na szczęście wszystkie laptopy Heartland wśród mnóstwa różnych zabezpieczeń dysponowały także własnym mobilnym systemem kodowania, co w tym wypadku oznaczało, że nawet jeśli ktoś namierzył jej adres ISP, nie zdoła odczytać wysyłanych i odbieranych pakietów informacji, a także jej namierzyć.

Pojawiło się śniadanie, więc odsunęła laptopa na bok. Trochę potrwa, nim własne oprogramowanie deszyfrujące Heartlandu zanalizuje dane. Załadowała zakodowane dane i wcisnęła „Enter", co uruchamiało program.

Wycierała żółtko trzeciego jajka resztką tostu z masłem, a czekał na nią jeszcze ostatni kawałek bekonu, kiedy usłyszała cichy dźwięczny sygnał: to komputer skończył pracę. Omal się nie zakrztusiła, łyknęła kawy i niecierpliwie odsunęła na bok naczynia.

Przez mgnienie oka wahała się, po czym mocno wcisnęła „Enter". Na ekranie pojawiły się litery ułożone w słowo: „SZPILKABARDEM", maszerujące w dół, w miarę jak odczytywana była cała zawartość drive'a.

Nie wierzyła własnym oczom. Odczytywała „SZPILKABARDEM" raz za razem i znowu. Przewijające się linie znieruchomiały, więc sprawdziła zapis od samego początku. Niestety, na karcie zapisane było wyłącznie te trzynaście liter. Podzieliła je na najbardziej oczywiste słowa: Szpilka, może Szpital, Bar, Dem. Spróbowała inaczej: Merda, Med, Ilka. Zapisała: „W barze?", „Szpitalu?", „Dem... demokrata?".

Wywołała Google, ale miała za mało danych, żeby zebrać je w coś sensownego. Wymazała to, co napisała. Co to ma znaczyć, do cholery? — spytała sama siebie. Czyżby kolejny kod? Miała zamiar wysłać materiał do powtórnej analizy w Heartland, kiedy kątem oka dostrzegła cień. Podniosła wzrok. Przez okno patrzyli na nią dwaj agenci NSA. Zatrzasnęła pokrywę laptopa i w tej samej chwili jeden z nich otworzył drzwi do kawiarni.

• • •

Willard wszedł do sali operacyjnej i od razu zauważył doktora Benjamina Firtha, dzielnie walczącego z butelką araku... i wygrywającego bitwę. Doktor siedział na stole z opuszczoną głową, łykając fermentowany napój palmowy z ponurą miną, lecz systematycznie i z wielką precyzją.

Przyglądał mu się przez chwilę, wspominając ojca, którego alkohol doprowadził najpierw do demencji, a potem śmierci na marskość wątroby. Nie było w tym nic ładnego, zwłaszcza że po drodze zdarzały mu się błyskawiczne zmiany osobowości typu „teraz Jekyll, zaraz Hyde", częste u alkoholików. Kiedy podczas jednego z takich ataków ojciec rozbił synowi głowę o ścianę, ośmioletni wówczas chłopak oduczył się strachu. Pod łóżkiem trzymał kij baseballowy i kiedy tata, śmierdzący wódką, rzucił się na niego, wykonał przepięknie wyprowadzone płaskim łukiem uderzenie... i złamał mu dwa żebra. Po tym ojciec nigdy już go nie dotknął, ani w przypływie gniewu, ani w przypływie miłości. Wówczas Willard był pewien, że dostał to, czego pragnął najbardziej, ale później, po śmierci starego, zaczął się zastanawiać, czy raniąc jego, nie zranił też samego siebie.

Skrzywił się z obrzydzeniem, przeszedł przez salę, wyrwał z ręki doktora butelkę i wcisnął mu w dłoń małą książeczkę. Firth przyglądał mu się przez chwilę zaczerwienionymi oczami, jakby próbował sobie przypomnieć, skąd zna tego faceta.

— Czytaj, doktorku. No, nie krępuj się.

Firth spojrzał na swe ręce i bardzo się zdziwił.

— Gdzie mój arak?

— Nie masz araku, a to... to coś znacznie lepszego.

— Nie ma nic lepszego od araku.

— Założysz się? — spytał Willard i otworzył książeczkę. Lekarz zapatrzył się na paszportowe zdjęcie Iana Bowlesa, Nowozelandczyka, który, udając pacjenta, zaszantażował go i zmusił do zrobienia zdjęć Bourne'owi. Przecież właśnie dlatego upijał się w trupa! Nie mógł znieść myśli o tym, co musi zrobić... lub co go czeka, jeśli tego nie zrobi.

— Co? — potrząsnął głową, zagubiony. — Skąd to masz?

Willard usiadł obok niego.

— Powiedzmy, że pan Bowles już nigdy nie sprawi ci kłopotu.

Firth wytrzeźwiał, jakby te słowa były wylanym mu na głowę wiadrem wody.

— Wiesz?

Willard odebrał mu paszport.

— Wszystko słyszałem.

Doktor zadrżał.

— Nic nie mogłem zrobić.

— Więc dobrze, że byłem na miejscu.

Firth skinął głową przygnębiony.

— A teraz chcę, żebyś coś dla mnie zrobił.

— Co tylko chcesz. Zawdzięczam ci życie.

— Jason Bourne nie może się o niczym dowiedzieć.

— Nie może? — Firth spojrzał na Willarda zdziwiony. — Przecież ktoś podejrzewa, że on tu jest. Ktoś go szuka!

Na twarzy Willarda nie drgnął ani jeden mięsień.

— O niczym, doktorze. — Wyciągnął rękę. — Mam twoje słowo?

Firth chwycił jego dłoń, chłodną, twardą, w jakiś sposób uspokajającą.

— Przecież powiedziałem: „Co tylko chcesz".

Rozdział 10

Moira zerwała się na równe nogi. Wyszarpnęła thumb drive'a z gniazda USB. Przebiegła przez salę i długi, wąski korytarz prowadzący do toalet i do kuchni.

Skręciła w lewo. Poczuła ciepło, dotyk pary na skórze, usłyszała podniesione głosy. Przebiegała przez kuchnię do magazynku-spiżarni, kiedy tylne wejście otworzyło się i do środka wpadł kolejny agent NSA. Na jego widok dwukrotnie wcisnęła czytnik przy ciągle włączonym komputerze, a potem rzuciła w mężczyznę laptopem. Agent złapał go instynktownie. Wbiegła do małego pomieszczenia, przyklękła, szarpnięciem otworzyła klapę w podłodze. Usłyszała trzask zapalnika, rozległy się krzyki, zapanowało zamieszanie spowodowane pożarem wybuchającym na niewielkiej przestrzeni. Ześlizgnęła się po schodach, zamykając za sobą klapę. Zadziałało ostatnie zabezpieczenie założone na przenośne komputery przez techników Heartlandu na jej polecenie. Dwukrotne wciśnięcie czytnika powodowało wybuch ładunku zapalającego z dziesięciosekundowym opóźnieniem.

Znalazła się w piwnicy, w której przechowywano większe dostawy. Pomacała nad głową, znalazła przewód, pociągnęła go. Rozbłysła naga żarówka. Metalowe drzwi prowadziły na poziom ulicy. Otworzyła je. Za nimi znajdowała się mała metalowa rampa, po której zsuwano kartony puszkowanych towarów. Zaczęła się po niej wspinać, zgięta wpół, kurczowo ściskając krawędzie, by po każdym kroku nie zjechać z powrotem na sam dół. Thumb drive schowała do kieszeni, lecz kiedy wsunęła tam rękę, namacała coś, co w dotyku przypominało cienki, sztywny karton.

Wyszła na ulicę tuż po prawej stronie głównego wejścia do kawiarni, przez które ludzie wylewali się na chodnik jak wrząca woda. Odwróciła się i odeszła, słysząc wycie zbliżających się wozów strażackich. Wsunęła rękę do kieszeni, by sprawdzić, czy nie zgubiła thumb drive'a, i znów dotknęła kartonu. Wyciągnęła go. Była to wizytówka z logo Medycznej Służby Ratowniczej i nazwiskiem Dave'a. Pod spodem wypisany był odręcznie numer telefonu komórkowego. Przypomniała sobie, jak chłopak otarł się o nią, pewnie wtedy wsunął jej wizytówkę.

Podczas sztormu dobry każdy port — pomyślała. Otworzyła bezpieczną komórkę i wpisała odpowiednie cyfry, nie zwalniając kroku.

Obejrzała się przez ramię. Jeden z agentów NSA zdołał już wydostać się na ulicę. Przyspieszyła kroku, ale agent dostrzegł ją i zaczął biec.

Moira skręciła za róg. Przyłożyła telefon do ucha.

— Tak? — rozległ się głos, na szczęście znajomy.

— Mam problem — powiedziała i podała w przybliżeniu, gdzie się w tej chwili znajduje. — Za trzy minuty będę na rogu Fort Myer Drive i Siedemnastej Północnej.

— Czekaj tam na nas — powiedział Dave.

— Łatwiej powiedzieć, niż zrobić — prychnęła i pobiegła za kolejny róg, na North Nash Street.

• • •

Tłumiąc wybuch morderczej furii, Arkadin patrzył, jak Masłow i jego przygarbieni neandertalczycy wsiadają do samochodu i odjeżdżają. Z największym trudem powstrzymywał się od chwycenia jednego z wielu znajdujących się w zasięgu ręki karabinów półautomatycznych i zasypania pojazdu lawiną pocisków, od których zginęłaby cała czwórka. Na szczęście część jego mózgu, nadal zdolna do racjonalnego myślenia, powstrzymała go od zrobienia tego głupstwa. Poprawiłoby mu to samopoczucie, oczywiście, ale na krótko, a w realizacji dalekosiężnego planu przedwczesna śmierć Masłowa mogła tylko zaszkodzić. Dopóki szef Kazachów jest mu potrzebny, dopóty musi żyć. I ani chwili dłużej.

W przypadku Masłowa nie popełni już takiego błędu, jaki zrobił w przypadku Stasia Kuzina, szefa zorganizowanej przestępczości w Niżnym Tagile. Najpierw został jego wspólnikiem, a potem go zabił. Był wtedy młody i niedoświadczony, pozwolił Kuzinowi żyć za długo. Dał mu czas na torturowanie i zamordowanie dziewczyny, z którą wówczas sypiał. Młody Arkadin nie rozważał oczywiście skutków śmierci wspólnika i jednej trzeciej jego zdeprawowanych współpracowników.

Ścigany przez pozostałych przy życiu morderców, musiał zejść do podziemia. Jego przeciwnicy kontrolowali wszystkie drogi wylotowe z miasta, zmienili wszystkich przerażonych mieszkańców w informatorów. Nie miał innej możliwości jak szybko znaleźć bezpieczną przystań, co niestety oznaczało sam Niżny Tagił; wybrać miejsce, w którym nigdy go nie odszukają, w którym do głowy nie przyjdzie im go szukać. Zastrzelił Kuzina w budynku, którego byli współwłaścicielami, gdzie mieściła się główna kwatera gangu i gdzie trzymano dziewczyny zgarniane przez Arkadina z ulicy. Oczywiście znalazł bezpieczne miejsce, miejsce, o którym, przy całym swym sprycie, nie pomyślałby nawet Dimitrij Masłow.

W tym momencie Arkadin dał spokój wspomnieniom i zajął się sprawami bieżącymi. Idąc do swych rekrutów z Czarnego Legionu, czekających na niego przed namiotami stojącymi na skraju azerskiej równiny, myślał przede wszystkim o telefonie Willarda. Posłuchał tego idioty Wayana, który bardzo chwalił Bowlesa. Zaangażowanie Nowozelandczyka okazało się błędem.

Zwracając się do żołnierzy, zapomniał jednak nawet o nim. Byli gorzej przygotowani do skoordynowanego ataku, niż podejrzewał. Z drugiej strony odebrali odpowiedni trening i niektórzy nawet przeprowadzili w pojedynkę misję. Wielu czekało na rozkaz założenia kamizelki z C-4, udając się na targ, przed posterunek milicji czy szkołę, i wciśnięcia detonatora. W myślach odbyli już pół drogi do raju; Arkadin niemal natychmiast zrozumiał, że jego zadaniem, wręcz obowiązkiem jako głowy Braterstwa Wschodu, będącego legalnym parasolem ochronnym dla Czarnego Legionu, jest przekuć indywidualności w oddział, którego członkowie będą ślepo na sobie polegać, a jeśli zajdzie taka konieczność, bez sekundy wahania poświęcą się jeden dla drugiego.

Grupa mężczyzn, twardych, w doskonałej kondycji zarówno fizycznej, jak i psychicznej, stała przed nim w szyku. Żołnierze byli zdziwieni i oburzeni, ponieważ otrzymali rozkaz ogolenia głów i bród, co było wbrew zwyczajowi i naukom islamu. Niejeden z nich zastanawiał się w tej chwili, jak do cholery mają zinfiltrować cokolwiek w muzułmańskim świecie z takim wyglądem.

Jeden z nich, Farid, zdecydował się głośno wyrazić ich zastrzeżenia. Zrobił to gwałtownie, nie owijając w bawełnę, pewien, że przemawia nie tylko w swoim imieniu, lecz także w imieniu pozostałych dziewięćdziesięciu dziewięciu rekrutów.

— A to co? — Arkadin odwrócił głowę w jego stronę tak gwałtownie, że kręgi szyjne trzasnęły mu, jakby ktoś strzelił z karabinu. — Mówiłeś coś?

Gdyby Farid znał Arkadina, a niezupełnie go znał, trzymałby gębę na kłódkę. Ale nie trzymał, a na tym zapomnianym przez Boga i ludzi krańcu świata nie było nikogo, kto mógłby udzielić mu dobrej rady, więc po raz drugi wyłuszczył swe zastrzeżenia.

— Dowódco, zastanawiamy się, dlaczego kazałeś nam ostrzyc włosy, których posiadanie nakazuje Allah. Zastanawiamy się nad twoimi motywami. Domagamy się odpowiedzi, ponieważ nas zawstydziłeś.

Zachowując całkowite milczenie, Arkadin wyciągnął zza pasa pałkę i uderzył nią żołnierza w skroń, obalając go na kolana, i kiedy ten, klęcząc, chwiał się z bólu i przerażenia, Arkadin wyciągnął colta i strzelił wprost w jego prawe oko. Farid przewrócił się do tyłu z trzaskiem łamanych kolan. Leżał na drobnym żwirze placu apelowego, niemy i nieruchomy.

• • •

Moira zatrzymała się za rogiem, przycisnęła do ściany budynku biurowego. Uniosła prawy łokieć i kiedy wybiegł na nią agent NSA, uderzyła go w pierś. Celowała w krtań, lecz chybiła i choć bez wątpienia nim wstrząsnęła, zaatakował bez wahania. Sparowała jego cios, lecz było to uderzenie pozorowane, bo jednocześnie złapał jej lewe ramię od dołu i nacisnął, z oczywistym zamiarem złamania go w łokciu. Moira, unieruchomiona, nadepnęła mu na stopę, wkładając w to cały ciężar ciała, lecz nic przez to nie osiągnęła. Wręcz przeciwnie, nacisk wzmógł się tak, że aż krzyknęła z bólu.

Drugi cios, wymierzony kantem dłoni, miał trafić ją w czubek nosa. W ostatniej chwili odchyliła głowę, a jednocześnie z całej siły uderzyła mężczyznę kolanem w krocze. Agent rozłożył ręce, zmniejszył nacisk, zaczął osuwać się na ziemię.

Moira próbowała wyrwać mu ramię, ale w ostatniej chwili zdołał chwycić ją za nadgarstek; padając na kolana, ciągnął przeciwniczkę za sobą. Oczy mu łzawiły, wyraźnie walczył o zachowanie kontroli nad oddechem, próbował zwolnić go i pogłębić, zneutralizować przeszywający ból. Moira nie miała zamiaru mu na to pozwolić. Kostkami palców uderzyła go mocno w grdykę. Dławił się, a ona zdołała się wreszcie uwolnić. Natychmiast wymierzyła mu cios w lewą skroń. Głowa agenta odbiła się od kamiennego muru i to wystarczyło: przewrócił oczami i upadł na chodnik. Odebrała mu dokumenty i broń, a potem przedarła się przez tłum ludzi, którzy chyba wyczuwali bójkę jak psy krew.

— Napadł mnie — powtarzała. — Niech ktoś zawiadomi policję.

Na rogu Fort Myer Drive i Siedemnastej Północnej zaczęła powoli dochodzić do siebie. Oddychała ciężko, puls miała przyspieszony. Adrenalina płonęła jej w żyłach jak rzeka ognia, serce biło mocno i szybko, a jednak zwolniła kroku. Przebijała się przez tłum ludzi zmierzających w przeciwnym kierunku, zwabiony wyciem policyjnych syren dobiegającym z kilku stron naraz. Policja zbliżała się też do niej... ale nie, nie! To była karetka pogotowia.

Przyjechał Dave... i wcale nie za szybko. Za kierownicą zwalniającej karetki siedział Earl. Zrównali się z nią, tylne drzwi się otworzyły, Dave chwycił ją za lewą rękę i szarpnął, aż Moira zachłysnęła się, zaskoczona. Gdy tylko postawiła nogę na metalowym stopniu, Dave zatrzasnął drzwi i krzyknął „Gazu!".

Earl zastosował się do polecenia. Skręcili za róg tak gwałtownie, że Moirę aż rzuciło; Dave chwycił ją i pomógł zachować równowagę, a potem posadził na ławeczce.

— Wszystko w porządku? — spytał.

Skinęła głową, ale skrzywiła się, kiedy poruszył jej lewym ramieniem.

— Zaraz się tym zajmę. — Dave podciągnął rękaw bluzki. — Ładne, nie powiem — skomentował zasinienie i opuchnięty staw łokciowy.

W tym momencie Moira wiedziała już, że jej koniec zbliża się nieuchronnie. Jeden z jej ludzi wpadł na trop tajemnicy tak ważnej, że Black River albo Agencja Bezpieczeństwa Narodowego, albo obie firmy naraz, uznały za stosowne go zabić. A teraz ścigały ją. Jej niedawno założona firemka zatrudniała nieco ponad stu pracowników, z czego ponad połowa przeszła do niej właśnie z Black River. Każdy z nich mógł być zdrajcą, bo przynajmniej jedna rzecz wydawała się pewna: ktoś z Heartland wytropił jej adres ISP w Shade Grown Café i przekazał go NSA. Tylko dzięki temu agenci mogli pojawić się tak szybko.

Miała ograniczone pole manewru. Nikomu nie mogła zaufać. No nie, pomyślała posępnie, jest jeszcze jedna osoba. Obiecała sobie, że nigdy się z nią nie zobaczy, że nigdy nie zacznie z nią rozmowy; nie po tym, co między nimi zaszło, tego się nie wybacza.

Przymknęła oczy. Kołysała się lekko w rytm ruchów pędzącej karetki. Nie nadszedł jeszcze czas przebaczenia, ale może nadszedł czas na zawarcie rozejmu? Bo i do kogo mogła zadzwonić? Komu mogła zaufać? Westchnęła z rozpaczą. Gdyby nie było to takie smutne, byłoby śmieszne. Miała zwrócić się o pomoc do ostatniej osoby, od której przyjęłaby cokolwiek. Ale to było kiedyś, a teraz jest teraz — powiedziała sobie, zaciskając zęby.

Zaklęła w myślach. Wyjęła bezpieczną komórkę, wybrała lokalny numer. Kiedy w słuchawce odezwał się męski głos, powiedziała:

— Z Veronicą Hart proszę.

— Z kim mówię?

Do diabła z tym — pomyślała Moira, a głośno powiedziała:

— Z Moirą.

— Moira? Proszę pani, ona mnie spyta o nazwisko.

— Nie, nie spyta. Podaj jej moje imię i pospiesz się, człowieku.

• • •

— Księżyc wzeszedł. — Amun Chaltum spojrzał na zegarek. — Trzeba pogadać.

Soraya rozmawiała przez telefon satelitarny z lokalnymi agentami Typhona. Otrzymali polecenie zdobycia informacji na temat nowej irańskiej zbrojnej grupy oporu, ale jak do tej pory nikomu nie udało się nic zdobyć. Najwyraźniej grupa zeszła do podziemia tak głęboko, że nie sposób jej odnaleźć. To, czy ich kontakty rzeczywiście nie dysponowały informacjami, czy też może bały się nimi podzielić, było już sprawą drugorzędną, ale jeśli to drugie, poziom zabezpieczeń grupy można było tylko podziwiać.

Postanowiła zgodzić się na propozycję Amuna, ale nie tak,

jak to sobie wyobrażał, i kiedy odchylił dla niej uprzejmie klapę namiotu, powiedziała:

— Zostaw broń.

— Czy to naprawdę konieczne? — spytał, a kiedy nie odpowiedziała, zmrużył oczy, by dobitnie wyrazić swoją dezaprobatę, a potem westchnął, wyjął pistolet ze skórzanej, polerowanej kabury i odłożył go na stół polowy.

— Zadowolona? — spytał.

Soraya bez słowa wyszła w chłód nocy. W pewnej odległości członkowie amerykańskiego zespołu nadal pracowicie przeszukiwali wrak, starając się odkryć przyczyny katastrofy, chociaż, co Veronica powiedziała bardzo wyraźnie, nie to było najważniejsze w jej misji. Zadrżała od chłodu pustyni. Na niebie wisiał ogromny księżyc, a i pozornie nieskończony ocean piasku sprawiał, że stawał się jakby jeszcze większy.

Ruszyli w stronę perymetru, gdzie powinni stać strażnicy Chaltuma, ale Soraya nie dostrzegła żadnego i zatrzymała się. Choć Egipcjanin szedł krok przed nią, wyczuł, że dzieje się coś nieoczekiwanego. Przystanął i odwrócił się.

— O co ci chodzi? — spytał.

— Nie zrobię ani kroku w tym kierunku. Stąd mogę przynajmniej krzyknąć. — Wyciągnęła rękę w stronę konstelacji świateł obozu międzynarodowych mediów, wydającego się czymś obcym w groźnej czerni nocy, jakby był statkiem, który rzucił kotwicę przy granicy ruin na zębach rafy — zniszczonego samolotu.

— Oni? — w głosie Chaltuma zabrzmiała kpina. — Oni cię nie ochronią. Moi ludzie mają rozkaz nie wpuszczać ich za perymetr.

Soraya zatoczyła ręką szeroki krąg.

— Ale gdzie są twoi ludzie? Nie widzę ich.

— Specjalnie się o to zatroszczyłem. — Egipcjanin podał jej ramię. — Chodź, mamy niewiele czasu.

Miała zamiar odmówić, ale coś w jego głosie sprawiło, że jednak się zgodziła. Myślała o napięciu, które wyczuła w nim podczas pierwszego spotkania, o z trudem utrzymywanej w ryzach furii. Co tu się tak naprawdę dzieje? Udało mu się podrażnić jej ciekawość... czyżby zrobił to celowo? Czyżby prowadził ją wprost w pułapkę? Ale jeśli tak, to po co? Machinalnie poklepała tylną kieszeń, w której trzymała nóż sprężynowy o ceramicznym ostrzu. Miała się czym bronić.

Szli w milczeniu. Otaczająca ich pustynia wydawała się szeptać, poruszać, nieznacznie, lecz niezmordowanie przepływać między ubraniem a skórą. Polor cywilizacji jakby się wycierał, aż do małego, twardego jądra, szorstkiego i prymitywnego. Chaltum był w swoim żywiole. Ten świat należał do niego, to dlatego zabrał ją tu kiedyś, przed laty... i dziś. Im bardziej oddalał się od innych, tym bardziej rósł, tym większa była jego potęga, aż wreszcie wydawało się, że góruję nad nią pod każdym względem. Odwrócił się, jego oczy błyszczały odbitym światłem księżyca.

— Potrzebuję twojej pomocy — powiedział, jak zwykle bezceremonialnie.

Soraya omal się nie roześmiała.

— Ty potrzebujesz mojej pomocy?

Chaltum na moment odwrócił wzrok.

— Jesteś chyba ostatnią osobą, po której spodziewałbym się pomocy.

Te słowa pomogły jej zrozumieć, w jak opłakanej musiał się znaleźć sytuacji.

— A jeśli odmówię?

Egipcjanin wskazał gestem jej telefon.

— Myślisz, że nie wiem, do kogo dzwonisz, używając tego urządzenia? — Białka jego oczu wydawały się przedziwnie niebieskie w monochromatycznym świetle nocy. — Myślisz, że nie wiem, dlaczego przyjechałaś? Przecież nie chodzi ci o katastrofę samolotową, lecz o tę zbrojną grupę oporu w Iranie!

Rozdział 11

Willard stał pośrodku kompleksu kliniki doktora Firtha, czekając niecierpliwie na powrót Bourne'a. Przez chwilę miał zamiar ruszyć za nim, ale odrzucił ten pomysł niemal od razu. Jak to się często działo, myśl o Jasonie przywołała wspomnienie syna, Owena. Od piętnastu lat ani go nie widział, ani nie miał od niego wiadomości, matka chłopaka zaś nie żyła. Właściwie nie miał wątpliwości, że do zerwania stosunków doszło na pogrzebie, gdy stał sztywno, bez słowa i nie roniąc ani jednej łzy, wpatrywał się w spuszczaną do grobu trumnę.

— Czy ty nic nie czujesz? — spytał go Owen z gniewem, który musiał się w nim gotować od lat. — Zupełnie nic?

— Cieszę się, że to już koniec.

Znacznie później Willard uświadomił sobie, że mówiąc synowi prawdę, popełnił poważny błąd. Przez jedną krótką chwilę czuł się zmęczony kłamstwami. Nigdy więcej nie popełnił tego błędu. Stało się dla niego jasne, że rasa ludzka żyje kłamstwami, że są one warunkiem jej istnienia, że tylko kłamstwa dają ludziom szczęście. Prawda często jest przykra, a ludzie nie lubią przykrości. Co więcej, większości po prostu nie pasuje. Znacznie łatwiej jest się okłamywać, a inni też niech nam kłamią, to wspiera iluzję piękności. Bo tak naprawdę rzeczywistość nie bywa piękna.

Lecz teraz, tu, na Bali, zaczął się zastanawiać, czy nie jest przypadkiem jak wszyscy inni, wijący sobie kokon z kłamstw, by odciąć się od prawdy. Przez lata podkopywał się pod Agencję Bezpieczeństwa Narodowego jak kret, by trafić wreszcie do bezpiecznego domu w Wirginii, domu będącego schronieniem wszystkich kłamstw. Latami powtarzał sobie, że to jego obowiązek. Ludzie, nawet syn, wydawali mu się duchami, przynależnymi do życia innego człowieka. Czy mam coś jeszcze? — pytał sam siebie raz za razem, idealnie wypełniając obowiązki szefa sali klubowej bezpiecznego domu NSA. Dla niego istniał tylko obowiązek.

Doprowadził swoją misję do końca. Został spalony, taka zaszła konieczność, i w ten sposób stał się człowiekiem wolnym. W Centrali Wywiadu nie mieli pojęcia, co z nim począć, a jeśli chodzi o nową panią dyrektor, to uznała ona, że najlepiej mu będzie na bezterminowym urlopie.

Przestał więc być Willardem, stewardem, i jednocześnie uświadomił sobie w pełni, że służący to była tylko rola, którą grał, rola, z którą w rzeczywistości nie miał nic wspólnego. Kiedy zaczynał pod kierunkiem Aleksa Conklina, marzył o tym, by zostać bohaterem walk staczanych w dalekich, egzotycznych krajach. Przeczytał wszystkie powieści o Jamesie Bondzie, każdą kilka razy. Marzyły mu się fascynujące pojedynki w podziemnym świecie. W miarę jak stawał się lepszy, jak coraz lepiej wypadał w trudnych stawianych przed nim zadaniach, Conklin zaczął powierzać mu niektóre ze swych sekretów. A potem Willard popełnił fatalną pomyłkę: coraz lepiej orientował się w labiryncie tajemnic Treadstone, więc pozwolił sobie na marzenia, w których był następcą szefa, mistrza manipulacji. I wówczas rzeczywistość przygniotła go swym ciężarem. Stary zadzwonił i oznajmił, że potrzebuje go w roli, w której już go obsadził. Willard zszedł pod ziemię, trafił do NSA, czyli do więzienia... i nic nie świadczyło, by miał kiedyś odzyskać wolność.

Robił wszystko, czego od niego wymagano, i robił to lepiej

niż dobrze. Był mistrzem. Przynajmniej tak go nazywano. Tylko... co z tego miał? Prawda, sama prawda i tylko prawda brzmiała: nic, kompletnie nic.

Teraz, wreszcie wolny, miał szansę spełnić swe marzenie i stać się mistrzem manipulacji. Miał wreszcie okazję prześcignąć nauczyciela z dawnych lat. Bo w ostatecznym rozrachunku Conklin poniósł klęskę. Pozwolił uciec Leonidowi Arkadinowi, a potem, zamiast go ścigać, zamiast sprowadzić go na miejsce, dał sobie spokój z Rosjaninem i spróbował osiągnąć więcej z Jasonem Bourne'em. Ale nie można „dać sobie spokoju" z tworem takim jak Arkadin. Willard znał każdą decyzję szefa dotyczącą Treadstone, wiedział o każdym jego kroku, a więc także każdym fałszywym kroku. Nie powtórzy tego ostatniego, nie pozwoli Arkadinowi uciec. Poradzi sobie lepiej, znacznie lepiej. Osiągnie najwyższy cel Treadstone, stworzy najlepszego, najdoskonalszego wojownika.

Odwrócił się na dźwięk otwierającej się bramy kliniki. Wszedł przez nią Jason Bourne. Nadciągnął zmierzch, niebo na zachodzie miało barwę sorbetu, a wyżej czystego kobaltu.

Bourne ruszył w stronę Willarda. W palcach prawej ręki trzymał jakiś niewielki przedmiot.

— To od A trzydzieści M sto osiemnaście — powiedział.

Willard wziął od niego łuskę i przyjrzał się jej dokładnie.

— Pociski robione na zamówienie wojskowe, specjalnie do broni wyborowej. — Gwizdnął krótko, melodyjnie. — Nic dziwnego, że jeden z nich przebił cię na wylot.

— Od dwa tysiące piątego roku i zamachów bombowych w Kucie i Jimbaran rząd dostał poważnej alergii na broń. Ten snajper może być świetny, ale nie ma mowy, by przeszmuglował karabin i amunicję. — Bourne uśmiechnął się ponuro. — No więc, jak myślisz, ile jest sklepów na Bali mających w asortymencie pełnopłaszczowe pociski M sto osiemnaście kalibru trzydzieści i karabiny, z których można nimi strzelać?

• • •

— Ktoś jeszcze ma jakieś pytania?

Nadal trzymając w dłoniach pałkę i colta, Arkadin patrzył w oczy swym dziewięćdziesięciu dziewięciu rekrutom z Czarnego Legionu, jednemu po drugim. Odnalazł w nich to, czego oczekiwał, po połowie śmiertelnego strachu i niekwestionowanej służalczości. Cokolwiek miałoby się jeszcze zdarzyć, dokądkolwiek miałby ich poprowadzić, byli jego.

I właśnie w tej chwili zadzwonił jego telefon satelitarny. Arkadin zrobił w tył zwrot, odszedł kilka kroków. Jego ludzie stali w milczeniu, nieruchomi, jakby wykuci z kamienia. Wiedział, że nie ośmielą się drgnąć, póki nie wyda odpowiedniej komendy... a to nie miało nastąpić szybko.

Wytarł pot z ucha, przyłożył do niego telefon.

— O co chodzi? — spytał krótko.

— Jak tam wizyta Masłowa? — zadźwięczał w eterze głos Trytona. Jak zwykle mówił po angielsku bez śladu jakiegokolwiek akcentu.

— Ekscytująca, jak zawsze. — Arkadin obrócił się o trzysta sześćdziesiąt stopni. Próbował wypatrzyć kryjówki jego ludzi.

— Nie odnajdziesz ich, Leonidzie — powiedział głos. — Zresztą wcale nie chcesz ich odnaleźć.

W porządku — pomyślał Arkadin. To Tryton dysponował środkami umożliwiającymi przeprowadzenie misji, a w każdym razie pracował dla kogoś, kto płacił rachunki, w tym jego nader hojne wynagrodzenie. Nie widział sensu w robieniu sobie z tego człowieka wroga. Westchnął i opanował wściekłość.

— Co mogę dla ciebie zrobić?

— Dziś liczy się to, co ja mogę zrobić dla ciebie. Termin realizacji naszych planów uległ przyspieszeniu.

— Przyspieszeniu? — Arkadin zerknął na swoich ludzi, właściwie zmotywowanych, lecz jeszcze nieprzygotowanych do akcji. — Od początku uprzedzałem, że będę potrzebował trzech tygodni. Zapewniałeś mnie...

— To było wtedy, a teraz jest teraz — wtrącił Tryton. —

151

Fazę teoretyczną mamy już za sobą, przyszedł czas twardej rzeczywistości, a tykania zegara nie kontrolujemy... ani ty, ani ja. Mięśnie Rosjanina napięły się, jak przed każdą fizyczną konfrontacją.

— Co się stało?

— Szydło nareszcie wychodzi z worka.

Zmarszczył brwi.

— A to co, kurwa, ma znaczyć?

— Ma znaczyć, że dowody wychodzą na światło dzienne. Dowody bezsporne, zdolne uruchomić wydarzenia. Od tej chwili nie ma odwrotu.

— Wiedziałem to od początku — warknął Arkadin. — Masłow też.

— Swoją misję masz rozpocząć w sobotę.

— Co? — Niemal podskoczył ze zdumienia.

— Nie ma innego wyjścia.

Tryton się wyłączył. W uszach Arkadina cisza zabrzmiała jak wystrzał.

• • •

Chciał z nim iść, ale Bourne zaprotestował. Willard był dostatecznie sprytny, by to zrozumieć, i wystarczyło mu, że dał świadectwo swym pragnieniom. Podczas gdy jego pod-opieczny odzyskiwał siły, on sporządził listę trzynastu osób, które handlowały przemyconą bronią lub które o to podejrze-wano. Nieoficjalnie mówiło się, że tylko jedna z nich ma dostęp do najlepszych karabinów snajperskich i pełnopłaszczowej amunicji, czyli tego, czego użyto w zamachu na Bourne'a. Na wyspie tak niewielkiej jak Bali sprawdzenie ich wszystkich byłoby złamaniem zasad bezpieczeństwa przyjętych dla ochrony Jasona. Zwróciłoby na Willarda niepotrzebną uwagę.

Firth wypożyczył samochód, którym Bourne wjechał śmiało w uliczny chaos stolicy, Denpasar. Znalezienie targu Badung nie sprawiło mu większych problemów, gorzej było z miejscem do zaparkowania. Znalazł je w końcu, jedyne wolne, pilnowane przez starego mężczyznę z uśmiechem jak przepołowiony melon.

Następnie przecisnął się między straganami przypraw i warzyw na tyły bazaru, gdzie rozkładali stragany rzeźnicy i handlarze mięsa. Willard powiedział mu, że handlarz, którego szuka, wygląda jak żaba, i było to trafny opis.

W tej chwili sprzedawał parę żywych prosiaków przywiązanych do bambusowego kija młodej kobiecie zachowującej się i ubranej jak przystało na gosposię kogoś szanowanego i zamożnego. Przy sąsiednim straganie stała kolejka czekająca na mostki i schab. Tasaki spadały na kości i ścięgna, krew tryskała na wszystkie strony kroplami wielkimi jak czerwone kwiaty.

Gdy tylko młoda kobieta zapłaciła i gestem nakazała dwóm towarzyszącym jej mężczyznom zabrać prosiaki, Bourne podszedł i rozpoczął rozmowę ze sprzedawcą, którego imię brzmiało Wayan, czyli „Pierwszy”. Na Bali dzieci od pierwszego do czwartego otrzymują imiona zgodnie z kolejnością narodzin; jeśli urodzi się piąte dziecko, znów otrzymuje imię „Pierwszego”.

— Wayan, muszę z tobą porozmawiać.

Sprzedawca spojrzał na niego obojętnie.

— Jeśli chce pan kupić prosiaka...

Bourne potrząsnął głową.

— Najlepsze na wyspie. Każdy to panu powie.

— Mam inną sprawę. Prywatną.

Wayan uśmiechnął się mdło, rozłożył ręce.

— Przecież widzi pan, że tu nie ma miejsca na prywatność. Jeśli niczego pan nie kupuje...

— Tego nie powiedziałem.

Balijczyk zmrużył oczy.

— Nie wiem, o czym pan mówi.

Już miał się odwrócić, gdy Bourne wyjął z kieszeni pięć studolarówek. Wayan spojrzał na pieniądze i w jego oczach pojawił się błysk. Bourne skłonny był założyć się o sporą sumę, że błysk ten oznacza chciwość.

Balijczyk oblizał grube wargi.

— Niestety, nie mam tylu świń...

— Potrzebuję jednej. — Niczym w magicznej sztuczce pomiędzy palcami Bourne'a pojawiła się łuska pocisku M118 kalibru .30, którą znalazł w Tenganaie. Wrzucił ją w dłoń Wayana. — To chyba pańska własność?

Uparty handlarz ani drgnął, tylko wzruszył ramionami. Bourne wyciągnął kolejne pięćset dolarów w ciasnym zwitku.

— Nie mam czasu się targować.

Tym razem handlarz poruszył się, obrzucił klienta szybkim spojrzeniem, po czym zabrał oferowany mu tysiąc i skinął, by poszedł za nim.

W przeciwieństwie do tego, co powiedział kilka chwil wcześniej, za straganem znajdowało się trochę osłoniętego ze wszystkich stron wolnego miejsca. Na chwiejnej bambusowej półce leżało kilka rzeźnickich noży do odcinania od kości i dzielenia mięsa. Gdy tylko weszli do środka, Bourne'a zaatakowało dwóch mężczyzn: jeden, potężnie zbudowany, z lewej strony, drugi, wysoki — z prawej.

Jason uderzył potężnego w twarz, łamiąc mu nos, uchylił się przed próbującym go złapać wysokim i skuliwszy się, przetoczył po podłodze niewielkiego pomieszczenia. Całym ciałem uderzył w bambusowe słupy, strącając na dół noże i prosiaki. Nożem do dzielenia mięsa uwolnił trzy z nich; szczęśliwe, zakwiczały z radości i rzuciły się do ucieczki z takim impetem, że Wayan i wysoki musieli ustąpić im z drogi.

Bourne rzucił nożem, trafiając wysokiego w udo. Wysoki kwiknął zupełnie jak jeden z uwolnionych prosiaków. Jason chwycił handlarza za koszulę na piersiach. W tej samej chwili potężny podniósł z podłogi nóż do oddzielania mięsa od kości i rzucił się na niego, lecz Jason zasłonił się Wayanem. Atakujący powstrzymał cios, ale Bourne wykorzystał okazję i kopnięciem wytrącił mu nóż z ręki, a potem przewrócił napastnika i uderzył jego głową o podłogę. Potężny mężczyzna przewrócił oczami i zemdlał.

Bourne wstał. Chwycił Wayana, wybijając mu z głowy marzenia o ucieczce. Uderzył go w twarz.

— Przecież mówiłem, że nie mam czasu się targować — przypomniał. — A teraz powiesz mi, kto kupił od ciebie amunicję.

— Nie znam jego nazwiska!

Bourne uderzył go po raz drugi, tym razem znacznie mocniej.

— Jakoś ci nie wierzę.

— Ale to prawda! — Wayan nie udawał już obojętnego, był autentycznie przerażony. — Skierowano go do mnie, ale nie powiedział mi przecież, jak się nazywa, a ja nie pytałem. W moim biznesie im mniej wiesz, tym lepiej dla ciebie.

To bez wątpienia była prawda.

— Jak wyglądał?

— Nie pamiętam!

Tym razem Bourne chwycił go za gardło.

— Nie mam ochoty słuchać kłamstw — oznajmił zimno.

— Ależ oczywiście. — Balijczyk przewracał oczami z przerażenia. Zrobił się szary na twarzy, jakby miał lada chwila zwymiotować. — Dobrze już, dobrze. To był Rosjanin. Ani duży, ani mały. Ale bardzo muskularny.

— Co jeszcze?

— Ale... — zawahał się i krzyknął, bo otrzymał kolejny cios. — Miał czarne włosy i oczy... jasne oczy... nie pamiętam. — Obronnym gestem uniósł dłonie. — Chwileczkę, chwileczkę... były szare.

— I?

— To wszystko. Nie wiem...

— Nie, to jeszcze nie wszystko. Kto go polecił?

— Klient...

— Nazwisko. — Bourne potrząsał Wayanem, jakby był on szmacianą lalką. — Podaj nazwisko.

— On mnie zabije!

Amerykanin pochylił się, wyjął nóż z ręki pokonanego, nieprzytomnego przeciwnika, przyłożył ostrze do gardła handlarza.

— Ja mogę cię zabić w tej chwili — powiedział i nacisnął lekko. Z rozcięcia pociekło kilka kropel krwi, spłynęło na pierś, plamiąc koszulę. — Wybieraj.

— Don... — handlarz świń przerwał. Przełknął z wysiłkiem. — Don Fernando Hererra. Mieszka w Hiszpanii, w mieście Sewilla. — Już bez dalszych namów podał adres klienta.

— A jak zarabia na życie twój don Hererra?

— Zajmuje się międzynarodową bankowością.

Bourne nie zdołał powstrzymać uśmiechu.

— Czym ty, człowieku, możesz przysłużyć się międzynarodowemu bankierowi?

Wayan wzruszył ramionami.

— Powiedziałem ci już, że im mniej wiem o moich klientach, tym jestem bezpieczniejszy.

— Na twoim miejscu zachowałbym ostrożność. — Bourne pchnął Balijczyka, a ten potknął się o nogi jednego z leżących mężczyzn, który właśnie zaczynał odzyskiwać przytomność. — Niektórzy klienci to po prostu trucizna.

● ● ●

Księżyc zszedł do podziemnej krainy, przywołany tam przez duchy Anubisa i Tota, pozostawiając po sobie osierocone światło gwiazd.

— I znów pomyliłem się co do ciebie — powiedział Chaltum, ale w jego głosie nie było goryczy. — Twoim głównym celem jest irańska grupa zbrojnego oporu. — Soraya milczała. — Potrzebuję twojej pomocy.

— Reprezentujesz państwo — powiedziała dziewczyna po chwili. — Jak mogłabym ci pomóc?

Egipcjanin rozejrzał się dookoła, być może chciał sprawdzić, czy któryś z jego wartowników nie wrócił na posterunek. Soraya przyglądała mu się uważnie. Czyżby bał się, że usłyszy go któryś z jego ludzi? Co to znaczy? Czy wreszcie zerwał z Muchabaratem i zaczął pracować na własny rachunek? Ale nie, istniało inne wyjaśnienie.

— W swoim wydziale mam kreta — wyznał. — Kogoś bardzo wysoko postawionego.

— Amunie, jesteś szefem Muchabaratu, człowiekiem, który...

— Podejrzewam, że jest to ktoś postawiony wyżej ode mnie. — Chaltum wydął policzki i wypuścił głośno powietrze. — Twoje kontakty, ludzie z twojego Typhona... sądzę, że oni mogliby go znaleźć.

— Czy demaskowanie szpiegów i zdrajców nie jest przypadkiem twoim zadaniem?

— Myślisz, że nie próbowałem? Wiesz, jaką dostałem nagrodę? Czterech agentów zabitych na służbie plus surowa reprymenda za karygodną niekompetencję mojej agencji. — Ukrywana do tej pory wściekłość błysnęła z całą siłą w jego oczach. — Uwierz mi, nawet groźba pod adresem mojej skromnej osoby została zaledwie zamaskowana.

Soraya dokładnie rozważyła te słowa. Dlaczego miałaby go wspierać, skoro być może to jego organizacja zestrzeliła amerykański samolot.

— Podaj mi choć jeden dobry powód, dla którego miałabym ci pomóc — powiedziała.

— Wiem, że twoi ludzie nic nie osiągnęli. Nie potrafią zidentyfikować irańskiej grupy oporu... i mogę ci obiecać, że im się to nie uda. Ale mnie mogłoby.

Na ziemi zapłonęło światło, gasnące blask gwiazd. Soraya zrobiła kilka kroków w lewo, by sprawdzić, kto nadchodzi.

Delia przekroczyła grzbiet niskiego pagórka i światło latarki na moment ich oślepiło. Podświetlona od dołu jej twarz wyglądała jak maska na Halloween.

— Zidentyfikowałam rakietę, która zniszczyła nasz samolot — oznajmiła bez wstępu.

Chaltum rzucił Sorai ostrzegawcze spojrzenie, po czym skrzyżował ramiona na piersiach.

— I?

— I... — Delia nabrała powietrza w płuca, wypuściła je powoli — ...to była rakieta ziemia—powietrze Kowsar trzy.

— Iran. — Soraya poczuła, jak robi się jej bardzo zimno. — Nie ma żadnych wątpliwości?

— Znalazłam fragmenty elektronicznego systemu naprowadzającego. Chińskiego ESN, podobnego do używanego w C-siedemset jeden, rakiecie powietrze-ziemia. Podobieństwa ze sky dragonem są uderzające, ale ten radar namierzający działał na falach milimetrowej długości.

— Co wyjaśnia, dlaczego tak skutecznie namierzył nasz samolot — stwierdziła Soraya.

Jej przyjaciółka skinęła głową.

— Tego rodzaju elektroniczny system naprowadzający jest typowy dla kowsara. — Obrzuciła Sorayę znaczącym spojrzeniem. — Rozwija prędkość prawie jednego macha. Nasz samolot nie miał szans.

Soraya poczuła przypływ mdłości, a w głosie Chaltuma zabrzmiała nieukrywana wściekłość.

— *Jachrab bjatum!* — „Oby ich domy zostały zniszczone". — To Irańczycy zestrzelili waszą maszynę!

Gdy Chaltum wymawiał te słowa, świat zrobił wielki krok w stronę wojny. Nie jednej z wielu strasznych i krwawych, ale regionalnych wojenek, kolejnego Wietnamu, Afganistanu czy Iraku, lecz prawdziwej wojny światowej. Wojny mającej zakończyć wszystkie wojny.

Księga druga

Księga druga

Rozdział 12

— Przed chwilą skończyłem rozmowę z prezydentem Iranu — oznajmił prezydent. — Kategorycznie zaprzecza, jakoby wiedział cokolwiek o tym incydencie.

— Czyli powtarza słowo w słowo oficjalne stanowisko przekazane nam przez ich ministra spraw zagranicznych — zauważył Jaime Hernandez. Drzwi otworzyły się i szef NSA wziął stos wydruków z rąk szczupłego mężczyzny o ciemnych, siwiejących na skroniach włosach. Mężczyzna miał pozbawioną wyrazu bladą twarz księgowego, ale spojrzenie twarde i przenikliwe.

Po przejrzeniu wydruków Hernandez skinął głową i przedstawił szczupłego mężczyznę jako Errola Danzigera, zastępcę dyrektora NSA do spraw komunikacji kodowanej.

— Jak widzicie — powiedział, rozdając obecnym kopie wydruków — niczego nie zostawiamy przypadkowi. To materiał wyłącznie dla urzędników wyższego szczebla, tajny.

Danziger skinął głową i zniknął tak cicho, jak się pojawił.

Przy stole w jednym z pokojów Pentagonu, gdzie zajmowano się wojną elektroniczną, leżącym trzy kondygnacje pod poziomem piwnicy, siedziało pięcioro ludzi. Przed każdym leżał identyczny wydruk komputerowy, relacjonujący odkrycia dokonane przez połączony zespół badawczy wysłany do Kairu, a także najnowsze oceny wywiadowcze dotyczące niezwykle zmiennej sytuacji. Przy każdym ze skórzanych krzeseł stała niszczarka do papieru.

Hernandez przerwał, co Halliday wziął za zaproszenie do zabrania głosu.

— Wydaje się oczywiste, że stanowczo zaprzeczają swojemu udziałowi w tym zamachu, ale to bardzo poważna prowokacja i oni za nią stoją.

— Nie mogą zaprzeczyć dowodom, które im przekazaliśmy — rzekł Jon Mueller, szef Departamentu Bezpieczeństwa Krajowego.

— A jednak zaprzeczają — westchnął prezydent. — Prawie cała nasza niezbyt uprzejma rozmowa dotyczyła tej właśnie sprawy. Twierdzą, że nasz zespół badawczy sprokurował „tak zwane dowody". Cytuję ich prezydenta.

— Dlaczego miałby dać rozkaz zestrzeliwania naszych samolotów? — zainteresowała się Veronica Hart.

Halliday posłał jej zabójcze spojrzenie.

— Ma dość brania cięgów za ich program atomowy. Przyciskaliśmy ich dość mocno, więc teraz oni przycisnęli nas.

— Tak jak ja to widzę — włączył się do rozmowy Hernandez — ich prowokacja służy dwóm celom. Jak słusznie zauważył Bud, odwraca uwagę świata od programu atomowego Iranu, a jednocześnie gra rolę skierowanego pod naszym, i nie tylko naszym, adresem ostrzeżenia: macie się wycofać.

Hart pochyliła się na krześle.

— Pozwólcie, że wyrażę to jasno: do tej pory co najwyżej grozili zamknięciem cieśniny Ormuz dla tankowców. Twierdzicie, że posunęli się dalej?

— Właśnie. — Mueller skinął głową.

— Przecież zdają sobie sprawę, że w ten sposób popełniają samobójstwo!

Halliday śledził tę wymianę zdań jak jastrząb obserwujący kicające po polu zające. I jak jastrząb dobrze wybrał chwilę na zadanie ciosu.

— Od dawna już podejrzewamy, że prezydent Iraku ma nie po kolei w głowie.

— Szalony jak marcowy królik — potwierdził Hernandez. Sekretarz obrony natychmiast się z nim zgodził.

— Ale znacznie bardziej niebezpieczny — dodał jeszcze. Rozejrzał się po sali, jego twarz wyglądała upiornie w blasku wielkich, płaskich, wiszących na ścianach monitorów komputerowych. — Na co teraz mamy bezsprzeczny dowód.

Hernandez zebrał wydruki. Postukał nimi w stół, wyrównując brzegi stosu.

— Sądzę, że wyniki naszych badań powinniśmy podać do wiadomości publicznej. Podzielić się nimi z mediami, a nie tylko sojusznikami.

Halliday spojrzał na prezydenta.

— Całkowicie się zgadzam, panie prezydencie. A potem zwołamy sesję specjalną Rady Bezpieczeństwa ONZ, na której wystąpi pan osobiście. Musimy formalnie wskazać winnych tego tchórzliwego aktu terroryzmu.

— Musimy oskarżyć i potępić Iran — dodał Mueller. — To, co zrobili, można wręcz nazwać wypowiedzeniem wojny.

— Słusznie. — Hernandez poruszył ramionami jak bokser podczas walki. — Czyli należy podjąć skierowaną przeciw nim akcję militarną.

— W ten sposób popełnilibyśmy samobójstwo — zaprotestowała Hart.

— Zgadzam się z dyrektor Centrali Wywiadu — poparł ją sekretarz obrony. Było to tak nieoczekiwane, że Veronica umilkła i popatrzyła na niego zdumiona. Ale Halliday miał jeszcze coś do powiedzenia i niemal natychmiast wszystko stało się dla niej jasne. — Wszczynając wojnę, popełnilibyśmy poważny błąd. W tej chwili, gdy niemal już wygrywamy w Iraku, musimy przerzucić naszych żołnierzy do Afganistanu. Nie, jawny atak byłby, według mnie, bardzo niezręcznym posunięciem. Nie tylko dołożylibyśmy obowiązków naszym i tak nadmiernie obciążonym żołnierzom, ale także konsekwencje tego czynu dla innych krajów regionu, zwłaszcza Izraela, mogłyby okazać się katastrofalne. Gdybyśmy jednak zdołali obalić obecny irański reżim od wewnątrz... oto cel doprawdy godny uwagi.

— Żeby tego dokonać, będziemy potrzebowali reprezentantów. — Hernandez włączył się do rozmowy jak na komendę. — Konieczny jest jakiś czynnik destabilizujący.

Halliday skinął głową.

— Którym, dzięki naszej ciężkiej pracy, dysponujemy w postaci tej nowej rdzennej grupy rewolucyjnej. Uważam, że powinniśmy uderzyć w Iran z dwóch stron: dyplomatycznej poprzez Organizację Narodów Zjednoczonych i militarnej poprzez wsparcie irańskiej grupy oporu na wszelkie możliwe sposoby — pieniądze, broń, doradcy wojskowi, wszystko, co stosuje się w takiej sytuacji.

— Zgadzam się. — Mueller skinął głową. — Ale dla wsparcia tej operacji potrzebny jest nam tajny budżet.

— I w dodatku na wczoraj — dodał Hernandez. — Co oznacza, że Kongres nie może się o niczym dowiedzieć.

Usta Hallidaya rozciągnęły się w uśmiechu, ale jego twarz pozostała poważna.

— To żadna nowość, prawda? Tych ludzi interesuje przecież wyłącznie reelekcja. Nie mają pojęcia, co dobre dla ich kraju.

Prezydent siedział z łokciami opartymi na stole i pięściami przyłożonymi do ust, w charakterystycznej dla niego pozie znamionującej zamyślenie. Oceniał konsekwencje raz podjętej decyzji, wszystkie jej implikacje, przeskakując spojrzeniem po twarzach doradców. Po długiej chwili spojrzał na dyrektor CI.

— Veronico, nie brałaś udziału w dyskusji. Jaka jest twoja opinia o tym scenariuszu?

Hart nie odpowiedziała od razu, była to sprawa zbyt poważna, żeby się spieszyć. Czuła na sobie spojrzenie Hallidaya, groźne, wyczekujące.

— Nie ma wątpliwości, że Amerykanów zabiła irańska rakieta Kowsar Trzy, dlatego reakcja dyplomatyczna jest niezbędna. Powinna nastąpić jak najszybciej, ponieważ wypracowanie międzynarodowego konsensusu jest w tej chwili najważniejsze.

— Możesz od razu skreślić Chiny i Rosję — wtrącił Halliday. — Ich gospodarcze związki z Iranem są zbyt silne, by przyznali nam rację, niezależnie od tego, jakie dowody im przedstawimy. Właśnie dlatego potrzebujemy piątej kolumny i rewolucji od środka.

Pora na sprawę najważniejszą — pomyślała Hart, a głośno powiedziała:

— Mam natomiast problem z częścią militarną planu. Próbowaliśmy piątej kolumny wielokrotnie i w wielu miejscach, choćby w Afganistanie, i co nam z tego przyszło? Do władzy doszli talibowie, lokalna grupa rewolucyjna i Osama bin Laden, a to tylko niektóre przykłady bardzo niemiłych grup ekstremistycznych, które zmieniły się w terrorystyczne.

— Tym razem jest inaczej — powiedział Halliday z naciskiem. — Mamy zapewnienia przywódców. Wyznają filozofię umiaru i demokracji, najkrócej mówiąc, są prozachodni.

Prezydent postukał palcami w stół.

— A więc sprawa załatwiona. Rozpoczynamy atak na dwa fronty. Ja puszczę w ruch machinę demokracji, a ty, Bud, przygotuj wstępny budżet dla tej twojej organizacji. Im szybciej to zrobisz, tym szybciej zaczniemy, ale nic nie ma prawa pojawić się na moim biurku ani nawet w Białym Domu. Prawda jest taka: w ogóle nie uczestniczyłem w tym spotkaniu. — Spojrzał na swoich doradców i wstał. — No, do roboty, panowie. Jesteśmy coś winni stu osiemdziesięciu jeden pasażerom, którzy stracili życie w tym zamachu.

* * *

Veronica Hart przyglądała się wchodzącej do jej gabinetu Moirze Trevor, spokojnej i eleganckiej jak zawsze. A jednak spojrzenie dawnej koleżanki kryło coś mrocznego i tak nieprzyjemnego, że aż zadrżała.

— Siadaj — powiedziała zza biurka. Nadal nie do końca wierzyła, że to się dzieje. Opuszczała Black River pewna, że już nigdy nie zobaczy tej kobiety, nie mówiąc już o jakiejś współpracy. A jednak naprzeciw niej siadała właśnie ona, Moira. Jej sukienka zaszeleściła sucho; założyła nogę na nogę i wyprostowała się tak, że do złudzenia przypominała żołnierza.

— Wyobrażam sobie, że jesteś równie zaskoczona jak ja — powiedziała.

Hart nie odpowiedziała, tylko patrzyła w brązowe oczy gościa, starając się wyczytać z nich przyczynę tej wizyty. Ale po chwili zrezygnowała. Nie warto było wysilać się, by przeniknąć przez tę kamienną fasadę, wiedziała o tym aż za dobrze.

Niemniej widziała spuchnięte, zabandażowane lewe ramię, otarcia i niewielkie rozcięcia na twarzy i grzbietach dłoni.

— Co ci się, do diabła, stało? — spytała.

— Przyszłam po to, żeby o tym opowiedzieć.

— Nie. Przyszłaś, bo potrzebujesz pomocy. — Hart pochyliła się, oparła łokcie na blacie biurka. — Cholernie trudno żyje się na marginesie, prawda?

— Jezu, Ronnie...

— Co? Przeszłość czeka w zasadzce na nas obie, jak ukryty w trawie wąż, prawda?

Moira skinęła głową.

— Chyba muszę ci przyznać rację.

— Chyba? — Veronica spojrzała nad nią spod oka. — Wybacz mi, jeśli wydaję ci się za mało sentymentalna, ale to ty zaczęłaś od gróźb, prawda? — Zacisnęła wargi. — Jak to było? „Ronnie, ja cię za to załatwię. Spuszczę ci na głowę deszcz gówna, o jakim nikomu się nie śniło". — Odchyliła się w fotelu. — O czymś zapomniałam? — Czuła, że serce bije jej coraz szybciej. — A teraz proszę, przyszłaś do mnie.

Moira przyglądała się jej, milcząc jak głaz.

Veronica sięgnęła do stojącej z boku niskiej szafki, nalała wody z lodem do wysokiej szklanki, pchnęła ją przez biurko. Moira nie zareagowała. Być może nie wiedziała, czy przyjęcie poczęstunku będzie oznaką zaufania, czy kapitulacji? Lecz nagle wyciągnęła rękę, chwytając szklankę i rozbijając ją o ścianę. Woda i drobne odłamki szkła zawirowały w powietrzu; do złudzenia przypominało to wystrzał z armaty. Jednocześnie poderwała się na równe nogi i oparła pięści o blat biurka. Ramiona miała sztywno wyprostowane.

W gabinecie natychmiast pojawili się dwaj uzbrojeni mężczyźni.

— Opanuj się — powiedziała Hart cicho twardym tonem.

Moira nie usiadła, ale odwróciła się i odeszła w kąt pokoju. Gospodyni machnęła ręką; mężczyźni schowali broń i wycofali się, a kiedy drzwi się za nimi zamknęły, złożyła dłonie tak, że zetknęły się palcami. Czekała, aż Moira się uspokoi. Po długiej chwili powiedziała:

— Dlaczego nie powiesz mi, o co tu, do cholery, chodzi?

Moira się odwróciła. Rzeczywiście, zdołała się już opanować.

— Nie jest tak, jak myślisz, Ronnie — powiedziała cicho. — To ty potrzebujesz mojej pomocy.

• • •

Podczas gdy jego ludzie grzebali Farida, Arkadin siedział na sterczącym z ziemi głazie. Zapadał typowy dla Azerbejdżanu szafirowy zmierzch. Nawet bez rytmicznego stuku kilofów i widoku leżącego na ziemi bezwładnego ciała atmosfera byłaby przepojona melancholią. Podmuchy wiatru przypominały dyszenie psa, członkowie miejscowych plemion klęczeli zwróceni twarzą do Mekki, pogrążeni w modlitwie, a obok nich leżały pistolety maszynowe. Za burymi wzgórzami znajdował się Iran; Arkadin poczuł nagle wielką tęsknotę za Moskwą. Brakowało mu brukowanych ulic, cebulastych kopuł, nocnych klubów, których był niekoronowanym królem. Ale przede wszystkim tęsknił za niekończącym się łańcuchem wysokich, jasnowłosych, niebieskookich *diew*, w których wonnych ciałach mógł się zatracić, zapominając o Dewrze. Kochał ją, lecz także nienawidził, ponieważ tak naprawdę Dewra wcale nie umarła.

Prześladowała go dniem i nocą niczym upiór, zmusiła do zemsty na Jasonie Bournie, ostatnim ogniwie łączącym go z jej życiem... i jej mordercą. Ale było jeszcze gorzej, bo Bourne zabił także i Miszę, mistrza Arkadina, nauczyciela i najlepszego przyjaciela. Gdyby nie Misza Tarkanian, Arkadin nie przetrwałby zapewne gehenny Niżnego Tagiłu.

Misza i Dewra, najważniejsi ludzie w jego życiu. Oboje nie żyją... przez Jasona Bourne'a. Bourne miał do zapłacenia wysoki rachunek. O tak, bardzo wysoki. Chryste, rzadko zdarzają się większe!

Grób był już prawie gotowy. Para sępów: czarne cienie na gasnącym niebie, krążyła nad nim leniwie. Jestem jak one — pomyślał Arkadin. Potrafię cierpliwie czekać i zaatakować wtedy, kiedy mi to odpowiada.

Skulony na swym kamieniu, z podciągniętymi do piersi kolanami, bawił się telefonem satelitarnym, obracając go w palcach. Zdumiewające, ile dobrego przyniósł telefon Willarda. Willard był kretem, nie agentem terenowym, no i popełnił fatalny błąd. Dał się ponieść dumie. Powinien po cichu załatwić Bowlesa, ukryć trupa i udawać, że nic się nie stało. Oczywiście chciał wiedzieć, kto wynajął Nowozelandczyka; błąd polegał na tym, że ujawnił się przed Arkadinem, nawet gorzej — ostrzegł go, de facto oznajmił, że Bourne żyje, bo tylko to tłumaczyło jego obecność w klinice doktora Firtha. Dlaczego miałby zabijać faceta? Arkadin miał teraz w ręku dowód, że Bourne nie zginął, choć jak ocalał po postrzale w serce, to było doprawdy irytujące pytanie. Kimkolwiek był ten Amerykanin, to przecież nie Supermanem. Więc jakim cudem przeżył?

Arkadin potrząsnął głową. Tego rodzaju drobiazgi mogą spokojnie poczekać. Wystukał numer. Bowlesa zatrudnił naprędce, miał po prostu dowiedzieć się czegoś, i tyle. Zawiódł, trzeba będzie wziąć do tego zadania zawodowca.

Jego ludzie wrzucili ciało Farida do grobu bez zbędnych ceremonii. Spoceni, źli, dawno stracili cierpliwość do swego uroczystego ponoć zadania. Farid złamał zasady rządzące grupą, więc nie należał już do niej. No i świetnie, pomyślał Arkadin. Czegoś się jednak nauczyli.

Rozległ się sygnał połączenia.

— Ustawiłeś robotę? — spytał Arkadin, gdy tylko w słuchawce odezwał się znajomy głos. — To dobrze, bo postanowiłem grać według twoich reguł. Zegar już tyka. W ciągu godziny podam ci ostatnie szczegóły.

Dwaj żołnierze Arkadina zaczęli zasypywać grób. Inni na niego pluli.

• • •

Szefowa Centrali Wywiadu potrząsnęła głową.

— Moiro, obawiam się, że po prostu tego nie czuję.

Żyły na szyi Moiry Trevor napięły się. Jak długo czekała na tę konfrontację?

— A czułaś to, kiedy spisałaś mnie na straty w Safed Koh? — Safed Koh to lokalna nazwa pasma Gór Białych we wschodnim Afganistanie. To tam osławione jaskinie Tora Bora przechodzą łańcuchem tuneli pod granicą, na teren kontrolowanego przez terrorystów zachodniego Pakistanu.

Hart rozłożyła ręce.

— Nigdy nie spisałam cię na straty.

— Doprawdy? — Moira zrobiła krok w jej kierunku. — W takim razie powiedz mi, proszę, jak to się stało, że w środku nocy wzięto mnie do niewoli i sześć dni przetrzymywano jako zakładnika na górze Sikaram, bez jedzenia, tylko z brudną wodą do picia.

— Nie mam pojęcia.

— Zakażenie bakteryjne spowodowane piciem tej wody wykluczyło mnie z akcji na trzy tygodnie. — Moira jeszcze bardziej zbliżyła się do biurka. — Poprowadziłaś moją misję...

— To była misja Black River...

— ...którą ja zaplanowałam i do której specjalnie się przygotowałam.

Hart spróbowała się uśmiechnąć, ale nic z tego nie wyszło.

— Ta misja okazała się sukcesem.

— Masz na myśli to, że nie okazałaby się sukcesem, gdybym to ja nią dowodziła?

— Ty to powiedziałaś, nie ja.

— Miałaś mnie za narwańca.

— Owszem. Na narwańca się zgadzam.

Czas teraźniejszy został tak mocno zasugerowany w tej odpowiedzi, że Moira aż się zachłysnęła.

— I nadal myślisz...?

Veronica szeroko rozłożyła ręce.

— Przyjrzyj się sobie. Co byś pomyślała na moim miejscu?

— Chciałabym się dowiedzieć, jak Moira Trevor może pomóc mi rozprawić się raz na zawsze z moją jedyną prawdziwą nemezis.

— Czyli kim, jeśli wolno spytać?

Te słowa wypowiedziane zostały bardzo spokojnym głosem, ale nie było wątpliwości, w oczach dyrektorki CI błysnęło zainteresowanie.

— Człowiekiem, który wziął cię na cel, gdy tylko prezydent oddał ci Centralę Wywiadu. Budem Hallidayem.

Przez chwilę Moira miała graniczące z pewnością wrażenie, że przez gabinet przepłynęła fala gorąca. Veronica Hart odepchnęła krzesło od biurka. Wstała.

— Czego dokładnie ode mnie chcesz?

— Chcę, żebyś przyznała się do winy.

— Na piśmie? Z własnoręcznym podpisem? Chyba żartujesz!

— Nie musisz nic podpisywać. Niech to zostanie między nami dziewczętami.

Hart potrząsnęła głową.

— Dlaczego miałabym spełniać jakieś twoje prośby?

— Żeby... pomiędzy nami istniało coś więcej niż przeszłość, żebyśmy mogły zrobić krok naprzód, by pozbyć się trucizny.

Telefon dzwonił, ale dyrektorka go ignorowała. W końcu ucichł i pozostały tylko drobne odgłosy biura: szum powietrza w kanałach wentylacyjnych, ciche oddechy dwóch kobiet, bicie ich serc.

Veronica westchnęła... było to ciężkie westchnienie.

— Wolałabyś tego nie słyszeć.

Wreszcie! — pomyślała Moira, a głośno spytała:

— Jesteś pewna?

— Zrobiłam to dla dobra firmy.

— Bzdura! Zrobiłaś to dla siebie.

— Ani przez chwilę nie byłaś w prawdziwym niebezpieczeństwie. Sprawdziłam to.

Moira nie czuła się bynajmniej lepiej, choć tego właśnie oczekiwała. Wręcz przeciwnie, rosło w niej poczucie krzywdy.

— Jak mogłaś to sprawdzić?

— Zostawmy tę sprawę, dobrze?

— Nie! — znów przyjęła pozycję do ataku: pochylona nad biurkiem, oparta o jego blat na pięściach o pobielałych kostkach palców. — Zakończymy ją, i to teraz.

— W porządku. — Veronica Hart nerwowo przeczesała włosy palcami. — Byłam pewna, że nic ci się nie stanie, bo Noah powiedział, że się tobą zajmie.

— Och! — Moira poczuła zawroty głowy. Opadła ciężko na krzesło, patrzyła przed siebie niewidzącym wzrokiem. — Noah! — Nagle zrozumiała i po tym ciosie dostała mdłości. — To był jego pomysł, prawda? Od początku do końca to był jego pomysł!

Hart skinęła głową.

— Ja wykonywałam tylko jego polecenia. Odwalałam za niego brudną robotę. To mnie miałaś nienawidzić po powrocie, żeby on mógł cię wykorzystywać, kiedy i jak mu się spodoba.

— Jezu Chryste, nie ufał mi!

— Nie, jeśli chodzi o tę misję. — Słowa te wypowiedziane zostały tak cicho, że Moira, przed chwilą wpatrzona w swe dłonie, musiała się pochylić, żeby usłyszeć cokolwiek. — Jeśli chodzi o inne sprawy, to sama dobrze wiesz, że preferował ciebie.

— Nieważne. — Nie czuła nic, była jak odrętwiała. — Takie świństwo...

— Właśnie. — Hart usiadła na krześle za biurkiem. — I dlatego zrezygnowałam z pracy w Black River.

Moira podniosła wzrok, spojrzała w oczy kobiety, którą tak długo uważała za swego jedynego prawdziwego przeciwnika. Miała wrażenie, że jej umysł wypełniła wata stalowa.

— Nie rozumiem — przyznała.

— W Black River robiłam wiele strasznych rzeczy, jesteś ostatnią osobą, której trzeba to tłumaczyć. Ale to... to, do czego zmusił mnie Noah... — Potrząsnęła głową. — Po wszystkim tak strasznie się wstydziłam, że nie potrafiłam spojrzeć ci w oczy. Ale zaczekałam do końca misji i jednak zdecydowałam się na spotkanie. Chciałam przeprosić...

— Nie dałam ci szansy. Za to sklęłam cię...

— Trudno mieć o to pretensje. Nie gniewałam się za te wszystkie przykre słowa, które od ciebie usłyszałam, w końcu miałaś prawo powiedzieć mi, co o mnie myślisz. Chciałam złamać rozkazy, powiedzieć ci wszystko, lecz zamiast to zrobić, odeszłam z pracy. Zachowałam się jak tchórz, chciałam mieć pewność, że już nigdy nie będę musiała stanąć z tobą twarzą w twarz.

— A teraz jesteśmy tu. — Moira czuła się wyczerpana, wręcz chora. Wiedziała, że Noah jest człowiekiem amoralnym, przewrotnym, inaczej nie osiągnąłby w Black River takiej pozycji, ale w najgorszych koszmarach nie śniła, że może ją do tego stopnia wykorzystywać, użyć jej jak... jak kawałka mięsa.

— Jesteśmy tutaj — zgodziła się Hart.

Moira poczuła, jak przeszywa ją dreszcz.

— Przez Noaha jestem w tej sytuacji... przyszłam do ciebie, bo nie miałam dokąd pójść.

Veronica zmarszczyła brwi.

— Nie rozumiem. Przecież masz własną organizację.

— Przeniknęli do niej albo Noah, albo NSA.

— Jest wielka różnica między Black River a Agencją Bezpieczeństwa Narodowego.

Moira spojrzała na nią i nagle zdała sobie sprawę z tego, że nie wie już, co czuje wobec kogokolwiek. Jak pogodzić się z taką zdradą? Nagle wypełnił ją straszny gniew. Gdyby Noah był z nią w tym pokoju, złapałaby stojącą na biurku lampę i uderzyła go nią w pysk. Dobrze, że go tu nie było. Przypomniała sobie ulubione zdanie z *Niebezpiecznych związków*, powieści, którą bardzo lubiła, ponieważ wśród bohaterów byli salonowi szpiedzy. „Zemsta to danie, które najbardziej smakuje na zimno". I w tym wypadku, pomyślała, podane w nieskazitelnie czystej kuchni. Wzięła głęboki oddech, po czym powoli wypuściła powietrze.

— Nie w tym wypadku. Mój człowiek, Jay Weston, zginął, a ja cudem uniknęłam zamachu, ponieważ Black River i NSA uwiły sobie wspólne gniazdko i wysiedziały w nim coś tak wielkiego i ważnego, że gotowe są zabić każdego, kto się do tego czegoś zbliży.

Zdumioną ciszę zakłóciła Veronica.

— Mam nadzieję, że dysponujesz jakimiś dowodami na poparcie tego oskarżenia.

Moira wręczyła jej thumb drive, wydobytą z marynarki swego nieżyjącego pracownika. Dziesięć minut później gospodyni spotkania oderwała wzrok od monitora.

— Słuchaj, wygląda na to, że wszystko, co masz, to glina na motocyklu, którego nikt nie może znaleźć i thumb drive wypełniony komputerowym śmieciem.

— Jay nie zginął w wypadku — zaprotestowała ostro. — Został zastrzelony. A Steve Stevenson, podsekretarz do spraw zaopatrzenia, techniki i logistyki w Departamencie Obrony potwierdził, że zginął, ponieważ na coś wpadł. Powiedział mi, że gdy tylko informacja o zestrzeleniu naszego samolotu pasażerskiego poszła w świat, atmosferę departamentu i Pentagonu zasnuła toksyczna mgła. To jego słowa.

Nie odrywając wzroku od Moiry, Veronica podniosła słuchawkę telefonu i poleciła asystentowi, by połączył ją z podsekretarzem Stevensonem z Departamentu Obrony.

— Proszę — powiedziała cicho Moira. — On się strasznie bał. Musiałam go błagać, żeby się ze mną spotkał, a przecież jest klientem.

— Przykro mi, ale to jedyny sposób. — Dyrektor Centrali Wywiadu czekała, niecierpliwie bębniąc palcami w blat biurka. — Panie sekretarzu, mówi... och, rozumiem. Kiedy można się spodziewać jego powrotu? — Spojrzała na Moirę. — Z pewnością wie pan kiedy... tak? Tak, rozumiem. Nic nie szkodzi, spróbuję później. Dziękuję.

Odłożyła słuchawkę. Jej palce nadal bębniły w biurko.

— Co się stało? — spytała Moira. — Gdzie jest Stevenson?

— Wygląda na to, że nikt nie wie. Wyszedł z biura dziś o jedenastej trzydzieści pięć.

— Na spotkanie ze mną.

— I jeszcze nie wrócił.

Moira wyjęła telefon komórkowy, wybrała numer komórki podsekretarza. Zgłosiła się poczta głosowa.

— Nie odbiera — oznajmiła, chowając telefon.

Veronica Hart wpatrywała się w monitor swego komputera. Poruszyła ustami, wypowiadając słowo „szpilkabardem", po czym spojrzała na swego gościa.

— No to powinnyśmy chyba sprawdzić, co się stało z panem podsekretarzem — powiedziała.

• • •

Wayan, zadowolony z dobrego dnia na targu, znajdował się w tej chwili w zamkniętym pomieszczeniu za straganem, gdzie szykował do sprzedania ostatnią parę prosiaków. Nie usłyszał, jak wchodzi mężczyzna, bo wokół panował niesamowity hałas. Jak zwykle przed zamknięciem.

— Ty jesteś handlarz świń Wayan? — spytał mężczyzna.

— Zamknięte — powiedział, nie podnosząc wzroku na gościa. — Proszę wrócić jutro. — Nie wyczuł ruchu, więc zaczął się obracać. — Zresztą nie może pan wrócić...

Potężny cios trafił go wprost w szczękę, rzucając bezwładnego na prosiaki, które zakwiczały rozpaczliwie. Ich właściciel im wtórował. Zaledwie dostrzegł z gruba ciosaną twarz napastnika, a już został poderwany na równe nogi. Drugi cios trafił w brzuch. Balijczyk padł na kolana, rozpaczliwie walcząc o oddech.

Dysząc i dławiąc się, podniósł załzawione oczy na nieprawdopodobnie wysokiego mężczyznę. Miał on na sobie czarny garnitur tak lśniący i tak źle dopasowany, że efekt był wręcz odrażający. Zarost na niedogolonej twarzy był siny jak wieczorne cienie, czarne oczy obserwowały ofiarę bez litości, w zasadzie bez śladu jakiegokolwiek uczucia. Po jednej stronie szyi widać było dziwnie delikatną bliznę przypominającą różową wstążkę na dziecinnym urodzinowym prezencie, sięgała szczęki, której mięśnie zostały przecięte, pozostawiając charakterystyczne fałdy, po drugiej stronie szyi widniał tatuaż przedstawiający trzy czaszki, środkową en face, pozostałe z profilu, patrzące na wprost.

— Co powiedziałeś Bourne'owi?

Mężczyzna mówił po angielsku z gardłowym akcentem, którego otępiały Wayan nie potrafił zlokalizować. Europa, ale nie Wielka Brytania i nie Francja. Być może Rumunia lub Serbia.

— Co powiedziałeś Bourne'owi? — powtórzył.

— K...k...k...komu?

Napastnik potrząsnął Balijczykiem, któremu aż szczęknęły zęby.

— Człowiekowi, który cię dziś odwiedził. Amerykaninowi. Co mu powiedziałeś?

— Nie wiem o...

Słowa zaprzeczenia przeszły w zdławiony jęk; wysoki chwycił palec wskazującej prawej dłoni Balijczyka, szarpnął go w górę i złamał. Krew napłynęła do głowy Wayana tak gwałtowną falą, że omal nie pozbawiła go przytomności, ale dwa uderzenia otwartą dłonią w policzki przywróciły mu świadomość.

Kat pochylił się i Wayan poczuł bijący od niego kwaśny odór; facet musiał przylecieć niedawno, nie miał czasu na prysznic i zmianę ubrania.

— Nie pieprz mi tu, ty mały fiucie. — Środkowy palec Balijczyka już był niebezpiecznie wygięty. — Masz pięć sekund.

— Pan się myli... proszę...

Wayan jęknął, jego pięć sekund upłynęło. Tym razem krew odpłynęła mu z głowy. I znów dostał po twarzy.

— Jeszcze osiem — powiedział mężczyzna, chwytając jego kciuk.

Wayan otworzył usta szeroko, jak wyjęta z wody ryba.

— No dobrze już, dobrze. Powiedziałem mu, gdzie znajdzie don Fernanda Hererrę.

Wysoki mężczyzna ukucnął. Prychnął pogardliwie.

— Problem w tym, że nie można na tobie polegać — powiedział, odwrócił się, chwycił kawałek bambusa i z kamienną twarzą wbił w prawe oko ofiary.

Rozdział 13

Przez osiemnaście godzin Arkadin nie robił nic, tylko ćwiczył ze swymi rekrutami. Nie pozwolił im jeść ani spać, w czasie przerw mogli się tylko wysikać. Trzydzieści sekund, tyle mieli czasu na opróżnienie pęcherzy w czerwoną azerską ziemię. Pierwszy rekrut, który nie zdążył o czasie, dostał potężny cios pałką pod kolano. Był to jedyny przypadek niewykonania rozkazu.

Zgodnie z ostrzeżeniem Trytona miał pięć dni, by zmienić bandę morderców w wyborową jednostkę uderzeniową. Łatwiej powiedzieć, niż zrobić, ale Arkadin mógł czerpać z pokładów doświadczenia, ponieważ niemal dokładnie to samo zrobiono mu w Niżnym Tagile, kiedy był młodym człowiekiem i uciekał po zlikwidowaniu Stasia Kuzina oraz jednej trzeciej jego gangu.

Niżny Tagił postawiony został na rudzie żelaza tak bogatej, że natychmiast wybudowano ogromną kopalnię do jej eksploatowania. Stało się to w 1698 roku. W 1772 roku zaczęto tu na wielką skalę wytapiać miedź. Szkielet miasta rozrósł się, obejmując kopalnię i fabrykę. Powstała napędzana nałogami zbrodnicza maszyna, obsługująca przepracowanych, spragnionych dachu nad głową oraz rozrywek robotników. Sto trzynaście lat później właśnie tam skonstruowano pierwszą rosyjską lokomotywę parową. Jak większość pogranicznych miasteczek, którymi rządzi przemysł i chciwi baronowie przemysłowi, nie istniało tu prawo, nie istniała kultura; na pół tylko cywilizowane obyczaje współczesnego miasta nie zdołały ani opanować bezprawia, ani tym bardziej go wyeliminować. Prawdopodobnie dlatego rząd federalny otoczył ten kocioł trucizny więzieniami o zaostrzonym rygorze, niczym potężnymi, oślepiającymi reflektorami punktowymi, rozpraszającymi mrok nocy.

Niżny Tagił znał tylko żałosne dźwięki, dźwięki, które można nazwać przerażającymi: daleki gwizd lokomotywy odbijający się echem od zboczy Uralu, nagłe ogłuszające wycie syreny w jednym z więzień, rozpaczliwy płacz dziecka pozostawionego na brudnej ulicy, trzask kości łamanych w pijackiej burdzie.

Uciekając przed członkami bandy przeszukującymi ulice i śmietniska miasta, Arkadin nauczył się korzystać z przewodnictwa płowych kundli przemykających się ciemnymi alejkami z podkulonymi ogonami. Lecz w którymś momencie całkiem niespodziewanie wpadł na dwóch bandytów, sprawdzających nędzny, brudny kawałek przedmieścia, który jeszcze przed chwilą mógł się wydawać bezpieczny. Odwrócił się i pobiegł, pozwalając im wierzyć, że go ścigają. Ukrył się za rogiem, złapał kawałek najeżonego drzazgami drewna, pozostałość po wyrzuconym przez kogoś łóżku, skulił się i uderzył w nogi pierwszego ze ścigających. Facet upadł, wrzeszcząc. Na to Arkadin był rzecz jasna przygotowany; skoczył i uderzył jego głową o brudny cement. Drugi zaatakował go i dostał łokciem w grdykę. Dławił się, a Arkadin wyrwał mu pistolet. Zastrzelił najpierw jego, a potem, z zimną krwią, strzelił temu pierwszemu w tył głowy.

Wiedział już, że ulice są dla niego zbyt groźne, że musi znaleźć sobie jakieś bezpieczne schronienie. Zastanawiał się, czyby nie doprowadzić do własnego aresztowania, wtedy poszukałby azylu w którymś z otaczających miasto więzień, ale szybko z tego pomysłu zrezygnował. To, co mogło mieć sens gdzieś, w innej części kraju, nie miało go kompletnie w Niżnym Tagile. Miejscowa milicja była skorumpowana do tego stopnia, że w zasadzie nic nie różniło gliniarza od kryminalisty. Nie, pomysłów mu bynajmniej nie brakowało, wręcz przeciwnie. Doświadczenie nauczyło go, że szybkie myślenie to jedyny sposób na przeżycie.

A więc Arkadin myślał, rozważał i odrzucał kolejne scenariusze, ponieważ w każdym z nich był osobą zbyt znaną, zbyt narażoną na wykrycie przez jednego z armii kapusiów, gotowych donieść na niego za butelkę przyzwoitej wódki albo darmową noc z tyloma nieletnimi dziewczętami, ile mu się zamarzy. Wreszcie znalazł rozwiązanie, które wydało mu się doskonałe: skryje się w piwnicy własnego domu, ponieważ ten pozostał kwaterą główną bandy i jej szalonego nowego przywódcy Lwa Antonina, gdyż ten przysiągł znaleźć i zabić mordercę człowieka, po którym przejął władzę. Nie miał zamiaru spać i pozwolić spać swym ludziom, póki nie przyniosą mu na tacy głowy Arkadina.

Ponieważ właśnie on kupił ten dom podczas rozkręcania swego biznesu z nieruchomościami, znał każdy jego centymetr kwadratowy. Wiedział na przykład, że zaprojektowano do niego nowy system kanalizacyjny, zaczęto go nawet budować, ale nigdy nie skończono. Wejście znajdowało się na pustej, zarośniętej chwastami działce miejskiej; tam dostał się do kanałów, doskonałego symbolu swego rodzinnego miasta, w smrodzie rozkładu i śmierci przeszedł do obszernych niczym jaskinia wnętrzności budynku. Śmiałby się na myśl o tym, jak łatwo mu poszło, gdyby nie to, że doskonale zdawał sobie sprawę z beznadziejności swego położenia. Został uwięziony w miejscu, z którego najbardziej na świecie pragnął uciec.

• • •

Samolot przechylił się gwałtownie, Bourne drgnął i obudził się. Deszcz uderzał w plastikowe okna. Zasnął i śnił o rozmowie z siedzącą obok niego młodą kobietą, Tracy Atherton. W jego śnie rozmawiali jednak nie o Franciscu Goi, tylko o Holly Marie Moreau.

Przez blisko dwudziestoczterogodzinną podróż Thai Air, z Bali do Bangkoku i z Bangkoku do Madrytu spał głęboko, nic nie śniąc. Ten lot, Iberią z Madrytu do Sewilli, był najkrótszy i okazał się najgorszy. W szalejącej burzy maszyna wpadała w dziury powietrzne, kołysała się, huśtała, a Tracy Atherton nagle umilkła. Siedziała nieruchomo, patrząc przed siebie, i robiła się coraz bledsza. Wymiotowała dwukrotnie do papierowej torebki, którą wyjął z kieszeni w oparciu fotela, podczas gdy on trzymał ją za głowę.

Tracy była szczuplutką blondynką o dużych niebieskich oczach i uśmiechu od ucha do ucha. Miała białe, równe zęby, paznokcie obcinała krótko, a za całą biżuterię wystarczała jej złota obrączka i kolczyki z diamentami, wystarczająco dużymi, by sporo kosztowały, ale jednak na tyle małymi, by nie rzucały się w oczy. Ubrana była w czerwoną bluzkę i lekki jedwabny srebrny kostium z wąską spódnicą i dopasowanym żakietem.

— Pracuję w Prado, w Madrycie — przedstawiła się. — Zatrudnił mnie prywatny kolekcjoner do oceny autentyczności odkrytego niedawno obrazu Goi. Moim zdaniem to falsyfikat.

— Skąd ta ocena? — spytał.

— Ma to być jeden z tak zwanych Czarnych Obrazów, namalowanych przez artystę u schyłku życia, gdy był już głuchy i na pół szalony z powodu zapalenia mózgu. To cykl czternastu dzieł. Kolekcjoner uważa swój obraz za piętnasty. — Potrząsnęła głową. — Najprościej mówiąc, ma przeciw sobie historię.

Pogoda poprawiła się, więc Tracy podziękowała za pomoc i poszła do toalety doprowadzić się do porządku.

Bourne poczekał kilkanaście sekund, po czym sięgnął po jej cienką teczkę, otworzył ją i przejrzał zawartość. Dla niej był Adamem Stone'em; takie nazwisko widniało w paszporcie, który przed opuszczeniem kliniki doktora Firtha dał mu Willard. Zgodnie z opracowaną przez niego legendą Stone był szukającym okazji biznesmenem, mającym spotkać się w Sewilli z potencjalnym klientem. Nie zapominając o anonimowym zabójcy, który już raz próbował szczęścia, Jason strzegł się sąsiadów zaczynających rozmowę, interesujących się, gdzie był i dokąd się udaje.

W teczce znalazł przede wszystkim fotografie, niektóre bardzo szczegółowe, obrazu Goi, przerażającego studium mężczyzny rozrywanego przez cztery stojące dęba parskające ogiery, wokół stali żołnierzy palący papierosy, śmiejący się i dla żartu szturchający skazańca bagnetami. Do fotografii dołączone były zdjęcia rentgenowskie oraz list profesora Alonza Pecunii Zuñigi, historyka sztuki z Museo del Prado w Madrycie, specjalizującego się w malarstwie Goi, który potwierdzał autentyczność obrazu. Nie znalazłszy nic interesującego, Bourne wsadził dokumenty do teczki, zapiął ją i odłożył na miejsce. Dlaczego ta kobieta skłamała mu, twierdząc, że nie jest pewna autentyczności ocenianego obrazu? Dlaczego skłamała, mówiąc, że pracuje w Prado, skoro Zuñiga w swym liście zwracał się do niej jak do outsiderki, a nie szanowanej koleżanki, pracującej w tej samej instytucji? No nic, już wkrótce miał się wszystkiego dowiedzieć.

Patrzył przez okno na nieskończony szarobiały krajobraz, przypominając sobie wyniki przeprowadzonych niedawno poszukiwań. Korzystając z komputera doktora Firtha, zebrał informacje o don Fernandzie Hererrze. Okazało się, po pierwsze, że jest on Kolumbijczykiem, nie Hiszpanem. Urodził się w Bogocie w 1946 roku jako najmłodsze z czwórki dzieci. Przeniósł się do Wielkiej Brytanii. Tam studiował, ukończył ekonomię na Oksfordzie. Następnie z niewiadomych powodów przez jakiś czas zajmował się czymś zupełnie innym: pracował jako *petrolero* dla Tropical Oil Company. Awansował na *cuñero* — inspektora rurociągu — i wyżej, przenosił się z obozu do obozu, zawsze i wszędzie podnosząc wydobycie o wiele baryłek dziennie. Posunął się jeszcze dalej i kupił pole, ponieważ eksperci Tropical Oil byli przekonani, że jest ono niemal wyeksploatowane. Oczywiście udało mu się zwiększyć wydobycie i po trzech latach odsprzedał je macierzystej firmie z dziesięciokrotnym zyskiem.

W tym momencie rozpoczął swoją przygodę z rynkiem finansowym, ściśle mówiąc, zainwestował ogromne zyski w bardziej stabilny sektor bankowy. Kupił mały, upadający bank o regionalnym zasięgu z siedzibą w Bogocie, zmienił jego nazwę i spędził lata dziewięćdziesiąte na przekształcaniu go w prawdziwą krajową potęgę. Rozszerzył działalność na Brazylię, Argentynę i, niedawno, Hiszpanię. Dwa lata temu zdołał obronić się przed przejęciem przez Banco Santander i pozostał panem samego siebie. W tej chwili jego Aguardiente Bancorp, nazwany tak od narodowego, mocnego kolumbijskiego likieru z lukrecji, miał ponad dwadzieścia oddziałów. Ostatni otworzył zaledwie pięć miesięcy temu w Londynie, stającym się coraz prężniejszym centrum finansowym.

Don Fernando był dwukrotnie żonaty. Miał dwie córki, obie mieszkały w Kolumbii, i syna o imieniu Jaime, dyrektora zarządzającego londyńską filią. Wydawał się człowiekiem sprytnym, trzeźwym i poważnym; Bourne nie znalazł najmniejszego śladu jakiejś groźnej działalności ani bankiera, ani AB, pod którym to skrótem jego firma znana była w kręgach finansjery.

Poczuł, że wraca Tracy, nim dobiegł do niego zapach paproci i cytrusów. Usiadła obok niego, jedwab zaszeleścił cicho.

— Lepiej się czujesz? — spytał Bourne.

Tracy skinęła głową.

— Od dawna pracujesz w Prado?

— Jakieś siedem miesięcy.

Ale zawahała się odrobinę za długo, nim udzieliła mu odpowiedzi, i już wiedział, że dziewczyna kłamie. Tylko... dlaczego? Co ma do ukrycia?

— O ile dobrze pamiętam, na niektóre z późnych dzieł Goi padł ostatnio cień podejrzenia? — spytał.

— Tak, w dwa tysiące trzecim roku. Ale autentyczność czternastu Czarnych Obrazów nie budzi najmniejszych wątpliwości.

— Natomiast ten, który cię interesuje, owszem?

Tracy zacisnęła wargi.

— Jeszcze nikt go nie widział, oprócz kolekcjonera.

— Kto jest kolekcjonerem?

Dziewczyna odwróciła wzrok. Poczuła się zaniepokojona.

— Nie wolno mi powiedzieć.

— Ależ z pewnością...

Spojrzała na niego nagle rozgniewana.

— Dlaczego mi to robisz? Uważasz, że jestem głupia? — Zaczerwieniła się od szyi po czubek głowy. — Przecież wiem, co robisz w tym samolocie!

— Bardzo w to wątpię.

— Nie żartuj! Lecisz spotkać się z don Fernandem Hererrą, tak jak ja!

— Aaa... to o niego chodzi?

— Widzisz! — Oczy Tracy zabłysły triumfem. — Wiedziałam! — Potrząsnęła głową. — Jedno mogę ci powiedzieć: nie dostaniesz Goi! Jest mój... i nie obchodzi mnie, ile będę musiała za niego zapłacić!

— Nie to powinna powiedzieć pracowniczka Prado — zauważył Bourne. — Ani, jeśli już o to chodzi, żadnego innego muzeum. Masz nielimitowany fundusz na zakup fałszywego obrazu?

Dziewczyna skrzyżowała dłonie na piersiach, przygryzła wargi. Pozostała przy swoim.

— Ten Goya jest autentyczny, prawda?

Milczała. Bourne się roześmiał.

— Tracy, daję ci słowo, że nie chodzi mi o obraz. Nic o nim nie wiedziałem, póki sama mi nie powiedziałaś.

Spojrzała na niego przestraszona.

— Nie wierzę — powiedziała z uporem.

Podał jej kopertę, którą wyjął z wewnętrznej kieszeni marynarki.

— Masz, przeczytaj. Mnie to nie przeszkadza.

Widząc, jak pogrąża się w lekturze, pomyślał, że Willard zrobił wspaniałą robotę.

Przejrzenie papierów zabrało jej tylko chwilę.

— Przecież to prospekt nowej firmy e-commerce!

— Potrzebuję wsparcia i potrzebuję go szybko, nim nasi rywale urwą kolejny kawałek rynku. — Bourne łgał jak z nut. — Poinformowano mnie, że don Fernando Hererra to człowiek umiejący iść na skróty i może uzupełnić kapitał konieczny do rozpoczęcia działalności. — Nie mógł oczywiście powiedzieć, o co naprawdę mu chodzi, ale im szybciej przekona dziewczynę, że jest sojusznikiem, tym pewniej doprowadzi go ona tam, dokąd chciał dotrzeć. — Tylko że ja go nie znam — dokończył. — Gdybyś mogła załatwić spotkanie, byłbym ci niezmiernie wdzięczny.

Tracy zwróciła mu kopertę; schował ją z powrotem do kieszeni. Nadal zachowywała ostrożność.

— Skąd mam wiedzieć, że mogę ci zaufać?

Wzruszył ramionami.

— A skąd możesz wiedzieć cokolwiek?

Zastanawiała się przez chwilę, a potem skinęła głową.

— W tym akurat masz rację. Przykro mi, ale nie mogę ci pomóc.

— Za to ja mogę pomóc tobie.

Uniosła jedną brew z niedowierzaniem.

— Ty? Mnie? Jak?

— Załatwię ci Goyę. Żaden problem.

Roześmiała się.

— Naprawdę? Potrafisz?

— Poświęć mi godzinę, kiedy dolecimy do Sewilli, a sama się przekonasz.

• • •

— Odwołałem urlopy, a tych, którzy wyjechali na wakacje, ściągnąłem do pracy — powiedział Amun Chaltum. — Wszyscy moi ludzie zajmują się jedną sprawą: wyjaśnieniem, jak Irańczycy zdołali przekroczyć granicę z rakietą ziemia—powietrze.

Soraya wiedziała, że znalazł się w sytuacji nie do pozazdroszczenia, nawet jeśli do tej pory nie nastąpił na odcisk przełożonym. Naruszenie systemu bezpieczeństwa groziło mu poważnymi konsekwencjami, ale... czy naprawdę? A jeśli wszystko, czego się od niego dowiedziała, było tylko wyrafinowaną dezinformacją, obliczoną na uniemożliwienie jej dojścia do prawdy? Dezinformacją przygotowaną za wiedzą albo egipskiego rządu, albo przynajmniej części jego ministrów zbyt tchórzliwych, by głośno opowiedzieć się przeciw Iranowi, wykorzystujących więc Muchabarat do sprowokowania słynnych z wojowniczości Stanów Zjednoczonych?

Zostawili Delię i miejsce katastrofy, przejechali przez tłum prasowych sępów, krążących tuż za perymetrem i pędzili teraz drogą z największą szybkością, na jaką stać było samochód z napędem na cztery koła. Słońce wzniosło się tuż ponad horyzont, rozjaśniając kopułę niebios niemal do białości. Blade, nieruchome chmury przycupnęły nisko na zachodzie; sprawiały wrażenie, jakby śmiertelnie zmęczyło je żeglowanie w ciemnościach nocy. Wiatr wiał im w twarze resztką nocnego chłodu, już wkrótce Amun miał podnieść szyby i włączyć klimatyzację.

Po zbadaniu całości miejsca wybuchu wewnątrz kadłuba boeinga amerykański zespół przygotował trójwymiarową symulację komputerową ostatnich piętnastu sekund lotu. Amun i Soraya obejrzeli ją w namiocie wraz z szefem zespołu.

— To pierwsza próba, jeszcze niedopracowana — ostrzegł ich szef. — Za bardzo się spieszyliśmy. — Na monitorze pojawiła się rakieta. Wskazał ją palcem. — Nie jesteśmy też do końca pewni trajektorii. Mogliśmy pomylić się o stopień czy dwa.

Rakieta uderzyła w samolot. Kadłub rozpadł się na dwie części, które spadały na ziemię w płomieniach. Wbrew temu, co powiedział szef zespołu, symulacja okazała się bardzo realistyczna... i przerażająca.

— Znamy maksymalny zasięg kowsara. — Wcisnął klawisz komputera. Na ekranie pojawiła się satelitarna topograficzna mapa terenu. Wskazał czerwony krzyżyk. — To miejsce wypadku — wyjaśnił. Wciśnięcie kolejnego klawisza sprawiło, że na mapę terenu został naniesiony niebieski okrąg. — To właśnie oznaczenie jego maksymalnego zasięgu.

— Co oznacza, że rakieta nie mogła zostać wystrzelona spoza tej linii — powiedział Chaltum. Soraya zauważyła, że jest pod wrażeniem.

— Właśnie. — Szef zespołu skinął głową. Był tęgim, łysiejącym mężczyzną z typowym amerykańskim piwnym brzuszkiem i małymi, ciągle zsuwającymi mu się z nosa okularkami. — Ale potrafimy dokładniej określić miejsce. — Wciśnięcie kolejnego klawisza wywołało na ekran stożek. — Szczyt to punkt, w którym rakieta trafiła samolot. Podstawa jest nieco powiększona, ponieważ uwzględniliśmy możliwość trzystopniowego błędu w symulacji trajektorii.

Po raz ostatni nacisnął klawisz. Na monitorze pojawił się prostokąt pustyni.

— Z tego, co wiemy, wynika, że rakieta została wystrzelona z jakiegoś miejsca na tym obszarze.

Chaltum dokładniej przyjrzał się obrazowi.

— Ile to jest, kilometr kwadratowy? — spytał.

Szef zespołu uśmiechnął się nieznacznie, lecz triumfalnie.

— Nawet nieco mniej.

I ten stosunkowo niewielki kawałek pustyni jechali obejrzeć właśnie teraz w nadziei, że znajdą jakieś ślady terrorystów, być może nawet określą ich tożsamość. Ich samochód był w istocie zaledwie częścią konwoju pięciu jeepów, pozostałe wypełniali funkcjonariusze z Muchabaratu. Soraya uznała za dziwne i nieco niepokojące to, że zaczyna się przyzwyczajać do ich ciągłej obecności. Na kolanach trzymała otwartą mapę. Oznaczono na niej teren, który oglądali na ekranie laptopa, a na kolejne zbliżenie nałożona została siatka. Podobnie wyposażony był pilot w każdym jeepie. Plan Chaltuma zakładał wysłanie po jednym samochodzie w narożniki wydzielonej sekcji, a on i Soraya mieli zacząć od środka i poruszać się na zewnątrz.

Pędzili przed siebie z oszałamiającą prędkością, trzęsło nimi okropnie. Soraya zerknęła na skupionego za kierownicą Egipcjanina. Twarz miał ściągniętą, ponurą, wręcz groźną, ale... ku czemu ją prowadził? Bo przecież jeśli w sprawę wplątany był Muchabarat, nie może sobie pozwolić na ujawnienie jej choćby okrucha prawdy. Czyżby więc szukali wiatru w polu?

— Znajdziemy ich, Amunie — powiedziała bardziej po to, by zmniejszyć panujące między nimi napięcie, niż z silnego wewnętrznego przekonania.

Jego śmiech zabrzmiał nieprzyjemnie, jak szczeknięcie szakala.

— Jasne, że znajdziemy — powiedział z sardonicznym humorem. — Ale nawet jeśli jakimś cudem nam się uda, dla mnie i tak będzie za późno. Moi wrogowie wykorzystają tę sytuację przeciw mnie. Będą powtarzać, że zhańbiłem nie tylko Al-Muchabarat, ale cały Egipt.

Sorayą wstrząsnął ten ton użalania się nad sobą, nigdy go u Amuna nie słyszała. Spowodował, że przemówiła bardziej stanowczo, niż zamierzała.

— Więc po co bawisz się w śledztwo? Nie lepiej podwinąć ogon pod siebie i uciec?

Krew uderzyła mu do twarzy, która choć zawsze ciemna, teraz stała się jeszcze ciemniejsza. Soraya poczuła, że gromadzi się w nim grożąca wybuchem siła, i przez chwilę zastanawiała się nawet, czy ją uderzy. Ale wrażenie to minęło równie szybko, jak się pojawiło, burza uczuć przycichła i teraz, kiedy Egipcjanin znów się roześmiał, był to po prostu pogodny i szczery śmiech.

— Oczywiście! Powinienem zawsze mieć cię u boku, *azizti*.

Zdołał wstrząsnąć nią po raz drugi, tym razem przez użycie tak intymnego, czułego słowa. Poczuła, jak wzbiera w niej głęboko skrywane uczucie do tego człowieka. Nie mogła jednak obronić się przed myślą, że może jest tylko doskonałym aktorem; szybko ogarnął ją wstyd, bo przecież nie chciała, by okazało się, że jest w jakiś sposób wplątany w ten ohydny akt terroryzmu. W pełni zdawała sobie sprawę, że chce od niego czegoś, czego nie powinna chcieć i czego, jeśli okaże się winny, z pewnością nie dostanie. Serce mówiło jej, że jest niewinny, ale w umyśle pozostał napiętnowany.

Chaltum patrzył na nią przez chwilę. Oczy mu płonęły.

— Znajdziemy tych zasranych wielbłądzich synów, staną przed moimi przełożonymi zakuci w łańcuchy, padną na kolana. Przysięgam na pamięć ojca.

Piętnaście minut później dotarli na miejsce. Ten kawałek pustyni niczym nie różnił się od całej jej ponurej reszty, przez którą jechali przed chwilą. Pozostałe cztery jeepy rozjechały się na boki jakiś czas temu; ich kierowcy utrzymywali kontakt radiowy z szefem i ze sobą nawzajem. Przez cały czas relacjonowali rozpoczęte już poszukiwania.

Soraya przyłożyła do oczu lornetkę. Rozpoczęła poszukiwanie jakiegoś nietypowego elementu krajobrazu, ale jej nastawienie trudno było nazwać optymistycznym. Przeciwko nim występowała sama pustynia, a bezustannie przewiewany wiatrem piasek zapewne zdążył już zasypać to, co terroryści pozostawili po sobie przez niedbalstwo.

— Znalazłaś coś? — spytał Chaltum dwadzieścia minut później?

— Nie... czekaj! — Opuściła lornetkę, wyciągnęła rękę, wskazując w prawo. — Tam, na drugiej, mniej więcej sto metrów.

Egipcjanin skręcił w tamtym kierunku, dodał gazu.

— Co takiego zobaczyłaś? — spytał.

— Nie wiem. Coś jak plamę. — Soraya wymierzyła lornetkę w tamtym kierunku.

Dojechali na miejsce i wyskoczyli z jeepa. Chwiejąc się, trochę dlatego, że jeszcze czuła pęd samochodu, a trochę przez zapadanie się w piasku, Soraya pospieszyła przed siebie. Chaltum dogonił ją, kiedy już przykucnęła przy czarnej plamie i przyglądała się jej dokładnie.

— Przecież to nic — powiedział niezadowolony. — Po prostu opalona gałąź.

— Może tak, może nie.

Soraya zaczęła przesypywać piasek złożonymi dłońmi; odkopywała częściowo tylko widoczną gałąź. Chaltum natychmiast zaczął jej pomagać, odgarniając piasek na boki, żeby nie zasypywał wykopanego już otworu.

Na głębokości pół metra natrafiła na coś chłodnego i twardego.

— Tę gałąź w coś wetknięto! — krzyknęła podniecona.

Ale udało się jej odkopać zaledwie pustą puszkę po coca-coli. Widoczna na piasku gałąź włożona była drugim końcem w dziurę w puszce. Po wyjęciu kija puszka spadła, a wokół posypał się czarny popiół, którym była wypełniona.

— Ktoś palił tu ognisko — powiedziała. — Ale nie sposób powiedzieć kiedy.

— A może jednak? — Chaltum przyglądał się uważnie rozsypanemu popiołowi usypanemu w stożek podobny do tego, który na ekranie laptopa przestawiał margines błędu przy określaniu miejsca startu rakiety. — Czy ojciec mówił ci, co to jest Nowruz?

— Perskie przedrewolucyjne święto Nowego Roku? — Soraya skinęła głową. — Oczywiście, ale nigdy go nie obchodziliśmy.

— Od kilku lat przeżywa w Iranie prawdziwe odrodzenie. — Chaltum odwrócił puszkę, wysypał resztę popiołu. — Więcej tu popiołu, niż można się spodziewać po zwykłym ognisku, rozpalonym do ugotowania posiłku. Poza tym terroryści mieliby raczej gotowe racje żywnościowe, niewymagające podgrzania.

Soraya szukała w pamięci szczegółów obchodów święta Nowruz, ale w końcu musiała poprosić Egipcjanina o pomoc.

— Rozpala się ognisko i każdy członek rodziny musi skoczyć przez płomień, prosząc o to, by blada zimowa cera została zastąpiona zdrowym rumieńcem na policzkach. Potem odbywa się uczta, podczas której snuje się opowieści, głównie dla dzieci. Wraz z nadejściem nocy ognisko przygasa i wreszcie gaśnie. Wówczas zbiera się popioły reprezentujące zimowego pecha i zakopuje gdzieś na polu.

— Nie uwierzę, że irańscy terroryści przybyli tu, by przy okazji odprawić święto Nowruz.

Egipcjanin pogrzebał gałęzią w popiele.

— Tu masz skorupkę jajka, a to... nie przypomina ci zwęglonej skórki pomarańczy? Jajek i pomarańczy używa się na zamknięcie święta.

Soraya potrząsnęła głową.

— Za nic nie zaryzykowaliby rozpalenia ogniska. Ktoś mógłby je zobaczyć.

— To oczywiście prawda, za to miejsce wręcz idealnie nadaje się do pogrzebania zimowego pecha. — Chaltum spojrzał jej w oczy. — Wiesz może, kiedy zaczyna się Nowruz?

Zastanawiała się przez chwilę... i jej serce przyspieszyło biegu.

— Zaczęło się trzy dni temu.

Chalthoum skinął głową.

— Owszem. A teraz... w momencie Sa'at-I tahwil, kiedy stary rok zmienia się w nowy, co się dzieje?

Serce Sorai zabiło jeszcze szybciej.

— Strzela się z dział.

— Albo — powiedział Chaltum — wystrzeliwuje się rakietę.

Rozdział 14

Bourne i Tracy Atherton znaleźli się w Sewilli późnym wieczorem trzeciego dnia Feria de Abril, tygodniowego festiwalu, w okresie wielkanocnym ogarniającego miasto niczym atak gorączki. Zaledwie kilka tygodni temu, podczas Semana Santa, tłumy zakapturzonych penitentów szły za przepięknie udekorowanymi ruchomymi, wielokondygnacyjnymi platformami, które przypominały wspaniałe torty ślubne, wypełnionymi rzędami białych świec i stroikami z białych kwiatów. Ich środek zajmowały portrety Chrystusa lub Maryi Panny. Platformom towarzyszyli muzykanci, grający zarówno muzykę melancholijną, jak i wojskową.

I wówczas, i teraz ulice zostały zamknięte dla ruchu kołowego, ale nie dawało się przejść nimi nawet pieszo. Mogło się wydawać, że cała Sewilla wyległa, by szeroko otwartymi z zachwytu oczami obserwować to historyczne widowisko.

Przebili się przez tłum na zatłoczonej Avenida de Miraflores. Znaleźli kawiarenkę internetową, ciemną i wąską; właściciel siedział z tyłu pomieszczenia za małym, zarzuconym papierami stolikiem. Przy ścianie po lewej stronie znajdowały się wyłącznie podłączone do Internetu komputery. Bourne zapłacił za godzinę, a potem stanął pod ścianą, czekając, aż zwolni się stanowisko. Pomieszczenie wypełniał papierosowy dym, palili wszyscy z wyjątkiem ich dwojga.

— Co my tu właściwie robimy? — spytała cicho Tracy.

— Muszę znaleźć zdjęcie któregoś ze specjalistów od Goi z Prado — odpowiedział Bourne. — Jeśli przekonam Hererrę, że to ja nim jestem, nabierze przekonania, że jego obraz to doskonały falsyfikat, a nie oryginał.

Twarz Tracy rozjaśniła się i dziewczyna roześmiała się głośno.

— Oj, Adamie, ale z ciebie numer. — Nagle spoważniała. — Ale... jeśli przedstawisz się jako specjalista od Goi, jakim cudem wyciągniesz od don Fernanda pieniądze na to swoje konsorcjum?

— To bardzo proste. Ekspert wychodzi, wchodzi Adam Stone.

Zwolniło się miejsce. Tracy ruszyła w jego kierunku, ale Bourne powstrzymał ją, stanowczo potrząsając głową, a kiedy na niego spojrzała, powiedział bardzo cicho:

— Mężczyzna, który wszedł przed chwilą... nie, nie odwracaj się... leciał tym samym samolotem.

— I co z tego?

— To, że był też na pokładzie mojego, gdy leciałem z Bali.

Tracy stała tyłem do niego. Przyjrzała mu się w lustrze.

— Kto to jest? — Spojrzała na Bourne'a, mrużąc oczy. — Czego chce?

— Nie wiem. Ale... zauważyłaś tę bliznę na jego szyi? Biegnie aż do szczęki.

Zaryzykowała kolejne spojrzenie w lustro i skinęła głową.

— Ktokolwiek go wysłał, chce, bym wiedział, że jestem śledzony.

— Rywale?

— Tak. Prawdziwe zbiry. — Bourne improwizował na całego. — Na tym właśnie polega typowa taktyka zastraszania.

Zatrwożona Tracy, cofnęła o krok.

— Prowadzisz jakieś dziwne interesy...

— Zajmuję się dokładnie tym, co mówiłem. Ale walce o kapitał inwestycyjny zawsze towarzyszy szpiegostwo przemysłowe, bo z nową usługą, a choćby i pomysłem, trzeba być pierwszym na rynku. Miejsce w kolejce często oznacza różnicę między sprzedaniem się Microsoftowi albo Google za pół miliarda dolarów a bankructwem.

To wyjaśnienie chyba ją zadowoliło, bo uspokoiła się trochę, ale niewiele.

— Co masz zamiar zrobić? — spytała.

— Na razie nic.

Bourne poszedł zająć miejsce przy komputerze, Tracy podążyła za nim. Wpisał w Google „Museo del Prado", a wówczas pochyliła się nad jego ramieniem i szepnęła mu do ucha:

— Możesz nie szukać. Potrzebujesz profesora Alonza Pecunii Zuñigi.

Tak nazywał się ekspert, który uznał Goyę Hererry za autentyk. Miała w teczce jego list.

Bourne bez słowa wpisał nazwisko. Musiał przewinąć kilka linijek informacji prasowych, nim trafił na zdjęcie profesora przyjmującego nagrodę od jednej z wielu hiszpańskich fundacji zajmujących się promocją życia i twórczości Goi.

Profesor Zuñiga był szczupłym mężczyzną mającym, na oko, pięćdziesiąt parę lat. Nosił schludną kwadratową bródkę i miał bujne brwi, osłaniające oczy niczym daszek czapki. Bourne sprawdził datę, upewniając się, że jest w miarę współczesne, potem powiększył je i wydrukował, płacąc za to dodatkowe parę euro. Następnie skorzystał z Google Local, by spisać adresy kilku sklepów.

— Nasz pierwszy przystanek — powiedział do Tracy — to Paseo de Cristóbal Colón obok Teatro Maestranza, tuż za rogiem.

— A ten człowiek z blizną?

Bourne zamknął okno, przeszedł do pamięci przeglądarki, skasował zarówno historię, jak i cookies odwiedzanych witryn.

— Liczę na to, że za nami pójdzie — powiedział.

Tracy zadrżała.

— Boże... a ja mam nadzieję, że nie.

• • •

Szeroki *paseo* biegł między Gwadalkiwirem i *barrio* miasta, El Arenal. Była to dzielnica historyczna, którą nazywało domem wielu członków bractwa Semana Santa. Z pięknej areny walki byków, Maestranzy, sąsiadującej z wielkim teatrem, widzieli trzynastowieczną Torre del Oro, ogromną wieżę, niegdyś całą pokrytą złotem, będącą częścią fortyfikacji chroniących Sewillę przed jej odwiecznymi wrogami, muzułmanami z Afryki Północnej, fundamentalistycznymi Almohadami, Berberami z Maroka, wypartymi z miasta i z całej Andaluzji w 1230 roku przez armię chrześcijańskich królestw Kastylii i Aragonii.

— Widziałaś korridę? — spytał Bourne.

— Nie. Nienawidzę walk byków.

— Więc będziesz miała szansę je obejrzeć.

Wziął ją za rękę i zaprowadził do kasy przy głównym wejściu. Kupił dwa *sol barreras*, jedyne pozostałe miejsca w pierwszym rzędzie, ale w słońcu.

— Chyba jednak wolałabym nie — protestowała Tracy, cofając się o krok.

— Albo idziesz ze mną, albo zostajesz tutaj. Blizna z pewnością zechce z tobą pogadać.

Dziewczyna zesztywniała.

— Szedł za nami aż tutaj?

Bourne skinął głową.

— Idziemy — zakomenderował. Pokazał bilet, praktycznie przepchnął ją do amfiteatru. — Nie martw się — powiedział uspokajająco. — Zajmę się wszystkim, obiecuję.

Donośny ryk oznajmił, że korrida się rozpoczęła. Miejsca siedzące wznosiły się rzędami, które zwieńczały dekoracyjne łuki. Kiedy schodzili, pierwszy byk był już przygotowywany przez *suerte de picar*. Pikadorzy na koniach obłożonych materacami i z przysłoniętymi oczami, wbijali lance w kark zwierzęcia próbującego wziąć na rogi ich wierzchowce. Konie miały w uszach nasycone olejem szmaty, żeby nie spłoszyły się od wrzasku tłumów i podcięte struny głosowe, by parskaniem i rżeniem nie zwracały na siebie uwagi byka.

— W porządku — powiedział Bourne, wręczając Tracy bilet. — Kup piwo w budce, o tam. Wypij je wśród ludzi, a potem wróć tutaj.

— A ty gdzie będziesz?

— To bez znaczenia. Zrób, co mówię, i czekaj na mnie na naszych miejscach.

Zauważył mężczyznę z różową blizną na szyi, który wszedł do amfiteatru od góry i został tam, w najlepszym punkcie obserwacyjnym. Bourne śledził wzrokiem Tracy zmierzającą do stoisk z przekąskami, po czym wyjął telefon komórkowy. Udawał, że rozmawia ze swym kontaktem, z którym miał się tutaj spotkać. Energicznie skinął głową, odłożył telefon, wstał, obszedł arenę. Szukał miejsca w cieniu, odosobnionego w stopniu gwarantującym zachowanie prywatności podczas spotkania, umożliwiającego zajęcie się Blizną bez ingerencji osób trzecich. Kątem oka dostrzegł, jak Blizna odprowadza wzrokiem Tracy, a potem schodzi jednym z przejść między miejscami siedzącymi do pierwszego rzędu, czyli w kierunku, w którym zmierzał on sam.

Bourne był tu już kiedyś i wiedział, jak wygląda arena. Jego celem była *toril*, zagroda dla byków, ponieważ obok niej biegł korytarz prowadzący do znajdujących się po tej stronie Maestranzy toalet. Kilku młodych *tor eros* niedbale opierało się o bramę *toril*, za nimi stał nieruchomy niczym sama śmierć matador, który wymienił już różowo-złotą płachtę na byka na czerwoną i teraz oczekiwał chwili *suerte de matar*, kiedy to wejdzie na arenę uzbrojony wyłącznie w szpadę, płachtę i zręczność mięśni, by zabić prychającego, ciężko dyszącego byka. Przynajmniej tak to widzieli fani korridy. Inni, choćby *Asociación para la defensa del anima*, widzieli to oczywiście zupełnie inaczej.

Kiedy Bourne zbliżał się do *toril*, rozległ się trzask i brama w ogrodzeniu zadrżała. Młodzi *toreros* rozbiegli się przestraszeni. Matador spokojnie spojrzał w tamtym kierunku.

— Boże — powiedział po hiszpańsku — taki jesteś chętny, by poczuć zapach krwi.

I znów całą swą uwagę skierował na właściwą korridę. Byk słabł, a więc nadchodziła chwila matadora.

— *Fuera!* — coraz głośniej krzyczeli *aficionado.* — *Fuera!* — Wychodźcie! — wrzeszczeli na pikadorów, obawiając się, że ich lance osłabią byka w stopniu, który uczyni ostateczne starcie mniej krwawym, niż tego pragnęli.

Pikadorzy powoli wycofywali konie, oddalali się od byka. Matador wyszedł na scenę, mijając ich szereg. Tłum wrzeszczał tak, że wręcz pękały bębenki. Nikt nie zwracał uwagi na Bourne'a, który znalazł się już obok *toril.* Nikt z wyjątkiem Blizny. Bourne zauważył już, że po drugiej stronie szyi wytatuowane ma trzy czaszki. Był to tatuaż prymitywny, obrzydliwy, z całą pewnością więzienny, najprawdopodobniej wykonany w rosyjskim więzieniu. Ten człowiek miał nie tylko straszyć. Był zawodowym mordercą, trzy czaszki oznaczały trzy zabójstwa.

Bourne stał przy końcu tej części trybun. Dalej znajdował się dekoracyjny łuk nad przejściem prowadzącym na teren pod trybunami. Tuż pod nim wznosiła się przegroda, za którą *toreros* kryli się przed atakami byka, a przy jej końcu, po prawej ręce, *toril.*

Blizna szybko się do niego zbliżał. Schodził przejściem między rzędami siedzeń jak duch, jak upiór. Bourne odwrócił się, przeszedł pod łukiem na dół, w ciemność pod trybunami. Smród uryny i piżmowa zwierzęca woń uderzyły go w nozdrza z niemal fizyczną siłą. Po lewej stronie miał prowadzący do toalet betonowy korytarz. Po prawej, przy drzwiach, stał umundurowany strażnik.

Podchodził do tego wysokiego, szczupłego mężczyzny, gdy na moment osłabło światło, przysłonięte sylwetką Blizny. Zbliżył się do strażnika, który niezbyt uprzejmie zwrócił mu uwagę, że nie powinien znajdować się tak blisko byków. Bourne się uśmiechnął. Stanął pomiędzy strażnikiem i Blizną, wyciągnął rękę i mówiąc coś spokojnie i cicho, nacisnął tętnicę szyjną strażnika, który sięgnął po broń. Bourne zablokował ten ruch drugą ręką. Strażnik próbował się bronić, lecz cios łokciem sparaliżował mu na chwilę prawe ramię. Hiszpan szybko tracił przytomność na skutek odcięcia dopływu krwi do mózgu. Nogi się pod nim ugięły, ale Bourne podtrzymał go, cały czas mówiąc. Chciał, by Blizna nabrał przekonania, że to z nim rozmawiał przez telefon, że to kolega człowieka, z którym ma się tu spotkać. Teraz, kiedy Blizna podchodził coraz bliżej, najważniejsze było utrzymanie go w tym przekonaniu.

Zdjął klucz z łańcuszka wiszącego na biodrze strażnika, otworzył drzwi i wepchnął nieprzytomnego mężczyznę do ciemnego wnętrza. Wszedł za nim i zamknął za sobą drzwi, ale dopiero wówczas, gdy zobaczył, że Blizna schodzi rampą. Zabójca, który wiedział już, gdzie odbędzie się spotkanie, był gotów do ataku.

Bourne znalazł się w małym pomieszczeniu, wypełnionym drewnianymi skrzyniami z pokarmem dla byków i ogromnym steatytowym zlewem z cynkowanymi kranami i zaworami, pod którym znajdowały się wiadra, ścierki, szczotki i plastikowe butle ze środkami czystości. Podłoga pokryta była słomą w niewielkim stopniu pochłaniającą smród. Byk znajdował się za betonową barierą sięgającą Bourne'owi do piersi. Wyczuł zapach człowieka i prychnął wściekle, a potem zaryczał. Histeryczny wrzask tłumu na trybunach załamywał się nad *toril* niczym sztormowe fale; promienie słońca, wielobarwne, bo odbijające się od kostiumu matadora i strojów gości honorowych, oświetlały szczyt ścian zagrody niczym niedbałe, szerokie pociągnięcia pędzla artysty malarza.

Bourne wyciągnął ścierkę z jednego z wiader. Znajdował się w połowie pomieszczenia, kiedy drzwi za jego plecami otworzyły się tak powoli, że ich ruch można było zobaczyć, tylko uważnie je obserwując. Oparł się plecami o barierę i przesunął w lewo. Szukał miejsca, które zasłoniłoby skrzydło drzwi.

Byk, przerażony lub rozwścieczony zapachem nieznanego człowieka, uderzył kopytami w barierę z taką siłą, że na Bourne'a posypały się okruchy betonu. Blizna zawahał się, próbował zidentyfikować źródło dźwięku. Bourne był przekonany, że zabójca nie ma pojęcia o obecności kolejnego zwierzęcia, niecierpliwie oczekującego śmierci przy akompaniamencie ryku tłumów, stworzenia składającego się z mięśni i instynktu, łatwo dającego się sprowokować... i zdezorientować. Szybkiego, śmiertelnie niebezpiecznego, lecz tylko do chwili, gdy osłabi je zmęczenie i setka ran, z których życie wypływa kroplami spadającymi na piasek areny.

Schował się za przesuwającym się milimetr po milimetrze skrzydłem drzwi. Zobaczył lewą rękę Blizny, trzymającą nóż o długim, cienkim ostrzu, miniaturę szpady matadora. Ostrze to skierowane było lekko do góry, znajdowało się w pozycji, z której łatwo można było wykonać cięcie, pchnięcie lub rzut.

Jason owinął palce lewej ręki szmatą, czyniąc z niej słabą, lecz przydatną ochronę. Pozwolił Bliźnie zrobić jeden ostrożny krok do środka pomieszczenia i zaatakował z boku. Instynkt mordercy kazał tamtemu wykonać półobrót, któremu towarzyszyło cięcie po łuku; dostrzegł ruch na samej granicy pola widzenia.

Bourne sparował cios nożem lewą, osłoniętą ręką, zrobił pół kroku, stanął pewnie i wyprowadził cios wzmocniony skrętem bioder, wymierzony w splot słoneczny. Blizna stęknął niemal niesłyszalnie, jego oczy rozszerzyły się na moment, ale niemal natychmiast uchwycił prawe ramię przeciwnika, podkładając grzbiet dłoni pod jego łokieć. Jednoczesne zastosowanie nacisku i dźwigni groziło połamaniem kości przedramienia.

Ostry ból powstrzymał Bourne'a. Blizna wykorzystał sytuację, uderzył nożem z góry, nad unieruchomionym ramieniem przeciwnika, mierząc w jego klatkę piersiową. Nie potrafił skoncentrować się na dwóch czynnościach naraz, więc lekko i tylko na krótką chwilę zwolnił uścisk na jego ramię.

Bourne zaskoczył go, skracając dystans. Nagle znalazł się zbyt blisko, ostrze noża przeszło bokiem; wykorzystał to, unieruchamiając rękę mordercy między swoim ramieniem i bokiem. Wykorzystał też energię ruchu, zmuszając go do cofnięcia się po skosie, aż wreszcie mężczyzna oparł się plecami o barierę.

Wściekły Blizna wzmógł nacisk na ramię; jeszcze chwila i kość mogła pęknąć z trzaskiem. Byk z drugiej strony bariery wyczuł krew i to doprowadziło go do szału. Kopnął potężnie. Uderzenie w beton wstrząsnęło zabójcą, przez co utracił korzystną pozycję. Bourne odzyskał swobodę ruchów, lecz tylko na chwilę, ponieważ Blizna tak ułożył dłoń, w której trzymał nóż, że choć ramię miał zablokowane, zdołał sięgnąć ostrzem pleców Amerykanina i zranić go. Bourne obrócił się, ale napastnik wykonał podobny ruch, nóż stanowił coraz większe zagrożenie.

Jason przeskoczył na drugą stronę bariery.

Blizna rzucił się za nim bez wahania. Tym sposobem obaj znaleźli się na nieznanym sobie terytorium, tyle że każdy z nich miał przeciw sobie i dotychczasowego przeciwnika, i rozwścieczone zwierzę. Ale to Bourne zyskał przewagę, chociaż chwilową, ponieważ wiedział, gdzie się znajduje. Niemniej i jego zagroda zdumiała swym ogromem. Podobnie jak arena korridy i ona była podzielona na strefę światła i strefę cienia tam, gdzie nie docierały promienie słoneczne. W górnej jej części widać było tańczące w blasku drobiny kurzu, niżej panowała ciemność jak w jaskini Minotaura. W cieniu dostrzegł byka — czerwone płonące ślepia, czarny pokryty pianą pysk. Zwierzę gapiło się na niego, ryjąc ziemię potężnymi kopytami. Jego ogon poruszał się na boki, potężny kark sterczał w górę, łeb był złowrogo pochylony.

Blizna znów zaatakował. Skupiony wyłącznie na ludzkim przeciwniku, do tej pory nie zdawał sobie sprawy, że nie są w zagrodzie sami. Pole widzenia Bourne'a wypełniły trzy czaszki. Zadał cios łokciem w gardło, ale trafił w brodę, bo Blizna zdołał częściowo sparować uderzenie. I niemal w tej samej chwili sam uderzył w skroń przeciwnika, obalając go na ziemię. Przetoczył się, chwycił Bourne'a za uszy, poderwał mu głowę i z całą siłą walnął nią o ziemię.

Bourne powoli tracił przytomność. Blizna siedział na nim, boleśnie uciskając jego klatkę piersiową. W pewnym momencie zaczął się nawet uśmiechać. Walił w ziemię głową wroga, nic nie mogło sprawić mu większej przyjemności.

Gdzie jest nóż?

Jason rozpaczliwie macał wokół siebie rękami, ale robiło mu się ciemno przed oczami. Światła i cienie zagrody wirowały, zmieniły się w wir srebrnych iskier. Słyszał własny ciężki oddech, szybkie, mocne bicie serca, poczuł kolejne uderzenie w głowę i powoli przestał odczuwać cokolwiek oprócz fali ciepła napływającej z czubków dłoni i stóp. Było to miłe ciepło, zagłuszające ból, odbierające wolę i chęć uczynienia jakiegokolwiek wysiłku. Dostrzegł samego siebie, unoszonego strumieniem rzeki światła, oddalającego się od świata cieni, świata mroku.

Lecz nagle poczuł dotknięcie chłodu. Przez chwilę był pewien, że to oddech Sziwy niszczyciela, niemal czuł jego schylającą się nad nim twarz, ale nie. Zdołał rozpoznać dotknięcie zimnej stali. Chwycił nóż, przytomność wróciła na chwilę, zadał cios. Ostrze przecięło ciało między żebrami, sięgając serca.

Blizna się wyprostował, ramiona mu drżały, ale może — pomyślał Bourne — wcale się nie trzęsą, tylko w głowie mi wiruje od lania, które dostałem. Miał kłopoty ze skupieniem wzroku, bo jak inaczej wytłumaczyć fakt, że głowę człowieka zastąpił łeb byka? Przecież nie był na Krecie, w jaskini Minotaura, tylko na korridzie w Sewilli!

Przytomność wreszcie wróciła, a wraz z nią świadomość, gdzie dokładnie się znajduje.

W zagrodzie.

Podniósł wzrok. Ze swej pozycji widział byka, wielkiego, groźnego, z pochylonym łbem, gotowego wypatroszyć go ostrymi rogami.

• • •

Kiedy go wreszcie znalazły, podsekretarz Stevenson nie wyglądał szczególnie dobrze, ale nikt nie wygląda szczególnie dobrze rozciągnięty na wysuwanej płycie w chłodni stołecznej kostnicy. Moira i Veronica szukały go na terenie bezpośrednio przylegającym do Fontanny Dworu Neptuna, stojącej przy wejściu do Biblioteki Kongresu. Jak nakazują zasady operacji terenowej, zaczęły od miejsca spotkania, czyli w tym wypadku samej fontanny, i poruszały się po spirali, szukając śladów mogących wyjaśnić, co się właściwie stało.

Moira dzwoniła już do żony i zamężnej córki sekretarza, ale żadna z nich ani go nie widziała, ani nie rozmawiała z nim przez telefon. Właśnie znalazła numer Humphry'ego Bambera, jego przyjaciela, z którym kiedyś dzielił pokój w akademiku, kiedy Hart otrzymała informację, że odpowiadające opisowi ciało zostało właśnie przywiezione do kostnicy. Policja miejska chciała zidentyfikować zwłoki. Hart zwróciła się do Moiry, która zgodziła się przeprowadzić wstępną identyfikację. Jeśli rozpozna Stevensona, ostatecznej dokona wezwana przez gliniarzy żona ofiary.

— Kiepsko wygląda — powiedziała Veronica, stojąca nad ciałem byłego sekretarza. — Jak zginął? — spytała asystentkę lekarza patologa.

— Przejechany przez samochód. Kręgi od pierwszego do czwartego zmiażdżone, podobnie jak większa część miednicy. To musiało być coś dużego: SUV, może nawet ciężarówka. — Asystentka była szczupłą, drobną kobietą z nieprawdopodobną szopą miedzianych, kręconych włosów. — Nic nie czuł... jeśli to jakaś pociecha.

— Wątpię, czy będzie to pociecha dla jego rodziny — wtrąciła stojąca z boku Moira.

Lekarka nie sprawiała wrażenia przejętej, wszystko już widziała i wszystko słyszała. Nie była kobietą bezduszną, ale jej praca wymagała nieangażowania się uczuciowo.

— Gliniarze prowadzą śledztwo — ciągnęła — ale wątpię, czy znajdą cokolwiek. — Wzruszyła ramionami. — W tych sprawach zdarza się to raczej rzadko.

Moira drgnęła.

— Znaleźliście coś niezwykłego? — spytała.

— Nie podczas badania wstępnego. Poziom alkoholu we krwi wynosił dwa promile, ponaddwukrotnie przekraczał dopuszczalny, więc całkiem prawdopodobne, że stracił orientację i zszedł z chodnika. Pełną autopsję wykonamy po formalnej identyfikacji.

Kiedy odeszła, Hart zwróciła się do Moiry:

— To dziwne, że nie znaleziono przy nim portfela, kluczy, niczego przydatnego do określenia tożsamości.

— Jeśli został przejechany z premedytacją, mordercy nie marzyli zapewne o tym, żeby zidentyfikowano go od razu i bez problemów.

— Znowu te teorie konspiracyjne. — Veronica potrząsnęła głową. — W porządku, zagrajmy zgodnie z twoimi regułami. Jeśli został zamordowany, dlaczego w ogóle znaleźliśmy ciało? Przecież mogli go porwać, załatwić i ukryć trupa tak, że zostałby znaleziony po wiekach... jeśli w ogóle.

— Widzę dwa powody — wyjaśniła Moira. — Po pierwsze, Stevenson był jednak podsekretarzem Departamentu Obrony. Wyobrażasz sobie, co by się działo, gdyby zgłoszono jego zaginięcie? Rozmiar poszukiwań? Czas, który poświęciłyby mu media? Nie, ci ludzie chcieli mieć go martwego, śmierć na skutek wypadku, wszystko jasne, koniec, kropka.

Hart pochyliła głowę.

— A drugi powód?

— Miałam się przestraszyć i dać spokój temu czemuś, co znalazł Weston, a czego on tak się bał.

— Szpilkabardem?

— Właśnie.

— Jesteś równie beznadziejna jak Bourne, z tymi waszymi wiecznymi spiskami.

— Teorie Jasona okazały się prawdziwe. Wszystkie — zaprotestowała gorąco Moira. Veroniki chyba to nie przekonało.

— Nie uprzedzajmy zdarzeń — zaproponowała spokojnie. W drzwiach kostnicy Moira odwróciła się i po raz ostatni popatrzyła na ciało Stevensona. Już w korytarzu powiedziała:

— Czy uprzedzę zdarzenia, jeśli powiem ci, że Stevenson był niepijącym alkoholikiem?

— Może strach spowodował, że jednak się napił?

Potrząsnęła głową.

— Ty go nie znałaś. Zmienił swoją chorobę w coś w rodzaju religii. Trzeźwość była dla niego najważniejsza w życiu. Nie powąchał alkoholu od dwudziestu lat. Nic nie zmusiłoby go do tego, żeby się napił.

* * *

Byk atakował i nic nie mogło go powstrzymać. Bourne chwycił rękojeść noża, wyrwał go z ciała Blizny i odtoczył się na bok. Zwierzę, oszalałe od zapachu świeżej krwi, rozorało rogami brzuch trupa. Odwróciło potężny łeb, uniosło zwłoki w powietrze, jakby nic nie ważyły, i rzuciło na barierę. Prychając i tupiąc przednimi kopytami zaatakowało znowu, nabiło trupa na rogi i potrząsało nim na boki. Nie było wątpliwości, że lada chwila rozerwie ciało na strzępy.

Bourne wstał powoli, ruszył w kierunku byka ostrożnie, a gdy znalazł się wystarczająco blisko, mocno uderzył go obróconym na płask ostrzem noża w czarny, lśniący pysk.

Byk stanął zaskoczony, a potem nawet cofnął się o krok; zakrwawione ciało opadło na ziemię. Stanął, rozstawiając szeroko przednie nogi. Potrząsał rogami, jakby usiłował zrozumieć, skąd wzięło się bolesne uderzenie i co mogło oznaczać. Krew spływała mu po łbie, padała na ziemię. Zbity z tropu patrzył na kolejnego intruza naruszającego jego terytorium, nie wiedząc, jak się zachować. Prychnął z głębi gardła. W momencie, gdy podjął decyzję i dał krok do przodu, otrzymał drugi podobny cios. Przystanął, zamrugał, znów prychnął, potrząsnął łbem, jakby próbował pozbyć się ostrego bólu.

Bourne obrócił się, przykląkł przy poszarpanym ciele. Szybko przeszukał kieszenie Blizny. Musiał dowiedzieć się, kto go przysłał. Jeśli uwierzyć Wayanowi i jego opisowi człowieka o szarych oczach, to nie Blizna próbował zabić go na Bali. Czy wynajął go ten sam człowiek, który skorzystał z usług snajpera? Potrzebował odpowiedzi, ponieważ wytatuowany morderca nie był mu znany. Może Bourne zetknął się z nim w przeszłości, której nie pamiętał? Możliwość spotkania kogoś lub czegoś z przeszłości, jak zwykle doprowadzała do szaleństwa. Domagała się natychmiastowej odpowiedzi, bez której nie ma mowy o choćby chwili odpoczynku.

Jak można było przypuszczać, poza zwitkiem euro kieszenie Blizny były puste. Fałszywy paszport oraz inne, równie fałszywe dokumenty złożył pewnie w bezpiecznym domu albo choćby w skrytce na lotnisku czy dworcu kolejowym... ale w takim razie gdzie klucz?

Poruszył ciałem, szukając go, i wówczas byk ocknął się z chwilowego oszołomienia. Zaatakował wściekle, obierając za cel ramię. Bourne odchylił je w ostatniej chwili, ale wściekłe zwierzę obróciło łeb i zdarło mu z ręki wąski pasek skóry.

Chwycił za róg. Podciągnął się na nim i już po chwili siedział na grzbiecie zwierzęcia. Przez chwilę bestia nie wiedziała, co się dzieje, ale poczuła dodatkowy ciężar i ponownie zaatakowała barierę. Tym razem uderzyła w nią bokiem i gdyby Bourne nie zdążył podnieść lewej nogi, zostałaby zmiażdżona między potężnym cielskiem a betonem. Udało mu się tego uniknąć, ale omal nie zleciał na ziemię, a upadek oznaczałby koniec. Zostałby stratowany w kilka sekund.

Byk znów zaatakował barierę, Jason z trudem utrzymał się na jego grzbiecie. Miał nóż Blizny, wystarczająco długi, by zadać nim cios łaski, pod warunkiem że udałoby mu się dokładnie określić właściwe miejsce i kąt, pod którym ostrze powinno wejść w ciało. Bourne wiedział jednak, że tego nie zrobi. Zabicie zwierzęcia ciosem z tyłu teraz, gdy było ono przede wszystkim przerażone, wydawało mu się czynem tchórzliwym, wręcz nędznym. Pomyślał o drewnianej świni, czuwającej nad basenem na Bali, o jej malowanym pysku, na którym wyrzeźbiony był wieczny, wszystkowiedzący uśmiech. Hiszpański byk miał przeżyć swe życie tak, jak było mu pisane, nie do niego należało odbieranie mu go.

Rozmyślając tak, omal nie dał się strącić, bo byk znów uderzył w barierę, tym razem pod kątem, z opuszczonym, skręconym łbem; rozpaczliwie próbował pozbyć się ciężaru, który doprowadzał go do szału. Obolały, rzucany na wszystkie strony Bourne trzymał się kurczowo jego rogów. Ramię bolało go w miejscu, gdzie próbował złamać je Blizna, po plecach ciekła mu krew z zadanej nożem rany, a co najgorsze, głowa bolała go tak, jakby lada chwila miała rozpaść się na tysiąc kawałków. Wiedział, że długo już nie wytrzyma, a jeśli spadnie, niemal na pewno zginie.

W tym momencie, gdy wrzask dobiegający z korridy osiągnął crescendo, byk zgiął przednie nogi w kolanach, przez co jego grzbiet pochylił się ostro do przodu. Bourne zleciał na ziemię, koziołkując. Uderzył o barierę, pokrytą dziesiątkami rys i odprysków, skutków ataków bestii.

Leżał bezwładnie, na pół przytomny. Czuł na sobie gorący oddech, widział rogi, od których jego twarz dzieliła nie więcej niż szerokość dłoni. Próbował się poruszyć, lecz nie zdołał. Oddychał z największym trudem i strasznie kręciło mu się w głowie.

Czerwone ślepia świdrowały go nieruchomo, pod lśniącą skórą prężyły się potężne mięśnie. Byk gotów był do ostatniego, decydującego ataku. Bourne wiedział, że w następnej chwili stanie się jak Blizna, niczym więcej niż szmacianą lalką, nadzianą na okrwawione rogi.

Rozdział 15

Byk pochylił się do przodu, opryskując Bourne'a mgłą gorącej piany. Przewrócił ślepiami, po czym z tępym stukiem zarył głową u jego stóp. Bourne, ciągle walcząc z oszołomieniem, próbując odzyskać ostrość widzenia, przetarł oczy, oparł głowę o barierę... i dostrzegł strażnika, którego sam najpierw pozbawił przytomności, a potem wciągnął do zagrody.

Strażnik stał pewnie w klasycznej pozycji strzeleckiej, na rozstawionych nogach, jedną dłonią podtrzymując kolbę pistoletu, z którego przed chwilą zabił byka, strzelając do niego dwukrotnie, a którego lufa była w tej chwili wymierzona wprost w człowieka.

— *Levantese!* — zakomenderował. — Wstań i pokaż mi ręce.

— Jasne, jasne, oczywiście — powiedział Bourne. — Jedną chwileczkę. — Chwycił dłonią wierzch bariery, wstał chwiejnie, położył nóż Blizny na widoku i uniósł ręce z pustymi dłońmi obróconymi w stronę Hiszpana.

— Co ty tu robisz? — Strażnik był wściekły jak cholera. — Popatrz, sukinsynu, do czego mnie zmusiłeś. Masz pojęcie, ile kosztuje taki byk?

Bourne wskazał ciało Blizny.

— Ja nic nie zrobiłem — powiedział. — Wszystko przez niego. Ten człowiek był zawodowym mordercą. Broniłem się.

Strażnik zmarszczył czoło.

— Kto? O kim ty gadasz? — Zbliżył się do bariery powoli, ostrożnie, zobaczył straszliwie okaleczonego trupa. — *Madre de Dios!* — krzyknął.

Bourne przeskoczył przez barierę do zagrody, strażnik przechylił się do tyłu i przewrócił na plecy. Przez chwilę obaj walczyli o broń, ale cios zadany kantem dłoni w szyję pozbawił Hiszpana przytomności.

Nim stoczył się z nieruchomego ciała, Bourne sprawdził, czy puls jego przeciwnika bije mocno i równo, po czym znów przeszedł przez barierę. Wsadził głowę pod kran nad wielkim steatytowym zlewem, zmywając z siebie byczą krew i przy okazji odzyskując przytomność. Wytarł się do sucha najczystszą ze ścierek, a następnie, ciągle nieco chwiejnie, wyszedł rampą w pełen światła i kolorów świat korridy, w którym matador, powoli i godnie, obchodził arenę, prezentując oszalałej, wrzeszczącej publiczności obcięte uszy. Byk leżał niemal na środku areny, martwy, okaleczony i już zapomniany. Muchy brzęczały wokół jego łba.

• • •

Soraya odczuwała bliskość Amuna, jakby tuż obok niej pracowała mała elektrownia jądrowa. Próbowała policzyć, ile razy ten człowiek ją okłamał. Czy ma potężnych przeciwników usytuowanych wysoko w egipskim rządzie, czy raczej ci ludzie wydali mu polecenie zdobycia, zapewne na zasadzie wymiany, kowsara 3 i zestrzelenia amerykańskiego samolotu?

— Jedna sprawa szczególnie mnie niepokoi — powiedział, przerywając krótkie milczenie. — Irańczykom ktoś pomógł się tu dostać. W ich kraju panuje taki chaos, że dotarcie do granicy nie sprawiło im pewnie żadnych kłopotów, ale co potem? Nie przeszli drogą północną, a później przez Turcję i Syrię do Jordanii i na Synaj, bo to jednak zbyt niebezpieczne. Jordańczycy zastrzeliliby ich bez pytania, a Synaj to teren zbyt otwarty i na dodatek dokładnie patrolowany. — Potrząsnął głową. —

Nie, dostali się tu przez Arabię Saudyjską i Morze Czerwone, więc logicznym punktem lądowania była Al-Gardaqa.

Soraya znała to turystyczne miasto nad Morzem Czerwonym, skąpany w słońcu raj dla zestresowanych, pod tym względem niewiele różniące się od Miami. Amun miał rację, atmosfera luzu i bezustannej zabawy tworzyła z niego idealne miejsce dla lądowania małej grupy terrorystów, udających turystów albo jeszcze lepiej egipskich rybaków. Mogli pojawiać się i znikać niezauważeni.

Amun docisnął gaz. Wyprzedzał samochody ciężarowe i osobowe, bez różnicy.

— Załatwiłem nam mały samolot. Będzie gotów do lotu do Al-Gardaqi, gdy tylko dojedziemy na lotnisko. Na pokładzie dostaniemy śniadanie. Będzie okazja do pogadania o strategii.

Soraya wybrała numer. Veronica Hart zgłosiła się natychmiast. Wysłuchała najnowszych wiadomości i powiedziała:

— Jutro rano prezydent wystąpi na spotkaniu Rady Bezpieczeństwa ONZ. Zaapeluje o formalne potępienie Iranu.

— Bez żelaznych dowodów?

— Halliday i jego NSA przekonali go, że ich pisemny raport jest wystarczającym dowodem.

— Rozumiem, że się z nimi nie zgadzasz? — powiedziała Soraya sucho.

— Z całą pewnością się nie zgadzam. Jeśli się wychylimy, jak w sprawie broni masowej zagłady w Iraku, po czym okaże się, że nie mieliśmy racji, poniesiemy totalną klęskę, zarówno polityczną, jak i militarną. Wplączemy świat w wojnę na skalę, z którą nikt w tej chwili nie jest w stanie sobie poradzić, nawet my. Do diabła z gadaniną Hallidaya. Musisz znaleźć mi żelazny dowód na współudział Iranu.

— Właśnie pracuję nad tym z Chaltumem, ale sytuacja jest bardziej skomplikowana, niż myśleliśmy.

— Co chcesz przez to powiedzieć?

— Chaltum zakłada, że Irańczycy musieli mieć pomoc przy transporcie rakiety, a ja się z nim zgadzam. — Powtórzyła argumenty Egipcjanina. — Wśród winnych tragedii jedenastego września było wielu Saudyjczyków. Jeśli ta sama grupa związała się teraz z irańską siatką terrorystyczną lub, co gorsza, z irańskim rządem, skutki mogą być dalekosiężne, ponieważ Irańczycy są szyitami, a ogromna większość Saudyjczyków wahabitami, należącymi do sunnitów. Jak wiesz, szyici i sunnici to śmiertelni wrogowie. Nasuwa się możliwość, że udało się im jakoś albo zawrzeć czasowy rozejm, albo zjednoczyć dla wspólnego celu.

Hart westchnęła głośno.

— Dobry Boże, mówimy o scenariuszu rodem z sennego koszmaru. Od lat przerażał on nie tylko nas, lecz także wywiadowczą społeczność Europy.

— Ma wszelkie prawo przerażać — zgodziła się z nią Soraya — bo oznacza, że zjednoczony islam szykuje się do wojny totalnej z Zachodem.

• • •

Rana koło serca tak dokuczała Bourne'owi, że obawiał się wręcz, czy przypadkiem znów się nie otworzyła. Opuścił zagrodę i skierował się do toalet, gdzie mógłby przynajmniej zmyć krew z ubrania, ale w połowie drogi zobaczył wychodzących zza rogu dwóch policjantów, którzy kierowali się tam, skąd przyszedł. Czy któryś z widzów dostrzegł coś podejrzanego i wszczął alarm? Może strażnik odzyskał przytomność? Nie miał czasu na spekulacje. Zawrócił i nieco chwiejnie ruszył rampą prowadzącą na pogrążające się w mroku ulice Sewilli. Za jego plecami ktoś krzyknął. Czyżby do niego? Nie odwrócił się, zaczął szukać wzrokiem Tracy, lecz ona, jakby wyczuwając rosnące zagrożenie, opuściła już miejsca i zaczęła szukać jego. Ich spojrzenia spotkały się, ale zamiast w jego kierunku, Tracy ruszyła do najbliższego wyjścia. Skierował się za nią.

Hałas korridy nabrał nieco innego, bardziej ogólnego charakteru: ludzie wstawali, przeciągali się, kręcili, rozmawiali między sobą, szli do stoisk z przekąskami i toalet. Ściągnięto z areny martwego byka, zagrabiono ziemię, przykrywając świeże ślady krwi, przygotowano wszystko do kolejnego spektaklu.

Bourne poczuł, jak ból w piersi wybucha niczym bomba. Zatoczył się, potrącając dwie kobiety, które obrzuciły go niezbyt przyjaznymi spojrzeniami. Mimo paraliżującej słabości był jednak świadom tego, że wśród tłumu jest coraz więcej policjantów. Ktoś niewątpliwie zarządził alarm.

Jeden z gliniarzy, ten, który podążał w jego kierunku, a potem zniknął pod trybunami, pojawił się znowu i rozglądał dookoła. Wężowym ruchem Bourne wmieszał się w tłum, dziękując losowi za to, że niemal wszyscy byli tu w ruchu, dzięki czemu łatwiej było zachować anonimowość. Zmierzał w kierunku wyjścia, za którym czekała na niego Tracy. Ale hiszpański gliniarz musiał go zauważyć, ponieważ wyraźnie przyspieszył kroku, zręcznie przeciskając się przez tłum. Bourne ocenił odległość dzielącą go od wyjścia i zwątpił, czy uda mu się uciec przed zręcznym funkcjonariuszem. Chwilę później pojawiła się Tracy. Mijając go, nawet na niego nie zerknęła. Co też znowu strzeliło jej do głowy?

Nie zwalniając kroku, zaryzykował spojrzenie przez ramię. Tracy zatrzymała się, blokując policjantowi drogę. Podniosła głos, żałośnie skarżąc się na to, że ktoś ukradł jej z torebki telefon komórkowy. Policjant zirytował się oczywiście, ale kiedy spróbował ją ominąć, zaczęła krzyczeć tak głośno, że sprawą zainteresowali się stojący obok niej ludzie i hiszpański glina nie miał wyboru, musiał przyjąć skargę.

Choć ból rósł, Bourne nie mógł się nie uśmiechnąć. Zaledwie trzy kroki dzieliły go od wyjścia, a gdy tylko je przekroczył, poczuł jeszcze ostrzejsze ukłucie w piersi. Nogi się pod nim ugięły, oparł się ciężko o szorstką kamienną ścianę. Oddychał gwałtownie, a ludzie przepychali się obok niego; jedni wychodzili, drudzy wchodzili.

— Chodź — szepnęła mu do ucha Tracy. Ujęła go pod ramię, wciągnęła w ludzką ciżbę. Zeszli rampą prowadzącą do ogromnego westybulu, pełnego widzów palących i omawiających walory matadora. Z tyłu sali, na wprost nich, znajdowały się szklane drzwi prowadzące wprost na ulicę.

Dziewczyna po złożeniu skargi odeszła od policjanta i odnalazła Bourne'a, który skupił się tylko na jednym: oddychać, oddychać jak najgłębiej.

— Chryste, co tam się działo? — spytała. — Bardzo źle z tobą?

— Nie tak znów bardzo.

— Naprawdę? Wyglądasz, jakbyś już był martwy.

W tym momencie przez główne wejście wpadła do środku policja.

• • •

Moira i Veronica zdecydowały się wziąć samochód osobowy, który ta pierwsza wypożyczyła; białe buicki były tak anonimowe, jak tylko można sobie życzyć. Humphry'ego Bambera, najbliższego przyjaciela świętej pamięci podsekretarza Stevensona, znalazły na siłowni, z której najczęściej korzystał. Właśnie skończył ćwiczenia, jeden z pracowników przyprowadził go z sauny. Przyszedł, postukując klapkami, owinięty ręcznikiem, z drugim, mniejszym, przewieszonym przez szyję. Ocierał nim twarz.

Doprawdy, pomyślała Moira, nie ma żadnego powodu, by ubierał się inaczej. Bamber ciało miał twarde, umięśnione niczym u zawodowego sportowca. Wyglądał tak, jakby całe życie spędzał na kształtowaniu mięśni brzucha i bicepsów. Przywitał je pytającym uśmiechem. Gęste, jasne, opadające na czoło włosy nadawały mu chłopięcy wygląd. Szeroko rozstawione, jasne oczy patrzyły chłodno, szacująco; Moirze wydały się niepokojąco obojętne.

— Miłe panie — spytał — co mogę dla was zrobić? Marty — miał na myśli pracownika siłowni — powiedział mi, że sprawa jest pilna.

— Bardzo pilna — przyznała Veronica. — Czy jest tu jakieś miejsce, w którym moglibyśmy porozmawiać na osobności?

Bamber spoważniał.

— Czy mam do czynienia z glinami?

— A gdyby nawet?

Wzruszył ramionami.

— Czułbym się tym bardziej zaciekawiony.

Veronica pokazała legitymację, czym spowodowała uniesienie brwi. Wysoko.

— Podejrzewacie mnie o przekazywanie informacji wrogowi?

— Jakiemu wrogowi? — spytała Moira niewinnie.

Humphry wybuchnął śmiechem.

— Podobasz mi się. Jak się nazywasz?

— Moira Trevor.

Natychmiast spoważniał.

— Aha! Ostrzegano mnie przed tobą.

— Ostrzegano? — zdziwiła się Moira. — Kto ostrzegał? — Choć na to pytanie chyba znała odpowiedź.

— Niejaki Noah Petersen.

Moira przypomniała sobie, że Noah od razu, jeszcze na miejscu wypadku, zabrał jej telefon komórkowy Jaya Westona. Teraz już wiedziała z całą pewnością, jak znalazł Bambera.

— Powiedział...

— Naprawdę nazywa się Perlis — przerwała mu. — Noah Perlis. Lepiej zrobisz, nie wierząc w ani jedno jego słowo.

— Uprzedził, że to powiesz.

Moira roześmiała się gorzko.

— Jakieś odosobnione miejsce, Bamber — przypomniała mu Veronica. — Proszę.

Skinął głową. Zaprowadził je do pustego pokoju biurowego. Puścił panie przodem i zamknął za nimi drzwi. Kiedy wszyscy zajęli miejsca, głos zabrała Hart.

— Obawiam się, że mamy złe wiadomości. Steve Stevenson nie żyje.

— Co? — spytał Bamber nieprzytomnie, jakby doznał szoku.

— Czy pan Peter... pan Perlis nic ci o tym nie powiedział?

Potrząsnął głową. Przerzucił mały ręcznik przez ramię, jakby nagle zrobiło mu się zimno. Moira nie mogła mieć mu tego za złe.

— Mój Boże — westchnął. Potrząsnął głową, spojrzał na dwie kobiety dziwnie, jakby błagalnie. — To musi być jakaś pomyłka, jedna z tych, które ciągle zdarzają się biurokratom. Steve zawsze się na nie skarżył.

— Obawiam się, że jednak nie — powiedziała krótko Hart. Moirę poniosły emocje.

— Twojego przyjaciela zabił jeden z ludzi Noaha... to znaczy Perlisa. W taki sposób, żeby zabójstwo wyglądało na przypadek. — Zignorowała ostrzegawcze spojrzenie Veroniki. — Perlis jest człowiekiem niebezpiecznym, pracującym dla niebezpiecznej organizacji.

— Ja... — Bamber nerwowo przeczesał palcami włosy — ...cholera, nie mam pojęcia, w co powinienem wierzyć. — Spojrzał najpierw na jedną kobietę, potem na drugą. — Czy mógłbym zobaczyć ciało Steve'a?

— To się da załatwić — skinęła głową Hart — gdy tylko skończymy rozmowę.

— Ach! — Mężczyzna uśmiechnął się do niej nieco żałośnie. — Dostanę coś w rodzaju nagrody, tak?

Na to pytanie nie otrzymał odpowiedzi. Skinął głową, poddając się.

— W porządku. Jak mogę wam pomóc?

— Nie wiemy jeszcze, czy w ogóle możesz nam pomóc. — Veronica spojrzała na Moirę znacząco. — Gdybyś mógł, Perlis nie zostawiłby cię przy życiu.

Po raz pierwszy Bamber sprawiał wrażenie naprawdę zaniepokojonego.

— Co to znaczy, do cholery!? — spytał ze zrozumiałym oburzeniem. — Zaprzyjaźniłem się ze Steve'em na studiach! Dawno temu!

Od chwili gdy zobaczyła faceta, Moira zastanawiała się, co przez dziesięciolecia łączyło tych dwóch ludzi: starzejącego się miłośnika sportu i równego mu wiekiem faceta, który nie odróżniał futbolu od softballu i, co więcej, nic go to nie obchodziło. Teraz to, co właśnie powiedział Bamber, sprawiło, że klocki ułożyły się w całość.

— Sądzę, że istnieje jeszcze inny powód, dla którego Noah zadowolił się ostrzeżeniem — powiedziała. — Mam rację?

— Nie wiem, o czym mówisz. — Bamber zmarszczył brwi.

— Co przeraża cię tak bardzo, że może liczyć na twoje milczenie?

Wstał gwałtownie.

— Mam dość zamęczania mnie takimi pytaniami!

— Siadaj, Bamber — warknęła Hart.

— Ty i podsekretarz stanu Stevenson byliście na studiach kimś więcej niż tylko współlokatorami — przycisnęła Moira. — Kimś więcej niż najlepszymi przyjaciółmi. Mam rację?

Bamber usiadł; nogi się pod nim ugięły.

— Chcę ochrony przed Noahem i jego ludźmi — powiedział.

— Już ją masz — odparła Veronica.

Zmierzył ją ciężkim spojrzeniem.

— Ja nie żartuje — ostrzegł.

Veronica wyjęła telefon komórkowy. Wybrała numer.

— Tommy, potrzebuję grupy zabezpieczającej. I to już. — Podała asystentowi adres siłowni. — Aha, Tommy, i nikomu ani słowa, oprócz członków zespołu, rozumiesz? No to świetnie.

— Ja też — powiedziała do Bambera, chowając telefon.

— To dobrze — powiedział i westchnął z ulgą. Spojrzał na Moirę, uśmiechnął się słabo. — Co do mnie i Steve'a to rzeczywiście, nie mylisz się, a Noah wiedział, że jeśli ta tajemnica wyjdzie na jaw, nie przetrwa żaden z nas.

Moira odetchnęła głęboko.

— Mówisz o nim „Noah". Czy to znaczy, że go znasz?

— Można powiedzieć, że jestem nawet jego pracownikiem. To inny, ważniejszy powód, dla którego nie może mnie tknąć. Bo wiecie, napisałem dla niego program komputerowy. Trzeba w nim poprawić pewne drobne błędy, a to mogę zrobić tylko ja.

214

— Zabawne. — Veronica się uśmiechnęła. — Nie wyglądasz mi na komputerowego geniusza.

— No cóż, Steve lubił powtarzać, że to część mego nieodpartego wdzięku. Nikomu nigdy nie wydałem się taki, jaki jestem naprawdę.

— Czemu ma on służyć? — zainteresowała się Moira.

— Program? To bardzo skomplikowane narzędzie statystyczne, zdolne analizować miliony czynników. Co robi z tym Noah, nie mam pojęcia. Dopilnował, żebym nic o tym nie wiedział, tak się umówiliśmy, zażądałem nawet z tego powodu większego honorarium... i dostałem je.

— Ale twierdzisz, że pracujesz nad poprawkami?

— Właśnie. — Bamber skinął głową. — Program nie może mieć wad, to najważniejsze. Kiedy go skończę, prześlę do laptopa Noaha, a co dalej, można tylko zgadywać.

— Spróbuj zgadnąć — zaproponowała Moira.

Bamber znów westchnął.

— Dobra, spróbuję. Gdybym miał ryzykować, powiedziałbym, że stopień komplikacji kwalifikuje go do analizy świata rzeczywistego.

— Mógłbyś przełożyć to na zrozumiały język?

— Są scenariusze laboratoryjne i scenariusze świata rzeczywistego. Potraficie sobie chyba wyobrazić, że to, co się zdarza naprawdę, musi być nieprawdopodobnie skomplikowane ze względu na mnogość czynników, które należy wziąć pod uwagę.

— Miliony czynników.

Skinął głową.

— Owszem. Mój program to potrafi.

Moirze wydało się nagle, że coś rozumie; ta możliwość była jak cios między oczy. Przez chwilę siedziała nieruchomo, oszołomiona, a potem spytała:

— Nazwałeś jakoś to swoje dzieło?

— Owszem, nazwałem. — Bamber wydawał się lekko zawstydzony. — Mamy taki prywatny żart, ja i Steve. — Użycie czasu teraźniejszego, nie przeszłego, przypomniało mu o śmierci przyjaciela i kochanka. Umilkł, opuścił głowę i cicho zajęczał: — Jezu, Steve...

Moira odczekała chwilę, a potem odchrząknęła.

— Słuchaj, jest nam naprawdę przykro z powodu jego śmierci. Znałam podsekretarza Stevensona. Współpracowałam z nim. Nigdy nie odmówił pomocy, nawet jeśli oznaczało to narażenie się na niebezpieczeństwo.

Bamber spojrzał na nią. Oczy miał zaczerwienione.

— Właśnie. Steve już taki był...

— Więc jak się nazywa program, który stworzyłeś dla Noaha Perlisa?

— Ach, oczywiście. Nic takiego. Żart, już mówiłem. Obaj lubiliśmy... lubiliśmy... Javiera...

— Bardema — uzupełniła Moira.

Bamber spojrzał na nią, zdziwiony.

— Oczywiście. Skąd wiesz?

A ona pomyślała: Szpilkabardem.

Rozdział 16

Museo Taorino mieści się wewnątrz Maestranzy korridy i tam właśnie Bourne kazał zaprowadzić się Tracy. Starczyło im czasu na to, by zmienić kierunek w tłumie, gdy do westybulu wpadła policja. Dwaj gliniarze od razu ruszyli w stronę areny. Dwaj inni zajęli pozycję po obu stronach drzwi, wypatrując podejrzanych.

Muzeum było tego dnia zamknięte. Bourne otworzył prowadzące do niego drzwi spinaczem, który Tracy znalazła na dnie torebki. Wślizgnęli się do środka i zamknęli drzwi za sobą. Wypchane łby wszystkich zabitych tu byków wpatrywały się w nich szklanymi oczami. Minęli gabloty ze wspaniałymi kostiumami sławnych matadorów, niektórymi pochodzącymi z XVII wieku, kiedy to wybudowano Maestranzę. W mrocznych, cuchnących stęchlizną salach zamknięta była historia korridy.

Bourne'a nie interesowały jednak te cuda. Szukał szafki ze środkami czystości. Znalazł ją na zapleczu muzeum, przy niemal nieużywanej sali. Polecił Tracy znaleźć płyn czyszczący, który kazał zaaplikować sobie na ranę pleców. Rozdzierający ból odebrał mu oddech, a wraz z oddechem świadomość.

Ocknął się, czując jej uścisk na ramieniu. Potrząsała nim, od czego głowa rozbolała go jeszcze bardziej.

— Obudź się! — powtarzała, zaniepokojona. — Robisz wszystko, żeby nie pokazać, w jak fatalnym jesteś stanie. Muszę cię stąd wyprowadzić.

Skinął głową; niezbyt dobrze rozumiał słowa, ale ich sens był jasny. Wspólnie, nieco się zataczając, przeszli przez muzeum do bocznego wyjścia, prowadzącego na biegnącą łukiem ulicę, dzięki czemu było niewidoczne sprzed wejścia głównego. Tracy ostrożnie wyjrzała na zewnątrz, po czym skinęła głową. Wyszli w zapadający zmrok.

Musiała wezwać taksówkę przez komórkę, ponieważ kolejną rzeczą, którą zarejestrowała jego świadomość, było to, że wepchnęła go jakoś na tylne siedzenie i pochylona do przodu podawała adres kierowcy. Ruszyli. Odwróciła się, wyjrzała przez okno.

— Wokół Maestranzy aż roi się od policji — powiedziała. — Cokolwiek zrobiłeś, doprowadziło ich to do szału.

Ale Bourne już jej nie słyszał. Stracił przytomność.

• • •

Soraya i Amun Chaltum dojechali do Al-Gardaqi tuż przed południem. Przed niewielu laty była to zaledwie skromna wioska rybacka, ale wspólny wysiłek egipskiej inicjatywy i zachodniego kapitału zmienił ją w najpopularniejszą miejscowość turystyczną nad Morzem Czerwonym. Centrum miasta stanowiła Ad-Dahar, najstarsza z jego trzech dzielnic, gdzie znajdowały się tradycyjne wille i bazar. W przeciwieństwie do większości egipskich miejscowości nadmorskich Al-Gardaqa nie wcinała się głęboko w ląd, lecz raczej trzymała wybrzeża, jakby od tego zależało jej życie. Sekalla była dzielnicą bardziej nowoczesną i brzydką z powodu mnóstwa tanich hoteli. Znacznie lepiej prezentowała się Al-Korra Road, a to dzięki luksusowym hotelom, bujnej roślinności, wspaniałym fontannom i ogrodzonym murami posiadłościom rosyjskich magnatów finansowych, niewiedzących, co robić z fortunami, które przyszły im tak łatwo.

Najpierw spróbowali dowiedzieć się czegoś u rybaków...

tych niewielu, którzy pozostali rybakami; czas i napływ turystów mocno przerzedziły ich szeregi. Byli to starsi ludzie, o skórze brązowej i pomarszczonej, oczach pojaśniałych od słońca, rękach stwardniałych od ciężkiej pracy niczym deski i stawach dłoni powykręcanych od słonej wody. Synowie ich porzucili i teraz pracowali w klimatyzowanych biurach bądź obsługiwali latające wysoko odrzutowce, a o ojczyźnie zapomnieli. Rybacy byli ostatnimi przedstawicielami ginącego gatunku, więc w sposób naturalny tworzyli zamkniętą społeczność, a ich podejrzliwość powiększali jeszcze wygadani rodacy, którzy zabierali im nabrzeża, by zbudować na nich kolejne ośrodki sportów wodnych. Wrodzony strach przed Chaltumem i jego Muchabaratem manifestował się zawziętym, zimnym milczeniem. Bez wątpienia uznawali, że straciwszy wszystko, nie mają nic do stracenia.

Za to Soraya uwiodła ich wszystkich po kolei. Zakochali się w jej słodkim, cichym głosie, którym do nich przemawiała, by już nie wspomnieć o pięknej twarzy i godnej pozazdroszczenia figurze. Na jej pytania odpowiadali chętnie, bardzo stanowczo twierdząc, że nikomu spoza ich niewielkiego przecież kręgu nie udałoby się udawać miejscowego rybaka, tak by się nie zorientowali. Znali z widzenia każdy stateczek i każdą łódź pływające w okolicy. Zaklinali się na wszystkie świętości, że w ich zbiorowej pamięci nie utkwiło żadne niezwykłe wydarzenie z ostatnich dni.

— Ale są przecież szkoły nurkowania — powiedział im pewien stary, siwy marynarz, o wielkich dłoniach, łatający sieci. Splunął w bok, okazując tym, co myśli o tych szkołach. — Kto tam wie, jakich mają klientów? A jeśli chodzi o pracowników, to zmieniają się chyba co tydzień, więc nie zwraca się na nich uwagi. Przychodzą i odchodzą.

Soraya i Amun podzielili dwadzieścia pięć firm między siebie. Zaczęli z przeciwnych stron miasteczka, umówiwszy się wcześniej na spotkanie na bazarze Ad-Dahar, przy straganie z dywanami, którego właścicielem był dobry przyjaciel Amuna.

Soraya ruszyła wzdłuż brzegu morza. Odwiedziła osiem szkół nurkowania, jedną po drugiej, i wszystkie osiem wykreśliła ze swej listy. Za każdym razem wchodziła na pokłady łodzi, rozmawiała z kapitanami i załogą, sprawdzała spisy klientów z ostatnich trzech tygodni. Czasami musiała czekać, aż łodzie powrócą do przystani. Czasami właściciel okazywał jej uprzejmość i przewoził na łódź, z której korzystali nurkowie. Po czterech godzinach frustrującej pracy — zadawania ciągle tych samych pytań i otrzymywania ciągle tych samych odpowiedzi — musiała przyjąć do wiadomości gorzką prawdę. To, co robiła, nie miało żadnego sensu. Było poszukiwaniem igły w niekończącym się rzędzie stosów siana. Nawet jeśli terroryści wkroczyli do Egiptu tą drogą, wykorzystany przez nich właściciel szkoły nurkowania wcale nie musiał o tym wiedzieć. Jak, na litość boską, można wyjaśnić obecność skrzyni wystarczająco wielkiej, by pomieściła kowsara 3? Znów opadły ją wątpliwości, bo zwątpiła w opowiedzianą przez Amuna historię i zaczęła się bać, że miał on swój udział w zestrzeleniu samolotu pasażerskiego.

Co ja tu robię? — myślała. Co zrobię, jeśli okaże się, że prawdziwymi winnymi są Amun i jego Muchabarat?

Zdesperowana postanowiła dać sobie spokój po przesłuchaniu personelu dziewiątej szkoły. Na łódź przewiózł ją siwy Egipcjanin, który bez przerwy pluł za burtę. Było wyjątkowo gorąco, słońce paliło ją w głowę, a jedyny wiatr powstawał, gdy łódź przecinała stojące powietrze. Nawet widziany przez okulary przeciwsłoneczne świat wydawał się wyblakły w raniącym oczy blasku. Przenikliwa, mineralna woń morza oszałamiała. Gdyby ciągłe powtarzanie tego samego nie stępiło jej zainteresowania, z pewnością zauważyłaby młodego mężczyznę o rozwichrzonych ciemnoblond włosach, który w momencie, gdy właściciel wyjaśniał przyczyny jej obecności na łodzi, zaczął się od niej odsuwać. Rozpoczęła znaną jej do znudzenia litanię. Czy w ciągu ostatnich trzech tygodni ktoś widział nieznane mu, niepasujące do otoczenia osoby? Grupę ludzi wydających się Egipcjanami, przybyłych łodzią i wychodzących na ląd tego samego dnia? Wyjątkowo duży bagaż? Nie, nie, nie... czego innego mogła się spodziewać?

Nie zauważyła, że cofając się, rozczochrany zebrał swój sprzęt i z letargu wywołanego śmiertelnym znudzeniem wyrwał ją dopiero głośny plusk. Skoczył do wody! Soraya przebiegła wzdłuż burty, zostawiła torebkę, zrzuciła buty i skoczyła za nim. Miał maskę i butlę, zszedł głęboko. Mimo braku płetw zanurzał się jeszcze głębiej. Z pewnością oczekiwał, że pozbawiona sprzętu nie zdoła go dosięgnąć.

I w tym się mylił. Nie docenił zarówno zdolności przeciwniczki, jak i jej determinacji. Ojciec wrzucił Sorayę do basenu w dzień pierwszych urodzin, przerażając tym jej matkę niemal na śmierć, a potem uczył ją szybkości, wytrzymałości i techniki, co bardzo przydało się córce w szkole i na studiach. Soraya zdobyła wszystkie możliwe nagrody i wyróżnienia. Z łatwością dostałaby się do reprezentacji olimpijskiej, ale wcześniej trafiła do wywiadu, zaangażowała się, no i miała ważniejsze rzeczy do zrobienia.

Mknęła w dół, przecinając wodę jak ryba. Rozczochrany odwrócił się zaskoczony tym, że zdołała zbliżyć się do niego tak szybko. Podniósł kuszę do ramienia. Napinał mechanizm wyrzucający strzałę z zadziorami i wtedy go uderzyła. Zdołał jednak utrzymać broń i nawet przygotować ją do strzału, choć Soraya pociągnęła go do tyłu. Kolbą kuszy uderzył ją w skroń; puściła go, tak że zdołał wymierzyć jej w pierś.

Wypchnęła się w górę potężnym pchnięciem nóg, obróciła i strzała ją minęła. Wówczas chwyciła rozczochranego. Nie musiała już bać się jego broni, nie interesowały jej także stopy i dłonie przeciwnika. Musiała po prostu ściągnąć mu maskę, wyrównać szanse; zaczynały ją palić płuca; wiedziała, że już długo nie wytrzyma.

Bijące serce wyznaczało sekundy tej walki, jedną, drugą, trzecią, lecz wreszcie udało się jej zedrzeć mu maskę z oczu. Zalała je słona morska woda i choć wściekle szarpał głową,

221

Soraya zdołała także wyrwać mu spomiędzy warg ustnik. Najpierw odetchnęła kilkakrotnie, głęboko, potem pociągnęła mężczyznę trzymając go ku górze, w uchwycie policyjnym. Na powierzchni wypluła ustnik.

Kapitan zdążył podnieść kotwicę. Podpłynął wystarczająco blisko, na wyciągnięcie ręki. Załoga pomogła im wydostać się na pokład.

— Podajcie mi torbę — wydyszała Soraya. Klęknęła na plecach rozczochranego, przyciskając go do pokładu. Odetchnęła kilka razy, równo i głęboko, palcami odgarnęła włosy z twarzy. Czuła, jak po plecach spływa jej morska woda, już rozgrzewająca się od słońca.

— Jego szukałaś? — spytał zaniepokojony właściciel firmy, natychmiast spełniając jej polecenie. — Był ze mną trzy dni, nie więcej.

Soraya potrząsnęła dłońmi, susząc je w ten skuteczny sposób, wygrzebała z torebki telefon komórkowy. Jeszcze bardziej zwolniła oddech, po czym zadzwoniła do Chaltuma, a kiedy odebrał, powiedziała mu, gdzie jest.

— Dobra robota — pochwalił ją Egipcjanin. — Spotykamy się w dokach za dziesięć minut.

Schowała komórkę i dopiero teraz spojrzała na rozciągniętego na pokładzie młodego człowieka.

— Zejdź ze mnie — sapnął. — Nie mogę oddychać.

Ucisk na przeponę rzeczywiście nie ułatwia oddychania, wiedziała o tym doskonale, ale jakoś nie zdołała wykrzesać z siebie iskry współczucia dla tego chłopaka.

— Uwierz mi, synu — powiedziała — że czekają cię znacznie nieprzyjemniejsze chwile.

• • •

Bourne ocknął się w świecie szarości. Cichy, przerywany szum ruchu ulicznego przyciągnął jego wzrok do przysłoniętego okna i rozpraszających mrok latarni. Leżał na boku, najprawdopodobniej w łóżku. Uważnie obejrzał sypialnię, niewielką, więcej niż przyzwoicie umeblowaną, ale niewyglądającą tak, jakby ktoś w niej regularnie sypiał. Przez otwarte drzwi widać było fragment pokoju dziennego. Poruszył się, wyczuł, że jest sam. Gdzie ja właściwie jestem? — pomyślał. I gdzie jest Tracy?

Jakby w odpowiedzi na to drugie pytanie usłyszał odgłos otwieranych drzwi, rozpoznał szybkie kroki swej opiekunki. Weszła do sypialni. Spróbował usiąść.

— Nawet o tym nie myśl, proszę — powiedziała, odkładając na bok kilka paczuszek. Usiadła przy nim. — Rana może ci się otworzyć.

— Przecież zaledwie drasnął mnie w plecy — zaprotestował Bourne.

Tracy potrząsnęła głową.

— Nieco więcej niż drasnął, ale ja mówię o ranie piersi. Już zaczęła krwawić. — Rozpakowała paczki, które pochodziły zapewne z najbliższej apteki i zawierały alkohol, maść z antybiotykiem, opatrunki sterylizowane i tak dalej. — Nie ruszaj się — poleciła.

Zabrała się do pracy: zdjęła stare bandaże, oczyściła ranę.

— Moja matka ostrzegała mnie przed takimi jak ty — przerwała milczenie.

— Czyli jakimi?

— Takimi, którzy bez przerwy pakują się w kłopoty. — Pracowała szybko, zręcznie. — Ale pod jednym względem jesteś wyjątkowy. Potrafisz sam wykaraskać się z tych swoich kłopotów.

Zabolało. Bourne skrzywił się, ale ani drgnął.

— Nie miałem wyboru — powiedział.

— Och, w to akurat trudno mi uwierzyć. — Zwinęła w kłębek stare, zakrwawione opatrunki, wzięła nowe, nasączyła je alkoholem, przetarła zaczerwienione ciało. — Mam wrażenie, że specjalnie szukasz kłopotów. Taki już jesteś. Pewnie gdybyś ich nie miał, byłbyś nieszczęśliwy. Nie, gorzej — znudzony.

Bourne roześmiał się cicho. Chyba trafiła w sedno.

Tracy przyjrzała się oczyszczonej ranie.

— Nie jest źle — oceniła. — Wątpię, czy druga dawka antybiotyków będzie ci potrzebna.

— Jesteś lekarką?

Uśmiechnęła się.

— Bywam. Kiedy trzeba.

— Ta odpowiedź wymaga pewnych wyjaśnień.

Obmacała opuchliznę wokół rany.

— Co to było, do diabła? — spytała.

— Postrzał. Nie zmieniaj tematu.

Skinęła głową.

— W porządku. Jako młoda kobieta... bardzo młoda kobieta... spędziłam dwa lata w zachodniej Afryce. Był to czas niepokojów, walk, działy się straszne rzeczy. Przydzielono mnie do szpitala. Nauczyłam się selekcji rannych, opatrywania ran. Pewnego dnia mieliśmy tyle lżejszych i cięższych przypadków, że w pewnej chwili lekarz dał mi do ręki narzędzia i powiedział: „To jest rana wlotowa, ale nie ma wylotowej. Jeśli natychmiast nie wydobędziesz kuli, ten człowiek umrze". A potem poszedł pracować nad dwoma pacjentami naraz.

— I co? Ten twój umarł?

— Tak, ale nie z powodu rany. Jego stan był beznadziejny jeszcze przed postrzałem.

— Pewnie trochę ci to pomogło?

— Nie. Nie pomogło. — Tracy wyrzuciła zużyte opatrunki do kosza na śmieci, posmarowała ranę maścią z antybiotykiem i zaczęła ją bandażować. — Musisz mi obiecać, że zaczniesz o siebie dbać. Następnym razem krwawienie będzie znacznie większe. W idealnej sytuacji powinieneś teraz zgłosić się do szpitala albo przynajmniej do lekarza.

— To nie jest idealny świat.

— Zauważyłam.

Pomogła mu wstać.

— Gdzie jesteśmy? — spytał.

— W moim mieszkaniu. Maestranza została po drugiej stronie miasta.

Bourne przeniósł się na krzesło. Usiadł ostrożnie. Miał wrażenie, że jego pierś zrobiona jest z ołowiu. Pulsowała tępym bólem, jakby pamiętała inny — wcześniejszy i ostrzejszy.

— Nie jesteś przypadkiem umówiona z don Fernandem Hererrą? — zainteresował się.

— Przełożyłam spotkanie. — Tracy przyjrzała mu się dziwnie. — Przecież nie mogłam udać się na nie bez pana, profesorze Alonzo Pecunia Zuñiga. — Mówiła o specjalizującym się w malarstwie Goi ekspercie z muzeum Prado, którego Bourne miał dla niej udawać. Nagle się uśmiechnęła. — Za bardzo lubię pieniądze, żeby je wydawać, kiedy nie ma takiej potrzeby. — Wstała, pomogła mu wrócić do łóżka. — Musisz odpocząć — powiedziała rozkazująco.

Bourne chciał jej odpowiedzieć, ale powieki już mu opadły. Wraz z ciemnością przyszedł spokojny, ożywczy sen.

* * *

Na odpychającej, jałowej, wyludnionej ziemi Górskiego Karabachu Arkadin ćwiczył swych ludzi bezlitośnie dwadzieścia jeden godzin na dobę. Kiedy zasypiali na stojąco, budził ich uderzeniem pałki. Nigdy nie musiał uderzyć żadnego z nich po raz drugi. Przez pozostałe trzy godziny spali, każdy tam, gdzie zdarzyło mu się upaść, spali wszyscy oprócz samego Arkadina, który już od wielu miesięcy nie zaznał snu. Zastępowały go wspomnienia z przeszłości, z ostatnich dni pobytu w Niżnym Tagile, kiedy to ludzie Stasia zaciskali obławę i mogło się już wydawać, że ma przed sobą jedyną możliwość: zabić ich jak najwięcej, nim oni zabiją jego.

* * *

Nie bał się śmierci, to stało się dla niego jasne od pierwszych chwil wymuszonego zamknięcia w piwnicy, z której wychodził wyłącznie nocami, na krótko, by zdobyć coś do jedzenia i świeżą wodę. Nad nim wrzało jak w mrowisku, to pozostali członkowie gangu Stasia gorączkowo koordynowali intensywne poszukiwania. Dni zmieniały się w tygodnie, tygodnie w miesiące; można było oczekiwać, że gang zajmie się innymi sprawami, ale nie, oni ciągle od nowa przeżywali swą klęskę, kapryśni jak niemowlę, któremu dokucza kolka. Wreszcie wszystkich ogarnęła nieuleczalna obsesja. Nie zamierzali spocząć, póki nie przeciągną jego zwłok ulicami miasta w lekcji poglądowej dla tych wszystkich, którym przyszłoby do głowy wtrącać się w ich interesy.

Nawet gliniarze, i tak przez nich opłacani, stali się częścią ogarniającej całe miasto sieci, a to przez przypadkowe okrutne ataki, które w Niżnym Tagile stawały się zjawiskiem powszechnym i zdarzały się co noc. Przyzwyczajeni nie zwracać na to uwagi, od czasu do czasu żartowali nawet między sobą na ten temat, ale teraz nie było im do śmiechu. Ataki nasilały się w stopniu, który uczynił ich pośmiewiskiem całej milicji. Zachowali się w sposób bardzo dla siebie typowy: zamiast wypowiedzieć wojnę gangowi Stasia, wybrali łatwą drogę. Podporządkowali się jego wymaganiom. Tak więc Arkadina szukało całe miasto, nie miał chwili wytchnienia, a koniec mógł być tylko jeden, bardzo dla niego nieprzyjemny.

To właśnie wówczas do Niżnego Tagiłu przyjechał z Moskwy Michaił Tarkanian, którego Arkadin już wkrótce miał nazywać Miszą. Wysłał go do miasta jego szef, Dimitrij Ilinowicz Masłow, głowa Kazachów, najpotężniejszej rodziny moskiewskiej *gruppierowki*, rosyjskiej mafii zajmującej się narkotykami i handlem kradzionymi samochodami. Mający wiele oczu i uszu Masłow dowiedział się o Arkadinie i krwawej łaźni, którą ten urządził, także o pacie wywołanym jego skutecznym zniknięciem. Chciał spotkać się z tym człowiekiem twarzą w twarz. Swoim ludziom powiedział: „Problem w tym, że jeśli Stas dowie się o nim wcześniej, ci barbarzyńcy rozerwą go na sztuki". Następnie wręczył im teczki, w których znajdowały się ziarniste fotografie, wykonane w trakcie obserwacji: galeria pozostałych przy życiu niżnotagilskich gangsterów, których imiona i nazwiska wypisane były na odwrocie każdej z nich.

Oczy i uszy Masłowa popisowo wykonały ciężką pracę; Tarkanian, bo przecież nie skrzywiony przeraźliwie Osierow, pomyślał nawet, że szefowi musi bardzo zależeć na tym człowieku, skoro podjął wysiłek wyciągnięcia go z bagna, w którym każdy inny po prostu by utonął.

Masłow mógł oczywiście wykorzystać swego głównego silnorękiego, Wiaczesława Germanowicza Osierowa, by ten na czele grupy uderzył na Niżny Tagił i wyciągnął Arkadina siłą, ale znalazł lepsze wyjście. Uznał, że o wiele więcej zyska na wcieleniu gangu Stasia do swego imperium niż na wszczęciu krwawej wojny, którą musiałby prowadzić przez lata z kimś, kto pozostałby przy życiu, gdy jego ludzie już by się wycofali.

Zamiast Osierowa wysłał więc Tarkaniana, swego politycznego negocjatora. Firmowy osiłek miał go tylko osłaniać, którym to zadaniem gardził, nie czyniąc z tego żadnej tajemnicy. Był przekonany, że gdyby szef go usłuchał, to on sam wyciągnąłby faceta i żadna „prowincjonalna małpa" — to jego własne słowa — by mu w tym nie przeszkodziła.

— Bylibyśmy w Moskwie po czterdziestu ośmiu godzinach — tłumaczył Tarkanianowi raz za razem podczas długiej, męczącej podróży do stóp Uralu.

Nim dojechali do Niżnego Tagiłu, doprowadził Tarkaniana do szału.

— Miałem wrażenie, że dzięcioł stuka mi w głowę — powiedział później Arkadinowi.

W każdym razie nim emisariusze opuścili Moskwę, Tarkanian miał już gotowy plan wyciągnięcia Arkadina z kłopotów. Był człowiekiem o makiawelicznym umyśle. Układy, które zawierał w imieniu Masłowa, słynęły z oszałamiającego stopnia komplikacji i stuprocentowej skuteczności.

— Ta misja to zmyłka — uświadomił Osierowa, gdy już zbliżali się do celu. — I właśnie dlatego stworzymy stracha na wróble. Żeby mieli się czego bać.

— Co znaczy „my"? — spytał Osierow z właściwą sobie opryskliwością.

— To znaczy, że jesteś dla mnie wymarzonym strachem.

— Osierow spojrzał wtedy na mnie tym swoim groźnym wzrokiem — opowiadał znacznie później Arkadinowi przyjaciel — ale mógł tylko skowyczeć jak kopany pies. Wiedział, jaki jestem ważny dla Dimitrija, i to trzymało go na smyczy. Ledwie, ledwie.

— Masz rację, mamy do czynienia z małpami — powiedział, rzucając psu kość. — A małpami da się rządzić jedną metodą: kija i marchewki. Zamierzam dostarczyć im marchewkę.

— Dlaczego mieliby wchodzić z tobą w jakieś układy? — spytał Osierow.

— Bo gdy tylko przyjedziemy do miasta, zaczniesz robić to, co wychodzi ci najlepiej: zmieniać im życie w piekło.

Te słowa wywołały na twarz Osierowa rzadki u niego uśmiech.

— Wiesz, co mi wtedy powiedział? — spytał Arkadina Tarkanian podczas rozmowy, do której doszło znacznie później. — Powiedział: „Im więcej krwi, tym lepiej".

● ● ●

I myślał dokładnie to, co mówił. Czterdzieści trzy minuty po przybyciu do Niżnego Tagiłu Osierow znalazł swą pierwszą ofiarę, jednego z najstarszych i najbardziej lojalnych żołnierzy Stasia. Strzelił mu w ucho z przyłożenia, a potem zabrał się do ćwiartowania ofiary. Głowę zostawił nietkniętą, skupiając się na klatce piersiowej, która po jego zabiegach przypominała obrazek rodem z tanich horrorów.

Nie trzeba chyba wyjaśniać, dlaczego pozostali jeszcze przy życiu ludzie Stasia dostali ataku wściekłości. Działalność biznesowa ustała jak ręką odjął. Trzy szwadrony śmierci po trzech morderców każdy dostały rozkaz pójścia w miasto i znalezienia nowego mordercy. Z całą pewnością nie zabijał Arkadin, łatwo to było stwierdzić po metodzie.

Gang Niżnego Tagiłu nie był jeszcze przerażony, to miało nadejść później. Osierow był mistrzem w budzeniu w ludziach strachu. Następną ofiarę wybrał na chybił trafił spośród tych, których zdjęcia dostali od Masłowa. Odnalazł faceta, tropił i zaatakował na progu jego domu, przy otwartych drzwiach i dzieciach przyglądających się temu, co się dzieje. Strzelił, roztrzaskując mężczyźnie kość prawego uda. Mimo wrzasku dzieciaków, mimo że żona biegła z kuchni do drzwi frontowych, przebiegł przez chodnik, wskoczył na betonowe schodki i umieścił trzy kule w brzuchu mężczyzny, wywołując obfite krwawienie.

Tak zakończył się dzień drugi jego pobytu w mieście. A przecież dopiero się rozgrzewał. Najgorsze miało nadejść.

• • •

— Szpilka... — powtórzył Humphry Bamber. — O co właściwie chodzi z tą szpilką?

Veronica Hart wyraźnie zdenerwowana spojrzała na Moirę.

— Miałam nadzieję, że ty nam powiesz. — W tym momencie zadzwonił jej telefon komórkowy. Odeszła na bok, tak by nie można jej było podsłuchać, a kiedy wróciła, powiedziała: — Zespół, który wezwałam, jest już na miejscu.

Moira skinęła głową. Pochyliła się w stronę Bambera, oparła łokcie na kolanie nogi założonej na nogę.

— To słowo powiązane zostało z nazwą twojego programu komputerowego.

Bamber przeniósł spojrzenie na szefową Centrali Wywiadu.

— Nic nie rozumiem — przyznał.

Moira czuła, jak uchodzi z niej powietrze.

— Spotkałam się ze Steve'em tuż przed jego... przed jego zniknięciem. Był przerażony tym, co dzieje się w Departamencie Obrony i Pentagonie. Dawał do zrozumienia, że mgła wojny zaczęła już przenikać atmosferę obu instytucji.

— I co? Uważasz, że Bardem ma coś wspólnego z tą „mgłą wojny"?

— Tak — odparła Moira stanowczo. — Tak uważam.

Bamber zaczął się pocić.

— Chryste — westchnął — gdybym tylko wiedział, że rzeczywista sytuacja, w której Noah chce użyć programu, zawiera element wojny...

— Wybacz — przerwała mu wzburzona — ale Noah Perlis jest przecież ważną osobą w Black River. Jak mogłeś nie wiedzieć... przynajmniej nie podejrzewać...

— Daj spokój — wtrąciła Veronica.

— Nie mam zamiaru dać mu spokoju. Ten... ten genialny idiota... wręczył Noahowi klucze do skarbca. Głupota tego faceta pozwoliła jemu... i NSA... na zaplanowanie czegoś.

— Zaplanowanie czego? — spytał Bamber niemal błagalnie. Wręcz rozpaczliwie pragnął dowiedzieć się, czego stał się współsprawcą.

Moira potrząsnęła głową.

— Właśnie w tym sęk, że nie wiemy, o co chodzi, ale jedno mogę ci powiedzieć: jeśli się tego nie dowiemy, jeśli ich nie powstrzymamy, będziemy żałować do końca życia.

Bamber wstał wyraźnie zdruzgotany.

— Jeśli mogę coś zrobić, pomóc, powiedzcie.

— Ubierz się — poleciła mu Hart. — Przyjrzymy się temu Bardemowi. Mam nadzieję, że z samego programu dowiemy się, co chodzi po głowie Noahowi i NSA.

— Chwileczkę.

Wyszedł z pokoju. Przez chwilę obie kobiety siedziały w milczeniu, a potem Hart powiedziała:

— Dlaczego mam wrażenie, że zostałam wymanewrowana?

— Masz na myśli Hallidaya?

Skinęła głową.

— Cokolwiek chce zrobić sekretarz obrony, zdecydował się wybrać sobie pomocników w sektorze prywatnym: Noah Perlis może sobie być dowolnie sprytny, ale rozkazy przyjmuje od niego.

— Pieniądze też — przytaknęła Moira. — Ciekawe, jaki to rachunek Black River wystawi za tę drobną eskapadę.

— Posłuchaj... niezależnie od tego, co dzieliło nas w przeszłości, zgodziłyśmy się co do jednego: że nasz były pracodawca jest człowiekiem bez skrupułów. Black River zrobi wszystko... jeśli cena będzie odpowiednia.

— Halliday dysponuje niewyczerpanym źródłem pieniędzy: mennicą Stanów Zjednoczonych. Obie widziałyśmy platformy studolarówek, które Black River przerzucała do Iraku przez pierwsze cztery lata wojny.

Hart skinęła głową.

— Sto milionów na jednej. I na co szły te pieniądze? Na walkę z rebeliantami? Na opłacenie armii miejscowych informatorów? Nie. Obie wiemy, bo obie widziałyśmy, że dziewięćdziesiąt procent tych funduszy trafiało na anonimowe konta bankowe w Lichtensteinie i na Kajmanach, konta należące do założonych przez Black River lewych korporacji.

— Teraz nie muszą już kraść. — Moira uśmiechnęła się cynicznie. — Halliday oficjalnie ich finansuje.

Skończyły rozmowę, wstały, opuściły pokój. Jednocześnie z męskiej szatni wyszedł Humphry Bamber, ubrany elegancko, w wyprasowane dżinsy, lśniące mokasyny, koszulę w niebiesko- -białą kratkę i krótką, szarą zamszową kurtkę samochodową.

— Jest tu jakieś drugie wyjście? — spytała Moira.

Humphry palcem wskazał jej kierunek.

— Jest wejście dostawcze i dla pracowników, o tam, za biurami administracji.

— Pójdę po samochód.

— Zaczekaj. — Hart otworzyła telefon. — Lepiej, żebym ja to zrobiła. Moi ludzie są pod budynkiem. Czekają na instrukcje. Każę im rozstawić się tak, by wszyscy myśleli, że tamtędy wyprowadzimy Bambera. — Wyciągnęła rękę po kluczyki. — Potem wsiądę do twojego samochodu i podjadę pod was od tyłu. Moiro?

Moira wyciągnęła swego przerobionego lady hawka z kabury na udzie. Bamber gapił się na nie z otwartymi ustami.

— Co tu się, do diabła, dzieje? — spytał.

— Dostajesz ochronę, o którą prosiłeś — odparła Veronica.

Odeszła korytarzem. Moira skinęła na Bambera. Pozwoliła mu poprowadzić się z powrotem do biur administracji. Paru pracowników, kwestionujących ich prawo do przebywania w zamkniętej części siłowni, Moira uciszyła, okazując legitymację Departamentu Obrony.

Podeszli do tylnego wyjścia z siłowni. Wyjęła telefon komórkowy, wybrała prywatny numer Hart.

— Jesteśmy na pozycji — zameldowała.

— Licz do dwudziestu — usłyszała w odpowiedzi. — A potem go wyprowadź.

Moira zamknęła telefon, schowała go do kieszeni.

— Gotowy?

Bamber skinął głową.

Odliczyła pozostały czas, po czym otworzyła drzwi wolną ręką, trzymając broń w pogotowiu. Wyszła, poruszając się tak, by cały czas być obrócona bokiem. Hart zatrzymała białego buicka na wprost wejścia. Otworzyła tylne drzwi od ich strony.

Moira rozejrzała się dookoła. Znajdowali się w odległym kącie parkingu, ogrodzonego czterometrowej wysokości siatką zwieńczoną drutem kolczastym. Po lewej stały wielkie pojemniki na segregowane śmieci i odpady siłowni oraz kilka śmieciarek. Po prawej znajdował się wyjazd z parkingu. Za ogrodzeniem wznosiły się anonimowe budynki mieszkalne i ogólnego użytku. Nie było tu żadnych samochodów osobowych oprócz ich buicka. Widok na ulicę blokowały osłony zamontowane na zewnątrz ogrodzenia.

Obejrzała się przez ramię, nawiązała kontakt wzrokowy z Bamberem.

— W porządku — powiedziała. — Trzymaj głowę nisko i wskakuj do tyłu. Ruszaj się tak szybko, jak to tylko możliwe.

Bamber skulił się i w kucki przebył dystans dzielący go od samochodu. Moira kryła go przez cały czas. Wsiadł do środka i przesunął się, robiąc jej miejsce.

— Głowa w dół — zakomenderowała Veronica, obracając się w fotelu kierowcy. — Nie podnoś jej, choćby nie wiem co!

Zwróciła się do Moiry.

— No już, biegiem. Na co czekasz, do cholery? Pora wynosić się z Dodge City.

Moira obeszła tył buicka. Jeszcze raz, dla bezpieczeństwa, spojrzała na pojemniki na śmieci przy ogrodzeniu. Czy dostrzegła ruch, czy to tylko poruszyły się cienie? Zrobiła kilka kroków w tym kierunku. Veronica Hart wystawiła głowę przez okno.

— Do jasnej cholery, wsiadaj!

Moira odwróciła się i pochyliła głowę. Podeszła do bagażnika... i stanęła jak wryta. Przyklękła. W rurze wydechowej było coś... coś wyposażonego w czerwone światełko, diodę elektroluminescencyjną, która właśnie zaczęła błyskać.

Jezu! — pomyślała. — O Boże!

Odwróciła się, szarpnęła drzwiczki.

— Wysiadać! — krzyknęła. — Wysiadajcie, już!

Pochyliła się, pociągnęła Bambera po skórzanym siedzeniu, wyciągnęła go na zewnątrz.

— Ronnie! Wypieprzaj z wozu!

Zauważyła, że Veronica odwraca się zdezorientowana, a potem próbuje odpiąć pas. Natychmiast stało się jasne, że coś jest bardzo nie w porządku, że nie może się uwolnić. Uszkodzony był mechanizm zapięcia.

— Ronnie, masz nóż?

Hart miała przy sobie scyzoryk. Z trudem cięła nim materiał.

— Ronnie! Na litość boską...!

— Zabierz go stąd! — wrzasnęła, a kiedy Moira zrobiła krok w jej kierunku, jeszcze podniosła głos. — Spieprzaj!

W następnej chwili buick wystrzelił jak fajerwerk. Siła wybuchu przycisnęła ją i Bambera do asfaltu. Opadły na nich dymiące szczątki plastiku i rozgrzany metal, żądlący niczym wypędzone z gniazda osy.

Rozdział 17

Bourne'a przebudził uroczysty hymn grany basowo przez kościelne dzwony. Promienie słońca przenikały przez listwy żaluzji zasłaniających okno w sypialni, palce bladego złota, ślizgające się po wywoskowanych deskach podłogi.

— Dzień dobry, Adamie. Policja cię szuka.

W drzwiach stała Tracy, opierając się ramieniem o framugę. Wraz z nią do pokoju napłynął mocny zapach świeżo zaparzonej kawy i zakręcił kusząco nad jego łóżkiem niczym tancerka flamenco.

— Mówią o tym w telewizji. — Tracy skrzyżowała ramiona na piersiach. Brała prysznic, mokre włosy, związane aksamitną wstążką w koński ogon, z przodu opadały jej na twarz. Ubrana była w brązowoczerwone luźne spodnie, kremową męską koszulę i pantofle bez obcasów. Wyglądała na w pełni przygotowaną na spotkanie z don Fernandem Hererrą czy cokolwiek, co miał przynieść dzień. — Ale nie musisz się martwić. Nie mają twojego nazwiska ani żadnego świadka, a strażnik z Maestranzy nie mógł, albo może nie chciał, podać twojego rysopisu.

Bourne usiadł, przesunął się na łóżku.

— Widział mnie w bardzo słabym świetle. A chwilami było nawet zupełnie ciemno.

— To dobrze.

Czyżby w jej uśmiechu dostrzegł szyderstwo? W tym stanie, w jakim się znajdował, nie mógł tego ocenić ze stuprocentową pewnością.

— Zrobiłam śniadanie. O trzeciej mamy spotkać się z don Fernandem Hererrą.

Ciągle bolała go głowa. W ustach miał sucho jak na pustyni, ale smak w nich miał ostry, doprowadzający do mdłości.

— Która godzina? — spytał.

— Po dziewiątej.

Napiął mięśnie ramienia, które próbował mu wyrwać Blizna. Było z nim znacznie lepiej. Powierzchowna rana na plecach już nie szczypała, ale aż się skrzywił od bólu w piersi. Owinął się w pasie prześcieradłem, pod którym spał, i wstał.

— Wspaniale — zachwyciła się Tracy. — Prawdziwy rzymski senator.

— Miejmy nadzieję, że po południu będę wyglądał bardziej na Kastylijczyka niż na Rzymianina — powiedział, idąc do łazienki. — Bo to profesor Alonzo Pecunia Zuñiga będzie ci towarzyszył do don Hererry.

Spojrzała na niego dziwnie, po czym wróciła do pokoju dziennego. Bourne zamknął się w łazience. Puścił wodę pod prysznicem. Nad umywalką wisiało lustro, a raczej małe lusterko otoczone jarzeniówkami. Kobieca łazienka, pomyślał, przystosowana do robienia makijażu.

Po prysznicu wrócił do sypialni, w której znalazł gruby turecki szlafrok frotté i natychmiast go włożył. Tracy osłoniła opatrunek na piersi wodoodpornym plastikiem; zauważył to dopiero pod strumieniem wody.

Wszedł do pokoju dziennego w chwili, gdy nalewała kawę do ogromnego kubka. Kuchenka była w istocie wnęką w ścianie pokoju, dużego, lecz, podobnie jak sypialnia, umeblowanego oszczędnie i anonimowo niczym w hotelu. Na drewnianym stole na krzyżakach czekało już typowe śniadanie andaluzyjskiego robotnika: kubek gorącej czekolady i talerz *churros*, cienkich, skręconych kawałków smażonego ciasta posypanego cukrem.

Przyciągnął krzesło i usiadł. Zjadł wszystkie *churros*, lecz nadal był głodny, więc Tracy zajrzała do lodówki.

— Obawiam się, że niczego nie znajdę — uprzedziła. — Nie byłam tu od jakiegoś czasu.

Ale odkryła parę kawałków bekonu. Zaczęła je smażyć, odwróciła się i powiedziała:

— Zapisz mi swój numer, spróbuję kupić ci ubranie.

Bourne skinął głową.

— A przy okazji... chcę, żebyś mi coś załatwiła.

Na kuchennej ladzie leżał ołówek i notes. Wydarł z niego kartkę, szybko zrobił listę zakupów. O rozmiarze ubrań też pamiętał.

Tracy zerknęła na listę.

— Profesor Zuñiga, jak mniemam?

Skinął głową. Pilnował brązowiejącego bekonu.

— Masz tam adresy sklepów teatralnych, tych, które znalazłem wczoraj. Właśnie tam szliśmy, kiedy Blizna wpadł na nasz trop.

Skinęła głową, wstała, chwyciła torebkę i już przy drzwiach powiedziała:

— Powinno mi to zabrać jakąś godzinę. A ty tymczasem ciesz się resztką śniadania.

Kiedy wyszła, Bourne zdjął patelnię z kuchenki. Przełożył bekon na papierowy ręcznik, wziął do ręki notes. Wyrwał kartkę ze środka, wierzchnia musiała pozostać nienaruszona. Trzymając ołówek niemal na płask, lekko przesuwał grafitem po papierze. Zaczęły pojawiać się litery: odciski ostatniej notatki, najprawdopodobniej napisanej przez jego towarzyszkę.

Odczytał nazwisko i adres don Hererry oraz liczbę piętnaście, co doskonale zgadzało się z tym, co mu powiedziała. Wyrwał kartkę, schował ją do kieszeni. Dostrzegł wgłębienia w kartce, która teraz znalazła się na wierzchu. Ją też wyrwał. W taki sam sposób odczytał linię liter i cyfr, zapisanych bez żadnej przerwy.

Dojadł bekon, stojąc przy frontowym oknie i przyglądając się lśniącemu blaskiem porankowi. Nadal było za wcześnie, by ludzie pojawili się na *feria*, ale po przeciwnej stronie balkon, ozdobiony mauretańską wolutą, tonął w kwiatach i barwnych tkaninach. Przesunął wzrokiem po ulicy na całej jej długości, szukając czegoś podejrzanego, ale nie znalazł. Młoda kobieta przeprowadzała przez ulicę trójkę dzieci. Staruszka w czerni, drobna, pochylona, dźwigała siatkę wypełnioną owocami i warzywami.

Bourne skończył śniadanie, wytarł dłonie w papierowy ręcznik i podszedł do laptopa stojącego przy drugim końcu kuchennego stołu. Był włączony, co więcej, podłączony przez Wi-Fi do Internetu.

Usiadł przed nim, wpisał w Google ciąg liczby i cyfr odczytanych z notatnika. Otrzymał następujący rezultat.

Sprawdź, czy wszystkie słowa zostały poprawnie napisane
Spróbuj użyć innych słów kluczowych
Spróbuj użyć bardziej ogólnych słów kluczowych

Zrozumiał swój błąd i wprowadził spacje we właściwe miejsca: 779 Al-Gamhuria Avenue. Adres... ale gdzie?

Wpisał nazwę alei. Rezultat pojawił się niemal natychmiast: Chartum, Sudan. Robiło się naprawdę interesująco. Co Tracy może mieć wspólnego z tym rejonem?

Kolej na pełny adres, z numerem. Rezultat: był to adres Air Afrika Corporation. Wyprostował się na krześle. Dlaczego ta nazwa wydaje mu się taka znajoma? Znalazł kilka linków dotyczących Air Afrika, niektóre prowadziły na raczej dziwne witryny, niektóre do blogów wątpliwej natury; to, czego potrzebował, znalazł wreszcie na drugiej stronie witryny Interpolu, gdzie podano informacje z różnych źródeł świadczące, że ta firma lotnicza zarządzana jest przez właściciela, Nikołaja Jewsena, legendarnego handlarza bronią. Po aresztowaniu Wiktora Anatolijewicza Bouta zajął on jego miejsce i stał się największym przedsiębiorcą w tej branży.

Bourne wstał, podszedł do okna i machinalnie znów sprawdził ulicę. Tracy była specjaliską, historykiem sztuki, kupującym nieznany, niedawno odkryty obraz Goi. Jego cena musi być wręcz astronomiczna, zaledwie kilka osób na świecie byłoby stać na taki zakup. Kim jest jej klient?

Kościelne zegary wybijały pełną godzinę. Bourne gwałtownie wrócił do rzeczywistości, wyjrzał przez okno. W jego polu widzenia pojawiła się Tracy niosąca siatkę z zakupami. Widział, jak idzie szybkim, pewnym krokiem, jak jej pantofle uderzają o chodnik. Nagle za jej plecami pojawił się młody mężczyzna. Bourne poczuł, jak napinają mu się mięśnie. W połowie przecznicy młody mężczyzna podniósł rękę. Pomachał wesoło, przebiegł przez ulicę, do czekającej na niego dziewczyny. Przytulili się do siebie na powitanie, a tymczasem Tracy weszła do budynku i w chwilę później była już w kuchni. Postawiła siatkę z zakupami na stole.

— Jeśli ciągle jesteś głodny, znajdziesz tu szynkę Serrano i ser Garrotxa. — Wyjęła na stół jedzenie opakowane w biały papier. — Poza tym mam wszystko, o co prosiłeś.

Bourne ubrał się w lekkie, wygodne, przyniesione przez nią rzeczy, po czym wyjął z siatki resztę produktów. Odkręcał nakrętki, wąchał zawartość, kiwał głową.

Tymczasem Tracy przyglądała mu się poważnie.

— Adamie, nie wiem, w co się wplątałeś...

— Przecież ci powiedziałem — odparł cicho.

— Owszem, ale widzę, że zostałeś poważnie ranny, a ten człowiek, który szedł za nami, wyglądał na groźnego.

— Był bardzo groźny — przyznał Bourne. Spojrzał Tracy w oczy i uśmiechnął się. — To nieodłączna część mojego biznesu. Nie ma już kapitału takiego, jaki był jeszcze w roku dwutysięcznym, więc coraz więcej nowych firm konkuruje o coraz mniejsze pieniądze. Stąd podrzynanie gardeł. — Wzruszył ramionami. — Tego nie da się uniknąć.

— Jesteś chodzącym dowodem na to, że takie zajęcie może wysłać każdego do szpitala.

— Po prostu od dziś będę ostrożniejszy.

Dziewczyna zmarszczyła brwi.

— Teraz się ze mnie nabijasz. — Podeszła, usiadła przy gościu. — Ale w twojej ranie nie ma nic zabawnego.

Bourne położył przed nią zdjęcie, które wydrukował w kawiarence internetowej.

— Żeby móc wcielić się w profesora Alonza Pecunię Zuñigę będę potrzebował twojej pomocy.

Przez chwilę Tracy siedziała nieruchomo, wpatrując się w jego twarz swymi pięknymi, przejrzystymi oczami, a potem skinęła głową.

• • •

Trzeci dzień zaprowadzonych przez Osierowa rządów terroru przyniósł taki strach, jakiego Niżny Tagił nie znał, a w każdym razie nie mógł sobie przypomnieć, a było to miasto umiejące chować urazę, co oznaczało pamięć tak głęboką i długą jak tutejsze mrozy. Zabijał w sposób tak brutalny i przerażający, że na ocalałą resztkę ludzi Stasia Kuzina padł blady strach, strach przerażający najgłębsze czeluście ich dusz jak polon, niszczący ich pewność siebie tak, jak pierwiastek radioaktywny niszczy ciało.

A wszystko zaczęło się w nocy, po drugiej. Osierow nie szczędził sobie pochwał.

— Byłem bardzo ostrożny — tłumaczył później Arkadinowi — no i potajemnie udało mi się włamać do domu szefa ich ochrony. Związałem go i zmusiłem, żeby patrzył, co robię jego rodzinie.

Kiedy już skończył, zaciągnął swojego więźnia do kuchni. Pracował tam nad nim przy użyciu rozgrzanego do czerwoności noża do porcjowania mięsa, który znalazł na miejscu. Ból spowodowany wyczynami oprawcy wyrwał jego ofiarę z szoku. Zaczęła krzyczeć i nie przestała, póki nie obcięto jej języka.

Godzinę później było po wszystkim. Szefa ochrony zostawił w kałuży jego własnej krwi i wymiocin, żywego, ale ledwie dychającego. Kiedy współpracownicy ofiary rano zgłosili się do pracy, jak to czynili zawsze przed rozpoczęciem codziennego patrolu, drzwi wejściowe zastali otwarte, a za nimi rzeźnię.

I wówczas, dopiero wówczas, na scenę wkroczył Michaił Tarkanian. Miejscowych gangsterów ogarnęło takie szaleństwo, że praktycznie zapomnieli o Arkadinie.

— Lwie Antoninie — powiedział do nowego szefa bandy Kuzina; rozmawiali w jego pokoju, na straży stało siedmiu uzbrojonych po zęby ochroniarzy — sądzę, że dzięki mnie możesz pozbyć się problemu. Znajdę mordercę i zajmę się nim. Mogę to dla ciebie zrobić.

— Kim jesteś, człowieku? Nikt tu cię nie zna. Dlaczego miałbyś cokolwiek dla nas zrobić?

Lew Antonin przyglądał się Miszy zmrużonymi oczami, nie kryjąc podejrzliwości. Miał szarą twarz, długie uszy, niedogolone policzki i szyję. Wyglądał tak, jakby nie spał od tygodnia.

— Kim jestem, nie ma żadnego znaczenia, wystarczy fakt, że doskonale znam ludzi takich jak ten wasz morderca — odparł bez wahania Tarkanian. — Jeśli zaś pytasz, dlaczego to robię, odpowiedź jest prosta: chcę Leonida Daniłowicza Arkadina.

Wyraz twarzy Lwa Antonina zmienił się natychmiast. Podejrzliwość zastąpił wściekły gniew.

— A na co ci ten pieprzony skurwiel, ten cholerny sukinsyn?

— To moja sprawa — powiedział Tarkanian, zachowując kamienny spokój. — Ty musisz utrzymać przy życiu swych ludzi.

Mówił szczerą prawdę, a Lew był człowiekiem praktycznym, czym różnił się od swych szalonych poprzedników. Tarkanian czytał w nim jak w otwartej księdze. Najwyraźniej już się zorientował, że strach paraliżuje skuteczność jego ludzi i podkopuje jego autorytet. Wiedział też, że najdrobniejsza iskierka strachu wywołuje pożogę tak gwałtowną jak pożar lasu. Z drugiej jednak strony nie miał zamiaru skapitulować tak łatwo. Od chwili gdy Arkadin zabił Kuzina i rozpętał to piekło, oni wszyscy marzyli przecież o jednym — jego głowie na półmisku.

Rezygnacja z tego marzenia nie spowodowałaby wzrostu autorytetu Lwa wśród podwładnych.

Lew Antonin przesunął rękami po twarzy i powiedział:

— W porządku. Ale przyniesiesz nam głowę mordercy, by wszyscy moi ludzie mogli upewnić się, że koniec z tym gównem. Potem, jeśli znajdziesz Arkadina, możesz go sobie wziąć.

Tarkanian oczywiście nie uwierzył neandertalczykowi. W jego żółtych oczach płonęła chciwość, nie trzeba było się wysilać, by pojąć, że głowa mordercy to dla niego za mało, potrzebna mu także głowa Arkadina. Obie, odcięte od ciała, zakrwawione, zapewniłyby mu władzę na wieki.

— To, czego chciał, nie miało najmniejszego znaczenia — tłumaczył później Arkadinowi. — Od początku byłem przygotowany na jego zdradę.

Perspektywa „znalezienia mordercy" dla tej małpy, Lwa Antonina, i przyniesienia mu jego świeżo obciętej głowy rozbawiłaby Osierowa do łez, ale nie, nie miał zaznać tej szczególnej radości. Skrzywił się przeraźliwie, kiedy Misza oznajmił mu, że tę pracę wykona osobiście.

— Żebyś nie marnował czasu na wściekanie się — uspokoił go Tarkanian — dam ci inną robotę. Znacznie ważniejszą. Taką, którą tylko ty możesz wykonać.

— Podejrzewam, że początkowo wątpił, czy mówię prawdę — zwierzał się Arkadinowi już po fakcie. — Ale kiedy usłyszał, czego od niego chcę, zaraz się uśmiechnął. Biedny sukinsyn, taki już był.

W każdym razie Misza musiał przynieść Lwu Antoninowi głowę mordercy. Ruszył więc ciemnymi uliczkami Niżnego Tagiłu w trasę od baru do baru. Szukał właściwej ofiary. Od czasu do czasu omijał kałuże, niektóre wielkości niedużych jezior, pozostałe po ostatniej ulewie, która zaledwie kilka chwil wcześniej zmieniła się w siąpiący deszczyk. Niebo, od świtu klaustrofobicznie niskie i mętnoszare, zeszpecone było teraz plamami żółci i niebieskawego fioletu, jakby po burzy dzień stał się brutalniejszy niż przed burzą.

Trafił wreszcie przed najbardziej hałaśliwy z barów. Zatrzymał się przy wejściu, zapalił mocnego tureckiego papierosa, zaciągnął się głęboko i wydmuchnął chmurę dymu tak gęstą i ciemną jak te, które wisiały nad jego głową. Noc otoczyła go niczym grupa popleczników, wraz z nieodłącznymi dla niej dźwiękami, pijackim śmiechem, brzękiem tłuczonego szkła i, od czasu do czasu, łomotem świadczącym o tym, że w barze wybuchła kolejna bójka. Po jednej z nich na ulicę wytoczył się wielki facet, krwawiący z nosa i kilku rozcięć na twarzy. Pochylił się, opierając łokcie na kolanach, i zaczął dławić się i wymiotować. Tarkanian zgniótł papierosa obcasem, zrobił kilka kroków i z wielką siłą uderzył go kantem dłoni w odsłonięty kark. Pijak upadł głową naprzód, uderzając nią o chodnik z nader zadowalającym trzaskiem.

Misza złapał go pod pachy i zaciągnął do alejki. Nawet jeśli jacyś przypadkowi przechodnie widzieli, co robi, nikt nie zareagował. Przechodzili obok z odwróconymi głowami, pilnując swoich spraw. Życie w Niżnym Tagile uczyło ignorować wszystko, co nie dotyczy bezpośrednio ciebie. Tylko w ten sposób dało się tu przeżyć dzień, a potem następny.

W pogłębiającym się mroku brudnej, śmierdzącej alejki Misza zerknął na zegarek. Nie mógł już skontaktować się z Osierowem, musiał wierzyć, że zrealizował on swą część planu.

Piętnaście minut później wszedł do piekarni. Kupił największy tort, jaki miała na sprzedaż. Wrócił na miejsce, wyrzucił tort z pudełka, podniósł z ziemi odciętą głowę, trzymając ją za wilgotne od piwa i krwi włosy, i starannie ułożył w pudełku. Szklane oczy wpatrywały się w niego tępo, póki go nie zamknął.

Przeszedł przez miasto do biura Lwa Antonina. Szef przyjął go, nadal chroniony przez siedmiu swych ludzi.

— Lwie Antoninie, zgodnie z obietnicą przynoszę ci prezent — powiedział, kładąc na biurku pudełko. Przez czas, który zabrało mu dotarcie na miejsce, stało się ono zdumiewająco ciężkie.

Bandyta przeniósł spojrzenie z niego na stół. Nie zdradzał

242

przesadnego entuzjazmu. Gestem kazał jednemu ze swych ludzi otworzyć pudełko. Wstał, zajrzał do środka.

— A to, kurwa, kto? — spytał.

— Morderca.

— Jak się nazywał?

— Michaił Gorbaczow — zakpił Tarkanian. — Skąd, do diabła, mam wiedzieć?

Twarz Lwa stawała się szczególnie szpetna, kiedy uśmiechał się złośliwie.

— Nie wiesz, jak go wołali, ale wiesz, że to nasz morderca? Skąd?

— Bo złapałem go na gorącym uczynku. Włamał się do twojego domu. Zamierzał zabić ci żonę i dzieci.

Twarz Lwa Antonina pociemniała od napływającej do niej krwi. Chwycił telefon, wybrał numer. Usłyszał głos żony i wyraźnie się rozluźnił.

— Wszystko w porządku? Jesteście bezpieczni? — Skrzywił się nagle. — O czym ty mówisz? Co...? Kim ty, kurwa, jesteś? — Popatrzył na Tarkaniana i twarz znowu mu pociemniała. — Co się dzieje, skurwysynu?!

Tarkanian mówił spokojnie, cicho.

— Lwie, twoja rodzina jest bezpieczna. I pozostanie bezpieczna tak długo, jak długo będę mógł spokojnie szukać Arkadina.

— Otoczę dom, moi ludzie wejdą do środka...

— Twoja żona i trójka dzieci zginą.

Bandyta chwycił steczkina. Wycelował w Miszę.

— Dostaniesz tu, gdzie stoisz. Mogę ci obiecać, że nie umrzesz lekką śmiercią.

— Wtedy też stracisz żonę i dzieciaki. — W głosie Tarkaniana zabrzmiała groźba. — Będą traktowane dokładnie tak, jak ty traktujesz mnie.

Lufa steczkina zadrżała i opadła, broń spoczęła na blacie biurka, obok pudła. Lew Antonin gapił się na Miszę. Wyglądało na to, że lada chwila zacznie wyrywać sobie włosy z głowy.

„Jedyny sposób postępowania z neandertalczykami — pouczył Arkadina przyjaciel — to przeprowadzić ich za rączkę przez wszystkie możliwe riposty, udowadniając im, że żadna nie ma sensu".

— Posłuchaj mnie, Lwie Antoninie — powiedział wówczas. — Masz to, co zobowiązałem się ci dostarczyć. Jeśli nadal ci się marzy, że dostaniesz wszystko, pamiętaj: świnie zawsze trafiają do rzeźni.

Odwrócił się i wyszedł. Musiał znaleźć Leonida Daniłowicza Arkadina.

* * *

Dokładnie o trzeciej po południu Tracy Atherton i Alonzo Pecunia Zuñiga stanęli na progu skąpanego w jaskrawych promieniach słońca, tym jaskrawszych, że padających na ziemię z bezchmurnego nieba, domu don Fernanda Hererry.

Bourne miał kwadratową brodę i zupełnie inne uczesanie. Po drodze kupił ubranie, które na pewno by nosił ceniony profesor z Madrytu. Na końcu zaopatrzył się u optyka w szkła kontaktowe w kolorze oczu profesora.

Hererra mieszkał w *barrio* Santa Cruz Sewilli, w przepięknym dwupiętrowym domu o stiukowej, pomalowanej na biało i żółto fasadzie, którą na wysokości piętra zdobiły wspaniałe balkony z kutego żelaza. Przed domem był mały placyk, w którego środku znajdowała się studnia przerobiona na ośmioboczną fontannę. W budynkach otaczających placyk z boków mieściła się mała pasmanteria i sklep z naczyniami stołowymi. Ich urokliwe frontony ocieniały palmy i drzewka pomarańczowe.

Tracy zapukała. Drzwi otworzyły się niemal natychmiast. Podała nazwiska. Doskonale ubrany młody człowiek wprowadził ich do wysoko sklepionego holu wyłożonego drewnem i marmurem. Na stojącym pośrodku stole z polerowanego drewna wiśni dostrzegli wysoką porcelanową wazę, wypełnioną żółtymi i białymi kwiatami. Nieco z boku stał niski intarsjowany kredens, a na nim srebrna grawerowana misa, wypełniona pachnącymi pomarańczami.

Dobiegły ich dźwięki cichej i melodyjnej muzyki. Z miejsca, w którym stali, widzieli przyjemnie staroświecki salon. Mahoniowe półki uginały się pod ciężarem książek o grzbietach oświetlonych pasmami słonecznych promieni, wpadających do środka przez przeszklone drzwi, prowadzące na mały wewnętrzny dziedziniec. Znajdował się tu także elegancki sekretarzyk, komplet dwóch skórzanych kanap w kolorze cynamonu i kredens, na którym pięć storczyków pyszniło się niczym dziewczęta startujące w konkursie piękności. Ale wnętrze zdominował antyczny szpinet, przy którego klawiaturze siedział wysoki mężczyzna o bujnej siwej czuprynie, sczesanej z szerokiego, inteligentnego czoła. Siedział pochylony, w pozie świadczącej o wielkiej koncentracji, w zębach trzymał ołówek, przez co sprawiał wrażenie, jakby cierpiał bóle. Ale nie, mężczyzna komponował piosenkę o bogatej linii melodycznej, zawdzięczającej wiele iberyjskim wirtuozom, a także niektórym melodiom flamenco.

Kiedy weszli, podniósł głowę. Don Hererra miał zaskakująco niebieskie, lekko wytrzeszczone oczy, które upodabniały go nieco do modliszki, zwłaszcza że gdy wstawał, prostował ciało jakby etapami. Skórę miał ciemną i stwardniałą, owianą wiatrami, spaloną słońcem, niewątpliwie większą część życia spędził pod gołym niebem. Był szczupły i płaski, jakby natura stworzyła go nie w trzech, lecz w dwóch wymiarach. Lata spędzone na kolumbijskich polach naftowych nie pozwalały o sobie zapomnieć.

Wyjął ołówek z ust i uśmiechnął się ciepło na powitanie.

— Ach, toż to moi znakomici goście. To prawdziwa przyjemność powitać państwa. — Ucałował dłoń Tracy, uścisnął rękę Bourne'a. — Droga pani, profesorze, to dla mnie zaszczyt. Proszę, niech państwo usiądą. — Wskazał gestem kanapy.

Ubrany był w rozpiętą pod szyją białą koszulę i nienagannie skrojoną kremową marynarkę, gładką niczym policzek niemowlęcia.

— Sherry? A może życzą sobie państwo coś mocniejszego? — Kieliszek sherry i garrotxa najzupełniej wystarczą, jeśli pan pozwoli — powiedział Bourne, doskonale grając swą rolę. — Doskonały pomysł — ucieszył się gospodarz. Wezwał młodego człowieka, wydał mu odpowiednie polecenia, po czym pokiwał w stronę gościa wymanikiurowanym palcem. — Podoba mi się sposób myślenia pańskiego podniebienia, profesorze.

Bourne udał bezmyślnie zachwyconego komplementem, a Tracy z trudem ukrywała rozbawienie.

Młody człowiek pojawił się, niosąc grawerowaną srebrną tacę, a na tacy karafkę ze rżniętego kryształu, trzy kieliszki do kompletu oraz półmisek owczego sera, krakersów i trójkątny kawałek galaretki z pigwy ze skórką pomarańczową. Postawił ją na niskim stoliku i zniknął tak cicho, jak się pojawił.

Gospodarz nalał sherry, podał gościom kieliszki. Podniósł swój.

— Za poszukiwanie naukowej prawdy — wygłosił toast. Wypił trochę sherry, Bourne i Tracy także umoczyli w niej wargi. Zjedli po kawałku sera i trochę galaretki.

— Jestem ciekaw państwa opinii... czy świat rzeczywiście ruszy na wojnę z Iranem? — spytał Hererra.

Odpowiedziała mu Tracy.

— Wiem za mało, by moje zdanie miało jakąś wartość, ale uważam, że ten kraj ze swym programem atomowym kpi z nas doprawdy zbyt długo.

— Ach. — Poważnie skinął głową. — Wygląda na to, że rzeczywiście Stany Zjednoczone wreszcie coś zrozumiały. Tym razem Iran posunął swe prowokacje za daleko. Ale perspektywa kolejnej wojny światowej... cóż, powiem wprost. Wojna jest bardzo złym biznesem dla wielu i bardzo dobrym biznesem dla niewielu. — Spojrzał na Bourne'a. — A pan, profesorze? Chętnie usłyszę pańską uczoną opinię.

— Jeśli chodzi o politykę, zajmuję pozycję ściśle neutralną.

— Ależ proszę pana, przecież to bardzo poważna sprawa.

Dotyczy nas wszystkich. Musi pan opowiedzieć się po którejś ze stron.

— Zapewniam pana, don Hererra, że znacznie bardziej interesuje mnie Goya niż Iran.

Kolumbijczyk spojrzał na niego z wyraźnym rozczarowaniem, ale postanowił nie tracić czasu i przeszedł do interesów.

— Señorita Atherton, miała pani pełny dostęp do arcydzieła, które dzięki mnie ujrzało światło dzienne, a teraz sprowadziła pani w moje progi czołowego znawcę malarstwa Goi z Prado, a więc największego hiszpańskiego znawcę twórczości tego mistrza. — Rozłożył ręce. — Pański werdykt, profesorze?

— Don Hererra. — Bourne podjął grę. — Dzieło będące w pańskim posiadaniu, przypisywane Franciscowi José de Goi y Lucientes, w rzeczywistości nie jest jego dziełem.

Hererra zmarszczył brwi i na moment zacisnął usta.

— Czy chce mi pan powiedzieć, profesorze Zuñiga, że mój obraz to falsyfikat?

— To zależy od pańskiej definicji falsyfikatu.

— Z całym szacunkiem, ale albo coś jest oryginałem, albo falsyfikatem.

— Być może tak się panu wydaje, ale to nie znaczy, że nie ma innych możliwości. Pan pozwoli, że wyjaśnię, co mam na myśli. Otóż pańskie dzieło, choć niewarte ceny, którą pan za nie wyznaczył, nie jest bynajmniej bezwartościowe. Przeprowadziłem badania, które wykazały, że pochodzi ono z pracowni Goi. Być może on sam naszkicował je przed śmiercią? W każdym razie nie ulega wątpliwości, że ogólna idea pochodzi od niego. Jednak gotowy obraz nie nosi śladu charakterystycznych dla tego twórcy, bardzo gwałtownych pociągnięć pędzla, choć naśladuje je, trzeba przyznać, w sposób przekonujący nawet dla wykształconego odbiorcy.

Don Hererra dopił resztę sherry. Usiadł, składając dłonie na brzuchu.

— A więc — powiedział po chwili milczenia — mój obraz jest jednak coś wart, choć nie tyle, ile za niego zażądałem?

— Właśnie — przytaknął Bourne.

Hererra chrząknął.

— Dość trudno jest mi przyzwyczaić się do tej myśli — przyznał. Spojrzał na Tracy. — Señorita, w tych okolicznościach zrozumiem, jeśli zechce pani wycofać się z poczynionych ustaleń.

— Ależ wręcz przeciwnie. Obraz nadal mnie interesuje, choć oczywiście konieczne będzie znaczące obniżenie ceny.

— Rozumiem. Cóż, to naturalne. — Gospodarz milczał przez długą chwilę, zapatrzony w przestrzeń niewidzącym wzrokiem. Nagle wstał. — Wrócimy do tej rozmowy — obiecał — ale przedtem muszę zadzwonić.

— Oczywiście — zgodziła się Tracy.

Wstał, podszedł do delikatnego stolika o wygiętych nóżkach. Podniósł leżący na nim telefon komórkowy, wybrał numer. Czekał chwilę, po czym przedstawił się i powiedział: „Tak, oczekuje mojego telefonu". Znów czekał, uśmiechając się do gości.

— *Por favor, momentito* — powiedział wreszcie.

Nieoczekiwanie wręczył telefon Bourne'owi. Ten spojrzał na niego pytająco, ale nie otrzymał żadnej wskazówki czy wyjaśnienia, o co właściwie chodzi.

— Halo? — powiedział z hiszpańskim akcentem. Przez cały czas posługiwał się doskonałą hiszpańszczyzną.

— Tak? — usłyszał. — Mówi profesor Alonzo Pecunia Zuñiga. Z kim mam przyjemność?

Rozdział 18

— Nic — powiedział z wyraźnym obrzydzeniem Amun Chaltum. Patrzył na młodego człowieka wyłowionego przez Sorayę z Morza Czerwonego, w którego głębi próbował się ukryć przed jej pytaniami. Znajdowali się w tej chwili w jednej z kabin łodzi, którą udostępnił im właściciel szkoły nurkowania — pomieszczeniu wąskim, śmierdzącym i kołyszącym się wręcz przesadnie, przez co słońce za bulajem było ich częstym, lecz wpadającym na chwilę gościem.

Twarz Egipcjanina wyrażała równocześnie frustrację i strach.

— On jest nikim. Posłańcem. Czyści szlak przemytników narkotyków.

Sorai nie wydawało się to takie nic nieznaczące, ale wstrzymała się od komentarza, bo widziała, że Egipcjanin nie jest w nastroju do myślenia o czymkolwiek innym oprócz ataku terrorystycznego. Właśnie w tej chwili, kiedy jego udręka była najbardziej widoczna, przestała podejrzewać, że wprowadza ją w błąd. Bez wątpienia nie traktowałby sprawy tak emocjonalnie, gdyby tylko krył, że brał w niej udział Muchabarat. Pomyślała tak i poczuła wielką ulgę, aż nogi się pod nią ugięły. Odzyskała panowanie nad sobą i całą uwagę skierowała na pochodzenie komórki terrorystycznej.

— W porządku, a więc nie przybyli tędy, ale muszą być inne miejsca na wybrzeżu...

— Moi ludzie sprawdzili — powiedział Amun ponuro. — Co oznacza, że nie miałem racji co do szlaku przerzutowego.

— Więc jak dostali się do Egiptu?

— Nie mam pojęcia. — Chaltum przez chwilę przeżuwał gorycz tej odpowiedzi. — Na pewno nie byli tacy głupi, by próbować przerzucić rakietę z Iranu drogą powietrzną. Wyłapałby ich nasz radar... lub któryś z naszych satelitów.

Soraya pomyślała, że to szczera prawda. A więc jak irańscy terroryści przerzucili ją do Egiptu? Konieczność znalezienia odpowiedzi na to pytanie sprawiła, że jej myśli zatoczyły niemal pełny krąg i wróciły prawie do punktu wyjścia: a co jeśli w sprawę wmieszani byli jednak Egipcjanie, choć nie Muchabarat? Jednak dopiero gdy wyszli na pokład, gdy ujęty przez nią chłopak został formalnie zatrzymany, a łódź popłynęła do przystani, ośmieliła się podzielić z Chaltumem swymi podejrzeniami.

— Amunie — powiedziała cicho — czy to możliwe, by któryś z członków rządu, twój wróg... nasz wróg... stworzył irańskim terrorystom odpowiednią okazję?

Mimo że bardzo ostrożnie dobierała słowa, by pytanie zabrzmiało możliwie niewinnie, poczuła, że Chaltum sztywnieje. Mięsień policzka zaczął mu drgać. Jego odpowiedź ją zaskoczyła.

— Myślałem już o tym, *azizti*, i dziś po południu, kiedy samotnie sprawdzałem szkoły nurkowania, wykorzystałem okazję i bardzo dyskretnie zadałem kilka pytań, czego w tej chwili żałuję. Roztrwoniłem sporą część swojego kapitału politycznego, niemniej zrobiłem to... i niczego się nie dowiedziałem. — Spojrzał na nią, a w jego czarnych oczach był smutek. Takiego jeszcze go nie widziała. — Jednego możesz być pewna, *azizti*. Gdyby okazało się, że masz rację, dla mnie byłby to koniec.

Dokładnie w tej chwili Soraya zrozumiała. Amun był w pełni świadomy jej podejrzeń, zaakceptował je, choć bez zachwytu, aż wreszcie stały się one ciężarem nie do udźwignięcia. Zadawane pytania musiały go upokarzać, ponieważ samo ich zadanie trąciło zdradą. Już wiedziała, co miał na myśli, mówiąc o kapitale politycznym. Było całkiem możliwe, wręcz prawdopodobne, że niektórzy z jego rozmówców nigdy nie wybaczą mu tego typu podejrzeń. To też było częścią współczesnego Egiptu i czymś, z czym będzie musiał żyć aż do końca... chyba że...

— Amunie — powiedziała tak cicho, że Chaltum musiał pochylić się, bo wiatr unosił jej słowa — kiedy to się już skończy, możesz polecieć ze mną.

— Do Ameryki? — spytał tak, jakby zaproponowała mu lot na Marsa lub jakąś jeszcze dalszą i bardziej obcą planetę, ale dalej mówił głosem tak łagodnym, jakim nigdy jeszcze się do niej nie zwracał. — Oczywiście, *azizti*, to rozwiązałoby wiele problemów. Z drugiej strony wywołałoby mnóstwo innych. Całą armię. Na przykład, co miałbym robić?

— Jesteś oficerem wywiadu. Mógłbyś...

— Jestem Egipcjaninem. Gorzej, jestem szefem Al-Muchabaratu.

— Pomyśl o informacjach, których mógłbyś dostarczyć!

Chaltum uśmiechnął się smutno.

— Pomyśl o błocie, którym obrzucano by mnie i tu, i w tej twojej Ameryce. Dla Amerykanów jestem wrogiem. Niezależnie od tego, co ode mnie dostaną i ile to będzie warte, na zawsze pozostanę wrogiem. Kimś, komu nie można zaufać, nie wolno uwierzyć, kimś, kogo nie należy spuszczać z oka.

— Byłoby inaczej, gdybyś się ze mną ożenił — powiedziała Soraya, nim zorientowała się, co mówi.

Zapadła świadcząca o wielkim zdumieniu cisza. Łódź zbliżała się do lądu. Zwolniła. Wiatr ustał. Czuła momentalnie schnący na skórze pot.

Amun delikatnie pogładził kciukiem grzbiet jej drobnej dłoni.

— *Azizti*, nasze małżeństwo byłoby także twoim końcem... końcem twej kariery w wywiadzie.

— I co z tego? — Spojrzała na niego wyzywająco. Teraz,

kiedy powiedziała wreszcie, co podpowiadało jej serce, czuła się tak wolna i swobodna jak jeszcze nigdy.

Chaltum się uśmiechnął.

— Przecież nie mówisz poważnie. Przyznaj się.

Soraya odwróciła się i spojrzała mu w oczy.

— Przed tobą nie chcę niczego udawać. Wszystkie te sekrety, tajemnice... serce mnie od nich boli. Powtarzam sobie, że to musi się skończyć. Kiedyś, z kimś.

Objął jej wąską talię, przytulił do swego boku. Załoga knagowała liny, byli już w przystani. Skinął głową.

— Przynajmniej co do tego jesteśmy zgodni — powiedział i kiedy nastawiła twarz do słońca, powtórzył: — Przynajmniej co do tego jesteśmy zgodni.

∙ ∙ ∙

— Pani Trevor, czy może pani powiedzieć, komu zależało...

Chociaż mężczyzna prowadzący dochodzenie w sprawie śmierci dyrektorki Centrali Wywiadu, Veroniki Hart... — jak on się właściwie nazywa? Simon Jakiśtam... Herren? Tak, Simon Herren... — nie przestawał zadawać pytań, Moira już go nie słuchała. Jego słowa były tylko brzęczeniem w jej uszach, gdyż po eksplozji była ogłuszona. Ona i Bamber leżeli na urazówce, gdzie opatrzono im skaleczenia i otarcia. Lekarz powiedział, że mieli szczęście. Trudno było mu nie uwierzyć. Przyjechali do szpitala karetką, zabroniono im wstawać, podano tlen i przeprowadzono powierzchowne badania mające wykluczyć wstrząśnienie mózgu, złamania i tak dalej.

— Dla kogo pracujesz?

Herren uśmiechnął się pobłażliwie. Miał krótkie brązowe włosy, małe oczka gryzonia, zepsute zęby, wykrochmalony na sztywno kołnierzyk koszuli i krawat z rządowego przydziału. Nie miał zamiaru odpowiedzieć na to pytanie, oboje doskonale o tym wiedzieli, a w ogóle co za znaczenie miało, jakim skrótem posługiwała się jego agencja wywiadowcza? W końcu oni wszyscy niczym się od siebie nie różnią, prawda?

Nieprawda. Veronica Hart była inna.

Nagle poczuła wstrząs, jakby uderzono ją kowalskim młotem. Z kącików oczu pociekły jej łzy.

— Co się stało? — Simon Herren już rozglądał się za pielęgniarką. — Coś cię boli?

Moira roześmiała się przez łzy. Co za idiota, pomyślała. Nie chciała mu tego powiedzieć, więc zapytała o zdrowie swego towarzysza.

— Pan Bamber jest wstrząśnięty. To całkiem zrozumiałe. — W głosie Herrena nie było śladu współczucia. — Nic dziwnego, przecież to cywil.

— Idź do diabła — powiedziała i odwróciła głowę.

— Uprzedzono mnie, że mogę mieć z tobą kłopoty.

Te słowa wzmogły jej czujność. Spojrzała na mężczyznę, podchwyciła jego spojrzenie.

— Kto cię uprzedził, że możesz mieć ze mną kłopoty?

Herren uśmiechnął się swym najbardziej zagadkowym uśmiechem.

— A tak, oczywiście. Noah Perlis.

— Kto?

Nie powinien tego powiedzieć, pomyślała. Gdyby trzymał gębę na kłódkę, być może zdołałby powstrzymać błysk oka, który go zdradził. A więc Noah ciągle był zaledwie o krok od niej. Czemu? Niczego od niej nie chciał, co znaczyło, że zaczął się jej bać. Dobrze to wiedzieć, ta świadomość pomoże jej przetrwać czekające ją posępne dni i tygodnie, kiedy samotna, zagrożona, będzie się winić za śmierć Ronnie. Bo bomba była przecież przeznaczona dla niej. Wsunięto ją do rury wydechowej wynajętego przez nią samochodu. Nikt, nawet Noah, nie mógł przewidzieć, że to Ronnie siądzie za kierownicą. Lecz nawet drobna satysfakcja z tego, że popełnił błąd, bladła w zestawieniu ze stratami ubocznymi.

Bywało już, że ocierała się o śmierć, zadawała śmierć, widziała śmierć kolegów. Taką miała pracę. Na to została dobrze przygotowana, najlepiej jak można zostać przygotowanym na śmierć kogoś, kogo się zna. Ale „teren" był zawsze daleko, za tym oceanem lub tamtym, zawsze oddalony był od cywilizacji, od jej życia osobistego, od domu.

Z Ronnie było zupełnie inaczej. Śmierć Ronnie spowodowała ciąg zdarzeń i jej reakcji na te zdarzenia. Nagle zalała ją fala pytań: „A co, jeśli?". Jeśli nie założyłaby własnej firmy? Jeśli Jason nie byłby „martwy"? Jeśli nie poszłaby do niej, jeśli Bamber nie pracowałby dla Noaha, jeśli... jeśli... jeśli...

Lecz to wszystko przecież właśnie się zdarzyło, gdy oglądała się za siebie, widziała ogniwa łańcucha przyczynowo-skutkowego, widziała, jak jedno prowadzi nieuchronnie do drugiego i dalej, do nieuchronnego końca — śmierci Ronnie Hart. Pomyślała o balijskim uzdrowicielu Suparwicie, który spojrzał jej w oczy w sposób, którego znaczenie pojęła dopiero teraz. Był przekonany, że ona poniesie stratę, jakby już wówczas, na wyspie, wiedział, co szykuje jej los.

Natrętne bzyczenie głosu Simona Herrena przerwało ciąg jej mrocznych myśli, przywołało ją do rzeczywistości.

— Co? Co powiedziałeś?

— Pan Bamber zostaje zwolniony pod moją opiekę.

Herren stał pomiędzy nią i Bamberem, jakby rzucał jej wyzwanie, kusił, by się mu sprzeciwiła. Bamber był już ubrany i gotów do wyjścia, wydawał się jednak przestraszony, niezdecydowany, oszołomiony.

— Lekarz powiedział mi, że musisz zostać, że muszą ci zrobić dalsze badania.

— Chrzanić badania. — Moira usiadła, przerzuciła nogi przez krawędź łóżka i wstała.

— Chyba lepiej zrobisz, jeśli znów się położysz — powiedział Simon tym swoim lekko kpiącym głosem. — Polecenie lekarza.

— Pieprzę cię. — Zaczęła się ubierać, ani trochę nie przejmując się tym, czy zobaczy jej nagie ciało, czy nie. — Pieprzę ciebie i miotłę, na której tu przyleciałeś.

Nie potrafił nie okazać jej pogardy.

— To niezbyt profesjonalne podejście i...

W następnej chwili złożył się jak scyzoryk, bo dostał cios pięścią w splot słoneczny. Kolano uniosło się na spotkanie jego opadającej brody. Moira chwyciła go, położyła na łóżku i spojrzała na Bambera.

— Za chwilę nie będziesz miał wyboru — ostrzegła. — Albo idziesz ze mną teraz, albo będziesz własnością Noaha na zawsze.

Bamber ani drgnął. Gapił się na Simona Hererra jak ogłuszony. A jednak ujął jej wyciągniętą dłoń. W tej chwili potrzebował kogoś, kto by go prowadził, kogoś, kto powiedziałby mu prawdę. Stevenson odszedł, Veronicę Hart wybuch rozerwał na strzępy na jego oczach, pozostała mu tylko ona. Kobieta, która wyciągnęła go ze skazanego na zagładę buicka, ocaliła mu życie.

Moira wyprowadziła go z urazówki tak szybko i sprawnie jak to tylko możliwe. Na szczęście na oddziale panował totalny chaos. Sanitariusze i policjanci biegali z kąta w kąt, prowadzili pacjentów, w biegu zdawali raporty rezydentom, wywarkującym polecenia pielęgniarkom. Wszyscy byli przemęczeni i przepracowani, nikt nie zatrzymał Moiry i Bambera, nikt nie zwrócił nawet uwagi na to, że wyszli.

• • •

Z zespołem Amuna spotkali się na nabrzeżu, gdzie szef już na nich czekał, trzymając za kark młodego przemytnika narkotyków. Biedny gówniarz był śmiertelnie przerażony. W niczym nie przypominał twardych młodych Egipcjan doskonale wiedzących, w co się pakują. Wyglądał na tego, kim był: niezamożnego turystę, który miał nadzieję zarobić szybko i łatwo na dalszy ciąg swej światowej odysei. Handlarze wybrali go z pewnością właśnie z tego powodu. Wyglądał niewinnie.

Chaltum mógł go pouczyć i puścić wolno, ale nie był w nastroju do okazywania wielkoduszności. Skuł mu ręce na plecach i zaraz musiał odskoczyć, bo chłopak zwrócił cały swój ostatni posiłek.

Soraya uznała, że pora na interwencję.

— Litości, Amun...

— Przemyt narkotyków to nie byle co.

Był teraz taki, jakiego znała: twardy, przewiercający człowieka spojrzeniem na wylot. Zadrżała. Ale protestowała dalej.

— Jest nikim, sam to powiedziałeś. Jeśli go zamkniesz, natychmiast znajdą innego durnia na jego miejsce.

— Jego też złapiemy. A tego tu zamkniemy i wyrzucimy klucz.

Na te słowa szczeniak zaczął wyć.

— Proszę — błagał — pomóżcie mi. Ja nie chciałem!

Egipcjanin spojrzał na niego tak groźnie, że dzieciak cofnął się przed nim o krok.

— Powinieneś pomyśleć o tym, nim przyjąłeś forsę od przestępców — zauważył i pchnął go w ramiona swych ludzi. — Wiecie, co z nim zrobić? — upewnił się.

— Czekajcie, czekajcie! — Gówniarz zapierał się piętami, ludzie Chaltuma musieli go ciągnąć. — A jeśli mam informacje? Pomożecie mi?

— A jakie ty możesz mieć informacje. — Chaltum lekceważąco machnął ręką. — Wiem, jak są zorganizowane siatki przemytnicze. Miałeś kontakt wyłącznie z ludźmi, którzy są zaledwie jeden stopień nad tobą, a ponieważ zajmujesz najniższy... — Wzruszył ramionami i gestem nakazał swym ludziom odprowadzić zatrzymanego.

— Mnie nie chodzi o nich. — Głos przerażonego chłopaka przeszedł w pisk. — Podsłuchałem rozmowę. Między innymi płetwonurkami.

— Jakimi innymi? O czym rozmawiali?

— Ich już nie ma. To było dziesięć dni temu, może trochę dawniej.

— Dla mnie za dawno. — Chaltum znów machnął ręką. — Kimkolwiek byli i cokolwiek powiedzieli, mnie to nie interesuje.

Soraya zrobiła krok w stronę nieszczęśnika.

— Jak masz na imię? — spytała łagodnie.

— Stephen.

Skinęła głową.

— Ja jestem Soraya. Powiedz mi, Stephen, czy ci nurkowie byli Irańczykami?

— Tylko na niego popatrz — wtrącił Amun. — On przecież nie odróżni Irańczyka od Hindusa.

— To nie byli Arabowie — powiedział Stephen.

Egipcjanin prychnął lekceważąco.

— Teraz rozumiesz? Synu, Irańczycy to Persowie, spadkobiercy scytyjsko-sarmackich nomadów z Azji Centralnej. Szyici, nie Arabowie.

— Ja o czym innym... — chłopak przełknął z wysiłkiem. — Chodzi mi o to, że byli jak ja. To znaczy biali.

— Potrafisz określić narodowość? — zainteresowała się Soraya.

— Oczywiście. Amerykanie.

— I co z tego? — Chaltum szybko tracił cierpliwość.

Soraya jeszcze bardziej zbliżyła się do chłopaka.

— Co usłyszałeś, Stephen? O czym rozmawiali ci płetwonurkowie?

Chłopak obrzucił Chaltuma przerażonym spojrzeniem.

— Było ich czterech. Wracali z wakacji, to wydawało się oczywiste. Tylko że nazywali te wakacje „przepustką".

Soraya spojrzała w oczy Amuna.

— Żołnierze — powiedziała krótko.

— To on tak twierdzi — warknął Egipcjanin. — Niech mówi dalej.

— Nurkowali dwa razy i byli trochę oszołomieni. Pomagałem im przy butlach, ale zachowywali się tak, jakby mnie w ogóle nie widzieli. W każdym razie skarżyli się, że skrócono im przepustki. Jakoś tak nagle, jakby zdarzyło się coś nieoczekiwanego, jakby nagle dostali jakieś zadanie do wykonania, to wynikało z ich rozmowy. Całkiem nagle.

— Przecież to nonsens — prychnął Chaltum. — Wymyśla jakieś bzdury w nadziei, że uniknie aresztowania.

257

— O mój Boże! — Stephen osłabł, jakby właśnie usłyszał wyrok śmierci. Nogi się pod nim ugięły; gdyby nie ludzie Chaltuma, osunąłby się na ziemię.

— Stephenie — Soraya wyciągnęła rękę, obróciła jego twarz tak, by móc spojrzeć mu w oczy. Był blady jak trup, oczy miał wytrzeszczone tak, że widać było białka wokół tęczówek. — Powiedz nam wszystko, co usłyszałeś. Czy ci nurkowie powiedzieli, jakie mają zadanie?

Chłopak potrząsnął głową.

— Odniosłem wrażenie, że sami jeszcze nie wiedzą.

— Dość tego! — krzyknął Chaltum. — Won mi stąd z tym śmierdzącym mięsem.

Dzieciak się rozpłakał.

— Ale wiem, dokąd mieli się udać — chlipnął przez łzy.

Soraya podniosła rękę, powstrzymując funkcjonariuszy.

— Dokąd, chłopcze? Dokąd się wybierali?

— Mieli lecieć do Chartumu. Gdziekolwiek jest ten cholerny Chartum.

Rozdział 19

Prezydent spotkał się z sekretarzem obrony Hallidayem przy wyjściu z gmachu Organizacji Narodów Zjednoczonych. Wyprowadziwszy Zgromadzenie Ogólne z równowagi przedstawieniem dowodów przemawiających za współudziałem Iranu w zamachu na amerykański samolot pasażerski, kosztującym życie stu osiemdziesięciu jeden pasażerów, urządził zaimprowizowaną konferencję prasową, podczas której przedstawiciele mediów tłoczyli się wokół niego jak kury w porze sypania ziarna. Karmił ich posłusznie co smakowitszymi kąskami, tak by mieli co pokazać swym szefom, gdy sekretarz prasowy pochylił się do jego ucha i wyszeptał, że pan sekretarz Halliday ma nowe, niecierpiące zwłoki informacje.

Prezydent był w euforii. Amerykański przywódca od dawna nie miał szansy przemawiania do szacownego Zgromadzenia Ogólnego uzbrojony w dowody tak mocne, że wstrząśnięci przedstawicie Rosji i Chin woleli w ogóle nie zabierać głosu. Świat się zmieniał, stawał tak antyirański jak jeszcze nigdy. Ponieważ triumf był w niemałej mierze dziełem Hallidaya, pan prezydent uznał, że to z Budem pierwszym powinien o nim porozmawiać.

— Otwórz szampana! — zawołał, pomachał do swego sekretarza obrony, po czym obaj wsiedli do długiej, opancerzonej, zdolnej wytrzymać nawet wybuch bomby limuzyny.

Ruszyła, gdy tylko usiedli. Naprzeciw nich siedział sekretarz prasowy, zaczerwieniony z radości nie mniej od prezydenta, i trzymał w ręku butelkę amerykańskiego wina musującego.

— Panie prezydencie, jeśli to panu nie przeszkadza, proponuję wstrzymać się ze świętowaniem.

— Przeszkadza? Ależ oczywiście, że przeszkadza. Solly, otwórz tego cholernego szampana.

— Panie prezydencie, zdarzył się wypadek.

Prezydent, który wyciągnął rękę po butelkę, zamarł w pół ruchu, po czym powoli obrócił się i spojrzał na Hallidaya.

— Wypadek? — powtórzył.

— Veronica Hart, dyrektorka Centrali Wywiadu, nie żyje.

W jednej chwili prezydent zbladł jak upiór.

— Dobry Boże, co się stało? Bud?

— Bomba w samochodzie... tak sądzimy. Prowadzimy śledztwo, ale to jest nasza podstawowa hipoteza.

— Ale kto...

— Departament Bezpieczeństwa Krajowego, Biuro do spraw Alkoholu, Tytoniu, Broni Palnej i Materiałów Wybuchowych oraz FBI prowadzą wspólną akcję pod kierownictwem Agencji Bezpieczeństwa Narodowego.

— Doskonale. — Prezydent już oprzytomniał, był spokojny i rzeczowy. — Im szybciej uporamy się z tym bałaganem, tym lepiej.

— Jak zwykle myślimy o tym samym, panie prezydencie. — Halliday spojrzał na Solly'ego. — A skoro już przy tym jesteśmy, będziemy potrzebowali całościowego komunikatu dla mediów. Musimy kontrolować przepływ informacji. Po zestrzeleniu tego samolotu w żadnym wypadku teraz nie potrzebujemy spekulacji na temat terrorystów i kolejnego zamachu bombowego.

— Solly, masz natychmiast zagonić do roboty nasze gadające głowy. Potem opracujesz komunikat prasowy, tempo ekspresowe. To wszystko masz koordynować z biurem sekretarza Hallidaya. Jasne?

— Oczywiście, panie prezydencie. — Solly odłożył oszronioną butelkę do wiaderka z lodem, chwycił telefon komórkowy.

Halliday wyczekał, aż zacznie pierwszą rozmowę.

— Panie prezydencie, musimy pomyśleć o następcy dyrektor Hart. — Nie dopuścił prezydenta do słowa. — Chyba wolno mi powiedzieć, że eksperyment z zatrudnianiem pracowników sektora prywatnego nie powinien być kontynuowany. Tak czy inaczej musimy szybko załatać tę dziurę.

— Przygotuj listę pracowników CI mających odpowiednie kwalifikacje i zajmujących ważne stanowisko.

— Zrobię to. — Halliday wysłał SMS-a do swego biura, nie przerywając rozmowy. Podniósł wzrok znad telefonu. — Lista znajdzie się na pana biurku w ciągu godziny.

A jednak wyraz twarzy świadczył, że coś go martwi.

— O co chodzi, Bud?

— Nie, nic, panie prezydencie.

— Daj spokój, człowieku, przecież znamy się od dawna, prawda? Coś cię gryzie, a nie pora teraz na sekrety.

— W porządku. — Halliday odetchnął głęboko. — To najlepsza chwila, by połączyć wszystkie organizacje wywiadowcze w organiczną całość, w której obrębie wymiana surowych, nieopracowanych informacji odbywa się bez przeszkód, podejmowane decyzje są właściwie skoordynowane, nikt nikogo od niczego nie odcina, co jest ciągłym źródłem frustracji dla nas wszystkich.

— Już to wszystko słyszałem, Bud.

Halliday przywołał na twarz uśmiech. Kosztowało go to sporo wysiłku.

— Nikt nie wie o tym lepiej ode mnie, panie prezydencie. Rozumiem. W przeszłości zwykle pan się zgadzał z dyrektorem Centrali Wywiadu, kimkolwiek był.

Prezydent przygryzł dolną wargę.

— Nie możemy lekceważyć historii — powiedział po chwili namysłu. — Centrala Wywiadu jest najstarszą, najbardziej szanowaną z całej konstelacji instytucji składających się na naszą społeczność wywiadowczą. Rozumiem, dlaczego chcesz położyć na niej łapę.

Zamiast marnować czas na negowanie prawdy oczywistej, Halliday postanowił pójść zupełnie innym kursem.

— Nasz obecny kryzys to kolejny przykład tego, o czym mówię, panie prezydencie. Mamy kłopoty z koordynacją z Centralą, a zwłaszcza z Typhonem, który według wszelkiego prawdopodobieństwa ma informacje konieczne do tego, by nasze uderzenie odwetowe na Iran nie napotkało przeszkód.

Przez przyciemnioną szybę prezydent podziwiał monumentalne budynki publiczne zajmujące centrum dzielnicy.

— Dostaliście pieniądze na... no wiesz, na... jak w końcu nazwaliście tę operację?

Sekretarz obrony już dawno przestał dziwić się nagłymi zwrotami w toku myślowym szefa.

— „Szpilka", panie prezydencie.

— Kto wam wymyśla te nazwy?

Halliday wyczuł, że jego szef wcale nie chce poznać odpowiedzi na to pytanie.

Tymczasem prezydent powrócił do tematu.

— Kogo masz na myśli?

Halliday myślał przede wszystkim o dokonanym wyborze, nie miał więc problemu z udzieleniem błyskawicznej odpowiedzi.

— Danzigera.

— Naprawdę? Byłem pewien, że zaproponujesz urzędującego szefa NSA.

— Jaime Hernandez to zawodowy urzędnik, my zaś potrzebujemy kogoś z bardziej... znaczącą... przeszłością.

— Rzeczywiście. A kim, u diabła, jest ten Danziger?

— M. Errol Danziger. Obecny zastępca dyrektora NSA odpowiedzialny za przekazy wywiadowcze, ich analizę i zastosowanie.

Prezydent przez długą chwilę kontemplował krajobraz miasta.

— Spotkałem go już? — spytał wreszcie.

— Tak jest. Dwukrotnie. Po raz drugi niedawno, w Pentagonie...

— Przypomnij mi.

— Przyniósł wydruki, które rozdał Hernandez.

— Nie przypominam go sobie.

— I nic dziwnego. Nie ma w nim nic niezwykłego. — Halliday zachichotał krótko. — Co czyni go tak cennym w terenie. Pracował w Azji Południowo-Wschodniej, potem przeniósł się do wydziału operacyjnego.

— Mokra robota?

Pytanie było zaskakujące, lecz kłamanie nie miało sensu.

— Tak jest — przytaknął.

— I dożył czasu, kiedy może opowiadać o swych przygodach?

— Tak jest.

Prezydent odchrząknął z głębi gardła.

— Przyprowadź go do Gabinetu Owalnego o... — pstryknął palcami, zwracając na siebie uwagę sekretarza prasowego — ...Solly? Najbliższy wolny termin dzisiaj?

Sekretarz zawiesił prowadzoną właśnie rozmowę, skorzystał z drugiego palmtopa.

— Piąta dwadzieścia pięć — zameldował. — Ale będzie pan miał zaledwie dziesięć minut do rozpoczęcia formalnej konferencji prasowej. Musimy zdążyć na wiadomości o szóstej.

— Oczywiście. — Prezydent uśmiechnął się, machnął ręką. — Niech będzie piąta dwadzieścia pięć, Bud. Dziesięć minut aż nadto wystarczy, by zdecydować, czy popieram tę kandydaturę, czy nie.

Nagle gwałtownie pomyślał o innych sprawach. Porządek dzienny w czasie kryzysu, wypełniony odstręczającymi szczegółami wywiadowczymi, a na końcu tego wszystkiego nie gorąca kąpiel i kolacja, lecz telefoniczna rozmowa z szefem protokołu i uzgadnianie, kto powinien zostać zaproszony na uroczysty pogrzeb dyrektor Centrali Wywiadu, Veroniki Hart.

• • •

Niemal dokładnie w chwili, gdy Bourne wziął telefon do ręki, w pokoju pojawił się elegancki młody człowiek. Podszedł do Tracy i przyłożył jej do lewej skroni lufę beretty Px4 kalibru dziewięć milimetrów. Dziewczyna siedziała niewygodnie, nieruchomo, na krawędzi kanapy, patrząc przed siebie rozszerzonymi z przerażenia oczami.

— Mój drogi przyjacielu — powiedział don Hererra, odbierając Bourne'owi telefon — być może nie wiem, kim jesteś, ale z całą pewnością wiem, że ty byś się mnie nie przestraszył. — Uśmiechał się sympatycznie i niemal łagodnie. — Natomiast gdy powiem ci, że Fausto rozsmaruje mózg tej młodej damy na ścianie... bardzo proszę o wybaczenie dosadności tego sformułowania, panno Atherton... jeśli mi się nie przedstawisz, to przynajmniej może będziesz skłonny powiedzieć mi coś o sobie.

— Nie doceniłem cię, Hererra — przyznał Bourne.

— Adam, proszę, powiedz mu prawdę. — Tracy naprawdę bała się o życie.

— Wiem, że jesteś oszustem i chciałeś odebrać mi mojego Goyę, który, co potwierdził prawdziwy profesor Alonzo Pecunia Zuñiga, jest oryginałem i arcydziełem. — Don Hererra wyciągnął rękę. — Potwierdził także, że oryginałem jest señorita Atherton. Jak sprawiłeś, że skusił ją twój plan, to już wasza sprawa. — Nie krył jednak, że Tracy wypadła z jego łask i że to go zabolało. — Mnie obchodzi tylko to, kim jesteś i który z moich wrogów wynajął cię, żebyś mnie oszukał.

Tracy drżała.

— Adamie, na litość boską...

Hererra przechylił głowę.

— Panie oszuście, proszę. Przecież nie masz prawa aż tak przerażać tej młodej damy.

Bourne doskonale zdawał sobie sprawę z tego, że nadszedł czas działania. Wiedział także, że w tej chwili sprawy stoją na ostrzu noża. Niewiadomą pozostawał Hererra. Pozornie mogło się wydawać, że taki jak on wyrafinowany dżentelmen, sewilczyk, nie wyda wytwornemu służącemu polecenia pociągnięcia za spust, z drugiej strony jednak facet pracował przecież fizycznie na polach naftowych Kolumbii, co zaprzeczało jego obecnemu wizerunkowi. W sercu mógł pozostać człowiekiem brutalnym, który o swą fortunę walczył siłą, używając metod, którym daleko do dyplomatycznej finezji. W Tropical Oil Company nie robi się interesów, nie mając serca z kamienia, nie zarabia się, nie przelewając krwi. W każdym razie Jason nie mógł narażać życia Tracy.

— Masz rację, Hererra — powiedział. — Przepraszam. A teraz prawda: zostałem wynajęty przez jednego z twoich wrogów, ale nie po to, żeby pozbawić cię Goi.

Tracy otworzyła oczy jeszcze szerzej, choć to mogło wydawać się niemożliwe.

— Musiałem użyć podstępu, żeby się z tobą zobaczyć.

Oczy gospodarza zabłysły. Przysunął sobie krzesło, usiadł naprzeciw Bourne'a.

— Mów dalej.

— Nazywam się Adam Stone.

— Błagam o wybaczenie, ale muszę to twierdzenie potraktować z należnym mu sceptycyzmem. — Hererra pstryknął palcami. — Paszport. Proszę go wyjąć lewą ręką. Ostrożnie... daję ci słowo, że nie chciałbyś zaniepokoić Fausta.

Bourne zachował ostrożność. Czubkami palców lewej ręki wyjął paszport. Hererra obejrzał go tak dokładnie, jakby był oficerem imigracyjnym.

— W porządku, señor — powiedział, oddając dokument. — A więc, kim jesteś, Stone?

— Jestem wolnym strzelcem, specjalistą od... ujmijmy to w ten sposób... urządzeń specjalnego zastosowania.

Hererra potrząsnął głową.

— Muszę przyznać, że się pogubiłem.

— Przecież znasz balijskiego handlarza o imieniu Wayan.

— Nie znam.

Bourne demonstracyjnie zignorował kłamstwo.

— Pracuję dla ludzi, którzy zaopatrują Wayana.

— Adamie, co tu się dzieje? — spytała Tracy. — Mnie powiedziałeś, że potrzebne ci są pieniądze na uruchomienie firmy sprzedaży internetowej?

Słysząc to, gospodarz wyprostował się i przyjrzał Bourne'owi zupełnie tak, jakby dopiero teraz go zobaczył.

— Señorita Atherton, wygląda na to, że Stone kłamał pani równie chętnie jak mnie.

Bourne wiedział, że prowadzi rozpaczliwą grę. Wykalkulował sobie, że uda mu się odzyskać kontrolę nad sytuacją wyłącznie pod warunkiem, że zaskoczy Kolumbijczyka. Wyglądało na to, że odniósł sukces.

— Pozostaje tylko pytanie po co?

Teraz miał okazję, mógł przechylić szalę na swoją korzyść.

— Ludzie, którzy mnie wynajęli, zaopatrujący Wayana...

— Powiedziałem już, że nie znam żadnego Wayana.

Bourne wzruszył ramionami.

— Ci, dla których pracuję, wiedzą lepiej. Nie podoba im się sposób, w jaki załatwia pan interesy. I chcą pana z nich wyeliminować.

Don Hererra się roześmiał.

— Słyszałeś, Fausto? Słyszałeś, co mówi ten człowiek? — Pochylił się, jego twarz znalazła się o centymetry od twarzy gościa. — Grozisz mi, Stone? Bo wiesz, czuję wibracje powietrza mówiące mi, że tak.

Nagle okazało się, że trzyma w dłoni sztylet o rękojeści wyłożonej jadeitem i ostrzu tak smukłym jak jego palce. Ostrze to dotykało skóry tuż nad grdyką Bourne'a.

— Powinieneś wiedzieć, że nie przepadam za groźbami.

— To, co się ze mną stanie, nie ma żadnego znaczenia.

— Będziesz miał na rękach krew señority.

— Z pewnością dobrze wiesz, jak potężni są moi pracodawcy. Zdarzy się, co ma się zdarzyć.

— Chyba że zacznę załatwiać interesy w inny sposób.

Bourne poczuł zmianę w sposobie myślenia przeciwnika, nim te słowa zostały w ogóle wypowiedziane. Hererra nie wypierał się już handlu bronią.

— Zgadza się — przytaknął.

Kolumbijczyk westchnął. Gestem przekazał swojemu człowiekowi rozkaz i beretta znikła w kaburze na plecach. Następnie rzucił sztylet na poduszki kanapy.

— Señor Stone, sądzę, że spacer w ogrodzie dobrze nam zrobi.

• • •

Fausto otworzył przeszklone drzwi. Mężczyźni wyszli na brukowaną ścieżkę. Ogród miał kształt ośmioboku okolonego przez solidne skrzydła budynku. Był to mały zagajnik drzewek cytrynowych, a pośrodku znajdowała się fontanna w stylu mauretańskim, osłonięta przez palmy. Tu i ówdzie stały kamienne ławki, niektóre na słońcu, inne w cieniu drzew. Powietrze przesycone było zapachem cytryn, a liście jak motyle wyzierały już ze swych zimowych kokonów.

Było chłodno, don Hererra wskazał więc ławkę oświetloną słońcem, a kiedy usiedli, powiedział:

— Muszę przyznać, że Jewsen mnie zaskakuje. Wysłał nie zwykłego bandziora, lecz kogoś obdarzonego niepowszednią mądrością. — Skłonił lekko głowę, jakby uchylał przed Bourne'em kapelusza. — Ile płaci ci ten rosyjski sukinsyn?

— Za mało.

— A owszem, to skąpy łobuz.

Bourne wybuchnął śmiechem. Jego trudna rozgrywka się opłaciła. Dostał odpowiedź, na której mu zależało. Wayan otrzymywał towar od Nikołaja Jewsena. Bliznę wysłał Jewsen. Jechał za nim z Bali, tam próbował zabić go po raz pierwszy. Nadal nie potrafił odpowiedzieć na pytanie, dlaczego Rosjanin chce go zabić, za to wiedział, że uczynił właśnie wielki krok na drodze do rozwiązania tej zagadki. Nie było już wątpliwości, kim w istocie jest don Fernando Hererra — konkurentem Nikołaja Jewsena. Jeśli teraz przekona gospodarza, że można go podkupić, dostanie, czego chce, bo Kolumbijczyk powie mu wszystko o Jewsenie, a wśród tego wszystkiego może być to, co chce wiedzieć.

— Z pewnością za mało za grdykę, do której przystawia się ostrze sztyletu.

— Nikt bardziej ode mnie nie żałuje, że było to konieczne. Rysy twarzy Hererry wydawały się wyraźniejsze teraz, w skośnych promieniach słońca. Była w niej wielka duma, pozostająca w ukryciu tak długo, jak długo grał dżentelmena. Był to człowiek twardy jak granit, a tę cechę Bourne potrafił uszanować.

— Wiem, co robiłeś w Kolumbii — powiedział. — Wiem, jak doskonale wykorzystałeś Tropical Oil Company.

— Och... stare dzieje...

— Inicjatywa nie znika z czasem.

— Skoro tak twierdzisz. — Hererra spojrzał na niego spod oka. — Powiedz mi, powinienem sprzedać Goyę señoricie Atherton?

— Ona nie ma ze mną nic wspólnego — odparł Bourne.

— Rycerskie słowa, ale nie całkiem zgodne z prawdą. — Kolumbijczyk podniósł palec w pouczającym geście. — Była bardziej niż chętna zdobyć ten obraz za zaniżoną cenę.

— Co tylko dowodzi, że jest prawdziwym człowiekiem interesu.

Odpowiedź ta wywołała wybuch wesołego śmiechu.

— Prawda, prawda... przypuszczam, że nie poznam twego prawdziwego nazwiska?

— Widziałeś mój paszport.

— To nie pora, żebyś mnie obrażał.

— Chcę tylko powiedzieć, że to nazwisko jest równie dobre jak każde inne. Co dotyczy także naszego zawodu.

Hererra zadrżał.

— Chryste, robi się zimno.

Wstał. Cienie wydłużyły się podczas ich rozmowy. Na szczycie zachodniej ściany pozostało jedno pasemko słońca, w sposób niemal nieuchwytny dzień zmieniał się w noc.

— Wracajmy. Porozmawiajmy z naszym człowiekiem interesu. Ciekawe, jak bardzo pragnie dostać mojego Goyę.

• • •

M. Errol Danziger, urzędujący zastępca dyrektora NSA odpowiedzialny za przekazy wywiadowcze, ich analizę i zastosowanie, wpatrywał się w trzy włączone monitory, przekazujące w czasie rzeczywistym informacje z Iranu, Egiptu i Sudanu. Obserwował je wszystkie jednocześnie i robił notatki. Od czasu do czasu mówił coś do mikrofonu elektronicznego zestawu słuchawkowego, używając zwięzłego, wyraźnego szyfru swego własnego pomysłu, mimo że korzystał z kodowanej linii sprawdzonej i zatwierdzonej przez agencję.

Bud Halliday znalazł go właśnie w sali operacyjnej wydziału komunikacji szyfrowanej, analizującego i koordynującego wymianę informacji wywiadowczej, a także szereg różnorodnych elementów najczarniejszych z czarnych operacji. Ci, z którymi współpracował najbliżej, nazywali go, o ironio, Arabem, a to dlatego, że prowadził nieprzerwany szereg misji skierowanych przeciwko muzułmańskim ekstremistom wszystkich sekt. Do tej pory nie poniósł porażki.

Poza nimi dwoma w sali nie było nikogo. Danziger na moment oderwał wzrok od monitorów, skinął szefowi głową z szacunkiem, i wrócił do roboty. Halliday usiadł. Nie miał nic przeciwko tak szorstkiemu traktowaniu, chociaż innym pracownikom mocno by się za to dostało. Ale w tym szczególnym wypadku manifestacja wyjątkowego skupienia była oznaką, że wszystko jest w porządku.

— Podaj mi kąsek, Tryton — powiedział do mikrofonu Danziger. Słowo „kąsek" było kodowym oznaczeniem planu czasowego.

— Spokojnie i dokładnie. Bardem funkcjonuje bez zarzutu.

Sekretarz wiedział, że „Tryton" to operacyjne określenie Noaha Perlisa. To on ponosił odpowiedzialność za program komputerowy Bardem analizujący sytuację w terenie w czasie rzeczywistym.

— Zaczynamy Ostatnią Czwórkę — powiedział Arab. „Ostatnia Czwórka" — ostatnia faza operacji.

Serce Hallidaya na chwilę zamarło. Znaleźli się na finiszu, widzieli już linię mety, zbliżała się chwila największego przewrotu, jaki kiedykolwiek udało się zorganizować w Ameryce. Tłumiąc podniecenie, powiedział:

— Spodziewam się, że wkrótce skończysz tę sesję.

— Zależy — odparł Danziger.

Halliday przysunął się bliżej niego.

— Pora kończyć. Z prezydentem spotykamy się za niespełna trzy godziny.

Zastępca dyrektora oderwał się od monitorów. Powiedział do mikrofonu „Tryton, pięć", a następnie pstryknął przełącznikiem, czasowo przerywając łączność.

— Widziałeś się z prezydentem? — spytał.

Szef skinął głową.

— Wymieniłem twoje nazwisko. Jest zainteresowany.

— Wystarczająco zainteresowany, żeby się ze mną spotkać, ale niewystarczająco zainteresowany, żeby uznać sprawę za załatwioną?

Bud Halliday się uśmiechnął.

— Nie masz się czym martwić. Nie wybierze żadnego kandydata z Centrali Wywiadu.

Arab zgodził się z nim. Za dobrze znał szefa, by kwestionować jego legendarne wpływy.

— W Egipcie pojawiły się drobne problemy — powiedział.

— Jakie? — zaniepokoił się Halliday.

— Soraya Moore, którą obaj dobrze znamy, i Amun Chaltum, szef egipskiego wywiadu, węszą wokół farmy.

„Farma" była kodowym oznaczeniem teatru operacyjnego bieżącej misji.

— Co znaleźli?

— Zespół dyżurny odebrał sygnał, kiedy jego członkowie byli na wakacjach. Skrócenie przepustki najwyraźniej wkurzyło chłopaków, bo komuś udało się ich podsłuchać. Wymienili miejsce przeznaczenia.

Halliday się skrzywił.

— Chcesz mi powiedzieć, że Moore i Chaltum wiedzą o Chartumie?

Danziger kiwnął głową.

— Problem należy załatwić, nim rozkwitnie i zaowocuje. Jest tylko jedno wyjście.

Szef drgnął zaskoczony.

— Co? Przecież to nasi ludzie!

— Złamali zasady bezpieczeństwa.

— Niemniej... — Potrząsnął głową.

— Ograniczenie, Bud. Ograniczenie strat, póki jeszcze jest to możliwe. — Arab pochylił się, poklepał szefa po kolanie. — Po prostu myśl o tym jak o kolejnym godnym pożałowania ostrzale przez własne jednostki.

Halliday poprawił się na krześle. Przesunął dłońmi po twarzy.

— To dobrze, że człowiek ma nieograniczoną zdolność racjonalizacji.

Nim wrócił do pracy, Danziger powiedział jeszcze:

— Bud, to moja misja. Ja wymyśliłem „Szpilkę", opracowałem ją w najdrobniejszych szczegółach. Ale dostałem twoją aprobatę. I teraz mam absolutną pewność, że nie dopuścisz, by czterech rozczarowanych sukinsynów doprowadziło do tego, by nasze głowy pojawiły się w czyimś celowniku.

Rozdział 20

Don Fernando Hererra zatrzymał się przy wychodzących na taras przeszklonych drzwiach. Podniósł palec i spojrzał Bourne'owi w oczy.

— Nim wejdziemy, powinniśmy wyjaśnić sobie jedną sprawę — powiedział. — Kiedy jeszcze mieszkałem w Kolumbii, brałem udział w walkach między wojskiem a rdzenną partyzantką, w zmaganiach faszyzmu z socjalizmem. Mają jedną i tę samą wadę, tu i tam chodzi wyłącznie o sprawowanie kontroli.

W błękitnych cieniach Sewilli sprawiał wrażenie groźnego, drapieżnego. Był jak wilk patrzący w oczy ofierze.

— Ja... i tacy jak ja... nauczyli się zabijać ofiarę, kiedy jest bezbronna, kiedy nie może zareagować. Coś takiego nazywa się morderstwem doskonałym. Rozumiesz, co mówię?

Wpatrywał się w oczy Bourne'a, jakby był podłączony do rentgena.

— Wiem, że nie wynajął cię ani Nikołaj Jewsen, ani jego cichy wspólnik, Dimitrij Masłow. Zapytasz skąd? Otóż możesz być dla mnie tajemnicą, tajemnicą jest dla mnie nawet twoje prawdziwe nazwisko, choć to akurat najmniej ważne, ale nie mam żadnych wątpliwości, że nie należysz do ludzi, którzy wynajęliby się komukolwiek. Podpowiada mi to instynkt, instynkt wyhodowany na krwi wrogów, którym jednocześnie patrzyłem w oczy i wypluwałem flaki, ludzi mierzących inteligencję wyłącznie zapałem w stosowaniu tortur.

Bourne się ożywił. A więc Jewsen i Masłow byli wspólnikami. Miał okazję spotkać Masłowa przed kilkoma miesiącami w Moskwie, gdy szef *gruppierowki* prowadził wojnę z inną mafijną rodziną. Jeśli wszedł w układ z Jewsenem, to znaczy, że wygrał i teraz konsoliduje władzę. Czyżby to Masłow, nie Jewsen, zlecił zamordowanie go?

— Rozumiem — powiedział. — Nie boisz się ani Jewsena, ani Masłowa.

— Nawet mnie nie interesują. Interesujesz mnie ty. Dlaczego chciałeś się ze mną spotkać? Nie chodzi ci przecież ani o mojego Goyę, ani o czekającą na nas señoritę, chociaż jest piękna i godna pożądania. A więc... czego chcesz?

— Tropił mnie Rosjanin, morderca z blizną na szyi po jednej stronie, trzema czaszkami wytatuowanymi po drugiej.

— A tak, Bogdan Machin, lepiej znany jako Kat. — Hererra poklepał dolną wargę czubkiem palca wskazującego. — A więc to ty zabiłeś go wczoraj podczas korridy. — Zmierzył Bourne'a spojrzeniem. — Imponujące. Gość zostawił po sobie tylu zabitych i okaleczonych, co przyzwoita katastrofa kolejowa.

Bourne też był pod wrażeniem. Wywiad Hererry działał równie błyskawicznie jak bezbłędnie. Rozpiął koszulę, ukazując ranę na piersi.

— Na Bali próbował mnie zastrzelić. Od Wayana kupił parkera hale'a osiemdziesiątkępiątkę i celownik optyczny Schmidt and Bender Marksman Dwa. To właśnie Wayan podał mi twoje nazwisko. Powiedział, że zarekomendowałeś mu Machina.

Kolumbijczyk uniósł brwi zdumiony.

— Musisz mi uwierzyć, że nic o tym nie wiem.

Bourne złapał go za koszulę na piersiach i pchnął na przeszklone drzwi.

— Dlaczego mam ci wierzyć — rzucił mu w twarz — skoro parkera hale'a nie kupił Machin, lecz ktoś o szarych oczach?

W tym momencie w drzwiach po drugiej stronie ogrodu pojawił się Fausto z pistoletem w dłoni. Bourne przycisnął palcem grdykę Hererry.

— Nie chcę cię zranić — powiedział — ale dowiem się, kto chciał mnie zabić na Bali.

— Fausto, wszyscy jesteśmy ludźmi cywilizowanymi. — Kolumbijczyk patrzył Jasonowi wprost w oczy. — Odłóż broń.

Elegancki służący usłuchał, Bourne puścił gospodarza. Otworzyły się przeszklone drzwi, na taras weszła Tracy. Przyjrzała się trzem mężczyznom.

— Co tu się dzieje? — spytała.

— Właśnie don Hererra zamierzał mi powiedzieć to, co chciałem usłyszeć.

Spojrzała na Kolumbijczyka.

— A Goya?

— Jest twój... za pełną cenę.

— Jestem gotowa zapłacić...

— Señorita, nawet moja cierpliwość ma granice. Dostanę za niego pełną cenę, a biorąc pod uwagę, jakich sztuczek próbowałaś, możesz się uważać za szczęściarę.

Tracy sięgnęła po telefon komórkowy.

— Muszę zadzwonić — wyjaśniła.

— Ależ oczywiście. — Hererra podniósł rękę. — Fausto, pokaż pani, gdzie może porozmawiać w spokoju.

— Wolałabym pozostać w ogrodzie.

— Proszę bardzo.

Kolumbijczyk zaprosił gościa do środka, a kiedy Fausto zamknął za nimi drzwi i znikł, spojrzał mu w oczy i bardzo cicho i z powagą spytał:

— Ufasz jej?

• • •

Harvey Korman właśnie wbijał zęby w kawałek befsztyka bardzo średniej jakości, podanego z serem Havrati na żytnim chlebie, kiedy, ku jego zdumieniu, Moira Trevor i Humphry

274

Bamber wybiegli ze szpitala Uniwersytetu Jerzego Waszyngtona wyjściem z urazówki, a jego partnera, Simona Herrena, nie było w polu widzenia. Rzucił na stół dwudziestkę, wstał, włożył ocieplaną kurtkę i wyskoczył z baru mieszczącego się dokładnie naprzeciw szpitala, po przeciwnej stronie ulicy.

Tak się szczęśliwie złożyło, że Korman był niski, tęgawy, pucołowaty i niemal całkowicie łysy. Tom Conway raczej niż jego imiennik. Ale z tak nieatrakcyjną powierzchownością i pasującym do niej zachowaniem kompletnie nie przypominał pracownika prywatnej agencji wywiadowczej, a zwłaszcza członka Black River.

Co do kurwy nędzy? — myślał, bardzo ostrożnie idąc ulicą za śledzoną parą. Gdzie się podział ten cholerny Simon? Noah Perlis powiedział mu, że Trevor jest niebezpieczna, ale potraktował to ostrzeżenie z pewną, skądinąd zrozumiałą, rezerwą. Wprawdzie ani on, ani Simon nigdy jej nie spotkali — zresztą właśnie dlatego zlecono im akurat tę robotę — ale wszyscy w Black River wiedzieli, że Perlis ma słabość do Moiry i wpływa to na jego ocenę. Nie powinien być jej agentem prowadzącym. Zdaniem Kormana Perlis popełnił kilka podstawowych błędów, w tym ten, że podstawił jej Veronicę, żeby Trevor nie do niego miała pretensję o nagłe wykluczenie z agencji.

Ale to wszystko przeszło i minęło. Warto skoncentrować się na teraźniejszości. Skręcił za róg i zatrzymał się zdezorientowany. Jeszcze przed chwilą Bamber z Trevor wyprzedzali go zaledwie o pół przecznicy. Gdzie się, do diabła, podziali?

• • •

— Tędy, szybko — Moira wciągnęła Bambera do sklepu z damską bielizną. Miał on dwa wejścia, jedno od New Hampshire Avenue, drugie od I Street. Kiedy przechodzili przez sklep, skorzystała z telefonu komórkowego. Wyszli przeciwległymi drzwiami na New Hampshire Avenue, gdzie natychmiast zgubili się w tłumie. Pięć minut później i cztery przecznice dalej do krawężnika podjechała wezwana przez telefon taksówka Blue Top. Wsiedli do środka, samochód ruszył szybko, a ona wcisnęła głowę Humphry'ego w siedzenie. Nim sama się pochyliła, kątem oka dostrzegła jeszcze sylwetkę śledzącego ich mężczyzny. Miał ponurą minę, gdy rozmawiał przez komórkę. Niewątpliwie meldował o rozwoju sytuacji Perlisowi.

— Dokąd? — rzucił przez ramię kierowca taksówki.

Moira uświadomiła sobie nagle, że nie zna miejsca, w którym mogliby przyczaić się i przeczekać.

— Ja chyba wiem — powiedział Bamber nieśmiało. — To znaczy wiem, gdzie jest takie miejsce, w którym nas nie znajdą.

— Nie znasz Noaha, a ja owszem, aż za dobrze. W tej chwili wie o tobie więcej niż twoja rodzona matka.

— O tym miejscu nie wie. Nawet Steve go nie znał.

• • •

— Dlaczego mam ufać komukolwiek? — spytał Bourne.

— Ponieważ, przyjacielu, w tym naszym życiu musisz nauczyć się komuś ufać. Jeśli się tego nie nauczysz, popadniesz w paranoję i zaczniesz tęsknić do śmierci. — Hererra nalał na trzy palce tequili Asombroso Alejo do dwóch szklaneczek. Wypił łyk swojej, po czym kontynuował: — Ja nie ufam kobietom. Przede wszystkim dlatego, że za dużo gadają. Zwłaszcza między sobą. — Podszedł do zastawionego książkami regału, przesunął palcami po grzbietach. — Historia zna mnóstwo przypadków, kiedy to mężczyzn, od biskupów po książęta, niszczyły kobiety. — Odwrócił się. — My walczymy i zabijamy dla władzy. Kobiety zdobywają władzę na swój sposób.

Bourne wzruszył ramionami.

— Z pewnością nie masz o to do nich pretensji.

— Oczywiście, że mam o to do nich pretensję. — Hererra dopił tequilę. — Te suki uosabiają wszelkie zło.

— Więc pozostaje ci tylko ufać mnie. — Bourne odstawił tequilę nietkniętą. — Problem, don Hererra, leży w tym, że jesteś niegodny zaufania, zdążyłeś już to udowodnić. Raz skłamałeś.

— A ile razy ty skłamałeś od chwili, gdy przekroczyłeś próg mojego domu? — Kolumbijczyk podszedł do stołu, ujął pełną szklaneczkę, opróżnił ją jednym długim haustem. Mlasnął wargami, otarł usta grzbietem dłoni. — Człowiek, którego opisał Wayan, ten, który próbował cię zabić, został wynajęty przez jednego z twoich ludzi.

— Nazwisko mordercy?

— Boris Iljicz Karpow.

Bourne zamarł. Przez chwilę nie wierzył własnym uszom.

— To musi być pomyłka — wykrztusił.

Hererra przechylił głowę.

— Znasz go?

— Dlaczego pułkownik FSB-dwa miałby wynająć się Amerykaninowi?

— Nie po prostu „Amerykaninowi", lecz sekretarzowi obrony Ervinowi Reynoldsowi Hallidayowi, który, o czym obaj doskonale wiemy, jest jednym z najpotężniejszych ludzi na tej planecie. Poza tym on się nie wynajmował.

Przecież to nie mógł być Boris — powtarzał sobie Bourne. Boris był jego przyjacielem, pomógł mu w Reykjaviku i potem w Moskwie, kiedy tak niespodziewanie pojawił się na spotkaniu z Dimitrijem Masłowem, z którym najwyraźniej był w doskonałych stosunkach. Czyżby byli więcej niż przyjaciółmi? Czyżby Boris był partnerem Jewsena, podobnie jak Masłow? Bourne poczuł, jak zimny pot ścieka mu po plecach. Pajęcza sieć, w którą dał się złapać, bardzo gęstniała za każdą nową, odkrytą przez niego nicią.

— Jedna sprawa... — Gospodarz odwrócił się na chwilę, zaczął szperać w szufladzie sekretarzyka. Wyjął z niej kartonową teczkę i dyktafon. Jedno i drugie podał Bourne'owi. — To cię powinno zainteresować.

Bourne otworzył wręczoną mu przez Kolumbijczyka teczkę. Zobaczył zdjęcia, z całą pewnością zdjęcia z obserwacji, czarno-białe, ziarniste, ale wystarczająco wyraźne, by rozpoznać dwóch mężczyzn pogrążonych w rozmowie. Zbliżenia ich twarzy w słabym świetle były mocno rozmazane.

— Spotkali się w monachijskiej piwiarni — podpowiedział Hererra.

Bourne rozpoznał kształt i niektóre cechy charakterystyczne twarzy Borisa. Jego rozmówca, starszy i wyższy od niego, wyglądał na Amerykanina. Rzeczywiście, mężczyzną tym był sekretarz obrony, Bud Halliday. Spojrzał na elektronicznie naniesione informacje. Zdjęcia zrobiono parę dni przedtem, nim go postrzelono.

— Przepuszczone przez komputer — powiedział, oddając teczkę Hererrze.

— W naszych czasach, przyznaję, wszystko jest możliwe. — Kolumbijczyk sprezentował dyktafon, jakby była to niezwykle cenna nagroda. — Być może to cię przekona, że fotografie nie były jednak retuszowane.

Po wciśnięciu przycisku „play" z głośniczka rozległ się szum tła i słowa:

— Proszę unieszkodliwić Bourne'a, a użyję całej potęgi amerykańskiego rządu, by Abdullah Churi dostał to, na co zasługuje.

— To mi nie wystarczy, panie Smith. Oko za oko, bo takie jest właściwe tłumaczenie *quid pro quo*, prawda?

— My nie zabijamy ludzi, pułkowniku Karpow — odparł Halliday sztywno.

— Oczywiście. Zresztą to bez znaczenia. Ja nie mam takich skrupułów, panie sekretarzu.

Po chwili wahania Halliday powiedział:

— Tak, w gorączce chwili zapomniałem o poczynionych przez nas ustaleniach, panie Jones. Proszę przysłać mi zawartość twardego dysku i sprawę może pan uznać za załatwioną. Zgoda?

— Zgoda — przytaknął.

Bourne wcisnął „stop". Spojrzał na Hererrę.

— O jakim twardym dysku mowa? — spytał.

— Nie mam pojęcia, a potrafisz sobie przecież wyobrazić, jak pilnie szukam wyjaśnienia.

— Jak zdobyłeś ten materiał?

Wargi Kolumbijczyka rozciągnęły się w leniwym uśmiechu. Położył na nich wskazujący palec.

— Dlaczego Boris miałby chcieć mnie zabić?

— Pułkownik Karpow poprosił o tę grzeczność, nie konsultując się ze mną. Ale sprawdziłem połączenie telefoniczne, w końcu co rutyna, to rutyna. Użył telefonu satelitarnego znajdującego się wówczas w Chartumie.

— Ach, w Chartumie? Na Al-Gamhuria Avenue siedemset siedemdziesiąt dziewięć? W kwaterze głównej Nikołaja Jewsena?

Hererra spojrzał na niego szeroko otwartymi oczami.

— Muszę przyznać, że teraz naprawdę mi zaimponowałeś.

Bourne zastanawiał się w milczeniu. Czy rzeczywiście istnieje jakiś związek między Borisem a Jewsenem? Czy to możliwe? Czyżby byli współpracownikami, nie przeciwnikami? Co to za wielka gra, zdolna połączyć ludzi tak całkowicie do siebie niepasujących, skłonić Borisa do dokonania zamachu, a po odkryciu, że jego ofiara jednak żyje, posłać za nią Kata, żeby rozwiązał problem raz na zawsze?

Coś tu nie miało sensu, ale nie pora była teraz na dochodzenie, bo Tracy właśnie otworzyła przeszklone drzwi, weszła do pokoju, a Hererra uśmiechnął się do niej.

— Czy pani pracodawca podjął decyzję?

— Tak. Chce mieć Goyę.

— Doskonale! — Gospodarz zatarł dłonie. Miał minę kota pożerającego szczególnie smakowity kąsek. — Świat nie ma pojęcia, kim jest Noah Petersen, podejrzewam jednak, że nasz gość ma. — Podniósł brwi i spojrzał znacząco na Bourne'a. — Nic nam nie powiesz? — Wzruszył ramionami. — W końcu to bez znaczenia. Pan Petersen jest pracodawcą naszej señority Atherton.

Tracy spojrzała na Jasona.

— Znasz Noaha? — zdziwiła się. — Jak to możliwe?

— Naprawdę nazywa się Noah Perlis. — Bourne, jak rażony gromem, patrzył to na jedno z nich, to na drugie. Pajęcza sieć wzbogaciła się właśnie o kolejny wymiar. — Pracuje dla prywatnej amerykańskiej firmy branży wojskowej, Black River. Miałem już z nim do czynienia.

— I co tu można jeszcze dodać? — spytał retorycznie Hererra. — Na świecie nie brakuje kameleonów, nie ma nic dziwnego w tym, że się dobrze znają. — Złożył Tracy kpiący ukłon. — Señorito Atherton, proszę powiedzieć szanownemu panu, dokąd masz dostarczyć Goyę. — Zawahała się, więc uspokoił ją żartobliwie. — No, bardzo proszę, przecież nie masz nic do stracenia. Ufamy sobie wszyscy, prawda?

— Mam osobiście przetransportować obraz do Chartumu.

Bourne oddychał z trudnością. Co tu się, do diabła, działo?

— Tylko nie mów mi, że kazano ci dostarczyć go pod adres Al-Gamhuria Avenue siedemset siedemdziesiąt dziewięć?

Tracy otworzyła usta zdumiona.

— Skąd on to wie?

Hererra potrząsnął głową.

— Bardzo pragnęlibyśmy poznać odpowiedź na to pytanie.

Księga trzecia

Rozdział 21

— Amerykanie?! — krzyknęła Soraya. — Boże, a cóż to znowu za szaleństwo.

Na pół spodziewała się, że Amun wtrąci jakiś swój zgryźliwy komentarz, ale Egipcjanin milczał, patrząc na nią wielkimi oczami skarabeusza.

— Amerykański oddział wojskowy, który na przepustkę wypuścił się akurat do Al-Gardaqi, dostaje zadanie rozpoczynające się w Chartumie mniej więcej dwa tygodnie przed zestrzeleniem amerykańskiego samolotu, znajdującego się w egipskiej przestrzeni powietrznej, irańską rakietą Kowsar Trzy. Nie do uwierzenia. — Przeciągnęła ręką po gęstych ciemnych włosach. — Na litość boską, Amunie, powiedz coś.

Siedzieli w restauracji na brzegu morza. Jedli, ponieważ wiedzieli, że muszą coś zjeść; Soraya nie miała za grosz apetytu, a Amun najwyraźniej niewiele więcej. Przy sąsiednim stoliku trzech jego ludzi pilnowało Stephena, który pochłaniał posiłek, jakby miał to być jego ostatni. Rumiany, płaski dysk słońca niemal dotykał horyzontu. Nad nami rozpościerało się bezchmurne niebo, ogromne i dziwnie puste.

Chaltum przepychał jedzenie widelcem po talerzu.

— Nadal uważam, że łże, żeby ocalić skórę — powiedział kwaśno.

— A jeśli nie łże? Właściciel szkoły nurkowania potwierdził jego historię. Miał czterech Amerykanów, nurków, mniej więcej dwa tygodnie temu. Po trzech dniach zapłacili gotówką i znikli.

— Każdy mógł to zrobić, nic w tym niezwykłego. — Egipcjanin obrzucił więźnia jadowitym spojrzeniem. — Bardzo to wszystko przekonujące, prawda?

— Słuchaj, moim zdaniem nie stać nas na ryzyko założenia, że kłamie. Powinniśmy polecieć do Chartumu.

— I pozostawić bez sprawdzenia możliwość, że irańscy terroryści byli tu, w Egipcie? — Potrząsnął głową. — Mowy nie ma.

Ale Soraya już telefonowała. Wybrała numer Veroniki Hart. Jeśli miała lecieć do Chartumu, sama lub w towarzystwie, potrzebowała zgody dyrektorki Centrali Wywiadu. Wycieczka do Sudanu to bardzo poważna sprawa.

Zmarszczyła brwi. Nikt nie przyjmował rozmowy, nie włączyła się też poczta głosowa. W końcu usłyszała męski głos.

— Kto mówi?

— Soraya Moore. A ty, do cholery, kim jesteś?

— Peterem, Soraya. Peterem Marksem.

Peter Marks był szefem operacji CI, sprytnym i godnym zaufania.

— Kto ci pozwolił korzystać z prywatnej komórki szefowej?

— Dyrektorka nie żyje.

— Co? — Soraya śmiertelnie pobladła. Poczuła, jak uchodzi z niej powietrze. — Nie żyje? Ale jak... — Jej głos był słaby, stłumiony, dobiegał jakby z bardzo daleka; pomyślała, że to z pewnością skutek szoku. — Co się stało?

— Wybuch... zakładamy, że eksplodował ładunek w samochodzie.

— O mój Boże!

— Były z nią dwie osoby: Moira Trevor i niejaki Humphry Bamber, programista komputerowy prowadzący własną małą firmę.

— Żyją czy oni też zginęli?

— Prawdopodobnie żyją — wyjaśnił Marks — choć to tylko przypuszczenia. Nie mamy pojęcia, gdzie są. Nie możemy wykluczyć, że to oni ponoszą odpowiedzialność za śmierć dyrektorki.

— Albo ucieczką ratują życie.

— To też możliwe. Ale tak czy inaczej musimy ich znaleźć i przesłuchać. To jedyni świadkowie incydentu. — Mark umilkł na chwilę. — Problem w tym, że ta Trevor była związana z Jasonem Bourne'em.

Wszystko działo się za szybko; w stanie, w którym się Soraya znajdowała, nie nadążała za rozwojem wypadków.

— Dlaczego to ma być ważne? — spytała krótko.

— Nie wiem, czy jest ważne, ale była także związana z Martinem Lindrosem. Kilka miesięcy temu pani dyrektor Hart prowadziła śledztwo w tej sprawie.

— Uczestniczyłam w tym śledztwie. Same plotki. Moira Trevor i Martin byli przyjaciółmi. Koniec sprawy.

— A jednak i Lindros, i Bourne nie żyją. — Peter Marks odchrząknął. — Wiedziałaś, że Trevor była z Bourne'em, kiedy zginął?

Soraya zadrżała. Ogarnęły ją mroczne przeczucia.

— Nie, nie wiedziałam.

— Sprawdziłem to i owo. Pani Trevor pracowała kiedyś dla Black River.

Sorai zakręciło się w głowie.

— Dyrektor Hart też — powiedziała słabo.

— Ciekawe, prawda? Ale to nie koniec. Trevor i ten Bamber zostali przyjęci na oddział wypadków nagłych szpitala Uniwersytetu Jerzego Waszyngtona niespełna dwadzieścia minut po wybuchu. Nikt nie widział, jak wychodzili, ale — i dopiero to jest naprawdę ciekawe — pięć minut po tym, jak zabrano ich na badanie, pojawił się facet, błysnął legitymacją federalną i zaczął o nich wypytywać.

— Ktoś ich śledził.

— Można tak powiedzieć — przyznał Marks.

— Jak się nazywał ten facet i dla jakiej agendy rządowej pracował.

— Oto pytanie za miliard dolarów. Nikt nic nie pamięta, w szpitalu mieli urwanie głowy. No więc sprawdziłem sam. Nikt nie chce się do niego przyznać, więc może wcale nie był taki rządowy? Z drugiej strony nie poczułbym się szczególnie zaskoczony, gdyby ktoś mi powiedział, że Departament Obrony w tajemnicy pozwolił niektórym ludziom z Black River używać rządowych legitymacji.

Soraya kilka razy odetchnęła głęboko, przede wszystkim po to, żeby się uspokoić i zmusić sparaliżowany mózg, by zaczął jakoś łączyć oderwane fakty.

— Peter, posłuchaj. Wysłano mnie do Egiptu, żebym dowiedziała się czegoś o rdzennej irańskiej grupie bojowników, z którą nawiązała kontakt Black River, ale kiedy po raz ostatni rozmawiałam z dyrektorką, pozwoliła mi sprawdzić teorię, że irańscy terroryści, którzy zestrzelili nasz samolot, otrzymali pomoc przy transporcie rakiety, być może od Saudyjczyków.

— Jezu! I...?

— Dzwonię, bo chciałam jej powiedzieć, że pojawiła się nowa możliwość. Być może Irańczycy nie mają z tym nic wspólnego.

— Co?! — krzyknął Marks. To było dla niego zbyt wiele. — Chyba żartujesz?

— Chciałabym, ale to nie żarty. Dwa tygodnie temu czterej amerykańscy żołnierze na przepustce zostali nagle ściągnięci na misję rozpoczynającą się w Chartumie.

— Co z tego?

— Wraz z Amunem Chaltumem działaliśmy przy założeniu, że Saudyjczycy pomogli irańskim terrorystom przetransportować rakietę Kowsar Trzy przez Morze Czerwone do celu leżącego gdzieś na wschodnim wybrzeżu Egiptu. Ludzie Chaltuma badali ten teren przez cały dzień. Niczego nie znaleźli, więc zaczęliśmy rozpatrywać inne możliwości. Poza wybrzeżem do Egiptu można dostać się wyłącznie z południa.

Usłyszała, jak Peter gwałtownie nabiera powietrza.

— Z Sudanu!

— A Chartum to logiczny punkt zborny. Kowsara Trzy można tam dostarczyć tak dyskretnie, że nie namierzy go żaden radar.

— Czegoś nie rozumiem. Jakie mogą być związki między naszymi żołnierzami a irańskimi terrorystami?

— Chodzi właśnie o to, że nie ma żadnych związków. Pracujemy nad scenariuszem, w którym nie ma miejsca ani na Irańczyków, ani na Saudyjczyków.

Marks roześmiał się, ale był to bardzo niepewny śmiech.

— Co próbujesz mi zasugerować? Że zestrzeliliśmy własny samolot?

— Rząd by tego nie zrobił — powiedziała Soraya bardzo poważnie. — Ale Black River, owszem.

— Ta teoria jest niemal tak szalona jak oni.

— A co, jeśli straszne wypadki u nas, w domu, są w jakiś sposób powiązane z tym, co dzieje się tutaj?

— To hipoteza mocno naciągana, nawet jak na ciebie.

— Posłuchaj mnie uważnie, Peter. Dyrektor Hart niepokoiły obecne stosunki między NSA, a dokładniej sekretarzem Hallidayem, i Black River. Zginęła od ładunku wybuchowego podłożonego w samochodzie. — Przerwała, by podkreślić wagę swego twierdzenia, po czym mówiła dalej: — Jedynym sposobem rozwiązania tej zagadki jest dotarcie tam, gdzie coś się dzieje. Muszę lecieć do Chartumu.

— Sorayo, Sudan jest zbyt niebezpieczny dla dyrektorki...

— Typhon ma agenta na miejscu. W samym Chartumie.

— Świetnie. Niech zbada sprawę.

— Jest dla niego zbyt poważna... i może mieć zbyt poważne konsekwencje. A w ogóle po tym, co zaszło, nikomu nie ufam.

— A co z tym twoim Chaltumem? Przecież facet jest szefem Muchabaratu, na litość boską!

— Uwierz mi na słowo, na tej sprawie może stracić tyle co my.

— Na mnie spoczywa obowiązek poinformowania cię, że twój agent w Chartumie nie zdoła zapewnić ci bezpieczeństwa.

Z tonu głosu poznała, że Peter się poddał.

— Nikt nie zdoła zapewnić mi bezpieczeństwa. Miej ten telefon zawsze przy sobie. Będę cię informowała.

— Jasne, ale...

Soraya przerwała połączenie. Spojrzała na Amuna.

— Dyrektorka Centrali Wywiadu nie żyje. Zginęła w Waszyngtonie, prawdopodobnie w wybuchu podłożonego pod jej samochód ładunku. Coś tu śmierdzi. Polecisz ze mną do Chartumu?

Chaltum przewrócił oczami, wzniósł ręce w powietrze.

— *Azizti*, czemu pytasz? Nie zostawiłaś mi wyboru!

• • •

Moira i Humphry Bamber dojechali taksówką do Foggy Bottom, a następnie Bamber poprowadził ich na zachód, przez most, do Georgetown. Był strasznie zdenerwowany, szedł tak szybko, że kilkakrotnie musiała go doganiać, chwytać za ramię, ciągnąć, ponieważ był zbyt przerażony, by słuchać, co do niego mówi. Po drodze wykorzystywała szklane witryny i boczne lusterka samochodów, by upewnić się, że nikt ich nie śledzi, na piechotę lub w samochodzie. Co najmniej dwukrotnie okrążali kwartał lub wchodzili do sklepu, takie podwójne zabezpieczenie; dopiero upewniwszy się, że wszystko w porządku, pozwoliła Bamberowi prowadzić się prosto do celu. Mieścił się on przy R Street i był kamienicą z czerwonej cegły w stylu federalnym, o mansardowym dachu krytym czerwoną miedzią i czterech oknach, na których parapecie siedziały tłuste, gruchające sennie gołębie. Wspięli się po wyłożonych płytkami schodach, Humphry zastukał do drzwi mosiężną kołatką i po krótkiej chwili pojawił się w nich szczupły mężczyzna o dość długich brązowych włosach, zielonych oczach i wystających kościach policzkowych.

— Cześć, H. Wyglądasz... co ci się stało?

— Chrissie, to Moira Trevor. Moiro, pozwól przedstawić sobie Christiana Lamontierre'a.

— Pan jest tym tancerzem?

Bamber zdążył już przekroczyć próg.

— Moira właśnie uratowała mi życie. Możemy wejść?

— Życie...? Ależ oczywiście, wejdźcie. — Lamontierre cofnął się do małego, pięknego jak klejnot przedpokoju. Uczynił to z siłą i gracją, jakie mogą dać tylko wyczerpujące ćwiczenia. — Gdzie moje maniery? — Na twarzy miał wypisany strach. — Nic wam się nie stało? Mogę wezwać mojego lekarza.

— Żadnych lekarzy — odparła bez wahania Moira.

Kiedy gospodarz zamknął za nimi drzwi, Bamberg natychmiast zasunął zamki. Lamontierre zauważył to i powiedział:

— Sądzę, że powinniśmy się napić.

Gestem zaprosił ich w głąb mieszkania, do pięknie urządzonego pokoju dziennego utrzymanego w kolorach szarym i kremowym. Ten świat był światem nieostentacyjnej, spokojnej elegancji. Na niskim stoliku leżały rozrzucone książki, poświęcone współczesnemu baletowi i tańcowi, a na półkach stały zdjęcia, przedstawiające gospodarza na scenie i w swobodnych sytuacjach, w towarzystwie Marthy Graham, Marka Morrisa, Billa T. Jonesa, Twyli Tharp... i wielu innych.

Usiedli na kanapie pokrytej tkaniną w szaro-srebrne pasy. Lamontierre podszedł do barku, ale zatrzymał się nagle i odwrócił.

— Wyglądacie na głodnych. Podreptę do kuchni i coś wam przygotuję, zgoda?

Nie czekając na odpowiedź, odszedł, zostawiając gości samych, za co Moira była mu szczerze wdzięczna. Chciała zadać Bamberowi kilka pytań, a towarzystwo mogło go tylko krępować.

Bamber wyprzedził ją o krok. Westchnął głęboko, rozsiadł się wygodnie na kanapie i powiedział:

— Gdzieś tak po trzydziestce zacząłem sobie uświadamiać, że przeznaczeniem mężczyzny nie jest monogamia, ani fizyczna, ani emocjonalna. Stworzono nas tak, żebyśmy się rozmnażali, za wszelką cenę przedłużali trwanie gatunku. Homoseksualizm nie zmienia tej podstawowej prawidłowości biologicznej.

Przypomniała sobie, co powiedział wcześniej: że zabiera ją do miejsca, o którym nie wiedział nawet Stevenson.

— A więc miałeś przygodę z Lamontierre'em?

— Steve'a zabiłoby samo wspomnienie o tym fakcie.

— On wiedział?

— Nie był głupi. I dysponował niebagatelną intuicją; jeśli nawet nie dotyczyła jego samego, to z pewnością ludzi z jego otoczenia. Mógł podejrzewać... lub nie. Nie wiem. Ale jego poczucie wartości było dość kruche. Niepokoił się, że mogę go rzucić. — Bamber wstał, nalał wody im obojgu, podał jej szklankę i wrócił na miejsce. — Ale ja bym go nie zostawił. Nigdy.

— Nie mam zamiaru cię osądzać — powiedziała Moira łagodnie.

— Doprawdy? Ty pierwsza.

Moira piła wodę. Całkiem zaschło jej w gardle.

— Opowiedz mi o sobie i Noahu Perlisie — poprosiła.

— Skurwysyn. — Bamber skrzywił się przeraźliwie. — Chciał ode mnie porządnej małej wojenki. Czegoś, co mógłby przewiązać wstążką i wręczyć klientowi. W prezencie.

— Dobrze ci za to zapłacił.

— O tym mi nie przypominaj. — Bamber wysuszył szklankę jednym łykiem. — Te cholerne pieniądze pójdą wprost na badania nad AIDS.

— Wróćmy do Noaha.

— Niech będzie.

— Wyjaśnij mi, co to takiego „porządna mała wojenka".

W tym momencie zawołał ich Lamontierre. Wstali, zmęczeni. Humphry poprowadził ich korytarzem. Minęli łazienkę i znaleźli się w kuchni na tyłach domu. Moira bardzo chciała jak najszybciej usłyszeć odpowiedź na swoje pytanie, ale w brzuchu jej burczało; wiedziała, że musi odzyskać siły, a żeby odzyskać siły, trzeba jeść.

Gdy szukała mieszkania, oglądała takie jak to. Lamontierre zainstalował okno dachowe, więc nawet jego kuchnia, zamiast ponura i ciemna, jak niegdyś, była teraz jasna i wesoła. Kazał ją pomalować na jaskrawą ciemną żółć, a blaty kuchenne wykonano z brunatnoczerwonych lśniących płytek granitowych udekorowanych w skomplikowany, bizantyjski wzór o barwach złota, zieleni i błękitu.

Usiedli za starym drewnianym stołem z listew. Gospodarz przygotował dla nich jajecznicę na bekonie z indyka i grzanki z pełnoziarnistego chleba. Podczas posiłku od czasu do czasu obrzucał Bambera zaniepokojonym spojrzeniem, ponieważ w odpowiedzi na pytanie, co się stało, usłyszał tylko: „Nie chcę o tym mówić". A potem, widząc, że uraził przyjaciela, Bamber dodał jeszcze: „To dla twojego własnego dobra, Chrissie. Uwierz mi".

— Nie wiem, co powiedzieć — przyznał gospodarz. — Śmierć Steve'a...

— Im mniej się o tym mówi, tym lepiej — przerwał mu Humphry.

— Przepraszam. Nie powiem nic więcej. Przepraszam.

Jego gość oderwał wreszcie wzrok od talerza. Zdołał nawet uśmiechnąć się słabo.

— Dziękuję ci, Chrissie. Doceniam to, naprawdę. I przepraszam, że zachowuję się jak jakiś gówniarz.

— Wiele dziś przeżył — wtrąciła Moira.

— Oboje wiele przeżyliśmy. — Bamber znów wbił wzrok w talerz.

Lamontierre spojrzał najpierw na niego, potem na towarzyszącą mu kobietę.

— W porządku. Niech będzie... a teraz muszę poćwiczyć. — Wstał. — Jeśli będziecie mnie potrzebowali, jestem w sali na dole.

— Dzięki, Chrissie. — Bamber uśmiechnął się czule. — Za chwilę do ciebie zejdę.

291

— Nie spiesz się. Pani Trevor...

Wyszedł z kuchni. Dopiero teraz zauważyli, że nie tknął swojego jedzenia.

Bamber oparł głowę na splecionych dłoniach.

— Zachowałem się jak kompletny dupek. Co się ze mną dzieje?

— Stres — podpowiedziała mu Moira. — Opóźniona reakcja na bardzo silny szok. Tak to już jest, kiedy chcesz zmieścić dwa kilo gówna w kilogramowej torbie.

Roześmiał się krótko, ale kiedy podniósł głowę, w jego oczach błyszczały łzy.

— A co z tobą? Wybuchające samochody to dla ciebie drobiażdżek?

— Szczerze mówiąc, nic nowego. A bywało i gorzej.

Gapił się na nią przez chwilę rozszerzonymi oczami.

— Jezu! W co mnie wrobił ten Perlis!

— Właśnie to chcę usłyszeć od ciebie.

— Powiedział, że ma klienta, który... że chce pobawić się w rzeczywiste scenariusze, symulacje tak bliskie prawdziwego świata, jak to tylko możliwe. Wyjaśniłem mu, że na rynku nie ma niczego, co odpowiadałoby w pełni jego kryteriom, ale ja mogę mu zrobić coś takiego.

— Za odpowiednią opłatą?

— Jasne, że opłatą. Nie prowadzę działalności charytatywnej.

W tym momencie Moira zastanowiła się przelotnie, dlaczego jest taka ostra dla tego faceta, i ze zdumieniem stwierdziła, że jej zły humor nie ma z nim nic wspólnego. Wcześniej zadzwoniła do doktora Firtha na Bali, chciała koniecznie porozmawiać z Willardem, dowiedzieć się od niego, co z Jasonem, i usłyszała tylko, że Willard wrócił do Waszyngtonu. Firth nie miał pojęcia, gdzie jest Bourne, a w każdym razie tak twierdził. Kilkakrotnie wybierała numer komórki Jasona, ale za każdym razem włączała się poczta głosowa. Bardzo ją to niepokoiło, choć próbowała się uspokoić myślą, że skoro Willard mu towarzyszy, to Jason jest w dobrych rękach.

— Mów dalej — powiedziała zawstydzona, przysięgając sobie w duchu, że od tej pory będzie sympatyczniejsza.

Bamber wstał, zebrał talerze, zaniósł je do dwukomorowego zlewu. Zdrapał z nich resztki jedzenia, które miały zniknąć w rozdrabniarce, a potem umieścił je wraz ze sztućcami w zmywarce. Skończył sprzątać ze stołu, stanął za swoim krzesłem i zacisnął palce na oparciu, aż pobielały mu kostki palców. Kolejny przypływ strachu wywołał ledwo powstrzymywaną falę nerwowej energii.

— Uczciwie mówiąc, myślałem, że jego klient chce przetestować nową formułę funduszu hedgingowego. Noah zaproponował taką forsę, że powiedziałem sobie, „co tam, do diabła!", za miesiąc, dwa dostanę szmal i niech mi skoczą, cokolwiek stanie się z moim interesem, będę ustawiony. Trudno jest pracować na własny rachunek, uwierz mi, coś się zmienia i biznes diabli biorą tak szybko, że nie uwierzyłabyś własnym oczom.

Moira zastanawiała się przez chwilę.

— Nie wiedziałeś, że on pracuje dla Black River? — spytała.

— Przedstawił się jako Noah Petersen. Tylko tyle o nim wiedziałem.

— Chcesz mi powiedzieć, że nie sprawdzasz tożsamości klientów?

— Nie wtedy, kiedy deponują mi na koncie dwa i pół miliona dolarów. — Wzruszył ramionami. — Poza tym nie jestem z FBI.

Rzeczywiście, coś w tym było. Zresztą Moira z własnego doświadczenia wiedziała, jak przekonujący umie być Noah, jak doskonale potrafi wcielić się w kogoś innego. Kochał grać niczym hollywoodzki aktor. Dzięki temu nie musiał być sobą.

— Czy kiedykolwiek w trakcie pracy doznałeś wrażenia, że Bardem nie jest jednak przeznaczony dla funduszu hedgingowego?

Twarz Bambera wyrażała smutek. Skinął głową.

— Ale dopiero przy samym końcu — zastrzegł się. — Nic nie podejrzewałem nawet wtedy, gdy Noah przekazał mi instrukcje klienta do drugiej wersji. Powiedział, że muszę zmodyfikować parametry danych świata rzeczywistego tak, by zawierały możliwe reakcje rządu na atak terrorystyczny, atak wojskowy i tak dalej.

— I to cię nie zaniepokoiło?

Bamber westchnął.

— A niby dlaczego miało zaniepokoić? Te czynniki są przecież istotne dla funduszy zwiększonego ryzyka, ponieważ mają znaczny wpływ na rynki finansowe, a poza tym, jak mi się zdaje, niektóre z nich zarabiają na błyskawicznym przerzucaniu funduszy z rynku na rynek.

— Ale w którymś momencie doszedłeś jednak do innych wniosków?

Zaczął spacerować po kuchni, przekładając rzeczy wcale niewymagające przełożenia.

— Anomalie mnożyły się z każdą kolejną wersją programu, teraz widzę to wyraźnie.

Przystanął. Zamilkł.

— Ale wówczas? — podpowiedziała mu.

— Wówczas tłumaczyłem sobie, że wszystko jest w porządku — powiedział. To wyznanie nie sprawiło mu przyjemności. — Wchodziłem coraz głębiej i głębiej w komplikujące się algorytmy Bardema. W nocy prześladowały mnie wątpliwości, więc myślałem o dwóch i pół milionie dolców, które niedługo puszczę w ruch, o tym, że wreszcie będę niezależny. — Pochylił się nad zlewem, zwiesił głowę. — Ale parę dni temu miarka się przebrała. Powiedziałem sobie, że dalej tak nie może być. Nie wiedziałem, co zrobić.

— Więc zwierzyłeś się Steve'owi, Steve zrobił to, co ty powinieneś zrobić od razu, sprawdził klienta i odkrył, że pracuje dla Black River.

— A on już taki był, że nie potrafił zatrzymać informacji dla siebie. Za bardzo się bał, żeby pójść do swoich przełożonych, więc przekazał thumb drive'a człowiekowi, do którego poszedł, kiedy prowadzone przez niego wewnętrzne śledztwo w Departamencie Obrony niczego o Noahu nie ujawniło.

— Jayowi Westonowi — dokończyła Moira. — Oczywiście! Ściągnęłam go z Hobart, innej prywatnej firmy pracującej dla wojska. Zidentyfikowanie Noaha zajęło mu kilka sekund.

— A teraz Steve nie żyje — jęknął Bamber. — Bo byłem głupi. I chciwy.

Czerwona z gniewu Moira poderwała się na równe nogi. Przeszła kuchnię w kilku krokach.

— Do jasnej cholery, człowieku, opanuj się. Nie przydasz mi się, jeśli będziesz tylko użalał się nad sobą.

Bamber nie wytrzymał.

— Jesteś chora, kobieto? Nie ma w tobie ani odrobiny człowieczeństwa? Przed chwilą zamordowano mi partnera!

— Nie mam czasu na sentymenty ani...

— Jeśli dobrze pamiętam, wybuch rozerwał na strzępy twoją przyjaciółkę. Parę kroków od ciebie. Nie masz wyrzutów sumienia? Nie żal ci jej? Czy ty myślisz o czymkolwiek innym niż zemście na Noahu?

— Co?

— No właśnie. Chodzi ci tylko o nią, prawda? Liczy się jedno: ty i Noah, przegryzający sobie gardła i do diabła z postronnymi ofiarami. No to pieprzyć jego i ty też się pieprz.

Wyszedł z kuchni. Moira w ostatniej chwili chwyciła krawędź zlewu, jeszcze moment i by upadła. Kuchnia zawirowała wokół niej, nagle straciła orientację do tego stopnia, że nie wiedziała już, gdzie jest podłoga, a gdzie sufit.

Mój Boże — pomyślała. Co się ze mną dzieje? Jednocześnie oczami wyobraźni zobaczyła Ronnie Hart, jak wpatruje się w nią z wnętrza buicka. Wiedziała, że nadszedł koniec i że nic już nie może zrobić. Moira znów przeżywała wybuch, nic nie widziała, nie słyszała, o niczym nie myślała.

Dlaczego jej nie uratowałam? Ponieważ nie było już czasu. Dlaczego przynajmniej nie spróbowałam? Z tego samego powodu, a w dodatku Bamber chwycił mnie i unieruchomił. Dlaczego mu się nie wyrwałam? Ponieważ fala eksplozji już mnie dosięgła, odrzuciła, a gdybym stała odrobinę bliżej, ogarnąłby mnie ogień, już bym nie żyła, albo gorzej, leżałabym w szpitalu na oddziale poparzeń, ze spaloną, łuszczącą się skórą, poparzeniami trzeciego stopnia. Czekałabym na powolną, bolesną śmierć.

Tak czy inaczej Ronnie zginęła. A ona przeżyła. Gdzie tu sprawiedliwość? Racjonalna część jej umysłu mówiła pogrążonej w żałobie, irracjonalnej części, że świat jest chaosem, że nie dba o sprawiedliwość będącą przecież ludzkim wymysłem, a więc obciążonym własną irracjonalnością, ale argumenty padające w tej wewnętrznej debacie nie mogły powstrzymać łez spływających jej po policzkach. Drżała niczym w gorączce.

Słowa Bambera powróciły, by ją prześladować. O co mu w gruncie rzeczy chodziło z tą krwawą wojną między nią i Noahem? Wróciła myślami do Monachium i do Jasona Bourne'a. Wspinali się po schodkach do samolotu, którym mieli dolecieć do Kalifornii, do Long Beach. Nagle w drzwiach pojawił się Noah. Pamiętała zimną złość widoczną w jego spojrzeniu. Czyżby była to zazdrość? Wówczas była zbyt nieuważna, skupiona wyłącznie na najbliższym celu: dotarciu do Long Beach, lecz teraz ta jego kwaśna mina powracała do niej niczym smak zepsutego jedzenia. Jak może być pewna, że prawidłowo interpretuje znaczenie tej zapamiętanej chwili? Bo teraz, kiedy znów o tym pomyślała, miała nieodparte wrażenie, że na jej odejście z Black River zareagował osobiście, niczym odtrącony kochanek. Idąc dalej tym tropem, czy jej decyzja, by założyć konkurencyjną firmę przez podkupienie kilku najlepszych ludzi z Black River, nie była zemstą na Noahu za to, że nie starał się o nią, kiedy miał szansę? Nieoczekiwanie, nagle, powróciła do niej rozmowa, którą prowadziła z Jasonem na Bali, w basenie, tego dnia, kiedy byli tam sami i kiedy powiedziała mu, że ma zamiar stworzyć konkurencję dla Black River. Ostrzegł ją wówczas, że zrobi sobie wroga z Noaha, no i miał rację. Czy wiedział, co Noah do niej czuje? I co ona czuje do niego? „Dałam spokój próbom zadowolenia go pół roku przed odejściem z Black River. Robota głupiego" — po-

wiedziała wtedy Jasonowi. Co dokładnie miała na myśli? Wsłuchiwała się w wibrujące wewnątrz czaszki słowa, które teraz,
w świetle dokonanych przez nią pomniejszych, lecz istotnych
odkryć, brzmiały jak skarga kochanki.

Boże Wszechmogący, cóż za straty uboczne spowodowała
wraz z Noahem!

Nierozsądny gniew uszedł z niej jak powietrze z przebitej
opony. Puściła ściskany kurczowo zlew i osunęła się na podłogę.
Gdyby nie opierała się plecami o drewniane szafki, przewróciła-
by się na bok.

Wydawało się jej, że minęło bardzo wiele czasu, choć to
przecież niemożliwe, nim uświadomiła sobie, że w kuchni obok
niej jest ktoś jeszcze. W rzeczywistości było ich dwóch, klęczeli
obok niej.

— Co się stało? — spytał Bamber. — Wszystko w porządku?

— Poślizgnęłam się i upadłam, to wszystko — odparła
Moira. Oczy miała suche.

— Przyniosę ci brandy. — Lamontierre, ubrany w biały
trykot tancerza i baletki, z ręcznikiem na szyi, znikł w przejściu
do pokoju dziennego. Po chwili powrócił z dużą koniakówką
w połowie wypełnioną bursztynowym płynem. Moira natychmiast skorzystała z okazji. Płynny ogień wypełnił jej gardło,
a po chwili całe ciało. Znów była sobą.

— Panie Lamontierre — powiedziała — dziękuję panu za
gościnność, ale będę szczera: muszę porozmawiać z panem
Bamberem w cztery oczy.

— Oczywiście. Jeśli naprawdę nic pani nie jest...

— Naprawdę.

— Wspaniale. W takim razie wezmę prysznic. Humphry,
jeśli chcesz zostać u mnie na jakiś czas... — przerwał, spojrzał
na Moirę — ...jeśli oboje... w każdym razie jesteście tu mile
widziani. Możecie tu mieszkać, jak długo chcecie.

— To bardzo wielkodusznie z pana strony — powiedziała
Moira.

Tancerz zbył jej słowa machnięciem ręki.

— Drobiazg. Obawiam się jednak, że nie mam żadnych ubrań odpowiednich dla pań.

Roześmiała się.

— Z tym poradzę sobie bez wielkich problemów.

— Doskonale. — Lamontierre uścisnął Bamberga i zostawił ich samych.

— To dobry człowiek — powiedziała Moira.

— Tak, to prawda — przyznał Bamber.

Wrócili do pokoju dziennego. Wyczerpani opadli na kanapy.

— I co teraz? — spytał Humphry.

— Dowiem się, do czego Perlis używa Bardema, a ty mi w tym pomożesz.

— Doprawdy? — Mężczyzna zesztywniał, łatwo to było zauważyć. — A jak, twoim zdaniem, mam to zrobić?

— Mógłbyś na przykład włamać się do jego komputera.

— Jakie to łatwe... dla nas obojga. — Przesunął się, siedział teraz na krawędzi kanapy. — Tylko że, niestety, niemożliwe. Noah używa laptopa. Wiem to, bo na jego polecenie poprawione wersje programu przesyłałem mu bezpośrednio.

— Ufff...! — Sieci Wi-Fi przeciekały notorycznie, ale nie sieć Black River. Firma dysponowała własną światową siecią, o ile wiedziała, niedostępną z zewnątrz. Oczywiście w teorii żadna sieć komputerowa nie jest w stu procentach bezpieczna, ale pluton hakerów mógł pracować choćby i rok...

— Zaraz, chwileczkę! — Moira nagle się ożywiła. — Gdybyś miał laptopa z enkrypcją Wi-Fi stosowaną przez Black River, pomogłoby ci to?

Bamber wzruszył ramionami.

— Prawdopodobnie. Ale jak, do diabła, zamierzasz zdobyć coś takiego?

— Pracowałam tam. Sklonowałam dysk mojego laptopa, nim go odesłałam. — Przez chwilę w milczeniu rozważała ostatnią przeszkodę. — Problem w tym, że ilekroć agent opuszczał firmę, natychmiast poprawiano kodowanie.

— To bez znaczenia. Jeśli używają tego samego algorytmu

podstawowego, a tego jestem właściwie pewien, powinienem go złamać. — Potrząsnął głową. — Tylko że nie ma to żadnego praktycznego znaczenia. Nie możemy przecież wrócić do naszych mieszkań, ani ty, ani ja, prawda? Ludzie Noaha z pewnością tam na nas czekają.

Moira wstała i rozejrzała się w poszukiwaniu płaszcza.

— Mimo wszystko muszę spróbować.

Rozdział 22

Podczas godzinnego lotu z Sewilli do Madrytu Bourne zauważył, że Tracy zdjęła obrączkę. Kiedy o to zapytał, wyjęła ją z torebki.

— Zazwyczaj noszę obrączkę w podróży — wyjaśniła — żeby zniechęcić mężczyzn pragnących koniecznie ze mną porozmawiać. Ale teraz to bez sensu.

Mieli już rezerwację na lot z Madrytu do Kairu linią Egyptair. Na miejscu, po przewiezieniu na lotnisko wojskowe sąsiadujące z lotniskiem międzynarodowym, wyczarterowanym samolotem udadzą się do Chartumu. Tracy zdobyła wizę wcześniej, Don Hererra błyskawicznie załatwił ją dla Bourne'a, nadal na nazwisko Stone, a także zaopatrzył go w telefon satelitarny, bo na afrykańskiej sieci komórkowej nie można było polegać.

Tracy odłożyła obrączkę, wzięła teczkę, położyła ją sobie na kolanach.

— Przepraszam za telefon do profesora Zuñigi.

— Za co przepraszasz? Przecież to nie był twój błąd.

Westchnęła ciężko.

— Obawiam się, że jednak był. — Zażenowana otworzyła teczkę. — Chyba muszę ci wyznać coś okropnego. — Wyjęła z teczki dokumenty, które Bourne miał już okazję widzieć: rentgenowskie zdjęcia obrazu Goi i list od profesora. Podała mu je, mówiąc: — Widzisz, już widziałam się z profesorem. To są zdjęcia, zrobione podczas badań, a to list potwierdzający, że mamy do czynienia z oryginałem. Profesor był bardzo podekscytowany odkryciem, prawdę mówiąc popłakał się, kiedy mu zabierałam obraz.

Bourne przeszył ją wzrokiem.

— Dlaczego od razu mi tego nie powiedziałaś?

— Wzięłam cię za rywala. Dostałam bardzo stanowcze polecenie, by za wszelką cenę uniknąć licytacji, więc nie chciałam ujawnić niczego, co mogłoby podbić cenę.

— A później?

Tracy znów westchnęła. Zebrała zdjęcia, złożyła je porządnie, schowała do teczki.

— Później było już za późno. Nie chciałam przyznać, że cię oszukałam, zwłaszcza po tym, jak ocaliłeś nas na korridzie.

— Wszystko przeze mnie — powiedział Bourne. — Nie powinienem wplątywać cię w swoje sprawy.

— To już bez różnicy. I tak jestem w nie wplątana.

Z tym nie sposób było polemizować. Mimo to nie podobało mu się, że dziewczyna leci z nim do Chartumu, serca imperium broni Nikołaja Jewsena, niemal z całą pewnością w sam środek sieci, w którą wrzuciła go kula, omal nie odbierając mu życia. W Chartumie znajdowała się kwatera główna Jewsena, przy Al-Gamhuria Avenue 779. Tracy twierdziła, że Noah Perlis tam miał odebrać Goyę. Z tego, co mówił don Hererra, wynikało, że być może pod tym adresem spotka Borisa Karpowa, który zdaniem Hererry, właśnie wrócił z Timbuktu w Mali. Nawet teraz, po obejrzeniu zdjęć i wysłuchaniu taśmy, na której Boris targował się z Bobem Hallidayem, Bourne nie był pewien, jak ma poradzić sobie w sytuacji, gdy człowiekiem mającym go zabić okazał się zaufany przyjaciel. Niepokoił go ciągle problem Kata; dlaczego Boris wynajmował kogoś do załatwienia sprawy, którą mógł spokojnie załatwić sam?

— A skoro mowa o kłamstwie — powiedziała Tracy —

dlaczego ty mnie okłamałeś? Nie powiedziałeś, z jakiego powodu naprawdę chcesz zobaczyć się z don Hererrą.

— Zabrałabyś mnie na spotkanie, gdybym ci powiedział prawdę?

— Prawdopodobnie nie — przyznała z uśmiechem. — No, teraz, kiedy przyznaliśmy się do pomyłek, możemy chyba zacząć od nowa?

— Skoro tak twierdzisz...

Spojrzała na niego z zastanowieniem.

— Wolałbyś nie?

— Ależ skąd. — Bourne się roześmiał. — Chodziło mi tylko o to, że nam obojgu kłamstwo przychodzi z niezwykłą łatwością.

Nie od razu, ale Tracy jednak się zaczerwieniła.

— W mojej pracy — tłumaczyła — i niewątpliwie w twojej też, bez przerwy spotyka się ludzi bez skrupułów, oszustów, kanciarzy, czasami nawet niebezpiecznych przestępców. Nic w tym dziwnego, skoro, szczególnie w naszych czasach, dzieła sztuki osiągają astronomiczne ceny. Musiałam nauczyć się ochrony przed tego rodzaju niebezpieczeństwami, a jedną z jej metod są przekonujące kłamstwa.

— Sam lepiej bym tego nie ujął — przyznał Bourne.

Przerwali rozmowę, bo pojawiła się stewardesa i spytała, czego się napiją. Kiedy przyniosła, co zamówili, wrócili do rozmowy.

— Wciąż nie mogę się nadziwić, że pracujesz dla Noaha Perlisa.

Tracy wzruszyła ramionami. Wypiła kieliszek szampana.

— Jest klientem. Płaci. Jak wszyscy.

— Zastanawiam się, czy to prawda, czy kłamstwo.

— Prawda. Na tym etapie kłamstwem niczego już nie wygram.

— Noah Perlis to bardzo niebezpieczny człowiek, pracujący dla firmy, której etyka stoi pod wielkim znakiem zapytania.

— Być może, ale jego pieniądze są równie dobre jak każdego innego. Jak je zarabia, to już nie moja sprawa.

— Twoja... jeśli wystawia cię na strzał.

Skrzywiła się.

— A niby dlaczego miałabym znaleźć się w niebezpieczeństwie? Przecież wykonuję normalną pracę, nawet niezbyt skomplikowaną. Moim zdaniem mocno przesadzasz. Jakbyś bał się własnego cienia.

Jeśli chodzi o Noaha Perlisa, nie ma pracy zwykłej i normalnej. Bourne musiał nauczyć się tego od Moiry. Uznał, że nic nie osiągnie, wałkując ten temat. Jeśli Noah rozgrywa nią którąś ze swych gier, on dowie się o tym szybko. Niepokoiło go, że wśród wielu innych pojawiło się i to nazwisko. Nikołaj Jewsen to największy handlarz bronią, Dimitrij Masłow jest głową mafii Kazachów, od biedy potrafiłby wyjaśnić nawet obecność w tym towarzystwie statysty, Borisa. Co Noah Perlis, wysoki stopniem agent Black River, robi w towarzystwie zatwardziałych rosyjskich kryminalistów?

— Co się stało, Adamie? Wyglądasz na zaniepokojonego.

— Nie miałem pojęcia — wyjaśnił Bourne — że Perlis jest kolekcjonerem sztuki.

Tracy spojrzała na niego gniewnie.

— Myślisz, że kłamię?

— Niekoniecznie ty. Ale mogę się założyć, że ktoś to robi.

* * *

Tryton zadzwonił do Arkadina punktualnie. Bezwzględny Noah mógł być człowiekiem aroganckim, patrzeć na wszystkich z góry, mógł nie szanować nikogo, zazdrośnie bronić swej władzy i wpływów, ale przynajmniej się nie spóźniał. Trudno było czerpać satysfakcję z tego powodu, bo zwycięstwo, jeśli można to nazwać zwycięstwem, nie znaczyło nic dla nikogo z wyjątkiem jego samego. Arkadin należał do ludzi, dla których tajemnica jest wystarczająco ważna, by nabrać prawdziwie mitycznych proporcji. Sam był swoistym fizycznym kameleonem, który do perfekcji opracował sztukę zmiany twarzy, chodu, całego stylu bycia, uzależnienia ich od odgrywanej akurat roli, natomiast Noah potrafił być towarzyski i serdeczny, przekonujący i przypochlebny — oczywiście w zależności od tego, kim chciał akurat być. Arkadin pomyślał, że trzeba aktora, by poznać aktora.

— Przemówienie prezydenta w siedzibie ONZ odniosło oczekiwany sukces — oznajmił Noah. W rozmowach z Rosjaninem rzadko słuchał, prawie cały czas mówił. — Amerykanie nie tylko zjednoczyli wokół siebie sojuszników, ale także większość krajów neutralnych i nawet kilka zazwyczaj im wrogich. Masz osiem godzin na dokończenie treningu swego oddziału. Po ośmiu godzinach na pasie będzie już czekał samolot, gotowy do przetransportowania was i zrzutu w strefie czerwonej. Czy to zrozumiałe?

— Najzupełniej — odparł automatycznie Arkadin.

Nie interesowała go nachalna gadanina Noaha. Miał własne plany, które rozważał po raz tysięczny, kluczowe zmiany w akcji amerykańsko-rosyjskiego wypadu na teren Iranu. Doskonale zdawał sobie sprawę, że drugiej szansy na zwycięstwo nie dostanie, że plan da się wprowadzić w życie tylko w jednej, dokładnie skalkulowanej chwili największego chaosu. Ani razu nie zdarzyło mu się pomyśleć o klęsce, ponieważ klęska oznaczałaby pewną śmierć, własną i wszystkich prowadzonych przez niego ludzi.

Był przygotowany na wszystko w odróżnieniu od Miszy i Ozierowa, kiedy, pod wpływem chwili, wypuścili mordercę na ulice Niżnego Tagiłu.

• • •

Wieści o coraz bardziej makabrycznych i coraz dziwaczniejszych morderstwach ludzi Stasia krążyły po Niżnym Tagile, dotarły nawet do Arkadina, bezpiecznie, niczym szczur, ukrytego w piwnicy domu, w którym znajdowała się kwatera główna gangu. Zaniepokoiły go do tego stopnia, że właśnie pod ich wpływem porzucił swe śmierdzące, ponure lokum. Kto ośmielał się kłusować na jego terenie? Jego zadaniem było zmienić życie członków gangu w piekło, nikt inny nie miał do tego prawa.

A więc wyszedł z piwnicy w gęstą, piekielną atmosferę Niżnego Tagiłu. Otoczyła go noc, noc i trująca, przesycona popiołem mżawka, niezdolna jednak zamaskować wysokich kominów, przesycających powietrze siarczanem żelaza. W innym, normalniejszym mieście byłoby to bicie dzwonów, tu czas wyznaczały oślepiające promienie szperaczy, zainstalowanych na wieżyczkach murów więzień o zaostrzonym rygorze, ciasno otaczających mroczne miasto, rozbłyskujących w regularnych odstępach czasu.

Dla Arkadina gang nadal był gangiem Stasia Kuzina, choć zastąpił go już szalony Lew Antonin, stosujący wyłącznie brutalną siłę. Wspiął się na szczyt po trupach, zginęło trzech ludzi, niepotrzebnie — wspominał Arkadin — ponieważ każdy choć odrobinę myślący potrafiłby bez większych problemów osiągnąć ten sam cel zwykłym sprytem. Lew nie należał jednak do ludzi myślących, więc można powiedzieć, że był właściwym człowiekiem na właściwym miejscu, gdy kierował bandą podrzynaczy gardeł, sadystów i niebezpiecznych kretynów.

Zelektryzowała go śmierć głównego cyngla gangu wraz z całą jego rodziną. Nie trzeba być mistrzem intelektu, by domyślić się, że następnym celem tajemniczego mordercy będzie sam szef. Jedno trzeba było przyznać zbójcy — pracował systematycznie. Każda następna ofiara stała wyżej w hierarchii; najprostszy sposób, by przerazić tych, którzy do tej pory nie wiedzieli co to strach.

Podszedł do domu Antonina, wielkiego, piętrowego i przeraźliwie brzydkiego; jakikolwiek styl zastępowała prosta, wręcz brutalna współczesna architektura. Dobre czterdzieści minut spędził na rozpoznaniu sąsiedztwa, oglądaniu domu ze wszystkich stron, kalkulowaniu ryzyka związanego z każdym możliwym podejściem. Teren był oczywiście rzęsiście oświetlony; w jaskrawym bladobłękitnym blasku stiuki na ścianach wydawały się płaskie, dwuwymiarowe.

Przy jednej ze ścian rosła, jak na zamówienie, stara usychająca wiśnia, pokręcona niczym dumny, lecz zmęczony weteran wielu wojen. Mniej więcej w połowie jej wysokości gałęzie tworzyły coś w rodzaju węzła, wystarczająco grubego, by wytrzymał ciężar kilku mężczyzn.

Jako chłopiec Arkadin, gdy tylko udało mu się wyrwać z mieszkania rodziców, z upodobaniem wspinał się na drzewa, na skały, wzgórza i góry, im bardziej strome, tym lepiej. Im większe było zagrożenie, choćby stawało się śmiertelne, tym bardziej lubił wspinaczkę, z tym większym samozaparciem dążył przed siebie. Gdyby wówczas zginął, to przynajmniej na swoich warunkach, robiąc to, co kocha, a nie zatłuczony przez matkę.

I teraz też bez wahania rozpoczął wspinaczkę. Gruby pień chronił go w bezpiecznym cieniu. Gdy posuwał się powoli w górę, czuł powracającą radość, taką, jakiej doświadczał w wieku dziewięciu, dziesięciu lat, nim matka, odkrywszy, że znów wymknął się z domu, złamała mu nogę.

Znalazłszy się wśród splątanych gałęzi, Arkadin zatrzymał się i rozejrzał. Był mniej więcej na wysokości okien na piętrze, oczywiście zamkniętych, ale nie tylko przed intruzami, lecz także trującymi popiołami. Nie stanowiły one wielkiego problemu, znacznie ważniejszy był wybór tych, które prowadziły do pustego pokoju. Przysunął się bliżej, zajrzał do środka najpierw jednego pomieszczenia, potem drugiego. Miał do dyspozycji cztery okna w parze po dwa; założył, że oznacza to dwa pokoje, niewątpliwie sypialnie. Zgaszone światło nie było żadną gwarancją, że w środku nikogo nie ma. Oderwał kawałek kory z gałęzi przy prawym ramieniu, rzucił nim w szybę drugiego okna pierwszej pary. Nie doczekał się reakcji, rzucił więc mocniej drugi, większy kawałek. Tym razem usłyszał wyraźny brzęk szyby, lecz dalej nic się nie działo.

Przesunął się do przodu, jak najbliżej ściany budynku, po gałęziach, których końce zostały odpiłowane lub odłamane. Ich kikuty najwyżej pół metra dzieliło od obsypanej plamami światła ściany, z której okna patrzyły na niego niczym ślepe oczy lalki.

Arkadin przyjął wygodną pozycję i nagle ujrzał swoje odbicie, które spoglądało na niego niczym z jakiegoś mitycznego lasu. Zaskoczyła go bladość jego własnej twarzy. Poczuł się tak, jakby widział siebie w przyszłości, już martwego, nagle i okrutnie obrabowanego z ognika życia nie przez czas, lecz przez okoliczności. W tej twarzy rozpoznał nie siebie, lecz kogoś obcego, kto wkroczył w jego życie i niczym lalkarz pokierował jego rękami i nogami, prowadząc go na ścieżkę destrukcji. Niemal natychmiast wizja ta znikła. Pochylił się, podważył ramę, uniósł okno i cicho wszedł do środka.

Znalazł się w całkiem zwyczajnej sypialni: łóżko, po obu stronach stojące na stolikach lampki, a to wszystko na okrągłym, dywanie. W tej chwili sypialnia wydawała mu się prawdziwą komnatą w pałacu sułtana. Na chwilę przysiadł w narożniku łóżka, rozkoszując się miękkością materaca, wdychając podniecający zapach perfum i pudru do ciała. Ileż by dał za gorącą kąpiel albo choćby prysznic.

Wąskie, sięgające podłogi lustro wskazywało drzwi do szafy. Otworzył je. Żywił naturalną awersję do szaf, co oczywiste, małych zamkniętych przestrzeni takich jak te, w których więziła go matka, niemniej w tej sytuacji zebrał siły, wsadził rękę do środka, przesunął po miękkich tkaninach wypełniającej ją odzieży: sukienek, halek, koszul nocnych, bladych, rozmigotanych, jak przed chwilą odbicie jego twarzy. Oprócz śladów perfum i pudru czuł jednak także zapach samotności, tak doskonale znany do niego podobnym. W prymitywnej kryjówce w piwnicy zapach ten był na miejscu, był niemal naturalny, ale w rodzinnym domu wydawał się dziwny i niewymownie smutny.

Już miał odwrócić się i wziąć do roboty, kiedy w czarnej studni wyczuł czyjąś obecność. Zesztywniał, gotów na wszystko, przykucnął, rozsunął kilka obrzydliwych tweedowych spódniczek. Spomiędzy nich wyjrzała blada, owalna buzia małego dziecka. Obserwowali się oboje przez chwilę, nieruchomi, jakby skamieniali. Arkadin przypomniał sobie, że Lew Antonin ma czwórkę dzieci: trzy córki i chorowitego synka, którego, gdyby nie ojciec, rówieśnicy prześladowaliby bezlitośnie. Patrzył teraz właśnie na niego, skulonego w szafie, tak jak on się kiedyś kulił.

Nienawiść do przeszłości okazała się silniejsza od nienawiści do Antonina.

— Dlaczego się tu chowasz? — spytał.

— Ciii... Bawię się z siostrami.

— Nie znalazły cię?

Chłopiec uśmiechnął się triumfująco. Potrząsnął głową.

— A siedzę tu już bardzo długo — pochwalił się.

Z dołu dobiegł ich dźwięk sprawiający, że obaj znów zamarli. Dźwięk tak nieoczekiwany, że przerwał ich chwilową, niezwykłą rozmowę. Był to jęk kobiety, lecz spowodował go nie seks, lecz strach.

— Zostań — powiedział Arkadin. — Cokolwiek się stanie, nie schodź na dół, póki po ciebie nie przyjdę.

Wyraźnie przerażony chłopiec skinął głową. Arkadin wyszedł z sypialni i ruszył korytarzem. Na piętrze światła były wygaszone, ale na parterze dom jakby stał w ogniu. Gdy podszedł do drewnianej balustrady, po raz drugi usłyszał jęk, tym razem donośniejszy. Zaczął się zastanawiać, co Lew Antonin robi żonie, że wywołuje w niej tak paniczny strach. I co robią córki, gdy on znęca się nad ich matką? Nic dziwnego, że nie poszły na górę szukać brata.

Ruszył schodami na spotkanie ze światłem, początkowo słabym, potem coraz mocniejszym. Szedł skulony, zgięty niemal wpół, a przez to prawie niewidoczny. Przebył nie więcej niż jedną trzecią drogi, gdy na dole dostrzegł doprawdy przedziwny obraz. Przed sobą miał Joszkar, żonę Antonina, przywiązaną za ręce i nogi do kuchennego krzesła z oparciem z drewnianych listew. Knebel częściowo wysunął się jej z ust, dlatego słychać było jęki. Jedno oko miała podbite, a na twarzy rozcięcia, z których sączyła się krew. Wokół niej, jak kurczaki skupione przy kurze, siedziało troje z czworga dzieci, powiązane ze sobą w kostkach. Spętane w ten sposób nie mogły się poruszyć, a biorąc pod uwagę groźny wygląd górującego nad nimi mężczyzny, z pewnością nie próbowałyby tego, nawet gdyby mogły. Gdzie się podziewał Lew Antonin?

Mężczyzna jakby od niechcenia mocno uderzył w głowę Antoninową.

— Przestań jęczeć — powiedział. — Twój los i tak jest już przesądzony. Cokolwiek zdecyduje mąż, ty i te dzieciaki... — zaczął kopać kobietę czubkiem buta w biodro i w żebra. Dziewczynki, i tak zapłakane, rozszlochały się na nowo, ich matka znów jęknęła żałośnie — ...ty i te dzieciaki już nie żyjecie. Jesteście martwe, dwa metry pod ziemią. Rozumiesz?

Arkadin słuchał tego gadania i nagle pewna myśl zaświtała mu w głowie. Ten facet musiał być obcy. Nie wiedział, że jedno z dzieci Antonina pozostało wolne. Czyżby to on zabijał członków gangu jednego po drugim? W tej chwili wydawało się to prawidłowym założeniem, takim, na jakie warto postawić grubszą forsę.

Wrócił na górę, do sypialni i do stojącej w sypialni szafy. Kazał synowi Antonina iść ze sobą i zachowywać się cicho, niezależnie od tego, co się zdarzy. Kryjąc skulonego ze strachu chłopczyka za plecami, zszedł z nim razem mniej więcej do połowy schodów. Na samym dole niewiele się zmieniło, tyle że Joszkar została całkowicie zakneblowana, a jej twarz krwawiła obficie.

Syn Antonina próbował wyjrzeć zza pleców Arkadina i został bezceremonialnie wepchnięty na miejsce. Arkadin przykucnął.

— Nie ruszaj się, póki ci nie powiem, że można — szepnął do chłopca.

Dostrzegł w jego oczach wyraz beznadziejnego, rozpaczliwego strachu i coś w nim drgnęło, być może jakiś cień duszy, pogrzebany głęboko w osadach przeszłości. Zmierzwił chłopcu włosy, wstał i wyjął glocka zza paska na plecach. Wyprostował się.

— Masz cofnąć się i zostawić tych ludzi w spokoju — powiedział głośno.

Intruz obrócił się błyskawicznie, przez moment krzywił się, ukazując wściekłą maskę gniewu, niemal natychmiast zastąpioną jednak przez protekcjonalny uśmiech. Dzięki niemu Arkadin rozpoznał bezbłędnie, z kim ma do czynienia: człowiekiem żyjącym z pokonywania i podporządkowywania sobie innych ludzi środkiem najprostszym z możliwych — strachem.

— Kto ty, kurwa, jesteś i jak się tu dostałeś? — Mimo że został zaskoczony i patrzył w lufę glocka, nie zdradzał odrobiny niepokoju ani wyrazem twarzy, ani tonem głosu.

— Ja się nazywam Arkadin, a co ty tu, kurwa, robisz?

— Arkadin? No proszę, proszę...

Uśmiech nieznajomego zmienił się na ironiczny i zarazem pełen samozadowolenia. Aż się prosi, żeby zetrzeć mu go z gęby — pomyślał Arkadin. Najlepiej pięścią.

— Ja się nazywam Osierow. Wiaczesław Germanowicz Osierow. Jesteśmy tu, żeby cię wyciągnąć z tej kurewskiej dziury.

— Co?

— Dobrze słyszałeś, dupku. Mój szef, Dimitrij Iljinowicz Masłow chce cię widzieć w Moskwie.

— A kim do cholery jest Dimitrij Iljinowicz Masłow? Zresztą chuj z nim.

W tym momencie Osierow otworzył usta i rozległ się dźwięk bardzo przypominający drapanie paznokciami po szkolnej tablicy. Zaskoczony Arkadin nie od razu zorientował się, że oznacza to śmiech.

— Z ciebie jest prawdziwy wieśniak, wiesz? Może powinienem zostawić cię z tymi wszystkimi kretynami, dobrze do nich pasujesz. — Rozbawiony Osierow potrząsnął głową. — Jeśli chcesz wiedzieć, Masłow to szef Kazachów. — Przekrzywił lekko głowę. — Słyszałeś kiedyś o Kazachach, synku?

— To moskiewska *gruppierowka* — odparł Arkadin automatycznie. Doznał szoku. Czyżby słyszała o nim głowa jednej z największych moskiewskich rodzin mafijnych? Czyżby ten wielki człowiek wysłał po niego Osierowa, a wraz z nim zapewne kogoś jeszcze, bo Osierow powiedział „jesteśmy". Odpowiedzieć „tak" na każde z pytań osobno było nieprawdopodobieństwem, a sam scenariusz wydawał się po prostu absurdalny.

— Kto jest z tobą? — Arkadin rozpaczliwie próbował odzyskać zmysły.

— Misza Tarkanian. Właśnie negocjuje z Lwem Antoninem warunki bezpiecznego wyjazdu z miasta. Dla ciebie. Teraz, kiedy się już pojawiłeś, muszę powiedzieć, że nie wydajesz się wart starań.

Arkadin nie miał żadnych szczególnych powodów, by mu nie wierzyć; Misza Tarkanian mógł być gdzieś na parterze, choćby w łazience.

— Twoja opowieść ma pewną drobną wadę, *gospodin* Osierow — powiedział. — Nie pojmuję, dlaczego ten Masłow wysłał do roboty niekompetentnego człowieka.

Nim moskwianin zdołał odpowiedzieć, Arkadin sięgnął ręką za plecy, złapał chłopca za koszulę na karku i wyciągnął go na światło. Musiał zapanować nad sytuacją, a to był jego as w rękawie.

— Lew Antonin ma czworo dzieci, nie troje. Jak mogłeś popełnić tak podstawowy błąd!

Lewa ręka Osierowa, ta, której Arkadin do tej pory nie widział, wykonała krótki ruch. W powietrzu zawirował nóż, którym jeszcze przed chwilą ciął twarz Joszkar. Arkadin szarpnął chłopcem, ale nie zdążył. Ostrze wbiło się po rękojeść w drobne ciało, które siła uderzenia wyrwała z jego uchwytu.

Arkadin ryknął jak zwierzę i ułamek sekundy później strzelił, jednocześnie skacząc na Osierowa, jakby wraz z pociskiem, pragnął się wbić w czarne serce bandziora. Kula nie trafiła w cel, ale Arkadin tak. Wylądował na moskwianinie i obaj pojechali po deskach podłogi. Zatrzymali się dopiero na nogach sofy, grubych jak kostki nóg babuszki.

Arkadin pozwolił Osierowowi przejąć inicjatywę; tylko w ten sposób mógł ocenić jego styl, siłę i koordynację. Okazało się, że jego przeciwnik to typowy uliczny wojownik, bezwzględny, groźny, lecz niezdyscyplinowany, wygrywający wyłącznie dzięki sile i zwierzęcemu sprytowi, nie myśleniu. Przyjął kilka ciosów na szczękę i żebra, w ostatniej chwili uniknął morderczego uderzenia w nerki.

Wtedy ruszył do walki. Motywowała go nie tylko wściekłość i chęć zemsty, lecz także wstyd, upokorzenie, którego doznał, świadomie narażając na niebezpieczeństwo dziecko, polegając na zaskoczeniu i sile ognia, które miały mu zapewnić przewagę. Musiał też przyznać, że został całkowicie zaskoczony przez człowieka zdolnego zamordować dziecko z zimną krwią. Przerazić je, owszem, trochę poszturchać, możliwe, ale przebić nożem serce? Nie, nigdy!

Kostki palców miał otarte do krwi, lecz nie zwracał na to uwagi. Masakrował leżącego pod nim człowieka, mając przed oczami obrazy z dzieciństwa, obrazy małego, sinego ze strachu chłopca, którym kiedyś był, chłopca terroryzowanego przez matkę, zamykanego w szafie, nieraz pozostawianego na wiele godzin w towarzystwie ruchliwych, groźnych szczurów, które w końcu zjadły mu trzy palce lewej nogi. Syn Lwa Antonina zawierzył mu i to go kosztowało życie. Zapłacił najwyższą cenę za zaufanie. Jedynym możliwym spłaceniem tego długu była śmierć jego zabójcy.

Arkadin zabiłby Osierowa. Nie znał wyrzutów sumienia, nie myślał o konsekwencjach śmierci kogoś, kogo ciało i dusza należały do Dimitrija Masłowa, głowy moskiewskich Kazachów, w ogóle nie myślał o konsekwencjach. Widział tylko buzię dziecka ukrytego w szafie na górze, ale czy była to twarz synka Antonina, czy jego własna, nie miał pojęcia.

Nagle w skroń uderzyło go coś ciężkiego i twardego, a potem była już tylko ciemność.

Rozdział 23

Moira Trevor mieszkała w Georgetown, w domu z czerwonej cegły, stojącym przy Cambridge Place, niedaleko Dumbarton Oaks. W zasadzie było to prawdziwe sanktuarium, gdzie mogła skulić się na pokrytej haftowaną tkaniną kanapie z kieliszkiem brandy w ręku i zatopić w lekturze dobrej powieści. Ponieważ niemal cały czas zajmowały jej podróże, takie wieczory stawały się coraz rzadsze i rzadsze, a przez to coraz cenniejsze.

W tej chwili, o zmierzchu przechodzącym powoli w rozmigotany światłami wieczór, prześladowała ją myśl, że ktoś obserwuje jej dom. Dlatego dwukrotnie okrążyła kwartał nowym wynajętym samochodem, po raz drugi dlatego, że jeśli rzeczywiście pilnowano domu, drugi przejazd musiał zaniepokoić pilnującego. I faktycznie za drugim razem usłyszała kaszlnięcie włączanego silnika, a w lusterku wstecznym pojawił się lincoln town car, który wyjechał z parkingu po przeciwnej stronie ulicy i zajął pozycję kilka długości samochodu za nią. Uśmiechnęła się do siebie. Jechali labiryntem uliczek Georgetown, który znała jak własną kieszeń.

Bambera zostawiła w mieszkaniu jego przyjaciela. Chciał jej towarzyszyć, choć był śmiertelnie przerażony.

— Doceniam twoją propozycję — powiedziała bardzo poważnie — ale najbardziej pomożesz mi, nie narażając się na żadne niebezpieczeństwo. Nie mam zamiaru pozwolić ludziom Noaha, żeby choć się do ciebie zbliżyli.

Z lincolnem za plecami wykonała szereg uników, utwierdzając się w przekonaniu, że postąpiła właściwie. Oczywiście jej plan byłby znacznie łatwiejszy do zrealizowania, gdyby to nie ona siedziała za kierownicą. Mogłaby wyskoczyć z samochodu, który pojechałby dalej, ciągnąc za sobą town cara, ona tymczasem wróciłaby po laptopa Black River. Ale w życiu nic nie przychodzi łatwo, przynajmniej w życiu jej i tych, których dobrze znała, nie warto się więc skarżyć. Graj kartami, jakie ci dano, i impasuj umiejętnie, to było jej motto i tak też zamierzała postąpić teraz.

W coraz głębszej ciemności jechała coraz węższymi uliczkami, prowadzącymi w kierunku kanału. Wreszcie skręciła za róg i jeszcze raz w lewo. Zatrzymała samochód, nie wyłączając świateł. Wysiadła dokładnie w chwili, kiedy mógł ją jeszcze zobaczyć kierowca wysuwającego się zza rogu lincolna, jadący z wyłączonymi światłami.

Zahamował gwałtownie, gdy Moira znikała w drzwiach. Dwaj mężczyźni w garniturach pobiegli truchcikiem brukowaną uliczką, kierując się do miejsca, w którym stracili z oczu obiekt. Głęboko w cieniu znaleźli metalowe drzwi. Sięgnęli po krótkolufową broń. Ten z ogoloną głową przylgnął plecami do ceglanego muru budynku. Jego partner nacisnął klamkę, potrząsnął głową i kopnął w drzwi, które otworzyły się tak gwałtownie, że uderzyły w ścianę od środka. Ruszył w nieprzenikniony mrok... i dostał w twarz drzwiami, które odbiły się od ściany i złamały mu nos. Zacisnął szczęki, przygryzając zębami czubek języka.

Krzyknął z bólu, gdy Moira kopnęła go w podbrzusze, zgiął się wpół, a ona złączonymi dłońmi zdzieliła go w kark.

Ogolony usłyszał stłumiony metaliczny brzęk. Pojawił się w otwartych drzwiach i bez wahania wystrzelił trzykrotnie wprost w mrok: w środek, w prawo, w lewo. Nie usłyszał nic, niczego nie zobaczył, więc na ugiętych nogach wślizgnął się do wnętrza.

Moira zdzieliła go w tył głowy szpadlem, o który potknęła się w ciemności. Facet upadł, uderzając twarzą w betonową podłogę. Ruszyła po omacku do wyjścia, gdy dobiegło ją wycie syren. Ktoś zareagował na strzały i zawiadomił policję.

Wróciła do samochodu dość szybko, z lekko zaniepokojoną miną, jakby spóźniała się na umówioną kolację. Najważniejsze było w tej chwili to, żeby niczym się nie wyróżniała, bez problemu wmieszała w gęsty ruch uliczny, a następnie zniknęła na M Street, brukowanych uliczkach, oświetlonych blaskiem staroświeckich latarni.

Po dziesięciu minutach wróciła na miejsce, z którego wyruszyła. Znów objechała dom ostrożnie, szukając kolejnego samochodu ze zgaszonymi reflektorami i siedzącego w nim człowieka, który pochyli się nagle, by go nie zauważono. Ale wszystko wyglądało bardzo zwyczajnie, normalnie.

Zaparkowała. Rozejrzała się znowu, weszła po schodkach, otworzyła kluczem drzwi, wyciągnęła lady hawka z kabury na udzie i weszła do środka. Zamknęła drzwi, zasunęła zamki, po czym oparła się o nie plecami i czekała w całkowitej ciszy, słuchając, jak jej dom oddycha. Identyfikowała znajome odgłosy, jeden po drugim: szum pompy tłoczącej ciepłą wodę, agregat lodówki, wiatrak systemu ogrzewania. Powąchała powietrze, szukając śladu obcego zapachu.

Uspokojona, pstryknęła włącznikiem. Przedpokój i korytarz zalało ciepłe, żółte światło. Nabrała powietrza głęboko w płuca; do tej pory, nieświadomie, wstrzymywała oddech. Poruszając się bezszelestnie, sprawdziła wszystkie pokoje i każdą szafę na parterze, upewniając się przedtem, że drzwi do piwnicy są bezpiecznie zamknięte. Następnie weszła po schodach na piętro. W połowie drogi usłyszała dziwny dźwięk. Zamarła w pół kroku, serce mocno jej biło. Dźwięk powtórzył się i wówczas go zidentyfikowała: to gałąź drzewa uderzała w tylną ścianę, gdzie pomiędzy rzędami domów biegła wąska alejka.

Poszła dalej, stopień po stopniu, odliczając je od góry, by przejść nad jednym, trzeszczącym. A gdy znalazła się na piętrze, nagle coś się zdarzyło. Umilkła pompa ciepłej wody. Zapadła cisza, niesamowita i groźna zarazem. Po chwili pompa ruszyła, dodając jej odwagi.

Podobnie jak na parterze, przeszukała pokoje. Zapalała światła, zaglądała za meble, a nawet, co sama uznała za idiotyczne, pod łóżko. Nie znalazła nic podejrzanego. Okno po lewej stronie jej łóżka było otwarte, zamknęła je.

Laptop z Black River znajdował się w garderobie, na półce z tyłu, pod rzędem pudełek na buty. Moira przeszła przez pokój, przekręciła gałkę, otworzyła garderobę i weszła do środka, trzymając broń przed sobą. Wolną ręką przesunęła po wiszących na wieszakach ubraniach: sukienkach, kostiumach, spódnicach i żakietach. Wszystkie były jej znane, a jednak w tej chwili stały się w pewien sposób groźne jako zasłona, za którą mógł się ktoś kryć.

Nikt się na nią nie rzucił; roześmiała się cicho, z ulgą. Podniosła wzrok na rząd pudełek do butów stojących na półce, nad wiszącymi na wieszakach ubraniami. Laptop leżał tam, gdzie go zostawiła. Sięgała po niego, kiedy usłyszała ostry trzask rozbijanego szkła, a zaraz po tym stuknięcie; ktoś wskoczył przez okno i właśnie wylądował na dywanie. Obróciła się, zrobiła krok do przodu, ale drzwi zamknęły się z trzaskiem tuż przed jej nosem.

Przekręciła gałkę. Pchnęła. Nic z tego, ktoś je zablokował, nie pomogło nawet uderzenie barkiem. Moira odsunęła się, wystrzeliła cztery razy, mierząc w zamek. Jej nozdrza wypełnił ostry zapach prochu, huk niemal ją ogłuszył. Znów spróbowała wydostać się z garderoby i znów się jej nie udało. W dodatku pojawiło się kolejne niebezpieczeństwo. Widoczny między drzwiami i framugą wąski pasek światła zaczął znikać. Ktoś zaklejał szczelinę.

Po chwili ściemniała także szczelina na poziomie podłogi. Pozostałe wolne miejsce zajęła wąska szczotka jej własnego odkurzacza, taka do sprzątania w szparach. Moira zaczęła się bać, zorientowała się, że odkurzacz wysysa z garderoby powietrze, a na jego miejsce wprowadza tlenek węgla.

• • •

Peter Marks przeczytał raport policji i bardzo się zdziwił. Właśnie wrócił z Białego Domu, gdzie odbył dziesięciominutową, wieczorną rozmowę z prezydentem, dotyczącą obsadzenia wakującego stanowiska dyrektora Centrali Wywiadu. Wiedział, że nie jest jedynym kandydatem, ale w Centrali nie mówiło się na ten temat. A jednak zakładał, że pozostała szóstka szefów wydziałów czekała na podobne rozmowy... jeśli nie odbyła ich wcześniej. Uważał, że nominację dostanie Dick Symes, szef wydziału wywiadu, pełniący zresztą tymczasowo obowiązki dyrektora. Dick był starszy i bardziej doświadczony od niego; Peter dopiero niedawno wspiął się na niebotyczne wyżyny stanowiska szefa wydziału operacyjnego. Awans zawdzięczał tragicznie krótkim rządom Hart, tak krótkim, że nie zdążyła nawet prześwietlić kandydatów na zastępcę, a teraz nie będzie już miała okazji. Z drugiej strony, w odróżnieniu od Symesa, jego wybrał i uczył sam Stary, a szacunek, jakim prezydent darzył długoletniego dyrektora, był przecież powszechnie znany.

Peter wcale nie był pewny, czy chce zająć najwyższe miejsce na podium. Ten wielki krok odsunąłby go jeszcze dalej od pracy w terenie, który był jego pierwszą wielką miłością. „Niezależnie od tego, jak wysoko sięgniesz — powiedział mu kiedyś Stary — nie wyrośniesz z pierwszej miłości. Tylko nauczysz się żyć bez niej". Całkiem jednak możliwe, że dręczące go wątpliwości były jedynie sposobem uodpornienia się na rozczarowanie, gdyby jednak nie został sukcesorem Hart. Niewątpliwie dlatego, gdy tylko usiadł za biurkiem, natychmiast zagrzebał się w aktach Trevor. Raport policyjny, krótki, wręcz pobieżny, nie leżał na stosie wydruków i danych przygotowanych przez jego pracowników w formie elektronicznej; poszukał sam. Skończył badanie tak zwanych tropów, na które naprowadzali go współpracownicy, i postanowił osobiście wziąć udział w polowaniu. Opanował tę zasadę w młodości, w terenie. „Nie polegaj na informacjach przekazanych przez osoby trzecie, chyba że nie ma absolutnie żadnego sposobu zgromadzenia ich samodzielnie — to była pierwsza lekcja Starego, udzielona mu, gdy tylko przyjął go na swe łono. — I nigdy, ale to nigdy nie polegaj na innych w sprawach, od których zależy twoje życie". Doskonała rada, której Marks nigdy nie zapomniał. A teraz? Panie i panowie, oto wczorajszy raport policyjny dotyczący wypadku samochodowego, w którym zginął Jay Weston, były pracownik Hobart Industries, obecnie Heratland Risk Management, a Moira Trevor, założycielka i przewodnicząca zarządu tej firmy, została ranna. Dwie dziwne rzeczy rzucały się w oczy. Po pierwsze, Weston nie zmarł od ran odniesionych w wypadku, lecz od postrzału. Po drugie, pani Trevor twierdziła, „dobitnie i kilkakrotnie" — jak ujął to spisujący protokół policjant, który pierwszy znalazł się na miejscu wypadku, że kula, która wpadła przez okno od strony pasażera i trafiła Westona w głowę, została wystrzelona przez umundurowanego policjanta na motocyklu. Zebrane na miejscu podstawowe dowody kryminalistyczne potwierdzały opinię pani Trevor, przynajmniej w kwestii samego postrzału. Co do policjanta na motorze, w raporcie wspomniano, że pracownik żadnego z wydziałów policji nie przebywał wówczas ani w określonym miejscu, ani nawet w jego pobliżu.

Po zakończeniu lektury Marks zapamiętał jeszcze coś dziwnego. Śledztwa nie kontynuowano. Trevor nie została przesłuchana po raz drugi, nie sprawdzano, co Weston robił w dniu śmierci, nie zbierano o nim żadnych informacji. Poza krótkim raportem nic nie świadczyło o tym, że incydent ten w ogóle się wydarzył.

Podniósł słuchawkę, zadzwonił na posterunek, ale kiedy spytał o autora raportu, poinformowano go, że wraz z partnerem został „przeniesiony do innych zadań". Dokładniejszych informacji nie uzyskał. Poprosił o rozmowę z ich bezpośrednim przełożonym, porucznikiem McConnelem, ale nic nie dała.

McConnel odmówił odpowiedzi na pytania o to, gdzie są i co się z nimi dzieje, nie pomogły żadne wymyślne pogróżki.

— Otrzymałem bezpośredni rozkaz komendanta — wyjaśnił bez urazy, spokojnym, choć zmęczonym głosem. — Wiem tyle i nic więcej, przyjacielu. Ja tu tylko pracuję. Jeśli masz jakąś sprawę, to tylko do niego.

* * *

Na chwilę zrobiło mu się ciemno przed oczami, potem potężne ręce złapały Arkadina pod pachy i brutalnie ściągnęły go z moskwianina. Kiedy na oślep próbował zaatakować, znowu dostał kopniaka w żebra. Przewrócił się na wznak i rozpaczliwie usiłował zaczerpnąć powietrza w płuca.

— Na litość boską, co on tu robi?! — ryknął męski głos.

Odzyskał wzrok. Nad nim, na szeroko rozstawionych nogach, stał mężczyzna z zaciśniętymi pięściami. Nie był Lwem Antoninem, więc Arkadin uznał, że musi to być Misza Tarkanian.

— Jestem Leonid Daniłowicz Arkadin — wykrztusił, dławiąc się, rozpaczliwie próbując odetchnąć głębiej. — Twoje niewytresowane zwierzę, Osierow, właśnie przebił nożem serce tego dziecka. — Tarkanian spojrzał na małe, skulone ciało na schodach, a on mówił dalej: — Może zainteresuje cię, że to syn Lwa Antonina.

Tarkanian drgnął, jakby przez jego ciało przepłynął prąd elektryczny.

— Jezu...

— Jeśli nie skończysz tego, co zacząłem, sam się tym zajmę — zagroził Arkadin.

— Mordę w kubeł! — ryknął mężczyzna. — Leżysz i nie odzywasz się, póki nie zmienię zdania. — Przyklęknął przy Osierowie, który był w kiepskim stanie, zalany krwią. Złamany obojczyk przebił skórę. — Masz szczęście, że żyje.

Trudno było powiedzieć, do kogo mówi, do niego czy może do siebie? Arkadin zastanawiał się nad tym przez chwilę. Zastanawiał się też nad tym, czy ma to znaczenie, i szybko doszedł do wniosku, że nie.

— Osierow... Osierow! — Tarkanian potrząsał swoim towarzyszem. — Cholera, jego gęba wygląda, jakby ją przepuszczono przez maszynkę do mięsa.

— Jeśli już coś robię, to dobrze.

W nagrodę obrzucony został wściekłym spojrzeniem, ale udało mu się wstać.

— Ostrzegam, że jeśli... — Tarkanian pogroził mu palcem.

— Spokojnie, nic mu nie zrobię. — Arkadin skrzywił się z bólu. Zamiast do Osierowa, podszedł do Joszkar Antoninowej. Ukląkł, rozwiązał ją i uwolnił od knebla.

Powietrze przeszył krzyk żalu i rozpaczy. Kobieta minęła mężczyzn, jakby ich nie było i chwyciła w ramiona martwe ciało syna. Siedziała, szlochając niepowstrzymanie, kołysząc przytulonym do piersi dzieckiem. Nie zwracała uwagi na nikogo i na nic.

Dziewczynki kuliły się u stóp Arkadina, chlipiąc i pociągając nosami. Oderwał wzrok od matki i syna, rozwiązał je. Natychmiast pobiegły do mamy, pogłaskały braciszka po główce, dotknęły jego nóżek i przytuliły się do uda kobiety.

— Jak to się stało? — spytał Tarkanian.

I znów trudno było powiedzieć, czy zwraca się do kogoś, czy do siebie. Mimo wątpliwości Arkadin dokładnie opowiedział mu, co zaszło, co widział i w czym brał udział. Podał szczegóły, niczego nie opuścił, ani razu nie minął się z prawdą; intuicja podpowiadała mu, że to najlepsze... nie, jedyne wyjście z sytuacji.

Kiedy skończył, Tarkanian aż przysiadł z wrażenia.

— Niech to diabli! Wiedziałem, że Osierow będzie sprawiał kłopoty, ale popełniłem błąd, nie przewidując, jak poważne i dalekosiężne. — Rozejrzał się po wnętrzu zwykłego, rodzinnego domu, teraz przygnębiającego, zaplamionego krwią, przesiąkniętego zapachem śmierci, płaczącego łzami kobiet. — Najprościej mówiąc, dupa blada. Kiedy tylko Antonin dowie się, jak potraktowano jego rodzinkę, gwarancje bezpiecznego wyjazdu z tej pieprzonej dziury znikną wcześniej, niż zdążysz powiedzieć: „Nie z moją żoną!".

— Tony Curtis, Virna Lisi, George C. Scott.

Tarkanian uniósł wysoko brwi.

— Norman Panama.

— Kocham amerykańskie komedie — przyznał Arkadin.

— Ja też. — Jakby zdając sobie sprawę z niestosowności rozmowy na ten temat w tych okolicznościach, moskwianin dodał pospiesznie: — Lada chwila zostaną nam tylko te wspomnienia, a i ich pozbawi nas Antonin ze swymi ludźmi, kiedy wpadniemy im w łapy.

Arkadin myślał szybko. Znalazł się w obliczu kolejnego kryzysu, stawką znów było życie, ale w odróżnieniu od gości znajdował się na swoim terytorium. Oczywiście mógłby ich zostawić, wiać na własną rękę, ale niby gdzie? Z powrotem do piwnicy? Zadrżał. Wiedział, że nie zniesie ani minuty dłużej w tym przymusowym zamknięciu. Czy to mu się podobało, czy nie, jego los był teraz związany z tymi dwoma, oni byli jego biletem na wolność. Mieli go zabrać do Moskwy!

— Na podjeździe stoi samochód Joszkar. Widziałem go, kiedy sprawdzałem dom. Jest tam nadal? — spytał.

Tarkanian skinął głową.

— Zabiorę ją i dziewczynki. Ty znajdź torebkę, tam powinny być kluczyki.

— Chyba zdajesz sobie sprawę, że nie odjadę bez Osierowa?

Arkadin tylko wzruszył ramionami.

— Ta kupa gówna to twój problem, nie mój. Chcesz go ze sobą zabrać, nieś faceta, bo jeśli ja się do niego zbliżę, to przysięgam, że skończę, co zacząłem.

— Masłowowi to się nie spodoba. Możesz mi wierzyć.

Uparci intruzi dokuczyli mu dostatecznie. Stanął tak, że twarzą dotykał niemal twarzy Tarkaniana.

— Pieprzyć Masłowa! — krzyknął. — To Antonina masz się bać!

— Tego kretyna?

— No to mam dla ciebie wiadomość: kretyn załatwi cię tak skutecznie jak geniusz, a zazwyczaj znacznie szybciej, bo nie ma sumienia. Tak jak ten twój chłopczyk. — Wskazał gestem nieprzytomnego Osierowa. — Już wściekły pies ma więcej rozumu.

Moskwianin spojrzał na niego przenikliwie, szacująco, jakby dopiero teraz naprawdę go zobaczył.

— Intrygujesz mnie, Leonidzie Daniłowiczu.

— Tak nazywają mnie wyłącznie przyjaciele.

— Sądząc po tym, co widziałem, nie masz przyjaciół. — Tarkanian ruszył na poszukiwania torebki. Znalazł ją na podłodze, leżącą tuż przy kanapie, jakby ktoś ją tam strącił ze stołu. Przeszukanie jej zajęło mu tylko chwilę. W geście triumfu uniósł rękę, w której trzymał kluczyki. — Jeśli będziemy mieli mnóstwo szczęścia, może się udać.

• • •

Nie mogła udusić się we własnym domu. Łzy napłynęły Moirze do oczu, miała zawroty głowy; zbyt długo wstrzymywała oddech. Schowała broń do kabury. Spod tylnej ściany przyniosła niski, składany stołek, rozłożyła go pośrodku ograniczonej przestrzeni wnętrza garderoby i sięgnęła do sufitu, który i tu, jak w całym mieszkaniu, wyłożony był cedrem. Już zaczęło szumieć jej w uszach, w ten sposób przejawiało się niedotlenienie. Próbowała wymacać klapę. Gdy się wreszcie jej udało, podniosła ją. Zabrała ze sobą laptopa, po czym z trudem wpełzła na niewielką półkę, gdzie latem trzymała ciężkie zimowe ubrania. Odpełzła kawałek po surowej sklejce, zasunęła klapę, przewróciła się na bok i wreszcie nabrała powietrza w obolałe płuca.

Jęknęła cicho. Wiedziała, że musi coś zrobić, tlenek węgla wkrótce dotrze i tutaj.

Jej mały schowek otwierał się na coś w rodzaju dziecięcych drabinek utworzonych z krzyżujących się legarów i belek podłogowych, po których popełzła z wielką ostrożnością.

Ponieważ schowek wybudowała sama, znała każdy jego centymetr kwadratowy. Zgodnie z prawem budowlanym po obu stronach znajdowały się trójkątne okienka wentylacyjne. Nie wiedziała, czy zdoła się przez nie przecisnąć, ale nie wątpiła, że musi spróbować. Dzieląca ją od bliższego odległość nie była znów taka wielka, ale była spocona i zdyszana i odniosła wrażenie, że dotarcie do okienka potrwa wieki. Pokonała jakoś tę niebezpieczną drogę po krzyżujących się belkach i ujrzała plamę światła ulicznych latarni, zwiastującą obecność okienka. Przyciągało ją jak ćmę, rosło w miarę, jak się do niego zbliżała, ale gdy wreszcie była u celu, serce jej zamarło. Nie wyglądało na wystarczająco duże, by mogła się przez nie przecisnąć.

Wbiła paznokcie w dolną część metalowego okucia, wyznaczającego trójkąt, zdołała go podważyć i wyjąć. Wpadający do środka strumień chłodnego nocnego powietrza musnął jej twarz jak pieszczota kochanka; przez długą chwilę leżała nieruchomo i oddychała.

Następnie ostrożnie odłożyła oprawioną w metal szybkę. Wystawiła głowę na zewnątrz. Zorientowała się, że dotarła na tyły domu. Widziała wąską, brukowaną alejkę, gdzie wraz z sąsiadami wystawiała śmiecie, zabierane raz na tydzień przez śmieciarki, hałasujące i budzące ich co czwartek rano.

Lampka bezpieczeństwa paląca się u sąsiadów oświetliła laptopa, który leżał przy okienku. Dopiero teraz, ku swemu zaniepokojeniu, zauważyła, że nie ma w nim wymiennego dysku twardego. Wystraszona sprawdziła to kilkakrotnie, tak jak człowiek, który zgubił portfel, beznadziejnie szuka go we wszystkich kieszeniach, a potem, z pełnym obrzydzenia prychnięciem, odsunęła komputer. Tyle wysiłków, tak wielkie zagrożenia... i wszystko na nic!

Zaparła się rękami o cegły fasady i zaczęła wysuwać na zewnątrz. Skuliła ramiona, by przepchnąć je przez trójkątne okienko w najszerszym miejscu, niemała sztuka, bo zdecydowanie brakowało przestrzeni. Oparła się o jeden z kamiennych występów, co poprawiło odrobinę jej położenie. Przyszła kolej na biodra. Ale wyglądało na to, że jej się nie uda.

Rozpaczliwie usiłowała wydostać się na zewnątrz, kiedy

z dołu dobiegł ją jakiś dźwięk. Wykręciła szyję aż do bólu, zobaczyła, że drzwi się otwierają. Ktoś wychodził, zamajaczyła niewyraźna postać w mroku. Moira patrzyła na nią z góry, więc wydawała się skrócona, niemniej widziała ją wystarczająco wyraźnie. Ktoś stał nieruchomo na najwyższym stopniu schodów i rozglądał się.

Wznowiła wysiłki, rozpaczliwie próbując się wydostać. Zmieniła nieco pozycję, inaczej podparła się na kamiennej ozdobie. Niestety, skończyło się na tym, że zaklinowały się jej biodra. Nieco zbyt późno zorientowała się, co mogła zrobić, żeby odnieść sukces. Próbowała się cofnąć, uwolnić, ale i to się jej nie udało. Stojący na schodach mężczyzna zapalił papierosa. Po tym, jak obracał głowę, obserwując ulicę po obu stronach, domyśliła się, że czeka na lincolna. Nadal walczyła, kiedy wyjął telefon komórkowy. Lada chwila wybierze numer kumpli, a kiedy nie odpowiedzą, po prostu odejdzie. Zabierając ze sobą jej dysk, jedyną szansę na włamanie do sieci Wi-Fi Noaha.

Ubrany na czarno mężczyzna przyłożył telefon do ucha. Moira przestała walczyć, chwilę odpoczywała. Odetchnęła głęboko, a potem wypuściła powietrze z płuc i wreszcie się uwolniła! Obróciła się i wydostała z pułapki niemal bez wysiłku. Zamarła w bezruchu, niepewnie oparta o ornament. Z dołu wraz z kłębami papierosowego dymu, popłynął ku niej głos mężczyzny. Czas uciekał, niewiele go już jej zostało. Puściła podporę i spadła wprost na faceta.

Rozciągnął się na ziemi jak długi i wypuścił z ręki komórkę, która przeleciała w powietrzu kilka metrów i rozbiła się. Głowa mężczyzny uderzyła w bruk z obrzydliwym trzaskiem.

Mocno wstrząśnięta, obolała i nieco zdezorientowana Moira przepełzła przez trupa i odnalazła po drodze... telefon komórkowy. Przyglądała mu się przez kilka chwil z wielkim zdumieniem. Skoro ma go nadal, to co wypuścił z ręki? Powoli, niepewnie wstała i wyprostowała się, zygzakiem podeszła do miejsca, gdzie w świetle latarni błyszczały plastikowe i metalowe szczątki. Na jednym z prostokątnych kawałków dojrzała znak grubej, czerwonej błyskawicy, biegnący od górnego prawego rogu do dolnego lewego. Symbol, którym Black River oznaczała sprzęt wyprodukowany specjalnie dla firmy.

— Boże — szepnęła. — Nie.

Uklękła na kolana, zebrała kawałki — pozostałości twardego dysku, pękniętego, nieużytecznego, zniszczonego całkowicie i ostatecznie.

Rozdział 24

W poczekalni pierwszej klasy na lotnisku w Madrycie Bourne i Tracy czekali na lot do Egiptu. W pewnej chwili Bourne przeprosił dziewczynę i poszedł w stronę męskiej toalety. Po drodze mijał lśniące półki, wypełnione gazetami z całego świata, w bardzo wielu językach, krzyczące jednak jednym głosem z monstrualnych nagłówków: „Negocjacje przerwane!", „Na krawędzi", „Kres ostatniej nadziei dyplomacji". I wszędzie pojawiały się słowa: „Iran" i „wojna".

Zszedłszy z oczu Tracy, wyjął komórkę. Wybrał numer Borisa. Nie uzyskał połączenia, nie odezwał się nawet sygnał, co oznaczało, że Boris ma wyłączony telefon. Po chwili zastanowienia podszedł do okna, a gdy znalazł się w bezpiecznej odległości od tłumu pasażerów, przeszukał listę numerów, na której był jeszcze jeden, moskiewski.

— Co do diabła! — odezwał się zrzędliwy głos starego człowieka.

— Iwan? — spytał Bourne. — Iwan Wołkin? Mówi Jason Bourne, przyjaciel Borisa.

— Wiem, czyim jesteś przyjacielem. Mam swoje lata, ale jeszcze nie zniedołężniałem. Poza tym trzy miesiące temu wywołałeś tu takie zamieszanie, że zapamiętałby cię nawet chory na alzheimera.

— Próbuję skontaktować się z Borisem.

— To jakaś nowość? — zakpił Wołkin. — Może tak zadzwoniłbyś do niego, zamiast zawracać mi głowę?

— Nie zawracałbym ci głowy, gdyby odbierał komórkę.

— Ach, więc nie masz numeru jego telefonu satelitarnego?

Co oznacza, że Boris wrócił do Afryki — pomyślał Jason.

— Chcesz powiedzieć, że jest w Timbuktu? — spytał.

— Timbuktu? — zdziwił się Rosjanin. — Kto ci powiedział, że Boris był w Timbuktu?

— On.

— Ha! Ale nie, nie, nie. Nie Timbuktu. Chartum.

Bourne oparł się o szybę chłodną dzięki działającej na maksimum klimatyzacji. Miał wrażenie, że ziemia usuwa mu się spod stóp. Dlaczego wszystkie nici tej pajęczej sieci prowadziły właśnie do Chartumu?

— A co on ma tam do roboty?

Wołkin zaśmiał się ochryple.

— Najwyraźniej coś, o czym masz nie wiedzieć ty, jego dobry przyjaciel.

— Ale ty wiesz? — Bourne strzelał w ciemno.

— Ja? Drogi Jasonie, jestem na emeryturze, a nie w świecie *gruppierowek*. Kto tu ma złą pamięć, ty czy ja?

W tej rozmowie było coś bardzo dziwnego; Bourne'owi wystarczyła krótka chwila, by zorientować się, co takiego. Mając takie kontakty, Wołkin musiał wiedzieć, że on nie żyje. A jednak bez śladu zdziwienia przyjął do wiadomości fakt, że martwy przedstawia mu się przez telefon. Co mogło oznaczać tylko jedno: wiedział o fiasku ataku na Bali. W takim razie Boris też wie.

Spróbował od innej strony.

— Znasz niejakiego Bogdana Machina?

— Kata? Oczywiście, że znam.

— Nie żyje.

— Nikt nie będzie po nim płakał, uwierz mi.

— Wysłano go do Sewilli, żeby mnie zabił.

— A nie byłeś już martwy? — zakpił Rosjanin.

— Wiesz, że nie.

— Jeśli o mnie chodzi, to zapewniam cię, że parę komórek mózgowych jeszcze u mnie działa, a tego nie można było powiedzieć o naszym nieodżałowanym przyjacielu Bogdanie Machinie.

— Skąd wiedziałeś? Od Borisa?

— Od niego? Drogi przyjacielu, on pił przez tydzień, kiedy ode mnie dowiedział się, że nie żyjesz. Teraz już, oczywiście, zna prawdę.

— Więc to nie on do mnie strzelał?

Ryk śmiechu zmusił Bourne'a do odsunięcia słuchawki od ucha. Wołkin szybko się jednak uspokoił.

— Cóż za absurdalne przypuszczenie! Ach, wy Amerykanie. Co, do cholery, podsunęło ci tę szaleńczą myśl?

— W Sewilli ktoś pokazał mi zdjęcia z obserwacji. Boris i amerykański sekretarz stanu w monachijskiej piwiarni.

— Doprawdy? Jest jakaś planeta, na której mogłoby wydarzyć się coś takiego?

— Wiem, że to brzmi idiotycznie, ale słyszałem nagranie z ich rozmowy. Sekretarz Halliday zażądał mojej śmierci, a Boris na to przystał.

— Boris jest twoim przyjacielem. — Ton Wołkowa zmienił się, spoważniał. — Jest Rosjaninem, a nam przyjaźń nie przychodzi łatwo... i nigdy nie zdradzamy przyjaciół.

Bourne nie dał się przekonać.

— Zawarli układ — rzekł z naciskiem. — Wymiana usług. Boris wytargował za mnie śmierć Abdullaha Churiego, głowy Braterstwa Wschodu.

— To prawda, że Churi zginął niedawno, ale upewniam cię, że Boris nie miał żadnego interesu w jego śmierci.

— Jesteś pewien?

— Pracował w wydziale antynarkotykowym, tak? Wiesz o tym, a przynajmniej musiałeś się domyślić, w końcu to ty jesteś ten cwany, jeśli się nie mylę. Braterstwo Wschodu finansowało tych swoich terrorystów z Czarnego Legionu pieniędzmi pochodzącymi z przemytu narkotyków z Kolumbii przez Meksyk do Monachium. Boris miał kogoś w kartelu. Zdobył informacje o początku przemytniczego szlaku, a mianowicie niejakim Gustavie Morenie, kolumbijskim baronie narkotykowym, mającym ogromną hacjendę niedaleko Mexico City. Zaatakował ją swym elitarnym oddziałem FSB-2 i wyłączył Kolumbijczyka z gry. Ale nie zdobył głównej nagrody: laptopa Morena, w którym znajdowały się wszystkie dane operacji, aż do najdrobniejszych szczegółów. Co się z nim stało? Boris dwa dni przeszukiwał teren, bo przed śmiercią Moreno zaklinał się, że komputer musi gdzieś tam być. Nic na tym nie zyskał, ale chłopak jest, jaki jest, więc wyczuł nieprzyjemny zapaszek.

— I po zapaszku trafił do Chartumu?

Wołkin demonstracyjnie zignorował komentarz, być może uznał, że odpowiedź na to pytanie narzuca się sama. I sam spytał:

— Może wiesz, kiedy dokładnie Boris spotkał się rzekomo z tym Amerykaninem?

— Dane były wydrukowane na zdjęciach. — Przeczytał je Wołkinowi. Reakcja była natychmiastowa.

— Boris spędził u mnie trzy dni, łącznie z tym, o którym mówisz. Nie wiem, kto siedzi przy panu sekretarzu obrony, ale tak pewne jak korupcja w Rosji jest jedno: to nie nasz wspólny przyjaciel Karpow.

— Więc kto?

— Z całą pewnością kameleon. Znasz jakiegoś kameleona?

— Poza mną? Znam. Ale w odróżnieniu ode mnie tamten kameleon nie żyje.

— Wydajesz się bardzo pewny swego.

— Widziałem, jak spadł z wielkiej wysokości do oceanu na wysokości portu Los Angeles.

— To jeszcze nie znaczy, że zginął. Na litość boską, kto może o tym wiedzieć lepiej od ciebie?

Bourne poczuł dotyk chłodu na kręgosłupie.

— Ile razy rozpoczynałeś nowe życie? Boris powiedział mi tylko, że parę. Przypuszczam, że to samo można powiedzieć o Leonidzie Daniłowiczu Arkadinie.

— Próbujesz mi zasugerować, że on żyje? Nie utopił się?

— Czarny kot jak on ma dziewięć żyć, przyjacielu, a ten czarny kot pewnie nawet więcej.

A więc to Arkadin próbował zabić go na Bali? Obraz wydarzeń oczyścił się nieco, ale ciągle coś było nie tak. Czegoś brakowało.

— Jesteś pewien tego, co powiedziałeś, Wołkin?

— Arkadin jest nowym przywódcą Braterstwa Wschodu. Czy to wystarczająca odpowiedź na twoje pytanie?

— W porządku, ale w takim razie dlaczego wynajął Kata? On przecież strasznie chce rozprawić się ze mną osobiście!

— Nie wynajął. Nie mógł na nim polegać. Nie, jeśli przeciwnikiem jest ktoś taki jak ty.

— Więc kto?

— Mój drogi, na to pytanie nawet ja nie znam odpowiedzi.

• • •

Peter Marks postanowił włączyć się do gry i odszukać dwóch zaginionych policjantów. Stał teraz, czekając na jedną z wind, która miała go zwieźć na parter, a kiedy otworzyły się przed nim drzwi, zobaczył jej pasażera. Był nim tajemniczy Frederick Willard, zaledwie trzy miesiące temu będący jeszcze wtyczką Starego w bezpiecznym domu NSA w Wirginii. Jak zwykle, ten starszy mężczyzna wydawał się niezwykle elegancki i doskonale opanowany. Miał na sobie stalowoszary trzyczęściowy garnitur, czystą białą koszulę i konserwatywny krawat.

— Cześć, Willard — powiedział, wchodząc do windy. — Byłem pewien, że masz wolne.

— Wróciłem do pracy kilka dni temu.

Z punktu widzenia Marksa Willard wydawał się wręcz stworzony do roli gospodarza bezpiecznego domu. Roztaczał wokół siebie staroświecką, profesorską aurę, nieco już zatęchłą i kojarzącą się z nudą. Łatwo było wyobrazić sobie, dlaczego na tle dębowej boazerii staje się niewidzialny. A niewidzialność bardzo pomaga przy podsłuchiwaniu poufnych rozmów.

Drzwi zamknęły się za nimi, winda ruszyła w dół.

— Wyobrażam sobie, jak trudny bywa powrót do normalności — powiedział Peter tylko po to, by okazać staremu odrobinę uprzejmości.

— Szczerze mówiąc, było tak, jakbym nigdy nie odszedł. — Willard zerknął na niego, krzywiąc sie, jakby właśnie wyszedł z gabinetu dentysty, cierpiąc tak strasznie, że nie dało się tego ukryć. — Jak tam rozmowa z prezydentem?

Zaskoczony tym, że stary wiedział o spotkaniu, Marks odparł:

— Mam wrażenie, że całkiem nieźle.

— To nie ma znaczenia. Nie dostaniesz tej pracy.

— Zgadza się. Dick Symes jest naturalnym faworytem.

— Symes też nie wchodzi w grę.

Marks akceptował fakty, ale teraz wyraźnie się zdziwił.

— Skąd wiesz?

— Wiem też, kto dostał to stanowisko, wydymali nas. To ktoś z zewnątrz.

— Przecież to bez sensu!

— Wręcz przeciwnie, to sensowne... dla kogoś, kto przypadkiem nazywa się Bud Halliday.

Marks poświęcił mu już całą swą uwagę.

— Co się stało, Willard? Daj spokój, człowieku! Jeśli masz coś do powiedzenia, mów!

— Halliday wykorzystał nagłą śmierć Hart, żeby załatwić własne sprawy. Zaproponował swojego człowieka, M. Errola Danzigera. Prezydent spotkał się z nim i wyraził zgodę.

— Danziger? Zastępca dyrektora NSA odpowiedzialny za przekaz informacji, ich analizę i zastosowanie?

— Ten sam.

— Przecież on nic nie wie o Centrali Wywiadu!

— Moim zdaniem właśnie o to chodzi.

Drzwi windy się otworzyły. Wysiedli. Hol z marmuru i szkła był równie zimny jak ogromny.

— W tych okolicznościach — powiedział Willard — sądzę, że powinniśmy porozmawiać. Ale nie tu.

— Z całą pewnością nie tu. — W pierwszym odruchu Marks chciał umówić spotkanie na później, ale szybko zmienił zdanie. Nie znajdzie nikogo lepszego do poszukiwania policjantów niż ten tajemniczy weteran, który miał tysiąc jeden źródeł i znał wszystkie nieoficjalne kanały Aleksa Conklina. — Muszę sprawdzić parę rzeczy w terenie. Idziesz ze mną?

Twarz Willarda zmarszczyła się w uśmiechu.

— No, nie! To będzie jak spełnienie marzeń.

• • •

Kiedy Arkadin zbliżył się do niej, Joszkar napluła mu w twarz. Jej dzieci tuliły się do niej jak piana do bazaltowej góry, wystającej nad powierzchnię oceanu. Ona i córki wstały na jego widok, jakby dziewczynki chciały obronić mamę przed atakiem lub tylko zbliżeniem się obcego.

Arkadin oderwał rękaw koszuli i pochylił się, chciał otrzeć z krwi twarz kobiety. Ujął ją delikatnie za podbródek, odwrócił i dopiero wówczas dostrzegł rozległe siniaki i pręgi na szyi. Gniew na Osierowa zapłonął w nim z nową siłą, ale... przecież rany nie były świeże. Pochodziły sprzed dobrych kilku dni. Jeśli nie zawinił Osierow, pozostawała tylko jedna możliwość — to sprawka Lwa Antonina.

Ich spojrzenia spotkały się na chwilę. Z jej oczu wyzierało przygnębienie i samotność.

— Joszkar? Wiesz, kim jestem?

— Mój syn. — Mocno przytuliła martwe ciało do piersi. — Mój synek.

— Zabierzemy cię stąd. Ciebie i dzieci. Nie musisz już bać się Lwa Antonina.

Kobieta patrzyła na niego oszołomiona i zdumiona, tak jakby właśnie obiecał zwrócić jej młodość. Do rzeczywistości przywołał ją płacz najmłodszej córeczki. Spojrzała na Tarkaniana, który właśnie w tej chwili, trzymając w ręku kluczyki do jej samochodu, przerzucał sobie Osierowa przez ramię.

— Jedzie z nami? Ten, który zabił mojego Jaszę?

Arkadin nie udzielił odpowiedzi, gdyż ta nasuwała się sama. Kobieta patrzyła na niego martwym wzrokiem.

— W takim razie mój Jasza też.

Tarkanian, zgarbiony jak górnik w kopalni, doniósł już swój ciężar aż do drzwi frontowych.

— Leonidzie Daniłowiczu! — krzyknął — Chodź! Dla martwych nie ma miejsca wśród żyjących.

Arkadin ujął Joszkar za ramię, ale mu je wyrwała.

— A co z tym gównem? Umarł w chwili, gdy zabił mi synka.

Tarkanian stęknął, ale udało mu się otworzyć drzwi.

— Nie czas na negocjacje — powiedział krótko.

— Racja. — Arkadin wziął na ręce zwłoki Jaszy. — Chłopiec jedzie z nami.

Powiedział to takim tonem, że Tarkanian rzucił mu kolejne przenikliwe spojrzenie. A potem tylko wzruszył ramionami.

— To już twoja sprawa, przyjacielu. Oni wszyscy są teraz wyłącznie twoją sprawą.

Ruszyli do samochodu; Joszkar poganiała przed sobą zdezorientowane, drżące córki. Tarkanian wsadził swego towarzysza do bagażnika, przywiązał klapę do zderzaka kawałkiem znalezionego w którejś z kuchennych szafek sznurka, by zapewnić mu minimum świeżego powietrza. Potem otworzył oboje drzwi po swojej stronie i obszedł samochód, by siąść za kierownicą.

— Chcę trzymać syna na kolanach — oznajmiła Joszkar, pakując córki na tylne siedzenie.

— Lepiej, żebyśmy obaj usiedli z przodu — powiedział Arkadin. — Ty przecież musisz się zająć dziewczynkami. — Kobieta zawahała się, a on odgarnął włosy z twarzy dziecka. — Będę się nim opiekował — zapewnił ją. — Nie bój się. Przy mnie nic mu się nie stanie.

Usiadł obok kierowcy, podtrzymując chłopca ramieniem, zatrzasnął drzwiczki. Zauważył, że bak jest niemal pełny. Tarkanian przekręcił kluczyk w stacyjce, wrzucił bieg, puścił sprzęgło. Ruszyli przed siebie.

— Trzymaj go z dala ode mnie — powiedział moskwianin, kiedy na zakręcie głowa Jaszy otarła mu się o ramię.

— Okaż mu odrobinę szacunku — warknął Arkadin. — On cię już nie skrzywdzi.

— Jesteś szalony jak grzejąca się suka!

— A kto wiezie kumpla w bagażniku?

Tarkanian wściekle wcisnął klakson, poganiając wlokącą się przed nimi ciężarówkę. Wyjechał zza niej, rozpoczynając wyprzedzanie i dzielnie walcząc z samochodami nadjeżdżającymi z przeciwka, ignorując ryk klaksonów i mijanie o włos. Wszyscy jakoś ustępowali mu z drogi. Wreszcie zjechał na swoją stronę. Zerknął na pasażera.

— Lubisz dzieci, co? — spytał.

Arkadin milczał. Patrzył wprost przed siebie, ale tak naprawdę widział przeszłość. Czuł ciężar zwłok Jaszy, czuł obecność chłopca otwierającą przed nim drzwi do jego własnego dzieciństwa. Kiedy patrzył na buzię dziecka, było tak, jakby obserwował własną. Niósł w sobie śmierć, dobrze znaną starą przyjaciółkę. Nie bał się martwego, nieruchomego ciała, choć jasne było, że Tarkanian się go boi. Wręcz przeciwnie, tulenie Jaszy wydawało mu się w jakiś sposób ważne, jakby mógł zapewnić bezpieczeństwo temu czemuś, co pozostaje po śmierci z człowieka, zwłaszcza tak młodego człowieka. Dlaczego to wszystko czuł? Dobiegający z tylnego siedzenia cichy głos skłonił go do pochylenia się, sprawdzenia w lusterku wstecznym, co też się tam dzieje. Joszkar tuliła do siebie córeczki, przygarniała je do piersi, chroniła przed krzywdą, strachem, upokorzeniem. Opowiadała im o pięknej baśniowej krainie, o zamieszkujących ją gadających lisach, o elfach. Brzmiące w jej głosie miłość i oddanie było jak przekaz z dalekiej, niezbadanej galaktyki.

Nagle Arkadin poczuł falę strasznego smutku. Pochylił głowę, patrzył na sine powieki Jaszki. Wyglądał tak, jakby się modlił. W tej chwili śmierć chłopca i dzieciństwo Arkadina, ta część dzieciństwa ukradziona przez matkę, która nie tuliła go do piersi, zmieszały się i stały jednym, nierozróżnialnym w rozgorączkowanym umyśle i kalekiej duszy.

* * *

Humphry Bamber musiał z niecierpliwością czekać na Moirę, bo radośnie ją powitał, gdy wróciła do mieszkania Lamontierre'a.

— Jak poszło? — spytał, zaledwie zamknęły się za nią drzwi. — Gdzie laptop?

Przez chwilę obracał w palcach roztrzaskany dysk, który mu wręczyła.

— Chyba żartujesz? — powiedział wreszcie.

— Chciałabym. — W głosie Moiry słychać było wielkie zmęczenie. Padła na kanapę, a on poszedł przynieść jej coś do picia. Wrócił i usiadł naprzeciwko niej. Twarz miał zmęczoną, ściągniętą; pojawiły się na niej pierwsze oznaki nieustannego napięcia.

— Taki dysk jest całkowicie bezużyteczny — powiedział. — Zdajesz sobie z tego sprawę?

Moira skinęła głową. Wypiła łyk ze szklanki.

— Tak jak komórka, zabrana facetowi, który wyniósł ode mnie twardy dysk. To palnik.

— Co?

— Telefon komórkowy, który można kupić praktycznie w każdym kiosku. Na kartę, z przedpłaconą określoną liczbą minut. Przestępca dzwoni z niego kilka razy i wyrzuca go do śmieci. W ten sposób uniemożliwia podsłuchiwanie rozmów i określenie miejsca, gdzie się w danej chwili znajduje. — Pomachała ręką, jakby chciała odpędzić własne słowa. — Teraz nie ma to żadnego znaczenia. Jeśli chodzi o podłączenie się do komputera Noaha, to sprawa jest, praktycznie biorąc, przegrana.

— Niekoniecznie. — Bamber pochylił się, oparł łokcie na kolanach. — Kiedy wyszłaś, myślałem, że dostanę fioła. Cały czas widziałem, jak wyciągasz mnie z buicka, później Hart za kierownicą, wybuch... — Odwrócił wzrok. — Żołądek mi się zbuntował. Ale może na coś się to przydało, bo kiedy ochlapywałem twarz zimną wodą, przyszedł mi do głowy pewien pomysł.

Moira odstawiła pustą szklankę na stolik, pomiędzy szczątki roztrzaskanego dysku.

— Jaki? — zainteresowała się.

— No więc za każdym razem, kiedy dostarczałem Noahowi nową iterację Bardema, na jego wyraźne żądanie ładowałem mu ją bezpośrednio do jego komputera.

— Względy bezpieczeństwa. To jasne. I co?

— Jeśli program ma się prawidłowo zainstalować, trzeba zamknąć wszystkie inne programy.

Moira potrząsnęła głową.

— Nadal nic nie rozumiem — przyznała.

Bamber siedział nieruchomo, bębniąc palcami w blat stolika, jakby szukał najwłaściwszego porównania, które uczyniłoby jego wyjaśnienie zrozumiałe dla laików.

— No dobrze. Wiesz, że kiedy instalujesz niektóre programy, program instalacyjny każe ci zamknąć wszystkie inne, łącznie z antywirusowym. — Moira skinęła głową. — Jest to warunek poprawnej instalacji. I tak samo z Bardemem, tylko do n-tej potęgi. Bardem jest tak skomplikowany i wrażliwy, że do instalacji potrzebuje, że tak powiem, czystego pola. Myślę, że mógłbym skontaktować się z Noahem, powiedzieć mu, że znalazłem błąd w najnowszej wersji i muszę mu przysłać aktualizację. Zazwyczaj nowa wersja po prostu nadpisuje się na starej, ale jeśli trochę nad tym popracuję, pewnie uda mi się ściągnąć starszą wersję, jednocześnie ładując nowszą.

Moira wyprostowała się nagle, jakby jej ciało przeszył prąd elektryczny.

— Więc będziemy mieli wszystko, co wpakował w program, łącznie z wypróbowywanymi scenariuszami! Dowiemy się, co dokładnie planuje! I gdzie! — Poderwała się, podskoczyła do Bambera, ucałowała go w policzek. — Jesteś genialny!

— Dodatkowo włączę do wersji program śledzący, dzięki któremu będziemy widzieli, jakie dane wprowadza. W czasie rzeczywistym!

Ale Moira wiedziała, że Noah jest paranoikiem... i to cwanym.

— Nie wykryje go? — spytała z niepokojem.

— Wszystko jest możliwe, ale to akurat wręcz nieprawdopodobne.

— Nie bądźmy za sprytni.

Bamber skinął głową z lekkim zażenowaniem.

— W każdym razie w tej chwili to ciągle marzenia ściętej głowy. Muszę wrócić do siebie, przekonać gościa, że ze mną wszystko w porządku.

Moira zdążyła już przemyśleć kilka możliwych scenariuszy.

— O niego się nie martw — pocieszyła Bambera. — Ty zajmij się szczegółami dwustronnego transferu, ja zajmę się Noahem.

• • •

Przeczytawszy od deski do deski wszystko, co w „International Herald Tribune", którą kupił w poczekalni madryckiego lotniska, napisano o zaostrzającym się kryzysie irańskim, przez cały lot do Chartumu Bourne siedział pogrążony w niewesołych myślach. Raz i drugi zauważył, że Tracy próbuje wciągnąć go w rozmowę, ale nie miał nastroju, by odpowiadać na jej pytania. Zastanawiał się, dlaczego prosta możliwość, że Arkadin przeżył upadek do morza, nie przyszła mu od razu do głowy; w końcu sam przeżył coś bardzo podobnego w wodach okolic Marsylii, kiedy to francuscy rybacy uratowali go dosłownie w ostatniej chwili. Zdrowie przywrócił mu miejscowy lekarz, nieuleczalny pijak jak doktor Firth, po czym okazało się, że uraz wywołał amnezję. Wspomnienia całego życia zostały nieodwołalnie wymazane. Od czasu do czasu coś znajomego przywoływało wprawdzie okruchy pamięci, ale jeśli się pojawiały, nie miały ani początku, ani końca. Od tamtej chwili robił wszystko, by dowiedzieć się, kim właściwie jest, lecz choć minęło wiele lat, nie zdołał zbliżyć się do prawdy. Pamiętał tylko, że był Jasonem Bourne'em i w pewnym, choć mniejszym stopniu, także Davidem Webbem. Wydawało mu się, że do tego, kim jest naprawdę, mogą go doprowadzić wspomnienia wydarzeń z Bali.

Ale najpierw trzeba jakoś załatwić sprawę Leonida Arkadina. To, że Arkadin pragnie go zabić, nie podlegało dyskusji, intuicja podpowiadała mu jednak, że chodzi o coś więcej niż zwykła, prosta zemsta. Wprawdzie nauczył się już, że w kontaktach z tym człowiekiem nie ma nic prostego, ale sieć, w którą wpadł, wydawała się częścią planu przerastającego nawet Arkadina, który był zaledwie nicią, tyle że prowadzącą wprost do Chartumu.

Czy don Fernando Hererra działał w zmowie z Arkadinem? Najprawdopodobniej tak. Najprawdopodobniej od niego dostał zdjęcia i nagrania „obciążające" Borisa. Ale w tej chwili ta sprawa wydawała się nieistotna. Wiedząc, kto stoi za zamachami na jego życie, Bourne musiał założyć, że na Al-Gamhuria Avenue numer 779 zastawiono na niego pułapkę. Czy Rosjanin zastawił ją sam, czy też może korzystał z pomocy handlarza bronią Nikołaja Jewsena oraz Noaha Perlisa? Tego nie wiedział, interesujące było jednak rozmyślanie nad tym, jakie to wspólne interesy połączyły Perlisa z Jewsenem. Sprawy osobiste czy też związane z Black River? Tak czy inaczej złowrogi był to związek. Musi dowiedzieć się o nim czegoś więcej.

I jeszcze jedno: jaką rolę odgrywała w tym wszystkim Tracy? Stała się właścicielką wspaniałego Goi dopiero po tym, jak drogą elektroniczną przekazała uzgodnioną sumę na konto don Hererry, a on polecił swemu bankierowi zdeponować pieniądze na kolejnym koncie, którego numeru nie znała. W ten sposób, wyjaśnił Kolumbijczyk z chytrym uśmieszkiem, zyskuje się pewność, że pieniądze rzeczywiście są twoje i pozostaną twoje. Lata spędzone na polach naftowych zmieniły go w chytrego starego lisa zdecydowanego na wszystko i przygotowanego na każdą ewentualność. Bourne uważał za ironię losu to, że czuł szczególną sympatię do tego człowieka, choć wydawało się jasne, że pozostaje on w swego rodzaju sojuszu z Arkadinem. Miał nadzieję, że kiedyś się jeszcze spotkają, ale na razie prędzej spotka Arkadina... i Perlisa.

* * *

Soraya i Amun Chaltum dotarli na lotnisko wojskowe Chysis, gdy płonące czerwienią jak po wybuchu słońce dostojnie zniżało się do horyzontu. Chaltum okazał odpowiednie dokumenty, po czym skierowano ich na maleńki parking. Minęli kolejny punkt kontrolny i szli po pasie do samolotu, który Egipcjanin kazał zatankować i przygotować do startu, kiedy Soraya zwróciła uwagę na dwoje ludzi idących do czekającej maszyny Air Afrika. Kobieta była szczupła, jasnowłosa i wyjątkowo atrakcyjna. Znajdowała się bliżej niej, a więc przez chwilę zasłaniała towarzyszącego jej mężczyznę, lecz zbliżali się do siebie, kąt widzenia się zmieniał i Soraya uchwyciła wreszcie wzrokiem twarz mężczyzny. Nogi ugięły się pod nią jak po silnym ciosie. Chaltum od razu zorientował się, że coś jest nie tak.

— Źle się czujesz, *azizti*? — spytał. — Krew odpłynęła ci z twarzy.

— Wszystko w porządku. — Soraya oddychała powoli, głęboko, odzyskując panowanie nad sobą. Ale od chwili, gdy zadzwonił nowy dyrektor i de facto rozkazał jej wrócić do Waszyngtonu, nie dając szansy na wyjaśnienie sytuacji, cały czas była niespokojna. A teraz jeszcze Bourne idący po pasie wojskowego lotniska w Kairze. Najpierw pomyślała: „Nie. Niemożliwe. To musi być ktoś inny", lecz teraz, gdy znaleźli się już wystarczająco blisko siebie, by wyraźnie widzieć rysy twarzy, zniknęły wątpliwości.

Mój Boże. Mój Boże, co się dzieje? Jakim cudem on żyje?

Powstrzymała się od wykrzyknięcia jego nazwiska, od podbiegnięcia do niego, rzucenia się mu w ramiona. Nie próbował nawiązać kontaktu, więc z całą pewnością miał jakiś powód — podejrzewała, że cholernie dobry — by nie chcieć, żeby wiedziała, że żyje. Był pogrążony w rozmowie z towarzyszącą mu kobietą, jeszcze jej nie dostrzegł... lub doskonale udawał, że nie dostrzega.

Musiała jednak znaleźć sposób, by podać mu numer swojego telefonu satelitarnego. Tylko, jak to zrobić, by nie zorientowali się w tym ani jego towarzyszka, ani Amun?

• • •

— Twoje milczenie staje się żenujące — powiedziała Tracy.

— Jest aż tak źle? — Bourne nawet na nią nie spojrzał. Patrzył przed siebie, na czerwono-biały kadłub samolotu przyczajonego niczym groźny tygrys tuż przy końcu głównego pasa startowego. Zauważył Sorayę w chwili, gdy ona i wysoki, chudy mężczyzna minęli punkt kontrolny i wyszli na pas, a teraz usilnie próbował zignorować jej obecność. Nie chciał zwracać na siebie uwagi kogokolwiek z Centrali Wywiadu. Nawet jej.

— Od dobrych paru godzin nie powiedziałeś ani słowa. — Tracy wydawała się autentycznie urażona. — Zupełnie jakby oddzielała nas szklana ściana.

— Próbuję znaleźć najlepszy sposób na chronienie cię, kiedy dolecimy do Chartumu.

— Chronienie mnie przed czym?

— Nie przed czym, a przed kim. Don Hererra kłamał o zdjęciach i nagraniu. Kto wie, o czym jeszcze?

— Czymkolwiek się zajmujesz, ja nie mam z tym nic wspólnego — rzekła Tracy. — Będę trzymała się z dala od tych twoich spraw, bo, szczerze mówiąc, one mnie przerażają.

— Rozumiem. — Bourne skinął głową.

Tracy niosła starannie opakowany obraz Goi.

— Wykonałam już tę trudną część mojej pracy. Pozostało mi tylko dostarczyć obraz, odebrać resztę honorarium od Noaha i odlecieć do domu. — Rozejrzała się i dodała: — Przygląda ci się pewna bardzo egzotyczna kobieta. Znasz ją?

Rozdział 25

Nic się nie da zrobić, skoro Tracy zauważyła — pomyślał Bourne. Od Sorai i Egipcjanina dzieliło go zaledwie kilka kroków. Podszedł do nich.

— Witaj, siostrzyczko — powiedział, całując Sorayę serdecznie w oba policzki. I natychmiast, nim zdążyła odpowiedzieć, wyciągnął rękę do jej towarzysza. — Adam Stone — przedstawił się uprzejmie. — Przyrodni brat tej damy.

Egipcjanin uścisnął podaną mu dłoń grzecznie, choć krótko, lecz jednocześnie pytająco uniósł brwi.

— Nie wiedziałem, że Soraya ma brata.

Bourne roześmiał się swobodnie.

— Obawiam się, że jestem czarną owcą. Rodzina nie lubi się do mnie przyznawać.

Dołączyła do niego Tracy. Przedstawił jej obecnych.

Soraya błyskawicznie zrozumiała jego intencje.

— Mama nie czuje się dobrze. Chyba powinieneś się nią zainteresować.

— Przepraszam na chwilę — powiedział Bourne do Tracy i Chaltuma.

Odeszli na bok wystarczająco daleko, by zyskać odrobinę prywatności.

— Jasonie, co jest, do diabła? — Soraya nadal patrzyła na niego, jakby nie mogła uwierzyć własnym oczom.

— To długa historia, a my nie mamy czasu. — Odeszli jeszcze kilka kroków dalej od pozostałej dwójki. — Arkadin żyje. I prawie mnie zabił na Bali.

— Nic dziwnego, że nie chcesz, by ktokolwiek wiedział, że żyjesz.

Bourne zerknął na Chaltuma.

— Co tu robisz z tym Egipcjaninem?

— Amun pracuje w egipskim wywiadzie. Próbujemy dowiedzieć się, kto dokładnie zestrzelił amerykański samolot.

— Myślałem, że Irańczycy...

— Nasz zespół potwierdził, że maszynę strącił irański kowsar trzy, ale pojawiły się nowe, tajemnicze okoliczności. Wygląda na to, że rakietę mógł przetransportować przez Sudan do Egiptu oddział czterech amerykańskich żołnierzy. Właśnie dlatego lecimy do Chartumu.

Bourne poczuł, że pasma sieci, w którą trafił, zaczynają układać się w nieznany, lecz jednak wzór. Pochylił się ku Sorai i powiedział cicho, z naciskiem:

— Posłuchaj mnie uważnie. Cokolwiek planuje Arkadin, zamieszany jest w to Nikołaj Jewsen. Black River też. Zastanawiałem się, co połączyło tę trójkę. Jest całkiem możliwe, że ci czterej nie byli żołnierzami *per se*, lecz raczej agentami Black River. — Zwrócił uwagę Sorai na czerwono-białą maszynę, do której zmierzał wraz z Tracy. — Mówi się, że właścicielem Air Afrika jest Jewsen, i to ma sens. Musi jakoś dostarczać przemycony towar klientom.

Soraya przyglądała się maszynie, a on mówił dalej:

— Jeśli masz rację w sprawie Amerykanów, to jak myślisz, skąd wzięli irańskiego kowsara? Od Irańczyków? — Potrząsnął głową. — Jewsen to chyba jedyny handlarz bronią na świecie mający kontakty i wystarczającą władzę, żeby załatwić coś takiego.

— Ale dlaczego Black River...

— Black River tkwi w tym, bo ktoś potrzebuje siły. Wszystkim rządzi ten, kto ich wynajął. Czytałaś gazety. Sądzę, że gdzieś wysoko w rzędzie jest ktoś, kto chce iść na wojnę z Iranem. Lepiej ode mnie wiesz, kto to może być.

— Bud Halliday. Sekretarz obrony.

— To on wydał na mnie wyrok śmierci.

Soraya gapiła się na niego przez chwilę szeroko otwartymi oczami, ale opanowała się i powiedziała:

— Na razie to wszystko spekulacje. Nic z tego nie nadaje się do wykorzystania. Muszę mieć dowody na istnienie tych związków, więc będziemy w kontakcie. Numer mojego telefonu satelitarnego to... — wyrecytowała szereg cyfr, które Bourne zapamiętał. Potwierdził to skinieniem głowy i podał jej numer swojego. Odwrócił się, by odejść, ale Soraya dodała:

— Jest coś jeszcze. Dyrektor Centrali Wywiadu nie żyje. Zginęła w wybuchu podłożonej pod samochód bomby. Nowym szefem został niejaki M. Errol Danziger. Już odwołał mnie do domu.

— A ty oczywiście odmówiłaś wykonania rozkazu. Bardzo dobrze.

Dziewczyna skrzywiła się przeraźliwie.

— Nikt nie wie, w jakie kłopoty może mnie to wpędzić. — Delikatnie ujęła Jasona za ramię, ścisnęła je. — Posłuchaj, dla mnie to jest najtrudniejsze. Z jakiegoś powodu Moira towarzyszyła dyrektor, kiedy wybuchła bomba. Wiem, że przeżyła, ponieważ zgłosiła się na oddział urazowy szpitala, a potem z niego wypisała, ale w tej chwili nie ma z nią żadnego kontaktu. Sądziłam, że chciałbyś to wiedzieć.

Pocałowała go tak, jak on pocałował ją przed chwilą. Odeszła, dołączyła do wyraźnie denerwującego się Egipcjanina, a Bourne czuł się tak, jakby opuścił swe ciało. Wydawało mu się, że patrzy na trójkę ludzi z wielkiej wysokości. Widział, jak Soraya powiedziała coś Chaltumowi, jak skinął głową i ruszyli w kierunku małego wojskowego odrzutowca. Widział, jak Tracy odprowadza ich wzrokiem, a na twarzy ma wyraz zdziwienia i niepokoju jednocześnie. Wreszcie widział samego siebie stojącego z boku, nieruchomego, jakby zatopiono go w bursztynie. Obserwował to wszystko bez emocji, bez świadomości konsekwencji. W tym stanie zalała go fala wspomnień z Bali, Moira ze słońcem w oczach, błyszczących, jarzących się, płonących, niezapomnianych. Było tak, jakby próbował chronić ją w pamięci albo przynajmniej zabezpieczyć przed zagrożeniami płynącymi z zewnętrznego świata. Był to absurdalny odruch, ale — powiedział sobie — ludzki i zrozumiały. Gdzie teraz była Moira? Jest ciężko ranna? I wreszcie zadał sobie najbardziej przerażające z pytań: jeśli ładunek wybuchowy, który zabił Veronicę Hart, przeznaczony był właśnie dla niej? Miał jeszcze dodatkowy powód do niepokoju: kiedy zadzwonił, okazało się, że jej numer nie istnieje. Oznaczało to, że zmieniła telefon.

Bourne głęboko się zamyślił i dopiero po kilku długich chwilach zorientował się, że Tracy coś do niego mówi. Stała przed nim i przyglądała mu się wyraźnie zaniepokojona.

— Adamie, co się stało? Siostra przekazała ci jakąś złą wiadomość?

— Co? — spytał nieco nieprzytomnie, zaskoczony nagłą burzą uczuć, które na ogół kontrolował. — A tak, właśnie dowiedziałem się, że mamie się nagle wczoraj pogorszyło.

— Och, tak mi przykro. Czy mogę coś dla ciebie zrobić?

Uśmiechnął się samymi wargami, nadal myślami był bardzo daleko.

— Bardzo uprzejmie z twojej strony, że pytasz, ale nie. W tej chwili nikt niestety nie może nic zrobić.

• • •

Dusza M. Errola Danzigera była niczym zaciśnięta pięść. Jako dorastający chłopak postanowił sobie, że dowie się wszystkiego o muzułmanach. Studiował historię Persji i Półwyspu Arabskiego, płynnie mówił po arabsku i w farsi, recytował z pamięci długie fragmenty Koranu i równie długie modlitwy. Wiedział, czym różnią się sunnici od szyitów, pogardzając tak samo jednymi, jak drugimi. Od wielu lat używał tej wiedzy przeciw tym, którzy pragnęli wyrządzić krzywdę jego ojczyźnie.

Tę jego wielką, zdaniem niektórych wręcz obsesyjną, nienawiść do islamu najprawdopodobniej zaszczepiła mu szkoła, liceum na Południu. Plotka, że w jego żyłach płynie syryjska krew, rozszerzyła się jak pożar lasu, powodując, że najpierw stał się obiektem żartów, potem kpin, aż wreszcie, co było nieuniknione, rówieśnicy odizolowali go, skazali na samotność. To, że plotka miała pewne pokrycie w prawdzie, ponieważ jego dziadek ze strony ojca pochodził z Syrii, tylko dopełniło nieszczęścia.

Zapomniał, że ma serce, choć zimne, dokładnie o ósmej rano, formalnie przejmując kierowanie Centralą Wywiadu. Musiał jeszcze pojawić się na Wzgórzu Kapitolińskim, musiał odpowiedzieć na nieistotne, absurdalne pytania zadawane przez wścibskich kongresmanów, a przecież zależy im wyłącznie na tym, by zaimponować wyborcom wnikliwością, nad którą w pocie czoła pracują ich asystenci. Ale ta pokazówka, o czym zapewnił go Halliday, miała być zwykłą formalnością. Zgromadził aż za wiele głosów, by przepchnąć nominację bez walki, nawet bez szczególnie gorącej dyskusji.

Dokładnie o ósmej pięć rozpoczął zebranie kierownictwa, odbywające się w największej sali siedziby CI, mającej kształt owalu, pozbawionej okien, ponieważ szkło jest doskonałym przewodnikiem dźwięku, a uzbrojony w mocną polową lornetkę ekspert potrafiłby odczytać słowa z ruchu warg. Danziger nie zostawił wątpliwości co do tego, czyjej obecności oczekuje: szefów wszystkich siedmiu wydziałów, ich bezpośrednich podwładnych oraz kierowników departamentów powiązanych z różnymi wydziałami.

Przestronną salę oświetlało rozproszone światło z lamp ukrytych w masywnych podporach, rozmieszczonych na obwodzie owalnego sufitu. Specjalnie zaprojektowana i wykonana wykładzina była tak gęsta, że całkowicie absorbowała dźwięk; obecni byli zmuszeni skupić całą uwagę na mówcy.

Tego szczególnego ranka mówcą był sam Danziger, znany także jako Arab. Rozejrzał się, mierząc wzrokiem słuchaczy siedzących przy owalnym stole. Widział tylko blade twarze ludzi, nadal próbujących przetrawić szokującą informację o tym, kogo prezydent namaścił na ich kolejnego zwierzchnika. Oni wszyscy, co do tego Danziger nie miał żadnych wątpliwości, spodziewali się na tym stanowisku któregoś z siedmiu szefów wydziałów, najprawdopodobniej Dicka Symesa, wicedyrektora do spraw wywiadu. Symes miał poprowadzić to spotkanie.

Właśnie dlatego Symesa zostawił sobie na koniec. I dlatego, gdy po raz pierwszy zwracał się do tej gromadki, nie spuszczał z niego wzroku. Przestudiowawszy schemat organizacyjny Centrali Wywiadu, uznał, że w jego interesie będzie wyciągnąć do niego przyjazną dłoń, uczynić z niego sojusznika. Bo przecież będzie potrzebował sojuszników, będzie musiał zgromadzić wokół siebie kadrę wiernych pracowników CI. Nagnie ich do swej woli, poprowadzi nowymi drogami, uczyni wyznawcami nowej religii, którą zamierza wprowadzić, a oni jak uczniowie, jak wybrani, będą głosić jego ewangelię. Będą pracować dla niego, robiąc to, czego sam zapewne nie zdołałby zrobić. Misją Danzigera nie była bowiem wymiana pracowników, lecz właśnie ich nawracanie aż do chwili, gdy pojawi się nowa Centrala Wywiadu, zbudowana według planów, które, gotowe do realizacji, przedstawił mu Halliday.

By osiągnąć postawiony sobie cel, podjął już pierwszą decyzję: mianuje Symesa swym zastępcą. Oczywiście po odpowiednim czasie. Najpierw będzie schlebiał, potem rekrutował. W ten sposób zapewni sobie władzę.

— Dzień dobry, panowie. Podejrzewam, że słyszeliście różne plotki. Mam nadzieję, że się mylę, lecz jeśli nie, to moim celem jest dziś rozwianie wszelkich wątpliwości. Nie będzie zwolnień, nie będzie przenosin ze stanowiska na stanowisko, choć w przyszłości, oczywiście w sposób naturalny, z pewnością się pojawią, przecież pójdziemy do przodu; przeniesienia, jeśli dobrze rozumiem, są rzeczą w tej firmie powszechną, jak zresztą w każdej rozwijającej się organizacji. Przygotowując się do tej chwili, studiowałem chwalebną historię Centrali Wywiadu i zapewniam was, że nikt nie rozumie jej spuścizny lepiej niż ja. Zawsze będę otwarty na dyskusję na ten i każdy inny interesujący was temat, nic się nie zmieni, dziedzictwo Starego, otaczanego czcią od czasów, kiedy rozpocząłem pracę zaraz po studiach, pozostanie dla mnie najważniejsze, dlatego podkreślam z całą uczciwością i pokorą, że przywilejem i honorem jest znaleźć się wśród was, być częścią was, wprowadzać tę wielką organizację w przyszłość.

Siedzący przy stole mężczyźni słuchali go w całkowitej ciszy, usiłując przegryźć się jakoś przez ten rozwlekły wstęp, a także, w miarę możliwości, ocenić stężenie zawartego w nim gówna. Wydawało się dziwne, że Danziger mimowolnie przyjął rytm języka arabskiego, poddał mu się do tego stopnia, że szkodziło to jego angielszczyźnie, zwłaszcza gdy zwracał się do większego audytorium. Gdzie wystarczałoby słowo, budował zdanie, a gdzie potrzeba było zdania, pojawiał się akapit.

Usiadł ku wyczuwalnej uldze podwładnych. Otworzył leżącą przed nim teczkę, przerzucał kartki. Dotarł tak gdzieś do połowy, po czym przerwał nagle i podniósł głowę.

— Soraya Moore, dyrektorka Typhona, jest nieobecna, ponieważ wykonuje zadanie za granicą. Powinniście wszyscy wiedzieć, że unieważniłem je i natychmiast odwołałem ją do kraju. Miała zdać dokładny raport ze swych działań.

Widział, jak głowy odwracają się z zakłopotaniem, ale nikt nawet nie mruknął. Danziger jeszcze raz zajrzał do notatek.

— Panie Doll, dlaczego nie ma dziś między nami pańskiego szefa, pana Marksa?

Rory Doll zakaszlał w pięść.

— Jest w terenie, jak sądzę.

Arab spojrzał na kruchego, jasnowłosego mężczyznę o błyszczących niebieskich oczach. Uśmiechnął się czarująco.

— Pan sądzi czy pan wie, że jest w terenie?

— Wiem, proszę pana. Sam mi to powiedział.

— A więc w porządku. — Danziger nie przestał się uśmiechać. — Gdzie w terenie?

— Nie powiedział dokładnie, proszę pana.

— Zakładam, że pan go o to nie pytał?

— Z całym szacunkiem, ale gdyby szef chciał, żebym wiedział, to powiedziałby mi sam.

Arab zamknął leżącą przed nim teczkę, ani na chwilę nie odrywając wzroku od twarzy zastępcy Marksa. Świadkowie tej sceny wstrzymali oddech.

— Racja. Rzecz jasna pochwalam słuszne zasady bezpieczeństwa — powiedział nowy szef CI. — Proszę dopilnować, by Marks zameldował się u mnie natychmiast po powrocie.

Oderwał wzrok od Dolla, po raz kolejny przyjrzał się wszystkim obecnym po kolei, ściągając na siebie ich spojrzenia.

— W porządku, możemy kontynuować? Od tej chwili wszystkie środki, którymi dysponuje CI, użyte zostaną do podważenia, a następnie zniszczenia obecnego reżimu w Iranie. — Fala podniecenia ogarnęła obecnych jednego po drugim, gwałtowna niczym pożar lasu. — Za chwilę przedstawię wam dalekosiężną operację zakładającą wykorzystanie rodzimego irańskiego podziemia gotowego i z naszą pomocą zdolnego obalić rząd od środka.

● ● ●

— Jeśli chodzi o komendanta policji w tym mieście — powiedział Willard — to próby wywarcia na niego nacisku do niczego nie doprowadzą. Pozwalam sobie tak twierdzić, ponieważ jest przyzwyczajony do tego, że wszyscy wykonują jego polecenia. Nawet burmistrz. Nie obawia się nawet federalnych i wcale tego nie ukrywa.

Obaj, on i Peter Marks, wchodzili po schodach kamienicy stojącej wystarczająco daleko od Dupont Circle, by nie manifestować pychy, ale wystarczająco blisko, by w pełni korzystać z jakże charakterystycznej dla okolicy wielkomiejskiej atmosfery. Ich obecność tu była zasługą wyłącznie Willarda. Ustaliwszy, że komendanta Lestera Burrowsa nie będzie tego dnia w pracy, przyprowadził tutaj Marksa i skierował do tego właśnie, a nie innego domu.

— Ponieważ jest tak, a nie inaczej — mówił dalej — manipulować nim można, wyłącznie stosując zasady psychologii. Pochlebstwo potrafił zdziałać cuda, zwłaszcza w obrębie obwodnicy, a najlepiej działa w przypadku policji miejskiej.

— Znasz komendanta Burrowsa?

— Czy go znam? Jako studenci razem występowaliśmy na scenie. W *Otellu*. Był z niego kawał Maura, możesz mi wierzyć na słowo, naprawdę groźnego Maura. Ale ja wiedziałem, że jego gniew jest autentyczny, bo wiedziałem też, skąd pochodzi. — Willard skinął głową, jakby do siebie. — Lester Burrows to jeden z tych niewielu Afroamerykanów, którym udało się wyrwać z nędzy dzieciństwa, nędzy w każdym znaczeniu tego słowa. Nie oznacza to, że o niej zapomniał, nic z tych rzeczy, ale w odróżnieniu od poprzednika, który zawsze brał łapówki, Lester jest naprawdę dobrym człowiekiem, tylko udaje niebezpiecznego gościa, by chronić siebie, urząd i swych ludzi.

— Więc cię wysłucha? — spytał Marks.

— Tego nie wiem. — Oczy Willarda zabłysły. — Ale z całą pewnością nie wyrzuci za drzwi.

Mosiężna kołatka w kształcie słonia zaanonsowała ich obecność.

— Co to właściwie za miejsce? — zainteresował się Marks.

— Zaraz zobaczysz. Rób to co ja, a wszystko będzie dobrze.

Drzwi otworzyła im młoda Afroamerykanka ubrana w elegancką garsonkę. Mrugnęła.

— Freddy, to naprawdę ty?

Willard zachichotał.

— Minęło trochę czasu, prawda, Rose?

— Całe lata. — Uśmiech zmarszczył twarz dziewczyny. — Ale nie stój tak, wchodź, wchodź. Co za radość. Będzie zachwycony spotkaniem!

— Będzie zachwycony, mogąc mnie oskubać.

Teraz zachichotała dziewczyna. Był to ciepły, bogaty dźwięk; pieścił ucho słuchacza.

— Reese, to mój przyjaciel, Peter Marks.

Podała mu rękę w bezpośredni, męski sposób. Twarz miała raczej kwadratową, dolną szczękę agresywnie wysuniętą i mądre oczy koloru bourbona.

— Przyjaciel Freddy'ego... — Uśmiechnęła się ciepło. — Reese Williams.

— Nieoceniona prawa ręka komendanta — podpowiedział Willard.

— Och, oczywiście. — Roześmiała się. — Co on by beze mnie zrobił.

Poprowadziła ich oświetlonym łagodnym światłem korytarzem o ścianach udekorowanych zdjęciami i akwarelami przedstawiającymi afrykańską faunę, przede wszystkim słonie, lecz oprócz nich także nosorożce, zebry i żyrafy.

Przystanęli przy rozsuwanych dwuskrzydłowych drzwiach. Reese otworzyła je, ujawniając kryjący się za nimi świat aromatycznego błękitnego dymu cygar, cichego brzęku szkła i kart padających na zielony stół zajmujący środek biblioteki. Sześciu mężczyzn, w tym komendant Burrows, i jedna kobieta grali w pokera. Wszyscy zajmowali wysokie stanowiska w policji. Tych, których Marks nie znał, Willard dla niego zidentyfikował.

Murzynka pozostawiła ich na progu. Podeszła do komendanta, spokojnie rozgrywającego, stanęła przy jego prawym ramieniu i odczekała, aż zgarnie pokaźną pulę. Dopiero wtedy pochyliła się i wyszeptała mu coś do ucha. Komendant natychmiast podniósł głowę. Spojrzał na gości, uśmiechnął się szeroko.

— Niech mnie diabli! — Odepchnął krzesło i wstał. — No nie, niech w brudnych skarpetkach chodzę i nazywam się Andy, jeśli to nie Freddy Pieprzony Willard!

Podszedł, objął Willarda i przytulił mocno. Był to potężny mężczyzna z głową jak kula bilardowa, do złudzenia przypominający przesadnie wypchaną parówkę. Chociaż z piegowatymi policzkami wyglądał na pogodnego człowieka, miał oczy mistrza manipulacji i wyraz ust doświadczonego polityka.

Willard przedstawił mu gościa. Dłoń Marksa znikła w uścisku pełnym tego groźnego ciepła, które charakteryzuje ludzi pub-

350

licznych. Powędrowała kilka razy w górę i w dół z szybkością błyskawicy.

— Jeśli przyszedłeś grać — powiedział Burrows — to nie mogłeś trafić lepiej.

— Szczerze mówiąc, przyszedłem dowiedzieć się czegoś o detektywach Sampsonie i Montgomerym. — Marks impulsywnie od razu przeszedł do rzeczy.

Brwi gospodarza ściągnęły się, tworząc linię prostą.

— A kto to taki ci Sampson i Montgomery?

— Z całym szacunkiem, komendancie, doskonale pan wie, o kim mowa.

— Synu, masz się za jasnowidza, czy co? — Burrows obrócił się do Willarda. — Freddy, kim, u diabła, jest ten gość, żeby mi mówić, co wiem, a czego nie wiem?

— Nie zwracaj na niego uwagi, Lester. — Willard zrobił krok, stanął pomiędzy nim a Marksem. — Peter jest trochę nerwowy, odkąd przestał brać lekarstwa.

— Więc niech zacznie je brać znowu. Natychmiast. Ta jego niewyparzona gęba ściągnie na niego nieszczęście.

— Oczywiście, niezwłocznie. — Willard przytrzymał Marksa, żeby nie ciągnął już dyskusji. — A teraz... czy przy twoim stole znajdzie się miejsce na jeszcze jedną osobę?

• • •

Noah Perlis, siedzący w cieniu cudownego ogrodu na dachu rezydencji przy Al-Gamhuria Avenue 779, oddychający zapachem limony, miał ze swego miejsca widok na cały Chartum, zadymiony i zaniedbany po prawej stronie, po lewej podzielony wodami Nilu Błękitnego i Białego, co sprawiało, że miasto jakby składało się z trzech części. Stojący w centrum obrzydliwy, wybudowany przez Chińczyków Friendship Hall i przedziwny, futurystyczny budynek Al-Fateh, przypominający czubek potężnej rakiety, nie mogły się jakoś dopasować do tradycyjnych meczetów i starożytnych piramid. To rażące zderzenie starego z nowym było znakiem czasu: zamknięta w sobie, skrępowana gorsetem reguł religia muzułmańska usiłowała znaleźć miejsce dla siebie w obcym jej współczesnym świecie.

Przed Perlisem stał otwarty laptop. Bardem dopisywał koniec scenariusza: wejście Arkadina i jego dwudziestoosobowego oddziału specjalnego do Iranu. Kraju, który jak Palestyna płynął mlekiem i miodem, tyle że w postaci ropy naftowej.

Perlis nigdy nie zajmował się jedną sprawą, jeśli mógł się zajmować dwoma naraz, a najlepiej trzema. Umysł tego człowieka był tak szybki i niespokojny, że potrzebował swego rodzaju wewnętrznej sieci celów, zagadek i domysłów, by nie zacząć funkcjonować chaotycznie. W tej chwili, studiując prawdopodobieństwa zakończenia ostatniej fazy Szpilki, które rysował przed nim program, Perlis myślał też o pakcie z diabłem, do którego zmusiły go okoliczności, układzie zawartym z Dimitrijem Masłowem, a w konsekwencji z Leonidem Arkadinem. Po pierwsze i najważniejsze drażniło go, że musi współdziałać z Rosjanami, których korupcja i rozwiązły tryb życia budziły w nim nienawiść, a jednocześnie zazdrość. Jak banda takich szumowin, takich świń mogła zgromadzić takie pieniądze! Oczywiście świat nigdy nie jest sprawiedliwy, myślał, ale czasami potrafi być wręcz wrogi. Tylko co innego mógł zrobić? Próbował na wiele sposobów, ale okazało się, że tylko przez Masłowa może dotrzeć do Nikołaja Jewsena, którego stosunek do Amerykanów w niczym nie różnił się od jego, Perlisa, stosunku do Rosjan. I tak już poszło; zawierał za wiele układów ze zbyt wieloma ludźmi, którzy zasady podwójnej gry i umiejętność wbijania noża w plecy wysysali z mlekiem matki. Trzeba było uwzględnić w planach także to zagrożenie, a to potrajało stopień komplikacji i zabierało trzykrotnie więcej czasu. Oczywiście mógł też potroić sumę na wystawionym Budowi Hallidayowi rachunku, bo dla sekretarza stanu pieniądze nic nie znaczyły. Mennica Stanów Zjednoczonych drukowała dolary, jakby to było konfetti. I rzeczywiście, podczas ostatniego spotkania zarząd Black River wyraził zaniepokojenie możliwością hiperinflacji i jednogłośnie podjął decyzję o wymianie w ciągu najbliższych sześciu miesięcy posiadanych dolarów na złoto w sztabach i poinformowaniu klientów, że od pierwszego sierpnia firma będzie akceptowała wyłącznie płatności w złocie lub diamentach. Co go zaniepokoiło, to nieobecność na tym zebraniu Olivera Lissa, jednego z trzech założycieli Black River i człowieka, któremu składał raporty.

Jednocześnie myślał też o Moirze. Jak ziarnko piasku w oku, ona też drażniła. Kiedy nagle odeszła z Black River, ulokowała się gdzieś, w jakimś zakątku jego mózgu i nie dała o sobie zapomnieć. Przez krótki czas nie było o niej słychać, po czym założyła własną firmę, stając w szrankach przeciw niemu. Bo Perlis potraktował tę dezercję, a potem zdradę osobiście. Coś takiego zdarzyło się nie po raz pierwszy, on jednak przysiągł sobie, że ten raz będzie ostatnim. A pierwszy raz... no, o tym lepiej nie myśleć. Udawało mu się to przez lata, nie miał zamiaru zacząć teraz. Nie dziś.

Bo i jak miał traktować działania, które w sposób bezpośredni pozbawiały go najlepszego personelu? Niczym porzucony kochanek Perlis gotów był zemścić się w każdy dostępny mu sposób, a uczucia, które żywił do niej, dawno zmieniły się w czystą nienawiść, skierowaną nie tylko przeciw niej, lecz także przeciw niemu samemu. Miał ją pod kontrolą i zagrał o wiele za ostrożnie; sam przed sobą musiał przyznać z goryczą, że rozegrał to po prostu źle. Moira odeszła; była poza jego kontrolą, stała się zupełnie inna niż on. Jeśli mógł z czegoś czerpać pociechę, to tylko z powtarzania sobie, że jej kochanek, Jason Bourne, nie żyje. Życzył jej już wyłącznie źle, chciał widzieć ją nie po prostu pobitą, lecz poniżoną i upokorzoną bez szans powstania z klęczek. Dopiero wówczas zaspokoiłby głód zemsty.

Kiedy zadzwonił jego telefon satelitarny, Perlis założył, że dzwoni Bud Halliday z instrukcją rozpoczęcia ostatniego stadium Szpilki, ale usłyszał głos Humphry'ego Bambera.

— Bamber?! — krzyknął. — Gdzie ty się, do cholery, podziewasz?

— Dzięki Bogu jestem już w biurze. — Głos programisty był cichy, metaliczny. — Udało mi się uciec, bo okazało się, że ta Moira Jakaśtam jest zbyt poważnie ranna w wybuchu, by sobie ze mną radzić przez dłuższy czas.

— Słyszałem o wybuchu. — Noah powiedział prawdę, choć oczywiście nie dodał, że z jego rozkazu miano nie dopuścić, by ona lub Hart dowiedziały się od Bambera o Bardemie. — Nic ci nie jest?

— Nic takiego, czego nie wyleczyłoby parę dni odpoczynku, ale... słuchaj, Noah, w twojej wersji Bambera jest błąd.

Noah zapatrzył się na rzeki, początek i koniec życia w tej części Afryki.

— Co za błąd? Jeśli chcesz założyć kolejną łatę zabezpieczającą, zapomnij o tym. Już prawie z nim skończyłem.

— Nie, nie, chodzi o coś zupełnie innego. O błąd matematyczny. Program nie podaje dokładnych danych.

Zabrzmiało to bardzo niepokojąco.

— Jak to się mogło stać? Bamber, cholera, tyle ci płacę, że tylko płakać, a ty mi mówisz...

— Uspokój się, Noah. Nie tylko znalazłem błąd, ale już go poprawiłem. Zaraz załaduję ci nową wersję, tylko musisz wyjść z wszystkich innych programów.

— Wiem, wiem. Jezu, jakbym mógł nie wiedzieć po tych wszystkich wersjach i w ogóle.

— Człowieku, nie masz pojęcia, jaka to skomplikowana rzecz. Co ci będę mówił, dosłownie milion czynników do uwzględnienia w architekturze i jeszcze chciałeś, żeby był szybki jak błyskawica.

— Daruj sobie, Bamber. Nie potrzebuję teraz od ciebie kazania. Masz tylko porządnie wykonać robotę. — Dłoń Perlisa biegała po klawiaturze. Zamykał jeden program za drugim. — Jeszcze jedna sprawa: czy ta nowa wersja nie wymaże parametrów, które właśnie wprowadziłem?

— Nie ma mowy, Noah. Bardem ma po coś tę swoją monstrualną pamięć podręczną.

— Będzie lepiej dla ciebie, jeśli nic nie zginie — powiedział Perlis i pomyślał: Nie teraz. Nie, kiedy jestem już prawie na finiszu.

— Powiedz mi, kiedy będziesz gotowy — ponaglił go delikatnie Bamber.

Programy już były zamknięte, ale dobre kilka minut zajęły specjalnie zaprojektowane, skomplikowane protokoły, przez które trzeba było przebrnąć, by wyjść z zabezpieczeń zaprojektowanych specjalnie dla Black River. W tym czasie zawiesił rozmowę z Bamberem, i skorzystał a drugiego telefonu satelitarnego.

— Trzeba kogoś uśpić — powiedział. — Tak, natychmiast. Czekaj, zaraz przekażę ci szczegółowe informacje.

Odblokował pierwszy telefon.

— Gotów — powiedział.

— Świetnie. Zaczynamy.

Rozdział 26

Chartum pławił się w atmosferze zaniedbanej kostnicy. Słodki odór śmierci był wszechobecny, zmieszany z ostrym zapachem luf broni palnej. Złowrogie cienie kryły mężczyzn palących papierosy i obserwujących oświetlone przez latarnie nocne ulice z obojętnością myśliwych czekających na zwierzynę. Bourne i Tracy, siedzący w trzykołowej rozklekotanej rikszy, pędzącej z piekielną prędkością pod prąd, przemykali uliczkami wypełnionymi wózkami ciągniętymi przez osły, rzężącymi minibusami, mężczyznami w strojach tradycyjnych i zachodnich i pojazdami plującymi niebieskawym dymem.

Oboje byli zmęczeni i zirytowani. Bourne nie miał szczęścia, nie udało mu się skontaktować ani z Moirą, ani z Borisem, a Tracy, wbrew własnym twierdzeniom, po przygodach w Sewilli wyraźnie denerwowała się przed spotkaniem z Noahem.

— Nie chcę, by mnie czymś zaskoczył, gdy stanę w progu — powiedziała w recepcji śródmiejskiego hotelu, w którym właśnie się meldowali. — Dlatego powiedziałam Noahowi, że przyjdę do niego dopiero jutro rano. Przede wszystkim muszę się dobrze wyspać. Potrzebuję snu bardziej niż pieniędzy.

— I co on na to?

Jechali wyłożoną lustrami windą na najwyższe piętro, bo tego chciała dziewczyna.

— Nie był szczęśliwy, ale co miał powiedzieć?

— Proponował, że przyjedzie do hotelu?

Tracy zmarszczyła nos.

— Nie proponował.

Bourne'owi wydało się to dziwne. Jeśli Perlisowi tak bardzo zależało na Goi, dlaczego nie miałby dokończyć transakcji w hotelu?

Mieli sąsiednie pokoje połączone drzwiami, które można było zamknąć z obu stron. Z okien roztaczał się widok na Al-Mogran, połączenie Nilów Białego i Błękitnego: Nil Biały płynie na północ z Jeziora Wiktorii, Błękitny na zachód z Etiopii. Po połączeniu prze dalej na północ, w głąb Egiptu.

Pokoje okazały się nędzne; sądząc po stylu i dokonanych przez czas zniszczeniach, od wczesnych lat siedemdziesiątych nic w nich nie zmieniano. Wykładzina śmierdziała tanimi papierosami i jeszcze tańszymi perfumami. Tracy odłożyła obraz na łóżko, podeszła, otworzyła okno na całą szerokość. Hałas miasta działał jak odkurzacz, natychmiast wyssał z pokoju wszystkie dźwięki. Westchnęła, odwróciła się, podeszła do łóżka i usiadła obok swego skarbu.

— Za dużo tych podróży — powiedziała, wzdychając głęboko. — Chciałabym już wrócić do domu.

— A gdzie jest ten dom? — zainteresował się Bourne. — Bo wiem, że nie w Sewilli.

— Masz rację. Nie w Sewilli. — Dziewczyna odgarnęła opadające jej na policzek włosy. — Mieszkam w Londynie. Belgravia.

— Oznaka prawdziwej elegancji.

Roześmiała się, ale nawet w jej śmiechu słychać było zmęczenie.

— Gdybyś zobaczył mieszkanie... takie maleńkie, ale moje. Kocham je. Z tyłu jest alejka, przy której kiedyś były stajnie, przebudowane potem na mieszkania. Rośnie tam grusza. Pięknie kwitnie, a wiosną gnieżdżą się na niej jaskółki oknówki. Przez większość wieczorów lelek śpiewa mi serenady.

— W takim razie dlaczego podróżujesz?

Roześmiała się znowu dźwięcznym, srebrzystym śmiechem, prawdziwą muzyką dla uszu.

— Muszę zarabiać na życie. Jak wszyscy na tym świecie. — Tracy splotła palce i powiedziała, poważniejąc: — Dlaczego don Hererra cię okłamał?

— Jest wiele możliwych powodów — odparł Bourne, patrząc w okno, na jaskrawo oświetlony łuk Nilu. Blask miasta odbijał się od ciemnej wody, w której roiło się od krokodyli. — Najlogiczniejszy jest ten, że w jakiś sposób wszedł w sojusz z człowiekiem, którego szukam. Człowiekiem, który mnie postrzelił.

— Nie sądzisz, że to raczej nieprawdopodobne?

— Byłoby nieprawdopodobne... gdyby nie była to pułapka.

Przez kilka długich chwil dziewczyna trawiła tę wiadomość.

— A więc człowiek, który próbował cię zabić, chce, żebyś pojawił się na Al-Gamhuria Avenue siedemset siedemdziesiąt dziewięć?

— Tak sądzę. — Odwrócił się, spojrzał na nią. — Dlatego nie będzie mnie z tobą, gdy jutro rano zapukasz do drzwi frontowych.

To ją bardzo zaniepokoiło.

— No nie wiem, czy chcę stanąć przed Noahem sama. Gdzie wtedy będziesz?

— Moja obecność mogłaby tylko narazić cię na niebezpieczeństwo. Uwierz mi na słowo. — Bourne się uśmiechnął. — Poza tym ja tam będę. Tyle że nie wejdę drzwiami.

— Chcesz użyć mnie do odwrócenia ich uwagi?

Tak jak przypuszczał Bourne, Tracy była nie tylko sprytna, ale umiała także szybko myśleć.

— Spodziewam się, że nie masz nic przeciwko temu?

— Skądże. I masz rację. Lepiej będzie dla mnie przyjść samej. Bezpieczniej. — Zmarszczyła brwi. — A swoją drogą to ciekawe, że ludzie odczuwają taką potrzebę okłamywania się. — Spojrzała mu wprost w oczy, jakby porównywała go z kimś innym. Być może ze sobą. — Czy rzeczywiście świat byłby taki straszny, gdybyśmy mówili sobie wyłącznie prawdę? — Ludzie nie lubią się odkrywać. Boją się, że ktoś ich skrzywdzi.

— Ale ktoś krzywdzi ich i tak. — Tracy potrząsnęła głową. — Sądzę, że ludzie bez trudu okłamują sami siebie nawet łatwiej niż innych. Czasami nawet nie wiedzą, że to robią. — Przechyliła głowę na bok. — To kwestia tożsamości, prawda? Chodzi mi o to, że w wyobraźni każdy może być, kim chce, robić, co chce. Wszystko jest płynne, a tymczasem w rzeczywistości doprowadzić do zmiany, jakiejkolwiek zmiany, jest tak cholernie trudno, wysiłek męczy i w dodatku przegrywasz z siłami z zewnątrz, pozostającymi całkowicie poza twoją kontrolą.

— Możesz przyjąć całkiem nową tożsamość — zauważył Bourne. — Przeprowadzanie zmian jest wówczas łatwiejsze, ponieważ swoją historię tworzysz od nowa.

Tracy skinęła głową.

— Owszem, ale w czymś takim też są pułapki. Nie masz rodziców, nie masz przyjaciół. No, chyba że samotność ci odpowiada.

— Niektórym ludziom owszem. — Bourne spojrzał na ścianę, na tanią reprodukcję islamskiej sceny, jakby było to okno, wychodzące na świat jego myśli. Po raz kolejny musiał się zastanowić, kim w istocie jest: Davidem Webbem, Jasonem Bourne'em, a może Adamem Stone'em? Zdecydował już, że nie może żyć jako David Webb, a jeśli chodzi o Jasona Bourne'a, to zawsze był na świecie ktoś, gdzieś, kryjący się w cieniu jego zapomnianego poprzedniego życia, życzący mu jak najgorzej lub nawet usiłujący go zabić. Adam Stone? Jego można by nazwać niezapisaną kartą, ale w praktyce nie byłaby to prawda, ponieważ ludzie spotykający się z człowiekiem noszącym to nazwisko reagowali na niego, na to, kim prawdziwy Bourne był. Im więcej przebywał w towarzystwie ludzi takich jak Tracy, tym więcej uczył się o sobie samym.

Tracy stanęła obok niego przy oknie.

— A ty? — spytała. — Przeszkadza ci samotność?

— Nie jestem sam. Jestem z tobą.

Roześmiała się cicho, potrząsnęła głową.

— Sam siebie posłuchaj. Opanowałeś do perfekcji sztukę odpowiadania na pytania osobiste bez ujawniania choćby odrobiny samego siebie.

— To dlatego, że nigdy nie wiem, z kim rozmawiam.

Przyglądała mu się przez chwilę spod oka, jakby próbowała odgadnąć, co naprawdę znaczą jego słowa, a potem zapatrzyła się na dwa Nile, wędrujące krętą ścieżką przez Afrykę jak opowieść, którą czytasz przed snem.

— Nocą wszystko wydaje się przezroczyste. Niematerialne. — Delikatnie dotknęła ich odbić w szybie. — A jednak nasze myśli, a przede wszystkim nasz strach... ciekawe, dlaczego właśnie strach?... stają się większe, mocniejsze, nabierają proporcji tytanów lub bogów. — Tracy stała bardzo blisko Bourne'a, mówiła cicho, niemal szeptem. — Jesteśmy dobrzy czy źli? Co rzeczywiście drzemie w naszych sercach? To przygnębiające, że nie wiemy albo nie potrafimy zdecydować.

— Być może jesteśmy i dobrzy, i źli. — Bourne myślał o sobie samym, o wszystkich swoich tożsamościach i o tym, gdzie leży prawda. — To zależy od czasu i okoliczności.

• • •

Arkadin zagubił się w rozgwieżdżonej azerskiej nocy. Od piątej rano on i jego stuosobowy doborowy oddział zahartowanych żołnierzy wyruszył w góry. Celem misji — wyjaśnił — jest znalezienie ukrywających się przy drodze snajperów i wyeliminowanie ich za pomocą dalekosiężnych strzelb do paintballu, które na jego prośbę przetransportowano do Górskiego Karabachu, pod względem wyglądu i każdym innym niczym nieróżniących się od AK-47. Dwudziestu członków lokalnego plemienia, uzbrojonych w karabiny do paintballu, ukryło się na trasie ich przemarszu. Po rozdaniu tej broni trzeba było jeszcze wytłumaczyć im, do czego jest przydatna, bo miejscowi uważali ją za zabawną i zarazem idiotyczną. A jednak wystarczyło pół godziny, by nauczyli się nią biegle posługiwać. Jego ludzie przegapili dwóch pierwszych „snajperów". Dwóch z setki zginęło, nim zdążyli zająć pozycję. Dekoncentracja i błędna ocena sytuacji czegoś ich nauczyły.

Ćwiczenia trwały cały dzień. Zmrok zapadał szybko, lecz Arkadin prowadził oddział dalej i dalej, głęboko w góry. Zatrzymali się raz, na piętnaście minut, posilili racjami polowymi, po czym kontynuowali marsz coraz wyżej i wyżej, ku czystemu, lśniącemu sklepieniu nieba.

Skończyli około północy. Ocenił każdego z żołnierzy ze względu na osiągnięte wyniki, okazaną wytrzymałość i zdolność przystosowania się do zmiennej sytuacji, a następnie pozwolił na budowę obozu. Jak zwykle zjadł niewiele i nie zasnął nawet na chwilę. Ciało miał obolałe, mięśnie naciągnięte, ale był to drobny ból, nieważny, a także bardzo daleki, jakby przynależał do kogoś innego lub do innego Arkadina, którego znał tylko przelotnie.

Dopiero o świcie uspokoił rozgorączkowany umysł, skupił resztki energii, wyjął telefon satelitarny i wybrał na klawiaturze określony zestaw cyfr, łączący go ze „ślepą linią", kilkakrotnie przekierowującą sygnał. Za każdym razem musiał wprowadzić specyficzny kod umożliwiający kontynuowanie połączenia. Upłynęło sporo czasu, nim system po stronie odbiorcy przetrawił ostatni z kodów i otworzył linię. Wreszcie rozległ się ludzki głos.

— Nie spodziewałem się wiadomości od ciebie. — Nikołaj Jewsen nie ganił, był tylko zaciekawiony.

— Mówiąc szczerze, nie spodziewałem się, że zadzwonię. — Arkadin uniósł głowę. Przyglądał się ostatnim gwiazdom, oddającym pole różowemu i błękitnemu światłu poranka. — Dowiedziałem się czegoś, co pewnie i ty chciałbyś wiedzieć.

— Jak zwykle doceniam twą troskę. — Jewsen mówił głosem ostrym jak tnąca metal piła. Było w nim coś zwierzęco brutalnego, przerażająca siła, która cechowała jego i tylko jego.

— Dowiedziałem się mianowicie, że niejaka Tracy Atherton nie jest sama.

— Dlaczego ta informacja miałaby mnie interesować?

Arkadin pomyślał, że tylko ten człowiek potrafi przekazać grozę zabójczego spokoju na odległość samym tonem głosu. W trakcie swej kariery wolnego strzelca dla moskiewskich *gruppierowek* poznał handlarza bronią wystarczająco dobrze, by go się strzec.

— Towarzyszy jej Jason Bourne. Szuka zemsty.

— Jak my wszyscy, w ten czy inny sposób. Dlaczego miałby szukać jej akurat tutaj?

— Bo myśli, że to ty wynająłeś Kata, by go zabił.

— Skąd ten przedziwny pomysł?

— Może rywal? Mogę się dowiedzieć.

— To nie ma najmniejszego znaczenia — powiedział Jewsen. — Jason Bourne jest już martwy.

Właśnie to chciałem usłyszeć — pomyślał Arkadin. Choć niechciane, powróciły obrazy z przeszłości.

• • •

Mniej więcej osiemset kilometrów od Niżnego Tagiłu, gdy światło dnia zbladło, a zmierzch przegrywał wojnę z nocą, Tarkanian skręcił w kierunku miasteczka Jarańsk. Szukał lekarza. Po drodze zatrzymali się trzy razy, by każdy mógł załatwić naturalne potrzeby i coś zjeść. Podczas tych przerw sprawdzał, co z Osierowem. Na ostatnim postoju, tuż przed zachodem słońca, oprych zmoczył spodnie. Poza tym gorączkował i wyglądał jak śmierć.

Przez cały ten długi czas jazdy po remontowanych drogach, tymczasowych objazdach i na skróty dzieci były niewiarygodnie wręcz spokojne. Całą uwagę skupiły na matce opowiadającej im o wspaniałych przygodach i wielkich dziełach boga ognia, boga wiatru, a przede wszystkim boga wojownika Chumbulata.

Arkadin nigdy nie słyszał o takich bogach. Zastanawiał się nawet, czy Joszkar nie wymyśliła ich specjalnie dla córek; w każdym razie nie tylko one słuchały zafascynowane. Dla niego te opowieści były jak wiadomości z obcego kraju, który zawsze pragnął odwiedzić. W ten sposób, jeśli nie dla Tarkaniana, to przynajmniej dla niego nocna podróż trwała krótko. Jak sen.

Dojechali do Jarańska za późno, lekarz już nie przyjmował. Korzystając ze wskazówek, których udzielali mu kolejni przechodnie, Tarkanian zdołał dowieźć ich do lokalnego szpitala. Arkadina i Joszkar zostawił w samochodzie. Wysiedli, żeby trochę rozprostować nogi. Dziewczynki zostały na tylnym siedzeniu. Bawiły się malowanymi drewnianymi lalkami babuszkami, które Arkadin kupił im podczas jednego z postojów.

Joszkar odwracała głowę, interesowały ją przede wszystkim dzieci. Cienie ukrywały siniaki i rany na jej twarzy, za to jarzeniówki podkreślały egzotyczne rysy, w oczach Arkadina stanowiące dziwne połączenie; wydawały mu się częściowo azjatyckie, a częściowo fińskie. Oczy miała duże, lekko uniesione w kącikach, usta szerokie, wydatne. W odróżnieniu od nosa, który natura ukształtowała tak, by chronił twarz przed co cięższymi razami od życia, usta te były niemal erotycznie zmysłowe. To, że w najmniejszym stopniu nie zdawała sobie sprawy z wrażenia, jakie wywołuje, czyniło ją jeszcze bardziej pociągającą.

— Wymyśliłaś historie dla córek? — spytał.

Joszkar potrząsnęła głową.

— Opowiadano mi je, kiedy byłam małą dziewczynką i spoglądałam przez okno na Wołgę — wyjaśniła. — Matce opowiadała je jej matka i tak dalej, i tak dalej. — Odwróciła się, spojrzała na Arkadina. — Te historie pochodzą z naszej religii. Bo wiesz, ja jestem Maryjką.

— Maryjką? Nie słyszałem.

— Mój lud należy do grupy, którą badacze nazywają ugrofińską. Dla was, chrześcijan, jesteśmy poganami. Wierzymy w wielu bogów, tych z moich opowieści, i półbogów żyjących wśród nas w ludzkiej postaci. — Obróciła wzrok na córki i stało się coś niewytłumaczalnego: jej twarz zmieniła się, jakby była teraz jedną z nich, własnym dzieckiem. — Dawno, dawno temu byliśmy Finami ze wschodu. Przez wieki zawieraliśmy mieszane małżeństwa, z przybyszami z południa i wschodu. Jednocześnie nasz lud, będący pod wpływem kultur zarówno germańskiej, jak i azjatyckich migrował, aż dotarł nad Wołgę, na tereny, które później stały się częścią Rosji. Ale Rosjanie nigdy nas nie zaakceptowali, bo nienawidzą uczyć się nowych języków. Boją się obcych zwyczajów i tradycji. Maryjczycy mają takie powiedzenie: „Najgorsze, co mogą zrobić wrogowie, to zabić cię. Najgorsze, co mogą zrobić przyjaciele, to zdradzić. Bój się tylko tych obojętnych, bo zdrada i śmierć kwitną na ich obojętności".

— Ponure wyznanie wiary, nawet jak na ten kraj.

— Nie takie znowu ponure, jeśli zna się naszą historię.

— Nigdy bym nie powiedział, że nie jesteś rodowitą Rosjanką.

— Jak wszyscy. Mąż strasznie wstydził się mojego pochodzenia, wstydził się też, że się ze mną ożenił. Nic nikomu nie mówił.

Patrząc na nią, Arkadin rozumiał, dlaczego Lew Antonin zakochał się akurat w tej kobiecie.

— Dlaczego za niego wyszłaś?

Joszkar roześmiała się z ironią.

— A jak myślisz? Jest etnicznym Rosjaninem i, co więcej, potężnym człowiekiem. Ma władzę. Broni mnie i dzieci.

Arkadin ujął ją za brodę, odwrócił jej twarz do światła.

— A kto obroni cię przed tym?

Wyrwała mu się, jakby jego palce parzyły.

— Pilnowałam, żeby nigdy nie dotknął dzieci. Tylko to się liczy.

— I nie liczy się to, że powinny mieć ojca, który w odróżnieniu od Antonina, autentycznie by je kochał? — Arkadin myślał o swoim ojcu albo pijanym w trupa, albo w ogóle nieobecnym.

Joszkar westchnęła.

— W życiu trzeba zawierać kompromisy, Leonidzie, a zwłaszcza muszą je zawierać Maryjczycy. Żyłam, dał mi dzieci, które uwielbiam, przysiągł, że nikt ich nie skrzywdzi. Takie było moje życie i jak mam się skarżyć, skoro rodziców zamordowali mi Rosjanie, a siostra znikła, kiedy miałam szesnaście lat? Prawdopodobnie gwałcono ją i torturowano, ponieważ ojciec był dziennikarzem, głośno sprzeciwiającym się dotykającym nas represjom. Ciotka wysłała mnie wtedy daleko od Wołgi. Dzięki temu przeżyłam.

Arkadin przyglądał się dziewczynce pogrążonej w zabawie na tylnym siedzeniu samochodu. Jej siostry zasnęły, jedna oparta o drzwi, a druga — o nią. W białym, eterycznym świetle, sięgającym wnętrza samochodu słabymi, padającymi ukośnie promieniami wyglądały jak elfy z opowieści matki.

— Musimy jak najszybciej znaleźć miejsce, gdzie spalimy w ofierze mojego syna.

— Co?

— Urodził się w dzień przesilenia boga ognia, więc musi on przeprowadzić go do krainy śmierci, inaczej pozostanie na tym świecie samotny na wieki.

— W porządku.

Arkadinowi spieszyło się do Moskwy, jednakże był współwinny śmierci Jaszy, toteż uznał, że nie ma prawa się jej sprzeciwiać. Poza tym wziął na siebie odpowiedzialność za tę kobietę i jej rodzinę. Musi się nią opiekować, nikt inny tego za niego nie zrobi.

— Gdy tylko wrócą Tarkanian i Osierow, pojedziemy do lasu. Znajdziesz jakieś odpowiednie miejsce.

— Będziesz musiał mi pomóc. Zwyczaje Maryjczyków każą, by w ceremonii wziął udział mężczyzna. Zrobisz to dla Jaszy? I dla mnie?

Przyglądał się jej twarzy, grze walczących ze sobą świateł i cieni, ruchomych, bo rzucały je reflektory przejeżdżających samochodów, choć na chwilę zwyciężających w zmaganiach z wszechobecną nocą. Nie wiedział, co powiedzieć, więc w milczeniu skinął głową.

Niedaleko od szpitala stała cerkiew, jej wieża wbijała się w niebo niczym uniesiony palec, przestrzegający grzeszników przed grzechem. Arkadin zastanawiał się, dlaczego tyle pieniędzy wydaje się na służbę czemuś, czego nie sposób zobaczyć, usłyszeć lub poczuć. Na co komu religia? Jakakolwiek religia?

Jakby czytając w jego myślach, Joszkar powiedziała:

— A ty wierzysz w coś, Leonidzie? Boga lub bogów? Coś większego od siebie?

— Jesteśmy my i jest wszechświat, a wszystko inne to tylko bajeczki, takie jakie opowiadałaś dzieciom.

— Widziałam, że ich słuchałeś. Przyciągnęły i uwięziły coś, co jest w tobie, choć może nie zdajesz sobie z tego sprawy.

— Były jak oglądanie filmu. Rozrywka, nic więcej.

— Nie rozrywka, Leonidzie, lecz historia. One mówią o niedostatku i niewoli, o przesądach i naszej wyjątkowej tożsamości, woli przetrwania bez względu na cenę. — Przyjrzała się Arkadinowi bardzo uważnie. — Ale ty przecież jesteś Rosjaninem. Jesteś zwycięzcą, a historia należy do zwycięzców prawda?

Zabawne, ale Arkadin nie czuł się zwycięzcą ani w tej chwili, ani kiedykolwiek. Czy ktoś się kiedykolwiek wychylił, przemówił na jego korzyść? Czy obowiązkiem rodziców nie jest obrona i popieranie dzieci, czy nie mają obowiązku ich chronić, a nie więzić i porzucić? Było w Joszkar coś, co dotykało czegoś tkwiącego w nim, tak głęboko, że, jak powiedziała, nie miał najmniejszego pojęcia o jego istnieniu.

— Tylko z nazwy jestem Rosjaninem — powiedział. — We mnie nie ma niczego, Joszkar. Jestem pusty w środku. Powiem ci szczerze, że kiedy ułożymy Jaszę na pogrzebowym stosie i podpalimy go, pozazdroszczę chłopcu czystego, honorowego sposobu odejścia z tego świata.

Kobieta spojrzała na niego oczami w kolorze bourbona, a on pomyślał: Jeśli zobaczę w nich litość, będę musiał ją uderzyć. Ale nie znalazł litości, lecz raczej niezwykłą ciekawość. Opuścił wzrok; Joszkar wyciągała do niego rękę. Ujął ją, nie wiedząc, dlaczego to robi. Poczuł ciepło, zupełnie jakby mógł usłyszeć śpiew krwi w jej żyłach. A potem Joszkar odwróciła się, podeszła do samochodu, bardzo ostrożnie wzięła na ręce córkę i złożyła ją w jego ramionach.

— Trzymaj ją — powiedziała. — Tak, teraz dobrze, ułóż ręce w kołyskę.

Spojrzała w niebo, na którym zaczęły się pojawiać drobne gwiazdy.

— Najpierw rozbłyskują te najjaśniejsze, ponieważ są też najdzielniejsze. — Mówiła głosem takim jak wówczas, gdy opowiadała o bogach, elfach, stworzeniach z bajek. — Ale ja zawsze czekam na te najbardziej nieśmiałe. Pojawiają się niczym pasmo babiego lata, ostatnia dekoracja nocy, po której przychodzi ranek i wszystko psuje.

Arkadin słuchał jej, trzymając w ramionach drobne, dziecięce ciało. Na skórze czuł dotknięcie delikatnych włosów, mała piąstka już zacisnęła się na jego twardym, pokrytym odciskami palcu wskazującym. Dziewczynka przytuliła się do jego piersi. Wyczuwał jej głęboki, równy oddech i było tak, jakby wszczepiono w niego jądro niewinności.

Nie obracając się, Joszkar powiedziała cicho:

— Nie zmuszajcie mnie, żebym do niego wróciła.

— Nie odeślemy cię. Co ci podsunęło ten pomysł?

— Twój przyjaciel nie chce mieć z nami nic wspólnego. Wiem, bo widzę, jak na mnie patrzy. Pali mnie jego pogarda. Gdyby nie ty, wyrzuciłby nas z samochodu gdzieś przy drodze i nie miałabym wyboru. Musiałabym wrócić do Lwa.

— Nie odeślemy cię — powtórzył Arkadin. Czuł bicie serca dziewczynki przy swoim. — Prędzej umrę, niż na to pozwolę.

• • •

— Tutaj się pożegnamy — powiedział Bourne do Tracy. Był ranek, od domu przy Al-Gamhuria Avenue 779 dzieliło ich, według jego oceny, pięć przecznic. — Jak mówiłem, nie chcę narazić cię na niebezpieczeństwo. Wejdę do środka na swój sposób.

Wysiedli z rikszy, kiedy Al-Gamhuria okazała się beznadziejnie zakorkowana z powodu jakiejś parady wojskowej, cieszącej się wielkim zainteresowaniem bardzo hałaśliwego tłumu. Ludzie zgromadzili się wokół przenośnego podestu, na którym stała grupa oficerów w mundurach khaki, ciemnozielonych i niebieskich, w zależności od stopnia. Świeżo ogolone twarze lśniły w blasku słońca, uniesione ręce pozdrawiały tłum, jakby żołnierze niczym nie różnili się od dobrych wujków. Niedaleko, w bocznej uliczce, obsadzony pełną załogą, najeżony bronią czołg czaił się jak tłusty, oblizujący się smakowicie kot. Zapłacili za kurs i omijając podniecony tłum, poszli ocienioną palmami ulicą.

Bourne zerknął na zegarek.

— Która godzina? — spytał.

— Dwadzieścia siedem po dziewiątej.

— Zrób mi przysługę — poprosił, regulując zegarek. — Daj mi piętnaście minut, a potem pójdź od razu pod numer siedemset siedemdziesiąt dziewięć, wejdź przez drzwi frontowe i zgłoś się do recepcjonistki. Zajmij ją czymś aż do chwili, kiedy Noah albo po ciebie pośle, albo sam przyjdzie.

Tracy skinęła głową. Znów się denerwowała

— Nie chcę, żeby ci się coś stało — powiedziała.

— Posłuchaj mnie, Tracy. Mówiłem ci, że nie ufam Noahowi Perlisowi, a szczególnie nie podobało mi się to, że wczoraj wieczorem nie przyszedł do hotelu, by zakończyć sprawę Goi.

Ukrywszy się za Bourne'em, podciągnęła spódnicę i pokazała mu pistolet w zgrabnej kaburze przypasanej do uda.

— Przy przewozie cennych dzieł sztuki pojęcie przesadnej ostrożności nie obowiązuje — zażartowała.

— Jeśli tam mają jakąś ochronę, to go znajdą.

— Nie znajdą. — Tracy poklepała kolbę pistoletu. — Jest ceramiczny.

— Sprytna dziewczynka. Zakładam, że wiesz, jak go użyć?

Roześmiała się, lecz jednocześnie rzuciła mu żałosne spojrzenie.

— Proszę, bądź ostrożny, Adamie.

— Ty też.

Bourne odwrócił się, wmieszał w tłum i znikł jej z oczu niemal natychmiast.

Rozdział 27

Przy Al-Gamhuria Avenue 779 stał duży, trzykondygnacyjny budynek o modernistycznej linii, zbudowany z grubego betonu i jaskrawozielonych szklanych bloków. Druga kondygnacja była cofnięta w stosunku do pierwszej, a trzecia w stosunku do drugiej, jak w zigguracie. Konstrukcja słusznie kojarzyła się z fortecą, intencje odpowiadały architekturze. Ogrodowi na dachu, mimo iż czubki drzew widoczne były z ulicy, nie udawało się rozwiać tych skojarzeń.

Bourne, który skryty wśród ruchliwego ulicznego ruchu dwukrotnie obszedł budynek, za słabe miejsce uznał jednak właśnie ogród. Oczywiście do środka można było dostać się nie tylko drzwiami frontowymi wykonanymi z palisandru, istniały jeszcze dwa tylne wejścia dla dostawców, oba były jednak dobrze widoczne i strzeżone. Przy jednym z nich stała duża ciężarówka, wyposażona w urządzenie chłodzące, przez które sprawiała wrażenie garbatej. Przechodząc przez ulicę i zbliżając się do ciężarówki od strony przeciwległej do budynku, Bourne patrzył i oceniał odległości, kierunki podejścia. Dwaj mężczyźni wyładowywali skrzynie przez otwartą tylną klapę, pilnował ich ponury ochroniarz. Bourne zapisał w pamięci ich pozycje względem samochodu.

Kilkaset metrów dalej, w jednej z wielu przy tej ulicy bram, w cieniu stał mężczyzna, płynnym ruchem podnoszący papierosa do ust. Podchodzącemu do niego Europejczykowi przyjrzał się z rutynową podejrzliwością.

— Zwiedzić? — spytał bardzo złą angielszczyzną. — Najlepszy przewodnik w całym Chartumie. — Chcesz zobaczyć, zaprowadzę, nawet zakazane. — Jego uśmiech niemal niczym nie różnił się od ziewnięcia. — Lubisz zakazane, prawda?

— Masz papierosa?

Słowa, wypowiedziane w jego własnym języku, zaskoczyły mężczyznę tak bardzo, że wyprostował się, a w jego do tej pory przyćmionych oczach błysnął spryt. Wręczył Bourne'owi papierosa; Bourne zapalił go tanią plastikową zapalniczką.

— Wolisz pieniądze czy tak stać w bramie? — spytał.

Mężczyzna kiwnął głową szybko, nerwowo.

— Pokaż mi człowieka, który nie czci forsy, a ja zapłaczę nad jego grobem.

Bourne ochłodził się wachlarzem banknotów, któremu facet przyjrzał się szeroko otwartymi oczami. Można byłoby się założyć, że nigdy nie marzył o takim majątku.

— Jasne — powiedział, oblizując wargi. — Wszystkie zakazane miejsca w Chartumie masz otwarte.

— Interesuje mnie tylko jedno: Al-Gamhuria Avenue siedemset siedemdziesiąt dziewięć.

Facet z bramy nagle zbladł przeraźliwie, potem znów oblizał wargi.

— Proszę pana, są rzeczy zakazane i zakazane.

Bourne dołożył do wachlarza kilka banknotów.

— Ta suma jest chyba wystarczająca? — Nie było to ani pytanie, ani twierdzenie, raczej coś w rodzaju rozkazu, powodującego niespokojne drżenie. — A może powinienem znaleźć kogoś innego? Chociaż twierdziłeś, że jesteś najlepszym przewodnikiem w mieście.

— Bo to prawda. — Facet chwycił pieniądze, schował je do kieszeni. — Nikt inny w całym mieście nie wprowadzi nikogo pod siedemset siedemdziesiąt dziewięć. Ci ludzie starannie dobierają sobie gości, ale — puścił oczko — kuzyn mojego kuzyna jest tam ochroniarzem.

Wyciągnął komórkę, wybrał połączenie lokalne i zaczął mówić po arabsku w tempie karabinu maszynowego. Rozmowa przerodziła się w krótką kłótnię, dotyczącą najwyraźniej pieniędzy. Wreszcie komórka powędrowała z powrotem do kieszeni.

— Nie ma problemu. Kuzyn mojego kuzyna jest teraz na dole, bo rozładowują ciężarówkę, widzisz? Mówi, że to najlepszy czas, więc idziemy.

Bourne bez słowa ruszył za nim ulicą.

•   •   •

Tracy po raz ostatni spojrzała na zegarek, po czym przeszła przez Al-Gamhurię. Otworzyła drewniane drzwi. Tuż za nimi stał wykrywacz metali, a przy nim dwaj ochroniarze o ponurych gębach. I ona, i troskliwie opakowany obraz Goi przeszli kontrolę bez problemu. To miejsce nie przypominało siedziby żadnej linii lotniczej, a tych kilka widziała.

Podeszła do okrągłego biurka, tak wysokiego i surowego jak architektura budynku. Młody człowiek o nieprzyjaznej, kanciastej twarzy, spojrzał na nią nieżyczliwie.

— Tracy Atherton — przedstawiła się. — Jestem umówiona z panem Per... Petersenem.

— Paszport i prawo jazdy. — Recepcjonista wyciągnął rękę.

Spodziewała się, że sprawdzi jej tożsamość i odda dokumenty, ale powiedział tylko:

— Odzyska je pani przy wyjściu.

Zawahała się; czuła się tak, jakby oddała mu klucze do swego mieszkania w Belgravii. Chciała zaprotestować, lecz recepcjonista już dzwonił przez wewnętrzny telefon. Odłożył słuchawkę. Jego zachowanie zmieniło się diametralnie.

— Pan Petersen przyjdzie po panią za chwilę, pani Atherton — powiedział z uśmiechem. — A tymczasem proszę czuć się jak u siebie w domu. Na stoliku przy ścianie jest kawa, herbata oraz kilka rodzajów herbatników. Jeśli potrzebuje pani czegoś jeszcze, proszę dać znać.

Tracy podtrzymywała rozmowę, będącą właściwie monologiem, rozglądając się jednocześnie dookoła. Wnętrze wydało się jej przytłaczające. Na swój sposób przypominało kościół poświęcony nie chwale Boga, lecz mamony. Podobnie jak świątynie, zwłaszcza rzymskokatolickie, mają za zadanie wzbudzić cześć w wiernych, skłonić ich do podległości temu, co boskie, siedziba Air Afrika miała onieśmielić, a nawet poniżyć grzesznika, niebędącego w stanie wyłożyć pół miliarda na budowę domu.

— Pani Atherton?

Odwróciła się i zobaczyła szczupłego mężczyznę, przystojnego mimo ostrych rysów twarzy, szpakowatego i sprawiającego bardzo sympatyczne wrażenie.

— Noah Petersen — przedstawił się mężczyzna z ujmującym uśmiechem. Podał jej rękę, twardą i suchą. — Zwracam wielką uwagę na punktualność. — Gestem wskazał jej, że powinni pójść tam, skąd przyszedł. — Wiele mówi o uporządkowanym umyśle.

Wsunął metalową kartę w czytnik, po chwili rozległo się ciche „klik", a lampka zmieniła kolor z czerwonego na zielony. Popchnął część ściany, która okazała się doskonale do niej dopasowanymi drzwiami, po obu stronach wyłożonymi płytami betonu. Wewnątrz Tracy musiała poddać Goyę prześwietleniu promieniami rentgena. Następnie pojechali małą windą na trzecie piętro. Po wyjściu ruszyli korytarzem, po którego obu stronach znajdowały się trzyipółmetrowej wysokości mahoniowe drzwi bez numerów i tabliczek z nazwiskami. Po kilku zakrętach Tracy poczuła się jak w labiryncie. Z ukrytych głośników sączyła się muzyka. Gdzieniegdzie ściany zdobiły fotografie przedstawiające fragment kadłuba samolotu Air Afrika i półnagą modelkę.

Weszli do sali konferencyjnej, udekorowanej kolorowymi balonami jak na przyjęcie. Długi stół, przykryty obrusem w kolorowe pasy, uginał się pod ciężarem smakowitych przekąsek, słodyczy i owoców.

— Zdobyłem Goyę, to wystarczający powód do świętowania — powiedział Noah i było to najwyraźniej jedyne wyjaśnienie, jakie miała otrzymać. Spod pasiastego obrusa wyciągnął wąski neseser, położył go na kawałku wolnego miejsca na stole, ustawił kombinację zamka i otworzył. W środku, co Tracy natychmiast zauważyła, znajdował się czek na sumę odpowiadającą jej wynagrodzeniu i wystawiony na nią. Na ten widok wyjęła z opakowania Goyę. Noah zaledwie na niego zerknął.

— Gdzie reszta? — spytał.

Wręczyła mu poświadczenie autentyczności, podpisane przez profesora Alonza Pecunię Zuñigę z madryckiego Museo del Prado. Noah przejrzał je i położył obok obrazu.

— Doskonale. — Wręczył Tracy wyjęty z neseseru czek. — Sądzę, że nasze sprawy możemy uznać za załatwione, pani Atherton — powiedział i w tym momencie zadzwonił jego telefon komórkowy. Przeprosił grzecznie, przyjął rozmowę. Brwi zbiegły mu się w jedną linię. — Co? — powiedział do telefonu. — Co to znaczy sam? Jasna cholera, czy nie... w porządku. Nie ważcie się, kurwa, ruszyć, póki nie przyjdę. — Przerwał połączenie, twarz nabiegła mu krwią.

— Czy coś się stało? — spytała Tracy.

— Nic, co mogłoby dotyczyć pani. — Noah, choć wyraźnie wściekły, zdołał się uśmiechnąć. — Proszę się rozgościć, odprowadzę panią do wyjścia, kiedy niebezpieczeństwo minie.

— Niebezpieczeństwo? Co pan ma na myśli?

Noah był już przy drzwiach.

— Mamy intruza w budynku — rzucił w pośpiechu. — Ale nie ma się czym martwić, pani Atherton, wygląda na to, że już go osaczyliśmy.

• • •

— Siedli nam na ogonie, gdy tylko wylądowaliśmy na KRT — powiedział Amun Chaltum. Oboje z Sorayą jechali już do miasta. KRT było lotniczym skrótem na oznaczenie Lotniska Międzynarodowego w Chartumie, wybranym zresztą przez samych Sudańczyków.

— Widziałam — przytaknęła Soraya. — Dwóch mężczyzn.

— Dołączyło do nich jeszcze dwóch. — Chaltum spojrzał w lusterko wsteczne. — Cała czwórka jedzie szarą toyotą z lat siedemdziesiątych. Trzy samochody za nami.

— Ci w terminalu wyglądali na miejscowych.

Egipcjanin skinął głową.

— Wydaje mi się to dziwne, zważywszy na fakt, że nikt stąd nie wiedział o naszym przylocie do Chartumu.

— A nieprawda. — Chaltum skrzywił wargi w dyskretnym, lecz niewątpliwie kpiącym uśmiechu. — Jako szef Muchabaratu mam obowiązek meldować przełożonym o wyjazdach zagranicznych. No więc o tym wyjeździe zameldowałem temu, którego od dłuższego czasu podejrzewałem o podkopywanie mojej pozycji. — Jeszcze raz spojrzał w lusterko. — Wreszcie zdobyłem dowód jego zdrady. Sprowadzę jednego z tych łajdaków do domu, żeby oskarżył faceta, i nic mnie przed tym nie powstrzyma.

— Innymi słowy musimy pozwolić im się złapać?

Amun uśmiechnął się znacznie szerzej.

— Tylko dopaść — poprawił Sorayę. — A jak oni nas dopadną, to my ich złapiemy.

• • •

Poker w domu przy Dupont Street skończył się dobrą godzinę temu, pozostawiając po sobie zapachy mężczyzn i kobiet poświęconych bez reszty tej formie rozrywki, a także popiołu wypalonych cygar, resztek pizzy, zastarzałego potu oraz efemeryczną, lecz wyraźnie wyczuwalną woń pieniędzy.

Czwórka ludzi rozparła się na obitych fioletowym aksamitem kanapach w stylu art déco. Byli to Willard, Peter Marks, komendant policji Lester Burrows i Reese Williams, która ku zdziwieniu Petera okazała się gospodynią i właścicielką domu.

Pomiędzy nimi, na niskim stoliku, stała butelka szkockiej, wiaderko do połowy wypełnione lodem i cztery grube, staroświeckie szklanki. Pozostali uczestnicy rozrywek zebrali, co im zostało, jeśli coś im zostało, i słaniając się na nogach, powrócili do domów. Niedawno minęła północ, noc była ciemna, bezksiężycowa i bezgwiezdna. Chmury wisiały tak nisko, że nawet światło ulicznych latarni zredukowane zostało do niewyraźnych smug.

— Wygrałeś ostatnie rozdanie, Freddy — powiedział Burrows. Siedział rozparty, odchylony na wygiętym oparciu kanapy. Wydawało się, że przemawia do sufitu. — Ale nie powiedziałeś mi, jakie będą konsekwencje sprawdzenia cię na końcu. Byłem spłukany. Założyłeś za mnie. Teraz jestem twoim dłużnikiem.

— Chciałbym, żebyś odpowiedział na pytanie Petera. Te o dwóch zaginionych policjantach.

— Jakich zaginionych policjantach?

— Sampsonie i Montgomerym — podpowiedział mu usłużnie Marks.

— Ach, o nich! — Komendant nadal wpatrywał się w sufit. Reese Williams siedziała na podwiniętych nogach, przyglądając się tej scenie z nieodgadnionym wyrazem twarzy.

— Jest też sprawa gliniarza na motocyklu, zabójcy niejakiego Jaya Westona, co spowodowało wypadek, na którego miejsce wysłano Sampsona i Montgomery'ego, żeby zebrali materiały do śledztwa — ciągnął Marks. — Tylko że nie było żadnego śledztwa. Zostało uduszone w kołysce.

Wszyscy w tym pokoju wiedzieli, co oznacza powiedzenie, że śledztwo zostało „uduszone w kołysce".

— Freddy — powiedział Burrows, kierując te słowa do sufitu, jak poprzednie. — Czy to też jest część mojego długu?

Willard wpatrywał się w nieruchomą twarz Reese Williams.

— Wyłożyłem za ciebie kupę forsy, żebyśmy mogli pogadać, Lester.

Komendant westchnął i oderwał wreszcie wzrok od sufitu.

— Reese, wiesz, że masz tam całkiem spore pęknięcie? — spytał.

376

— W tym domu jest sporo pęknięć, Les.

Mogło się wydawać, że Burrows rozważa głębszy sens tych słów. Odezwał się po dłuższej chwili.

— Niech i tak będzie, ale w tym, co wam powiem, nie szukajcie pęknięć. Wszystko, czego się tu dowiecie, panowie, przeznaczone jest wyłącznie dla was, nie wolno wam cytować źródła, czy jak tam zechcecie to nazwać. — Wyprostował się. — Czyli, mówiąc wprost: jeśli zajdzie taka konieczność, nie tylko zaprzeczę, że cokolwiek powiedziałem, ale zrobię wszystko co w mojej mocy, żeby udowodnić fałszywość rzekomo moich słów, a potem wdepczę w ziemię każdego, kto spróbuje twierdzić, że je jednak wypowiedziałem. Czy to jasne?

— Jak słońce — przytaknął Marks, a Willard skinął głową.

— Detektywi Sampson i Montgomery łapią sobie rybki w rzece Snake w Idaho.

— Naprawdę łowią ryby — spytał Marks — czy też nie żyją?

— Jezu Chryste, przecież wczoraj z nimi rozmawiałem! — zaprotestował gorąco komendant. — Chcieli wiedzieć, kiedy mogą wrócić do domu. Powiedziałem im, że nie ma pośpiechu.

— Lester — wtrącił się do rozmowy Willard — przecież nie ty płacisz za ich urlop.

— Wuj Sam jest bogatszy ode mnie.

Willard uważnie obserwował emocje zmieniające twarz Burrowsa, jakby przesunęła się po niej chmura.

— A którą dokładnie część Wuja Sama masz na myśli?

— Nikt mi nic nie powiedział — burknął Burrows, jakby nikt nigdy nie mówił mu o niczym ważnym. — Ale pamiętam nazwisko jej przedstawiciela, jeśli ma to dla was jakieś znaczenie.

— W tej chwili — powiedział Willard grobowym głosem — wszystko może mieć jakieś znaczenie, nawet pseudonim.

— Do diabła, w tym cholernym mieście już nikt nikomu nie mówi prawdy. — Komendant policji uniósł palec w oskarżającym geście. — I pozwólcie, że powiem wam coś jeszcze właśnie teraz: żaden mój policjant nie zabił tego waszego

Westona, tego jestem całkowicie pewien. W tej sprawie przeprowadziłem własne prywatne śledztwo.

— A więc ktoś udawał twojego człowieka — rzekł spokojnie Willard. — Żeby wprowadzić w błąd nas wszystkich.

— Wy, szpiedzy! — Burrows potrząsnął głową. — Żyjecie we własnym świecie, ustalacie własne zasady. Chryste, co za splątana sieć! — Wzruszył ramionami, jakby strącał z barków ciężar zdumienia. — No właśnie, nazwisko. Gość, który załatwił urlop moim detektywom, przedstawił się jako Petersen. Noah Petersen. Coś wam to mówi czy tylko mnie nabierał?

• • •

Bourne pożegnał się z facetem, którego zaczepił w bramie, gdy tylko kuzyn jego kuzyna najpierw załatwił, że obaj kierowcy rozładowywali skrzynki wewnątrz budynku, a potem sam wszedł do środka przez tylne wejście i zniknął. Jason chwycił klamkę tylnej klapy ciężarówki, podciągnął się i przetoczył na jej dach. Wspiął się na chłodziarkę i sięgnął do betonowej podpory wysuniętej ze ściany budynku. W ten sposób dostał się na drugą kondygnację. Szpary między betonowymi płytami dawały oparcie palcom dłoni i stopom, dzięki czemu, wspinając się po bocznej ścianie, dotarł na trzecią kondygnację, a następnie, w ten sam sposób, na poziom ogrodu. Przeturlał się przez barierę i wylądował na wyłożonej płytkami podłodze ogrodu na dachu.

W odróżnieniu od odpychającej architektury samego budynku ogród był pełen różnorodnych kolorów i kształtów — nienagannie utrzymany, wonny, doskonale chronił przed palącymi promieniami słońca. Bourne przykucnął w plamie najgłębszego cienia. Wdychał oszałamiający zapach limety, przyglądając się układowi ogrodu. Oprócz niego na dachu nie było nikogo.

Sam układ architektoniczny sprytnie ukrywał dwie rzeczy: drzwi, prowadzące w dół, do budynku i, co dostrzegł po chwili, także rodzaj składziku dla ogrodników pielęgnujących i przycinających drzewa, rośliny i kwiaty. Podszedł do drzwi. Bronił ich zwykły alarm reagujący na przerwanie obwodu elektrycznego. Przy próbie otwarcia drzwi od zewnątrz włączyłby się natychmiast.

Bourne wrócił do składziku. Wziął z niego sekator oraz kombinerki. Podszedł do balustrady. W miejscu, gdzie łączyła się ona z podłogą, w wąskiej szczelinie nad płytkami znalazł wiązkę przewodów oświetleniowych. Sekatorem odciął przeszło półtora metra przewodu. Idąc z powrotem w stronę drzwi, kombinerkami zdjął z niego izolację po obu końcach.

Znalazł przewód alarmu, biegnący nad górną framugą. Zdjął z niego izolację w dwóch miejscach i podłączył do nich końce kawałka przewodu oświetleniowego. Upewnił się, że obejście dobrze założył, i przeciął kabel alarmu. Ostrożnie otworzył drzwi, tylko na taką szerokość, by móc wślizgnąć się do środka. Alarm milczał. Wąskimi, stromymi schodami zszedł na poziom drugiego piętra. Jego pierwszym zadaniem było znalezienie Arkadina, człowieka, który go tu zwabił, i zabicie go. Drugim — znalezienie Tracy i wyniesienie się stąd jak najszybciej.

●　●　●

Tracy stała przy oknie, przyglądając się chaotycznemu ruchowi na ulicy, kiedy za jej plecami otworzyły się drzwi. Odwróciła się pewna, że to Noah, lecz zamiast niego zobaczyła faceta z ogoloną głową, kozią bródką, czarną przetykaną bielą, diamentowym kolczykiem w uchu i tatuażem zębatego nietoperza na szyi. Z tymi niesamowicie szerokimi barami, potężną klatką piersiową i równie potężnymi nogami wyglądał jak zapaśnik, jeden z tych zmutowanych wojowników, gotowych walczyć na śmierć i życie, których widziała w amerykańskiej telewizji.

— A więc to ty przywiozłaś mojego Goyę? — Podszedł do stołu, na którym leżał obraz w całej swej groteskowej w tym otoczeniu chwale. Szedł dziwnie, płynnie, lecz chwiejnie, krokiem, jaki często widzi się u kulturystów i marynarzy.

— Goyę Noaha — zaprotestowała Tracy.

— Nie, droga pani. Mojego. — Mężczyzna posługiwał się zgrzytliwym, bardzo zniekształconym angielskim. — Perlis po prostu go dla mnie kupił. — Podniósł obraz, trzymał go w wyciągniętych rękach. — To moja zapłata. — Jego chichot przypominał bulgot wydobywający się z gardła umierającego człowieka. — Wyjątkowa nagroda za wyjątkową przysługę.

— Znasz moje nazwisko — Tracy podeszła do stołu, zastawionego półmiskami i misami z grubego szkła, wypełnionymi jedzeniem — ale ja nie znam twojego.

— Jesteś pewna, że chcesz wiedzieć? — Wypatrywał się w obraz, badał go przenikliwym wzrokiem konesera. Nie dał Tracy czasu na odpowiedź. — No dobrze, niech będzie. Jestem Nikołaj Jewsen. Być może coś o mnie słyszałaś? Jestem właścicielem Air Afrika. I tego domu.

— Szczerze mówiąc, nigdy nie słyszałam ani o tobie, ani o Air Afrika. Zajmuję się sztuką.

— Doprawdy? — Jewsen odłożył Goyę na rozdzielający ich stół. — Więc co robisz w towarzystwie Jasona Bourne'a?

— Jason Bourne? — Tracy zmarszczyła brwi. — A kto to taki?

— To człowiek, z którym tutaj przyszłaś.

Dziewczyna dziwiła się coraz bardziej

— O czym ty mówisz, człowieku? Przyszłam sama. Noah może za mnie zaręczyć.

— Perlis jest w tej chwili zajęty. Przesłuchuje twojego przyjaciela.

— Nie rozu... — słowa utknęły Tracy w gardle, gdy zobaczyła krótkolufową czterdziestkępiątkę, którą trzymał Jewsen.

Rozdział 28

— Skoro zajmujesz się sztuką — spytał — to co robisz w towarzystwie mordercy, szpiega, człowieka pozbawionego skrupułów i serca? Człowieka, który przestrzeliłby ci głowę bez zastanowienia, bez odrobiny żalu?

— A kto mi grozi pistoletem? — odpowiedziała pytaniem Tracy. — On czy ty?

— Przyprowadziłaś go tu, żeby mnie zabił. — Twarz Jewsena mówiła o brutalnej sile, o ślepej żądzy władzy. Był to człowiek przyzwyczajony do tego, że dostaje, czego zażąda, zawsze i od każdego. — Musiałem zadać sobie pytanie, dlaczego to zrobiłaś?

— Nie mam pojęcia, o czym mówisz.

— Dla kogo pracujesz? Ale tak naprawdę.

— Dla siebie. Od wielu lat.

Jewsen zacisnął wargi, grube jak płaty surowego mięsa i tak samo czerwone.

— Proszę pozwolić, pani Atherton, że załatwimy sprawę w sposób jak najłatwiejszy dla pani. W moim świecie ludzie dzielą się na dwie kategorie: przyjaciół i wrogów. Zdecyduj, do której grupy należysz, kobieto. Teraz, w tej chwili. Jeśli nie odpowiesz mi zgodnie z prawdą, wpakuję ci kulę w prawe ramię. Potem powtórzę pytanie. Na milczeniu lub kłamstwie zarobisz tyle, że dostaniesz kulę w lewe ramię. Potem zajmę się twoją śliczną twarzyczką. — Pokiwał karcąco lufą pistoletu. — Jedno jest pewne: kiedy z tobą skończę, nie będzie już taka śliczna. — Jewsen znów zachichotał upiornie. — Nie zadzwoni do ciebie żaden hollywoodzki agent, obiecuję.

— Przyleciałam do miasta w towarzystwie Adama Stone'a i to wszystko, co wiem. Naprawdę.

— Problem, szanowna pani, polega na tym, że ja tego nie czuję. To znaczy, nie czuję w tym prawdy.

— To jest prawda.

Jewsen zrobił krok na przód, napierając brzuchem na przeciwległą krawędź stołu.

— Teraz zostałem obrażony. Myślisz, że uwierzę, że przyprowadziłaś tu kogoś, o kim nic nie wiesz? Znasz tylko jego nazwisko, które w dodatku wcale nie jest prawdziwe?

Tracy zamknęła oczy.

— Nie, oczywiście, że nie. — Odetchnęła głęboko, spojrzała wprost w oczy koloru kawy stojącego naprzeciw niej mężczyzny. — Tak, wiedziałam, że naprawdę nazywa się Jason Bourne, i tak, moim zadaniem było nie tylko dostarczyć Goyę Noahowi, lecz także dopilnować, by Bourne się tu pojawił.

Jewsen spojrzał na nią spod przymkniętych powiek.

— Kto go tu przysłał? Czego on chce?

— Nie wiesz? Wysłałeś do Sewilli jednego ze swoich morderców, mężczyznę z blizną i tatuażem. Miał go zabić.

— Kata? — Jewsen skrzywił się, nie kryjąc obrzydzenia. — Prędzej obciąłbym sobie rękę, niż zatrudnił tego śmiecia.

— Ale on jest pewien, że człowiek, który próbował go zabić, jest tutaj. Tyle wiem. To on musiał zatrudnić Kata.

— Tylko że on to nie ja. Źle go poinformowano.

— To nie rozumiem, dlaczego wynajęto mnie, żebym dopilnowała, by tu się znalazł.

Rosjanin potrząsnął głową.

— Kto ci nadał tę robotę?

— Leonid Arkadin.

Lufa czterdziestkipiątki wskazywała jej prawe ramię.

— Kolejne kłamstwo! Dlaczego Leonidowi Daniłowiczowi miałoby zależeć na tym, żeby Bourne tu trafił?

— Nie wiem, ale... — Ocena jego słów, reakcji, wyrazu twarzy pozwoliła jej połączyć fakty. — Chwileczkę, tylko Arkadin mógł ci powiedzieć, kto jest ze mną. To on musiał wynająć Kata, a to oznacza, że jest tu i czeka na Bourne'a!

— Czujesz śmierć, więc jesteś zdesperowana. Dokładnie w tej chwili Leonid Daniłowicz jest w Górskim Karabachu, w Azerbejdżanie.

— Nie rozumiesz, że on jeden wiedział, z kim przyjadę?

— Gówno prawda. Jest moim partnerem!

— Po co miałabym wymyślać takie kłamstwa? Zapłacił mi dwadzieścia tysięcy w diamentach!

Jewsen zatoczył się jak po ciężkim ciosie.

— Diamenty to jak jego podpis, każe sobie płacić w ten sposób i tylko tak sam płaci. Niech go wszyscy diabli, czego chce ten kłamliwy sukinsyn? Jeśli myśli, że zdoła mnie przechytrzyć...

W tym momencie Tracy zobaczyła biegnącego korytarzem Bourne'a. Jewsen dostrzegł zaskoczenie w jej oczach i zaczął się obracać, ściskając w dłoni broń.

● ● ●

Przepełniające Noaha Perlisa poczucie triumfu znikło jak zdmuchnięte na widok Sudańczyka z bramy i jednego ze strażników, których ochroniarze Jewsena osaczyli na poziomie ulicy, w hali ładunkowej A.

— Co się dzieje, do cholery? — spytał w sudańskim arabskim. Gestem nakazał kilku ochroniarzom sprawdzić, czy na ulicy w pobliżu kręci się ktoś podejrzany. Następnie wymienił kilka gniewnych zdań ze strażnikiem; niemal natychmiast zorientował się, że on nic nie wie. Szef ochrony, który zdążył do niego dołączyć, wylał go z roboty bez dyskusji. Następny w kolejce był facet z bramy.

— Kim jesteś i co tutaj robisz? — spytał Noah.

— Ja... zgubiłem się, proszę pana. Rozmawiałem z kuzynem, którego właśnie wyrzuciliście z pracy, co jest zbyt dotkliwą karą. Sam pan to przyzna, kiedy usłyszy pan moją historię. — Facet z bramy stał z pochyloną głową, zgarbiony, w pokornej pozie. — Kuzyn mojego kuzyna musiał pójść do toalety, pan rozumie, ale nie wyrzucał mnie, bo potrzebuję pieniędzy, żeby zapłacić za moje dziecko...

— Dość! — Noah uderzył go w twarz. — Myślisz, że kim jestem, jakimś turystą, któremu możesz wciskać te swoje głupie historyjki? — Wymierzył drugi, znacznie mocniejszy policzek, taki, od którego facet z bramy się skrzywił, a jego zęby szczęknęły. — Powiedz mi, co tu robisz, albo oddam cię Sandurowi. — Szef bezpieczeństwa uśmiechnął się, ukazując braki w uzębieniu. — Już on wie, co robić z takimi szczurami jak ty.

— Ja nic...

Trzeci cios, zadany pięścią, wybił ofierze kilka zębów i zaplamił jej krwią koszulę.

— Dziś mamy pełnię, ale nie oczekuj, że kiedyś jeszcze zobaczysz księżyc.

W trakcie nieskładnej opowieści o tym, jak to faceta z bramy zaczepił Amerykanin, pragnący koniecznie dostać się do domu przy Al-Gamhuria Avenue 779, powrócili ludzie, których Noah wysłał wcześniej na ulicę. Jeden z nich pochylił się i wyszeptał mu coś do ucha. Noah natychmiast pchnął intruza w ramiona Sandura.

— Zajmij się nim — polecił.

— Panie, litości! Nie zasłużyłem na to, mówię samą prawdę...

Ale Noaha nie interesował już ani on, ani ten ktoś, kto tak usilnie próbował znaleźć drogę do siedziby Air Afrika. Zwyciężył instynkt samozachowawczy. Podszedł do wyjścia z hali ładunkowej i ukryty w cieniu wyjrzał na rozświetloną promieniami słońca ulicę. Rzeczywiście, dokładnie tak, jak powiedział mu ochroniarz, po przeciwnej stronie ulicy stał przy krawężniku minibus. Był pełny, a siedzieli w nim tylko mężczyźni; to właśnie wzbudziło niepokój ochroniarza. Nagle ujrzał błysk słońca odbitego od lśniącego metalu, lufy AK-47, i to potwierdziło jego najgorsze przypuszczenia. Ktoś planował atak na siedzibę Air Afrika i atak ten miał nastąpić natychmiast. Zdumiało go to do tego stopnia, że nie zastanawiał się nawet, kto dysponuje odpowiednimi informacjami i niemałymi środkami umożliwiającymi spróbowanie czegoś, co powszechnie uznawano za niemożliwe. Jednak nie to było teraz najważniejsze. Musi jak najszybciej opuścić punkt zero, nim znajdzie się w krzyżowym ogniu najemników Jewsena z jednej strony, a napastników tłoczących się na razie w minibusie z drugiej.

• • •

Bourne przeczesywał trzecią kondygnację budynku, kryjąc się przed służbą i ochroniarzami. Nagle usłyszał szorstki, głęboki głos, dobiegający ze znajdującego się przed nim pokoju. Głos ten zadawał pytania, a kiedy milkł, odpowiadała mu Tracy. Zaczął biec, pewien, że dostała się w ręce Arkadina i jest ostatnią przynętą w zastawionej na niego pułapce.

Wpadł do środka, wykonał przewrót, przetoczył się po podłodze i poderwał, wszystko to zrobił jednym płynnym ruchem. Zobaczył potężnie zbudowanego mężczyznę z wytatuowanym na szyi nietoperzem, odwracającego się i strzelającego z pistoletu. Zrobił unik, potoczył się w stronę zastawionego jedzeniem stołu konferencyjnego. Dostrzegł, jak Tracy wyciąga swą ceramiczną broń z kabury na udzie. Usłyszał drugi strzał; skoczył i chwycił za nogi wielkiego faceta. Przewrócił go w chwili, gdy strzelał on do Tracy, która uchyliła się instynktownie. Kula poszła nisko, trafiając jedną z mis. Odłamki szkła rozprysły się we wszystkie strony.

Bourne i Jewsen z hukiem padli na podłogę. Bourne próbował wyrwać czterdziestkępiątkę z lewej dłoni przeciwnika. Padł trzeci strzał; kula przeleciała tuż obok jego ucha, wywołując czasową głuchotę. Facet walnął go prawą pięścią w żebra,

Bourne odpowiedział ciosem w szczękę, po czym trzykrotnie, szybko, raz za razem uderzył go kantem dłoni w szyję. Używając całej swej wielkiej siły, jego przeciwnik powoli skręcił lufę czterdziestkipiątki, mierząc mu wprost w skroń. Bourne'owi udało się ją odepchnąć, lecz trafiony trzykrotnie w żebra, w to samo miejsce, gwałtownie zaczerpnął powietrza i nagle znów był na muszce. Palec wskazujący lewej ręki Jewsena zaczął naciskać spust.

I wtedy Bourne znalazł ranę na jego ramieniu. Przycisnął palcem miękkie, krwawiące ciało. Mężczyzna zawył jak wilk, nietrudno było teraz wytrącić mu broń z ręki. Ale jeden ruch potężnego cielska wystarczył, by Jason znalazł się na podłodze. Jewsen znów chwycił broń i uderzył rękojeścią. Trafił w skroń i Bourne walnął głową o podłogę. Rosjanin kontynuował atak, czuł już niemal zapach zwycięstwa, a Bourne, świadomy, że powoli traci przytomność, czołgał się, jakby szukał schronienia pod stołem. Rosjanin stękał przy każdym uderzeniu, raz za razem prostował się i pochylał, prostował i pochylał.

Lecz jego przeciwnik, choć tracił świadomość, przed oczami miał czerwoną mgłę, a jego ciało wypełniał nieznośny ból, przesunął się jeszcze kilka centymetrów i zdołał chwycić leżący na podłodze ceramiczny pistolet Tracy. Zebrał pozostałe mu jeszcze siły, wymierzył i strzelił Jewsenowi w twarz niemal z przyłożenia.

Powietrze wypełniła krew, odpryski kości, strzępki różowej tkanki mózgowej. Rosjanin unosił się właśnie, by zadać kolejny cios, lecz siła uderzenia pocisku odrzuciła go do tyłu i padł na bok. Po chwili, która wydawała się bardzo długa, Bourne usłyszał przytłumiony dźwięk walącego się na podłogę worka mokrego cementu.

Leżał na wznak z podniesioną nogą. Serce biło mu jak sprinterowi na mecie. Jego ciało wypełniał ból, promieniujący od rany, którą odniósł na Bali. Konieczność podejmowania wyzwań, życie na najwyższych obrotach i wreszcie cięgi, które otrzymał, miały zgubny wpływ na proces jej gojenia, dokładnie tak, jak to przewidział doktor Firth. Czuł się w tej chwili jak po drugiej operacji: jakby właśnie przejechał go pędzący pociąg.

A potem odetchnął głęboko i usłyszał płynącą z głębi ciała, śpiewaną przez krew pieśń życia. Poczuł palący dotyk Sziwy, wypędzający z kości chłód śmierci, jakby duch ten czy też, zdaniem Suparwity, bóg, ochronił go raz jeszcze, podał mu silną dłoń, wyprowadził całego do krainy żywych.

Bourne usłyszał dobiegające z korytarza wystrzały. Drgnął, poruszył się, oparł na łokciu. Jęknął. Kręciło mu się w głowie, miał wrażenie, jakby pływał we krwi... ale nie była to jego krew, lecz Rosjanina, martwego jak wczorajsza sensacja, pozbawionego twarzy, zmienionego nie do poznania.

W tym momencie, wśród trzasku półautomatycznej broni, bliższego i jednocześnie gwałtowniejszego, Jason Bourne rozejrzał się, szukając wzrokiem Tracy. Ona też leżała na ziemi, po swojej stronie stołu.

— Tracy? — powiedział i zaraz powtórzył zaniepokojony: — Tracy!

Dostrzegł, jak dziewczyna porusza prawym ramieniem. Czołgał się powoli pod stołem, po ostrych jak nóż odłamkach szkła, boleśnie kaleczących wnętrze dłoni i łydki.

— Tracy...

Patrzyła przed siebie, ale kiedy pojawił się w jej polu widzenia, poruszyła oczami, a na jej wargach rozkwitł uśmiech.

— No, wreszcie...

Bourne podłożył rękę pod jej ramiona, ale kiedy spróbował ją podnieść, Tracy skrzywiła się z bólu.

— Och, Boże! Boże, nie! — krzyknęła.

— Co się stało? Gdzie cię boli?

Patrzyła na niego w milczeniu, w oczach miała cierpienie. Podniósł ją jak najdelikatniej i zobaczył dwa duże odłamki szkła, wbite w plecy dziewczyny jak ostrza sztyletów. Otarł pot z czoła.

— Tracy, chcę, żebyś poruszyła stopami. Możesz to dla mnie zrobić?

Przyglądał się im. Pozostały nieruchome.

— Teraz nogi, dobrze?

Nic. Mocno uszczypnął ją w udo.

— Poczułaś? — spytał z nadzieją.

— Co... co zrobiłeś?

Tracy była sparaliżowana. Co najmniej jeden ułamek szkła przeciął ważne połączenie nerwowe. Co z drugim? Przesunął się, by lepiej widzieć rany. Tak, to były duże odłamki, długie, jak się Bourne'owi wydawało, na piętnaście, dwadzieścia centymetrów i tkwiły głęboko w ciele. Przypomniał sobie, że widział odwracającą się Tracy i pękającą od kuli Jewsena grubą szklaną misę. Misa zmieniła się w bombę. Dwa odłamki trafiły w cel.

Ogień półautomatycznej broni był już bardzo blisko, choć stracił na intensywności.

— Musimy dotrzeć do szpitala — powiedział, ale kiedy próbował podnieść dziewczynę z półsiedzącej pozycji, zwymiotowała krwią, zrezygnował więc i tylko przytulił ją mocno.

— Nigdzie się nie wybieram.

— Nie pozwolę ci...

— Ty to wiesz i ja to wiem. — Tracy patrzyła na Bourne'a oczami przekrwionymi, podkrążonymi, jakby osadzonymi w siniakach. — Nie chcę zostać sama, Jasonie.

Tulił ją, czuł, jak jej ciało się rozluźnia.

— Dlaczego nazwałaś mnie tym imieniem? — spytał.

— Wiem, jak się naprawdę nazywasz. Wiedziałam, nim się spotkaliśmy. Bo nasze spotkanie nie było przypadkowe. Nie przerywaj — poprosiła, gdy chciał coś powiedzieć. — Muszę ci coś wyznać, a nie mam wiele czasu. — Oblizała zakrwawione wargi. — Arkadin mnie wynajął. Miałam dopilnować, żebyś tu przyjechał. Nikołaj Jewsen, człowiek, którego przed chwilą zabiłeś, powiedział mi, że Arkadin jest w Górskim Karabachu. W Azerbejdżanie. Nie wiem, co tam robi, w każdym razie tu go nie ma.

A więc cały czas pracowała dla Arkadina. Bourne ponuro

potrząsnął głową; tak łatwo dał się oszukać. Dopilnowano, żeby najpierw ją podejrzewał, a potem przygotowano idealną, jakże prawdopodobną bajeczkę o tym, dlaczego kłamała, choć wiedziała, że Goya jest autentyczny. W tym momencie odsłonił się jak głupiec. Wyczuwał rękę Arkadina w tej jakże delikatnej sieci kłamstw i pozorów i do złości na samego siebie dołączył podziw dla przeciwnika.

Oczy Tracy rozszerzyły się nagle, tak że widać było całe przekrwione, otaczające tęczówkę białka.

— Jasonie! — Oddychała płytko, nierówno, próbowała się uśmiechnąć. — W najciemniejszej godzinie życia nasze tajemnice pożerają nas żywcem.

Położył dwa palce na jej tętnicy szyjnej. Puls miała słaby, nieregularny. Odchodziła. Do Bourne'a wróciły słowa ich wczorajszej wieczornej rozmowy: „A swoją drogą to ciekawe, że ludzie odczuwają taką potrzebę okłamywania się" — powiedziała wówczas; wiedział z całą pewnością, że już wówczas chciała powiedzieć mu, kim jest. „Czy rzeczywiście świat byłby taki straszny, gdybyśmy mówili sobie wyłącznie prawdę?". Mówili tylko o tym, że prowadzi podwójne życie i nie potrafi się do tego przyznać, nie jemu. „A ty? Przeszkadza ci samotność?".

Bourne próbował zrozumieć sytuację, zrozumieć Tracy, ale ludzie, wszyscy ludzie, są zbyt skomplikowani, by ogarnąć ich jedną myślą, a nawet jednym łańcuchem myśli. Nie po raz pierwszy zdumiał go obraz miliardów nici splatających się, by stworzyć ludzki los. Także, a może nawet przede wszystkim, los Tracy, ponieważ ona, tak jak i on, żyli podwójnym życiem. Podobnie jak don Hererra czy Kat, stała się częścią pajęczej sieci wysnutej przez Arkadina, próby wmanipulowania go w... właśnie, w co? Tego nie wiedział, ale wiedział, że w tej chwili trzyma w ramionach kogoś, kto dla jego wroga był pionkiem — sparaliżowaną, umierającą dziewczynę. Teraz, gdy przypomniał sobie wczorajszy wieczór, zrozumiał, że przestała jej odpowiadać rola, którą odgrywała. Świadomość jej niezdecydowania, rozdzierającego ją konfliktu była dla Bourne'a jak cios w żołądek. Oszukała go, ale czyż wczorajsza rozmowa nie świadczyła o tym, że w ten sposób oszukiwała też samą siebie? Takie pytania doskonale definiowały dylemat, przed którym stał i on: nie wiedzieć, żyć zawsze na krawędzi innej tożsamości, a w konsekwencji — tracić bliskich. Śmierć otaczała go zawsze i wszędzie, druga twarz Sziwy, niszczyciela, a nie tylko posłańca odrodzenia.

Tracy zadrżała nagle w jego ramionach, tak silnie, jakby wydawała ostatnie tchnienie.

— Jasonie, nie chcę być sama...

Te błagalne słowa stopiły lód wokół jego serca.

— Nie jesteś sama — powiedział, pochylił się i pocałował ją w czoło. — Masz mnie.

— Tak, wiem. Jak to dobrze, że mogę cię czuć. — Westchnęła trochę jak kot mruczący z zadowolenia.

— Tracy? — Bourne wyprostował się, spojrzał w jej oczy, nieruchome, wpatrzone w wieczność. — Tracy...

Rozdział 29

— Mamy połączenie — powiedział Humphry Bamber.

— Jak dobre? — spytała Moira.

Bamber obserwował błyskające na ekranie liczby. Pasek u dołu ekranu sygnalizował nielegalny transfer danych z laptopa Noaha Perlisa.

— Wszystko przeszło — oznajmił, kiedy zielony pasek sięgnął oznaczenia stu procent. — A teraz zajrzymy do środka i sprawdzimy, o co właściwie chodzi.

Moira była podekscytowana, męczyło ją czekanie, minuty upływały tak wolno. Spacerowała po pracowni Humphry'ego, wydzielającej woń rozgrzanego metalu i wirujących twardych dysków, zapach pieniędzy dwudziestego pierwszego wieku. Pracownia była małym pokoikiem na zapleczu biura; słabe światło wpadające z północnej strony formowało ledwie widoczne plamy na podłodze w miejscach, gdzie zdołało się przedrzeć przez zaporę regałów wypełnionych sprzętem elektronicznym, warczącymi silnikami i szumiącymi wentylatorami. Jedyne dwa niewielkie kawałki ściany, wolne od komputerów i półek wypełnionych urządzeniami peryferyjnymi, pudłami pełnymi czystych płyt DVD oraz kablami zasilającymi i USB każdej wyobrażalnej długości i rodzaju, zajmowało okno oraz oprawiona fotografia gospodarza jako studenta, w stroju futbolisty, zrobiona na boisku i przedstawiająca go w charakterystycznej pozie, pochylonego, opartego jedną ręką o ziemię. Bamber był wówczas jeszcze przystojniejszy niż teraz.

Kolejne okrążenie pokoju doprowadziło Moirę do okna. Przystanęła, wyjrzała na alejkę, po której drugiej stronie stał budynek biurowy; z jego okien wylewało się światło jarzeniówek. Biuro wypełniały regały, wielkie kopiarki i identyczne biurka pracowników. Kobiety i mężczyźni w średnim wieku biegali tam i z powrotem, ściskając w dłoniach pliki akt i teczki raportów, tak jak tonący ściska kawałek utrzymującego go na powierzchni drewna. Wysokie okna poddasza, odległe zaledwie o piętro od tego pejzażu śmierci za życia, ukazywały wnętrze pracowni. Młoda kobieta ciskała farby na wielkie płótno oparte o śnieżnobiałą ścianę. Sprawiała wrażenie do tego stopnia skoncentrowanej, zagubionej w wizji, którą próbowała uchwycić, że całkowicie nieświadomej otoczenia.

— Jak ci idzie? — spytała Moira, odwracając się od okna.

Bamber, skupiony co najmniej tak jak artystka, odpowiedział dopiero wtedy, gdy kilkakrotnie powtórzyła pytanie.

— Jeszcze kilka minut i dowiemy się wszystkiego — wymamrotał niewyraźnie.

Moira skinęła głową. Już miała rozpocząć nowe okrążenie, kiedy nagły ruch skierował jej uwagę na to, co działo się w alejce. Przy jej końcu zatrzymał się samochód. Wysiadł z niego mężczyzna poruszający się w sposób, od którego w jej głowie natychmiast rozdzwoniły się dzwonki alarmowe. Nieznacznie obracał głowę to w jedną, to w drugą stronę, jakby interesowało go wszystko i nic; na ten widok zjeżyły się jej włoski na karku.

Przy wejściu do domu, w którym mieściło się biuro Bambera, mężczyzna przystanął. Niemal przytulony do tylnego wejścia wyjął z kieszeni wytrychy. Wypróbował kilka, aż wreszcie znalazł ten właściwy, który poruszał się w zamku jak dobrze dopasowany klucz. Moira wyjęła lady hawka z kabury na udzie.

— Już prawie! — W głosie Bambera brzmiało wyzwanie i triumf.

Mężczyzna wszedł do budynku.

• • •

— Wydaje się, że w centrum bieżącego kryzysu tkwi Noah Perlis — powiedział Marks. — To on zorganizował zamach na życie Jaya Westona, podstawił nogę policji miejskiej, zinfiltrował nową firmę Moiry, a ją samą zmusił do ucieczki.

— Noah to Black River — zauważył Willard. — A niezależnie od tego, jak potężna jest ta banda najemników i jak doskonale potrafi utrzymać tajemnicę, nie sądzę, by nawet ona była wystarczająco silna, żeby dokonać czegoś takiego w sposób niewywołujący wątpliwości i nieprowokujący lawiny pytań.

— A więc nie sądzisz, by stał za tym Perlis?

— Tego nie powiedziałem. — Willard przeciągnął ręką po kiełkującym na policzkach zaroście. — Ale tym razem jestem skłonny założyć, że Black River otrzymała znaczącą pomoc.

Dwaj mężczyźni siedzieli naprzeciw siebie w obitym sztuczną skóra kąciku nocnego baru, słuchając płynącej z szafy grającej rzewnej piosenki Tammy Wynette i dobiegającego z zewnątrz stłumionego, lecz natrętnego warkotu przejeżdżających pod oknami śmieciarek. Kilka chudych dziwek odpuściło sobie noc i wspólnie tańczyło. Stary mężczyzna z nieprawdopodobną szopą rozczochranych włosów siedział przy barze pochylony nad drinkiem, inny, ten, który wrzucił dolca do szafy, wtórował Tammy całkiem niezłym tenorem, a w oczach miał łzy. Zaniedbane stoliki, krzesła i stołki wydzielały zapach, którym przesiąkły przez lata, zapach zwietrzałego alkoholu i równie zwietrzałych nadziei. Barman siedział na stołku, wpatrując się we własny brzuch. Usiłował czytać gazetę z entuzjazmem naćpanego studenta otwierającego podręcznik.

— Z tego, czego udało mi się nie bez trudności dowiedzieć — kontynuował Willard — wynika, że głównym klientem

Black River jest w tej chwili NSA w osobie sekretarza obrony, przy okazji wysławiającego ją pod niebiosa przed prezydentem. Marks gapił się na niego wytrzeszczonymi oczami.

— Skąd wiesz? — wykrztusił.

Starszy mężczyzna obracał szklaneczkę w palcach.

— Zgódźmy się — powiedział z uśmiechem — że bycie kretem w bezpiecznym domu NSA przez wszystkie te lata otworzyło przede mną możliwości, których nie mają nawet tacy jak ty, Peter. — Ześlizgnął się z ławy i odszedł; po drodze minął dwie dziwki i obie posłały mu całusa. Z szafy produkował się Don Henley, śpiewający *The Boys of Summer*. Irlandzki tenor szlochał jeszcze obficiej i nadal wtórował artystom.

Willard powrócił, ściskając w garści butelkę szkockiej. Nalał whisky najpierw do swej szklaneczki, a potem do szklaneczki Petera.

— Nim posuniemy się dalej... zastanawia mnie, dlaczego nie wspomniałeś Arabowi o tym, co wiemy na temat Noaha Perlisa i Black River.

— M. Errol Danziger jest naszym szefem... — Marks starannie dobierał słowa — ...ale nie jestem pewien, czy chciałbym go o czymkolwiek informować, a zwłaszcza o czymś, co ma związek z NSA. Ten człowiek zaprzedał duszę Hallidayowi.

Willard wypił mały łyczek whisky.

— Więc co masz zamiar zrobić? Odejść?

Marks potrząsnął głową.

— Za bardzo kocham Centralę Wywiadu — wyznał. — Jest całym moim życiem. — Przechylił głowę. — Mam zamiar spytać cię o to samo, o co ty mnie spytałeś. Masz zamiar odejść?

— Nie. — Poziom whisky w szklaneczce wyraźnie zmalał. — Ale mam zamiar iść własną drogą.

Peter potrząsnął głową.

— Nie bardzo rozumiem, co masz na myśli — przyznał.

Twarz starszego mężczyzny przybrała dziwny wyraz zastanowienia. Być może jego głęboko zakorzeniona tajemniczość walczyła o lepsze z nakazem werbowania, ponieważ spytał:

— Znałeś Aleksa Conklina?

— Nikt go nie znał. Tak naprawdę.

— Nikt oprócz mnie. Nie chwalę się, po prostu stwierdzam fakt. Pracowaliśmy razem, Alex i ja. Wiem, co tworzył w Treadstone. Nie jestem pewien, czy to akceptowałem, ale byłem wówczas znacznie młodszy. Nie doświadczyłem tego, czego on doświadczył. W każdym razie powierzył mi wszystkie sekrety Treadstone.

— Sądziłem, że te akta zostały zniszczone.

Willard przytaknął skinieniem.

— Te, których nie przemielił Stary, przemielił on. W każdym razie tak wszystkim mówił.

Marks zastanawiał się przez chwilę.

— Chcesz mi powiedzieć, że akta Treadstone istnieją? — spytał w końcu.

— Alex, jak to Alex, przygotował kopie. Tylko dwie osoby wiedziały, gdzie są przechowywane, a jedna z nich nie żyje.

Druga szklaneczka whisky opróżniona została szybciej od pierwszej.

— Chcesz wskrzesić Treadstone?

Willard znów napełnił szklaneczki.

— Już wskrzesiłem, Peter. To co, chcesz stać się jego częścią?

• • •

— Byli tu nie dłużej niż czterdzieści osiem godzin, a być może zaledwie dwadzieścia cztery. — Jusuf, agent Sorai rezydujący w Chartumie, był niewysokim mężczyzną, którego skóra sprawiała wrażenie doskonale wyprawionej. Miał wielkie, przejrzyste oczy i bardzo małe uszy, ale słyszał wszystko. Należał do najlepszych agentów Typhona, a to dlatego, że był wystarczająco sprytny i pomysłowy, by wykorzystać młodzieżowe podziemie, które ożywiło miasto dzięki Internetowi. — Wszystko przez to wapno niegaszone, rozumiesz? Ktokolwiek ich tam wrzucił, chciał zniszczyć wszystko, dosłownie wszystko tak dokładnie, jak nie niszczy nawet ogień. Wapno niegaszone przeżera nawet kości i zęby, po których można zidentyfikować szczątki.

Soraya skontaktowała się z Jusufem po drodze z lotniska. Upierał się przy tym Chaltum, który nalegał na spotkanie, chociaż byli śledzeni, a w rzeczywistości właśnie dlatego, że byli śledzeni.

— Wysłali ich za nami moi wrogowie — powiedział, kiedy jeszcze siedzieli w samochodzie. — Chcę mieć tych gości wystarczająco blisko, żebyśmy mogli ich złapać.

Jusuf dowiedział się o trupach od młodego chłopca, który znalazł grób, badając wraz z przyjaciółmi forty Ansar w pobliżu wąwozu Sabaloga; z fortów tych bombardowano niegdyś statki transportowe, które w 1885 roku miały za zadanie dostarczyć żołnierzy brytyjskiemu generałowi Gordonowi, dowódcy wyczerpanych walką oddziałów broniących miasta. Chłopiec i jego przyjaciele mieszkali w sąsiedniej wiosce, ale sieć młodzieży z Chartumu szybko dowiedziała się o znalezieniu zwłok dzięki chat roomowi.

Po wręczeniu przyjezdnym glocków i zapasu amunicji agent poprowadził ich około osiemdziesięciu kilometrów na północ od Chartumu, przez pustynię z jej okrutnym słońcem i przenikliwym wiatrem. Za jego radą jechali dwoma samochodami z napędem na cztery koła, bo tylko takie wozy radziły sobie z fatalnymi drogami, a poleganie na jakości sudańskich pojazdów mechanicznych można było w najlepszym razie nazwać lekkomyślnością.

— Sami widzicie, ile z nich zostało — powiedział Jusuf teraz, kiedy stali nad płytkim dołem, wykopanym w pośpiechu w klepisku stanowiącym podłogę jednego ze starych, zrujnowanych fortów. — Mimo niegaszonego wapna.

Soraya przykucnęła, odpędzając się od much.

— Wystarczająco wiele, by zorientować się, jak zginęli. Od strzału w tył głowy. — Zmarszczyła nos. W duchu podziękowała wapnu. To dzięki niemu nie czuło się wstrętnego smrodu zgnilizny.

— Egzekucja w stylu wojskowym — przytaknął Chaltum. — Ale czy możemy mieć pewność, że to tych czterech szukaliśmy?

— Całkowitą — uspokoiła go Soraya. — Rozkład jest minimalny, a ja na pierwszy rzut oka rozpoznam pożeracza steków z serca Ameryki. — Spojrzała na Amuna. — Jest tylko jeden powód, dla którego przeprowadza się egzekucję czterech Amerykanów w Chartumie, a ciała grzebie tutaj.

Egipcjanin skinął głową.

— Tak się łata szczególnie groźne dziury.

W tym momencie Jusuf wyjął komórkę, która zaczęła mu wibrować w kieszeni. Przyłożył ją do ducha tylko na chwilę, zamknął i schował.

— Mój obserwator zameldował, że właśnie pojawili się wasi przyjaciele — powiedział.

• • •

Bourne przyglądał się znajomej sylwetce, wypełniającej przestrzeń otwartych drzwi od framugi do framugi. Mężczyzna o gęstych, ciemnych i zrośniętych w jedną linię brwiach trzymał w ręku AK-47, a na sobie miał kevlarową kamizelkę. Patrzył na leżącego na podłodze, potężnego Jewsena.

— Nikołaj, ty chuju — powiedział gardłowym rosyjskim. — Co za skurwiel cię zabił, nim w moim towarzystwie wróciłeś na łono Matki Rosji? Kto pozbawił mnie przyjemności słuchania, jak śpiewasz najgłośniej, jak potrafisz?

Na widok Bourne'a mężczyzna zamilkł i znieruchomiał.

— Jasonie! — Pułkownik Boris Karpow przywitał przyjaciela głosem jak ryk rosyjskiego wołu. — Powinienem wiedzieć, że to właśnie ty siedzisz w środku tego cholernego labiryntu. — Dostrzegł zakrwawione ciało młodej kobiety, które Amerykanin nadal tulił do piersi, i natychmiast zawołał sanitariusza.

— Za późno, Boris — powiedział Bourne martwym głosem.

Karpow podszedł, uklęknął obok niego. Grubym paluchem przesunął delikatnie po odłamkach szkła, wbitych głęboko w plecy Tracy.

— Co za straszna śmierć — powiedział.

— Każda śmierć jest straszna, przyjacielu.

— Prawda. — Karpow wręczył przyjacielowi piersiówkę. Podbiegł do nich zdyszany sanitariusz ze szturmowego oddziału Karpowa, także w pełnym rynsztunku bojowym. Podszedł do Tracy, poszukał pulsu, pokręcił głową ze smutkiem.

— Straty? — spytał Rosjanin, nie odrywając wzroku od przyjaciela.

— Jeden martwy, dwór rannych, nic poważnego.

— Kto zginął?

— Milinkow.

Karpow skinął głową.

— Przykre, ale budynek jest zabezpieczony.

Bourne czuł, jak śliwowica spływa mu płomieniem przez gardło do żołądka. Rozgrzewała; było to przyjemne uczucie, jakby znów stał pewnie na ziemi, obiema nogami.

— Borisie — poprosił — niech twoi ludzie zabiorą stąd Tracy. Nie chcę jej zostawiać.

— Oczywiście.

Na rozkaz dowódcy sanitariusz podniósł bezwładne ciało i odszedł. Bourne odprowadził ich wzrokiem. Odczuwał zagubienie swej towarzyszki, jej beznadziejne próby pogodzenia się jakoś z fundamentalnym fałszem życia, jakie prowadziła, samotnością, koniecznością poruszania się w świecie cieni, o którego istnieniu większość ludzi nie wie, a gdyby nawet ktoś wiedział, to przecież nie zdołałby go zrozumieć. Jej walka była jego walką, a ból takiej egzystencji on sam znał aż za dobrze. Nie chciał rozstania, nie chciał jej porzucić; było zupełnie tak, jakby jakaś część jego, nagle odnaleziona, równie nagle została mu wydarta.

— A co to takiego? — zdziwił się Rosjanin, podnosząc ze stołu obraz.

— Goya — wyjaśnił Bourne. — Wcześniej nieznane dzieło z serii zwanej „Czarną". Praktycznie bezcenne.

Jego przyjaciel uśmiechnął się szeroko.

— Mam nadzieję, że pożądanie cudzej własności jest uczuciem ci obcym?

— Zwycięzca bierze wszystko. Więc celem twojej misji w Chartumie był Jewsen?

Karpow skinął głową.

— Od miesięcy pracuję w tym rejonie Afryki, próbując namierzyć jego dostawców, klientów, sposoby przerzutu. Ty co?

— Rozmawiałem z Iwanem Wołkinem...

— A tak, wspominał mi o tej rozmowie. Stary cię lubi.

— Kiedy Arkadin zorientował się, że zamach na moje życie się nie udał, wpadł na inny pomysł. Sprowadził mnie tutaj. Dlaczego? Nie mam pojęcia.

Karpow zerknął na gigantyczne cielsko spoczywające nieruchomo w drugim kącie pokoju.

— Kolejna tajemnica — westchnął. — Jedna z wielu. Spodziewaliśmy się znaleźć listy dostawców Jewsena i jego klientów, ale dyski na jego serwerach zewnętrznych chyba są wyczyszczone.

— On tego nie zrobił. — Bourne wstał, Boris także. — Był tu z Tracy, nie miał pojęcia o waszej akcji.

Rosjanin podrapał się w głowę.

— Dlaczego Arkadin chciał cię mieć tutaj, zwłaszcza w towarzystwie pięknej młodej kobiety?

— Szkoda, że nie możemy zadać tego pytania gospodarzowi. Co kieruje naszą uwagę na pytanie: Kto wyczyścił serwery? Ktoś zwiał uzbrojony w kompletną wiedzę o jego sieci. Musiał to być ktoś z wewnątrz, ulokowany wystarczająco wysoko, by znać kody dostępu.

— Każdy, kto kiedykolwiek ośmielił się nie zgodzić z naszym Nikołajem Jewsenem, znikał jak sen jaki złoty.

— Tak długo, jak nasz Jewsen żył. — Bourne'owi udało się wreszcie zidentyfikować wystarczająco wiele jedwabnych włókien, by odtworzyć kształt sieci. Kiwnął głową, zapraszając przyjaciela, by poszedł za nim. — A teraz... tylko na niego popatrz. Nie jest już niebezpieczny dla nikogo... także dla Arkadina.

Twarz Borisa spoważniała, stała się wręcz ponura.

— Arkadina? — powtórzył.

Szli korytarzem, mijając jego kolejnych żołnierzy, zmierzając do męskiej toalety.

— Mój sanitariusz zaraz cię zbada.

Bourne lekceważąco machnął ręką.

— Nic mi nie jest — powiedział, podziwiając zdumiewający, demoniczny geniusz swego wroga.

W toalecie natychmiast podszedł do jednej z umywalek i zaczął czyścić się z krwi i odłamków szkła. Karpow wręczył mu rolkę papierowych ręczników.

— Tylko pomyśl, Borisie... dlaczego Arkadin miałby zwabić mnie do tego domu, zwłaszcza, jak sam zauważyłeś, w towarzystwie pięknej kobiety? — Bolało go mówienie o Tracy, ale choć cały czas o niej myślał, były teraz i inne sprawy — tajemnica do rozwiązania i śmiertelny wróg, któremu trzeba stawić czoło.

Oczy Karpowa rozbłysły.

— Zakładał, że zabijesz Jewsena!

Bourne ochlapał twarz letnią wodą. Siniaki i drobne skaleczenia bolały, jakby ktoś wbijał w nie igłę.

— Albo on mnie. Tak czy inaczej, Arkadin wygrywa.

Karpow otrząsnął się jak wychodzący z wody pies.

— Jeśli twoje przypuszczenia są słuszne, mógł wiedzieć o mojej akcji. Nie chciałby przecież, żeby Jewsen zaczął śpiewać o nim... lub o kimkolwiek innym. Niech to diabli, popełniłem poważny błąd, nie doceniając tego człowieka.

Bourne odwrócił zakrwawioną twarz do pułkownika.

— On jest kimś więcej niż tylko człowiekiem, Borisie. Jak ja, wywodzi się z Treadstone. Alex Conklin szkolił go, tak jak mnie. Mieliśmy być doskonałymi maszynami do zabijania z zasadzki, mieliśmy prowadzić tajne operacje, których nikt oprócz nas nie zdołałby przeprowadzić.

— A gdzie jest w tej chwili ten diabelski absolwent Treadstone?

Bourne wytarł twarz papierowymi ręcznikami, barwiąc je na różowo.

— Tracy powiedziała mi przed śmiercią. Usłyszała od Jewsena, że w Górskim Karabachu, w Azerbejdżanie.

— Górski kraj, dobrze go znam. Udało mi się ustalić, że był to ulubiony punkt przystankowy maszyn Air Afrika przy transporcie broni w różne punkty kontynentu. Zamieszkują go liczne lokalne plemiona, bez wyjątku fundamentalistyczne.

— To ma sens. — Bourne przyjrzał się sobie w lustrze, badając zniszczenia twarzy, drobne, za to rozległe. Czyje odbicie odpowiedziało mu spojrzeniem? Tracy z pewnością wyczułaby i zrozumiała sens tego pytania. Niewątpliwie zadawała je sobie, i to niejeden raz. — Iwan powiedział mi, że Arkadin przejął Braterstwo Wschodu, co oznacza, że jest teraz także przywódcą terrorystów z Czarnego Legionu. Może próbuje rozszerzyć działalność, zdobyć udziały w wielomiliardowych interesach Jewsena? — Dopiero teraz zwrócił uwagę na Goyę, którego Karpow oparł o wyłożoną kafelkami ścianę. — Znasz niejakiego Noaha Petersena alias Noaha Perlisa?

— Nie, a co?

— Jest funkcjonariuszem wysokiego stopnia firmy Black River.

— Amerykańska kompania zarządzania ryzykiem, znana także jako prywatny dostawca dla rządu, a także jako banda najemników.

— Słusznie, słusznie i jeszcze raz słusznie. — Wyszli na korytarz przesiąknięty zapachem prochu i śmierci. Bourne szedł pierwszy. — Tracy przywiozła ten obraz Noahowi, ale teraz powiedziałbym raczej, że było to honorarium dla Jewsena, za wyświadczone przez niego usługi. To jedyne logiczne wytłumaczenie obecności Noaha tu, w tym miejscu.

— A więc Jewsen, Black River i Arkadin przy czymś współpracowali?

Bourne skinął głową.

— Czy twoi ludzie podczas walki nie trafili na Amerykanina?

Karpow wyjął małą krótkofalówkę z zapinanej na rzepy kieszonki w kamizelce. Powiedział do niej kilka słów, rozległy się trzaski, ktoś mu coś odpowiedział. Potrząsnął głową.

— Jesteś jedynym Amerykaninem w tym budynku, Jasonie. Ale mamy też Sudańczyka wątpliwej reputacji twierdzącego, że tuż przed atakiem przesłuchiwał go jakiś obywatel twojego kraju.

A więc manewr z facetem z bramy wywabił Perlisa z budynku. Dokąd mógł się udać? Bourne czuł, że jest już blisko środka sieci, blisko czekającego cierpliwie, śmiertelnie jadowitego pająka.

— Jeśli weźmiemy pod uwagę, że głównym klientem Black River jest NSA, niewiele ryzykujemy, zakładając, że sprawa wiąże się ze specjalnie podsycanym napięciem w Iranie — powiedział.

— Więc sądzisz, że Nikołaj Jewsen zbroił oddział żołnierzy Black River do ataku na Iran?

— Uważam to za skrajnie nieprawdopodobne. NSA potrafi dostarczyć najnowocześniejsze uzbrojenie o jakości i w ilości, o których Jewsen mógłby tylko pomarzyć. Poza tym do tego nie potrzebowaliby pomocy Arkadina. Nie, Amerykanie zidentyfikowali rakietę, która zniszczyła ten samolot pasażerski. To irański kowsar trzy.

Karpow skinął głową.

— Teraz zaczyna to mieć sens. Goya to honorarium za dostarczenie kowsara.

W tym momencie w korytarzu pojawił się jeden z Rosjan, podbiegł do nich, spojrzał ciekawie na Bourne'a i wręczył dowódcy zwój papieru termicznego, wydruk z przenośnej drukarki.

— Sprowadź Lirowa — rozkazał pułkownik, nie odrywając wzroku od wydruku. — Z całym jego wyposażeniem. Ten człowiek ma zostać sprawdzony. Od stóp do głów.

Żołnierz skinął głową bez słowa i odbiegł.

— Mówiłem ci, że nie ma potrzeby...

Przyjaciel uciszył go, podnosząc rękę.

— Chwileczkę. To cię z pewnością zaciekawi. Mój informatyk zdołał wyciągnąć coś z serwerów, zapewne dyski wyczyszczono nieporządnie. — Wręczył Bourne'owi wydruk. — To trzy ostatnie transakcje naszego przyjaciela.

— Kowsar trzy!

— Właśnie. Dokładnie jak przypuszczaliśmy. Jewsen zdobył irańską rakietę i sprzedał ją Black River.

* * *

— Dokąd idziesz? — Humphry Bamber obrócił się na krześle. — I dlaczego trzymasz w ręku pistolet?

— Ktoś wie, że tu jesteś — odpowiedziała Moira.

— O Boże! — jęknął Bamber i już zaczął wstawać. Moira powstrzymała go, kładąc mu dłoń na ramieniu. Czuła, jak drży, jakby dostał dreszczy. — Wiemy, że ktoś idzie, i wiemy, czego chce.

— Jasne. Wiemy, że chce widzieć mnie martwego. Nie spodziewasz się chyba, że będę tak siedział i czekał, aż mi pośle kulkę w plecy?

— Spodziewam się, że będziesz robił to, co do tej pory. Pomagał mi. — Moira spojrzała na jego przerażoną twarz. — Mogę na ciebie liczyć?

Bamber przełknął ślinę z wysiłkiem i skinął głową.

— W porządku. A teraz pokaż mi, gdzie jest łazienka.

* * *

Dondie Parker lubił swą pracę. Niektórzy twierdzili, że lubi ją nawet za bardzo, ale inni, jak jego szef Noah Perlis, doceniali fanatyzm, z jakim podejmował się wykonywania kolejnych przydzielanych mu zadań. Lubił Perlisa. Miał wrażenie, że oni dwaj zajmują to samo szare miejsce na obrzeżach społeczeństwa, miejsce, w którym mogli zrobić wszystko — Perlis rozkazem, on rękami i bronią.

Parker wszedł do budynku Bambera tylnymi drzwiami, zastanawiając się nad swoją pracą, którą, w duchu, porównywał do pudełka z polerowanego drewna, wypełnionego najdroższymi, najbardziej aromatycznymi cygarami. Apogeum każdej akcji, śmierć obiektu, spoczywała w takim pudełku, do którego sięgał, kiedy chciał. Mógł wyjmować te cygara jedno po drugim, wąchać je, obracać w palcach, smakować. Zajmowały miejsce wojskowych odznaczeń, medali za męstwo, upamiętniających akcje przeprowadzane, o czym Noah zapewniał go raz za razem, dla dobra i bezpieczeństwa jego ojczystej ziemi. Parkerowi bardzo podobało się określenie „ziemia ojczysta". Brzmiało mocniej i miało więcej wyrazu niż zwykły, banalny „kraj".

Po wejściu do domu zdjął buty, związał je sznurowadłami, przewiesił przez ramię i zaczął wchodzić po schodach. Przeszedł korytarzem pierwszego piętra aż do końca, do okna wychodzącego na schody przeciwpożarowe. Otworzył je, wyszedł na zewnątrz, zaczął się wspinać z piętra na piętro, jak mucha po ścianie.

Noah Perlis znalazł Dondiego Parkera w jednej z siłowni getta: obiecującego boksera wagi lekkiej, jednego z głównych kandydatów do tytułu mistrza okręgu. Parker był świetnym bokserem, ponieważ szybko się uczył, dysponował fenomenalną wytrzymałością, a w dodatku boks był doskonałym sposobem ukierunkowania jego morderczej agresji. Z drugiej strony jednak nie kochał wstrząśnień mózgu i połamanych żeber, więc kiedy Noah zainteresował się jego osobą, natychmiast przystał na wysłuchanie jego propozycji.

Powiedzenie, że zawdzięczał mu wszystko, nie było bynajmniej przesadą i Parker zawsze o tym pamiętał, tym bardziej w sytuacji, gdy, jak teraz, wykonywał zadanie zlecone bezpośrednio przez Perlisa. A nad Perlisem był tylko jeden człowiek, Oliver Liss, ulokowany tak wysoko w łańcuchu pokarmowym Black River, że równie dobrze mógł żyć w zupełnie innym wszechświecie. Dondie wykonywał swą robotę tak znakomicie, że od czasu do czasu Liss wzywał go i sam zlecał zadanie, wykonywane natychmiast i w całkowitej tajemnicy, również przed Noahem, a jeśli nawet Noah o nim wiedział, nie wspominał o tym Dondiemu ani słowem, i dobrze. Licho nie śpi.

Dotarł do piętra, na którym mieściło się biuro Bambera. Po raz ostatni, tylko dla sprawdzenia, rzucił okiem na plan budynku, który Noah przysłał mu wprost na komórkę. Podkradł się pod ścianę, a następnie do właściwego okna. Przez okno to zobaczył przede wszystkim mnóstwo sprzętu elektronicznego, w większości właśnie działającego; wiedział już, że Bamber jest u siebie. Rozwiązał sznurowadła, włożył buty. Wyjął zestaw wytrzymałych wytrychów; jeden z nich pozwolił mu podważyć i otworzyć okno praktycznie bez problemu. Wszedł przez nie, trzymając w dłoni specjalnie dostosowanego do jego wymagań sig-sauera.

Odwrócił się, słysząc, że ktoś robi siusiu. Uśmiechając się do siebie, poszedł w kierunku, który wskazał mu mocz uderzający z pluskiem w porcelanę. Lepsze byłoby tylko wybicie paru dziur w Bamberze siedzącym na tronie.

Drzwi były otwarte. Zerknął przez nie, zobaczył trójkąt światła i Bambera stojącego przy kibelku na lekko rozstawionych nogach. Widział także fragment bocznej krawędzi umywalki i, przy tylnej ścianie, wannę z zasłoną prysznicową w radośnie roztańczone rybki tak śliczne, że natychmiast zebrało mu się na mdłości.

Przez szczelinę między framugą a drzwiami od strony zawiasów, przenikało światło, nikt więc nie czekał na niego, ukryty za skrzydłem drzwiowym. Pchnął je wolną ręką, mierząc jednocześnie wprost w głowę Bambera.

— Hej, cioto — powiedział. Zachichotał z głębi gardła. — Noah mówi ci cześć i do widzenia.

Bamber drgnął, czyli zrobił to, czego Parker oczekiwał, ale zamiast obrócić się, spojrzeć w twarz kata, upadł na podłogę, jakby ktoś zdzielił go w łeb. Parker gapił się na niego szeroko otwartymi ze zdumienia oczami i oprzytomniał dopiero wówczas, gdy zasłona w rybki zwinęła się w harmonijkę. Morderca miał zaledwie ułamek sekundy na rozpoznanie kryjącej się za nią, obserwującej go kobiety. Zdołał tylko pomyśleć: „A ta kurwa to kto? Noah nic nie mówił..." i lady hawk plunął ogniem, Dondie zaś wykonał niezgrabny piruet. Kula roztrzaskała mu kość policzkową.

Parker wrzasnął, nie z bólu lub strachu, lecz z wściekłości. Opróżnił magazynek, przyciskając spust raz za razem, ale krew zalewała mu oczy. Nie czuł nic, zastrzyk adrenaliny i innych endorfin uczynił go chwilowo odpornym na ból. Ignorując Bambera, skulonego w pozycji płodowej pod umywalką, skoczył na kobietę... kobietę, do diabła!... mierząc rękojeścią sig-sauera w szczękę przy skroni. Cofnęła się gwałtownie, wpadła na wyłożoną kafelkami ścianę, poślizgnęła się na zdradziecko śliskiej porcelanie i przyklęknęła na kolanie.

Parker uderzył po raz drugi. Kobieta zdążyła się uchylić, ale trafił ją lufą w grzbiet nosa; muszka pozostawiła na nim krwawiącą ranę. Widział, jak jej oczy robią się szkliste, wiedział, że już ją ma. Jeszcze chwila i kopnie ją w splot słoneczny.

W tym momencie lady hawk wypalił. Kula przebiła jego prawe oko, czaszkę i wyleciała przez potylicę, gruchocząc kości.

Rozdział 30

— Zdajesz sobie sprawę... — powiedział Bourne, potrząsając zwojem papieru termicznego. On i Karpow schodzili po schodach budynku przy Al-Gamhuria Avenue 779 — ...że tę informację mogli zostawić właśnie po to, byś ty ją znalazł.

— Oczywiście. Jewsen mógł to zrobić.

— Myślałem raczej o Arkadinie.

— Przecież Black River jest jego partnerem.

— Jewsen też nim był.

Sanitariusz zrobił, co mógł, by jakoś załatać twarz Jasona, ale tylko go zdenerwował i w końcu został odesłany do diabła. W każdym razie Bourne już nie krwawił, a dodatkowo dostał zastrzyk zapobiegający infekcji.

— Jedno trzeba Arkadinowi przyznać — rzekł Bourne. — Jest konsekwentny. Z tego, co miałem okazję zaobserwować, gdy przygotowuje operację, zawsze dba o to, by podstawić fałszywy cel, na którym skupi uwagę przeciwników. — Uderzył dłonią w papier. — Black River może być takim właśnie fałszywym tropem. Będziesz ścigał ich, zamiast tropić jego.

— Jest inna możliwość — zauważył Rosjanin. — Taka mianowicie, że załatwia wspólników.

Przeszli przez hol, wyszli na upał i palące promienie popołudniowego słońca. Ruch uliczny zamarł, a tłum zwabiony nie-

407

zwykłym widokiem mężczyzn w pełnym, ciężkim uzbrojeniu z każdą chwilą gęstniał.

— I to prowadzi do kolejnego pytania. — Wsiadali do mikrobusu, który stał się ruchomą kwaterą główną Karpowa. — Co on, do cholery, robi w tej układance? Do czego może się przydać Black River?

— Podam ci przykład — powiedział Bourne. — Arkadin jest w tej chwili w Górskim Karabachu, gdzieś daleko, na granicy Azerbejdżanu. Sam powiedziałeś, że rządzą tam plemienni przywódcy, bez wyjątku fanatyczni muzułmanie... zupełnie jak terroryści z Czarnego Legionu.

— A skąd w tym wszystkim terroryści?

— O to musimy zapytać samego Arkadina. A żeby zapytać o coś Arkadina, musimy polecieć do Azerbejdżanu.

Karpow rozkazał swemu technikowi informatykowi wywołać na ekranie aktualne zdjęcia satelitarne Górskiego Karabachu, na podstawie których mieli opracować najszybszą drogę do regionu, gdzie zwykle lądowały maszyny Jewsena. Żołnierz dokonywał zbliżenia i nagle powiedział „Zaraz, chwileczkę!". Jego palce zatańczyły na klawiaturze, obrazy zmieniały się szybko.

— Co się dzieje? — spytał nieco zniecierpliwiony Karpow.

— Z interesującego nas miejsca właśnie wystartował samolot — zameldował żołnierz. Odwrócił się do drugiego laptopa i zalogował do innej witryny. — Samolot Air Afrika, panie pułkowniku — zameldował.

— Arkadin! — powiedział Bourne. — Dokąd leci ta maszyna?

— Chwileczkę. — Informatyk użył trzeciego komputera. Pokazywał on dane w takiej formie, w jakiej widać je na stanowisku kontrolera lotów. — Zaraz sprawdzę na podstawie dotychczasowego kursu. — Pracował chwilę, wrócił do pierwszego komputera, pokazującego fragment lądu, który przesuwał się, oddalał, aż wreszcie zatrzymał. Żołnierz wskazał punkt w dolnym prawym narożniku monitora.

— To tu — oznajmił. — Szahrake Nasiri-Astara. To nad Morzem Kaspijskim, w południowo-zachodnim Iranie.

Na klawiaturze drugiego komputera wpisał tę nazwę i wcisnął „enter". Pojawiły się związane z nim informacje prasowe. Niewiele ich było, ale jedna mówiła wszystko. Patrząc w oczy dowódcy, powiedział:

— Tam są trzy cholernie wielkie pola naftowe... i początek międzynarodowego rurociągu.

• • •

— Masz się stąd wynieść — powiedział Amun Chaltum. Jego oczy błyszczały w półmroku starego fortu. — Natychmiast.

Zaskoczył Sorayę tak, że potrzebowała dłuższej chwili, by oprzytomnieć.

— Czy ty mnie z kimś nie mylisz? — spytała.

Chaltum wziął ją pod ramię.

— To nie jest żart. Odejdź. Natychmiast.

Soraya wyrwała się z jego uścisku.

— Za kogo mnie masz, za córkę? — oburzyła się. — Nigdzie nie idę.

— Nie będę ryzykował życia kobiety, którą kocham. Nie w sytuacji takiej jak ta.

— Nie wiem, czy powinnam cieszyć się z komplementu, czy obrazić. Zapewne jedno i drugie. — Soraya potrząsnęła głową. — Co nie zmienia sytuacji, że jesteś tu dzięki mnie. A może już o tym zapomniałeś?

— Ja nie zapominam. — Egipcjanin miał zamiar powiedzieć coś jeszcze, ale przerwał mu Jusuf.

— Myślałem, że zaplanowaliście to tak, żeby ci ludzie was dopadli?

— Oczywiście. — W głosie Chaltuma brzmiało zniecierpliwienie. — Ale nie zaplanowałem, że znajdziemy się tu jak w pułapce.

— Za późno żałować — szepnął agent. — Przeciwnik wszedł do fortu.

Chaltum pokazał mu cztery palce na znak, że śledziło ich czterech mężczyzn. Jusuf skinął głową i gestem polecił im iść za nim. Egipcjanin usłuchał, ale Soraya pochyliła się i urwała jednemu z nieboszczyków kawałek koszuli. Włożyła w nią wapno, uzbrajając się w ten sposób w prowizoryczną procę. Byli przy drzwiach, kiedy powiedziała jasno i wyraźnie:

— Powinniśmy tu zostać.

Obrócili się, a Amun spojrzał na nią jak na wariatkę.

— Będziemy jak szczury w pułapce.

— Już jesteśmy jak szczury w pułapce. — Pokiwała procą. — Tu przynajmniej mamy przewagę terenu. Oni już się rozdzielili. Załatwią nas po kolei, nim dopadniemy choćby jednego.

— Szefowa ma rację — przytaknął Jusuf.

Wydawało się, że Chaltum zaraz go uderzy.

— Musisz się przyzwyczaić, że tak to już jest — powiedziała spokojnie Soraya.

• • •

Trzej mężczyźni znaleźli sobie dobrze zamaskowane stanowiska; czekali teraz, patrząc przez celowniki karabinów. Czwarty, naganiacz, powoli i ostrożnie przechodził z jednego pustego, zrujnowanego pomieszczenia do drugiego, poprzez góry piasku nawianego do wnętrz pozbawionych dachu. Wiatr świszczał mu w uszach, ziarna pustynnego piasku zatykały nos i gardło. Niesione przez wiatr wdzierały się pod ubranie i przyklejały warstwami do spoconej skóry. Jego zadaniem było wytropienie celów i zagonienie ich pod ogień krzyżowy towarzyszy. Był ostrożny, lecz nigdy nerwowy; robił to już i będzie robił wielokrotnie, dopóki nie będzie za stary. Ale wówczas będzie miał więcej niż dość pieniędzy dla rodziny swojej i rodzin swych dzieci. Amerykanin płacił dobrze, wydawało się, że im więcej wydaje, tym więcej ma pieniędzy, a w dodatku, głupiec, nigdy się nie targował. Rosjanie... o, Rosjanie to co innego. Wielokrotnie negocjował z Rosjanami. Zawsze zaczynali od tego, że nie mają pieniędzy, a już z pewnością takich pieniędzy, jakich żądał za swoje usługi. Godził się w końcu na wynagrodzenie zadowalające obie strony, po czym brał się do roboty. Zabijał. To potrafił najlepiej. Tylko tego go nauczono.

Przetrząsnął już ponad połowę fortu i szczerze mówiąc, zaczynał się nawet dziwić, że do tej pory nie trafił na ślad celów. No cóż, przecież powiedziano mu, że jeden z nich jest Egipcjaninem. Nie lubił Egipcjan, nie nabierał się na ich słodkie słówka, których nie szczędzili, kłamiąc jednocześnie jak z nut. Niczym nie różnili się od szakali z tym ich uśmiechem, z którym rozrywali człowieka na strzępy.

Skręcił w krótki korytarz. Nim dotarł do jego połowy, usłyszał brzęczenie much i nawet nie czując odoru rozkładu, wiedział, że śmierć była gdzieś niedaleko i przeszła tędy niedawno.

Mocniej ścisnął w ręku pistolet. Szedł dalej, przyciśnięty plecami do ściany, patrząc przed siebie zmrużonymi oczami. Tu i ówdzie do środka dostawały się promienie słońca, tańczyły na nierównych, potrzaskanych ścianach jak ptaki na drzewie. Gdzieniegdzie pojawiały się w nich i w stropach dziury wybite, mogło się wydawać, przez potężną pięść groźnego, rozwścieczonego giganta.

Brzęczenie much nasiliło się, stało się ciągłym, niskim pomrukiem jakby wielkiej, nieokreślonych kształtów istoty, rosnącej, gdy się pożywia, malejącej, gdy zapada w drzemkę. Przystanął. Na swój nienaukowy sposób próbował policzyć, ile ich właściwie jest. W znajdującym się przed nim pomieszczeniu zginęło coś naprawdę dużego, może nawet więcej niż jedno. Człowiek? Ściągnął spust pistoletu. Huk strzału i jasny błysk zmienił otaczający go świat nie do poznania. Był jak zwierzę oznaczające swoje terytorium, ostrzegające inne drapieżniki o swej obecności, zaszczepiające im strach. Jeśli ci, na których polował, byli właśnie tam, przed nim, to wpadli w pułapkę. Wiedział, jak wygląda tamto pomieszczenie. Znał je, jak każde we wszystkich fortach na tym terenie. Ma tylko jedno wejście, a od wejścia dzieliło go zaledwie pięć kroków.

W wejściu pojawiła się jakaś postać. Zaatakowała go. Wystrzelił do niej cztery razy, za każdym trafiając. Zatańczyła gwałtownie, śmiesznie.

• • •

Soraya zaatakowała zaraz za ciałem martwego Amerykanina, które Chaltum wyrzucił przez otwór wejściowy. Wśród gradu kul rozkręciła prowizoryczną procę. Tlenek wapnia trafił strzelca w twarz, wszedł w kontakt z płynami organicznymi: potem i zwilżonymi łzami gałkami ocznymi, a reakcja chemiczna spowodowała pojawienie się gorąca. Mężczyzna wrzasnął przeraźliwie. Rzucił broń, instynktownie zaczął pocierać twarz dłońmi, próbując pozbyć się żrącej substancji, co tylko pogorszyło sytuację. Soraya strzeliła mu w głowę z jego własnej broni, skróciła jego cierpienia tak, jak skróciłaby cierpienia okaleczonego konia.

Gwizdnęła cicho. Z sali będącej jednocześnie grobem wyszedł Egipcjanin wraz z jej agentem.

— O jednego mniej — powiedziała. — Zostało trzech.

• • •

— Wszystko w porządku?

Moira wyszła z wanny. Pomogła Bamberowi wstać.

— To raczej ja powinienem zadać ci to pytanie. — Bamber spojrzał na roztrzaskaną głowę intruza, zadrżał, odwrócił się i zwymiotował do toalety.

Moira zmoczyła ręcznik w zimnej wodzie z umywalki i położyła mu go na karku. Humphry wstał. Kiedy wychodzili, mocno przyciskał go do nasady nosa. Położyła mu dłoń na potężnym ramieniu.

— Jedźmy tam, gdzie będziesz bezpieczny — zaproponowała.

Skinął głową jak mały, bezradny chłopczyk. Przeszli przez biuro i byli już niemal przy drzwiach, gdy Moira spojrzała na sięgające sufitu rzędy sprzętu komputerowego.

— No i co znalazłeś? Co Noah napakował w Bardema?

Bamber przystanął, zawrócił, podszedł do laptopa, ciągle podłączonego do jego skomplikowanych urządzeń. Rozłączył go i wsadził pod pachę.

— Jeśli nie zobaczysz na własne oczy, nie uwierzysz — powiedział.

• • •

— Nie jestem zainteresowany ani Treadstone, ani tym, czym zajmował się Conklin — powiedział Peter Marks.

Nie wyglądało na to, by udało mu się wstrząsnąć Willardem.

— Zakładam, że byłbyś jednak zainteresowany obroną CI przed filistrami.

Było zupełnie tak, jakby przewidywał odpowiedzi rozmówcy.

— Oczywiście, że jestem — powiedział, odwracając do góry dnem szklankę, którą Willard próbował napełnić z prawie pustej butelki. — Masz coś na myśli... coś, co, zakładam, dotyczy współudziału Black River w morderstwach dokonywanych w granicach kraju, a zwłaszcza, niech to wszyscy diabli, w zamordowaniu naszej dyrektor?

— Dyrektorem CI jest M. Errol Danziger.

— Nie musisz mi przypominać — powiedział Marks kwaśno.

— Muszę. To półtonowy goryl w składzie Centrali. Uwierz mi proszę, bo wiem, co mówię: wszystkich was, dżentelmenów, przerobi na pastę z bananów, jeśli nie znajdziecie sposobu, żeby go powstrzymać.

— A co z tobą?

— Ja jestem z Treadstone.

Marks mierzył go ponurym spojrzeniem. Może winna była temu whisky, którą pochłonął, a może rzeczywistość, w którą wepchnięto mu twarz jak w błoto, w każdym razie czuł mdłości.

— Mów dalej.

— Nie. — Głos Willarda był wyjątkowo stanowczy. — Albo wchodzisz w to, Peter, albo nie. Nim udzielisz mi odpowiedzi, musisz zrozumieć, że nie będzie dla ciebie odwrotu. Nie można zmienić decyzji. Jeśli wszedłeś, jesteś w środku, bez względu na koszty i konsekwencje.

— A mam jakiś wybór? — spytał Marks i potrząsnął głową.

— Zawsze jest wybór. — Willard nalał sobie resztkę whisky. Wypił duży łyk. — Czego nie ma, i dotyczy to zarówno ciebie, jak i mnie, to okazji do obejrzenia się za siebie. Od tej chwili nie ma przeszłości. Idziemy naprzód, tylko naprzód, w ciemności.

— Jezu! — Peter miał wrażenie, że mrówki maszerują mu po skórze wzdłuż kręgosłupa. — Brzmi to tak, jakbym zawierał pakt z diabłem.

— Bardzo śmieszne. — Willard rzeczywiście się uśmiechnął i jak na komendę wyciągnął trzystronicowy dokument. Położył go na stole tak, by jego rozmówca mógł go przeczytać.

— A to co, do diabła?

— Też śmieszne. — Do dokumentu starszy z agentów dołożył pióro. — To kontrakt z Treadstone — wyjaśnił. — Nie podlega negocjacjom i, o czym mówi paragraf trzynasty, nie podlega rozwiązaniu.

Marks tylko rzucił okiem na papiery.

— A jak masz to zamiar wyegzekwować? Zagrozisz, że skradniesz mi duszę? — Roześmiał się, ale jego śmiech wydawał się zbyt słaby, by doszukać się w nim humoru. Skupił się i zaczął czytać kontrakt punkt po punkcie.

— Jezu — powiedział, skończywszy. Spojrzał najpierw na długopis, potem na Willarda. — Powiedz mi, że masz plan, jak pozbyć się M. Errola pieprzonego Danzigera, albo wstaję i wychodzę w tej chwili.

— Odcięcie głowy hydrze nie ma sensu, bo na jej miejscu po prostu wyrasta druga. — Willard podał Marksowi długopis. — Mam zamiar pozbyć się hydry. Sekretarza obrony Ervina Reynoldsa Hallidaya.

— Wielu próbowało, w tym nieodżałowanej pamięci Veronica Hart.

— Oni wszyscy sądzili, że wystarczą dowody na operowanie poza granicą prawa, a to wydeptana ścieżka. Halliday porusza się po niej znacznie swobodniej od nich. Ja wybieram zupełnie inną drogę.

Marks spojrzał mu głęboko w oczy, starając się ocenić, czy mówi poważnie. Po długiej chwili wziął długopis.

— Nie obchodzi mnie, jaką wybierzemy drogę, pod warunkiem że rozjedziemy Hallidaya.

— Jutro rano musisz pamiętać, jakie uczucie podyktowało ci te słowa.

— Czyżbym czuł już zapach siarki? — Śmiech Petera Marksa brzmiał słabo, niepewnie.

• • •

— Znam go. — Jusuf czubkiem buta zgarnął wapno z twarzy trupa. — Miał na imię Ahmad. Zawodowy zabójca do wynajęcia, pracujący dla Amerykanów albo Rosjan. — Odchrząknął. — Od czasu do czasu dla jednych i drugich naraz.

Chaltum zmarszczył brwi.

— Pracował kiedyś dla Egipcjan?

— Jeśli tak, to nic mi o tym nie wiadomo. — Agent potrząsnął głową.

— Nie korzystałeś z jego usług, prawda? — Soraya przyjrzała się dobrze temu, co pozostało z twarzy napastnika. — O ile pamiętam, nie wymieniłeś tego imienia w żadnym ze swych raportów.

— Nie zaufałbym temu śmieciowi na tyle, żeby poprosić go o kromkę chleba. — Górna warga Jusufa uniosła się, ukazując zęby. — Nie dość, że zawodowo zabijał, to jeszcze łgał i kradł, zawsze, nawet kiedy był małym chłopcem.

Chaltum obrzucił Sorayę ponurym spojrzeniem.

— Pamiętaj, że co najmniej jeden z nich jest mi potrzebny żywy — powiedział.

— Zachowajmy właściwą kolejność i przede wszystkim postarajmy się sami wyjść z tego żywi.

Egipcjanin próbował pozbyć się z ubrania odoru wapna i śmierci. Bez szczególnego sukcesu, ale to, że był zajęty, pozwoliło Sorai przejąć prowadzenie, czego on sam osobiście nie znosił. Od chwili przyjazdu do Chartumu rządziło nim nieznane mu wcześniej uczucie. Pragnął ją chronić, osłaniać, choć widział, że Soraya czuje się z tym niezręcznie. Być może chodziło o to, że znaleźli się poza granicami Egiptu. Pracował na obcym mu terenie, a sam dobrze wiedział, że najlepiej i najpewniej czuł się u siebie w domu.

Usłyszała, jak Amun woła ją cicho, ale zdołała powstrzymać się, nie obrócić, nie spojrzeć w jego kierunku. Posuwała się do przodu wolno, na ugiętych nogach. Dotarła do pierwszego dziedzińca. Przy ścianach, po lewej i po prawej stronie, znajdowały się pozycje wymarzone dla snajperów, oferujące znakomite pole widzenia. Strzeliła najpierw do jednej z nich, potem do drugiej, ale nie doczekała się odpowiedzi ogniem. Na tym wyczerpały się możliwości czterdziestkipiątki mordercy, więc wyrzuciła ją i wyjęła glocka otrzymanego od Jusufa. Upewniła się, że jest załadowany, po czym przeszła przez ponury dziedziniec, trzymając się rzucanego przez ściany cienia. Ani razu nie obejrzała się za siebie. Nie wątpiła, że Amun i Jusuf zachowują odpowiednią odległość, by zapewnić jej osłonę, gdyby wpadła w kłopoty.

Po chwili w polu jej widzenia pojawił się drugi, centralny dziedziniec, większy i zdecydowanie groźniejszy od pierwszego. Znów strzeliła w stronę możliwych pozycji snajperskich i znów nie doczekała się jakiejkolwiek reakcji.

— Pozostał już tylko jeden — powiedział Jusuf. — Mniejszy, ale broni wejścia, więc jest tam więcej możliwych pozycji strzeleckich.

Soraya natychmiast zorientowała się, że ma rację i że niezależnie od tego, co zrobią, nie zdołają dotrzeć do przedpiersi przy ścianach, nim przeciwnik wystrzela ich jak kaczki.

— I co teraz? — spytała Amuna.

Nim Egipcjanin zdążył odpowiedzieć, do rozmowy wtrącił się Jusuf.

— Mam pomysł — powiedział. — Znałem Ahmada od urodzenia i chyba potrafię dobrze naśladować jego głos. — Spojrzał najpierw na Chaltuma, potem na Sorayę. — Mam spróbować?

— Nie widzę, w czym mogłoby to nam zaszkodzić — powiedział Egipcjanin, ale Jusuf zareagował dopiero wtedy, kiedy Soraya skinęła głową. Dopiero wówczas poruszył się, minął ją i przykucnął w osłoniętym miejscu, w którym korytarz przechodził w dziedziniec. Krzyknął głosem, którego żadne z nich wcześniej nie słyszało:

— To ja, Ahmad... błagam, jestem ranny. — Odpowiedziało mu tylko echo. Odwrócił się do Sorai. — Szybko! — szepnął. — Daj mi swoją koszulę.

— Weź moją — powiedział Chaltum. Oczy zabłysły mu gniewnie.

— Jej będzie lepsza. Zorientują się, że to damska.

Soraya zrobiła to, o co prosił: rozpięła bluzkę z krótkimi rękawami, zdjęła ją i podała mu.

— Zabiłem ich — krzyknął Jusuf głosem Ahmada. — Widzicie? — Bluzka Sorai wyleciała w powietrze i osiadła na bruku dziedzińca jak ptak, zamierzający w tym miejscu uwić sobie gniazdo.

— Jeśli ich zabiłeś, wychodź — odezwał się głos dobiegający z lewej strony.

— Nie mogę. Mam złamaną nogę. Doczołgałem się tutaj, ale upadłem i nie zrobię już ani kroku. Bracia, proszę, pomóżcie mi, nim wykrwawię się na śmierć.

Przez długą chwilę nie działo się nic. Jusuf zamierzał znów zacząć krzyczeć, ale Chaltum położył mu dłoń na ramieniu.

— Nie przesadź aby — ostrzegł go szeptem. — Cierpliwości.

Mijał czas. Nie potrafili powiedzieć, jak długo to trwało, bo w sytuacjach takich jak ta czas ciągnie się jak guma, lecz wreszcie dostrzegli ruch po prawej. Dwaj mężczyźni schodzili ze stanowisk. Poruszali się ostrożnie, przez cały czas zwróceni bokiem do otworu prowadzącego z korytarza na dziedziniec.

417

Trzeci, ten który rozmawiał z Jusufem, pozostał niewidoczny, najwyraźniej osłaniał swych ludzi ze stanowiska znajdującego się gdzieś po lewej stronie.

Chaltum gestem nakazał Jusufowi położyć się na boku, tak by był widoczny dla przeciwnika, z jedną nogą podciągniętą i przykrytą drugą. On sam i Soraya cofnęli się kilka kroków i znikli w ciemności.

— Jest tutaj! — krzyknął jeden ze schodzących do tego, który go krył, zapewne dowódcy. — Widzę Ahmada. Rzeczywiście, leży, jak powiedział.

— Nic się nie poruszyło! — krzyknął dowódca ze swej kryjówki na przedpiersiu. — Wyciągnijcie go, ale lepiej się pospieszcie.

Dwaj mężczyźni zbliżyli się do Jusufa ostrożnie, na ugiętych nogach.

— Stać!

Obaj zatrzymali się posłusznie. Przysiedli, trzymając karabiny w poprzek kolan. Obaj wpatrywali się w nieruchomą postać, którą brali za swego przyjaciela.

Dowódca opuścił kryjówkę. Nie kryjąc się i nie starając poruszać cicho, zszedł po kamiennych stopniach na dziedziniec.

— Ahmadzie — szepnął jeden z jego ludzi — nic ci nie jest?

— Nie. Strasznie mnie boli noga. Jest...

Te kilka słów wystarczyły, by znajdujący się bardzo blisko mężczyzna cofnął się o krok.

— Co jest? — spytał jego towarzysz, kierując lufę karabinu w otwór korytarza.

— To chyba nie Ahmad...

W tym momencie po obu stronach Jusufa pojawili się Chaltum i Soraya i otworzyli ogień z glocków. Dwaj mężczyźni, którzy pojawili się pierwsi, padli niemal natychmiast. Ich dowódca uciekał, szukając kryjówki, której nie miał szansy znaleźć. Wystrzelił, nie zatrzymując się. Egipcjanin chrząknął dziwnie i padł na ziemię.

Soraya wymierzyła i wystrzeliła w biegu, ale trafił go leżący na ziemi Jusuf. Jego kula trafiła go w pierś; obrócił się i upadł. Soraya natychmiast skręciła w jego kierunku.

— Sprawdź Amuna! — krzyknęła do Jusufa. Zatrzymała się, podniosła karabin przywódcy. Wił się, krwawił z rany po prawej stronie klatki piersiowej, ale mógł oddychać. Kula nie przebiła płuca.

Przyklęknęła obok niego.

— Kto cię wynajął?

Mężczyzna spojrzał na nią i splunął jej w twarz.

Chwilę później pojawili się przy niej przyjaciele. Amun dostał w udo, ale kula przeszła na wylot i, przynajmniej zdaniem Jusufa, rana była czysta. Powyżej niej założył opaskę uciskową, do której wykorzystał bluzkę Sorai.

— Wszystko w porządku? — spytała go. Przytaknął charakterystycznym, krótkim skinieniem głowy. — Pytałam — mówiła dalej — kto go wynajął, ale nie doczekałam się odpowiedzi.

— Weź Jusufa i sprawdź, co z tamtymi dwoma. — Chaltum wpatrywał się w twarz rannego z napięciem. Soraya znała to jego spojrzenie, zamierzał osiągnąć cel, nie zważając na środki.

— Amunie...

— Daj mi pięć minut.

Potrzebowali informacji, co do tego nie było wątpliwości. Niechętnie skinęła głową. Oboje z Jusufem podeszli do zwłok leżących przy wejściu do korytarza. Nie był to ciekawy widok: obaj mężczyźni otrzymali po kilka postrzałów w brzuch i klatkę piersiową. Zbierali ich broń, gdy usłyszeli krzyk, stłumiony, lecz tak straszny i nieludzki, że dreszcz przeszedł im po plecach.

— Ten twój egipski przyjaciel... — Jusuf zawahał się — ...można mu zaufać?

Skinęła głową. To, co za jej przyzwoleniem wyczyniał Amun, doprowadzało ją do mdłości. Zapanowała cisza, zakłócana tylko rozpaczliwym wyciem wiatru, hulającego w pustych salach. Potem wrócił Chaltum. Kulał. Wyglądało to dość poważnie, Jusuf nawet wręczył mu karabin, by miał się na czym oprzeć.

— Moi wrogowie nie mieli z tym nic wspólnego — powiedział spokojnie, głosem, którego ani odrobinę nie zmieniło to, co właśnie zrobił. — Tych ludzi wynajęli Amerykanie, a dokładnie Amerykanin, znany im pod idiotycznym pseudonimem Tryton. Mówi ci to coś?

Soraya potrząsnęła głową.

— A może to coś ci powie? — Pokazał jej cztery małe, prostokątne płytki, nanizane na kawałek sznurka. — Nosił je na szyi.

Podał jej blaszki. Obejrzała je uważnie.

— Wyglądają jak wojskowe nieśmiertelniki.

Amun skinął głową.

— Powiedział, że należały do czterech Amerykanów, którzy tu zginęli. Te sukinsyny ich zamordowały.

Soraya musiała przyznać sama przed sobą, że takich tabliczek identyfikacyjnych jeszcze nie widziała. Zamiast nazwiska, stopnia i numeru identyfikacyjnego widniał na nich wygrawerowany laserowo symbol wyglądający jak...

— Są zaszyfrowane — powiedziała, czując, jak szybko bije jej serce. — Być może mamy w ręku dowód na to, kto wystrzelił kowsary i dlaczego.

Księga czwarta

Rozdział 31

Leonid Daniłowicz Arkadin chodził tam i z powrotem po części pasażerskiej samolotu Air Afrika, przysłanego do Górskiego Karabachu po niego i jego ludzi. Wiedział, że lecą do Iranu. Noah Perlis był pewien, że Arkadin nie ma pojęcia dokąd dokładnie, ale się mylił. Jak większość Amerykanów na porównywalnym stanowisku miał się za sprytniejszego od tych, którzy nie są Amerykanami, i uważał, że może nimi manipulować. Jak wpadli na ten pomysł, było swego rodzaju tajemnicą, ale Arkadin, który spędził trochę czasu w Waszyngtonie, potrafił ją przeniknąć, przynajmniej do pewnego stopnia. Wygodnym dla Amerykanów poczuciem izolacji wydarzenia roku 2001 mogły wprawdzie wstrząsnąć, ale nie w tym sensie, by pozbawiły ich przekonania o tym, że zasługują na wyjątkowe przywileje i uprawnienia. Podczas pobytu za oceanem przesiadywał w restauracjach i podsłuchiwał prowadzone przy stolikach rozmowy, była to część treningu w Treadstone. Jednocześnie słuchał neokonserwatystów, ludzi mających władzę, majątek i wpływy, przekonanych, że tylko oni wiedzą, jak działa ten świat. Dla nich wszystko było dziecięco proste, jakby w życiu były tylko dwie zmienne: akcja i reakcja, których działanie oczywiście doskonale rozumieją, które wręcz sobie zaplanowali. A kiedy reakcje różniły się od tego, co zaprogramowały ich trusty mózgów, kiedy troskliwie przygotowane operacje waliły się, grzebiąc ich pod swym ciężarem, zamiast przyznać się do błędu, popadali w amnezję i zdwajali wysiłki. Zdaniem Arkadina był to objaw szaleństwa, czyniącego ich głuchymi i ślepymi na wydarzenia rzeczywistego świata.

Być może — myślał teraz, sprawdzając gotowość do akcji zarówno swych ludzi, jak i ich ekwipunku — Noah jest jednym z ostatnich przedstawicieli swego gatunku, dinozaurem niezdającym sobie sprawy z tego, że czas dinozaurów się kończy, że formujący się na horyzoncie lodowiec już wkrótce zaleje go swą masą.

Jego i Dimitrija Iljinowicza Masłowa.

● ● ●

— Ona musi wrócić — powiedział Dimitrij Masłow. — Ona i dziewczynki. Bez tego nie będzie pokoju z Lwem Antoninem.

— Od kiedy takie gówno jak on dyktuje warunki tobie, głowie *gruppierowki* Kazachów?

Arkadin miał wrażenie, że stojący obok niego Tarkanian skrzywił się przeraźliwie. Trzej mężczyźni tonęli w falach dźwięku, wzmocnionego tak, że wręcz rozdzierał uszy. W Sali Paszy, elitarnego klubu Propaganda mieszczącego się w śródmieściu Moskwy, byli oprócz nich tylko dwaj mężczyźni, ochroniarze Masłowa. Resztę towarzystwa stanowiły kobiety, a dokładniej kilkanaście kobiet, wszystkie młode, długonogie, jasnowłose, seksualnie atrakcyjne, co definiowało je ostatecznie — *tiolki*. Ubrane, a w zasadzie na pół ubrane, w prowokacyjne minispódniczki, kostiumy bikini, przezroczyste bluzeczki, sukienki z głębokimi dekoltami i sukienki bez pleców. Wszystkie nosiły szpilki, nawet te w bikini. Wszystkie były mocno umalowane. Niektóre co rano wracały do szkoły, do liceum, choć zawsze niechętnie.

Masłow spojrzał w oczy Arkadina pewien, że jak każdego, kto przed nim staje, i jego przerazi samo spojrzenie. W tym wypadku pomylił się jednak, co mu się nie spodobało. Nie lubił się mylić. W żadnych okolicznościach.

Zrobił krok w jego stronę, agresywny, ale niegroźny, nie zastraszający. Skrzywił się.

— Czuję od ciebie dym. Człowieku, czy ty poza wszystkim innym jesteś też drwalem?

• • •

Niespełna dziesięć kilometrów od cerkwi Arkadin i Joszkar weszli do gęstego sosnowego lasu. Joszkar tuliła w ramionach ciało synka, on niósł siekierę, którą zabrał z bagażnika samochodu. Dziewczynki, szlochając histerycznie, szły gęsiego za dorosłymi. Tarkanian, widząc, że odchodzą od samochodu, pożegnał ich okrzykiem: „Pół godziny, a potem wynoszę się stąd w cholerę!".

— Naprawdę nas tu zostawi? — spytała kobieta.

— Przejmujesz się tym, co mówi? — odparł Arkadin.

— Nie. Póki jesteś ze mną.

W każdym razie wydawało mu się, że to powiedziała. Mówiła tak cicho, że wiatr unosił słowa, gdy tylko wydostały się z jej ust. Szli pomiędzy pniami drzew, słysząc nad głową szum skrzydeł. Miejscami ziemię pokrywała cienka warstwa śniegu, miękkiego jak gołębi puch. Wiszące nad nim niebo było szare i grube jak wełniany płaszcz Joszkar.

Wyszli na małą polankę. Joszkar złożyła ciało synka na grubym kożuchu sosnowych igieł.

— Kochał las — powiedziała. — Czasami błagał mnie, żebym go zabierała w góry. Żeby mógł się tam bawić.

Arkadin ruszył na poszukiwanie uschniętych, przewróconych drzew. Rąbał drewno na równe, półmetrowe kawałki, wspominając swoje rzadkie wyprawy na wzgórza otaczające Niżny Tagił. Tylko tam mógł odetchnąć swobodnie, nie czując paraliżującego ciężaru obecności rodziców i rodzinnego miasta, od których serce kurczyło mu się w piersi i więdła dusza.

Po dwudziestu minutach zapłonął stos. Dziewczynki przestały płakać, łzy zamarzły na ich rumianych policzkach jak małe diamenciki, a teraz, kiedy zafascynowane patrzyły na rozrastające się płomienie, topiły się i ściekały na ich okrągłe brody. Joszkar podała Arkadinowi ciało syna i zaczęła odmawiać modlitwy w swoim języku. Przyciągnęła do siebie dziewczynki, słowa modlitwy powoli przechodziły w śpiew, silny głos unosił się ponad gałęzie sosen, odbijał od wiszących nisko chmur. Arkadin zastanawiał się, czy gdzieś, blisko, nie kryją się może baśniowe istoty, elfy, bogowie i półbogowie, o których opowiadała, czy nie obserwują pogrzebu ze smutkiem w oczach.

Odmówiwszy modlitwy, Joszkar pouczyła Arkadina, co ma powiedzieć, gdy ona złoży Jaszę na stosie pogrzebowym. Na widok pożeranego przez ogień ciała braciszka dziewczynki znowu się rozpłakały. Kobieta odmówiła ostatnią modlitwę, zamykającą ceremonię. Arkadin nie miał pojęcia, jak długo trwała, ale kiedy wyszli z lasu, wrócili do cywilizacji. Tarkanian czekał na nich w samochodzie tam, gdzie go zostawili.

• • •

— Obiecałem jej — powiedział Arkadin.

— Pieprzona fabryka dzieciaków — zadrwił Masłow. — Jesteś głupszy, niż na to wyglądasz.

— To ty ryzykowałeś życie dwóch swych ludzi, z których jeden okazał się żałośnie niekompetentny, żeby mnie tu sprowadzić.

— Tak, baranie, ciebie, a nie ciebie i czwórkę cywilów, w dodatku należących do kogoś innego.

— Mówisz o nich, jakby byli bydłem.

— Pieprz się, bystry chłopcze. Lew Antonin chce je mieć z powrotem. I dostanie.

— Odpowiadam za śmierć jej syna.

— Zabiłeś gówniarza?! — Masłow krzyczał. Obstawa zbliżyła się do niego, *tiolki* robiły wszystko, co w ich mocy, by udawać, że patrzą w drugą stronę.

— Nie.

— Więc nie odpowiadasz za śmierć jej syna. Na tym, kurwa, koniec.

— Obiecałem, że nie odeślemy jej do męża. Śmiertelnie się go boi. Pobije ją na śmierć.

— Gówno mnie to obchodzi. — Wściekłość Masłowa była tak wielka, że jego kamienne oczy wydawały się miotać iskry. — Ja tu prowadzę biznes!

Tarkanian przestąpił z nogi na nogę.

— Szefie, może powinniśmy...

— Co! — Masłow obrócił do niego gwałtownie. — Chcesz dyktować mi, co mam zrobić, Misza? Wyznaczyłem ci proste zadanie, miałeś wydostać gówniarza z Niżnego Tagiłu i przywieźć do Moskwy. Gówniarz załatwia ci Osierowa, a ty wracasz jak jakiś pieprzony juczny muł obładowany problemami, których akurat ni cholery nie potrzebuję. — Uciszywszy w ten sposób doradcę, całą swą uwagę znów skupił na Arkadinie. — A jeśli chodzi o ciebie, bystrzaku, to lepiej rusz głową albo odeślę cię na kopach do pieprzonej dziury, z której cię wyciągnąłem.

— Jestem za nich odpowiedzialny — rzekł Arkadin bardzo spokojnie. — Ja się nimi zajmę.

— Posłuchajcie go! — wrzasnął Masłow. — Ktoś umarł i zrobił cię szefem? Kto ci podsunął pieprzony pomysł, że masz coś do powiedzenia o tym, co się tu dzieje? — Twarz miał zaczerwienioną, niemal opuchniętą. — Misza, zabierz mi sprzed oczu tego skurwysyna, bo jeszcze chwila i rozerwę go na strzępy gołymi rękami!

Tarkanian wyciągnął Arkadina z Sali Paszy. Podprowadził go do długiego baru, zajmującego całą ścianę głównej sali. Na scenie, oświetlonej jak Nowy Jork na sylwestra, popisywała się wysoka, bardzo pociągająca *tiolka* w nader skąpym stroju. Rozkładała kilometrowe nogi do ciężkiego rytmu muzyki.

— Napijmy się — powiedział z wymuszoną swobodą.

— Nie mam ochoty pić.

— Ja stawiam. — Tarkanian spojrzeniem przyciągnął barmana. — Daj spokój, przyjacielu, przecież właśnie drinka potrzebujesz.

Arkadin nagle podniósł głos.

— Nie mów mi, czego potrzebuję!

Rozpoczęła się absurdalna, coraz głośniejsza dyskusja, tak gwałtowna, że trzeba było wreszcie wezwać wykidajłę.

— Macie jakiś problem, panowie? — Wykidajło pozornie zwracał się do nich obu, ale Tarkaniana znał z widzenia, więc nie spuszczał wzroku z jego towarzysza.

Arkadin obrzucił go jadowitym spojrzeniem i zareagował na zaczepkę. Chwycił wykidajłę i zaczął uderzać jego czołem w kant baru z taką siłą, że zatrzęsły się stojące na nim drinki, a najbliższe naczynia nawet się przewróciły. Tarkanian interweniował i w końcu udało mu się odciągnąć napastnika od jego ofiary.

— Ja nie mam problemu — powiedział Arkadin do zakrwawionego, półprzytomnego wykidajły. — Ty, owszem.

Moskwianin wyprowadził go na świeże powietrze. Nie zależało mu na tym, żeby dokonał kolejnych zniszczeń.

— Jeśli myślisz, że będę pracował dla tej kupy gówna, to poważnie się mylisz.

Tarkanian podniósł rękę.

— W porządku, w porządku, nie chcesz, to nie pracuj. — Szli ulicą, z każdym krokiem oddalając się od klubu. — Tylko nie wiem, jak chcesz zarobić na życie. Moskwa to co innego...

— Nie zostanę w Moskwie. — Z nosa Arkadina wypływało powietrze, które kondensowało się na mrozie. — Mam zamiar zabrać Joszkar, dziewczynki i wyjechać...

— I co? Dokąd wyjedziesz? Nie masz pieniędzy, nie masz widoków na przyszłość, nic nie masz. Jak zarobisz na jedzenie dla siebie, że już nie wspomnę o dzieciakach? — Tarkanian potrząsnął głową. — Posłuchaj dobrej rady, zapomnij o nich. Są częścią twej przeszłości, należą do innego życia. Niżny Tagił masz już za sobą. — Spojrzał Arkadinowi w oczy. — Czy nie o tym marzyłeś przez całe życie?

— Nie pozwolę ludziom Masłowa odwieźć ich do domu. Nie wiesz, do czego zdolny jest Lew Antonin.

— Masłowa nie obchodzi, do czego on jest zdolny.

— Pieprzyć Masłowa!

Moskwianin zastąpił Arkadinowi drogę.

— Ty ciągle nic nie rozumiesz, prawda? Dimitrij Masłow i tacy jak on to właściciele całej Moskwy z całą moskiewską wódką. A to oznacza, że Joszkar i dziewczynki także należą do niego.

— One nie są częścią jego świata.

— Już są. Ty je do niego wciągnąłeś.

— Nie wiedziałem, co robię.

— To akurat wydaje się jasne, niemniej musisz zaakceptować fakty. Co się stało, to się nie odstanie.

— Musi być jakieś wyjście z tej sytuacji.

— Jesteś pewien, że musi? Nawet gdybyś miał pieniądze... powiedzmy, że byłbym wystarczająco głupi, żeby dać ci trochę grosza... co by to załatwiło? Masłow wysłałby za wami swoich ludzi. Gorzej, bo biorąc pod uwagę, jak go prowokowałeś, sam mógłby chcieć się wami zająć. Możesz mi uwierzyć na słowo: to nie jest to, czego byś dla nich chciał.

Arkadin miał ochotę rwać sobie włosy z głowy.

— Czy ty nie rozumiesz, co mówię? Nie chcę, żeby wracały do tego popaprańca.

— Nie przyszło ci do głowy, że to może być najlepsze rozwiązanie?

— Odbiło ci?

— Słuchaj, sam mi mówiłeś, co ci powiedziała Joszkar: że Lew Antonin obiecał dbać o nią i o dzieci. Przecież wiesz, kim jest ona i te dziewczynki, w których żyłach płynie jej krew. Jeśli ta tajemnica się wyda, nie będą miały normalnego życia. Nie wśród etnicznych Rosjan. Przyjrzyj się faktom: ty nie ochronisz ich przed Masłowem, ale w Niżnym Tagile będą przecież całkiem bezpieczne. Tam nikt gęby przeciw nim nie otworzy ze strachu przed jej mężem. No i nie uważasz, że jest wystarczająco sprytna, żeby mu powiedzieć, że je porwałeś, że groziłeś użyciem siły, by zapewnić sobie spokojny wyjazd z miasta? Jest duża szansa, że nie ruszy jej nawet palcem.

— Aż do następnego razu, kiedy się upije, wpadnie w depresję albo po prostu nabierze ochoty na chwilę dobrej zabawy.

— To jej życie, nie twoje, Leonidzie Daniłowiczu. Rozmawiam z tobą jak z przyjacielem, prawda? Udało ci się uciec z Niżnego Tagiłu. Nie wszyscy mają tyle szczęścia.

Tarkanian mówił prawdę, co tylko jeszcze bardziej rozwścieczyło Arkadina. Problem polegał na tym, że nie miał pojęcia, co zrobić z tym gniewem, więc skierował go na samego siebie. Bardziej niż czegokolwiek pragnął teraz znów zobaczyć Joszkar, pragnął znów wziąć na ręce jej najmłodszą córeczkę, czuć dziecięce ciepło i bicie jej serduszka. A jednak wiedział, że to niemożliwe. Jeśli ją spotka, nie będzie w stanie się z nią rozstać, ludzie Masłowa z pewnością go zabiją, a ją i tak odstawią do Lwa Antonina. Czuł się jak szczur w labiryncie niemającym początku i końca, skazany na wieczną pogoń za swym ogonem.

Wszystko przez Dimitrija Masłowa. W tym momencie przysiągł sobie, że Masłow zapłaci za to, co zrobił, prędzej czy później, niezależnie od tego, ile miałoby to trwać. Śmierć przyjdzie do niego dopiero wówczas, kiedy powoli, systematycznie, pozbawiony zostanie wszystkiego, co mu drogie.

Dwa dni później, ukryty w cieniu po przeciwnej stronie ulicy, z Tarkanianem u boku, nie wiadomo, czy dla moralnego wsparcia, czy po to, żeby go powstrzymać, gdyby w ostatniej chwili coś strzeliło mu do głowy, przyglądał się Joszkar i dziewczynkom, prowadzonym do wielkiego białego ziła. Byli z nimi dwaj ochroniarze Masłowa oraz kierowca. Dziewczynki, zdezorientowane, oszołomione, posłusznie wsiadły do samochodu. Jak owce prowadzone na rzeź.

Inaczej zachowała się Joszkar. Oparła dłonie na dachu samochodu i z jedną nogą już wewnątrz ziła rozejrzała się, szukając go wzrokiem. W jej oczach Arkadin dojrzał jednak nie rozpacz, której się spodziewał, lecz raczej niezmierzony smutek, popielący go jak fosfor, spalający jego ciało tak, jak ogień spalił małego Jaszkę. Okłamał ją. Złamał dane słowo.

Przywołał z pamięci jej słowa, tak wyraźne, jakby wykrzykiwała je właśnie teraz, w tej chwili: „Nie zmuszaj mnie, żebym do niego wróciła".

Uwierzyła mu, zaufała, a teraz nie miała już nic.

Joszkar wsiadła, już jej nie widział. Trzasnęły drzwiczki, ził odjechał i on też stracił wszystko. Zrozumiał to znacznie lepiej, kiedy sześć tygodni później Tarkanian powiedział mu, że zastrzeliła najpierw męża, potem dzieci, a później popełniła samobójstwo.

Rozdział 32

Szahrake Nasiri-Astara! Nareszcie! Noah Perlis odwiedził w swoim czasie wiele egzotycznych miejsc, ale nie było wśród nich tej północno-zachodniej części Iranu. Wyglądała, prawdę mówiąc, bardzo zwyczajnie i gdyby nie ponure wieże wiertnicze i parę innych rzeczy, nierozdzielnie związanych z wydobyciem ropy, można by pomyśleć, że jest się gdzieś w rolniczej części Arkansas. Mimo to Noah nie miał czasu się nudzić. Godzinę temu odebrał telefon z Black River: Dondie Parker, którego wysłał z zadaniem zabicia Humphry'ego Bambera, nie zameldował się po wykonaniu zadania. Oznaczało to, że po pierwsze, Bamber żył, choć nie powinien, i po drugie, kłamał, mówiąc że nie będzie trzymał się Moiry, bo sam na sam z Parkerem nie miał najmniejszych szans. Ekstrapolacja tych dwóch hipotez prowadziła do trzeciej, mającej fundamentalne znaczenie tu i teraz: możliwe, że najnowsza wersja Bardema została zainfekowana w sposób, którego nigdy nie uda mu się odkryć.

Na szczęście jego wrodzona paranoja kazała mu tworzyć kopie bezpieczeństwa wszystkiego. Nie ma przecież sensu informować przeciwników, że dobiera się im do skóry. Zamknął laptopa, na którym Bamber zainstalował niepewne oprogramowanie i włączył drugi, na którym miał jego wcześniejszą, pewną wersję.

Siedział w brezentowym namiocie na składanym turystycznym krzesełku; wyobrażał sobie, że w podobnych warunkach wieki temu Juliusz Cezar nanosił na mapę miejsca swych wielkich zwycięstw. Zamiast mapy Galii, wyrysowanej odręcznie przez greckiego kartografa, dysponował jednak unikatowym programem komputerowym, analizującym dane z tej bogatej w ropę ziemi. Cezar, który w każdej epoce byłby genialnym wodzem, z pewnością zrozumiałby, o co mu chodzi. Co do tego Perlis nie miał żadnych wątpliwości.

Bardem przeprowadzał jednocześnie trzy symulacje, różniące się od siebie szczegółami, drobnymi, lecz o nadzwyczajnym znaczeniu. Wiele zależało od tego, jak na wtargnięcie na terytorium swego kraju zareaguje irański rząd, oczywiście jeśli dowie się o tym fakcie we właściwym czasie. Bo w gruncie rzeczy właśnie o to chodziło: o właściwy czas. Czym innym jest przebywanie na irańskiej ziemi, czym innym zaczynanie tu operacji militarnej. Operacja Szpilka miała niemal nie pozostawić śladów, stąd nazwa. Czy słoń przejmie się ukłuciem szpilki? Z całą pewnością nie. Na nieszczęście nie można było zakładać, że ukłucia nie poczuje rząd Iranu, przynajmniej dopóki Arkadin ze swymi dwudziestoma ludźmi nie opanuje przyczółka i nie zacznie zmieniać kierunku płynącej rurociągiem ropy.

Celem Szpilki była bowiem od początku ropa z irańskich pól naftowych w Szahrake Nasiri-Astara. Oprócz ropy nie było tu nic cennego pod względem militarnym... i każdym innym. Na tym właśnie polegała uroda mistrzowskiego planu Danzigera: zająć pola naftowe pod osłoną wielkiej operacji wojskowej przeprowadzanej przez Amerykę wraz z jej licznymi sojusznikami, będącej reakcją na rzekomy akt wojny wypowiedzianej nie tylko Amerykanom, lecz wszystkim cywilizowanym narodom. Jeśli Irańczycy są zdolni zestrzelić amerykański samolot pasażerski w przestrzeni powietrznej Egiptu, co powstrzyma ich przed zestrzeliwaniem samolotów pasażerskich innych państw, sprzeciwiających się ich programowi atomowemu? To był argument, na którym prezydent zbudował swe wygłoszone w ONZ przemówienie, tak przekonujące, że złamało instynktowny opór ślamazarnych pacyfistów, nieskłonnych zrobić cokolwiek, a panujących niepodzielnie w tej wielkiej, międzynarodowej organizacji, widzącej co najwyżej czubek własnego nosa.

Dzięki jego machinacjom przyjęto za pewnik, że Iran jest prawdziwym bandytą wśród narodów świata. I tak było lepiej dla wszystkich. Władze tego kraju stanowiły zagrożenie, a jeśli reszta świata potrzebowała zachęty, by ruszyć tłuste tyłki i wziąć sprawy we własne ręce, cóż, taki właśnie jest ten świat. Specjalnością Black River, odróżniającą ją od wszystkich innych firm zajmujących się zarządzaniem ryzykiem, była zdolność zmieniania faktów, tworzenia rzeczywistości, którą można było modelować według życzeń klienta. Tego właśnie wymagał od nich Bud Halliday, za to NSA płaciła fortunę, za pośrednictwem jednego ze swoich ślepych funduszy, którego nie sposób było połączyć ani z sekretarzem, ani z samą agencją. Jeśli chodzi o ślad — zawsze zostaje na papierze, elektroniczny czy jakikolwiek inny, to więcej niż pewne — klientem Black River był w tym wypadku Holding Dobrego Pasterza, spółka akcyjna z siedzibą na jednej z wysp Hebrydów Wewnętrznych, Islay, która, gdyby komuś zachciało się zawędrować aż tam, zajmowała trzy pokoje w pełnym przeciągów kamiennym budynku. Pracujący tam trzej mężczyźni i kobieta najpierw wypisywali ubezpieczenia lokalnym gorzelniom, a potem nimi zarządzali.

A jeśli chodzi o demokratyczną rodzimą grupę, o której Halliday z takim zapałem opowiadał prezydentowi, to ona i jej spotkania z personelem Black River były częścią Szpilki. Innymi słowy, narodziła się i istniała wyłącznie w wyobraźni Danzigera. Argumentował on, i słusznie, że bez niej prezydent nie posunie się wystarczająco daleko, by można było mówić o wojnie, a poza tym stwarzała doskonałą okazję do przekazywania praktycznie nieograniczonych funduszy rządowych Black River, zmuszonej płacić partnerom: Jewsenowi, Masłowowi i Arkadinowi. Oficjalnie oni wszyscy otrzymywali pieniądze z Dobrego Pasterza.

Jeden z ludzi Perlisa pojawił się w namiocie z informacją, że samolot Arkadina wyląduje za piętnaście minut. Noah skinął głową, w ten sposób, bez słowa, każąc mu wyjść. Nie podobało mu się, że musi korzystać z usług Masłowa, nie dlatego, by mu nie ufał, lecz dlatego, że irytowała go konieczność kontaktowania się z Jewsenem przez pośrednika. Co gorsza, ten szczególny pośrednik wprowadził do gry Leonida Arkadina. Perlis nigdy go nie spotkał, ale historia jego aktywności w mrocznym świecie mokrej roboty wydawała się równie imponująca, jak budząca obawy. Imponująca, ponieważ nie zdarzyło mu się nie wywiązać z zadania, budząca obawy, ponieważ był nieprzewidywalny; na swój sposób dziwnie przypominał pod tym względem nieżyjącego już Jasona Bourne'a. Obaj udowodnili światu, że nie potrafią przyjmować rozkazów i postępować w zgodzie z przekazanymi im planami. Obaj byli urodzonymi improwizatorami, co z pewnością przyczyniało się do ich sukcesów, tyle że ci, dla których pracowali, przeżywali z tego powodu koszmar.

Myślał o Rosjanach i to przypomniało mu nalot na kwaterę Jewsena w Chartumie. Nie pozostał na miejscu wystarczająco długo, by sprawdzić, kto odpowiada za ten atak i co się tak naprawdę zdarzyło. Popędził na bezpieczne lotnisko, gdzie, niemal już na pasie, czekał na niego mały samolot transportowy Black River. Próbował skontaktować się z Oliverem Lissem, ale dotarł nie do niego, lecz do Dicka Brauna. On też był członkiem triumwiratu założycieli Black River, lecz jemu nigdy nie składał raportów. Braun nie sprawiał wrażenia uszczęśliwionego, ale już wiedział, że atak przeprowadził oddział rosyjskiej FSB-2, która, jak się okazało, śledziła działania Jewsena ponad dwa lata. Noah dowiedział się też od niego, że Jewsen zginął w walce, zdarzenie, trzeba przyznać, dziwne, choć, przeciwnie niż Braunowi, jemu to odpowiadało. Jeśli o niego chodziło, śmierć handlarza bronią oznaczała zmniejszenie liczby wspólników i ograniczenie ryzyka przecieku, z którym zawsze trzeba się liczyć. Ani nie rozumiał, ani nie podzielał wściekłej furii, z jaką szef reagował na niezadowolenie Dimitrija Masłowa. Dla niego szef moskiewskiej *gruppierowki* był tylko jeszcze jednym zachłannym rosyjskim bandziorem. Prędzej czy później trzeba będzie go załatwić, o czym, rzecz jasna, nie wspomniał w rozmowie, bo po co zaogniać sytuację? Żaden z nich nie znał jednak tożsamości Amerykanina, który zinfiltrował budynek tuż przed atakiem. Za późno już było na zastanawianie się, czego chciał.

Pechem Noaha okazało się to, że Braun był wprowadzony w sytuację i nim zdołał zadać mu pytanie, co z Lissem, usłyszał plecenie wyjaśnienia sprawy Humphry'ego Bambera. Odpowiedział, że Bardem zawsze był i nadal jest bezpieczny.

— Czy oznacza to, że cel został wyeliminowany? — padło bezpośrednie pytanie.

— Tak — skłamał Perlis. Nie zamierzał wdawać się w niewygodne wyjaśnienia teraz, kiedy Szpilka wchodziła w decydującą fazę. Przerwał rozmowę, nim padły kolejne pytania.

Poczuł chwilowy niepokój, spowodowany przedłużającą się nieobecnością Lissa, ale miał akurat poważniejsze sprawy na głowie — właśnie Bardema. Kolejne przeprowadzenie trzech scenariuszy dało mu prawdopodobieństwo sukcesu odpowiednio 98 procent, 97 procent i 99 procent. Wiedział, że wejście sił zbrojnych nastąpi na dwóch frontach obejmujących kraj jak kleszcze, na granicach z Irakiem i Afganistanem, czyli na zachodzie i niemal dokładnie po przeciwnej stronie, na wschodzie. Trzy scenariusze były podobne, różniły się zaledwie dwoma, ale ważnymi szczegółami: czasem, jaki Perlisowi i jego zespołowi zajmie zabezpieczenie pól naftowych i przekierowanie rurociągu, nim oblężone wojska irańskie zorientują się w sytuacji, i stopniem gotowości armii, gdy jej dowódcy zorientują się, że pola naftowe zostały zajęte. Tak czy inaczej Halliday będzie miał wystarczająco wiele czasu, by w tym momencie zawrócić oddziały amerykańskie wysłane na spotkanie z nieistniejącą grupą dysydencką, udzielić wsparcia i zabezpieczyć teren.

Do namiotu ktoś wszedł. Perlis oczekiwał, że otrzyma kolejny raport o zbliżaniu się samolotu Arkadina. Podniósł wzrok i drgnął. Nagle nabrał pewności, że to nie kto inny, tylko Moira. Serce biło mu jak oszalałe, pompując nie krew, lecz adrenalinę, ale niemal natychmiast uświadomił sobie, że to tylko Fiona, członkini jego własnej, elitarnej grupy, towarzyszącej mu także tutaj. Ta ruda ładna dziewczyna o białej, porcelanowej skórze gęsto usianej piegami, w niczym nie przypominała Moiry, a jednak właśnie ją zobaczył. Dlaczego ciągle o niej myśli?

Przez lata Perlis sądził, że nie potrafi odczuwać niczego oprócz fizycznego bólu. Nie czuł nic, kiedy umarli jego rodzice, i nie czuł nic, kiedy jego najlepszy przyjaciel z liceum zginął pod kołami samochodu, którego kierowca zbiegł z miejsca wypadku. Pamiętał, jak stał w lśniących promieniach słońca, widział trumnę opuszczaną do grobu, ale tak naprawdę gapił się na wspaniałe cycki Mariki DeSoto, koleżanki z klasy, i zastanawiał się, jak by to było je pomacać. Mógł przyglądać się im bezkarnie, bo Marika płakała, jak zresztą wszystkie dzieciaki, oprócz niego.

Był pewien, że coś jest z nim nie tak, że czegoś mu brakuje, jakiegoś elementu, może połączenia z zewnętrznym światem, przez co omijał go obojętnie, jakby był dwuwymiarowym obrazem na filmowym ekranie. Tak było aż do pierwszego spotkania z Moirą. Zaraziła go niczym wirus. Dlaczego obchodziło go, co robiła lub chociażby to, jak ją traktował, gdy była jeszcze jego podwładną?

Liss ostrzegał go przed nią, a dokładnie przed takim ich związkiem, jakim był on wówczas. Nazywał go „niezdrowym".

— Wywal ją z roboty i wypieprz... — powiedział w ten charakterystyczny dla niego, bezpośredni sposób — ...albo daj sobie spokój. W każdym razie przestań o niej myśleć już, teraz, póki nie jest za późno. Coś takiego już raz ci się zdarzyło. Rezultaty były fatalne.

Problem w tym, że było już za późno. Gdzieś, w jego wnętrzu Moira znalazła sobie miejsce, do którego nawet on nie mógł sięgnąć. Oprócz niego tylko ona wydawała mu się trójwymiarowa, rzeczywiście żyjąca i oddychająca. Rozpaczliwie pożądał jej bliskości, ale gdy miał ją blisko siebie, nie wiedział, co robić. Teraz, jeśli ją spotykał, czuł się jak dziecko, a jego wściekły, zimny gniew maskował strach i niepewność. Pewnie można by zaryzykować twierdzenie, że chciał, by go kochała, ale Noah nie kochał nawet sam siebie, więc nie wiedział, czym jest miłość, jak się objawia ani nawet czemu miałby jej pożądać.

Lecz oczywiście w swym rozedrganym wnętrzu wiedział, dlaczego pożąda miłości i dlaczego nie kocha Moiry ani nawet myśli o Moirze. Była ona po prostu symbolem kogoś innego, kogoś, kogo życie i śmierć zasnuły cieniem jego duszę, jakby była diabłem, a jeśli nie diabłem, to z pewnością demonem... lub aniołem. Nawet dziś panowała nad nim tak bezwzględnie, iż nie potrafił wymówić jej imienia, przypomnieć sobie jej imienia, bez skurczu... skurczu strachu, furii, dezorientacji... czego właściwie? Być może wszystkiego naraz? To Holly go zaraziła, ona była wirusem, nie Moira. Straszliwa prawda brzmiała tak: jego wściekła zemsta, wendeta skierowana przeciwko Moirze, była zemstą na samym sobie. A taki był pewny, że myśli o Holly zdołał ukryć tak głęboko, że sam nie potrafiłby ich już odnaleźć. Zdrada Moiry roztrzaskała naczynie, w którym je zamknął. Te myśli kazały mu dotknąć pierścienia, który nosił na wskazującym palcu, z tą samą obawą, z jaką kucharz dotyka rączki stojącego na ogniu rondla. Nie chciał patrzeć na pierścień, więcej, żałował, że go w ogóle zobaczył, że dowiedział się kiedyś o jego istnieniu, a jednak nosił go od lat i nigdy nie zdjął, z żadnego powodu i w żadnych okolicznościach. Było zupełnie tak, jakby Holly stopiła się w jedno z pierścieniem, jakby gwałcąc wszystkie prawa fizyki, biologii, każdej istniejącej nauki, choć to przecież niemożliwe, istota Holly w nim pozostała. I teraz mu się przygląda. Taka mała rzecz pobiła go, pokonała na zawsze.

Był rozgorączkowany, jakby choroba wirusowa przeszła w nową, nieuleczalną fazę. Obserwował działanie Bardema bez zwykłej koncentracji.

— Zapamiętaj dobrze moją ostatnią radę — powiedział mu Liss na pożegnanie. — Jeśli mężczyzna upada, to najczęściej przez kobietę.

Czy rzeczywiście wszystko się rozpada? Czy na tym świecie istnieje wyłącznie klęska? Noah Perlis odstawił laptopa i wyszedł z namiotu w obcy świat Iranu. Architektoniczna pajęczyna wież wiertniczych otaczała teren jak wieżyczki więzienny spacerniak. Pracowały z niskim, donośnym warkotem mechanicznych zwierząt, krążących po swych klatkach. Pieśń wieczoru dopełniały piski i zgrzyty skrzyń biegów przestarzałych ciężarówek. W powietrzu unosił się wszechobecny zapach ropy naftowej.

A potem wszystkie dźwięki zagłuszył ryk silników lotniczych i na poplamionym oparami, zamglonym niebie pojawiło się srebrne cygaro samolotu Air Afrika. Arkadin i jego ludzie mieli za chwilę wylądować. Wkrótce w powietrzu pojawią się smugi pocisków, eksplozje, odłamki.

Najwyższy czas brać się do roboty.

• • •

— Proszę, powiedz mi, że to żart.

Peter Marks i Willard wchodzili właśnie do meksykańskiej restauracji. Na ławie pod ścianą siedział mężczyzna, oprócz niego byli tu jedynymi klientami. W powietrzu unosił się zapach sfermentowanej kukurydzy i rozlanego piwa.

— Ja nigdy nie żartuję — odparł Willard.

— Śmierdzi mi to jak cholera, zwłaszcza w tej chwili.

— Tylko nie każ mi lepiej się postarać — powiedział stary szorstko — bo nie dam rady.

Znajdowali się w tej części Wirginii, której Marks nie znał. Nie miał pojęcia o tym, że meksykańska restauracja będzie otwarta w porze śniadania. Willard wykonał zapraszający gest ręką, niepozostawiający wątpliwości: powinien iść dalej. Samotny mężczyzna miał na sobie ciemnogranatowy, niemal czarny, niewątpliwie drogi garnitur, jasnoniebieską koszulę i granatowy krawat w białe ciapki. W lewą klapę marynarki wpiął mały emaliowany znaczek, przedstawiający amerykańską flagę. Pił coś z wysokiej szklanki, z której sterczała zielona gałązka. Marks gotów był się założyć, że ma w szklance whisky z cukrem i miętą, tylko że było dopiero wpół do ósmej rano!

Mimo że Willard mocno trzymał go za ramię, Marks się zbuntował.

— Ten człowiek to wróg, to pieprzony antychryst społeczności wywiadowczej, jego firma ma prawo za nic, robi to wszystko, czego nam nie wolno zrobić, i dostaje za to pieniądze tak wielkie, że wręcz obrzydliwe. My harujemy jak niewolnicy w śmierdzącym gównem brzuchu bestii, on kupuje sobie kolejne gulfstreamy szóstki. — Potrząsnął głową, uparty do końca. — Freddy, naprawdę, nie dam rady.

— Każda droga dobra, jeśli rozjedziemy na niej Hallidaya... czy to przypadkiem nie twoje słowa? — Willard uśmiechnął się urzekająco, czym potrafił dodać odwagi. — Chcesz wygrać w tej wojnie czy może wolisz widzieć marzenie Starego wrzucone do kosza NSA? A myślałem, że po tylu latach służby, jak to ująłeś, w śmierdzącym gównem brzuchu bestii, z radością zaczerpniesz odrobinę świeżego powietrza. Daj spokój, zobaczysz, że jak minie szok, nie będzie tak źle.

— Obiecujesz, tatku?

Starszy agent roześmiał się cicho.

— Podoba mi się taki bojowy duch.

Nadal trzymając Marksa, poprowadził go w stronę samotnego mężczyzny po pokrytej linoleum podłodze. Mężczyzna przyglądał się im spokojnie, jakby ich oceniał. Miał ciemne, falujące włosy, szerokie czoło, surową twarz. Wyglądał jak gwiazdor filmowy, Marksowi natychmiast przyszedł na myśl Robert Forster, ale wzbogacony przez kilku innych, równie a może nawet bardziej przystojnych.

— Dzień dobry, panowie, siadajcie proszę. — Oliver Liss nie tylko wyglądał na gwiazdora, ale i mówił jak gwiazdor. Miał głęboki, dźwięczny głos, który potrafił doskonale kontrolować. — Pozwoliłem sobie zamówić drinki dla panów. — Podniósł wysoką szklankę w toaście, przed jego gośćmi pojawiły się dwie identyczne. To mrożona chai z cynamonem i gałką muszkatołową. — Wypił łyk, zachęcił ich, by poszli w jego ślady. — Mówi się, że gałka muszkatołowa w dużych dawkach działa jak środek psychodeliczny.

W jego uśmiechu kryła się sugestia, że sprawdził i że tak jest w rzeczywistości.

Olivera Lissa otaczała aura sukcesu, i to wielkiego. No, ale wraz z dwoma partnerami nie zbudował przecież Black River dzięki funduszom i szczęściu. Marks, popijając herbatę, miał wrażenie, że w jego żołądku zagnieździła się rodzina jadowitych żmij. W myśli przeklął Willarda za to, że nie przygotował go do tego spotkania. Próbował wygrzebać z otchłani pamięci wszystko, co kiedyś czytał lub słyszał o tym człowieku, i z przerażeniem stwierdził, że jest tego bardzo niewiele. Po pierwsze, Liss unikał świateł reflektorów, a publiczną twarzą jego firmy był trzeci ze wspólników, Kerry Mangold. Po drugie, niewiele było o nim wiadomo. Marks pamiętał, że próbował go kiedyś wyszukać w Google i dostał tylko śmiesznie krótki życiorys. Najwyraźniej sierota, Liss wychowywał się w kilku chicagowskich domach dziecka. W wieku osiemnastu lat znalazł sobie pierwszą pracę u przedsiębiorcy budowlanego. Przedsiębiorca musiał mieć odpowiednie środki i kontakty, bo zaraz potem Liss zaczął pracować przy kampanii kandydata na senatora stanowego, któremu jego pracodawca wybudował dom w Highland Park o powierzchni blisko dwóch tysięcy metrów kwadratowych. Kiedy kandydat został senatorem, zabrał go ze sobą do Waszyngtonu, a reszta, jak to się mówi, to już historia. Liss był kawalerem, nie miał żadnych związków rodzinnych, a przynajmniej nikt nic o nich nie słyszał. Mówiąc wprost, żył za ołowianą kurtyną, której nie zdołał przebić nawet Interpol.

Marks wypił łyk ze szklanki, bardzo starając się nie skrzywić. Był kawiarzem, nie znosił herbaty, a zwłaszcza herbaty udającej, że jest czymś innym. Ta smakowała jak woda z Gangesu. Ktoś inny zapewne spytałby „Jak wam smakuje?", próbował przełamać lody, ale Lissa nie interesowało ani przełamywanie lodów, ani żadna inna forma konwencjonalnej komunikacji. Spojrzał na niego oczami o tym samym odcieniu granatu co tło pod kropki na krawacie.

— Willard mówił mi o tobie same dobre rzeczy. To prawda?

— On nigdy nie kłamie — powiedział Marks.

Na ustach twórcy Black River pojawił się cień uśmiechu. Popijał to swoje okropne chai z niezmiennym wyrazem oczu. Mogło się wydawać, że facet nie mruga, zaleta, choć niepokojąca, u każdego, a zwłaszcza człowieka o jego pozycji.

Podano śniadanie; gospodarz nie ograniczył się do zamówienia dla nich napojów. Przyniesiono tortille z kukurydzy polane masłem i jajecznicę z pieprzem i cebulką, tonącą w pomarańczowym sosie chili, który na dzień dobry wypalił Marksowi śluzówkę ust. Z rozpaczliwym wysiłkiem przełknął pierwszy, nieostrożny kęs, po czym spróbował złagodzić wrażenie tortillami i kwaśną śmietaną. Woda zdziałałby tyle, że paliłyby go nie tylko usta i żołądek, ale nawet jelito cienkie.

Liss odczekał uprzejmie, aż Marks przestał płakać rzewnymi łzami.

— Masz całkowitą rację, jeśli chodzi o naszego Willarda — powiedział, gdy uznał, że już może, zachowując się tak, jakby nie było żadnej przerwy w rozmowie. — Nie okłamuje przyjaciół. Co do reszty ludzi, cóż, jego kłamstwa wydają się samą solą prawdy.

Jeśli staremu agentowi podobały się komplementy, w żaden sposób tego nie okazał. Jadł powoli, metodycznie, jak ksiądz, a wyglądał niczym sfinks.

— Jednakże, oczywiście jeśli nie masz nic przeciwko temu, chciałbym, żebyś powiedział mi coś o sobie.

— Chodzi o życiorys? *Curriculum vitae*?

Białe zęby Lissa błysnęły w przelotnym uśmiechu.

— Chodzi o coś, czego nie wiem.

Oczywiście miał na myśli coś osobistego, coś odkrywczego. Dokładnie w tej chwili Marks uświadomił sobie, że Willard kontaktował się i rozmawiał z Lissem już wcześniej, przed dzisiejszym rankiem. Być może dyskutowali od dłuższego czasu? „Już wskrzesiłem" — powiedział o Treadstone. Po raz kolejny zaskakiwał go rozgrywający jego własnej drużyny; nieprzyjemne uczucie, zwłaszcza na spotkaniu tak ważnym jak to.

W myśli wzruszył ramionami. Nie widział sensu w walce; skoro już tu jest, czemu nie miałby zagrać w orkiestrze? W końcu było to przedstawienie Willarda, z nim zaledwie do towarzystwa.

— Zaledwie tydzień przed pierwszą rocznicą ślubu spotkałem dziewczynkę... tancerkę... tancerkę baletową, proszę sobie wyobrazić. Była bardzo młoda, miała dwadzieścia jeden lat, o dwanaście mniej ode mnie. Przez dziewiętnaście miesięcy widywaliśmy się raz w tygodniu, regularnie jak w zegarku, a potem wszystko się skończyło. Tak po prostu. Jej zespół wyjechał na występy do Moskwy, Pragi i Warszawy, ale to nie był powód.

Liss usiadł wygodniej, wyciągnął papierosa, zapalił. Naruszał prawo, ale... czemu miałby go nie naruszać? — pomyślał kwaśno Marks. Przecież on stanowi prawo.

— A jaki był powód? — spytał dziwnie miękko.

— Prawdę mówiąc, nie mam zielonego pojęcia. — Marks popychał widelcem jajecznicę na talerzu. — Zabawna rzecz, pożądanie, jednego dnia było, a następnego jakby go nigdy nie było.

Liss wydmuchnął kłąb dymu.

— Zakładam, że jesteś rozwiedziony?

— Nie jestem. I podejrzewam, że doskonale o tym wiesz.

— Dlaczego się nie rozeszliście?

Tego już nie mógł dowiedzieć się ze swoich źródeł. Marks wzruszył ramionami.

— Nie przestałem kochać żony — powiedział po prostu.

— Więc wybaczyła?

— Nigdy się nie dowiedziała.

Oczy jego rozmówcy zabłysły jak szafiry.

— Nie powiedziałeś jej?

— Nie.

— I nie czułeś potrzeby wyznania jej prawdy, wyspowiadania się? — Przerwał, zamyślił się na chwilę. — Większość mężczyzn właśnie tak by postąpiła.

— Nie miałem jej nic do powiedzenia. Coś się ze mną stało, jakbym zachorował na grypę, a potem wyzdrowiał.

— Jakby się nigdy nie zdarzyło...

Marks skinął głową.

— No właśnie. Jakby się nigdy nie zdarzyło.

Liss zdusił papierosa, obrócił się do Willarda i wpatrywał w niego przez długą chwilę.

— W porządku — powiedział wreszcie. — Macie finansowanie.

Wstał i wyszedł z restauracji bez pożegnania.

● ● ●

— Pola naftowe, idiotko! — Moira uderzyła się w czoło nasadą dłoni. — Dobry Boże, powinnam zorientować się od razu, to takie cholernie oczywiste.

— Oczywiste teraz, kiedy wiesz już wszystko — powiedział Bamber uspokajająco.

Siedzieli w kuchni Christiana Lamontierre'a, jedząc sandwicze z rostbefem i serem Havarti na pieczywie z kiełkami. Bamber zrobił je, korzystając z zapasów zgromadzonych w doskonale zaopatrzonej lodówce. Pili Badoit, francuską wodę mineralną. Przed nimi, na kuchennym stole, stał laptop. Bardem przetwarzał trzy scenariusze wprowadzone przez Noaha.

— Myślałem to samo, kiedy pierwszy raz przeczytałem *Tajemnicę Big Bow* Israela Zangwilla. — Humphry ugryzł i przeżuł kawałek sandwicza. — To pierwsza prawdziwa zagadka zamkniętego pokoju, chociaż możesz mi wierzyć lub nie, takim pomysłem bawił się już Herodot w piątym wieku przed naszą erą. Ale to właśnie Zangwill w tysiąc osiemset dziewięćdziesiątym drugim roku wprowadził pomysł fałszywego tropu, na którym opiera się cała literatura kryminalna, opisująca tak zwane zbrodnie niemożliwe.

— Szpilka to klasyczny fałszywy trop. — Moira śledziła rozwój scenariuszy z rosnącą fascynacją... i przerażeniem. — Ale na taką skalę, że bez Bardema nikt nie zdołałby się domyślić, iż prawdziwym powodem ataku na Iran jest zajęcie pól roponośnych. — Wyciągnęła palec w stronę monitora. — Ten teren... cel Noaha, Szahrake Nasiri-Astara... czytałam o nim w kilku raportach wywiadu. Stąd pochodzi co najmniej jedna trzecia irańskich zapasów ropy. — Cały czas pokazywała palcem ekran laptopa. — A widzisz, jaka to mała powierzchnia? Łatwa do zdobycia przez bardzo niewielkie siły, a potem do obrony przez te same siły. Z punktu widzenia Noaha wręcz idealna. — Potrząsnęła głową. — Boże, co za błyskotliwość... szaleństwo, owszem, przerażające, nie do pomyślenia, ale jednak niezwykle błyskotliwe.

Bamber wstał. Wyjął z lodówki kolejną butelkę badoit.

— Nie rozumiem — przyznał.

— Sama nie jestem pewna szczegółów, ale wydaje się zupełnie jasne, że Black River zaprzedała duszę diabłu. Ktoś wysoko postawiony w naszej hierarchii rządowej nalegał, żebyśmy zrobili coś z Iranem i jego szybko rozwijającym się programem atomowym, grożącym destabilizacją całemu Bliskiemu Wschodowi. Wraz z innymi normalnymi rządami naciskaliśmy z wykorzystaniem kanałów dyplomatycznych, by doprowadzić do jego zaniechania i demontażu reaktorów, a Iran pokazywał nam wielką figę. Potem razem z sojusznikami spróbowaliśmy embarga handlowego, z czego się tylko śmiali, ponieważ potrzebowaliśmy ich ropy... i nie my jedni. Co gorsza, zawsze zostawało im strategiczne zamknięcie cieśniny Ormuz, co doprowadziłoby do utraty ładunków ze wszystkich krajów

OPEC w tym regionie. — Moira wstała, odłożyła talerz do zlewu, wróciła do stołu. — Ktoś w Waszyngtonie uznał, że cierpliwością do niczego się nie dojdzie.

— I? — spytał Bamber, marszcząc brwi.

— Pozostał argument siły. Zestrzelenie samolotu pasażerskiego stało się dobrą okazją do wypowiedzenia Iranowi wojny, a przy okazji zawsze da się załatwić jakieś drobniejsze sprawy.

— Na przykład Szpilkę?

— No właśnie. Bardem mówi nam właśnie, że w chaosie wojny lądowej mały oddział Black River, działający za przyzwoleniem rządu, ma zająć Szahrake Nasiri-Astara, w bardzo znaczącym stopniu zwiększając kontrolę Ameryki nad jej ekonomiczną przyszłością. Dysponując irańską ropą, nie będziemy musieli bić czołem przed Saudyjczykami, Iranem, Wenezuelą czy jakimkolwiek krajem OPEC. Zyskamy samowystarczalność.

— Ale zajmowanie pól roponośnych jest nielegalne, prawda?

— Ba! Ale wydaje się, że z jakiegoś powodu nikogo to nie obchodzi, przynajmniej na razie.

— I co masz zamiar teraz zrobić?

Było to oczywiście pytanie za miliard dolarów. W innym czasie, w innym miejscu, zadzwoniłaby zapewne do Ronnie Hart, ale Ronnie nie żyła. Noah, bo była całkiem pewna, że musi chodzić o niego, już się o to zatroszczył. Jakże jej teraz brakowało, bardziej niż kiedykolwiek, uczucie to miało jednak podłoże głęboko egoistyczne, więc się go wstydziła i nie chciała się do niego przyznać. Pomyślała o Sorai Moore. Poznała ją przez Bourne'a i polubiła. Wspólna przeszłość tych dwojga nie martwiła jej w najmniejszym nawet stopniu, nie należała do zazdrosnych.

Jak skontaktować się z Sorayą? Moira otworzyła komórkę, wybrała numer siedziby CI. Usłyszała, że dyrektor wyjechała z kraju. Poinformowała operatora, że ma pilną sprawę. Kazał jej czekać. Zgłosił się po minucie z sekundami.

— Poproszę o numer telefonu, pod którym dyrektor Moore może się z panią skontaktować.

Podała numer swej komórki. Przerwała połączenie z pełną świadomością, że jej żądanie albo już zginęło, albo za chwilę zginie zasypane masą papierów i mnóstwem różnych próśb, docierających do elektronicznego segregatora na pocztę przychodzącą Sorai. Telefon odezwał się za dziesięć minut, wprawiając ją w niebotyczne zdumienie, zwłaszcza że na wyświetlaczu pojawił się napis „Połączenie zamiejscowe".

Podniosła telefon do ucha.

— Halo?

— Moira? Mówi Soraya Moore. Gdzie jesteś? Masz kłopoty?

Dźwięk jej głosu sprawił, że Moira roześmiała się z ulgą.

— Jestem w Waszyngtonie i owszem, mam kłopoty, ale na razie jakoś sobie z nimi radzę. Słuchaj, mam dla ciebie nowe wiadomości. — Szybko, metodycznie, zaczynając od początku, opowiedziała o zabójstwie Jaya Westona wraz z towarzyszącymi mu okolicznościami, o śmierci Steve'a Stevensona, który bez wątpienia także został zamordowany, oraz o śmierci Ronnie Hart. — Wszystko sprowadza się do zamówionego przez Noaha Perlisa programu komputerowego — wyjaśniła. Opisała działanie Bardema, okoliczności zdobycia kopii oraz ujawnione dzięki temu plany Black River, dotyczące zajęcia pól naftowych w Iranie. — Jednego tylko nie rozumiem — zakończyła relację. — Jak tak skomplikowany plan został opracowany po ataku na samolot pasażerski nad Kairem?

— Nie został opracowany po ataku — powiedziała Soraya. — W tej chwili jestem w Chartumie i zaraz ci wyjaśnię dlaczego.

Teraz to ona tłumaczyła, co wraz z Amunem Chaltumem odkryła w sprawie irańskiej rakiety Kowsar 3 i czteroosobowego amerykańskiego oddziału, który przemycił ją przez granicę sudańską do Egiptu.

— Więc sama widzisz, że ta sprawa przerasta Black River i kręgi rządowe. Nawet Noah nie dotarłby do Nikołaja Jewsena bez pomocy Rosjan.

Moira zrozumiała wreszcie, dlaczego nikt się nie przejmował legalnością operacji. Jeśli Rosjanie uczestniczą w Szpilce, to ich problemem będzie skierowanie opinii światowej we właściwym kierunku.

— Moira, słuchaj, pod Chartumem znaleźliśmy zwłoki czterech mężczyzn. Zginęli od strzału w głowę, to była egzekucja, ciała wrzucono do jamy z niegaszonym wapnem. Udało nam się ocalić coś dziwnego. Każdy z nich miał jakby żołnierski identyfikator, tylko napisy na wszystkich są kodowane.

Moira poczuła, jak serce zaczyna bić jej szybciej.

— Brzmi znajomo, jak coś, co Black River daje swym ludziom w terenie.

— Więc możemy udowodnić, że to ich ludzie wystrzelili rakietę. Możemy zapobiec tej bezsensownej, samolubnej wojnie.

— Muszę zobaczyć te znaczki. Zyskać pewność — powiedziała Moira.

— Będziesz je miała jutro. Przyjaciel, który stoi obok mnie, twierdzi, że załatwi dostawę na rano.

— To by było świetnie! Jeśli są tym, czym mi się wydaje, zbadam je w kilka godzin. Tylko muszę się upewnić, że dotrą do właściwych rąk.

— Czyli nie do CI — powiedziała stanowczo Soraya. — Mają nowego dyrektora. M. Errola Danzigera. Mianowanie nie zostało jeszcze oficjalnie potwierdzone, ale facet już przejął agencję, a jest człowiekiem sekretarza Hallidaya. — Odetchnęła głęboko. — Słuchaj, potrzebujesz ochrony? Moi ludzie mogą być u ciebie za dwadzieścia minut, gdziekolwiek jesteś.

— Dziękuję bardzo, ale póki sprawy tak wyglądają, im mniej osób wie, gdzie jestem, tym lepiej.

— Rozumiem. — Zapadła cisza, tym razem dłuższa. — Wiesz, ostatnio dużo myślałam o Jasonie.

— Ja też. — Moira uznała się za szczęściarę, bo przynajmniej w tym nie tkwił po uszy. Potrzebował czasu, żeby odzyskać zdrowie, zarówno fizyczne, jak i psychiczne. Otarł się o śmierć, a po czymś takim człowiek nie otrząsa się w kilka tygodni, ani nawet miesięcy.

— Pozostało po nim sporo wspomnień. — Oddalona o pół świata Soraya postanowiła właśnie, że zaraz po tej rozmowie zadzwoni do Bourne'a i przekaże mu wszystko, czego właśnie się dowiedziała.

— Naszych wspólnych wspomnień, prawda?

— Nie zapomnij o nim, Moiro — powiedziała Soraya i przerwała połączenie.

Rozdział 33

Arkadin wysiadł z samolotu Air Afrika, zobaczył Noaha Perlisa i znienawidził go od pierwszego spojrzenia. Z tego też powodu, przedstawiając mu swoją doborową dwudziestkę, zachowywał się w sposób jak najbardziej właściwy. Jednocześnie robił, co mógł, by zignorować przedziwne podobieństwo tej części Iranu do Niżnego Tagiłu: smród siarki, brudne powietrze, pierścień wież wiertniczych niemal niczym nieróżniących się od wież strażniczych więzień, otaczających łańcuchem jego rodzinne miasto.

Reszta oddziału pozostała w samolocie. Od startu pilnowała pilota i nawigatora, by nie poinformowali kogoś o większym niż zwykle ładunku. Na z góry ustalony sygnał miała wylać się z ładowni, trochę tak jak greccy wojownicy, którzy za potężne mury Troi dostali się wewnątrz drewnianego konia.

— Miło wreszcie cię spotkać, Leonidzie Daniłowiczu — powiedział Perlis, ściskając dłoń Arkadina. Całkiem znośnie mówił po rosyjsku. — Twoja reputacja cię wyprzedziła.

Arkadin uśmiechnął się jak najuprzejmiej.

— Moim zdaniem powinieneś wiedzieć, że jest tu Jason Bourne...

— Co? — Perlis wyglądał jak człowiek, któremu grunt usunął się spod nóg. — Co powiedziałeś?

— ...a jeśli jeszcze go nie ma, będzie wkrótce. — Uśmiech Rosjanina pozostał szeroki, choć Perlis rozpaczliwie próbował wyrwać mu rękę trzymaną w żelaznym uścisku. — To właśnie Bourne przeniknął do siedziby Air Afrika w Chartumie. Wiem, że zastanawiałeś się, kto też mógł to być.

Amerykanin chyba nie do końca rozumiał, co się do niego mówi.

— To jakiś nonsens. Bourne nie żyje.

— Wręcz przeciwnie. — Arkadin znów mocno pociągnął go za rękę. — Jeśli ktoś ma coś o tym wiedzieć, to z całą pewnością ja. To ja strzelałem do niego na Bali. Też myślałem, że padł, ale on, jak ja, jest niezniszczalny. Ma dziewięć żyć.

— Nawet jeśli to wszystko prawda, skąd miałbyś wiedzieć, że był w Chartumie, by już nie wspomnieć o tym domu?

— W moim biznesie takie rzeczy po prostu się wie. — Arkadin się roześmiał. — Jak widzisz, jestem ostrożny w wypowiedziach. Przesadnie ostrożny, bo to właśnie ja skierowałem go na drogę, która musiała zaprowadzić go do tego miasta, do tego budynku, do, i to jest najważniejsze, Nikołaja Jewsena.

— Jewsen jest sercem naszego planu. Dlaczego postąpiłeś aż taki idiotycznie...

— Chciałem, żeby Bourne zabił Jewsena. I zrobił to. — Uśmiech Rosjanina sięgnął jego oczu. Przez głowę przemknęła mu myśl: Ten cholerny, zarozumiały Amerykaniec jest blady jak upiór. — Mam wszystkie jego komputerowe pliki: kontakty, klienci, dostawcy. Nie jest ich znowu tak wielu, co z pewnością doskonale rozumiesz, ale w tej chwili wszyscy zostali już poinformowani o jego śmierci. I o tym, że od tej pory będą robić interesy ze mną.

— Ty...? Ty przejmujesz biznes Jewsena? — Mimo wszystkiego, co właśnie usłyszał, Noah Perlis nie wytrzymał i roześmiał się Rosjaninowi wprost w jego brutalną twarz. — Cierpisz na manię wielkości, przyjacielu. Jesteś nikim, ot, niedouczony, głupawy rosyjski bandzior, do którego jakimś cudem uśmiechnęło się szczęście. Ale w tym biznesie szczęście nie wystarczy, w końcu zawsze przychodzi czas zawodowców. Oni i ciebie dopadną.

Arkadin powstrzymał się przed obiciem facetowi gęby. Na to przyjdzie czas, w tej chwili potrzebował widowni dla tego, co miało nastąpić. Nie wypuszczając z uścisku dłoni Perlisa, otworzył telefon komórkowy i wysłał trzycyfrowy sygnał. W sekundę później ładownia samolotu Air Afrika jakby pękła na połowy, wypuszczając ze swej głębi pozostałych osiemdziesięciu bojowników.

— Co się dzieje!? — Perlis przyglądał się bezradnie swym ludziom zwyciężonym bez walki, rozbrojonym, rzuconym na ziemię, systematycznie krępowanym i kneblowanym.

— Ja przejmuję nie tylko biznes Jewsena, Perlis, lecz także te pola naftowe. Co twoje, teraz jest moje.

●　●　●

Rosyjski śmigłowiec bojowy Mi-28 Havoc z Jasonem Bourne'em, pułkownikiem Borisem Karpowem, dwoma ludźmi Karpowa, dwuosobową załogą i pełnym uzbrojeniem na pokładzie, wykonał głęboki zwrot nisko nad irańskimi polami naftowymi w Szahrake Nasiri-Astara. Ludzie w helikopterze natychmiast zauważyli dwa samoloty: odrzutowiec Air Afrika, którego tropił informatyk Karpowa, oraz pomalowanego na matowy czarny kolor sikorsky'ego S-70 black hawk bez oznaczeń — maszynę Black River.

— Moje źródła wywiadowcze z Moskwy poinformowały mnie, że siły sojusznicze pod amerykańskim dowództwem nie przekroczyły jeszcze irańskiej granicy — powiedział Karpow. — Ciągle mamy czas na powstrzymanie tej katastrofy.

— Na ile znam Noaha Perlisa, z pewnością jest przygotowany na każdą ewentualność. — Bourne, obserwując przemykający na dole teren, myślał o wszystkim, co powiedziała mu Soraya. Miał wreszcie w garści wszystkie klocki, wyjąwszy jeden: o co chodziło Arkadinowi? Bo o coś musiało mu chodzić, tego był pewien, tak jak był pewien wszystkiego, co wiedział, o tej jakże delikatnej, mocnej pajęczej sieci.

A oto i pająk — pomyślał, gdy havoc w szaleńczym tempie przeleciał dokładnie nad Arkadinem i Perlisem. Karpow polecił pilotowi lądować, a Bourne poczuł tępy, pulsujący ból w głębi piersi, który powracał jak stary przyjaciel, by go prześladować. Zignorował go, w tej chwili ważne było to, co się dzieje na dole. Pięciu mężczyzn i kobieta leżeli twarzami w dół na ziemi, związani jak prosięta gotowe do nadziania na rożen. Naliczył też setkę uzbrojonych po zęby mężczyzn w mundurach polowych, które z całą pewnością nie były amerykańskie.

— Co tam się, kurwa, dzieje? — zdziwił się Boris, który dopiero teraz ogarnął wzrokiem tę scenę. — O, jest ten pieprzony Arkadin. — Zacisnął pięści. — O niczym innym tak nie marzę, jak o nawleczeniu jego jaj na żyłkę, i teraz wreszcie mogę spełnić to marzenie.

Havoc dostał się pod ogień broni ręcznej. Pilot, siedzący w kabinie umieszczonej u góry z tyłu, zaczął wykonywać uniki. Zawyły dwa silniki turbowałowe TV3-117VMA. Bourne i Karpow niezbyt przejęli się ostrzałem; opancerzenie kabiny havoca wytrzymywało uderzenie pocisków kalibru 7,63 i 12,7 mm, a nawet odłamków pocisków kalibru 20 mm.

— Jesteś gotów? — spytał Karpow. — Bo wyglądasz na gotowego na wszystko, jak prawdziwy Amerykanin. — Roześmiał się bezdźwięcznie.

Specjalista od uzbrojenia wykrzyknął ostrzeżenie. Wskazał jednego z żołnierzy, ładującego redeye do wyrzutni. Jego towarzysz zarzucił wyrzutnię na ramię, wymierzył i wcisnął spust.

• • •

Arkadin dostrzegł ładowanie redeye, uderzył Perlisa mocno hakiem w podbródek, puścił rękę padającego bezwładnie przeciwnika i pobiegł w kierunku żołnierza mierzącego do helikoptera. Krzyczał, nakazując mu przerwać ogień, ale nic mu to nie dało, w tym hałasie nie sposób go było usłyszeć. Rozumiał, co się dzieje. Jego człowiek zobaczył rosyjskiego bojowego havoca i zareagował instynktownie. Mógł zniszczyć maszynę wroga.

Rakieta wystrzeliła w powietrze i eksplodowała, trafiając w zbiorniki paliwa. Był to błąd, ponieważ w tym typie śmigłowca są one zabezpieczone przed pożarem pianką poliuretanową. Dodatkowo każdą szczelinę natychmiast pokrywa i uszczelnia lateks. Nawet jeśli wybuch przerwał jeden lub kilka przewodów paliwowych, co wydawało się prawdopodobne, ponieważ havoc leciał nisko, cały system paliwowy działał w próżni, dzięki czemu paliwo nie wyciekało tam, gdzie mogłoby się zapalić.

Po uderzeniu redeye helikopter zachwiał się w powietrzu jak zdezorientowany owad, a potem stało się coś, czego Arkadin obawiał się najbardziej. Ku ziemi pomknęły dwie rakiety przeciwczołgowe Szturm. Wybuchy obu wyeliminowały od razu dwie trzecie jego sił.

• • •

Bourne uderzył twarzą w kadłub. Ból w piersi wzmógł się, promieniował aż na ramiona. Przez moment myślał, że uraz niewygojonej rany klatki piersiowej spowodował atak serca, lecz niemal natychmiast opanował się, stłumił ból siłą woli i wciągnął Karpowa do kabiny. Dym wypełniał ją powoli, przez co trudno było złapać oddech, nie sposób było jednak ocenić, czy jest skutkiem uszkodzenia maszyny, czy też bije z płytkich kraterów, które pozostawiły na ziemi eksplozje szturmów.

— Posadź tę kupę złomu na ziemi, zaraz albo jeszcze szybciej. To rozkaz! — wrzasnął pułkownik, przekrzykując ryk silnika.

Pilot, dzielnie walczący z drążkiem od momentu, gdy zostali trafieni, skinął głową. Zeszli autorotacją i mocno uderzyli o ziemię. Karpow natychmiast wyskoczył z kabiny, tuż za nim szedł skrzywiony z bólu Bourne, dławiąc się i dusząc. Przebiegli, nisko pochyleni, pod wirnikiem, aż wydostali się poza jego zasięg.

Znaleźli się w piekle. Albo, co na to samo wychodziło, na wojnie. Powietrze przeszywały syczące raźno rakiety, w odwecie za pierwszy cios, lecz tu, na ziemi, którą można było obserwować bezpośrednio, bez pomocy przyrządów celowniczych dających złudzenie oddalenia, pozostało tylko wszechobecne zniszczenie. Wielkie kopce spalonej, dymiącej ziemi, jakby przeniesiono je tu wprost z piekielnych otchłani, tylko częściowo przykrywały przypadkowo rozrzucone kawałki rozerwanych ciał. Jakby szalona bestia za punkt honoru przyjęła udoskonalenie kształtu człowieka i najpierw postanowiła rozłożyć go na części składowe. Smród płonących trupów walczył o lepsze z odrażającym odorem ekskrementów i wybuchającego prochu. W oczach Bourne'a scena ta miała coś z atmosfery ożywionych szalonych Czarnych Obrazów Goi. Gdy widzi się tyle śmierci, kiedy naokoło jest tylko przerażenie, umysł odbiera świat nie dosłownie, lecz jako surrealistyczny model, w ten sposób broniąc się przed szaleństwem.

On i Karpow zobaczyli Arkadina jednocześnie i jednocześnie rzucili się za nim w pogoń. Problemem Bourne'a było to, że ból w jego piersi rósł i rozszerzał się. Wydawało się, że przed chwilą miał rozmiar metalowej kulki do elektronicznego bilardu, teraz był już rozmiaru pięści. Co gorsza, sięgał serca. Jason przyklęknął na jedno kolano, Karpow zniknął mu z oczu w chmurze czarnego tłustego dymu. Nie widział Arkadina, a niedobitki jego oddziału walczyły z irańską ochroną pola naftowego wręcz o każdy kawałek terenu, który nie stał się jeszcze buchającą dymem piekielną dziurą w ziemi. Z ludzi Black River nikt nie pozostał przy życiu, w każdym razie nie dostrzegł nikogo. Tych, których nie zabił wybuch wystrzelonych z havoca rakiet, zamordowali ludzie Arkadina.

Rządził chaos.

Bourne zmusił się, by wstać, chwiejnie ruszył przed siebie i wstąpił w wirujący słup dymu, który wydawał się sięgać nieba. Po drugiej stronie dostrzegł scenę nienapawającą bynajmniej optymizmem.

Boris leżał na zboczu jednego z kraterów. Jedną, wygiętą pod nienaturalnym kątem nogę przykrywała druga. Z rany sterczała biała kość. Nad nim, na szeroko rozstawionych nogach stał Leonin Daniłowicz Arkadin z sig-sauerem trzydziestką-ósemką w ręku.

— Myślał pan, że uda się panu mnie załatwić, pułkowniku — mówił głosem, który ledwie było słychać wśród krzyków i huku broni — a ja długo czekałem na tę chwilę. Mój czas wreszcie nadszedł.

Odwrócił się gwałtownie, spojrzał na Bourne'a i uśmiechnął powoli, szeroko. Wystrzelił trzykrotnie, trafiając Jasona w pierś. Kule wyznaczyły na niej bardzo niewielki trójkąt.

Rozdział 34

Uderzyły z taką siłą, że Bourne poleciał do tyłu i upadł. Przeszył go straszliwy ból, musiał na chwilę stracić przytomność, bo następną rzeczą, którą zobaczył, był Arkadin stojący na górze, przy krawędzi krateru, przyglądający mu się z dziwnym wyrazem twarzy, bardzo podobnym do żalu, a nawet rozczarowania.

— No i tak — powiedział, podchodząc do leżącego wroga. — Karpow nigdzie się nie wybiera, a ludzie Perlisa leżą martwi, choć niekoniecznie pogrzebani. Ich obu można zaliczyć do trupów. Pozostaliśmy my dwaj, pierwszy i ostatni absolwent Treadstone. Ale ty przecież też już prawie nie żyjesz. — Przykucnął. — Jesteś współwinny śmierci Dewry, wystawiłem ci za to rachunek, ale jest coś, czego chciałbym się dowiedzieć, nim umrzesz. Ilu jest takich jak my? Absolwentów? Dziesięciu? Dwudziestu? Więcej?

Bourne nie mógł mówić. Był jak sparaliżowany. Kurtka, którą dostał od Borisa, przesiąkła krwią.

— Nie wiem — wykrztusił z wysiłkiem. Oddychanie sprawiało mu więcej kłopotów, niż mógł przypuścić, ból stał się wręcz niewyobrażalny. Teraz, kiedy wreszcie znalazł się w środku sieci, kiedy odszukał sprytnego pająka, snującego cienkie, plączące się nici, czuł się straszliwie bezradny.

— Nie wiesz. — Arkadin przekrzywił głowę, parodiując go, kpiąc. — A teraz powiem ci coś, co wiem i czego, w odróżnieniu od ciebie, nie zamierzam ukrywać. Wyobrażam sobie, że dożywasz swych dni w przekonaniu, iż wynająłem Kata. To mylne przekonanie. Dlaczego miałbym wynajmować kogoś, żeby zrobić coś, co aż do bólu pragnę zrobić sam? Nie sądzisz, że to bez sensu? A co ma sens? Kata wynajął Willard. Tak, tak, ten człowiek, który tak troskliwie zajmował się tobą na Bali, kiedy jakimś cudem nie zginąłeś na miejscu od kuli w serce. Tak przy okazji, jak tego dokonałeś? No nic, to przecież bez znaczenia. Za chwilę będziesz martwy i problem zniknie.

Po ich obu stronach, w odległości nieprzekraczającej stu metrów, przeleciały ze świstem i wybuchły pociski, najprawdopodobniej wystrzelone z moździerza przez Irańczyków. Arkadin nie drgnął, nawet nie mrugnął. Czekał spokojnie, aż ucichną krzyki.

— O czym to ja mówiłem? A tak, Willard. Oto kolejna informacja, która powinna cię zainteresować. Wiedział, że przeżyłem i że to ja pociągnąłem za spust tam, na Bali. Skąd? W sposób typowy dla Treadstone po prostu przesłuchał człowieka, którego wynająłem do sprawdzenia, czy rzeczywiście zginąłeś. Zadzwonił do mnie z jego komórki. Wyobrażasz sobie, jakie skurwysyn ma jaja?

Niezbyt daleko rozległ się nagle jęk budzących się do życia silników lotniczych. Wirnik nośny black hawka zaczął się obracać. Bourne dowiedział się właśnie, co zrobił Perlis.

— Wyobrażam sobie, że dziwi cię, dlaczego swą wiedzą nie podzielił się z tobą? Nie zrobił tego, ponieważ cię sprawdzał, tak jak sprawdzał mnie. Chciał się zorientować, po jakim czasie dowiesz się o mnie. Ile czasu zajęło mi wytropienie ciebie, nie stanowiło dla niego tajemnicy. — Arkadin przysiadł na piętach. — Jedno trzeba mu przyznać: sprytny z niego mały sukinsynek. No, a teraz, kiedy poznaliśmy się trochę lepiej, pora zakończyć tę rozmowę. Niestety, nie mogę dotrzymywać towarzystwa upiornemu bliźniakowi przez dłuższy czas. Zbiera mi się na mdłości. — Wstał. — Chętnie zmusiłbym cię, żebyś przede mną pełzał, ale obawiam się, że w swoim obecnym stanie nawet do tego nie jesteś zdolny.

W tym momencie Bourne poderwał się, jakby wrócił z krainy zmarłych, i rzucił na niego.

• • •

Arkadin, wyraźnie wstrząśnięty, podniósł sig-sauera. Wystrzelił. Bourne znów upadł, znów przyklęknął na jedno kolano i ponownie wstał.

— Dobry Boże! — Arkadin patrzył na niego tak, jakby zobaczył ducha. — Kim ty, kurwa, jesteś?

Bourne sięgnął po jego broń. Dokładnie w tym momencie padł strzał i Rosjanin obrócił się dookoła swej osi. Z rany na ramieniu pociekła krew. Krzyknął, wymierzył w Borisa Karpowa, który mimo złamanej nogi zdołał podczołgać się do krawędzi czarnego, wypalonego krateru. Rozległ się tylko suchy trzask. Magazynek był pusty.

Black hawk uniósł się w powietrze i obrócił. Otworzył ogień z karabinów maszynowych, krótkimi seriami masakrując pozostałych ludzi Arkadina. Dla strzelca na pokładzie, pracownika Black River, nie miało znaczenia to, że nadal walczą oni z irańską ochroną, zabijał jednych i drugich.

Arkadin cisnął bezużyteczny pistolet przeciwnikowi w twarz, po czym pobiegł do swych ludzi. Bourne ruszył za nim, zrobił trzy kroki i opadł na kolana. Był niemal pewien, że serce lada chwila eksploduje mu w piersi. Mimo kevlarowej kamizelki i torebek ze świńską krwią, które włożył pod kurtkę na wyraźne życzenie Karpowa, uderzające cztery kule otworzyły jego ranę. Cud, że w ogóle mógł odetchnąć.

Śmigłowiec zawrócił do kolejnego przelotu i ponownego ostrzelania celów naziemnych, ale Arkadin zdążył załadować rakietę do wyrzutni naramiennej. Było oczywiste, że musi bronić niedobitków swego oddziału, bez nich nie miał tu nic do roboty. Sam, własnoręcznie, nie utrzyma przecież terenów roponośnych! Zestrzelenie black hawka było jego jedyną i ostatnią szansą.

Mobilizując całą siłę woli, Bourne wstał. Pochylony, zataczając się, ruszył w kierunku leżących najbliżej trupów. Podniósł z ziemi AK-47, nacisnął spust. Magazynek był pusty. Odrzucił go, wyciągnął lugera z kabury jednego z martwych żołnierzy. Sprawdził, że pistolet jest naładowany. Pobiegł w stronę Arkadina, stojącego pewnie na rozstawionych nogach, z wyrzutnią opartą o prawe ramię.

Z karabinów black hawka trysnęła krótka seria smugaczy. Bourne ściągnął spust lugera w biegu, zmuszając Arkadina do odpalenia rakiety również w biegu. Być może uszkodzona została wyrzutnia lub też sama rakieta miała defekt, w każdym razie minęła śmigłowiec. Nie zwalniając ani na chwilę, Arkadin odrzucił ją i pozornie tym samym, płynnym ruchem podniósł należący do jednego z nieboszczyków pistolet maszynowy. Wystrzelił do Bourne, zmuszając go do szukania osłony. Opróżnił magazynek, Bourne ruszył w pogoń, lecz oddychał z największym wysiłkiem. Wystrzelił, ale w tym momencie Rosjanin znikł w chmurze tłustego dymu. Nad ich głowami śmigłowiec wzniósł się i odleciał w kierunku wież wiertniczych.

Bourne nie widział ani jednego żywego żołnierza Black River, ludzie Arkadina leżeli martwi na ziemi. Wbiegł w dym; oczy natychmiast zaczęły mu łzawić, oddech ranił gardło, płuca zaczęły pracować ze zdwojonym wysiłkiem. W nieprzeniknionej ciemności poczuł coś, jakąś obecność, uchylił się, ale odrobinę za późno.

Wymierzony złączonymi dłońmi cios trafił go w ramię i luger stał się nagle całkowicie bezużyteczny. Następny dosięgnął skroni, jeszcze bardziej oszałamiając Bourne'a, który miał wrażenie, że za chwilę eksploduje mu głowa i pierś. Gdy jednak Arkadin rzucił się odebrać mu lugera, zdołał uderzyć go lufą w policzek i rozorać ciało do kości.

Arkadin zatoczył się i znikł wśród dymu. Bourne wystrzelił za nim ostatnie trzy pociski. Przebiegł przez chmurę, szukając w niej przeciwnika, ale ten przepadł jak kamień w wodę.

Miał dość. Ból w piersi w jednej chwili powalił go na kolana.

Opuścił głowę, z całej siły walcząc z potwornym, wszechogarniającym cierpieniem. Oczami wyobraźni widział zbliżający się ku niemu płomień gotów spopielić jego ciało, w uszach zabrzmiały słowa wypowiedziane przez Tracy umierającą na jego rękach. „W najciemniejszej godzinie nasze tajemnice pożerają nas żywcem". Otoczona płomieniami pojawiła się twarz, także uczyniona z płomienia. Była to twarz Sziwy, boga zniszczenia... i zmartwychwstania. Czy to Sziwa uniósł go i postawił na nogach? Nie miał się tego dowiedzieć, ale rzeczywiście, w jednej chwili zaledwie utrzymywał się na klęczkach, w następnej już stał.

Zobaczył Borisa leżącego na krawędzi krateru, z głową zalaną krwią.

• • •

Ignorując ból, Bourne chwycił Karpowa pod pachy, podniósł go, przykucnął i nie zwracając uwagi na tnące nadal powietrze serie, przerzucił go sobie przez ramię. Zacisnął zęby, zrobił pierwszy krok, potem drugi i pomaszerował wśród martwych i umierających, wśród ciągle tlących się ludzkich szczątków, w stronę rosyjskiego helikoptera. Wielokrotnie się zatrzymywał, czasami, by uniknąć serii z broni maszynowej, czasami przez ból, ściskający mu serce wielkimi szczypcami, zaciśniętymi tak mocno, że nie był w stanie oddychać. W pewnej chwili musiał przyklęknąć i wówczas poczerniała ręka jakiegoś żołnierza chwyciła go za nogawkę spodni. Próbował ją oderwać, ale wczepiła się w materiał, a zniekształcone, zmiażdżone twarze zmarłych leżących wokół niego wydawały się odwracać, krzyczeć w milczącym cierpieniu, bólu agonii. Oni wszyscy byli do siebie podobni, ofiary w gruncie rzeczy bezsensownej przemocy. Chaos, krew i ogień pozbawiły ich komfortu przynależności do którejś ze stron, człowieczeństwa, ideologii, wiary w cokolwiek, co ich prowadziło: politykę, religię czy też po prostu pieniądze. Leżeli teraz w swych objęciach pod niskim niebem, szarym od popiołów ich przyjaciół i wrogów.

Udało mu się w końcu uwolnić. Wstał i ruszył w dalszą

rozpaczliwą wędrówkę przez zniszczony, wypalony świat. Niewiele widział, to był teraz jego główny problem — tłusty dym przesycał i tak już brudne powietrze. Jak we śnie rosyjski helikopter zacierał się i znikał z jego pola widzenia, to pojawiał wyraźny i bliski, to znów oddalał o tysiące metrów. Bourne pobiegł, zatrzymał się, pochylił, dyszał z nisko opuszczoną głową, ruszył dalej, czując się jak Syzyf, wtaczający po zboczu góry wielki głaz, lecz niemogący osiągnąć szczytu. Wydawało mu się, że od celu dzielą go całe kilometry. Powoli, wytrwale stawiał nogę za nogą, zataczał się, uginał pod ciężarem, lecz parł przed siebie przez strefę śmierci, stworzoną przez tę niewielką, lecz krwawą wojnę. Wreszcie, kurczowo łapiącego oddech, ze łzami cieknącymi z oczu, zauważyli go ludzie Karpowa, wyskoczyli zza osłony helikoptera, przybiegli z pomocą. Zdjęli pułkownika z jego zdrętwiałych barków, a kiedy Jason upadł na kolana, podali mu wodę.

Czekały już na niego kolejne złe wiadomości. Ludzie Borisa musieli zostawić havoca, który po wybuchu rakiety został uznany za niezdolny do lotu. Bourne próbował odzyskać oddech i jednocześnie rozglądał się dookoła, aż wreszcie podjął decyzję i skierował ich do maszyny Air Afrika, stojącej trzysta metrów od nich. Po drodze i przy samolocie nie spotkali nikogo; wkrótce zorientowali się dlaczego. Załoga została skrępowana i zakneblowana, najprawdopodobniej przez ludzi Arkadina. Bourne nakazał ją uwolnić.

Położyli pułkownika na podłodze. Sanitariusz pochylił się nad nim, przeprowadził pierwsze badania. Po pięciu niespokojnych minutach, wypełnionych stukaniem i ugniataniem, spojrzał na zgromadzonych wokół żołnierzy i powiedział:

— Proste złamanie nogi nie stanowi żadnego problemu. Jeśli chodzi o ranę, mogło być gorzej. Kula otarła się o czaszkę, jednak jej nie uszkodziła. To dobra wiadomość. — Jego ręce poruszały się przez cały czas, niosąc pomoc nieprzytomnemu dowódcy. — Zła wiadomość jest ta, że doznał poważnego wstrząśnienia mózgu. Ciśnienie śródczaszkowe wzrasta, muszę je obniżyć przez wywiercenie małej dziurki, o tu. — Wskazał punkt na skroni Borisa, po prawej stronie. Przyjrzał mu się raz jeszcze, dokładniej, i cmoknął. — Ja tylko stawiam diagnozę. Pułkownik jak najszybciej musi znaleźć się w szpitalu.

Bourne poszedł do kabiny wydać załodze, pilotowi i nawigatorowi Air Afrika rozkaz odlotu do Chartumu. Przygotowania rozpoczęły się natychmiast i wkrótce silniki jeden po drugim obudziły się do życia.

— Proszę zapiąć pasy — powiedział sanitariusz do wracającego Bourne'a. — Zbadam pana, gdy tylko uda mi się ustabilizować stan pułkownika.

Bourne nie miał siły na kłótnię. Opadł na siedzenie, zdjął kurtkę i torebki po świńskiej krwi, rozerwane kulami Arkadina. W milczeniu uczcił modlitwą świnię, która oddała życie za niego, a choć go nie wzywał, przed jego oczami pojawił się obraz wielkiej malowanej świni przy basenie na Bali.

Pozbył się też kevlarowej kamizelki. Zapiął pasy. Cały czas wpatrywał się w leżącego nieruchomo Karpowa. Pułkownik był śmiertelnie blady, cały pokryty krwią; po raz pierwszy, odkąd Bourne pamiętał, wydawał się rzeczywiście słaby. Zastanowił się przelotnie, czy po zamachu w Tengananie on też tak wyglądał, czy takiego widziała go Moira.

Ruszyli po pasie. Bourne oprzytomniał już na tyle, że zadzwonił do Sorai pod numer jej telefonu satelitarnego i zdał relację z wydarzeń.

— Zwrócę się do generała LeBowe'a, dowódcy sił sojuszniczych, z prośbą, żeby zawiesił działania bojowe — obiecała Soraya. — To dobry człowiek, wysłucha mnie. Zwłaszcza kiedy dowie się, że jutro rano będziemy mieli więcej niż wystarczające dowody potwierdzające, że to ludzie Black River, a nie Irańczycy wystrzelili kowsara.

— Mnóstwo ludzi w Stanach dostanie zgniłym jajkiem w pysk — powiedział zmęczony Bourne.

— Z tym, co mamy, powinno to być coś więcej niż zgniłe jajko. W każdym razie nie będzie to pierwszy raz i z pewnością nie ostatni.

Gdzieś niedaleko rozległy się trzy potężne wybuchy. Bourne wyjrzał przez okno samolotu. To Perlis wręczył im prezent na pożegnanie: black hawk wystrzelił rakiety, wymierzone w wieże wiertnicze; właśnie ogarnął je pożar. Niewątpliwie pragnął zyskać w ten sposób pewność, że Arkadin, nawet jeśli przeżył, nie położy na nich łapy.

— Jasonie, powiedziałeś, że z pułkownikiem Karpowem wszystko będzie w porządku, ale nadal nie wiem, co z tobą.

Bourne siedział w kabinie startującego samolotu, nie miał pojęcia, co powiedzieć.

Ile razy człowiek musi umrzeć, by nauczyć się, jak żyć? — spytał sam siebie.

· · ·

Gdy tylko Moira rozerwała przyniesiony przez Sorayę pakiet i zobaczyła tytanowe identyfikatory, zorientowała się, że oto mają ostatni, materialny dowód umożliwiający im obalenie rządów Noaha i Black River. Bo nie było najmniejszych wątpliwości, że to dzieło Black River. Gdy tylko je odkodowała, zdobyła nazwiska i numery czterech zamordowanych agentów, zaniosła je wraz z laptopem Humphry'ego Bambera, z załadowanym Bardemem, jedynemu człowiekowi, do którego miała całkowite zaufanie — Frederickowi Willardowi.

Willard był zachwycony podarunkiem, ale i dziwnie spokojny; zupełnie jakby spodziewał się właśnie czegoś takiego. W odpowiednim czasie przedstawił otrzymane dowody różnym źródłom, by nie mogły zagubić się gdzieś lub zniknąć ze sceny w inny sposób.

· · ·

Soraya i Amun Chaltum powrócili do Chartumu. Mimo że ludzie Sorai zebrali przekonujące dowody, które wskazywały jednoznacznie prawdziwego wroga Amuna, oboje nie byli szczęśliwi. Wiedziała, że Chaltum nigdy nie opuści Egiptu, że dobrze będzie się czuł tylko w swojej ojczyźnie. Poza tym musiał tu stoczyć polityczne bitwy, a zdawała sobie sprawę, że nawet jeśli nie pomoże mu w tej walce, on nigdy jej nie opuści. Wiedziała też jednak, że nie porzuci Ameryki. Nawet dla niego.

— Co my zrobimy, Amunie? — spytała.

— Nie wiem, *azizti*. Kocham cię tak, jak nie kochałem jeszcze nigdy i nikogo. Sama myśl, że mogę cię stracić, jest dla mnie nie do zniesienia. — Ujął jej rękę. — Przenieś się tu. Żyj ze mną. Weźmiemy ślub, urodzisz dzieci, będziemy je razem wychowywali.

Soraya się roześmiała. Potrząsnęła głową.

— Wiesz, że nie byłabym tu szczęśliwa.

— Pomyśl tylko, jakie będą piękne, *azizti*.

Soraya znów musiała się roześmiać.

— Idiota — powiedziała i pocałowała go w usta. Miał to być przyjacielski pocałunek, ale szybko zmienił się w coś zupełnie innego, znacznie głębszego i bardziej podniecającego. Trwał długo. A gdy wreszcie się skończył, Soraya powiedziała:

— Mam pomysł. Będziemy się spotykali raz do roku, na tydzień. Za każdym razem gdzie indziej albo tam, gdzie zechcesz.

Amun patrzył na nią przez bardzo długą chwilę.

— *Azizti*, nie mamy szansy na nic więcej, prawda?

— A czy to nie wystarczy? Musi wystarczyć, a ty z pewnością zdajesz sobie z tego sprawę.

— Doskonale zdaję sobie z tego sprawę. — Egipcjanin westchnął i mocno ją przytulił. — Potrafimy sprawić, by wystarczyło, prawda?

• • •

Trzy dni później o skandalu Black River poinformowano społeczeństwo w Internecie i media z siłą huraganu rzuciły się na temat, nawet wiadomość o wycofaniu sił sojuszniczych znad granic Iranu, zeszła na drugi plan.

— To jest to — powiedział Peter Marks Willardowi. — Głowy szefów Black River i sekretarza Hallidaya spadają z karków.

Zaskoczyło go, gdy Willard obrzucił go spojrzeniem, z którego nic nie dało się wyczytać.

— Mam szczerą nadzieję, że nie chcesz wycofać się z naszego układu, książę — powiedział.

Ta nieco tajemnicza uwaga zyskała wyjaśnienie kilka godzin później. Sekretarz obrony Bud Halliday zwołał konferencję prasową, na której potępił Black River. „Mamy do czynienia — powiedział — ze wstrząsającym nadużyciem władzy, dalece wykraczającym poza deklarowany zakres działalności firmy". Poinformował, że „podjęto kroki" celem jej rozwiązania. „Osobiście rozmawiałem z prokuratorem generalnym — oznajmił — który zapewnił mnie, że przeciw pracownikom Black River, w tym jej zarządowi, w tej chwili przygotowywane są sprawy zarówno cywilne, jak i karne. Pragnę, by obywatele amerykańscy zrozumieli z całą jasnością, że NSA wynajęła Black River w dobrej wierze, na podstawie jej zapewnień, że firma nawiązała kontakt i doszła do porozumienia z przywódcami prodemokratycznej grupy wewnątrz Iranu. Black River przedstawiła w tej sprawie pełną dokumentację: daty spotkań, czas ich trwania, nazwiska liderów, tematykę rozmów, którą w całości przekazałem prokuratorowi generalnemu jako dowód oskarżenia. Pragnę zapewnić Amerykanów, że w żadnym momencie ani ja, ani nikt z NSA nie miał świadomości, iż dokumentacja ta została w całości sfałszowana. W tej sprawie tworzymy komisję, w skład której wejdą ludzie wyjątkowi, najlepiej przygotowani do zbadania całej sprawy. Z tego miejsca mogę wszystkich zapewnić, że winni tego niewyobrażalnego spisku zostaną ukarani z całą surowością, na jaką pozwala nasze prawo".

Nikogo przesadnie nie zdziwił fakt, że w śledztwie nie znaleziono żadnego związku między NSA, by nie wspomnieć już o samym Hallidayu, a Black River innego niż ten, który podany został do wiadomości publicznej. Ku zdumieniu Marksa prokurator generalny oskarżył tylko dwóch członków zarządu: Kerry'ego Mangolda i Dicka Brauna. Oliver Liss, jego trzeci członek, nie został wymieniony nigdzie, nawet jednym słowem.

Kiedy Marks powiedział o tym Willardowi, otrzymał w odpowiedzi to samo nieodgadnione spojrzenie. Oczywiście natychmiast sprawdził w Internecie wszystko na temat Black River. Po długich, wyczerpujących poszukiwaniach znalazł wzmiankę w „Washington Post" sprzed dobrych kilku tygodni. Oliver Liss złożył natychmiastową rezygnację z uczestnictwa w pracach firmy, którą zakładał, „z powodów osobistych". Marks nie dowiedział się, jakie to były powody.

Z uśmiechem kota z Cheshire Willard poinformował go, że nie było żadnych.

— Ufam, że możemy zaczynać — powiedział. — Treadstone rusza pełną parą.

Rozdział 35

Wspaniałego, słonecznego dnia na początku maja Suparwita pojawił się przed świątynią Pura Lempuyang. Wspinał się po smoczych schodach pod niebem, którego nie plamiła najmniejsza nawet chmurka, przeszedł przez rzeźbiony portal, znalazł się w drugiej świątyni, położonej wysoko na grzbiecie wzgórza. Góra Agung, czysta, całkowicie wolna od chmur, błękitna jak cieśnina Lombok, wznosiła się do nieba w całej swej wspaniałości. Szedł powoli w stronę grupy klęczących, pogrążonych w modlitwie ludzi, kiedy na kamienie padł cień. Cień czekającego na niego Noaha Perlisa.

— Nie wyglądasz na zaskoczonego — powiedział Perlis. Ubrany był w balijski sarong i podkoszulek, w których czuł się równie swobodnie jak narkoman w garniturze.

— Dlaczego miałbym być zaskoczony? — zdziwił się Suparwita. — Przecież wiedziałem, że wrócisz.

— Nie mam gdzie się ukryć. W Stanach jestem poszukiwany. Uczyniłeś mnie uciekinierem i tego właśnie chciałeś, prawda?

— Chciałem uczynić cię wyrzutkiem, a to nie to samo.

Perlis uśmiechnął się szyderczo.

— Myślisz, że możesz mnie ukarać?

— Nie czuję takiej potrzeby.

— Powinienem cię zabić przed laty, kiedy miałem okazję.

Suparwita spojrzał na niego wielkimi, przejrzystymi oczami.

— Nie wystarczyło ci, że zabiłeś Holly?

Perlis wydawał się zaskoczony.

— Nie masz na to żadnego dowodu.

— Nie potrzebuję tego, co ty nazywasz dowodem. Wiem, co się stało.

Amerykanin zrobił krok w jego kierunku.

— A według ciebie co się takiego stało?

— Przyjechałeś za Holly Marie Moreau aż z Europy. Co was tam łączyło i co z nią robiłeś, nie chcę się nawet domyślać.

— A dlaczego? — Szyderczy uśmiech nie schodził mu z warg. — Skoro, jak twierdzisz, wiesz wszystko...

— Dlaczego przyleciałeś tu za nią, Perlis?

Noah milczał, ale po chwili wzruszył ramionami, jakby zrozumiał, że zachowywanie tajemnicy nie ma już żadnego sensu.

— Miała ze sobą coś, co należało do mnie.

— Jak do tego doszło?

— Przez kradzież, niech to diabli wezmą. Przyleciałem na Bali, żeby odzyskać coś, co do mnie należało! Miałem święte prawo...

— Zabić ją?

— Chciałem powiedzieć, że miałem święte prawo odebrać to, co ukradła. Zginęła przypadkiem!

— Zabiłeś ją bez powodu — rzekł spokojnie Suparwita.

— Ale odzyskałem... odzyskałem to, co należało do mnie.

— Miałeś z tego jakiś pożytek? Poznałeś tajemnice, jakie kryje?

Perlis milczał. Gdyby umiał żałować straty, pożałowałby jej wcześniej.

— Właśnie dlatego jesteś teraz tu, na miejscu zbrodni.

W Amerykaninie nagle obudziła się złość.

— Jesteś nie tylko świątobliwym mężem czy jak tam sam siebie nazywasz, lecz także policjantem?

Balijczyk uśmiechnął się lekko, lecz dla stojącego przed nim mężczyzny nie było w tym uśmiechu nawet najmniejszej nadziei.

— Przecież to, co zabrała ci Holly, sam ukradłeś.

Perlis zbladł jak ściana.

— Skąd możesz... skąd możesz to wiedzieć? — szepnął.

— Dowiedziałem się od Holly. Jakże inaczej?

— Przecież ona o tym nie wiedziała. Tylko ja. — Pogardliwie machnął ręką. — Zresztą co z tego? Nie przyleciałem tu, żeby mnie przesłuchiwano.

— A w ogóle wiesz, po co przyleciałeś? — Oczy Suparwity płonęły tak jasno, że ich ognia nie mogły przyćmić nawet jaskrawe promienie słońca.

— Nie.

— Ależ wiesz, wiesz. — Suparwita podniósł rękę, wskazując masyw góry Agung, oprawiony w kamienny łuk.

Perlis przyjrzał się temu widokowi, osłaniając oczy dłonią przed blaskiem słońca, a kiedy odwrócił się, Suparwity już przed nim nie było. Wierni nadal pogrążeni byli w swych niekończących się modłach, kapłan zajmował się Bóg wie czym, a stojący za nim mężczyzna liczył pieniądze w hipnotycznie wolnym, równym rytmie.

I nagle Noah Perlis stwierdził, zdumiony, że bez żadnego udziału swej woli idzie w stronę góry Agung, przekracza wyrzeźbione w kamieniu wrota i staje na szczycie schodów, gdzie przed laty Holly Marie Moreau wysłana została na spotkanie ze śmiercią.

• • •

Obudził się z krzykiem sprzeciwu, który uwiązł mu w gardle. Pocił się, mimo że w pokoju działała klimatyzacja. Siedział w łóżku, wyrwany z głębokiego snu, a dokładniej snu o Suparwicie i Pura Lempuyang. Każdemu uderzeniu jego serca towarzyszył ból, jak zawsze gdy pojawiał się ten sen.

W pierwszej chwili nie wiedział, gdzie właściwie jest. Uciekał od chwili, gdy wydał rozkaz podpalenia irańskich pól naftowych. Cały czas uciekał. Co się stało, co poszło nie tak? Setki razy zadawał sobie to bolesne pytanie, eliminował kolejne odpowiedzi, aż pozostała jedna: Bardem nie przewidział takiego rozwoju sytuacji z powodu wprowadzenia dwóch niemal identycznych zmiennych spośród milionów czynników, na które został zaprogramowany — Bourne'a i Arkadina. W świecie finansów pojawienie się w grze zmieniającego jej przebieg, nieprzewidywalnego czynnika nazywa się Czarnym Łabędziem. W hermetycznym świecie, o którym nie ma pojęcia nikt spoza kręgu programistów komputerowych, okoliczności nieujęte w parametrach przyjętych w programie, powodujące jego zawieszenie, to Sziwa, hinduistyczny bóg zniszczenia. Pojawienie się jednego Sziwy jest rzeczą niesłychanie rzadką, pojawienie się dwóch to coś nie do pomyślenia.

Dni i noce mijały niczym w jednym z jego snów; ostatnio Perlis nie potrafił odróżnić z całą pewnością, co jest snem, a co jawą. W każdym razie nic już nie wydawało mu się rzeczywiste: jedzenie, odwiedzane miejsca, nawiedzający go od czasu do czasu płytki sen. Ale wczoraj dotarł wreszcie na Bali i dopiero tu, choć tyle czasu minęło od chwili, gdy black hawk uniósł się w powietrze, pozostawiając w dole szczątki Szpilki, coś się w nim zmieniło. Praca w Black River zastępowała mu rodzinę i przyjaciół, nie umiał dostrzec niczego istniejącego poza jej granicami. Pozbawiony jej, przestał istnieć. Nie, w rzeczywistości było znacznie gorzej, gdy pracował w Black River, sam sobie odbierał istnienie. Rozkoszował się wszystkimi kolejnymi rolami, które wypadało mu grać, ponieważ każda z nich oddalała go od niego samego, osoby, której nie darzył przesadną sympatią i z której nie miał żadnego pożytku. To prawdziwy Noah Perlis, żałosny słabeusz, o którym nie słyszał od dzieciństwa, zakochał się w Moirze. Wstąpienie do Black River było jak włożenie zbroi, chroniącej ofermę przepełnioną zbędnymi uczuciami, czającymi się w sercu niczym pozbawiony charakteru nędznik. Nie miał już Black River, odebrano mu jego zbroję, pozostało tylko jego żałosne, kwiljące cicho, bezradne jak dziecko ja. Przełącznik przerzucony został z pozycji „plus" na pozycję „minus", energia, która niegdyś dopływała do niego, teraz zaczęła odpływać.

Wstał. Podszedł do okna. Cóż tak niezwykłego kryło się w tym miejscu? Odwiedził w życiu wiele rajskich wysepek, rozrzuconych po całej planecie niczym łańcuch diamentów, lecz tylko Bali pozostała mu na zawsze w oczach i w pamięci. A on był człowiekiem niewierzącym, by cokolwiek mogło być „na zawsze". Był pragmatykiem już jako dziecko. Całe dorosłe życie spędził w izolacji, bez rodziny, bez przyjaciół, i była to kwestia wyboru; to on uznał, że rodzina i przyjaciele mają zwyczaj zdradzać człowieka, nawet o tym nie wiedząc. Bardzo wcześnie odkrył, że nie można zranić kogoś, kto nie czuje nic. A jednak ludzie go ranili. Nie tylko Moira.

Wykąpał się, ubrał i wyszedł na wilgotny upał i jaskrawy blask słońca. Niebo było tak czyste, tak bezchmurne, jak w jego śnie. Widział w dali wznoszący się majestatycznie błękitny masyw góry Agung, miejsce będące dla niego wieczną, niezgłębioną tajemnicą. Miejsce budzące strach, miał bowiem wrażenie, że góra wie o nim coś, czego on nie chce wiedzieć o sobie. To coś, czymkolwiek było, przyciągało go z równą siłą, jak odpychało. Usiłował odzyskać wewnętrzną równowagę, a przynajmniej coś na kształt równowagi, uśpić wymykające się spod kontroli emocje, ale nie mógł. Pieprzone konie uciekły ze stajni i bez Black River, bez swej zbroi, nie znał sposobu, by je do niej zapędzić. Spojrzał na swoje dłonie, które drżały tak bardzo, jakby cierpiał na delirium tremens.

Co się ze mną dzieje? — spytał sam siebie, choć wiedział, że nie jest to właściwe pytanie. Właściwe pytanie brzmiało:

dlaczego tu przyjechał? Suparwita zadał mu je we śnie. Z tego, co czytał na temat snów, wynikało, że każda pojawiająca się w nich postać jest jakimś aspektem śniącego. Jeśli to prawda, pytanie „dlaczego?" zadawał sam sobie. Dlaczego powróciłeś na Bali? Po śmierci Holly Marie opuszczał wyspę przekonany, że jego noga więcej tu nie postanie. I proszę, znów tu był. Moira zraniła go, to prawda, ale to, co zdarzyło się Holly, zostawiło po sobie nieporównanie cięższą ranę.

Zjadł, nie czując smaku potrawy, a nim dotarł na miejsce, zapomniał nawet, co zamówił. Nie był ani głodny, ani najedzony. Jego żołądek też zachowywał się tak, jakby przestał istnieć.

Holly Marie Moreau spoczęła na małej *semie*, cmentarzu, położonym na południowo-wschodniej granicy wioski, w której się wychowała. Współcześni Balijczycy z reguły kremowali zmarłych, lecz niewielkie grupy miejscowej ludności, niewyznające hinduizmu, nadal ich grzebały. Powszechnie wierzono, że piekło leży na zachód od morza, cmentarze więc zakładano ewentualnie przy tak położonej granicy wioski. Tu, na południu Bali, oznaczało to kierunek południowo-zachodni. Mieszkańcy wyspy panicznie bali się cmentarzy, wierzyli, że niespalone ciała w pewien sposób żyją, jak zombi wędrują nocami, wywoływane z grobów przez złe duchy pod wodzą Rudry, boga zła. Wskutek tego były miejscami opuszczonymi przez wszystkich, także, jak mogło się wydawać, ptaki i rośliny.

Gęste kępy drzew rosły niemal wszędzie, pogrążając *semę* w głębokim cieniu, tak że wydawała się zagubiona w ciemnym błękicie i zieleni ciągłego półmroku. Z wyjątkiem jednego grobu była też wyjątkowo zaniedbana, wręcz brudna. Wyjątek oczywiście stanowiło miejsce ostatniego spoczynku Holly Marie Moreau.

Przez chwilę tak długą, że mogła wydawać się nieskończonością, Noah Perlis stał, wpatrując się w marmurową płytę z wyrytym na niej nazwiskiem, datą urodzin i datą śmierci i jednym słowem osobistego wyznania: UKOCHANA.

Jak owo coś, co czekało na niego na górze Agung, tak i ten grób jednocześnie przyciągał go i odpychał. Podchodził do niego powoli, krokiem tak równym, jakby dyktowało mu go bicie serca. Nagle się zatrzymał. Zobaczył, albo wydawało mu się, że zobaczył, cień głębszy niż inne, przemykający od drzewa do drzewa. Czy rzeczywiście było to coś, czy też nic, sztuczka przyćmionego światła? Pomyślał o bogach i demonach mających zamieszkiwać *semy* i zaśmiał się w duchu, lecz po chwili znów zobaczył cień, tym razem głębszy, wyraźniejszy. Nie rozpoznał twarzy, lecz widział gęste, długie włosy kobiety lub dziewczyny. Zombi, powiedział do siebie, kontynuując żart. Był już blisko grobu Holly, właściwie stał przy nim. Rozejrzał się dookoła, do tego stopnia zaniepokojony, że wyjął broń. Zastanawiał się, czy *sema* rzeczywiście jest tak opuszczona, jak mu się wydawało.

Podjął decyzję, odszedł od grobu, ruszył między drzewami tam, gdzie pojawił się, czy też wydawało mu się, że się pojawił, cień kobiety lub dziewczyny. Teren wznosił się stromo aż do grzbietu wzgórza, zarośniętego gęściej niż cmentarz. Osiągnąwszy grzbiet, zatrzymał się, niepewny, w którą stronę ruszyć, otoczony lasem równie gęstym w każdym kierunku. Nagle kątem oka znów zobaczył ruch, odwrócił się błyskawicznie jak pies na polowaniu, lecz może był to tylko ptak? Nadstawił ucha, lecz nie słyszał ptaka, nie słyszał nawet szmeru liści w poszyciu.

Poszedł dalej tam, gdzie tajemnicze coś mogło się poruszyć. Schodził pewnie stromym, coraz gęściej zarośniętym jarem. I wreszcie, przed sobą, zobaczył jej rozwiane włosy. Przywołał ją imieniem, choć było to głupie i zupełnie do niego niepodobne.

— Holly!

Holly nie żyła. Oczywiście, że nie żyła, wiedział o tym lepiej niż ktokolwiek, ale był przecież na Bali, a na Bali wszystko może się zdarzyć. Pobiegł, stawiając szybkie kroki w rytm szybko bijącego serca. Przebiegł między drzewami, poczuł uderzenie w tył głowy i upadł twarzą naprzód, wprost w ciemność.

• • •

— Kto znał ją lepiej? — spytał głos w jego głowie. — Ty czy ja?

Noah Perlis otworzył oczy. Ból oślepiał go, lecz mimo bólu zobaczył i rozpoznał Jasona Bourne'a.

— Ty!? Skąd wiedziałeś, że tu będę?

Jason się uśmiechnął.

— To twój ostatni przystanek. Koniec kursu.

— Dziewczyna... — Perlis rozejrzał się dookoła — ...widziałem dziewczynę.

— Holly Marie Moreau.

Na ziemi leżał pistolet. Spróbował go dosięgnąć. Bourne kopnął Perlisa tak mocno, że trzask pękających dwóch żeber odbił się echem od gałęzi drzew. Jęk kopniętego też.

— Opowiedz mi o Holly.

Perlis wpatrywał się w swego kata. Skrzywił się z bólu, ale przynajmniej nie krzyknął. Nagle do głowy przyszła mu pewna myśl.

— Nie pamiętasz jej, prawda? — Spróbował się roześmiać. — Och, jakie to wspaniałe.

Bourne przyklęknął obok niego.

— Jeśli czegoś nie pamiętam, ty mi o tym opowiesz.

Wbił mu kciuki w oczy i tym razem Noah krzyknął.

— A teraz patrz!

Posłuchał rozkazu. Oczy mu łzawiły, lecz dostrzegł... dostrzegł dziewczynę — cień, schodzącą z jednego z drzew.

— Spójrz na nią! Spójrz, co z nią zrobiłeś.

— Holly? — Perlis nie wierzył świadectwu własnych zmysłów. Mimo zalewających mu policzki łez widział smukły cień, jej cień. — To nie Holly — zaprotestował, lecz kto inny mógł to być? Serce waliło mu w piersi jak oszalałe.

— Co się stało? Opowiedz mi o sobie i Holly!

— Spotkałem ją spacerującą po Wenecji. Była trochę zagubiona. — Perlis słyszał swój słaby, piskliwy głos, który brzmiał jak głos w telefonie komórkowym przy rwącym się połączeniu. Co ja robię? — spytał sam siebie. Ale przełącznik pozostawał w pozycji, przy której wypływała z niego energia, a także słowa, które powstrzymywał od wypłynięcia przez lata. — Spytałem ją, czy ma ochotę zarobić szybko trochę grosza, a ona powiedziała: „Czemu nie?". Nie miała pojęcia, w co się pakuje, ale to jej chyba nie obchodziło. Nudziła się, potrzebowała czegoś nowego, innego. Żeby krew żywiej krążyła jej w żyłach.

— Więc twierdzisz, że tak naprawdę dałeś jej tylko to, czego chciała?

— No właśnie — przytaknął Perlis. — Zawsze dawałem ludziom to, czego chcieli.

— Veronice Hart także?

— Pracowała dla Black River. Należała do mnie.

— Jakbyś miał stado bydła?

Perlis odwrócił głowę. Patrzył na cień dziewczyny, obserwujący go, jakby odprawiał sąd nad jego życiem. Ale co go to obchodzi? Przecież nie miał się czego wstydzić. A jednak nie potrafił oderwać od niego wzroku, nie potrafił pozbyć się wrażenia, że ten cień to Holly Marie Moreau i że zna ona każdy sekret, uwięziony za kratami jego serca.

— Jakbyś miał Holly.

— Co?

— Czy Holly też należała do ciebie?

— Wzięła ode mnie pieniądze, prawda?

— Za co jej zapłaciłeś?

— Miała nawiązać znajomość, zbliżyć się do kogoś. Wiedziałem, że nie potrafię tego dokonać.

— A więc chodziło o mężczyznę. O młodego mężczyznę — powiedział Bourne.

Perlis skinął głową. Wkroczył na ścieżkę, którą najwyraźniej musiał iść dalej.

— Jaimego Hererrę.

— Chwileczkę... syna don Fernanda Hererry?

— Wysłałem ją do Londynu. Wtedy nie pracował jeszcze w firmie ojca. Często odwiedzał klub... miał słabość do gry, nie potrafił nad nią zapanować. Ciągle był nieletni, ale wyglądał dorośle i nikt nie ośmielił się zakwestionować fałszywego prawa jazdy, którym się posługiwał. — Przerwał, walczył o oddech. Poruszył lekko lewą ręką, na której leżał, starając się ulżyć cierpieniu. — Zabawne, Holly wyglądała tak niewinnie, a doskonale zrobiła to, czego od niej wymagałem. Już po tygodniu ona i Jaime byli kochankami, a dziesięć dni później przeprowadziła się do niego.

— Co potem?

Noah miał coraz większe problemy z oddychaniem. Nieruchomym spojrzeniem wpatrywał się nie w Bourne'a, lecz w dziewczynę cień, jakby była dla niego jedyną i ostatnią rzeczą na tym świecie.

— Jest prawdziwa? — spytał.

— Zależy, co uważasz za prawdziwe — odparł Bourne. — No już, co takiego miała ukraść Jaimemu Hererrze?

Perlis nie odpowiedział. Bourne dostrzegł, że zgina palce prawej ręki, wciska ją w grube poszycie.

— Próbujesz coś przede mną ukryć, Noah?

Lewa ręka, ukryta pod ciałem, uniosła się nagle i wyprostowała. Nóż przeciął ubranie, skaleczył ciało, trafiając w bok. Perlis zaczął obracać ostrze, próbując przebić się przez mięśnie do któregoś z ważnych narządów. Dostał potężny cios w głowę, ale walczył dalej z nadludzką siłą i wytrzymałością. Nóż wbijał się coraz głębiej.

Bourne chwycił jego głowę w dłonie. Przekręcił ją mocno i szybko, łamiąc przeciwnikowi kark. Życie opuściło Perlisa szybko, jego oczy zmatowiały i znieruchomiały, jakby widziały teraz wszystko. W kąciku jego ust pojawiła się piana, czy to wskutek wysiłku, czy też z powodu szaleństwa, które opanowało go w ostatnich chwilach życia.

Bourne puścił go i dysząc ciężko, wyciągnął nóż z boku. Pociekła krew, ale niewiele. Chwycił trupa za prawą rękę, uniósł ją z ziemi. Odginał palce, jeden po drugim. Spodziewał się znaleźć coś ukrytego z zaciśniętej pięści, coś, co Perlis odebrał Holly, a jednak nie znalazł niczego oprócz pierścienia na palcu wskazującym, tym, który najbardziej chciał ukryć. Jason nie mógł zsunąć pierścienia, toteż odciął palec nożem sprężynowym.

Trzymał w ręku zwykły złoty pierścień ze szmaragdami i szafirami, niewiele różniący się od miliona obrączek na całym świecie. Czy to dla niego Perlis zabił Holly? Dlaczego? Co w nim warte było życia młodej kobiety?

Obracał pierścień w palcach. Nie od razu zauważył wygrawerowane znaki, zajmujące całą przestrzeń wewnątrz obrączki. Najpierw pomyślał, że ma do czynienia z cyrylicą, potem, że widzi znaki starożytnego pisma Sumerów, języka martwego od wieków, znanego tylko nielicznym specjalistom, ale odrzucił i tę możliwość. A więc z pewnością był to kod.

Ściskając pierścień w dłoni, Bourne zorientował się nagle, że zbliża się dziewczyna cień. Zatrzymała się kilka kroków od niego. Dostrzegł wypisany na jej twarzy strach, wyprostował się więc z cichym chrząknięciem i podszedł do niej.

— Byłaś bardzo dzielna, Kasih — powiedział do dziewczynki z wioski Tenganan, która kiedyś doprowadziła go do leżącej na ziemi łuski pocisku wystrzelonego przez Arkadina.

— Krwawisz. — Przyłożyła mu do boku pęk aromatycznych liści, które sama zebrała.

Wziął ją za rękę i oboje ruszyli w drogę powrotną, do domu jej rodziny, leżącego wysoko nad tarasami pól ryżowych, na obrzeżu wioski. Wolną dłonią Bourne przyciskał zioła do świeżej rany. Czuł, jak przestaje krwawić, jak maleje ból.

— To nic strasznego — powiedział.

— Kiedy ty tu jesteś, nie ma nic strasznego. — Dziewczynka

Polecamy thrillery Roberta Ludluma

PIEKŁO ARKTYKI

Na bezludnej wyspie położonej na Morzu Arktycznym zostają odnalezione szczątki radzieckiego bombowca z czasów „zimnej wojny", kopii amerykańskiego B-29. Niewielu wie, że samolot przewoził broń biologiczną – dwie tony śmiercionośnej bakterii wąglika. Jakie było jej faktyczne przeznaczenie? Na miejsce katastrofy wyrusza uzbrojona ekipa Tajnej Jedynki, zakonspirowanej komórki wywiadowczej podlegającej bezpośrednio prezydentowi USA. Dowodzi nią pułkownik Jon Smith, ekspert od broni biologicznej. Członków grupy czeka wiele szokujących niespodzianek. W jej szeregach działa zdrajca, a wrak kryje jeszcze jedną, nie mniej przerażającą tajemnicę...

TESTAMENT MATARESE'A

Dwa zagadkowe morderstwa, których ofiarami padają amerykański generał, przewodniczący Połączonego Kolegium Szefów Sztabów, i czołowy radziecki fizyk jądrowy, wstrząsają rządami USA i ZSRR. Podejrzenia kierują się na Brandona Scofielda z elitarnej komórki wywiadowczej Departamentu Stanu i Wasilija Taleniekowa z KGB – czołowych agentów obu mocarstw, a zarazem śmiertelnych wrogów. Scofield i Taleniekow muszą zapomnieć o wzajemnych urazach i połączyć siły, by powstrzymać wspólnego wroga: tajemniczą organizację bezwzględnych zabójców, która dąży do destabilizacji światowej sceny politycznej i przejęcia władzy w obu krajach. Tropy prowadzą na Korsykę – tam, na początku XX wieku, Guillaume de Matarese utworzył działającą w pełnej konspiracji grupę killerów – tzw. Radę Matarezowców. Krążące w obiegu legendy przypisują jej odpowiedzialność za setki głośnych aktów terroru – m.in. zamordowanie Stalina i prezydenta Roosevelta. Obaj uperagenci przekonują się, że spisek sięga znacznie głębiej, niż się spodziewali. Członkowie Rady zasiadają na najwyższych stanowiskach rządowych i dysponują praktycznie nieograniczoną władzą...

SANKCJA BOURNE'A

Kim jest Jason Bourne? Byłym agentem supertajnej komórki CIA i bezwzględnym zabójcą, czy Davidem Webbem, prowadzącym spokojne życie uniwersyteckiego wykładowcy? Webb powraca do swojej dawnej tożsamości, by pomóc w unieszkodliwieniu potężnej, głęboko zakonspirowanej siatki islamskich terrorystów o korzeniach sięgających Trzeciej Rzeszy, znanej jako Czarny Legion, która planuje zamach na USA. Bourne ma wytropić i zabić przywódcę Legionu oraz odkryć cel ataku. Aktywność terrorystów staje się pretekstem do eskalacji konfliktu pomiędzy Centralą Wywiadu (CI) a Narodową Agencją Bezpieczeństwa (NSA) – dwoma największymi agencjami wywiadowczymi Stanów Zjednoczonych. NSA pragnie podporządkować sobie CI poprzez ujęcie Bourne'a – jej „zbuntowanego" agenta. Jason znajdzie się także na celowniku Leonida Arkadina, płatnego mordercy na usługach Legionu...

obejrzała się przez ramię jeszcze jeden, ostatni raz. — Czy demon umarł? — spytała.

— Tak. Demon umarł.

— I nie wróci?

— Nie, Kasih, demon nie wróci nigdy.

Uśmiechnęła się, zadowolona, ale Bourne wypowiedział pocieszające słowa, doskonale wiedząc, że nie są i nie mogą być prawdą.